Hans Schlag
―――
Ich,
Lucrezia

Hans Schlag

Ich, Lucrezia

Roman

WELTBILD

Besuchen Sie uns im Internet:
www.sammelwerke.de

Genehmigte Sonderausgabe für Weltbild Sammler-Editionen
© 1995 by nymphenburger in der
F.A. Herbig Verlagsbuchhandlung GmbH, München
Einbandgestaltung: HildenDesign, München
Coverabbildung: Artothek, Peissenberg
Gesamtherstellung: Clausen & Bosse, Leck
Printed in Germany

Inhalt

I
Das Geheimnis von San Sisto
7

II
Macht und Ohnmacht
131

III
Auf Abwegen
251

IV
Entfesseltes Inferno
361

I
Das Geheimnis von San Sisto

Unser Nachtmahl begann wie immer. Und doch sollte ich es nie mehr vergessen. Denn damit nahm eine Reihe von seltsamen, düsteren Geschehnissen ihren Anfang, die mich für mein ganzes weiteres Leben formten.
Es war am Tage von Processus und Martinianus Anno Domini 1492. Ich stand in meinem zwölften Lebensjahr. Seit kurzem in procura mit dem fünfzehnjährigen Grafen von Procida vermählt, kam ich mir sehr bedeutend vor. Und wer sich für bedeutend hält, der glaubt zumeist auch, klug zu sein. Doch die Ereignisse sollten mir zeigen, wie wenig ich wußte, und welche Geheimnisse unsere irdische Existenz in sich birgt: dunkle Dinge, die alles verändern, was festgefügt scheint, die unsere Weltbilder zerstören – aber auch neue errichten ...
Ich saß im Refektorium des altehrwürdigen Klosters San Sisto, das ganz nahe beim Monte Celio liegt und von dessen Torre man weit über die Stadt Rom blicken kann. Neben mir an der langen Tafel hatte die stets traurig dreinblickende Ottavia de Savelli ihren Platz. Mir fiel auf, daß sie, wie seit Tagen schon, kaum etwas aß, doch dafür um so mehr dem schweren roten Sangiovese zusprach, der uns zu den Mahlzeiten gereicht wurde. Das Mädchen, eine wahre Schönheit mit herrlichem schwarzen Haar, auf das sie sehr stolz war, wollte um keinen Preis der Welt Nonne werden, aber ihre Familie, ein entfernter Zweig der großen Savelli, war arm und nur mit Töchtern reich gesegnet, was bedeutete, daß eine standesgemäße Heirat nicht möglich war. Ohne Mitgift blieb als einziger Ausweg das Kloster, denn es wäre ein Sakrileg gegen den Willen Gottes, edles Blut

mit dem eines Menschen aus dem gemeinen Volk zu vermischen. Arme Ottavia, sie weinte viel um ihr schönes Haar, das man ihr abscheren würde, sobald das Novizenjahr vorüber war und die Bedauernswerte unabänderlich für ihr ganzes Leben Nonne bleiben mußte. Zwar war es hier in San Sisto bei den Dominikanerinnen erträglich, doch Ottavia, ohnehin stärker dem Diesseits zugewandt, liebte einen jungen Pagen, der im Palazzo ihres Vaters drüben am Fuße des Palatino bei San Giorgio diente und mit dem sie schon heiße Küsse getauscht hatte, bevor sich die Klosterpforten schlossen.

An jenem Abend verhielt sich Ottavia plötzlich recht seltsam. Im Halbdunkel – das Refektorium war nur von wenigen Kerzen schwach beleuchtet – glaubte ich zu bemerken, daß sie die Röcke ihres Novizinnengewandes hochgenommen hatte und so auf der harten Holzbank saß. Eigenartig, wollte sie etwa hier an der Tafel ihr Wasser lassen, noch dazu das Mahl ja keineswegs beendet war? Schließlich erforderte es die Schicklichkeit, sich an den Gängen oder Treppen zu erleichtern und nicht dort, wo die anderen aßen. Ottavia rutschte unruhig hin und her.

Noch hatte niemand etwas bemerkt. Das seltsame Verhalten erregte mein Interesse, und ich beobachtete die neben mir Sitzende unauffällig, aber sehr genau. Sie atmete schwer, ab und zu lief ein leises Beben über ihre Lippen, und irgendwie gewann ich den Eindruck, daß Ottavias Seele ganz fern von uns weilte, dem übrigen Geschehen im Refektorium völlig entrückt. Die drückende Schwüle des Juliabends war fast nicht mehr zu ertragen; selbst die sonst so kühlen Klostermauern strahlten eine Backofenhitze aus. Dicke Schweißperlen standen nun auf dem ebenmäßigen Gesicht der Novizin, ihre Augen waren geschlossen. Plötzlich wirkte ihr Gesicht fratzenhaft entstellt, der ganze Körper verfiel in wilde Zuckungen. Jetzt war auch den anderen das merkwürdige Benehmen Ottavias aufgefallen, und sie sahen fragend zur Oberin Mater Coelestina hin.

Ich erinnere mich an diese Szene, als ob es gestern gewesen wäre: die monotone Sprache der Vorleserin, die irgendeinen Korintherbrief herunterleierte, unsere atemlose Gespanntheit, Ottavias fremdartiges Benehmen, das flackernde Licht der Kerzen, die dumpfe Schwüle und unsere Mutter Oberin, die in anscheinend völliger Gelassenheit ihr bescheidenes Mahl einnahm.

Die Novizin stöhnte qualvoll, und mir schien, daß die Unglückselige vom bösen Geist besessen war. Dann warf sie sich wie von Sinnen rücklings auf den Boden. Die Schnur ihres Rosenkranzes, an dem sie das Kruzifix um den Hals trug, riß, und seine Perlen fielen mit einem hellen Stakkato auf den Marmor, eine groteske Begleitung zu dem Schauspiel, das sich uns bot.

»Jesus Christus! Du Verfluchter. Ich hasse dich und alle, die an deine Auferstehung glauben! Zur Hölle mit euch, Gottvater, Sohn und Heiliger Geist – Luzifer allein ist mein Herr und Gott! Fahre in mich Satan, sei in mir, großer Incubus ...« Dann ergriff sie das Kruzifix, zerbrach es und schleuderte die Stücke von sich.

Wir waren starr vor Schreck und blickten auf das Ungeheuerliche, Unfaßbare, was sich uns darbot. Plötzlich ein markerschütternder Schrei – die Besessenheit schüttelte Ottavia hin und her. Sie kreischte, Schaum trat vor ihren Mund; dabei immer diese wilden, unheimlichen Zuckungen. Nun geschah es! Die unreinen Geister begannen aus Ottavia zu sprechen. Gurgelnd kamen die Namen von ihren Lippen; ich konnte nur einige verstehen, es waren Baalberith, Piton und Isacron; sie hatten von der Novizin völlig Besitz ergriffen. Noch einige gotteslästerliche Flüche – dann lag sie still da, ihr wunderschönes Haar floß gleichsam über den Marmorboden. Die helle Haut des makellosen Körpers ließ die Frevelhafte fast rein erscheinen, und doch hatte dieses Mädchen soeben das entsetzlichste Verbrechen überhaupt begangen: Gotteslästerung.

Leise flüsterten die entsetzten Nonnen. »Sie hat Gott geflucht! Sie hat das Kreuz unseres Herrn geschändet«, hörte man. Ich sah, daß Ottavia still weinte; niemand konnte ihr mehr helfen. Alles zu Ende. In drei Tagen würde sie exorziert werden und auf dem Campo dei Fiori den Feuertod sterben.

Mir wurde in diesem Augenblick bewußt, was das bedeutete – der Tod, der uns unvermittelt gegenübertritt, dem wir nicht entrinnen können. Welche Schande für Ottavias Familie! Zwar waren die Savelli eine weitverzweigte römische Sippe, aber der verächtliche Feuertod einer Frau, die Gott gelästert hatte, mußte auch auf das mächtige Oberhaupt der Familie, Ettore Savelli, zurückfallen. Würde er vorher unser Kloster erstürmen, um Ottavia zu rauben und irgendwo unbemerkt umzubringen? Für einen wahren Edelmann wäre das wohl die einzige Lösung, wollte er sich nicht der Verachtung der anderen Familien aussetzen.

Ich erkannte, daß auch mir Gefahr drohte. Überfiel Ettore das Kloster, so nahm er mich als die einzige Edle hier gefangen, um von meinem Vater, dem ehrwürdigen Kardinal Rodrigo de Borgia, eine hohe Summe Lösegeld zu erpressen. Damals, in meiner Unerfahrenheit, schien mir das nicht allzu schlimm; ich würde dem eintönigen Klosterleben für einige Zeit entkommen und auch den anstrengenden Stunden mit meinen Lehrern, deren stumpfsinnige Lektionen mich tödlich langweilten.

Dagegen geraubt zu werden bei Nacht und Nebel, womöglich zu Pferde in den starken Armen eines strahlenden jungen Condottiere ... Vielleicht an einen fremden Hof gebracht und dort als luxuriös gehaltene Geisel den ganzen Tag zu reiten, zu jagen, zu musizieren und zu tanzen, bis das Lösegeld meines Vaters einträfe und ich wieder in San Sisto meinen trockenen Studien nachgehen müßte. Die Umstände einer Entführung erschienen mir plötzlich glänzend, und ich beschloß, an den nächsten Tagen darauf zu achten, stets ein prächtiges Kleid zu tragen, denn ich wollte schön sein und dem Condottiere gefallen ...

Über diesen doch etwas törichten Vorstellungen von ritterlicher Minne war mir entgangen, daß inzwischen die Oberin Coelestina von den Nonnen empört und lautstark bedrängt wurde, sie möge Ottavia der heiligen Inquisition ausliefern, damit diese Schande getilgt würde.

Die Mutter Oberin stand auf, immer noch ganz ruhig, sah sich einmal kurz in der Runde um und erhob beide Arme, als wollte sie beten, wie es einst die Alten getan hatten. »Kniet nieder! Kniet alle nieder!«

Ihre schneidende Stimme war von einer solchen Gewalt, wie es im Alten Testament von denen der Propheten gesagt wird, so daß wir wie vom Blitz Jupiters getroffen niedersanken.

»Kleinmütige Sünderinnen! Verderbt seid ihr allesamt durch die Kraft des Bösen, die in euch wirkt. Hochmütige, Hoffärtige! Richten wollt ihr über jenes Wesen? Mit Blindheit gestraft seid ihr, die Wahrheit nicht zu erkennen!«

Ich war sprachlos, bewunderte aber insgeheim die Oberin. Wollte sie trotz des Frevels, der sich vor unser aller Augen abgespielt hatte, das Ereignis in einem anderen Licht erscheinen lassen? Hochaufgerichtet und voll gebieterischer Würde stand sie da vor uns demütig Knienden – wahrlich wie Moses mit den Gesetzestafeln vor dem Volk Israel. Und wie er im Zorn seine Tafeln zerschmetterte, so schleuderte sie ihre Worte in unsere Seelen. Ich besann mich meiner Stellung als Contessa de Procida und erhob mich, denn nur vor Gott dem Herrn beugen wir unser Haupt. Die Nonnen hingegen verharrten, wo sie waren, und lauschten atemlos ihrer Oberin.

»Habt ihr Verblendeten nicht gemerkt, daß nur die äußere Hülle Ottavias vom unreinen Geist besessen war? Gewiß, ihre Lippen haben Gott geschmäht, doch das war Blendwerk der Dämonen und kam nicht aus ihrem Herzen.«

Einige der Nonnen murmelten etwas, was man als Zustimmung deuten konnte. Die Gefahr, die für Ottavia und in gewisser Weise auch mich bestand, schien bedrohlich, fast mit Händen zu greifen. Was geschah, wenn man die Oberin und ihre Nonnen anklagte, den Pakt mit Luzifer geschlossen zu haben, Hexerei zu betreiben, geheimen verbotenen Künsten nachzugehen? Alles Dinge, die dort sehr wohl stattfinden konnten, wo sich Vorfälle ereigneten, wie der soeben mit der Novizin. Schlagartig erkannte ich, daß es nicht nur um Ottavia ging, sondern um uns alle!

Den Feuertod erleiden – grauenhaft. Könnte die Oberin Coelestina etwas dagegen tun?

»Und was habt ihr gesehen, ihr Bräute Christi?« wiederholte sie streng. Alle blickten ratlos.

»Ich sage es euch: ein Wunder!«

»Ein Wunder?« murmelten die Nonnen ungläubig.

»Ja, meine Schwestern, wir sind soeben Zeugen geworden vom Kampf der Seele Ottavias mit ...«, dabei schlug sie das Kreuzzeichen, »Satan, dem Fürsten der Unterwelt. Bringt die Novizin in ihre Zelle. Wir anderen aber«, ihre Stimme nahm noch an Schärfe zu, »die wir alle sündhaft sind, versammeln uns nun in der Cappella, um für Ottavia zu beten, auf daß sie der unreine Geist verlassen möge.«

Das Kloster San Sisto gehört nicht zu den bedeutenden Klöstern Roms. Etwa fünfundzwanzig Nonnen und Novizinnen leben darin. Sie widmen sich dem Gebet und der Kontemplation zur höheren Ehre des Herrn. Jede Sorella hat eine eigene nur mit Betschemel, Bett und einem Kruzifix an der Wand ausgestattete Zelle, die über Nacht durch die Beschließerin von außen verriegelt wird. Nach der Abendmesse ziehen sich alle Schwestern dorthin zurück. Die Oberin Coelestina besitzt ein etwas größeres Gelaß, ebenso ich als Gast. Natürlich werden diese Zellen nicht verschlossen.

San Sisto ist ein geweihter Ort, an dem man immerfort Gott den Herrn preist und mit ihm alle Heiligen. Doch wird auch der Menschen gedacht, genauer gesagt, eines Menschen: des ehrwürdigen Kardinals Rodrigo de Borgia, meines Vaters. Denn nur durch seine Alimentationen ist es dem Kloster überhaupt möglich zu existieren. Daher erscheint es mir auch angemessen, daß ich mit besonderer Höflichkeit behandelt werde.

»Erlaubt mir eine Frage, Mater Coelestina!«

Die Oberin blickt mich überrascht an. »Gewiß doch, Donna Lucrezia.«

»Ihr habt über den Kampf Ottavias mit den Dämonen gesprochen und daß ihr Herz dabei rein geblieben sei; ein Umstand, von dem ich bisher nirgendwo gehört habe. Wie verhält es sich damit?«

Coelestina wurde nachdenklich. »Wie Ihr wißt, meine Tochter, sind wir alle Bräute Christi, und wenn eine von uns sich sehr tief ins Gebet versenkt, so stachelt das die Teufel der Hölle in besonderem Maße auf, diese unschuldige Seele zu peinigen, so daß sie Dinge fühlt und Visionen hat, die anderen verborgen bleiben ...«

»Nun, verborgen blieben uns Ottavias Gefühle keineswegs ...«

»Ihr habt recht, Contessa, doch bedenkt, daß sie erst Novizin ist und durch die Hitze ihrer Jugend noch nicht den Weg der Vervollkommnung gefunden hat.«

»Mater Coelestina, sie hat Gott verflucht und das Kruzifix entweiht!«

»Entweiht?« Sie sah mich sehr ernst an. »Was hat sie denn in ihrer Besessenheit getan – das Kreuz des Herrn zerbrochen; doch der Teufel führte dabei ihre Hand. Vergeßt nie, Lucrezia, daß alles, was wir sahen, Blendwerk der Hölle war. Deshalb

dürfen wir nicht über die Novizin richten; morgen bereits können die Dämonen aus ihr gefahren sein.« Sie bekreuzigte sich und blickte mich schweigend an.
Ich war betroffen. Ihre Worte schienen mir einleuchtend, gefährlich einleuchtend sogar; und doch wußte ich, daß man es so nicht sehen konnte, nicht sehen durfte. Leider waren meine theologischen Kenntnisse nicht gut genug, um Coelestina widerlegen zu können; und so sah ich von einer weiteren Antwort ab, beschloß aber, der Sache auf den Grund zu gehen.
»Ich möchte mit Ottavia sprechen.«
Coelestina wurde blaß. »Ob das Eurem Vater recht wäre? Wie Ihr wißt, hat er mich mit Eurer Obhut betraut.«
»Bedenkt, ich bin eine verheiratete Frau!«
»Nun gewiß, doch zunächst nur in procura ...«
Da war es wieder, dieses unbestimmte Gefühl, daß hinter dem Vorfall mehr verborgen lag. »Weshalb soll ich nicht mit jemandem reden, der soeben gegen den Dämon gekämpft hat?«
»Weil es Ottavia sehr geschwächt hat und sie jetzt unbedingt Ruhe braucht.«
Dagegen konnte ich nichts mehr einwenden. »Gut, dann werde ich morgen mit ihr sprechen.«
Die Oberin atmete merklich auf, sah mich jedoch mit einem seltsamen Blick an, den ich zu diesem Zeitpunkt noch nicht richtig deuten konnte.
Am nächsten Tag war Ottavia fort. Ich fragte einige Nonnen, ob sie nicht wüßten, wo sich das Mädchen aufhalte, aber alle verneinten. Merkwürdig. Auch Coelestina war nirgends zu finden. Erst am späten Nachmittag erblickte ich sie in der Kapelle.
In dem schmucklosen, düstern Raum, der mir stets etwas unheimlich vorkam, brannte lediglich das Ewige Licht in einer roten Glasampel. Vor dem Altar lag Mater Coelestina. Mit ausgebreiteten Armen, das Gesicht fest auf den Boden gepreßt, betete sie leise. Ich vernahm immer wieder die Worte: »Mea

culpa, mea maxima culpa ...« Darüber hinaus konnte ich nichts verstehen, doch war es offensichtlich, daß die Mutter Oberin schwer gesündigt haben mußte, wenn sie einer solchen Buße bedurfte.

Ich trat vor bis an die unterste Stufe des Altars, der dem heiligen Sixtus geweiht ist, kniete nieder und wartete auf ein Zeichen von Coelestina. Doch sie schien ganz in ihre Bußübungen versunken – oder wollte mich einfach nicht bemerken. Egal, ich war fest entschlossen, mit Ottavia zu sprechen, und gedachte nicht, mich abweisen zu lassen. »Wo ist Ottavia?« Meine Stimme kam mir ziemlich laut vor.

Die Oberin zuckte merklich zusammen. Sie wendete langsam den Kopf in meine Richtung, immer noch mit ausgebreiteten Armen daliegend. »Das Mädchen ist fort.«

»Fort? Was heißt das?«

»Lucrezia, meine Tochter ...«

Offenbar wählte sie ganz bewußt diese Anrede, die ihr als Superiorin selbst mir gegenüber zustand, um mich zu beeindrucken.

»... meine Tochter, über ihren Verbleib muß ich schweigen, doch sie ist an einem sicheren Ort.«

Ich fühlte Unwillen in mir aufsteigen. Diese Nonne hatte mich gestern listig getäuscht, um mein Gespräch mit Ottavia zu verhindern, und heute besaß sie die Stirn, mir jede weitere Auskunft ganz zu verweigern. »Ich weiche nicht von Eurer Seite, bis Ihr mir gesagt habt, wo die Novizin sich befindet!«

»Ich kann es Euch nicht sagen.«

»Gut, Sorella Coelestina«, nun redete ich sie ganz bewußt als einfache Schwester an und nicht als Oberin, »dann wird mein Vater, der ehrwürdige Kardinal Rodrigo de Borgia, Wohltäter und Beschützer Eures Klosters, von diesem Vorfall erfahren; möge er urteilen und richten!«

»Seine Eminenz ist ein hochherziger und nachsichtiger Mensch.«

»Nicht so nachsichtig, daß er alles hinnehmen würde. Bedenkt, daß mit dem Ruf des Klosters auch der seinige leiden würde – und damit zugleich meiner. Mein Vater wird Euch zu einer Antwort zwingen, wenn ich ihn darum bitte.«
Die Oberin seufzte, erhob sich dann überraschend schnell und kniete sich neben mich auf die Stufe des Altars. Ich erkannte trotz der Dunkelheit, daß sie nur mit Mühe ihre Wut unterdückte.
»Madonna Lucrezia ...«
Es kam mir vor, als ob Coelestina ihre Worte betont freundlich – allzu freundlich – aussprach.
»Ihr seid zwar in Eurem besten Alter, wohlgebildet und in procura verheiratet«, wobei sie das »in procura« fast ein wenig spöttisch betonte, »doch mit Euren zwölf Jahren noch ohne rechte Erfahrung, was die Dinge des Lebens angeht. Ihr könnt versuchen, durch Euren Vater, seine ehrwürdige Eminenz, meine Antwort zu erzwingen; doch bedenkt, daß seine Interessen auch die meinen sind, daß alle Gerüchte, die um dieses Kloster entstehen, auch meinen Ruf betreffen. Deshalb werde ich selbst Eurem Vater berichten – unter dem Siegel des Beichtgeheimnisses; das jedoch nur ihm allein! Und nun laßt uns ins Refektorium gehen.«
Ich mußte eingestehen, daß die Superiorin wieder einen Weg gefunden hatte, sich einer Antwort zu entziehen. Natürlich, unter dem Siegel der Beichte ...
Während des ganzen Nachtmahls nagte der Ärger an mir, und ich aß kaum etwas. Nun, in gewisser Weise war mir Coelestina zwar entgegengekommen mit dem Zugeständnis, alles meinem Vater selbst beichten zu wollen. So würde er immerhin von dem Vorfall Kenntnis bekommen. Aber ich beschloß, meine Augen offenzuhalten und alle Dinge im Kloster von nun an aufs genaueste zu beobachten.
Es durfte nicht zugelassen werden, daß eine Kreatur wie diese

besessene Novizin, mochte sie auch noch so bedauernswert sein, Schande über ein Kloster brachte, das so sichtbar unter dem Schutz meines Vaters stand. Denn der Ruf eines Kardinals hat ohne jeden Makel zu sein. Manch Unwürdiger bekleidet ja in dieser Zeit ein solches Amt, Kardinal Giovanni de Medici etwa, noch nicht ganz achtzehn Jahre alt, ein Spieler und Verschwender großen Stils, der mit seinen Favoritinnen ganz offen in Rom ausfährt. Oder Kardinal Conti mit seinen vielen Günstlingen, alles junge Männer, fast Knaben noch, denen er einflußreiche Ämter und Würden verschafft. Wie anders ist doch dagegen mein geliebter Vater! Als engster Vertrauter des Papstes und Vizekanzler unserer heiligen Kirche mehrt er deren Vermögen und verwaltet den Schatz des apostolischen Stuhls. Niemals würde er Dinge tun, die seinem Ansehen in der Christenheit schaden. Auch ist sein Palazzo, zwischen der Brücke Sant' Angelo und dem Campo dei Fiori gelegen, mehr als bescheiden. Hier lebt mein Vater mit seiner Gefährtin, der edlen Giulia aus dem angesehenen Geschlecht der Farnese, sehr zurückgezogen. Doch trotz eines solchen gottgefälligen Lebens ist niemand vor Verleumdungen sicher, und gerade, wer ein so hohes Amt bekleidet wie mein Vater, hat genügend Feinde, die Gerüchte ausstreuen, um seinen Ruf zu schädigen. Besonders gemein finde ich jene Beschuldigungen, die sich auf viele Jahrzehnte zurückliegende Vorfälle beziehen und die darum keiner mehr nachprüfen oder widerlegen kann. Doch wenn ich auch als Tochter nichts dagegen tun kann, so will ich durch meinen untadeligen Lebenswandel dazu beitragen, allen Gerüchten über meinen geliebten Vater entgegenzutreten. Und hier im Kloster konnte ich darauf achten, daß keine Dinge geschahen, die einen Schatten auf den Ruf unserer Familie warfen.

Doch was sollte am Kloster San Sisto schon Auffälliges sein? Alles ging seinen geordneten Gang, die Schwestern beteten, lasen die Heilige Schrift und die Schriften der Kirchenväter, und das in immerwährend gleicher Weise, jahraus, jahrein, nur unterbrochen von den hohen Festtagen.

Du bist verärgert über die Oberin und allzu mißtrauisch, schalt ich mich. Gut, der Vorfall mit Ottavia schien schlimm genug, und die Beschwichtigungen von Coelestina waren nur allzu fadenscheinig, wie ich vermutete, aber doch wohl etwas Einmaliges, das sich nicht mehr wiederholen würde. Eine Novizin vom bösen Geist besessen? Gewiß unangenehm, besonders hier an einer geheiligten Stätte; doch die Dämonen der Finsternis lauern überall, und niemand weiß, ob nicht schon morgen Belial oder Beelzebub in ihn fährt.

»Donna Lucrezia, Contessa, bitte verzeiht, das Nachtmahl ist beendet.«

Ich sah überrascht auf. Niemand war mehr anwesend, und eine junge Novizin, die das Geschirr abräumte, hatte offenbar bemerkt, daß ich meinen Gedanken nachhing. »Ja, in der Tat; wie lange sind die Schwestern schon gegangen?«

Das Mädchen wirkte verlegen. »Etwa die Zeit, in der man einen Rosenkranz betet.«

»Und weshalb hast du mich nicht schon eher angesprochen?«

»Ich habe es nicht gewagt, Madonna.«

»Du fühltest Scheu, mich anzureden?«

»Nun – ich ...« Sie sah mich jetzt offen an. »Ob Ihr mir eine Frage erlaubt?«

Ich war erstaunt. »Sprich.«

Es war nicht zu übersehen, daß sie etwas bedrückte und ihr das Sprechen schwerfiel. »Es ist wegen Ottavia.«

»Ottavia de Savelli?«

»Ja. Eine Novizin hat Euch und die ehrwürdige Mutter in der Kapelle belauscht. Ihr habt nach ihr gefragt.«

»Was weißt du von ihr?«

»Man hat sie am anderen Tag frühmorgens abgeholt ...«

»Und wo ist sie jetzt?«
»Im Nonnenkloster von San Girolamo degl' Schiavoni.«
»Wie? Bei den polnischen Kartäuserinnen, die in völliger Abgeschlossenheit leben, zu ewigem Schweigen verpflichtet sind?«
»Ja, ganz recht, Madonna; deren einzige Verbindung zu dieser Welt ist ein Korb mit Nahrung, den sie einmal täglich durch eine Luke ins Kloster hochziehen. Selbst die heilige Kommunion reicht man ihnen durch ein Gitter.«
Welch eine kluge Entscheidung, die Novizin auf diese Weise mundtot zu machen! Damit wurden auch alle Gerüchte zum Schweigen gebracht, die sich nach dem Vorfall um das Kloster ranken könnten. So würde auch der Name meines Vaters damit nicht in Verbindung gebracht – ein Umstand, der mir nur allzu recht war.
Es überraschte mich, wie wenig ich und wie viel die anderen im Kloster über diese Sache offenbar wußten. Plötzlich wurde mir meine Abgeschlossenheit von den übrigen klar. Natürlich, eine Lucrezia Contessa de Procida stand weit über ihnen, weshalb sollte sie an den Geheimnissen oder, besser gesagt, an deren Entschleierung teilhaben? Ich beschloß, an diesem Umstand etwas zu ändern.
»Wie heißt du?«
»Bianca.«
Ich mußte unwillkürlich lächeln, denn im Gegensatz zu ihrem Namen war das Mädchen von ausgesprochen dunkler Hautfarbe. Sie zuckte kaum merklich zusammen und wurde blaß. Es schien offensichtlich, daß ich die junge Laienschwester verletzt hatte. Das lag nicht in meiner Absicht. Ich stand auf und legte beschwichtigend meine Hand auf ihre Schulter. »Verspotten sie dich wegen deiner dunklen Haut?«
Tränen standen in ihren Augen. »Ja. Sie nennen mich ›La Morisca‹.«
»Woher kommst du?«

Bianca schien sich nun wieder zu fassen. »Aus der Stadt Isnailloz bei Granada. Mein Vater, der Kaufmann Ibn an Nadim ...«, sie sah mich entsetzt an und schlug sich mit der Hand auf den Mund. »Verzeiht, Madonna, ich – ich ...«
»Du hast den alten Namen deines Vaters gebraucht, was ist so schlimm daran?«
»Ihr wißt?«
»Ja, Bianca. Mein Vater, der Kardinal Rodrigo de Borgia stammt aus Spanien.«
Sie atmete spürbar auf.
»Und wie heißt dein Vater jetzt?«
»Jesus Pedro Hernandez.«
Beinahe hätte ich wieder gelächelt. »Ein schöner Name, sehr christlich, sehr kastilisch.«
Bianca bekreuzigte sich.
Die junge Frau machte mich neugierig, denn ich hatte noch nie eine getaufte Maurin gesehen, obwohl es davon viele geben sollte. »Wie alt bist du?«
»Siebzehn Jahre, Madonna.«
Ich fand, daß sie wesentlich älter aussah, fast wie eine reife Frau von zweiundzwanzig. Diese getauften Moros wirken auf uns übrige Christenmenschen doch sehr fremdartig.
Es war an und für sich auch ungewöhnlich, daß diese Novizin es gewagt hatte, mich anzusprechen, und ich vermutete, daß sie einen gewichtigen Grund haben mußte. »Sag mir, Bianca, weshalb bekümmert dich das Schicksal Ottavias so sehr, seid ihr verwandt?«
»Kann ich Euch das wirklich sagen, Madonna?«
»Gewiß, weshalb nicht?«
»Wir haben gesündigt ...«
»Jeder Mensch sündigt, und unsere Sünden vergibt uns Gott der Herr. Was aber hat das mit seiner Sorge um Ottavia zu tun?«
Die Maurin schaute mich traurig aus ihren großen schwarzen

Augen an. »Wir haben uns geliebt ...«, hauchte sie und senkte dann den Blick. Damals – ich war ja noch völlig unschuldig – habe ich ihre Worte zwar vernommen, aber nicht verstanden. Liebe, das bedeutete für mich Nächstenliebe, wie sie uns das Wort des Herrn lehrte, die Liebe zum Vater oder die Liebe zu Jesus Christus. Liebe – was für ein Wort für den, der sie kennengelernt hat, und welch ein dürftiger Begriff für all jene, die ihr niemals begegneten. Viele werden die Liebe nie erfahren, teils aus eigenem Unvermögen, teils weil sie niemals in ihrem Leben einen Menschen treffen, der diese Liebe in ihnen entfacht. Andere dagegen geben sich ihr hin, wieder und immer wieder, verschwenden sie an Unwürdige, werden furchtbar enttäuscht. Manch einer trägt viel Liebe in sich, will sie geben – und findet doch niemanden, der fähig ist, Liebe zu empfangen und zurückzugeben. Nur ganz wenige Frauen vermögen es, die Liebe in ihre Herzen einzuschließen wie eine Hostie in den Tabernakel. Dort ruht sie, kostbar und wunderbar, bis jener Tabernakel geöffnet wird. Aber das gelingt keinem Mann allein, sondern die Frau selbst muß den festen Willen besitzen, ihm ihre Liebe zu schenken. Und nur dann, wenn beide sich ihrer Gefühle gewiß sind, ist sie bereit, ihn wahrhaft zu lieben, und weiß, daß auch er sie widerliebt.

Es war schon spät geworden, und ich fand es besser, das Gespräch mit der Maurin zu beenden und mich mit ihr für den nächsten Tag nach dem Vespergebet zu verabreden.

Es war ein glühendheißer Nachmittag, und niemand außer uns beiden hielt sich im Kreuzgang auf. Wie ich schon vermutet hatte, wollte Bianca mich bitten, bei meinem Vater ein gutes Wort für Ottavia einzulegen, damit sie wieder in San Sisto aufgenommen würde. Doch die Lösung, die man in dieser heiklen Lage gefunden hatte, erschien mir durchaus günstig, und so vertröstete ich die Maurin mit nichtssagenden Worten. Aber eines erschien mir damals sehr lobenswert, daß diese Bianca für ihre Freundin eintrat. Ich kannte ja die Macht wahrer Liebe noch nicht ...

Eine solche Frau als Vertraute zu haben mußte nützlich sein, und ich bat Mater Coelestina, mir die Novizin als Zofe zu überlassen. Die Oberin schien nicht besonders glücklich über meinen Wunsch.

»Biancas Glauben ist, ich muß Euch das sagen, keineswegs gefestigt; bedenkt doch, sie war bis vor fast zwei Jahren noch eine gottlose Muselmanin.« Coelestina bekreuzigte sich.

»Nun, ich denke, sie hat vor kurzem das heilige Sakrament der Taufe erhalten.«

»Das ist wohl wahr, doch haftet ihr noch viel heidnische Wildheit an. Wer weiß, in welcher Gestalt sich uns die Dämonen nähern?«

»Die sanfte Bianca kann ich mir kaum als rasende Proserpina vorstellen; und wenn ihr Glaube noch nicht gefestigt sein sollte, so mag sie ihn an meinem Beispiel bekräftigen. Oder zweifelt Ihr etwa an der Standfestigkeit meines Glaubens, Mater Coelestina?« Das wäre nun wirklich nicht gut möglich und hätte einen versteckten Vorwurf gegen meinen geliebten Vater bedeutet. Ich bemerkte, wie die Oberin nachdenklich wurde. »Und bedenkt die Worte unseres Herrn Jesus Christus, daß ihm ein reuiger Sünder mehr wert sei ...«

»... als neunundneunzig Gerechte. Ich benötige keine Belehrung, Contessa!«

»Ihr wißt, daß mir eine Zofe zusteht. Ich lehne es ab, weiterhin von verschiedenen Nonnen bedient zu werden, was gegen meine Stellung als Gräfin von Procida verstößt!«

Ich sah, wie Coelestina die Zornesröte ins Gesicht stieg. Sie war ganz dunkel angelaufen und hatte fast schon die Farbe von Bianca angenommen. Die Augen der Oberin funkelten mich bösartig an.

»Diese Maurin wird niemals Eure Zofe!«
Ich wurde langsam unwillig. Die Oberin glaubte offenbar, in mir ein ebenso williges Werkzeug zu finden, wie es ihre Mitschwestern waren. Aber Coelestina sollte sich in mir täuschen; ein drittes Mal würde sie mir nicht ihren Willen aufzwingen. Ich drehte mich einfach um und ging. Das war zwar gegen die Sitte, enthob mich jedoch einer Antwort, die Coelestina meine Absichten verraten konnte.
Was war zu tun? Meine Stellung als Contessa de Procida verlangte es, daß ich mich diesmal nicht den Wünschen der Oberin fügte, auch gebot das mein Stolz als Tochter aus edlem Hause. Zwar besitze ich als Frau keine Ehre, die ist Angelegenheit der Männer; aber wie diese von den männlichen Mitgliedern der Familie bis aufs Blut verteidigt wird, so muß ich durch meinen Stolz der Ehre unserer Familie gerecht werden. Hochfahrendes Wesen und Härte gegenüber anderen sind daher wichtig, und so war ich eisern entschlossen, Bianca als meine Zofe zu nehmen. Dabei war mir völlig klar, daß ich dadurch die Oberin zu meiner Feindin machte, ein Umstand, der sich leider nicht vermeiden ließ. Doch auch das kennzeichnet das Wesen von uns Edlen: Feinde zu haben ...
Als das Nachtmahl beendet war, blieb ich wieder so lange sitzen, bis alle gegangen waren; auch Bianca schien auf diesen Moment gewartet zu haben.
»Bianca, ich will, daß du meine Zofe wirst.«
Sie sah mich überrascht an, und ich wunderte mich nicht, daß ihr nächster Gedanke der Oberin galt.
»Wird die Mutter Oberin das erlauben?«
»Nein, Bianca, sie hat es verboten, aber ich nehme dich trotzdem als meine Zofe.«
Die junge Frau wich zurück, und ich sah, wie ihr Gesicht aschfahl wurde.
»Bei allen Heiligen, die Superiorin wird mich strafen!«

»Strafen? Wir sind hier an einem heiligen Ort, niemand straft hier, es sei denn, die Kurie ordnet es an.«
Bianca blickte derart verängstigt drein, daß mir Zweifel an meinen eigenen Worten kamen.
»Oder wagt es hier jemand, eigenmächtig zu strafen?«
»Ich darf es nicht sagen, Madonna Lucrezia, sonst ...« Sie blickte mich angstvoll an.
Die Frauen des Volkes besitzen eines nicht, was uns in so hohem Maße gegeben ist – Haltung. Wir weinen nicht hemmungslos im Unglück und lachen nur, wenn es sich schickt und angemessen erscheint. Das lehrt man uns schon von Jugend an. Und deshalb zeigte ich nicht die geringste Regung von Mitleid, obwohl ich Bianca ihrer Verzagtheit wegen bedauerte. »Wer mir nicht die Wahrheit erzählen will, kann natürlich niemals meine Zofe sein, bedenke das!«
Sie schlug die Hände vors Gesicht. »Ich kann es nicht ...«
Jetzt machte sie mich erst recht neugierig. »Sprich, oder verschwinde für immer in deiner Küche!«
Langsam, stockend begann Bianca endlich zu erzählen. »Das Schlimmste ist die Geißelung ...«
Ich glaubte, nicht richtig gehört zu haben. »Was, die Nonnen werden geschlagen?«
»Ja, von Coelestina – aber ...«, und dabei wurde ihre Stimme ganz leise, »... auch wir müssen die Superiorin schlagen.«
»Unmöglich!«
»Vergewissert Euch selbst, Madonna. Heute nacht wird eine Strafe an der Novizin Fabia vollzogen.« Sie blickte sich angstvoll um, als ob die Teufelin Lilith leibhaftig hinter ihr stände. »Ich muß zurück in die Küche, verzeiht ...«
»Wo? Wo ist die Bestrafung?«
»In der Sakristei. Möge Euch Allah beschützen.« Sie bemerkte ihren Fehler und bekreuzigte sich schnell. »Der Herr möge mir verzeihen, im Namen Jesu Christi.«

»Amen!«
Die energische Stimme der Beschließerin scheuchte Bianca hinaus. »Verzeiht, Contessa, hat Euch die Novizin belästigt?«
»Keineswegs. Nur eine gottgefällige Reflexion über den geheiligten Namen unseres Herrn.«
»Möge es immer so sein. Die Maurin erwähnte auch schon einmal den Namen des dreimal verfluchten Antichristen, ihres muselmanischen Götzen Allah ...«
»Wofür sie bestraft wurde.«
Die Beschließerin schaute mich mißtrauisch an. »Bestraft?«
»Ja, natürlich, eine solche Gotteslästerung muß doch bestraft werden.«
»Gewiß, Madonna, durch Fasten und Bußübungen.«
Ich war mir sicher, daß die Frau log. Zu schnell und glatt kam die Antwort über ihre Lippen. Mein »Gelobt sei Jesus Christus« klang ganz so, als wäre ich arglos und hätte der Nonne geglaubt, denn niemand sollte von meinen frisch erworbenen Kenntnissen etwas ahnen.
»In Ewigkeit, amen.«
Irgendwann also in dieser Nacht sollte die geheimnisvolle Bestrafung stattfinden. An und für sich war eine Auspeitschung für mich nichts Neues, hatte mich doch meine Mutter als Kind häufig zur Piazza del Paradiso mitgenommen, wo Menschen, die sich kleinerer Vergehen schuldig gemacht hatten, an den Pranger gestellt worden waren. Besonders lachen mußte ich immer über jene Männer, die man Bestemmiatori nennt und deren Zungen vom Henker an ein Brett genagelt wurden, weil sie gotteslästerlich geflucht hatten. Dazu peitscht man sie noch ordentlich aus. Das ist für die Zuschauer höchst erheiternd, denn schreien können diese Männer ja nicht, weil sie das Brett mit ihrer angenagelten Zunge vor dem Mund haben. Also grunzen sie ähnlich wie Schweine, und wenn einer der Umstehenden dem Henkersknecht einen Quattrino gibt, schlägt dieser beson-

ders kräftig zu. Dann quiekt der Verurteilte wie ein junges Ferkel – ein herrliches Vergnügen für alle, die zusehen.

Nun, heute war meine Mutter nicht dabei und auch keine Volksmenge wie auf der Piazza del Paradiso, dafür packte mich eine nie gekannte prickelnde Neugier. Ich wollte unbedingt sehen, was es mit dieser geheimnisvollen Bestrafung auf sich hatte. Die körperliche Züchtigung von Nonnen, die gefehlt hatten, konnte ich mir schon nicht vorstellen, doch daß die Oberin sich ebenfalls schlagen ließ? Das war geradezu grotesk und machte zudem keinerlei Sinn. Eine Übertreibung von Bianca, vielleicht sogar eine Verleumdung? Doch weshalb sollte sie das tun? Bald würde ich hoffentlich die Wahrheit erfahren.

Damit mich niemand im Dunkel der Klostergänge entdeckte, nahm ich eine berettinofarbene leichte Cotta sowie einen schwarzen Schleier. Wann würde Mutter Coelestina wohl ihr Werk beginnen? Und wo war sie jetzt gerade?

Da unsere Zellen nebeneinanderlagen, war es mir ein leichtes, auf den Gang zu huschen und an Coelestinas Tür zu lauschen. Ich atmete auf. Drinnen betete jemand – oder beteten zwei? Fast klang es so. War die zu bestrafende Novizin schon bei der Oberin, das Opfer also bei seiner Richterin? Welch ein Gedanke. Es war wohl noch etwas Zeit. Die Beschließerin hatte ihren Rundgang noch nicht begonnen und wie immer die Außenriegel der Zellen geräuschvoll geschlossen. Selbst danach würde die Oberin gewiß einige Zeit warten, denn die Bestrafung mußte heimlich stattfinden, da den Nonnen einerseits jegliche gegenseitige Berührung strengstens untersagt war und andererseits körperliche Strafen wie auch die Folter ja nur auf Anordnung der Kurie an ihnen vollzogen werden durften.

Also legte ich mich auf mein Lager und lauschte hellwach, ob sich nicht bald etwas an der Tür regte.

Eine Ewigkeit schien zu vergehen, bis ich endlich etwas hörte. Jetzt! Ich wartete noch ungefähr so lange, wie man für das Beten eines Paternoster benötigt, öffnete dann ganz vorsichtig meine Tür und trat hinaus auf den Gang. Völlige Stille. Mildes Mondlicht fiel schräg durch die Arkadenbögen, zum Glück so, daß die eine Seite des Ganges in fast totaler Dunkelheit dalag. Hier konnte ich ungesehen zur Treppe und von dort aus zur Sakristei gelangen. Und wirklich, sie mußten dort sein, denn von der Sakristei vernahm ich wieder leises Beten. Ein ganz schwacher Kerzenschein drang durch den Türspalt über den Boden, das war alles. Bei allen Teufeln! Natürlich ließ Coelestina bei ihrem verbotenen Treiben die Tür zum Kreuzgang nicht offenstehen. Wie sollte ich es nur anstellen, etwas zu sehen?

Die Kapelle! Eine schmale Pforte rechts neben dem Altar führte zur Sakristei, vielleicht konnte ich von dort aus das Geschehen beobachten. Das Portal der Kapelle ließ sich nur unter größter Anstrengung öffnen, gab aber keinen Laut von sich – zu meinem Glück, denn in der Kapelle hallte schon das leiseste Geräusch schauerlich. Die rote Flamme des Ewigen Lichtes über dem Altar wies mir schemenhaft den Weg. Einmal stieß ich mich furchtbar, wohl an einer Säule, und hätte fast vor Schmerz aufgestöhnt, doch meine Neugier und eine seltsame Aufgeregtheit hatten so von mir Besitz ergriffen, daß es mich förmlich zur Sakristei trieb. Welch ein Zufall kam mir zu Hilfe! Die Tür besaß eine kleine Öffnung in Form eines griechischen Kreuzes, durch die man das Gelaß sicher recht gut überblicken konnte. Ich mußte sehr vorsichtig sein; zwar lag die Kapelle fast völlig im Finstern, doch wenn ich mein Gesicht zu hastig an die Öffnung preßte, könnte Coelestina vielleicht eine flüchtige Bewegung erkennen, denn es drang ja ein schwacher Lichtschein zu mir herein. Ganz behutsam näherte ich mich also den etwa zwei Finger breiten Schlitzen, die die Arme des griechischen Kreuzes bildeten, wagte kaum zu atmen, bis ich endlich hindurchblicken konnte. Meine Geduld hatte sich gelohnt.

Auf dem Boden der Sakristei lag ein Holzkreuz, wohl genauso groß wie jenes, an dem unser Herr am Berge Golgatha gelitten hatte. Fast wäre ich auf die Knie gesunken, denn für einen Moment hatte mir das flackernde Kerzenlicht in dem Raum vorgegaukelt, es sei wirklich unser Heiland, und erst bei genauerem Hinsehen war zu erkennen, daß es sich um eine Statue handelte. Noch nie hatte ich so etwas Wunderbares gesehen. Sollte dies etwa eines jener Kunstwerke sein, die seit geraumer Zeit in Florenz gefertigt werden und über deren unglaubliche Naturwahrheit soviel erzählt wird? Es war, als ob eine magische Kraft von dieser Figur ausging, obwohl das Kruzifix auf dem Boden lag – welche Entweihung! Coelestina und die Novizin Fabia knieten davor und beteten. Dann erhob sich die Oberin und legte ihre Rechte auf Fabias gesenkten Kopf. Deutlich konnte ich ihre Worte vernehmen.

»Hast du, meine Tochter, gegen das Gebot der Keuschheit verstoßen, dessen Gelübde du bald ablegen wirst? Antworte!«
Die Novizin hauchte ein kaum vernehmbares »Ja«.
»Und du hast«, fuhr Coelestina in gebieterischem Ton fort, »versucht, Schwester Chiara zu umarmen und zu küssen?«
»Ehrwürdige Oberin«, bat die Novizin mit leiser Stimme, »ich fühlte mich so unglücklich, so einsam, ohne einen Menschen, den ich ein wenig liebhaben konnte; laßt mich gehen, zu meiner Mutter, zu meiner Familie, ich bitte Euch ...«
Die Gesichtszüge der Superiorin nahmen einen bösartigen Ausdruck an. »Deine ganze Liebe wird Jesus Christus gelten, und dabei sollst du leiden wie unser Herr am Kreuze, denn nur das Leid wird dich läutern und zum Heil führen, dich erheben über alle anderen.«
Die arme Fabia blieb stumm.
Fast triumphierend fuhr Coelestina fort: »So sollst du deine gerechte Strafe erhalten, im Namen des Allmächtigen. Doch vorher schwöre bei der heiligen Dreifaltigkeit, niemandem da-

von zu erzählen, auch nicht deinem Beichtvater, denn eine Strafe auf sich zu nehmen ist keine Sünde, sondern gottgefällig.«
Und nun kam es. Das, was Bianca erzählt hatte, wahrhaftig, es stimmte.
»Aber auch ich«, Coelestinas Stimme wurde ganz dunkel, klang eigentümlich, beinahe wie in Erwartung einer großen Freude, »habe gefehlt, indem ich nicht verhindern konnte, daß du jenen Frevel begangen hast. Also werde auch ich bestraft. Und du, Fabia, mußt es sein, die diese Strafe ausführt, gnadenlos und mit aller Härte, sonst wird dich die Hölle verschlingen.«
Dann zog die Oberin der total verängstigt am Boden Knienden das Gewand über den Kopf und befahl dem zitternden Mädchen, sich auf das Kruzifix zu legen, und zwar so, daß es Wange an Wange mit der Skulptur lag, die etwa ebensogroß war wie Fabia selbst. Das Ganze wirkte auf mich wie eine Teufelsmesse, widerte mich einerseits an, übte jedoch auch so etwas wie einen unwiderstehlichen Bann aus, so daß ich meine Augen nicht abwenden konnte.
Jetzt schritt Coelestina zu einer Truhe und zog tatsächlich eine Peitsche mit kurzem Griff und vielen dünnen Lederriemen heraus. Bevor sie damit zuschlug, band sie dem bedauernswerten Mädchen einen Knebel vor den Mund.
Fabia zuckte unter den Hieben zusammen, wieder und immer wieder. Bald glaubte ich rote Striemen auf ihrem Rücken zu entdecken, doch Coelestina machte weiter, schlug aber keineswegs sehr hart zu. Ich dachte an die Hiebe der Henkersknechte auf der Piazza del Paradiso, die mit ganz anderen Peitschen und viel größerer Gewalt durchgeführt wurden.
Plötzlich hörte die Mutter Oberin auf, bedeutete Fabia, sich zu erheben, die ungläubig und erleichtert blickte, daß dieser Kelch doch recht gnädig an ihr vorübergegangen war. Sie durfte ihr Gewand wieder überstreifen. Die Superiorin sah die Novizin ernst an und reichte ihr die Peitsche. »Nun werde ich büßen,

Fabia, auch für deine Sünden. Je stärker du zuschlägst, desto vollkommener werden uns unsere Sünden vergeben. Denke daran und höre erst auf, wenn ich dir ein Zeichen gebe!«
Dann legte auch sie ihr Gewand ab und stand in völliger Nacktheit vor dem Kruzifix, betrachtete den Leib Jesu. Dabei lag ein so hingebungsvoller, beinahe süßer Ausdruck auf ihrem Gesicht, wie ich ihn dieser harten Frau niemals zugetraut hätte. Und was für eine Frau sie war! Trotz ihrer kurzgeschorenen Haare kam sie mir jetzt viel jünger vor als sonst in ihrer strengen Dominikanerinnentracht. Da stand eine reife Frau von etwa fünfundzwanzig Jahren mit vollen Brüsten, ausladenden Hüften und makelloser Haut.

Langsam, als wäre es eine heilige Handlung und kein unfaßbares Sakrileg, keine entsetzliche Todsünde, ganz langsam legte sie sich auf das Kruzifix, umfing fest die herrliche Christusfigur und befahl mit belegter Stimme: »Schlag zu, in Gottes Namen, schlag zu!« Dann preßte sie ihr Gesicht fast innig an die Wange der Statue, und als die ersten Peitschenhiebe niedersausten, lag ein seliger Ausdruck auf Coelestinas Gesicht. Immer wieder mußte Fabia zuschlagen, bis der Rücken mit blutigen Striemen bedeckt war. Dann endlich hob sie die Hand und gebot der Novizin Einhalt.

Ich wußte die seltsamen Ereignisse in der Sakristei nicht zu deuten. Warum tat die Oberin das alles? Ihr Verhalten wirkte abstoßend auf mich und sinnlos. Doch ich wollte später darüber nachdenken; jetzt war es wichtiger, schnell in meine Zelle zurückzukehren, um den beiden nicht zu begegnen.

Der nächste Tag begann für mich mit dem Gedanken, daß wegen Bianca schnellstens etwas unternommen werden mußte. Als eine Borgia und Procida konnte ich es nicht hinnehmen, daß die Superiorin mir das Mädchen als Zofe verweigerte, selbst wenn es stimmte, daß Biancas Glaube noch der Festigung bedurfte. Coelestina wußte genau, daß ich aus Stolz meinen Vater nicht bitten würde, der mir niemals einen Wunsch abschlug; das verschaffte ihr einen Vorteil. Ich mußte mich gut darauf vorbereiten, ihr gegenüberzutreten. Wo sollte ich sie am besten anreden, im Kapitelsaal, nach der Messe oder im Kreuzgang? Doch da waren stets andere in ihrer Nähe. Nein, ich wollte sie allein sprechen.

Würde und Gewicht des Auftretens, so hatte man mich gelehrt, hängen nicht nur vom Rang ab und der Art und Weise, wie man sich gibt, sondern auch von einer angemessenen Pracht der Erscheinung. Ich wählte also eine goldbestickte seidene Camicia, zog darüber meine schönste Cotta, an die ich reichlich gebauschte Ärmel aus glänzendem rot-grünen Satin band. Statt der Seidenpantöffelchen trug ich Pianelle mit hohen Sohlen und Absätzen, um größer zu wirken. Diese Schuhe waren an einem solch heiligen Ort zwar unangebracht, doch – wie gesagt – sie ließen mich bedeutender erscheinen. Und überhaupt, war San Sisto noch ein geheiligter Ort? Wo Dinge geschehen konnten, wie ich sie beobachtet hatte? Auf jeden Fall mußte ich rasch handeln; ahnte die Oberin erst etwas, würde Bianca es zu spüren bekommen, oder Coelestina ließ sie in irgendeinem anderen Kloster verschwinden.

Gleich nach dem Mittagsmahl befahl ich Bianca, mir einen großen Krug mit Wasser und Wein in mein Gelaß zu bringen. Sie tat ahnungslos, wie ihr geheißen, aber ich hinderte sie, wieder zu gehen.

»Bianca, du bist ab sofort meine Zofe und gehorchst der Mutter Oberin nicht mehr!«

Die Maurin war starr vor Schreck. »Bei allen vierzehn heiligen Nothelfern, Madonna Lucrezia, die Superiorin hat mir das bereits verboten und wird es niemals zulassen!« Dann sank sie auf die Knie und fing voller Angst zu beten an.

»Stell dich nicht so an, Bianca; niemand wird dir etwas tun!«

»Contessa, sie werden mich in die schwarze Zelle stecken!«

»Wohin?«
»Es gibt eine Zelle ohne Fenster. Dort muß man in völliger Dunkelheit tagelang ausharren und bekommt nur etwas Wasser zu trinken. Sie nennen das ›Vade in pace‹ – etwas Schrecklicheres kann sich niemand vorstellen.«
»Nichts dergleichen geschieht, solange ich bei dir bin!« Ich war wütend und aufs äußerste erregt über die Dinge, die hier geschahen, und dies ganz offensichtlich ohne daß mein Vater oder mein Bruder Cesare etwas davon wußten. Cesare war Bischof und mußte darüber wachen, daß unsere Zuwendungen für das Kloster richtig verwaltet und alle Ausgaben ordentlich aufgeschrieben wurden.
Coelestina hielt, wie alle hier, nach dem Mittagsmahl eine Stunde der Kontemplation in ihrer Zelle. Mit dieser Ruhe würde es jedoch gleich vorbei sein; ich trat an ihre Tür und klopfte energisch. Coelestina öffnete und sah mich mißbilligend an. Ein weiterer strenger Blick galt meinem unangemessen feierlichen Gewand. Ich hielt ihm stand, merkte aber, wie ich innerlich bebte. Eine ungewöhnliche Kraft ging von dieser Frau aus. Doch ich war auf der Hut, wartete nicht ab, bis sie etwas sagte, sondern ergriff schnell das Wort.
»Bianca ist ab sofort meine Zofe; sie hat ihrem Stand als Novizin entsagt. Bitte richtet Euch danach!«
Ein ungläubiger Zug zeichnete sich auf Coelestinas Miene ab. Aber sie hatte sich im selben Moment wieder gefangen. »Bianca bleibt Novizin und legt das Gelübde ab, wenn es soweit ist. Ich lasse sie ins Kloster von San Lorenzo in Damaso bringen, wo man ihr Ehrfurcht und den rechten Glauben nahebringen wird.«
Es war genauso wie befürchtet, die Superiorin schien zu allem entschlossen, um ihren Willen durchzusetzen.
Und ich erst recht. »Bianca ist und bleibt bei mir. Meine Zelle wird so lange verschlossen bleiben, bis Ihr Euch damit abgefunden habt; möge es bis zum Jüngsten Tag dauern!«

Ich drehte mich so eilig um, daß ich mit den hohen Schuhen fast gestürzt wäre, und ließ die verdutzte Oberin stehen. Dabei schmetterte ich ihre Zellentür so heftig zu, daß diese gleich wieder aufsprang. Dann trat ich schnell in mein Gelaß ein, schloß die Tür und legte den Riegel vor.
Kurz darauf klopfte es herrisch. Es war Coelestina. »Macht auf, Bianca soll auch nicht bestraft werden.«
»Bianca ist meine Zofe und kann nur von mir bestraft werden!«
Dann trat eine kurze Pause ein.
»Madonna Lucrezia, bitte bedenkt, ihr entreißt diese Novizin dem Schoß der Kirche.«
Es war genug. »Besprecht alles mit meinem Vater, dem Vizekanzler des Heiligen Stuhls; ob Bianca bei mir dem Schoß der Kirche entrissen wird, mag er entscheiden.« Fast wie beiläufig hatte ich diesen Satz dahingesagt, ungern zwar, denn nun war mein Vater direkt in diese Angelegenheit mit hineingezogen. Nun mußte Coelestina sehen, wie sie weiterkam.
Doch offenbar hatte es gewirkt. Beinahe honigsüß flötete die Superiorin zurück: »Wir wollen uns alle ins Gebet versenken und den Heiligen Geist um Erleuchtung bitten; dann, Contessa Lucrezia, werden wir morgen weitersprechen.«
Diese Erleuchtung wünschte ich im stillen der Oberin. Immerhin sah es ja fast so aus, als ob sie einlenken wollte. Ich verließ mich jedoch nicht auf mein Gefühl, blieb stumm und hielt die Tür nach wie vor fest verriegelt. Eine sehr weise Entscheidung, wie sich herausstellen sollte.

Nachts, besonders im Halbschlaf, glaubt man oft, Dinge wahrzunehmen, und täuscht sich doch. Die Dämonen narren uns, und man darf nicht auf sie hören. Aber ich ließ mich auch nicht vom Teufel Belphegor zur Trägheit verleiten. Denn was ich vernahm, ließ meine Sinne mit einem Mal hellwach werden: An der Tür scharrte es! Ich lauschte atemlos. Da war es wieder, ganz

eindeutig! Gott sei Dank, die Öllampe brannte noch. Bianca schlummerte friedlich neben mir in meinem Bett. Ich rüttelte ihre Schulter. »Bianca, Bianca!«
»Amrun zahirun la hafa' a bihi ...«
Die Maurin befand sich noch im Halbschlaf, wurde dann aber blitzschnell wach und hörte auch das Scharren, das nun ganz deutlich zu vernehmen war. Wir zündeten einige Kerzen an und traten vorsichtig an die dicke Eichentür. Dann sahen wir es.
Jemand versuchte, durch die Spalte zwischen Tür und Türstock eine Messerklinge zu schieben, um den Querriegel, der ja nur locker in seiner Verankerung saß, hochzudrücken.
Wenn das gelänge, wäre der Weg frei, Bianca schnell fortzuschaffen. An mich würde man sich natürlich nicht heranwagen.
Die Maurin schien vor Angst wie gelähmt und flüsterte mit bebenden Lippen, man würde sie wegbringen und furchtbar bestrafen. Ich sah, daß hier nur ein energischer Befehl helfen konnte, damit meine Zofe wieder zur Vernunft kam. Doch was sollten wir tun? Der Schemel! Vielleicht würde die Messerklinge abbrechen, wenn man mit voller Wucht daraufschlug. Zumindest aber würde die Person draußen damit aufhören, den Riegel auf diese Weise öffnen zu wollen.
Ich drückte also Bianca den Schemel in die Hand und flüsterte ihr leise, aber energisch zu, was zu tun war. Plötzlich wirkte meine Zofe ganz ruhig und entschlossen, offenbar hatten ihr meine Worte Mut gemacht. Sie holte aus und schlug verblüffend zielsicher auf die Klinge. Draußen ertönte ein unterdrückter Laut. Und dann geschah etwas, was ich bis heute nicht erklären kann. Bianca verdrehte die Augen, ein Stakkato schriller Schreie brach aus ihr hervor. Sie riß den Riegel mit einer solchen Gewalt nach oben, daß er in die Ecke flog, trat mit aller Kraft gegen die Tür, die krachend nach außen schwang, nicht ohne die Nonnen, die sich dicht dahinter befanden, umzustoßen. Auf dieses Knäuel von Leibern stürzte sich meine Zofe, wobei sie nicht aufhörte,

laut zu schreien – in einer Weise, wie ich es noch nie gehört hatte. Die Rasende benutzte den Schemel als Waffe, und zwar äußerst wirksam, denn es gab jedesmal ein dumpfes Geräusch und Schmerzenslaute, wenn sie eine der Nonnen traf.
»Bianca, hör sofort auf!«
Sie nahm meine Stimme gar nicht wahr, und der Schemel sauste immer wieder auf die wimmernden Schwestern nieder, so als hätte ihr ein Dämon den Befehl gegeben weiterzuschlagen. Endlich rafften sich die Nonnen auf zu fliehen, und ich ergriff die Möglichkeit, die Wahnsinnige an ihrem Gewand festzuhalten, so daß die Bedauernswerten entkommen konnten.
Und ganz plötzlich, als würde sie aus einem Traum erwachen, stand Bianca ruhig da, schwer atmend, den lädierten Schemel in ihrer Rechten, und sah mich mit einem Blick an, der etwas unsäglich Unschuldiges hatte. Willenlos ließ sie sich von mir in die Zelle führen. Sorgfältig verriegelte ich wieder die Tür.
»Die Schwestern sind weg, Herrin, wahrhaftig – ein Wunder.«
»Ein Wunder? Nein, Bianca, es wütete der Satan in dir und schlug die Nonnen in die Flucht!«
Meine Zofe sah verständnislos auf den zerborstenen Schemel und ihr zerrissenes Gewand. »Ich, Madonna? Bei allen Heiligen, ich kann mich an nichts erinnern.«
»Das mag wohl sein; du warst von einem unreinen Geist besessen.« Allmählich begann auch ich zu glauben, daß Biancas Christentum noch nicht wirklich gefestigt war; hätte sonst ein Teufel so leicht Besitz von ihr ergreifen können – wenngleich auch nur für wenige Augenblicke? Was mich trotz allem erstaunte, war, welche Kraft und Wildheit in dieser jungen Frau verborgen lagen. Gut, dies zu wissen, denn eine Messerklinge, schnell und sicher geführt, konnte manche Gefahr abwenden. Ich beschloß, Bianca einen Dolch zu schenken ...

Meine Lage im Kloster wurde zunehmend schwieriger. Sicher, ich könnte Coelestina befehlen, meinen Vater zu benachrichtigen, und damit wäre alles getan – doch das gestattete mir, wie gesagt, mein Stolz nicht. Darauf verließ sich Coelestina, eine wahrhaft hartnäckige und kluge Frau. Trotzdem, weshalb tat sie das alles? Warum gab sie nicht einfach nach und erfüllte mir meinen Wunsch, der ja keineswegs unbillig war? Das Verhalten der Superiorin wirkte auf mich wie ein einziges Rätsel. Ich hatte ihr bisher den nötigen Respekt entgegengebracht, der einer Oberin zusteht, ohne allerdings dabei zu vergessen, daß ich weit über ihr stand. Alle pflegten mich stets mit Hochachtung zu behandeln; selbst meine Mutter, die ehrenwerte Vanozza de Cattanei, sprach mich seit meiner Heirat nur noch mit Contessa an.

»Warum nur kommt die Oberin meinen Wünschen nicht nach?« Bianca sah mich überrascht an. Offenbar hatte ich diesen Gedanken, der mich so stark beschäftigte, laut ausgesprochen.

»Weil Ihr bisher immer gehorcht habt.«

Im allgemeinen wird auf eine Frage, die man an sich selbst stellt, keine direkte Antwort erwartet. Biancas Worte trafen mich daher sehr unvorbereitet. Sie befürchtete wohl, etwas Falsches gesagt zu haben, und schlug sich mit der Hand auf den Mund.

»Verzeiht bitte, Herrin.«

»Nein, nein, Bianca, du hast ja recht.« Und mit einem Male fiel es mir wie Schuppen von den Augen. Genauso war es, wie die Maurin sagte, mein Vater, meine Brüder, Coelestina: Für alle war ich stets nur die folgsame, zarte kleine Contessa gewesen, eine Bambolina, angetan mit schweren, steifen Gewändern. Man hatte mir eingeredet, alles müsse so oder so und nicht anders sein. Und nun, da ich es erstmals wagte, einen Wunsch wirklich selbst durchzusetzen, stieß ich sofort an Grenzen. Meine neue Zofe setzte mich immer mehr in Erstaunen; nicht nur, daß sie vorhin den Feind mit der Wut von hundertvierundzwanzig

Teufeln in die Flucht geschlagen hatte, sie besaß auch noch einen scharfen Verstand.
»So, und du glaubst also, ich sei zu willfährig gewesen.«
»Ich würde so etwas nie zu sagen wagen.«
»Sei aufrichtig, Bianca.«
Sie sah mich offen an. »Ist es nicht unsere gottgewollte Pflicht als Frau, dem Willen unseres Gatten, Vaters, der Brüder zu gehorchen?«
»Das mag für Frauen der niederen Stände gelten, doch für mich als Contessa de Procida kommt das nicht in Frage!«
»Werdet Ihr denn Eurem Gemahl zukünftig nicht gehorchen müssen, Herrin?«
Natürlich mußte ich es, und wir beide wußten das nur zu gut; trotzdem antwortete ich: »Nicht, wenn er etwas von mir verlangt, was unbillig ist.«
Bianca blickte zu Boden. Ich spürte, daß sie mir nicht glaubte. Doch da lag nicht mein eigentliches Problem. Jetzt und hier ging es um Coelestina.
»Sie will Euren Willen brechen.«
Konnte die Maurin meine Gedanken lesen? »Ja, so sieht es aus, Bianca, aber es wird ihr nicht gelingen!«
Diese Worte, in Erregung herausgeschleudert, im Gefühl der Ohnmacht, dem Ausgeliefertsein – sie sollten sich in mein Innerstes einbrennen und mich mein ganzes zukünftiges Leben verfolgen: als Anspruch und Fluch zugleich.

Was wäre wohl geschehen, wenn ich mich damals gefügt hätte in jene Rolle, die man von mir erwartete? Mich verhalten hätte, wie die göttlichen und irdischen Gesetze es verlangen, als Gefäß des Gatten, demütige Dienerin der Kirche, gehorsam gegen Vater und Brüder? War es Frevel gegen Gott, unseren Herrn, daß ich mich auflehnte? Ich weiß es nicht, wollte es auch nie wissen, denn ich bin eine Borgia, und unser Geschlecht ist auserwählt, anders als andere, mutiger, stolzer. Daß ich seinerzeit beschloß, mich durchzusetzen gegen die Superiorin – so gering ihre Person und die Umstände mir heute auch erscheinen mögen –, prägte meine weitere Zukunft. Die beiden Worte »ich will« haben mich mein Leben lang verfolgt – wie die Erinnyen, die Rachegöttinnen der Griechen, Frevler unnachsichtig verfolgten. Gewiß war es Gottes Wille, daß es so gekommen ist, und ich danke ihm für die Kraft, die er mir verliehen hat, wieder und immer wieder.

»Ich muß Coelestina zwingen, meine Wünsche zu respektieren.«
»Schreibt Eurem Herrn Vater, dem ehrwürdigen Kardinal ...«
»Nein, Bianca, genau das möchte ich nicht. Ich will selbst die Oberin überzeugen.«
»Ihr habt unzureichende Gründe.«
Fast wollte ich aufbrausen, beherrschte mich aber im letzten Augenblick. »Du kennst meine Argumente doch gar nicht.«
»Das ist wohl wahr, Herrin; und doch weiß ich, daß sie nichts bewirken können.«
Ich wurde nun doch ungehalten. »Du sprichst in Rätseln, Bianca, wie kannst du über meine Worte urteilen, die du noch gar nicht gehört hast.«
Sie sah mich ernst mit ihren großen schwarzen Augen an. »Eure Argumente müssen ohne Wirkung bleiben, weil Ihr, verzeiht mir, Herrin, keine Macht besitzt.«
»Meine Worte besitzen die Kraft der Überzeugung«, fügte ich nicht ohne einen gewissen Hochmut hinzu.
»Für einen Weisen vielleicht, doch Mutter Coelestina, die hier im Kloster die Macht ausübt, kann nur durch Druck gezwungen werden, etwas zu tun, was sie nicht will.«
Ich war zutiefst betroffen. Hatte man mir nicht christliche Nächstenliebe gepredigt, die uns auf so wunderbare Weise von den

Muselmanen und anderen Heiden unterschied? Doch in gewisser Weise hatte meine Zofe natürlich recht. Was war es denn, das uns in Italien regierte? Macht. Macht, gepaart mit Gewalt. Hielt Ludovico Sforza in Mailand, den man »Il Moro« nennt, nicht den rechtmäßigen Herrscher, seinen nächsten Verwandten, gefangen? Und was hieß schon rechtmäßig? Emporkömmlinge allesamt, diese Sforza. Aber solange Ludovico die Macht hatte, war er Herzog. Oder der Bentivoglio in Bologna; wer gab ihm Gewalt über die Stadt? Nur er selbst und seine Familie! Und die Aragonesen in Neapel, die Malatesta in Rimini, die Orsini und Colonna in Rom? Sie alle herrschten nur aufgrund einer einzigen Legitimation: Macht!

Und diese Macht, das war auch mir schon sonnenklar, stützte sich auf einen einzigen Faktor: Gewalt, nackte brutale Gewalt. Was hatte ich nicht schon über die Grausamkeiten der Herrschenden gehört, etwa Ferrante von Aragon, der in Neapel seine eigenen Kinder einkerkern und umbringen ließ, damit ihm keiner den Thron streitig machen konnte. Und diese Gewalt, die allein Macht verlieh, stammte vom Gold, Gold das Stärke kaufte – Stärke in Form von Truppen, die man wiederum von Heerführern, den Condottieri, beschaffen konnte. So sah die Wahrheit aus. Und in jenem Augenblick, als ich das trotz meiner Jugend schlagartig erkannte – fiel für alle Zeit die naive Unschuld meiner Kindheit von mir ab wie die Hülle von einer Schlange, wenn sie sich häutet. Nie wieder in meinem Leben wollte ich machtlos sein!

Machtlosigkeit bedeutet Ausgeliefertsein, Ohnmacht – ja, Schande. Diese Erkenntnis in ihrer blanken, harten Brutalität erschütterte mein damals noch so kindliches Gemüt bis in seine Grundfesten; und nicht nur das, meine Realität war noch viel grausamer, denn ich ahnte zwar, wie das Gefüge der Macht aussah, wußte aber zugleich, daß ich selbst keinerlei Mittel besaß, den eigenen Willen durchzusetzen. Gewiß, noch war mein Vater sehr rüstig, doch immerhin über sechzig Jahre alt. Gefiel es unserem Schöpfer, ihn schon morgen zu sich zu rufen, konnte er mich nicht mehr schützen. Mein Gatte Gaspare würde erst nächstes Jahr in sein sechzehntes Lebensjahr treten und damit aus der Vormundschaft entlassen werden; dann erst war er mein Schutzherr – und mein Gebieter. Das bedeutete für mich, daß ich vollkommen von ihm abhängig war, bis daß der Tod uns schied. Und danach?

Dann stand ich unter dem Schutz meiner Brüder, vielleicht eine Witwe mit kleinen Kindern, argwöhnisch beäugt von den Schwägerinnen, womöglich angefeindet und gedemütigt. An der großen Tafel würde man mir einen Platz ganz unten zuweisen und jeden Silbersoldo vorrechnen, den ich ausgab ...

Angst packte mich plötzlich, als ich glaubte, mein Schicksal klar vor Augen zu haben. Angst vor meiner Zukunft, vor meiner Ehe, eigentlich Angst vor allem.

Bianca hatte offenbar bemerkt, wie erregt ich war. »Herrin, legt Euch nieder und versucht, noch etwas Ruhe zu finden. Laßt mich Euch ein wenig streicheln, das entspannt.«

Ihr Ansinnen erschien mir zwar reichlich fremdartig, aber wenn ich schon eine Morisca als Zofe hatte, so durfte sich ihr Verhalten auch von dem gläubiger Christenmenschen unterscheiden. Ich ließ sie gewähren. Biancas Berührungen waren fest, aber nicht schmerzhaft, und wirklich, ein wohliges Gefühl durchströmte mich, besonders als sie meinen Nacken streichelte.

»Ist es Euch so recht, Herrin?«

»O ja, es tut mir gut, Bianca.«

»Wenn Ihr Eure Camicia auszieht, ist es noch viel angenehmer.«

»Du hast recht. Hilf mir dabei.«

Sie löste behutsam die Bänder am Ausschnitt und an den Ärmeln meines Hemdes und zog es mir über den Kopf. Zum ersten Mal in meinem Leben war ich völlig nackt, und dieses ungewohnte Gefühl erregte mich auf bisher nicht gekannte Weise. Von

Biancas Händen schien eine seltsame Kraft auf mich überzugehen, und ich war nicht mehr so niedergedrückt wie zuvor.
»Darf ich auch meine Camicia ausziehen?«
Weshalb sollte ich etwas dagegen haben? Schließlich war es heiß genug in dem Gelaß. Und überhaupt war ich von dem liebevollen Streicheln Biancas in einer so angenehmen Stimmung, daß mir alle Regeln von Sittsamkeit und Anstand nebensächlich erschienen.
»Bitte, legt Euch jetzt auf den Rücken, Herrin.«
Ich tat fast willenlos, was sie sagte. Im Schein der Kerzen sah ich, daß Bianca feste Brüste hatte mit großen dunklen Spitzen. Welch ein Unterschied zu meiner hellen Haut! Sie strich mir sanft über Busen, Bauch und Schenkel, was ich als herrlich empfand. Dann legte sich das Mädchen neben mich, und ich spürte die dunkle Haut wie Samt. Ihre Hand wanderte langsam zu meiner Scham; ich zuckte unwillkürlich zurück. Plötzlich lagen ihre Lippen auf den meinen, und ich spürte, wie sie mit ihrer Hand in meinen Schoß eindringen wollte.
»Bianca, hör sofort auf!« Ich schlug ihr mit aller Kraft ins Gesicht, sprang auf, packte ihre Haare, zerrte sie aus dem Bett und trat in wilder Wut auf sie ein. Fast raste ich wie noch vor kurzem die Maurin selbst, bis ich mich besann und mir selbst Einhalt gebot.
Bianca lag zusammengekrümmt am Boden und hielt die Hände schützend vors Gesicht.
»Tu das nie wieder! Bei Gott dem Herrn, ich schwöre dir, daß ich dich auspeitschen lasse, wenn das jemals wieder vorkommt!«
Meine Zofe wagte nicht, sich zu erheben, verharrte so, als erwartete sie weitere Fußtritte. Mitleid wollte mich erfassen, doch ich unterdrückte es. Hatte dieses Wesen es tatsächlich gewagt, sich an mir zu vergreifen? Welche Mißachtung meiner Person. Unfaßbar. Widerwärtig, diese Zunge in meinem Mund

und ihre Finger in meiner Scham! Ekelerregend. Bianca hatte mir Gewalt antun wollen. Da war sie wieder, diese unheimliche Kraft. Die Maurin hatte wohl beabsichtigt, mich mit ihrem dämonischen Streicheln willenlos zu machen, mich einzulullen und dann ihr teuflisches Spiel mit mir zu treiben. Doch meine Schläge wiesen ihr wieder den Platz zu, den sie innehatte, als meine Dienerin.

Und wie sie so dalag, erinnerte ich mich an einen Vorfall, der etwa zwei Jahre zurücklag. Simone, der Lieblingsknappe von Orso Orsini, hatte mit Cesare, meinem geliebten Bruder, ein Ballspiel getrieben, bei dem es um dreißig Goldscudi ging, eine doch erhebliche Summe. Die beiden gerieten wegen eines Balles in Streit. Der eine glaubte, dieser sei noch innerhalb des Gevierts gewesen, der andere behauptete das Gegenteil. Verärgert packte Cesare, ungeachtet seiner Bischofswürde, den Knappen und verprügelte ihn fürchterlich. Danach hatte der arme Simone fast ebenso zusammengekrümmt dagelegen wie jetzt Bianca.

Aber es war nicht die Erinnerung an Simone, die mir plötzlich eine Idee eingab, sondern der Gedanke an meinen Bruder Cesare. Ja, das war es – Cesare! Er würde mein Condottiere sein, er mußte den Kampf mit Coelestina für mich ausfechten. »Ich habe die Lösung gefunden, Bianca!«

Ganz zaghaft befreite sich diese aus ihrer zusammengekrümmten Haltung und sah mich mit angsterfüllten Augen an. »Die Lösung?« Sie glaubte wohl an irgendeine furchtbare Strafe oder daß ich sie nicht mehr als Zofe haben wollte.

»So ist es. Mein Bruder Cesare, der ehrenwerte Bischof von Pamplona, wird unser Condottiere sein, ein Condottiere nicht nur des Herrn, sondern auch ein ganz irdischer; er wird uns Macht verleihen gegen Coelestina!«

Bianca stand jetzt auf, sah noch immer etwas mitgenommen aus und blickte mich fragend an. Wahrscheinlich konnte sie es noch

gar nicht fassen, daß mein Zorn bereits verflogen war. »Kann er denn gegen den Ordensgeneral der Dominikaner bestehen?«
Ich biß mir auf die Lippen. Der Einwand war berechtigt. Die Ordensgeneräle besaßen eine nicht zu unterschätzende Macht beim Heiligen Stuhl; ganz besonders Dominikaner, die sich selbst so gern als »Wachhunde des Herrn« sahen und die Inquisition ganz an sich gerissen hatten.
Aber Cesare war ein ehrgeiziger Mann von siebzehn Jahren. Und er liebte mich sehr. Er würde, ja, er mußte einen Ausweg finden. »Wo befindet sich Euer ehrenwerter Bruder, Herrin?«
»Eigentlich in Pisa, er studiert dort Jurisprudenz; doch weiß ich, daß er zur Zeit in Rom im Palast meines Vaters weilt, da Papst Innozenz todkrank ist; und sollte er sterben, will Cesare meinem Vater beistehen, das Konklave vorzubereiten.«
Doch wie ihm eine Botschaft zuspielen? Eine der Nonnen senden – unmöglich. Mich an einen Lehrer wenden – dann könnte mein Vater etwas erfahren, was ich ja unter keinen Umständen wollte. Blieb nur die Zofe. »Bianca, du wirst kommende Nacht zum Bischof Cesare Borgia gehen und ihm meine Nachricht unter dem Siegel des Beichtgeheimnisses anvertrauen!«
Das Mädchen sagte nichts und sah weg.
»Bianca, antworte!« Dann hörte ich ihr unterdrücktes Schluchzen.
»Herrin, schlagt mich, laßt mich auspeitschen, aber bei allen vierzehn Nothelfern, schickt mich nicht in die Nacht hinaus, wenn sämtliche Teufel los sind!« Bianca umfaßte meine Knie und versuchte, mir die Füße zu küssen. »Bitte – schickt mich nicht, ich bin ja auch völlig fremd hier in Rom.«
Das hatte ich leider vergessen. Und die Erkenntnis traf mich wie ein Keulenschlag: Ich, ich selbst würde wohl oder übel gehen müssen.
»Gut, Bianca, dann wirst du mich begleiten.«
»Euch?«

»Ja, ich gehe.«
Sie schwieg eine Weile. »Wie wollt Ihr aus dem Kloster entkommen?«
»Das werde ich dir morgen sagen. Und sei nicht immer so kleinmütig! Schlaf jetzt lieber.«
Strafe mußte sein, und deshalb brachte meine Zofe die Nacht auf dem harten Steinboden zu. Doch gewiß würde ich um kein Jota besser schlafen als sie, denn meine leichtfertig dahingesagten Worte, daß ich ihr morgen genau sagen wollte, wie wir aus dem Kloster herauskämen, verfolgten mich bis in meine Träume.
Bereits beim Morgenläuten konnte man schon die aufkommende Hitze des Tages spüren. Bianca schlief noch, als ich mich leise erhob und ans Fenster trat, das allein die Möglichkeit bieten konnte, ungesehen zu entkommen. Doch paßte ein Mensch überhaupt durch diese schießschartenartige kleine Öffnung? Ich steckte meinen Kopf hinaus und zwängte meine Schultern zwischen die Laibung. Es schien zu gehen. Doch als ich hinunterblickte, wurde mir fast schwindelig; wie weit doch der Erdboden entfernt war! Beim Teufel Astaroth, es war viel zu hoch zum Hinunterspringen!
»Herrin, ich könnte aus dem Bettzeug ein Tau flechten, an dem wir uns hinunterlassen.« Unbemerkt war meine Zofe aufgestanden und hinter mich getreten.
»Aber ja, das ist die Lösung! Doch wie kommst du auf diese Idee?«
»Dort, wo ich lebte, Herrin, war Grenzland, und oft kamen die Ungläubi...«, sie brach ab und verbesserte sich, »kamen die Truppen unseres erlauchten allerchristlichsten Königs Ferdinand; es gab immer viele Kämpfe mit ihnen, und Überfälle waren an der Tagesordnung. Wir mußten viele Dinge lernen, um zu überleben.«
Jetzt wurde mir einiges klar. Bianca hatte in jenem Teil Spaniens

gelebt, wo bis vor kurzem das Gebiet der Mauren an Kastilien stieß. Seit über einem Jahrhundert hatte es dort keinen Frieden gegeben, nur Tod und Verderben. Deshalb diese Wildheit der Morisca und wohl auch ihr seltsames Betragen gestern. Und doch beunruhigte es mich noch immer sehr, daß Bianca versucht hatte, mein Vertrauen zu mißbrauchen. Ich hatte mich ihr arglos überlassen, ja, die Berührungen sogar als angenehm empfunden. Ihr plötzlicher Überfall hatte die wohlige Stimmung nicht nur zerstört, sondern ich hatte auch daraus gelernt, daß es gefährlich war, sich an ein Gefühl zu verlieren – daß diese Schwäche ausgenutzt werden konnte. So etwas würde nicht mehr geschehen, das schwor ich mir; niemand sollte mich je wieder so unvorbereitet finden, ganz gleichgültig, ob man mir eine Zunge in den Mund schieben wollte oder worum es auch immer gehen mochte! Nun glaubte ich zu verstehen, was mein Bruder Cesare gemeint hatte, als er einmal sagte, daß man keinem Menschen – weder hoch noch niedrig, keinem Mann und schon gar nicht einer Frau! – trauen dürfe. Diese Worte hatten mich, damals noch ein naives Wesen, stark berührt; ich glaubte fest an das Gute, das vom Schöpfer in uns gelegt war. Doch nach den jüngsten Vorfällen mit Coelestina und Bianca fühlte ich mich fast geneigt, jenen harten Ausspruch meines Bruders in einem anderen Licht zu sehen. Und inzwischen war ich ja auch schon zwölf Jahre alt und eine verheiratete Frau.
Cesare hegte eine tiefe Verachtung für alle, die unter uns standen, und Haß für jene, die von höherem Stand waren. Immerhin waren das nicht allzu viele. Denn als natürliche Nachkommen eines Kurienkardinals glich unser Rang durchaus dem von fürstlichen Bastarden. Durch meine Heirat mit Don Gaspare d'Aversa, Graf von Procida, verringerte sich meine Reputation leider, standen doch Markgrafen, Herzöge und natürlich Könige dann über mir. Da Gaspare jedoch ein naher Verwandter des arago-

nesischen Königshauses war, würde sich ein Prinz oder Herzog sehr wohl hüten, mich in irgendeiner Weise zurückzusetzen. Ferrante, König dieser neapolitanischen Linie der Aragonen, war, wie ich schon sagte, wegen seiner Grausamkeit gefürchtet; und da zudem auch alle wußten, daß mein geliebter Vater bei Papst Innozenz über bedeutenden Einfluß verfügte, würde meine zukünftige Stellung unter den Gemahlinnen der italienischen Fürsten keine unbedeutende sein.

Aber die jüngste Vergangenheit hatte gezeigt, daß ein Machtanspruch auch durchgesetzt sein wollte, im unbedeutenden Kloster San Sisto ebenso wie in der großen Politik. Allerdings war mir zu jener Zeit keineswegs klar, in welch hohem Maße sich meine damals noch dunklen Ahnungen später bewahrheiten würden. Ja, ich kann wohl sagen, daß dieser Kampf um Macht mein ganzes Leben prägte. Der Fluch der Erinnyen begann schon damals zu wirken ...

Gott sei Dank hatte ich mir von Bianca am Abend zuvor einen Krug mit Wasser bringen lassen, denn wir konnten ja die Zelle unter keinen Umständen verlassen. Der Tag wurde gut genutzt; Bianca zertrennte mit dem kleinen scharfen Messer, das zum Anspitzen der Schreibfederkiele diente, mein Bettzeug, und zwar so, daß lauter schmale Streifen entstanden, jeder ungefähr einen Palmo breit. Dann flochten wir je drei der Bänder zu einem Zopf. Das ergab ein recht vertrauenerweckendes Stück von etwa zwei Braccia Länge. Diese band Bianca wiederum zusammen, so daß sich schließlich eine Art Seil ergab, das hoffentlich auch wirklich vom Fenster bis zum Boden reichte. Doch wie das Ganze befestigen? Als einziges bot sich der lange Türriegel an; nahm man ihn aus den beiden Verankerungen am Türstock, befestigte das Seil in seiner Mitte und legte ihn quer hinter das kleine Fenster, mußte es eigentlich gehen. Wenn der hölzerne Riegel unser Gewicht aushielt ...

Bianca schien bei den Vorbereitungen ganz in ihrem Element.

Erstaunlich, wie nahe Verzagtheit und Tatkraft in ihrem Wesen beisammenlagen.
»Werden wir auf der Flucht auch wegrennen müssen, Herrin?«
Ich hatte keine Ahnung, aber jedermann wußte, daß die Straßen Roms bei Nacht ganz besonders gefährlich waren. Rechtschaffene Menschen blieben da in jedem Fall zu Hause. Aus gutem Grund, denn es verging nicht eine Nacht, in der kein Mord geschah.
»Es könnte schon möglich sein, daß wir schnell weglaufen müssen. Weshalb fragst du?«
»Nun, Herrin, wenn das so ist, bedenkt, daß uns die langen Gewänder behindern werden.«
»Das ist richtig, doch was sollen wir dagegen tun? Nackt können wir nicht gut losgehen.«
»Erlaubt mir einen Rat.«
»Sprich.«
»Wir verkleiden uns als Knaben, dann sind wir zumindest vor den Nachstellungen der Männer sicher.«
Mir war nicht ganz klar, wie diese Nachstellungen aussehen sollten, aber Biancas Idee erschien vernünftig. Als Knaben fielen wir bestimmt weniger auf. »Wie sollen wir das machen?«
»Unsere langen Kleider abschneiden, so daß sie wie eine Tunika wirken.«
»Mit nackten Beinen? Unmöglich!«
»Alle Hirten hier in den Hügeln und am Campo vaccino tragen keine Hosen, man wird uns für Hüteknaben halten.«
»Und unser Haar?«
»Werden wir hochstecken und einen Fetzen Stoff turbanartig darumwickeln.«
Biancas Vorschläge erschienen mir zwar sehr kühn, aber meine Zofe hatte in diesen Dingen offenbar Erfahrung, und ich beschloß daher, sie gewähren zu lassen. Die Gefahr, der wir uns aussetzten, war ungeheuer genug, also mußte alles getan wer-

den, damit wir mit Gottes Hilfe zum Palazzo meines Vaters bei der Via Giulia, die unweit des Tiberufers verlief, gelangen konnten.
Mit energischen Schnitten kürzte Bianca ihr Novizinnengewand, nahm die Ärmel ab, fertigte davon Streifen, die sie zusammenband und als Gürtel verwendete.
»Was machst du denn jetzt?«
»Ich schneide Löcher in die Tunika und reiße sie etwas auf; habt Ihr nie einen Hirtenknaben gesehen?«
Ich mußte verneinen.
»Die sind völlig zerlumpt und schmutzig; wir müssen genauso aussehen.«
»Schmutzig? Wie sollen wir das anstellen ...«
Bianca schüttete etwas von der braunen Tinte in meinen Becher, gab aus dem Krug Wasser darauf und begann, sich Arme und Beine damit zu bestreichen. Einige Fetzen dienten dann noch als turbanartige Kopfbedeckung, und ich mußte zugeben, daß sie wirklich wie ein junger Hirte aussah, jedenfalls so, wie ich mir einen solchen vorstellte.
Dann betrachtete Bianca prüfend meine Sommergewänder und wählte eine leichte Cotta aus, natürlich die schönste, wegen der dunklen Farbe, meinte sie, die fiele weniger auf, und schnitt das herrliche Stück kurz. Mir blutete das Herz, mit ansehen zu müssen, wie mein Gewand durchlöchert und zerfetzt wurde. Doch Opfer müssen manchmal gebracht werden. Ich würde mir zum Trost ein noch viel schöneres machen lassen, mit grauschimmernden Perlen darauf, und dazu geschlitzte Ärmel, mit blutrotem glänzenden Zetanino unterlegt und bunten Bändern daran. Die Vorfreude darauf gab mir neuen Mut, und so schritt ich zur Anprobe der recht zerzaust aussehenden Tunika.
Das Gewand reichte jetzt nur noch knapp über die Knie, und der Anblick meiner nackten Beine war doch recht sonderbar. Bei dem Gedanken, so auf die Straße gehen zu müssen, wenn

auch in dunkler Nacht, kam ich mir unbeschreiblich verworfen vor. Als Bianca dann mit der verdünnten Tinte meine Beine einrieb, wurde mir bewußt, daß bei dieser kurzen Tunika meine Scham so gut wie entblößt war, und ich fühlte mich äußerst unbehaglich. Wie sah ich aus! Gesicht und Beine mit der braunen Tinte beschmutzt, mein wundervolles, langes hellblondes Haar unter einem Turban aus Fetzen verborgen, die zerrissene Tunika, in der ich mich nackt fühlte, verletzlich, ja, wehrlos. Das alles und der Gedanke an die bevorstehende Flucht in der Nacht ließen mich zweifeln, ob ich richtig handelte. War mir Bianca das wert?

Doch es ging ja gar nicht um sie, sondern um meinen Stolz. Den Stolz einer Borgia. Coelestina mußte in ihre Schranken gewiesen werden, denn sie versuchte, ihre Stellung auszunutzen, um mich zu demütigen; weil sie glaubte, daß ich hilflos wäre, eine schwache, junge Frau. Damals wußte ich noch nicht recht, weshalb die Oberin so handelte. Heute sehe ich das Ganze in einem anderen Licht. Ich war jünger, schöner als sie und stand im Rang weit höher; eine glänzende Zukunft wartete auf mich. Dies alles – doch das begriff ich erst viel später – erregte Coelestinas Neid, der sich zum Haß steigerte, und zu jener bei uns Frauen so verderblichen Leidenschaft, der Eifersucht.

Nun begann das Warten auf den Anbruch der Nacht. Ich versuchte etwas in einer lateinischen Übersetzung der Fabeln des Aesop zu lesen, aber Bianca meinte, schlafen wäre besser, um später ausgeruht zu sein. Ich gab mir alle Mühe, war jedoch zu aufgeregt und konnte keine wirkliche Ruhe finden.

Endlich schien die Zeit gekommen. Die Beschließerin hatte geräuschvoll wie immer alle Außenriegel der Zellen umgelegt, und im Kloster trat Stille ein. Da pochte es an unserer Tür. Wir fielen vor Schreck fast aus dem Bett.

Von draußen war Coelestinas Stimme zu vernehmen. »Meine Kinder, ihr könnt nicht ewig in eurem Gemach bleiben, es

mangelt an Wasser und Nahrung. Deshalb bitte ich euch um Christi willen, öffnet!«
»Erst wenn ich ein Dokument besitze, das mir Bianca als Zofe zugesteht, und Ihr mir versichert, daß sie nicht bestraft wird!«
Eine kleine Pause trat ein. »Dies ist nicht möglich.«
»Warum nicht?«
»Die Maurin hat gegen die Gebote des Herrn verstoßen, die Demut und Gehorsam verlangen.«
»Mir gegenüber ist sie demütig und gehorsam; das muß genügen«, fügte ich betont von oben herab hinzu.
Man konnte förmlich durch die Tür hindurch Coelestinas Wut spüren. »Dann bleibt, wo Ihr seid. Morgen werde ich mir gewaltsam Zugang zu Eurer Zelle verschaffen. Dann möge der Zorn Gottes die Morisca treffen!«
Das letzte, was wir noch hörten, war, daß Coelestina die Tür zu ihrem Gelaß geräuschvoll hinter sich zuwarf; wie unbeherrscht von unserer Mutter Oberin.
Es war also wirklich allerhöchste Zeit für uns, das Kloster zu verlassen, wie die Drohung der Superiorin gezeigt hatte. Plötzlich durchfuhr mich ein Schreck: Was, wenn Coelestinas Vertraute vor meinem Gelaß lauerten? Wir mußten doch den Riegel entfernen, um das Seil daran zu befestigen! Das würde einige Minuten in Anspruch nehmen, und inzwischen konnten sie hereinstürmen ... Eine ungeheure Spannung war plötzlich in mir, wobei sich Furcht und ein gewisses Gefühl von Verwegenheit die Waage hielten. Ich flüsterte Bianca zu, daß nun der Augenblick unserer Flucht gekommen sei und wir blitzschnell handeln müßten. Sie nickte und hob den langen Querriegel vorsichtig aus den Haken, hoffentlich blieb die Tür zu! Einige bange Augenblicke – ja, sie hielt, wir konnten aufatmen.
»Kommt, Herrin.«
Mir schlug das Herz bis zum Hals, denn es ist eine Sache, sich etwas vorzunehmen, aber doch eine andere, es dann auch aus-

zuführen.« »Weshalb kletterst du nicht zuerst, Bianca, ich kann dann sehen, wie es geht.«
»Das ist zu gefährlich für Euch, denn ich muß den Riegel vor dem Fenster halten, er könnte sich verschieben, und Ihr würdet hinabstürzen. Dann möge Allah uns gnädig sein.«
Allah! Sie hatte Allah gesagt und es gar nicht bemerkt. Daran erkannte ich, daß auch meine Zofe aufgeregter war, als es den Anschein hatte. Ich betete inständig, daß Gott der Herr ihr diesen Frevel vergeben möge, denn unsere Flucht konnte nur mit dem Segen des Allerhöchsten gelingen.
»Bianca, knie nieder!«
»Jetzt, Herrin?«
»Ja, sofort. Du hast soeben den Namen des Höllenteufels Allah angerufen, bitte Gott, deinen wahren Herrn, schnell um Vergebung!«
Sie wollte nicht gehorchen und drängte zur Eile. Doch das ging nicht; ohne die schützende Hand Gottes mußte unser Vorhaben scheitern. Ich wurde energisch: »Bete!«
Die Angst sprach aus ihrem Blick und zugleich der aufflackernde Widerspruch gegen meinen Befehl. In diesem Augenblick wurde mir klar, daß meine Zofe ganz tief in ihrem Innern heidnisch dachte, ja, wohl immer heidnisch bleiben würde.
Da schlug ich ihr mit der flachen Hand ins Gesicht, nicht besonders heftig, aber doch so, daß sie sich besann. Es mußte sein, ich durfte keine heidnische Gesinnung um mich herum dulden; das war nicht nur vornehmste Christenpflicht, sondern auch aus Respekt gegenüber meinem geliebten Vater notwendig, dem ehrwürdigen Vizekanzler der römischen Kirche.
»Heilige Maria, Mutter Gottes, gegrüßet seist du in Gnaden ...«
Endlich, sie betete. Mochte ihr Ave Maria erhört werden! Auch ich betete, aber zu Petrus, dessen Grab hier in Rom lag. Auch er war gefangen gewesen, da erschien ihm ein Engel. Oh, konnte Christus in seiner Güte nicht auch uns einen Engel

senden, der uns sicher zum Palazzo meines Vaters geleitete?
Da bemerkte ich plötzlich einen Lichtschein am Fenster und sah hinaus. Es war der Mond, und er tauchte die Hügel um uns in ein mildes Licht; gerade genug, um den Weg zu sehen, aber doch so wenig, um sich schnell in der Dunkelheit verbergen zu können, wenn es nötig war. Mir jedenfalls kam das vor wie ein Fingerzeig des Himmels, und ich ging entschlossen zum Fenster. Bianca hielt den Querriegel etwas unterhalb der Brüstung fest. Mir wurde ganz schwindelig, als ich meinen Kopf durch die schmale Öffnung steckte und hinuntersah. Da zogen mich zwei Hände zurück.
»Ihr müßt mit den Beinen zuerst hinaus, sonst geht es nicht.«
Natürlich, sonst mußte ich ja kopfüber in die Tiefe klettern. War Bianca mein Schutzengel? Es bereitete außerordentliche Schwierigkeiten, sich mit den Füßen voran durch das kleine Fenster zu zwängen. Wie Bianca das allein bewerkstelligen wollte, konnte ich mir nicht vorstellen. Endlich hatte ich auch mein zweites Bein draußen und steckte in der schmalen Öffnung fest. Die Tunika war mir bis unter die Achseln hochgerutscht, meine Haut schrammte über das rauhe Mauerwerk, die Hände hielten krampfhaft das Seil. Ich konnte kaum atmen. Dann ein Druck von Bianca, und ich hing draußen.
Blut lief über meine Hände, ich mußte sie mir an der Fensterbrüstung verletzt haben. Aber loszulassen hätte den Tod bedeutet. So ließ ich mich ganz langsam hinabgleiten. Wie schwer es doch ist, sich an einem Seil zu halten, wenn das ganze Körpergewicht daran hängt. Gott sei Dank waren da die Knoten, an denen ich etwas Halt finden konnte. Endlich kam ich unten an, mit vielen Wunden an Händen und Knien, aber frei!
Ein Blick nach oben zeigte mir, daß sich jetzt Bianca durch die Fensteröffnung schob. Fast hätte ich laut lachen müssen, so grotesk sah das aus, die strampelnden nackten Beine und das

im Mondlicht schimmernde Hinterteil. Wenn mich vorhin jemand so gesehen hätte!

Offenbar hatte Bianca Schwierigkeiten, durch das Fenster hindurchzukommen, kein Wunder, sie war ja keineswegs so zart wie ich. Endlich stand meine Zofe neben mir, ebenfalls mit blutenden Händen und Knien. Als ich noch einmal hinaufschaute, kam mir die Höhe gar nicht mehr so beeindruckend vor wie kurz zuvor noch der Blick hinunter.

Wir schlichen um das Klostergebäude herum und sahen vor uns undeutlich den Monte Palatino im fahlen Mondlicht aufragen. Am Fuße dieses Hügels verläuft ein Pfad, der ihn von jener dichtbewachsenen Wildnis trennt, wo zur Zeit unserer Alten der Circus Maximus gewesen war.

Sic transit gloria mundi, dachte ich, als wir am Palatin entlanggingen. Einst der Palast römischer Imperatoren und nun ein schlichter Weinberg ...

Es ist wahr, in Nacht und Dunkelheit regiert das Grauen. Ich habe vor den Teufeln der Hölle eigentlich keine Angst, denn der persönliche Segen des Heiligen Vaters ruht auf mir und damit die schützende Hand des Allmächtigen. Doch nachts ist es draußen so unheimlich, selbst wenn, wie in jener Nacht, der Mond schien. Ständig knackt es irgendwo im Unterholz, Käuze lassen ihre schaurigen Rufe vernehmen; sie sollen ja mit Luzifer im Bunde sein, und wir können nie wissen, ob etwas Böses hinter dem nächsten Baum lauert. Und doch waren es Menschen, die mir wirkliche Furcht einflößten. Denn Gefahr droht uns in Rom vorwiegend von jenen Unseligen, die in den Ruinenfeldern und dem Gestrüpp der Hügel hausen. Wer ihnen in die Hände fällt, ist verloren.

Bianca riß unterwegs zwei dünne Pfähle aus, an denen man die Weinranken befestigt, und nun sahen wir mit unseren Stäben wie zwei echte Hirtenknaben aus, die sich verirrt hatten – so glaubte ich zumindest.

Das Gehen mit nackten Füßen auf dem steinigen Pfad bereitete mir Schmerzen, und ich beneidete im stillen das niedere Volk, dem dies offenbar nichts ausmachte. Endlich ragte zur Linken Santa Maria Cosmedin düster auf, unser Weg war also richtig. Nun galt es, zu den Tiberwiesen zu gelangen, dann immer am Fluß entlang, bis etwa am Ponte Sisto die Via Giulia beginnt; in einer ihrer Seitenstraßen liegt der Palazzo meines Vaters. So bog ich bei der kleinen Kirche San Giovanni Decollato links ab und erblickte tatsächlich den Tiber; seine Wasser flossen in unheimlicher Stille träge und dunkel dahin. Die Weinberge enden hier, und wir befanden uns nun am Rande der Stadt. Aus einer Bottega drang Stimmengewirr und das wüste Grölen von Betrunkenen. Schnell zog ich Bianca weiter, an den Mauern der armseligen Häuser entlang, immer dem Lauf des Flusses folgend. Ich konnte bereits die Schatten der Isola di San Bartolomeo mit dem Ponte Quattro Capi sehen und wußte, daß wir nur noch das Viertel einer Stunde Weges vor uns hatten bis zum schützenden Palazzo meines Vaters.

Obwohl alles sehr aufregend gewesen war, die Flucht aus dem Klosterfenster und der stramme Fußmarsch hierher, hatte ich es mir schlimmer vorgestellt; heißt es nicht immer, nachts sei Rom voll von Verbrechern und Mördern? Mir jedenfalls war nichts aufgefallen. Nun mußten wir noch durch das Judenghetto. Dahinter dann, auf der Via Giulia, Roms wichtigster Straße, sollte es relativ sicher sein – so hoffte ich.

Plötzlich durchfuhr mich ein eisiger Schreck. Wir konnten ja gar nicht durch das Ghetto hindurch, es war von Sonnenuntergang bis Sonnenaufgang verschlossen! Direkt am Tiber entlang ging es auch nicht, denn man versank dort im Morast des Ufers. Also blieb uns nichts anderes übrig, als rechts abzubiegen, an der Ghettomauer vorbei bis zur Kirche Santa Catarina zu gehen, dann wieder links und schließlich geradeaus. Ja, so mußte es gehen, wenn ich mich recht erinnerte.

Wir schlichen fast lautlos durch die engen Gassen. Der Gestank war unbeschreiblich, aber ich kümmerte mich nicht darum, einzig wichtig war, zu meinem Bruder Cesare zu gelangen. Die Kirche Santa Catarina kam und kam nicht in Sicht. Hatten wir uns verlaufen? Sich in diesem Gewirr von Gassen zurechtzufinden schien unmöglich. Dann wurde es etwas heller, ein kleiner Platz tat sich auf, vielleicht konnte ich dort erkennen, wo wir waren. Eine ziemlich breite Straße führte von dort nach links in unsere ursprüngliche Richtung. Hier befanden sich offenbar zahlreiche Schenken, denn der Lärm war erheblich; aus vielen Häusern drang Licht nach draußen. Irgend etwas in mir warnte mich vor dieser Straße, aber zurück in das Gewirr der Gassen war unmöglich, wir hätten uns hoffnungslos verirrt. Also schlichen wir stumm an den Botteghe vorbei.
Plötzlich packte mich jemand von hinten fest am Arm. Ich schrie auf, zog und zerrte, aber die Faust war wie aus Eisen. Die Klinge eines Dolches blitzte kurz auf – gleich mußte er zustoßen!
»Nanu, was haben wir denn da? Was treibt ihr Ragazzi denn hier?«
Jetzt sah ich, daß eine andere Gestalt Bianca gepackt hielt.
»Zwei junge Hirten, spar dir deinen Dolch, die haben nichts!«
»So? Das wollen wir erst mal sehen; diese dreckigen Bauern haben immer irgendwo etwas versteckt.«
Ich war wie versteinert vor Angst und zu keiner Regung mehr fähig. Bianca aber wehrte sich heftig, kratzte und schlug. Ich wollte ihr zurufen, sie sollte Ruhe geben, doch da war es schon zu spät. Der Mann stieß einen gotteslästerlichen Fluch aus und streckte die Maurin mit einem furchtbaren Fausthieb zu Boden. Sie krachte an die Hausmauer und blieb regungslos liegen. Mir stockte der Atem. Ihr turbanartiger Kopfputz hatte sich durch den Schlag gelöst, und das lange Haar kam zum Vorschein. Wenn die Männer das bemerkten ...
Der Mann war immer noch wütend und trat auf Bianca ein, so

daß ihr Körper hin und her flog. O Herr, laß sie diese Marter überstehen, betete ich. Dann geschah es. Ihr Peiniger hatte das lange Haar bemerkt. Verwundert kniete er nieder und betrachtete sie genauer. Dann riß er mit ungeheurer Kraft die Tunika von ihrem geschundenen Leib. Die Erkenntnis, daß er eine junge Frau vor sich hatte, ließ seinen Zorn augenblicklich verrauchen, was meiner Zofe wohl das Leben rettete.
Nun trat er ganz nahe zu mir, zog mich in den Lichtschein eines Fensters. Ich konnte undeutlich das bösartige, grobe Gesicht erkennen und spürte seinen übelriechenden Atem. Er griff nach meiner Tunika und hob sie mit einem Ruck hoch. Die Angst, die mich gepackt hatte, war so fürchterlich, daß ich mich nicht einmal schämte, so nackt dazustehen.
»He Beppo, nimm dein Vögelchen«, sagte Biancas Peiniger zu der Eisenfaust, die mich immer noch festhielt, »wir gehen mit den beiden in den Bordelletto bei Santa Maria Egiziaca.«
»Was willst du denn dort?«
»Natürlich die Mädchen an den Capo verhökern.«
»Aber erst zeigen wir sie dem Imperatore!«
»Keine schlechte Idee; vielleicht überläßt er uns ein paar Goldscudi, wenn er es mit ihnen getrieben hat. Und nachher verkaufen wir sie dem Capo vom Hurenhaus noch als echte Jungfrauen!«
Die Männer stießen ein brüllendes Gelächter aus. Der Sinn ihrer Worte war mir nicht recht klar, aber ich mußte mit ihnen gehen, was immer mich auch erwartete. Bianca war noch ohnmächtig, und der eine Wüstling hob sie auf die Schultern. Durch ein Gewirr von stinkenden engen Gassen gelangten wir schließlich zu einem recht ansehnlichen Gebäude auf einer kleinen Piazza, aus dessen Fenstern heller Lichtschein drang. Ich hörte Musik und angeregte Stimmen; es schien dort ein Fest stattzufinden. Einer unserer Peiniger klopfte mit dem Knauf seines Dolches laut an das Portal. Sofort ging die Klappe in Kopfhöhe auf, und

jemand hielt eine Fackel heraus. Der Bärtige nahm sie und leuchtete sich und dem anderen ins Gesicht. Daraufhin öffnete sich das Tor einige Braccia breit, und man zerrte uns herein. Drinnen standen etwa zehn Bewaffnete mit gezogenen Schwertern, wie ich im düsteren Schein der Fackeln sehen konnte. Und plötzlich fiel die lähmende Todesangst von mir ab. Ich wußte zwar keineswegs, was uns hier geschehen mochte, aber umbringen würde man uns wohl nicht gleich. Vielleicht ein Lösegeld fordern; gut, mein Vater konnte ja bezahlen, denn er war mit irdischen Gütern reich gesegnet.

Der Bärtige redete nun mit dem Anführer der Bewaffneten, er nannte ihn Capitano Michelotto. Danach führte man uns durch verschiedene Gänge und über eine Treppe nach oben. Plötzlich schwangen zwei Türflügel auf; ich blieb geblendet stehen, so viele Kerzen brannten in dem großen, reichgeschmückten Festsaal. Drinnen saßen zahlreiche gutgekleidete Männer, offenbar von höherem Stand, und bei ihnen außergewöhnlich schöne, prächtig gewandete Frauen mit sehr weiß geschminkten Gesichtern. Die Gesellschaft schien in bester Laune, denn alle begrüßten uns mit lauten Zurufen und Gelächter.

Bianca war immer noch nicht bei Sinnen, ihr Kopf, Arme und Beine baumelten scheinbar leblos nach unten. Der Mann, der sie trug, ließ ihren nackten, ebenmäßigen Körper wie einen Sack Mehl auf das Ende der Tafel fallen. Einige Becher und Pokale stürzten um, roter Wein ergoß sich über den Tisch, so daß es aussah, als ob Bianca in einer Blutlache liege. Ich hatte angenommen, daß die wie tot Daliegende das Mitleid aller erregen mußte; aber das Gegenteil war der Fall.

»Was hast du da für eine dunkle Perle angeschleppt, Gianni?«
»Die ist ganz schön schwer gewesen von der Via delle Botteghe oscure bis hierher, das kann ich dir sagen.«
»Da, trink!«
Der Mann setzte den Krug an und trank ihn in einem Zug leer;

der rote Wein floß dabei über seine Mundwinkel, von da auf seine widerlich schwarzbehaarte Brust und rann über das speckige Lederwams.
»Bist du unter die Päderasten gegangen?« fragte einer der Umstehenden den Bärtigen, der mein Handgelenk wie einen Schraubstock umklammert hielt.
»Von wegen – seht her, der Knabe ist ein Mädchen!«
Dabei hob er mir wieder die Tunika hoch, so daß alle meine Scham sehen konnten ... Ich versuchte, mich mit der freien Hand zu bedecken. Da ließ der Mann mein Gewand los und versetzte mir einen fürchterlichen Schlag auf das Ohr. Der Hieb schleuderte mich zu Boden, feurige Ringe tanzten vor meinen Augen, und für eine Weile verlor ich die Besinnung.
Ich erwachte in einem kleinen Nebengelaß und sah eine wunderschöne Frau in einem herrlichen Kleid aus hellgrüner Atlasseide; sie trug ihr dunkelblondes Haar offen. Eigenartig, auf welche Dinge man in einer solchen verzweifelten Lage manchmal achtet ...
»Hier, mia Povera, etwas Wein wird dir guttun.«
Ich trank in kleinen Schlucken von dem stark gewürzten Weißen, der mich erfrischte und neu belebte. »Wo bin ich?«
»Im Hause jenes Mannes, den man Imperatore nennt. Niemand kennt ihn wirklich, er trägt stets eine Maske und kommt nur nach Einbruch der Dunkelheit hierher.«
»Was will man von uns?«
Die Schöne sah mich mitleidig an. »Ihr werdet dem Imperatore angeboten.«
»Angeboten?«
»Gewiß, er wird die Nacht mit dir verbringen und danach ...«
Sie brach ab.
»Was geschieht danach? Sprecht!«
»Du weißt wirklich nichts?«
»Nein, und daher bitte ich Euch, mir die Wahrheit zu sagen.«

Die Frau wirkte nachdenklich. »Du wirst an ein Bordell verkauft.« Ich kannte dieses Wort nicht. »Verlangt man kein Lösegeld für mich? Mein Vater ist wohlhabend.«
»Ach, wirklich, Piccolina? Du brauchst mich nicht anzulügen, denk daran, wie du aussiehst und wo man dich aufgelesen hat.« Die Frau hatte recht. O Herr, hilf mir, dachte ich.
Eine kühle Hand strich tröstend über meine Wange. »Es wird schon nicht zu schlimm werden. Sei immer recht honigsüß zu den Männern, tue ihnen alles zu Willen; paß genau auf, wenn es ihnen dann kommt, winde dich hin und her, stöhne laut. Bezahlt einer besonders gut, stoße ein paar lustvolle Schreie aus. Danach erzähle ihm, er habe es besser gemacht als jeder Mann zuvor ... Auf diese Weise kannst du es weit bringen, glaube mir.«
Die Schöne hatte in Rätseln gesprochen, aber ihre Stimme tat mir gut.
»Ihr seid sehr liebenswürdig, wie ist Euer Name?«
»Du kennst Primavera nicht, die bekannteste Cortigiana Roms?«
»Nein«, antwortete ich etwas verwirrt, aber wahrheitsgemäß, denn was eine Cortigiana war, das wußte ich damals nicht.
»Vielleicht wirst du auch einmal so wie ich«, meinte sie in fürsorglichem Ton, »also, komm jetzt mit mir und beherzige, was ich dir gesagt habe.«
»Ich möchte nicht wieder da hinaus!«
»Das mußt du, piccola Bionda, niemand kann dir helfen.« Ihre Stimme klang traurig.
»Befehlt, daß man mich hierläßt.«
Sie lachte bitter. »Ich kann niemandem befehlen; und meine Bitte wird, so fürchte ich, beim Imperatore nichts bewirken.«
Welche furchtbaren Dinge kamen hier auf mich zu? Ich verstand nichts, wußte nicht, was man tun würde. Nur eines war klar, es mußte etwas unaussprechlich Schreckliches, Entehrendes sein. Es heißt, die Qualen der Hölle seien so fürchterlich, daß wir

Irdische uns davon keine Vorstellung machen können. Und so erging es mir in jenem Augenblick. Was ich bis jetzt in der Gewalt der beiden Männer erfahren hatte, das schien mir wie die Vorhölle; was wollten sie mir noch alles antun?
Aber nein, es ist ja alles nur ein böser Traum; in Wahrheit liege ich in meinem Bett in der Zelle von San Sisto, und mich bedrängt eine Nachtmahr des Teufels, die versucht, meine reine Seele zu peinigen – höre ich nicht schon von fern den Gesang der Schwestern aus der Kapelle?
Nein, es waren nicht die Schwestern, sondern einer der Musikanten, und er sang gewiß keine frommen Choräle. Ich träumte nicht. Die Wirklichkeit holte mich wieder ein, Verzweiflung ergriff von mir Besitz. Da kam es wieder in mir hoch, jenes Gefühl der Machtlosigkeit, des Ausgeliefertseins. Was waren doch alle Dinge, die ich mit Coelestina erlebt hatte, gegen das, was mir jetzt drohte! Hier herrschte nackte, kalte, brutale Gewalt. Ein ganzer Saal voller Menschen, und niemand half! Ich betete stumm. Herr, gib mir die Kraft, gib mir die Macht, mich wehren zu können! Jeder Mann kann zum Schwert greifen, wir Frauen nicht. Allmächtiger, beende diesen Alptraum ...
Die sanfte Stimme der schönen Primavera riß mich aus meinem Stoßgebet. »Wir müssen jetzt hinaus, sträube dich nicht, mein Täubchen, dann wird alles halb so schlimm; tu so, als würdest du auch noch Spaß an der Sache haben.«
Es klang irgendwie gut gemeint, doch ich war vor Schrecken so außer mir, daß die Worte kaum in mein Ohr drangen. Denn was ich sah, als wir aus dem dunklen Nebengelaß in den hellen Saal traten, war so grauenerregend, daß es sich bis heute in mein Herz eingebrannt hat.
Bianca lag rücklings auf der Tafel, ihre Beine gespreizt, von mehreren Männern gehalten. Und auf ihr ein junger Knappe der Conti, wie ich an den Farben seines Gewandes sah, der ihr Gewalt antat. Die Bedauernswerte schrie und stöhnte fürchter-

lich. Am schrecklichsten aber schien mir, daß so ein schöner junger Knappe ihr das antat, mit halblangen ebenholzschwarzen Haaren und kindlich wirkendem feinen Gesicht. Kein ekelhafter, narbenübersäter, schmutziger Mann in der Art wie jene, die uns gefangen hatten, sondern ein edler Knabe von etwa vierzehn Jahren. Das schockierte mich. Wie konnte ein solcher Mensch einer zarten Frau gegenüber zu derartigen Grausamkeiten fähig sein!

Alle anderen standen herum und begleiteten die abstoßende Szene mit lautem Gelächter und unflätigen Zurufen. Plötzlich packte der, den sie vorhin Capitano Michelotto genannt hatten, ein wahrer Hüne, den jungen Mann unter den Achseln, hob ihn scheinbar mühelos von Biancas geschundenem Körper und stellte den Verdutzten auf die Füße. Was ich da erblickte, raubte mir den Atem, denn ich sah zum ersten Mal den aufgerichteten Pene eines Mannes.

Michelotto war wütend. »Die da ist nichts für Euch, Signore Gaetani, sondern für meinen Herrn, den Imperatore. Seht, diese hier ist vielmehr für Euch bestimmt!« Er zeigte dem Knappen seine Hand, eine wahre Löwenpranke. Dann traf Michelottos Schlag den Burschen, der über die Tafel geschleudert wurde, dumpf auf den Boden schlug und dort besinnungslos liegenblieb.

Plötzlich sprang jemand, der weiter hinten an der Tafel saß, so heftig auf, daß sein Scherenstuhl krachend umfiel. »Du hast dich an meinem Knappen vergriffen, Michelotto, das wirst du büßen!« Dabei griff er nach seinem Stoßdegen, war mit einem Satz auf der Tafel, dann gewandt wie eine Katze an dem anderen Ende wieder herunter und stieß die Klinge augenblicklich gegen den Capitano.

Doch dieser führte mit seinem leichten Schwert in einer Bewegung, die mir ungeheuer schnell erschien, einen Hieb gegen den Angreifer und schlug dessen prachtvollen Degen oberhalb

der Parierstange glatt ab. Mit wutverzerrtem Gesicht schleuderte dieser das nutzlose Griffstück fort und zog seinen Dolch, kam jedoch nicht mehr dazu, ihn zu gebrauchen.
»Michelotto, hör sofort auf – und du, Paolo, laß den Dolch stecken!«
Beide Männer erstarrten gleichsam in ihren Bewegungen und blieben reglos stehen. Mir aber gefror das Blut in den Adern; ich kannte diese Stimme!
Alle hatten sich erhoben und sahen zu dem Mann mit der Maske hin, der soeben aus einem Seitengelaß in den Saal getreten war. Ich hörte, wie jemand flüsterte: »Der Imperatore ...« Neben ihm stand eine Frau von überwältigender Schönheit, die mir sehr erhitzt zu sein schien. Ihr Kleid war nach neuester spanischer Mode gearbeitet mit enganliegendem Mieder und weitgebauschten Ärmeln. Die Schnürung des Ausschnittes ließ nach französischer Art eine Brust frei.
Die beiden Männer, die Bianca und mich hierhergeschleppt hatten, traten vor. »Erlaubt, daß wir das Wort an Euch richten, edler Imperatore.«
»Sprecht.«
Da war sie wieder, diese Stimme, die mir durch Mark und Bein ging. Von den Ereignissen völlig verstört, fühlte ich mich nicht in der Lage zu reden, meine Kehle war wie zugeschnürt; dabei hätte es nur eines Wortes bedurft ...
»Edler Imperatore, wir haben zwei herrliche junge Vögelchen für Euch gefangen, ein dunkles und ein helles.« Dabei zerrte er die arme, völlig apathische Bianca von der Tafel herunter, die nun zitternd dastand, den Blick zu Boden gesenkt.
»Und das andere Vögelchen?«
»Hier, Euer Gnaden.« Dabei schob er mich mit eiserner Faust in die Mitte des Saales. Ich bemerkte, wie der Mann mit der Samtmaske, den sie Imperatore nannten, zusammenfuhr, als er mich erkannte. Dann zog er den Degen, und seine Stimme hatte

einen derart gefährlichen Klang, daß selbst ich zusammenzuckte.
»Alle hinaus! Los, verschwindet! Das Fest ist zu Ende.«
Die Gäste waren wie gelähmt und begriffen nicht gleich, was dieser unvermittelte Ausbruch bedeutete.
»Lauft, oder ich erschlage euch alle!« Dabei hieb er mit der flachen Seite seines Degens auf die Umstehenden ein.
»Michelotto!«
»Die beiden«, dabei wies er auf mich und Bianca, »und diese zwei hier«, er zeigte auf unsere Peiniger, »bleiben!«
Sofort trieb uns der Capitano in ein kleines Nebengelaß; ich konnte gerade noch sehen, wie die letzten Gäste der Festgesellschaft eilig den Saal verließen. Dann riß der Imperatore seine Maske vom Gesicht, und ich sah, was ich vorher schon gewußt hatte: Es war mein Bruder Cesare.
»Lucrezia!«
»Cesare!«
Der Mann ließ mich verdutzt los, und ich rannte zu meinem geliebten Bruder, warf mich in seine Arme, drückte mich ganz fest an ihn, küßte sein Gesicht, seinen Nacken, seine Hände. Endlich gerettet. Cesare erwiderte meine Küsse. So standen wir eine Weile da, und ich kam mir so unsagbar geborgen vor wie noch nie in meinem ganzen Leben. Ich genoß dieses wunderbare Gefühl, hätte ihn so bald nicht loslassen wollen, aber Cesare schob mich behutsam zur Seite und wandte sich den beiden Männern zu.
»Ist dir klar, Cretino, was du getan hast?«
Der Bärtige wurde blaß. »Ich weiß nicht, Herr ...«
»Du hast«, schnitt ihm mein Bruder mit beinahe überschnappender Stimme das Wort ab, »meine Schwester berührt, und nun sollst du wissen, was das heißt!«
Der Mann fiel auf die Knie. »Gnade, erlauchter Herr, ich bitte Euch ...«

»Bitte nicht mich, sondern meine Schwester um Verzeihung!«
Der Mann rutschte auf den Knien zu mir, in all seinen Gesten lag grauenhafte Furcht. Er wollte mir die Füße küssen, aber Cesare verhinderte das, indem er den Fuß auf seinen Hinterkopf stellte und sein Gesicht unbarmherzig auf den Boden drückte. Dabei wirkte er jetzt wieder ganz beherrscht. »Du sollst die Contessa bitten, hörst du!«
Der Bärtige stammelte und flehte, von Cesares Fuß immer stärker getreten: »Verzeiht mir, gnädige Contessa, verzeiht mir ...«
»Liebste Schwester, du hörst, was er will; verzeihst du ihm?« Cesares Stimme klang nun ganz sanft, außergewöhnlich sanft.
Ich schwieg.
Mein Bruder hob seinen Fuß ganz langsam vom Hinterkopf des Mannes; ich sah, wie dieser aufatmete, als der furchtbare Druck nachließ. Ein Beben erschütterte seinen Körper – er weinte. Tatsächlich, dieser Unmensch, der uns so furchtbar gepeinigt und Bianca eiskalt diesen grauenhaften Dingen ausgeliefert hatte, die hier geschehen waren, der uns verkaufen wollte wie Tiere, dieser Bestie liefen die Tränen übers Gesicht. Und ich begriff mit einem Mal, was es bedeutete, Todesangst zu haben.
Cesare schien hoch zufrieden. »Ja, der Allmächtige vergibt den reuigen Sündern ...«
»Ich danke Euch, edler Imperatore, danke, danke!« stammelte der Bärtige unter Tränen.
Mein Bruder lächelte. Dann trat er blitzschnell zu. Sein Stiefel traf mit ungeheurer Wucht das Genick des am Boden Liegenden; ein lautes Knacken, der Kopf fiel zur Seite und blieb in einer seltsamen, unnatürlichen Stellung liegen, die Glieder zuckten noch ein wenig – der Mann hatte seine gerechte Strafe erhalten. Cesare schaute ungerührt von oben herab auf den Toten. »Gott mag vergeben, Cesare Borgia nie!«

Plötzlich erfaßte ich aus dem Augenwinkel eine Bewegung.
»Cesare!«
Der riß seinen Dolch aus dem Gürtel und parierte geschickt den Hieb des anderen Mannes, der offenbar mutiger war als sein toter Kumpan zu meinen Füßen. Ich bemerkte, daß mein Bruder Capitano Michelotto einen Wink gab, sich zurückzuhalten; Blutrache war Sache der Familie ...
Schnell hatte Cesare auch noch seinen Degen gezogen, um sich des ungestümen Angriffes zu erwehren. Dann ein blitzschnelles Zustoßen, und ich sah, wie die Klinge den Bauch des Kämpfenden durchbohrte und die Spitze hinten am Rücken herausragte, doch nur einen Wimpernschlag lang, dann hatte Cesare die Waffe schon wieder herausgezogen. Der andere hielt kurz inne, dann, als ob nichts gewesen wäre, schlug er wie wild mit seinem kurzen, breiten Schwert auf meinen Bruder ein. Und wieder ein Stich, so schnell, daß ihm das Auge fast nicht folgen konnte, der Mann taumelte zurück und griff sich an die Kehle, sein Schwert klirrte zu Boden, mit weitaufgerissenen Augen stolperte er noch drei, vier Schritte rückwärts bis an die Festtafel und brach dort langsam in die Knie. Aus seinem Mund quoll leuchtendhelles Blut. Er schien unverwandt mit diesem seltsam starren Blick Cesare anzustarren, und ich begriff, daß es der Blick eines Toten war. Dann fiel er wie ein Sack nach vorn und blieb auf dem Boden liegen; durch seinen Körper lief noch ein leichtes Zittern – aus. Alles war voller Blut, als hätte man einen Zuber davon ausgeleert. Stille trat ein.
Cesare, mein Bruder, was für ein Kämpfer, was für ein Mann! Ich war hingerissen von ihm. Er hatte uns nicht nur aus dieser furchtbaren Lage befreit, sondern auch meine schändliche Behandlung ohne Zögern gerächt. Wie der Erzengel Michael mit dem Flammenschwert kam er mir vor. Seit unsere heilige Mutter Kirche existiert, gab es streitbare Bischöfe, aber ich glaube, Cesare ist von allen der tapferste, in meinen Augen übertrifft er

selbst San Ulrico di Augusta, der als einer der größten christlichen Helden gilt. Ja, ich war wirklich sehr stolz auf meinen Bruder. Zu Unrecht, wie sein weiteres Leben noch zeigen sollte ...

»Fiammetta, mia Cara, könntest du ausnahmsweise dein Gewand meiner Schwester borgen?« Es war mehr Befehl als Frage, und jetzt erst bemerkte ich, daß die Frau, mit der Cesare vorhin zu der Festgesellschaft gekommen war, nicht wie die anderen gegangen war, sondern dem Kampf zugesehen hatte. Ohne ein Wort zu verlieren, zog die Schöne ihre prächtige Cotta aus und reichte sie mir. Selbst in ihrer seidenen, reich goldbestickten Camicia wirkte diese auffallende Frau noch wie eine Fürstin. Ich blickte hinab auf das Gewand in meinen Händen; welch eine Kostbarkeit! Aus glänzendem Picciolato in tiefblauer Farbe gearbeitet, über und über mit durchsichtigen Stückchen Bergkristall bestickt, jedes etwa so groß wie eine Erbse. Bianca, die aussah, als sei sie gerade aus einem furchtbaren Alptraum erwacht, kam zu mir, um beim Ankleiden zu helfen. Die Cotta paßte. Ein herrlicher Duft ging von ihr aus. Leider war kein Spiegel da, aber ich konnte mir ausmalen, wie mein blondes Haar und die blauen Augen dazu wirkten.

»Wie Aphrodite persönlich siehst du aus.« Cesares Stimme klang weich und dunkel. Er kam zu mir und nahm mich in seine Arme. »Schön bist du, geliebte Schwester, geradezu wunderschön.«

Mit diesen Worten zog er mich ganz fest an sich, mir blieb fast der Atem weg, aber ich verspürte auch wieder jenes angenehme Gefühl, so daß ich unendlich lange in seinen Armen hätte bleiben mögen! Doch es war Zeit zu gehen. Vorsichtig raffte ich das herrliche Kleid, um es nicht in den Blutlachen zu beschmutzen. Dann verließen wir das Haus, Fiammetta, Michelotto und zwölf Bewaffnete mit uns.

Es dauerte einige Zeit, bis wir den Palazzo unseres Vaters

erreichten. Michelotto klopfte in einem bestimmten Rhythmus an das Portal, worauf augenblicklich die Seitenpforte geöffnet wurde. Wir schlüpften hinein. Cesare zog mich sofort mit sich zu seinen Gemächern, Bianca blieb ängstlich immer dicht hinter mir.

Wir legten uns alle drei auf das Bett meines Bruders, und er gab uns köstlichen, stark gewürzten Wein zu trinken. Die arme Bianca sah recht mitgenommen aus, doch hoffte ich, daß der schwere Wein ein wenig die düsteren Gedanken aus ihrem Gemüt vertreiben würde. Bald verfiel ich in einen seltsamen Zustand: halb wach, halb träumend. Kein Wunder nach all dem, was wir erlebt hatten.

Cesare nahm mich wieder ganz fest in den Arm, und ich schmiegte mich an ihn. Die Wärme seines Körpers ließ sich durch die Kleidung spüren. Plötzlich hatte ich das starke Bedürfnis, meinen Bruder wieder zu küssen. Nicht nur aus Dankbarkeit über meine Rettung; er strahlte in dieser Nacht eine unwiderstehliche Anziehungskraft auf mich aus. Mein starker großer Bruder! Innig küßte ich seine Wangen, seine Stirn, umschlang ihn mit meinen Armen. Und er küßte mich wieder, auf das Gesicht, die Hände, das Haar. Nach einiger Zeit lagen wir still da, und irgendwann muß ich eingeschlafen sein.

Zunächst war es wie eine Art Traum, etwas Unruhiges weckte mich. Erst noch im Halbschlaf, dann mit zunehmend geschärften Sinnen bemerkte ich neben mir heftiges Atmen und leises Stöhnen. Fast wie unter Zwang öffneten sich meine Lider. Alles schien im schwachen Licht der kleinen Öllampe zu verschwimmen, doch was meine Augen allmählich schemenhaft wahrnahmen, das raubte mir fast den Verstand. Cesare lag auf Bianca und tat genau das Schreckliche, was der junge Knappe heute nacht auf der Tafel des Festsaales mit ihr gemacht hatte! Ich wollte aufspringen, meinen Bruder von ihr reißen, ihn anflehen, sofort aufzuhören, wollte mich schützend über die Gepeinigte

werfen – aber etwas hielt mich zurück. Es war wieder jenes Gefühl der Machtlosigkeit im Angesicht brutaler Gewalt.
Du bist plötzlich starr, wie tot. Und doch hörst du dein eigenes Herz schlagen, dein Blut in den Adern brausen. In solchen Augenblicken bist du wie lebendig gestorben, jegliche Kraft scheint aus dir gewichen; es ist, als hätte deine Seele bereits den Körper verlassen. Und das einzige, was du dann noch spürst, ist deine ohnmächtige Schwäche, die alle Glieder erfaßt und lähmt, ja, du bist die Inkarnation der Schwäche selbst!
Es ist die Machtlosigkeit, jene dreimal verfluchte Machtlosigkeit, die Gott der Herr einst dem Wesen der Frau bestimmte. Hat er das wirklich? Gewiß, das Weib sei dem Manne untertan, so steht es in der Heiligen Schrift. Das Weib sei Gefäß des Gatten, behaupten meine Lehrer. Doch wie weit dies gehen soll, darüber schweigt die Bibel. Hat nicht Jesus einst Maria Magdalena aufgenommen in die Schar der Jünger, obwohl sie eine Entehrte war? Weshalb stand sie zusammen mit der Mutter Maria und Johannes unter dem Kreuz von Golgatha? Dem Manne untertan ... Sind wir denn nicht alle dem Allmächtigen untertan, Männer und Frauen, ja, der gesamte Erdenkreis? Kann Gott, der Vater, dies gewollt haben – oder sind es vielmehr die Teufel der Hölle, die uns Frauen der Gewalt ausliefern? Werden wir von Moloch, dem Fürsten des Tränenlandes, gelenkt, sind wir gar von ihm besessen, hat er uns die Macht geraubt, uns zu wehren?
Ist es Häresie, so etwas zu denken? Ich konnte mir gut vorstellen, daß der Herr uns solche Prüfungen auf Erden auferlegt, damit unsere Seele dereinst in das Himmelreich eingehen kann. Doch weshalb sollten nur wir Frauen leiden und die Männer nicht? Jesus Christus ist für alle am Kreuz gestorben!
Und in dieser Stunde erkannte ich, daß es gottgefällig sein muß, sich zu wehren gegen die Mächte der Finsternis, die in den Männern wirken, vom grausamen Incubus verführt, ebenso wie

wir Frauen von Belphegor, dem Herrn der Angst und der Trägheit!

Ja, ich werde mich wehren, wehren in dem Augenblick, in dem ich wirkliche Macht besitzen werde; nicht irgendeine kleine, begrenzte – ich wollte die ganz, ganz große Macht ...
Noch lag ich aber wie betäubt da, sah das Unaussprechbare und konnte doch meine Augen nicht davon lassen. Cesare gebärdete sich jetzt wie wild, während Bianca völlig reglos dalag, als wäre sie tot. Da stöhnte mein Bruder laut auf – seine Bewegungen erlahmten jäh. Endlich ließ er von Bianca ab und rollte sich zur Seite. Ich überlegte, ob ich meine Zofe ansprechen sollte; nein, ich wollte lieber damit warten, bis wir morgen allein waren. Da verrieten mir Cesares regelmäßige Atemzüge, daß er fest eingeschlafen war.
»Bianca, was hat er dir angetan?«
Ihre Antwort klang erstaunlich klar. »Nichts, was man vorher nicht schon oft genug mit mir gemacht hat.«
»Hast du Schmerzen?«
»Wenn Ihr meinen Körper meint, Herrin, nein.«
»Welche Schmerzen dann?«
»Die meiner Seele.«
»Deiner Seele?«
»Mein Stolz ist verwundet, zu Tode verwundet.«
»Arme Bianca.«
Sie stieß ein bitteres Lachen aus. »Sorgt Euch nicht um mich, Contessa, ich werde darüber hinwegkommen – wie so viele Male schon.«
Biancas Antwort beruhigte mich einigermaßen. Oder besser gesagt, ich wollte mich beruhigen lassen.
Trotzdem fand ich keinen erholsamen Schlaf und erwachte am nächsten Morgen wie zerschlagen. Cesare hatte ein Stück Pergament hinterlassen. Er war beim Heiligen Vater, eine Messe zu lesen, und wollte um die elfte Stunde wieder zurück sein. Wir

sollten unter allen Umständen im Zimmer bleiben. Das hätte ich mit Sicherheit auch so getan, denn mein Vater sollte ja unter keinen Umständen von der ganzen Sache erfahren. Welch ein Schlag wäre es für sein Ansehen gewesen: Die eigene Tochter fast nackt nachts in der Via delle Botteghe oscure aufgegriffen ... Das durfte dem Vizekanzler unserer heiligen Mutter Kirche keinesfalls geschehen – nicht auszudenken dieser Skandal! So betrachtet, war die letzte Nacht ja noch glimpflich ausgegangen. Trotzdem durfte mein geliebter Vater niemals davon wissen.

Hätte Cesare nicht die Gäste so schnell hinausgeworfen, wäre ich sicherlich von irgend jemandem erkannt worden und die furchtbare Schande für meine Familie nicht lange geheim geblieben. Durch die Geistesgegenwart meines Bruders wurde das verhindert. Und bestimmt hatte auch unsere Maskerade geholfen, das Schlimmste zu verhüten.

Etwas allerdings bedrückte mich trotz allem sehr und ließ mir keine Ruhe. Es war die Tatsache, daß mein eigener Bruder sich letzte Nacht über Bianca hergemacht hatte, um dieselben abstoßenden Sachen zu tun wie einige Stunden zuvor bereits der Knappe der Conti. In diesen Dingen mußte ein dunkles Geheimnis liegen, etwas, was mir bisher völlig verborgen geblieben war, und ich wollte, ich mußte einfach die Wahrheit darüber wissen.

»Bianca, du hast heute nacht etwas gesagt, was du mir näher erklären mußt.«

»Was wollt Ihr wissen, Herrin?«

»Du sagtest, man hätte – solche Sachen«, ich nahm an, sie würde schon wissen, was ich meinte, »bereits öfter mit dir gemacht.«

Meine Zofe biß sich auf die Lippen und sah zu Boden. Zögernd antwortete sie dann: »Ich weiß, Herrin, daß es strengstens verboten ist, eine Todsünde sogar, und trotzdem konnte ich nichts dagegen tun. Denn die Männer haben mich dazu gezwungen.«

»Welche Männer?«
»Zuerst die Söldner der katholischen Könige von Aragon und Kastilien, dann die unseres eigenen Königs Abdallah. So ging es immer hin und her.«
»Weshalb taten es eure eigenen maurischen Kämpfer?«
»Weil sie es immer tun. Unsere kleine Stadt war jahrelang umkämpft. Für die Kastilianer waren wir die verhaßten Mauren, für die Männer Abdallahs Verräter. Dabei wollten wir nur eins, mit allen in Frieden leben.«
»Und sie taten es immer wieder ... weshalb?«
»Weil der Teufel Asmodeus sie dazu treibt; es bereitet den Männern Vergnügen, uns Frauen Gewalt anzutun.«
»Ich habe nie davon gehört, Bianca.«
»Ja, Herrin, weil man es vor den Mädchen verbirgt wie ein Geheimnis. Erst wenn sie heiraten, dann müssen sie es erfahren.«
»Wenn sie heiraten?«
»Oder wenn ihnen Gewalt angetan wird. O Herrin, es ist jedesmal so erniedrigend ...«
Ich war wie vom Schlag gerührt, wollte diese Dinge nicht glauben. »Und du willst behaupten, daß in der Ehe der Gatte mit dem Pene in die Scham seiner Frau eindringt und diese abstoßenden ...«
»Ich habe mir das nicht ausgedacht, beim Allmächtigen, es ist so!«
Mit einem Mal wurde mir verschiedenes klar. Gefäß des Mannes, wie meine Lehrer zu sagen pflegten, das bedeutete es also, und zu diesem Zweck wollten uns die beiden Männer verkaufen. Das war es auch wohl, was die schöne Primavera mir zu verstehen geben wollte, als sie sagte, ich solle ohne Widerstreben alles geschehen lassen, was die Männer mit mir machten. Der Teufel der Wollust trieb sie dazu. Es war unsäglich widerwärtig.

»Ich werde keinem Mann je gestatten, diese Dinge mit mir zu tun!«
Bianca lachte bitter auf. »Dann werdet Ihr auch nie Söhne gebären, Herrin.«
»Was hat das damit zu tun?«
»Ihr wißt wirklich nichts?«
»Nein – also sprich!«
»Nur wenn ein Mann und eine Frau sich so vereinigen, entsteht ein Kind.«
Ich schwieg betroffen. Zuviel war in der letzten Zeit auf mich eingestürmt. Sprach Bianca die Wahrheit? Ich war geneigt, ihr zu glauben; ein Mensch, der solche Grausamkeiten am eigenen Leibe verspürt hatte, log nicht.
Wie mit einem Ruck zerriß der Schleier vor meinen Augen, die Unschuld des kindlichen Herzens war für immer verloren …
Den ganzen Morgen gingen mir die vielfältigsten Gedanken durch den Sinn, kein Wunder nach dem, was meine Zofe erzählt hatte. Ich war wütend darüber, daß meine Lehrer mich über diese schwerwiegenden Dinge niemals auch nur mit einem Wort wirklich aufgeklärt hatten. Gestern noch ein törichtes Kind – und heute? Es gab überhaupt keinen Grund anzunehmen, daß ich nun alles wüßte. Wie viele Dinge lagen noch im dunkeln verborgen? Ich wollte ihnen auf die Spur kommen, schonungslos, was immer es sein mochte, das gelobte ich mir an jenem Morgen. Und habe dann auch stets danach gehandelt …
Auch wenn mir damals noch nicht klar war, wie sehr jene gefahrvolle Nacht und die schreckliche Erkenntnis meine weitere Zukunft bestimmen sollten, so waren diese Stunden, die mich der Gewalt ausgeliefert hatten, doch etwas, was mich für alle Zeit formte. Gewalt trat immer wieder in vielfältiger Gestalt in mein Leben, und ich wehrte mich dagegen mit all meiner

Macht. Ja, eigene Macht, das war es, was mir Kraft geben sollte gegen jene, die über mich bestimmen wollten!

Lauter Trompetenschall und dumpfe Trommelwirbel von der Straße her rissen mich aus meinen Gedanken. Bianca und ich eilten zum Fenster und wurden Zeuge, als mein Bruder von der Messe bei Papst Innozenz zurückkehrte. Und wie er das tat, beeindruckte mich außerordentlich. Dem Zug voran schritten zwei Herolde, die verkündeten, daß der hochedle Cesare de Borgia, Bischof von Pamplona, soeben eine Messe beim Heiligen Vater gelesen habe und aus diesem ehrwürdigen Anlaß Almosen an die Bedürftigen verteile.
Cesare selbst saß auf einem prächtigen Schimmel mit goldbestickter Schabracke. Hinter ihm Capitano Michelotto, dann zwölf Reiter mit Wimpeln an den Lanzen, zehn spanische Söldner mit Hellebarden, dazwischen die Trompeter und Trommler, die einen erheblichen Lärm verursachten. Und um sie alle herum schlug sich eine unübersehbare Menge niedersten Volkes um die kupfernen Denari, die Michelotto unter sie warf. Mein Bruder wußte schon, sich ins rechte Licht zu setzen ...
Kurze Zeit später trat er ins Zimmer und warf seinen flachen, quastengeschmückten grünen Bischofshut mit gekonntem Schwung auf das Bett. »Wein! Bei allen Feuern der Hölle, heute herrschte eine Hitze in der päpstlichen Kapelle, nicht auszuhalten.«
Bianca reichte ihm einen vollen Becher, und Cesare stürzte den Wein in einem Zug hinunter. Ohne auf seinen Diener zu warten, entledigte er sich dann der goldbestickten Stulpenhandschuhe, warf den kostbar gearbeiteten Umhang über einen Scherenstuhl, und ließ sich von Bianca die ebenfalls reichgeschmückten Seidenschuhe und -strümpfe ausziehen. »Wir haben Glück gehabt, liebste Schwester, niemand hat dich gestern nacht erkannt. Auch die Kleiderfrage ist gelöst; Fiammetta, meine Ge-

liebte, besitzt so viele Gewänder, daß sie dir gern welche überläßt.«
»Auch die Cotta aus dem herrlichen blauen Picciolato mit den Edelsteinen darauf?«
»Ja natürlich, Lucrezia, ich kaufe ihr wieder ein neues Gewand dafür.«
»Seid ihr gut befreundet?«
Er lachte. »Gut befreundet, das mag stimmen und auch nicht.«
Ich sah ihn fragend an.
»Nun, Fiammetta ist eine der teuersten Cortigiane von Rom; solange ich sie bezahle, ist sie mir zu Willen – und wie ...« Er drehte die Augen in gespielter Verzückung nach oben.
Ich spürte, wie Asmodeus, der Fürst der Wollust, aus ihm sprach, und schwieg. Denn was er neben mir im Bett mit Bianca angestellt hatte, das kam plötzlich wieder mit Macht in mir hoch, aber ich wollte jetzt keinen Streit mit meinem Bruder. Gut, die Kleiderfrage war geregelt, doch das Problem Coelestina bedrückte mich weiterhin.
Als könnte Cesare meine Gedanken lesen, kam er von selbst auf die Sache zu sprechen. »Weshalb bist du eigentlich aus dem Kloster fortgelaufen, sind dir die langweiligen Betschwestern allzu fromm gewesen, oder wolltest du mit deiner kleinen Morisca hier«, dabei griff er Bianca in einer unbeschreiblich obszönen Geste zwischen die Schenkel, »mit dieser willigen dunklen Schönheit, Abenteuer im nächtlichen Rom erleben?«
»Cesare, bitte laß solche Dinge in meiner Gegenwart!«
Mit einem rauhen Lachen ließ er von Bianca ab. »Die Maurin geht sofort hinaus!«
Bianca sah mich fragend mit einem ängstlichen Blick an.
Ich gab ihr ein stummes Zeichen, und sie huschte aus dem Gemach. Wir waren allein.
Plötzlich kam Cesare, der gerade noch so heiter gewirkt hatte,

auf mich zu und packte meine Handgelenke. »Sieh mich an, Schwester.«
Seine Stimme war eisig, fast nur ein Flüstern, und trotzdem ging mir ihr Klang durch und durch.
Ich sah ihm offen ins Gesicht und erschrak. War das der Bruder, den ich so sehr liebte, in dessen Armen ich mich so sicher und geborgen gefühlt hatte? Nein, vor mir stand ein anderer. Seine wasserhellen blauen Augen waren ganz schmal und glitzerten gefährlich. Alles Blut schien aus seinem Gesicht gewichen, das nun den Ausdruck kalter Wut zeigte.
»Tu das nie wieder, hörst du, niemals wieder!«
Er war im Recht; was er auch tat, ich durfte vor der Dienerschaft seine Handlungsweise keinesfalls mißbilligen. »Verzeih, Cesare, ich habe nicht bedacht ...«
Ganz unvermittelt ging wieder eine Metamorphose mit ihm vor, und ebensoschnell, wie er sich vorhin in einen fremden Menschen verwandelt hatte, wurde mein Bruder wieder zu dem, den ich kannte.
»Lucrezia, mia Cara, ich könnte dir doch nie böse sein. Komm her.«
Er drückte mich wieder ganz fest an sich, aber jenes wundervolle Gefühl der Geborgenheit wollte sich bei mir nicht mehr einstellen. Ich bat Cesare noch einmal vorsichtig, in meiner Gegenwart die Regeln des Anstandes zu wahren; vielleicht nützte es etwas. Danach ließ er sich von mir die ganze Geschichte mit Coelestina erzählen, sagte nichts dazu, lächelte jedoch gelegentlich ganz seltsam in sich hinein. Nach allem, was ich auf meiner Flucht mitmachen mußte, erschien mir allerdings der Streit nun nicht mehr so bedeutend wie vorher. Andererseits sollte ich noch ein volles Jahr im Kloster ausharren, und da wäre es doch ganz gut, wenn Cesare die Machtverhältnisse ein für allemal klärte.
Mein Bruder war der Meinung, daß ich den Palazzo so schnell wie möglich wieder verlassen mußte, bevor irgendein Diener

etwas verriet, und so brachen wir nach dem Vesperläuten kurzentschlossen auf. Ich schlüpfte mit Bianca durch eine Seitenpforte; wir liefen die gut hundert Schritte zur Kirche Spirito Santo und warteten dort im Schutze des Portals. Bald kam ein aufwendiger Zug die Via Giulia entlang, Cesare im vollen Bischofsornat, wie zu einer Prozession gekleidet, hinter ihm wieder Hauptmann Michelotto und einige Hellebardiere. Dazu bearbeitete der Trommler unablässig sein Kalbfell, so daß alles Volk auf der Straße ehrfürchtig zur Seite wich. Am beeindruckendsten war jedoch eine Sänfte, die von zwei Maultieren getragen wurde; der Führer hielt sich ein wenig abseits, als gehöre er gar nicht dazu.
Cesare zog segnend an der Menge vorbei, und ich sah, wie er mir zublinzelte, als er zu den Leuten vor der Kirche das Kreuzeszeichen schlug.
Dann lenkte der Maultiertreiber seine Tiere dicht vor das Kirchenportal. Ich verstand sofort, und wir stiegen hoheitsvoll ein; besonders Bianca schritt wie eine osmanische Prinzessin dahin in einem herrlichen tiefroten Gewand der schönen Fiammetta.
Über den Portico d'Ottavia gelangten wir zum Palatin, wo unsere Maultiere zwischen den Weinbergen Cesares Zug einholten. Mein Bruder sprengte auf seinem Schimmel ungestüm zur Sänfte, so daß ich seinen kostbaren breitkrempigen Bischofshut samt den goldenen Quasten schon im Staub liegen sah, aber er hielt ihn mit der Linken fest.
Ich mußte lachen. »Coelestina wird sich freuen, den würdigen Bischof Cesare de Borgia demütig begrüßen zu dürfen.«
»O ja, liebste Schwester, das ist gewiß …« Dabei warf er mir einen vielsagenden Blick zu.
Was es damit auf sich hatte, sollte ich erst einige Zeit später erfahren.
Unser Zug bewegte sich bei Santa Anastasia am Fuße des Palatins nach links, und ich sah in einiger Entfernung die Um-

risse des Klosters San Sisto auftauchen. Mein Herz schlug bis zum Hals. Bald standen wir vor dem hohen Portal, das wie immer verschlossen war. Michelotto zog seine kurze Lederpeitsche aus dem Gürtel und schlug mit dem Knauf an die Torflügel. Endlich ging eine kleine Klappe auf, und die Beschließerin fragte barsch, was wir wollten.

»Seine bischöfliche Gnaden, Don Cesare de Borgia, wünscht Euer Kloster augenblicklich zu betreten!« Michelottos Stimme klang gefährlich.

Die Schwester stutzte einen Augenblick, reckte dann ihren Kopf und sah meinen Bruder, den ehrwürdigen Bischof. Die Klappe ging zu, und das Portal wurde geöffnet. Cesare ritt voran, dann folgte unsere Sänfte und dahinter die anderen Männer. Sofort verschwanden alle Nonnen aus dem Innenhof durch den Kreuzgang in die Kapelle. Söldner im Frauenkloster, selbst wenn sie einen Bischof begleiteten, verstießen gegen alle Gesetze unserer heiligen Kirche.

Coelestina kam herangerauscht wie ein Racheengel, keine Spur von klösterlicher Demut lag in ihrer Haltung. Natürlich wußte sie sofort, was der Besuch zu bedeuten hatte, und noch dazu die Sänfte unübersehbar auf mich hindeutete.

Cesare stieg würdevoll von seinem Schimmel, ließ sich umständlich von einem seiner spanischen Söldner den Staub des Weges von seiner Kleidung bürsten, nahm den goldenen Bischofsstab entgegen und bot dann erst Coelestina den Ring zum Kuß dar. Bewußt war er einige Schritte vor ihr stehengeblieben, so daß sie sich ihm zuerst in demütiger Stellung nähern mußte. Ich bemerkte auch, daß mein Bruder seine Hand mit Absicht besonders tief hielt, um die Oberin in den Staub zu zwingen, als sie den Ring an seiner Hand küßte. Dann reichte er Michelotto den Bischofsstab, der sich alle Mühe gab, damit besonders würdevoll auszusehen, legte die Linke auf Coelestinas Hinterkopf und tat so, als segne er sie mit der Rechten.

Ich konnte aber erkennen, daß seine Faust durch die gestärkte Haube hindurch ihren Nacken gepackt hielt, wobei er die Superiorin immer tiefer drückte, bis sie ganz gebückt fast den Erdboden berührte.

»Seid gesegnet, meine Tochter. Möge das Wohlgefallen unseres Herrn Jesus Christus stets mit Euch sein«, dabei drückte er sie noch ein wenig stärker in den Staub, »und der Heilige Geist möge Euch erleuchten, auf daß Ihr stets recht handelt.«

»Amen!« dröhnte Michelottos sonore Stimme.

Cesare ließ nun von der Oberin ab, und langsam, ganz langsam erhob sich Coelestina; ihre Dominikanerinnentracht war völlig staubbedeckt. Sie stand mit gesenkten Lidern, aber hochaufgerichtet vor Cesare, und jeder konnte sehen, daß etwas in ihr vorging. Plötzlich öffnete sie ihre Augen, und ein seltsames Glitzern stand darin; eigenartigerweise kein Haß, nein, es war etwas anderes, etwas, was auch in Cesares Blick gelegen hatte, als er mir auf dem Weg hierher lächelnd Coelestinas baldige Unterwerfung versicherte ...

»Bischöfliche Gnaden«, die Stimme der Oberin klang geradezu honigsüß, »es ist uns demütigen Dienerinnen der Kurie eine große Ehre, den ehrwürdigen Don Cesare in den Mauern von San Sisto weilen zu sehen.« Sie machte eine kleine Pause und fuhr dann weithin hörbar fort. »Doch verbietet es die Bulle Sanctibus Locibus des Heiligen Vaters«, dabei bekreuzigte sich Coelestina, »sowie die Regel unseres Ordensgründers, Sankt Dominikus, bei Exkommunikation, daß männliche Laien sich an der geheiligten Stätte unseres Klosters aufhalten.«

Cesare wurde blaß. Es war klar, er mußte all seine Männer sofort hinausschicken, denn die Vorschriften waren so streng, daß sie sogar männliche Tiere verboten. Alle wußten das – und auch, welche Erniedrigung es für meinen Bruder bedeutete, wenn sich die Männer auf Coelestinas Hinweis zurückziehen mußten. In einer jähen Aufwallung griff Cesare an seine Seite, dorthin, wo er häufig ganz unbischöflich sein Schwert trug; aber heute war da keines, denn es paßte wirklich schlecht zum Ornat eines Bischofs.

Die Lage war aufs äußerste gespannt. Gab Cesare nach, erlitt er eine Niederlage, und das vor seinem Gefolge. Gab er nicht nach, bedeutete dies eine Mißachtung des päpstlichen Willens, und das konnte gefährlich werden. Die Inquisition scheute selbst vor Bischöfen nicht zurück. Das alles schoß mir in wenigen Augenblicken durch den Kopf. Mein Bruder mußte handeln, sofort handeln. Was würde er tun? Sein Blick, mit dem er Coelestina unverwandt anschaute, drückte eiserne Härte aus, aber ich bemerkte an den zusammengepreßten Lippen, daß er nicht weiterwußte. In was für eine Situation hatte ich ihn gebracht! Entweder von der Inquisition eingekerkert oder dem homerischen Gelächter der gesamten Geistlichkeit Roms ausgesetzt ...

Da erleuchtete mich der Heilige Geist. Ich sprang aus der Sänfte, trat ganz dicht zu Cesare und flüsterte ihm zu: »Gib deinen Männern die niederen Weihen, und kein Mensch kann sie mehr aus dem Kloster weisen!«

Trotz meiner fast unhörbaren Stimme verstand mein Bruder sofort. Er wandte sich von Coelestina ab und blickte seine Männer an. »Kniet demütig nieder, meine Söhne, und entblößt euer Haupt!«

Fast hätte ich laut lachen müssen, als Cesare, nun wieder ganz Bischof, diese Worte mit einer sehr salbungsvollen Stimme aussprach.

»Ich erteile euch allen hiermit die Ordines minores und weihe euch zu Ostiarii unserer heiligen Kirche.« Dann hob er an: »Quaesumus Domine: Dies nostros in tua pace disponas, atque ab aeterna damnatione nos eripi, et in electorum tuorum jubeas grege numerari. Per Christum Dominum nostrum ...«

»Amen«, antworteten seine Söldner wie wohlerzogene Novizen.

Sie hatten hiermit durch Cesare die niederen Priesterweihen erhalten.

»Nun erhebt euch, ihr heiligmäßigen Ostiarii, und bedeckt euch!« Dann drehte er sich zu Coelestina, lächelte und sagte etwas zu ihr, was nur ich und Michelotto verstanden, da wir dicht bei ihm standen. »Komm jetzt, meine kleine Märtyrerin, damit ich dich strafen kann.«

Ich war aufs höchste erstaunt. Weshalb die vertraute Anrede, und was hieß Bestrafung? Wie eine solche bei Coelestina aussehen konnte, wußte ich ja bereits. Und dann dieses fast unmerkliche Augenzwinkern und die Tatsache, daß die Oberin immer noch nicht haßerfüllt schien, sondern eher milde gestimmt war ...

Gleich darauf gingen die beiden den kleinen Treppenturm hinauf, wohl zu Coelestinas Zelle, wie ich vermutete. Die seltsamen Worte und das überraschend friedfertige Verhalten der Superiorin weckten unbezähmbare Neugier in mir. Ich beschloß, so zu tun, als wolle ich in mein Gelaß, das ja neben Coelestinas lag. Von den übrigen Nonnen war immer noch nichts zu sehen. Der Capitano stand mit seinen frisch geweihten unheiligen Söldnern wartend da; ohne Cesares Befehl würden sie sich keinen Fußbreit wegrühren.

»Du bleibst noch in der Sänfte!« Bianca konnte ich bei meinem Vorhaben nicht brauchen. Ich schlich leise zu Coelestinas Zellentür und lauschte. Das ist zwar einer Gräfin von Procida nicht angemessen, doch ein innerer Zwang leitete mich. Der Herr möge mir vergeben.

Was ich hörte, erschien mir wirklich außerordentlich. Sehr gedämpft, aber unverkennbar war das Klatschen der neunschwänzigen Katze zu hören. Dazu Coelestinas Stimme. Das Blut brauste in meinen Ohren, so angestrengt lauschte ich, um etwas zu verstehen. Offenbar bat die Oberin Cesare immer wieder, sie zu strafen, und er tat ihr den Gefallen. Dann ein lautes

Stöhnen und nur noch undeutliche Geräusche. Mich ritt der Teufel; tatsächlich, die Tür ließ sich einen Spaltbreit öffnen. Wie konnten die beiden nur so unvorsichtig sein, nicht den Riegel vorzuschieben ...

Der Anblick überraschte mich schon nicht mehr. Cesare tat natürlich das mit Coelestina, was er und der Knappe mit Bianca angestellt hatten. Und doch war etwas anders; es schien Coelestina nichts auszumachen, im Gegenteil, mit Armen und Beinen umklammerte sie seinen Körper in völliger Verzückung. Das genügte. Angewidert schloß ich die Tür und ging hinunter.

Verwirrten mich die Vorfälle der letzten zwei Tage dermaßen, daß ich um mich herum nur noch solche Dinge sah? Oder war ich vom bösen Geist besessen, der mir Bilder vorgaukelte, die nichts mit der Wirklichkeit zu tun hatten? Bestand denn das ganze Diesseits aus jenen ekelhaften Vorgängen, trieben es in den Nächten auf diese erniedrigende Weise unzählige Frauen mit ihren Ehemännern – lauter getaufte fromme Christenmenschen? Und empfanden manche Frauen sogar Vergnügen dabei?

Wenn es wirklich so war, dann hatte auch mein geliebter Vater einst mit meiner Mutter Cesare, mich und meine Geschwister auf diese Art gezeugt. Welch ein Gedanke! Andererseits, weshalb lebte jetzt die schöne Giulia Farnese bei meinem Vater, waren sie nicht zusammen wie Eheleute?

Mein Vater achtete gewiß die Gebote der Kirche, die den Zölibat forderten. Zwar gab es Fälle, in denen hohe Kleriker geheiratet hatten, was jedoch einen großen Verlust von Ansehen beim päpstlichen Hof nach sich zog. Es bedeutete weniger Macht und den Verzicht auf die Gnade seiner Heiligkeit des Papstes. Gnade, die so sichtbar und wohlgefällig auf meinem Vater ruhte und auch mich und meine Geschwister mit einschloß. Nein, der Lebenswandel unseres geliebten Vaters schien mir ohne Tadel – welch ein törichter Glaube ...

Nachdem Cesare mit seinen Männern wieder abgezogen war, gaben wir uns alle Mühe, so zu tun, als sei überhaupt nichts geschehen. Etwas allerdings änderte sich, Bianca schlief nun in meiner Zelle auf einem Strohsack und saß im Refektorium neben mir, um mich bei den Mahlzeiten zu bedienen.

Auf meine Frage, weshalb sich Coelestina ihm gegenüber so sanftmütig zeigte, hatte mein Bruder nur gelacht und gemeint, daß sie beide sich eben schon lange gut kannten. Und natürlich sei ihr Verhalten auch seiner bischöflichen Würde zuzuschreiben.

Das Leben verlief nun wieder in geregelten Bahnen, und eigentlich hätte alles sein können wie vorher. Rein äußerlich betrachtet, nahmen die Dinge auch unverändert ihren Lauf, der eintönige Tagesrhythmus im Kloster, die langweiligen Lektionen meiner Lehrer.

Und doch war alles ganz anders geworden. Nicht nur, daß ich die Unschuld meiner Seele verloren hatte, nein, mich trieb seither eine seltsame innere Unruhe. Auch Bianca schien davon erfaßt; sie wirkte häufig niedergeschlagen, aß wenig und machte einen geradezu ängstlichen Eindruck.

Ich erinnere mich noch genau, es war der Tag des heiligen Eusebius, da wurde ihr nach dem Mittagsmahl furchtbar übel. Drei Tage lag sie in dem Gelaß, das zur Pflege von Kranken verwendet wird, mußte sich ständig erbrechen, konnte keinen Bissen bei sich behalten. Dann ging es ihr plötzlich von einer Stunde zur anderen besser, und sie kam wieder zu mir in meine Zelle. Doch wirkte meine Zofe verändert, sehr mitgenommen, und verweigerte nach wie vor jede Nahrung.

»Du mußt etwas essen, Bianca.«

»Herrin, ich kann nicht.« Sie sah mich mit flehenden Augen an, und in ihrem Blick stand die nackte Angst.

»Was soll das heißen? Willst du sterben?«

»Sterben, Contessa, sterben muß ich so oder so.«

»Natürlich, das Schicksal ereilt uns alle einmal …«
»Aber mich schon bald.«
»Rede kein dummes Zeug; nur weil du drei Tage krank warst!«
»Ich war nicht krank.«
»Unsinn, was denn sonst.«
»Gift!«
Biancas Stimme zitterte.
Mir stockte der Atem. Es gibt zwei Dinge, vor denen ich besondere Furcht habe: Gift und die Pest. Beides vermag unser Leben in wenigen Stunden auszulöschen, unsichtbar und heimtückisch. Und beidem ist die menschliche Natur fast schutzlos ausgeliefert. Der Pest läßt sich vielleicht ausweichen, wenn man zur Sommerszeit jegliche Berührung mit dem niederen Volk vermeidet und, wenn sie in der Nähe ausbricht, das Haus so lange nicht verläßt, bis alles vorüber ist. Auch hilft Abbrennen von Schwefel sowie die Pestprozessionen zu allen Hauptkirchen Roms. Freilich, wen die Seuche einmal gepackt hat, der ist unweigerlich verloren.
Ganz ähnlich das Gift; ist es erst einmal in dir und war die Menge groß genug, gibt es keine Rettung. Gewiß, es gab Amulette gegen alle möglichen Gifte, und fast jeder, der sich in Gefahr wähnte, trug solche. Doch ob sie wirklich halfen?
Natürlich wußte ich wie jedermann in Rom, daß häufig Gift verwendet wurde. Unterlag eine Familie in einer Fehde, so versuchte sie, mit Gift die Gegner zu töten. Für tausend Goldsoldi war fast jeder Koch oder Diener bereit, einige Tropfen von der todbringenden Flüssigkeit in die Speise zu mischen. Es hieß dann, dieser oder jener sei an einem heftigen Fieber verstorben. Und hinter vorgehaltener Hand flüsterte man sich die Wahrheit zu: Gift.
Sogar die heilige Inquisition bediente sich dieses Mittels, um die Todesurteile der päpstlichen Kurie an Ketzern, Hexen und Häretikern zu vollstrecken, die sich der Obrigkeit durch Flucht

entzogen hatten. Bis nach Venedig, sogar zu den Türken in Konstantinopel reichte die Macht der Häscher, meist Laienbrüder des Dominikanerordens, denen die Inquisition ja unterstand.

Giftmord! Nie hätte ich gedacht, daß so etwas hier im Kloster geschehen könnte. Doch vielleicht war alles auch nur ein Hirngespinst meiner Zofe.

»Wieso glaubst du, dies sei der Grund für dein Unwohlsein gewesen?«

»Alle wissen, daß die Oberin im Kräutergarten des Klosters Giftpflanzen anbaut.«

»In jenem kleinen Geviert ganz hinten, das keine Nonne außer Coelestina selbst betreten darf?«

»Ja, Herrin, eine der Pflanzen kenne ich sogar, man nennt sie Fingerhut. Und einmal haben die Bauern große Bündel frischen Schierlings gebracht, den Coelestina auspressen ließ. Niemand hat groß darüber nachgedacht, nur mir war klar, daß der Saft zur Herstellung von Gift diente.«

Das konnte stimmen; es hieß ja, daß Sokrates einen Schierlingsbecher austrinken mußte, als ihn die Athener zum Tode verurteilt hatten. In der Tat, ich mochte Biancas Beobachtungen nicht so einfach von der Hand weisen. Auffallend war die Sache mit dem Teil des Gartens, den niemand betreten durfte, schon. Natürlich hatte jedes Kloster seinen Kräutergarten, nicht nur für die Küche, sondern auch zur Gewinnung von Heilmitteln; aber weshalb sollte es für die Schwestern verboten sein, dort hinein zu gehen? Im übrigen traute ich Coelestina mittlerweile jede Schlechtigkeit zu.

Ein ungutes Gefühl ergriff von mir Besitz; wagte sich die Oberin auch an mich heran, so schwebte ich in höchster Gefahr. Es gab unauffällig wirkende Gifte, die Fieber erzeugten, wie von einer Krankheit. Dann kamen die Ärzte und ließen einen zur Ader, bis man schwächer und schwächer wurde; schließlich gibt dir ein

Priester die letzte Ölung, und du kannst deine Seele dem Allmächtigen empfehlen. Wer außerhalb des Klosters könnte danach Coelestina einen Vorwurf machen? Unser Tod liegt ja in den Händen des Herrn – abgesehen von jenen Fällen, in denen eine ganz irdische Hand nachhalf ...
Ich spürte, wie mir urplötzlich heiß wurde. Wirkte das Gift vielleicht auch schon in mir? War ich bereits eine Todgeweihte, oder wartete Coelestina noch ab? Bestimmt wollte sie mich ganz langsam sterben lassen, so daß nicht einmal ich etwas merkte, wie bei innerer Auszehrung. Diamantstaub, das war allgemein bekannt, wirkte auf solche Weise.
Es schien ganz klar: Der Tod lauerte hier, nur hatte ich keine Ahnung, wie und wann; erwartete mich langes Siechtum, Blindheit, Hautausschlag oder nur Erbrechen, wie bei Bianca? Was konnte ich tun?
Andererseits war überhaupt nicht sicher, ob Gift im Spiel war oder ob meine Zofe nur etwas Verdorbenes gegessen hatte. Vielleicht führte Coelestina auch gar nichts im Schilde. Deshalb schien es nicht ratsam, die Oberin direkt zu beschuldigen, da keinerlei Anhaltspunkte vorlagen. Eine solche Anklage aus meinem Mund würde auf jeden Fall eine äußerst peinliche Befragung nach sich ziehen, und es ist ja bekannt, wie Menschen aussehen, die der Folterkammer entkommen sind ...
Nein, ich müßte schon Beweise haben, klare Beweise für Coelestinas Heimtücke. Und erst wenn ihre Schuld wirklich gesichert war, sollte – beim Allmächtigen – diese Frau ihre gerechte Strafe erhalten.
Wenn die Superiorin uns tatsächlich vergiften wollte, und damit mußte ich vorsichtshalber rechnen, würde sie wahrscheinlich noch etwas Zeit vergehen lassen nach den jüngsten Ereignissen und dann, irgendwann, ganz unvermittelt zuschlagen.
Ich hatte noch nie großen Appetit, aber nun verging er mir ganz. Bei Tisch war meine Kehle wie zugeschnürt. Wasser trank ich

zu den Mahlzeiten überhaupt nicht mehr, verschmähte sogar den Wein. Bianca mußte selbst im Hof Wasser aus dem Brunnen schöpfen und es mir bringen.

Eines Tages bekam ich hohes Fieber. Man brachte mich aus dem Refektorium in meine Zelle. Innerhalb kurzer Zeit wurde es immer schlimmer. Ich lag da, in Schweiß gebadet, glühend und trotzdem eiskalt, so daß meine Zähne aufeinanderschlugen. Bianca war stets bei mir, brachte wärmende Decken, wenn ich fror, und kühlte meine Stirn, wenn die Hitze des Fiebers mich erfaßte.

Ich hatte Angst, Todesangst. Das Gift wirkte in mir! Gedanken wirbelten durch meinen fiebrigen Kopf. Wäre es nicht klüger gewesen, doch ein Amulett zu tragen oder unsere Speisen mit geweihtem Wasser zu benetzen? Ich mußte Cesare meinen Verdacht gegen Coelestina mitteilen; ja, ich wollte ihm sofort schreiben! Doch meine Hand zitterte so, daß gar nicht daran zu denken war.

Wenigstens einen Priester! Ich mußte die Beichte ablegen, solange das noch möglich war, und bat Bianca, einen solchen zu holen. Aber sie folgte meinen Anweisungen nicht. Warum nur, war auch sie mit dem Bösen im Bunde – eine Kreatur der Oberin? Dann erschien mir der Erzengel Michael; er sah aus wie Cesare. Und hinter ihm in einem herrlichen Gewand ganz aus goldglänzendem feinen Gewebe mein Vater! Sieben Leuchter erschienen am Himmel, die das apokalyptische Weib umgaben, das jedoch nicht auf einer Mondsichel stand, sondern auf einem Drachen ritt – es war Coelestina.

Ihre Augen leuchteten rot wie Feuer, Feuer, das mich zu verbrennen drohte. Schon spürte ich, wie der heiße Hauch der Flammen über mich hinwegging, mein Gewand brannte, die Hitze war unerträglich. Da kam aus dem Mund meines Vaters ein riesiges Schwert, das der Erzengel sofort ergriff und damit auf das apokalyptische Weib einschlug. Doch Coelestina lachte

nur, schleuderte Flammen nach meinem Bruder, der geblendet zurückwich. Ich mußte ihm helfen, mich schützend vor ihn stellen! Da ließ ein mächtiges Brausen die Lüfte erbeben, und es ertönte ein gewaltiger Glockenschlag. Dann umfing mich die Finsternis ewiger Nacht.
Nach diesen furchtbaren Ereignissen tat die Stille um mich herum gut. Es war wohl das Paradies, in dem ich mich befand. Keine Fieberhitze, keine Kälteschauer, nur wohlige Wärme, Frieden, Ruhe. Überall leuchteten Sterne am dunklen Firmament, sie waren groß und hell, flackerten ab und zu ein wenig, jemand strich mir liebevoll über die Stirn. Ein Engel, gewiß. Ich öffnete meine Augen, doch was ich sah, war Bianca; sie hier? Allmählich kehrte die Erinnerung zurück. Ich fühlte mich unendlich schwach, und die Sterne entpuppten sich als Kerzen, die überreichlich in meiner Zelle brannten. Durch die geschlossenen Fensterläden fiel ein schwacher Lichtschein.
»Mach auf, Bianca.«
»Habt Ihr etwas gesagt, Herrin?«
»Die Läden sollst du aufmachen!«
Sie hielt ihr Ohr ganz nahe an meinen Mund, und ich wiederholte das Gesagte noch einmal. Endlich begriff sie und ließ das helle Sonnenlicht herein.
»Ihr seid noch krank, Contessa, die Luft wird Euch schaden.«
Ich wußte das, doch es war mir gleichgültig. Atmen wollte ich, frei atmen. Und leben! Die Seele war doch noch nicht aus meinem Körper gewichen. Licht und Luft, wie herrlich. Gleich fühlte ich mich besser.
»Dem Allmächtigen sei Dank! Ihr hattet hohes Fieber, plötzlich wolltet Ihr aufstehen und seid furchtbar gestürzt.«
»Gestürzt?«
»Ja, Herrin, auf Euer Gesicht; das rechte Auge ist noch stark geschwollen, obwohl ich sofort kühlende Umschläge gemacht habe.«

Ich wollte an das Auge fassen, zuckte jedoch gleich wieder zurück, als meine Finger die Braue berührten, so weh tat es.
»Könnt Ihr etwas essen, Herrin?«
Ich dachte an das Gift und winkte ab.
»Die Suppe ist von mir selbst zubereitet, Ihr könnt sie getrost zu Euch nehmen.«
Bianca las offenbar meine Gedanken. Sie reichte mir eine hölzerne Schale, und ich fühlte mich nach den ersten Schlucken ausgesprochen gut.
Sicher, ein Fieber konnte jeden befallen; aber bei mir war es ganz plötzlich, während des Nachtmahls, aufgetreten, und zwar außerordentlich stark. Auch jene ausgeprägten Phantasien schienen seltsam. Als Kind hatte ich schon öfter einmal Fieber gehabt, niemals jedoch dabei solche ausgefallenen Träume. Es war alles in höchstem Maße verdächtig. Und obwohl ich mir sicher war, daß Coelestinas Gift den Anfall ausgelöst hatte, fehlten jegliche Beweise.
Während der Tage, die ich noch im Bett verbringen mußte, gingen viele Dinge in meinem Kopf herum; wie ließen sich Beweise für Coelestinas Giftmischerei finden? Zwei Möglichkeiten schienen vielversprechend.
Zunächst mußten wir herausfinden, wo die Oberin ihre Gifte aufbewahrte; natürlich in recht kleinen Phiolen, denn es genügten ja winzige Mengen, um einen Menschen zu vergiften. Dies wäre schon ein schwerwiegender Anklagegrund.
Ein zweiter guter Gedanke schien mir, mit Bianca alle Speisen zu teilen. Wenn Coelestina dies merkte, und das mußte sie im Refektorium mit Sicherheit, konnte sie es kaum mehr wagen, einem von uns Gift in die Schüssel zu mischen; die Folge wäre ja, daß wir beide erkrankten. Zu auffällig, es sei denn, Coelestina verabreichte gleichzeitig auch noch anderen Schwestern oder Novizinnen Gift. Dann würde man sagen, es grassiere eine

Krankheit, die mehrere Personen befallen habe – und Krankheiten sind Prüfungen des Allmächtigen ...
Natürlich brachte die letztere Methode eine gewisse Gefahr für uns, doch mit der Zeit stumpft man selbst gegen die größte Angst ab. Viel wichtiger war die Frage, wo Coelestina das Gift aufbewahrte; in ihrer Zelle wohl kaum, das wäre zu gefährlich. Also mußte es irgendwo anders sein, und zwar an einem Ort, den die anderen Nonnen selten oder nie betraten. Das konnte nur der Dachboden oder das Kellergewölbe sein.
Natürlich durfte niemand auch nur ahnen, was ich vorhatte. Daß wir unsere Speisen und Getränke teilten, merkte Coelestina schnell, so wie ich es vermutet hatte, und fast schien es mir, als husche ein böses Lächeln über ihr Gesicht. Vielleicht nahm die Oberin an, daß ich sie zur Rede stellen würde; doch das konnte erst geschehen, wenn ich die Phiolen mit Gift in der Hand hielt. Hatte es das letzte Mal noch der Hilfe meines Bruders bedurft, so sollte das jetzt nicht mehr nötig sein, denn die Beweise für Coelestinas Verurteilung würden sie erdrücken – ein klarer Fall für die Inquisition. Rache zu nehmen, dieses Gefühl ist mir fremd, gerechte Strafe jedoch fordert sogar die Heilige Schrift, und ihr wollte ich folgen.
Wann konnten wir es wagen, die Dachböden zu durchsuchen? Auch für Gäste wie mich ist die Zeit im Kloster streng eingeteilt. Ich ging selbstverständlich frühmorgens zur Messe, ebenso vormittags, dann zur Vesper und abends, nur zu den nächtlichen Gebetsübungen nicht. Sehr zeitraubend waren auch die Lektionen mit meinen Lehrern. In der Dunkelheit mit offenem Licht auf dem Dachboden umherzusuchen war gefährlich. Also blieb nur die Stunde der Nachmittagsruhe.
Bianca wußte, wo die Luke lag, von der aus man nach oben gelangte. Ich glaubte zwar nicht, daß wir dort die Giftphiolen finden würden, aber jede Möglichkeit mußte erwogen werden. Noch dazu konnten wir wesentlich leichter unters Dach gelan-

gen als in die Kellergewölbe, vor deren Eingang zwei mächtige Querriegel aus Eichenholz lagen. An der Decke des Treppenturmes, ganz oben, befand sich die Luke, etwa zwei Braccia im Quadrat groß, und an die letzten Stufen gelehnt lag die Leiter, über welche man auf den Dachboden gelangte; sie bestand aus nichts anderem als einem der Länge nach gespaltenen Baumstamm, in den roh Kerben gehauen waren. Wir benötigen all unsere Kräfte, um das schwere Stück in die richtige Lage zu bringen.

Bianca kletterte voran und stemmte die Luke mühsam auf. Überall lag dicker Staub, den wir aufwirbelten und der uns zum Niesen brachte. Offenbar nutzten die Nonnen den Boden zum Trocknen von Vorräten, denn auf Brettern lagen Schichten von Walnüssen, die hier dörrten, einige Schinken hingen von den Dachsparren herab. Wir gingen vorsichtig zwischen den Brettern hindurch und bemühten uns, keine Spuren zu hinterlassen. Trotz der umlaufenden schmalen Lüftungsöffnungen an der Dachtraufe war die Hitze schier unerträglich. Da das Kloster als geschlossenes Geviert angelegt ist, besitzt es vier Dächer von ziemlicher Länge; es lag also noch einige Arbeit vor uns, und ich war mir fast sicher, daß alles umsonst sein würde. Jedenfalls kamen wir zunächst zügig voran, dann versperrte ganz hinten eine Tür den Weg. Ein seltsamer Geruch lag in der Luft, den ich nicht zu deuten vermochte.

Bianca prallte zurück.

»Was hast du?«

»Herrin, riecht Ihr diesen Gestank?«

»Ja, sehr unangenehm.«

»Ich kenne ihn.«

»Also sprich!«

»Es ist der Geruch von Leichen!«

Ich mußte lachen. »Da liegen höchstens ein paar tote Ratten.«

»Nein, Herrin, verzeiht; ich mußte diesen Geruch schon oft

ertragen, wenn nämlich Kastilianer unsere Leute erschlagen hatten und die Toten dann tagelang in den Straßen lagen.«
»Weshalb habt ihr sie nicht begraben?«
»Niemand durfte sich aus dem Haus wagen, solange die Truppen seiner allerchristlichsten Majestät noch in der Stadt weilten.«
Ich schwieg betreten. Homo homini lupus. So waren die Menschen. Ich wähnte mich froh, noch nie die Folgen von Krieg und Tod kennengelernt zu haben, und wünschte, es solle auch so bleiben. Ein frommer Wunsch ...
Wie auch immer, jedenfalls kamen wir nicht weiter. Bianca rüttelte an der Tür, aber sie ließ sich nicht öffnen. Ich blickte nach oben, ob dort vielleicht ein Durchschlupf wäre, aber vergebens.
Da kam mir eine Idee. »Glaubst du, daß sich einige Dachziegel abheben lassen?«
Bianca sah mich erstaunt an. »Laßt es mich versuchen.«
Sie ging an der Wand entlang zur Dachtraufe, bückte sich und drückte von unten gegen die Ziegel über ihrem Kopf. Sogleich gaben diese nach, rasselten über das Dach und schlugen dann dumpf auf den Erdboden hinter dem Kloster auf.
Wir erschraken sehr und hofften inständig, daß niemand etwas bemerkt hatte.
Alles blieb ruhig. Ich steckte meinen Kopf durch die Öffnung, und es bot sich mir ein herrlicher Blick über den Monte Aventino zum Kloster Santa Balbina hinüber. Doch schöne Aussichten konnte man ein anderes Mal genießen. Ich betrachtete die Dachziegel genauer. Sie waren der Länge nach gebogen, etwa drei Palmi lang und lagen schichtweise übereinander, einmal mit der Krümmung nach oben, einmal nach unten.
Bianca entfernte vorsichtig noch einige Ziegel, und bald war das Loch so groß, daß sie sich so weit hinauslehnen konnte, um jenseits der trennenden Mauer weitere Dachsteine herauszu-

nehmen. Aus der Öffnung hinter der Mauer strömte tatsächlich bestialischer Gestank. Ich bemerkte einen mächtigen Schornstein, der aus dem Dach herausragte und über dem heiße Luft waberte. Ein Kamin hier? Die Küche und das Calefaktorium befanden sich doch an einer ganz anderen Stelle! Trotz der nachmittäglichen Hitze ging von dem Schornstein noch zusätzlich eine erhebliche Wärme aus, was man ganz unzweifelhaft spüren konnte.
Ich nahm all meinen Mut zusammen und stieg über die Mauer in das stinkende Gelaß dahinter. Noch waren meine Augen von der strahlenden Sonne draußen geblendet, da rutschte auch schon Bianca neben mir herein. Die verpestete Luft raubte uns fast den Atem. Allmählich gewöhnten sich unsere Augen an das Dämmerdunkel des Dachbodens. Meine Zofe und ich schrien zur selben Zeit auf und prallten so heftig zurück, daß wir rückwärts gegen den heißen Schornstein schlugen. In einer Ecke lagen die Leichen von fünf Säuglingen!
Wir standen wie angewurzelt da und konnten unsere Augen nicht abwenden. Welch grauenhafter Anblick!
Mein erster klarer Gedanke war, diesen Vorhof zur Hölle fluchtartig zu verlassen, in die Klosterzelle zurückzukehren und das Erlebnis so schnell wie möglich zu vergessen. Aber ich konnte es nicht. Fieberhaft versuchte ich, Ordnung in meine Gedanken zu bringen. Dann begann ich zu begreifen, daß hier eine große Gefahr für meine Familie lauerte. Gesetzt den Fall, etwas gelangte an die Öffentlichkeit, was würde man überall erzählen? Daß in Kardinal Rodrigo Borgias Kloster San Sisto Leichen von unschuldigen Säuglingen versteckt würden ...
Der ruhmreiche Name unserer Familie würde in den Staub gezogen, mein Vater der Kardinalswürde entkleidet und Cesare aus dem Bischofsamt gejagt. Ich begriff in diesem Augenblick, daß mein weiteres Vorgehen von größter Tragweite für alle war. Ein Fehler von mir, und der Stein geriet ins Rollen.

Vater und Cesare mußten schnellstens verständigt werden, damit sie die Beseitigung der Kinderleichen unter strengster Geheimhaltung vornahmen. Sonst drohte uns allen großes Unheil. Noch war Mittagsruhe, niemand schien etwas bemerkt zu haben, also nichts wie weg! Wir kletterten zurück über den Dachboden, verschlossen die Luke so gut es ging und lehnten die Leiter wieder unauffällig in die Ecke. Ich huschte eilig die Stufen der Wendeltreppe hinunter, Bianca mir nach, und dann gingen wir ganz gemessenen Schrittes zur Pforte. Gemeinsam mit meiner Zofe hob ich den Riegel aus seinen Verankerungen. Dann waren wir draußen.

Der Weg zum Palazzo meines Vaters kam mir in der brütenden Mittagshitze endlos vor; dann schließlich erreichten wir unser Ziel. Ich eilte sofort zu Cesare und fand die schöne Fiammetta bei ihm, nur mit einer leichten Camicia bekleidet, was mich doch ein wenig überraschte.

Mein Bruder lauschte sehr ernst meinen Ausführungen, und seine Miene nahm wieder jenen düsteren, seltsamen Ausdruck an, den ich schon einmal an ihm bemerkt hatte. Er suchte sofort unseren Vater auf und blieb lange bei ihm.

Dann kam Cesare zurück. Entschlossenheit lag in seinen Gesichtszügen.

»Ich werde in zwei Stunden aufbrechen; jetzt, bei den menschenleeren Straßen, fiele es zu sehr auf. Du bleibst solange hier.«

Natürlich hatte ich bei einer solchen Sache als Frau nichts zu suchen; aber da die Geschichte von mir entdeckt worden war, kam es mir ungerecht vor, daß Cesare mich nicht dabei haben wollte.

»Ich möchte mitgehen.«

»Tut mir leid, Lucrezia, aber es ist besser, du bleibst hier.«

»Was soll mir schon geschehen?«

»Darum geht es nicht. Dies ist eine Sache unserer Ehre und unseres Ansehens.«

»Geht mich das denn nichts an?«
»Doch, doch ...« Es war Cesare anzumerken, daß er unsicher wurde.
Was nun geschah und warum, ist mir lange ein Rätsel geblieben. Ich trat jedenfalls vor Cesare hin, schlang meine Arme um seinen Nacken und schmiegte mich liebevoll an ihn. Er schloß die Augen und atmete tief. Einige Zeit blieben wir so stehen und drückten uns immer inniger aneinander. Wieder spürte ich dieses wohlige Gefühl der Geborgenheit und wollte ihn gar nicht mehr loslassen. Es war mein Bruder, der sich schließlich, fast gegen seinen Willen, von mir frei machte ...
»Gut, Lucrezia«, seine Stimme klang ganz dunkel, »du wirst mitkommen.«
Sehr überraschend. Sollte Cesare seine Meinung geändert haben, nur weil ich mich ein wenig an ihn schmiegte? Egal, jedenfalls würden wir zusammen nach San Sisto reiten.
Zu meinem größten Erstaunen nahm mein Bruder nur Michelotto mit sowie einen stummen Söldner, den sie bezeichnenderweise Gigante nannten, weil er einen entsprechend mächtigen Körperbau aufwies. Alle waren betont unauffällig gekleidet, und ich bekam auch nur ein Maultier zum Reiten. Bei einer derart heiklen Angelegenheit, so meinte Cesare, sei es besser, jegliches Aufsehen zu vermeiden und möglichst wenig Männer mitzunehmen, damit kein Gerede entstehe. Denn nichts verbreitet sich schneller im Volk als Dinge, die eigentlich unentdeckt bleiben sollten.
Eine ganz eigentümliche Stimmung ergriff von mir Besitz, als unsere kleine Gruppe vor den Mauern von San Sisto stand. Arglos öffnete uns die Beschließerin das Portal, doch kaum waren wir im Klosterhof, da befahl mein Bruder dem stummen Gigante, sich vor das Portal zu stellen und weder jemanden herein noch hinaus zu lassen.
Coelestina tat überrascht, als man sie holen ließ, sah mich kaum

an und warf dafür Cesare honigsüße Blicke zu, die er jedoch nicht erwiderte. Das schien sie zunächst ein wenig zu verwirren; als mein Bruder dann verlangte, auf den Dachboden geführt zu werden, merkte ich ihr an, daß sie sofort wußte, worum es ging. Die Oberin wurde weiß wie die Wand und fing leicht zu zittern an. Dann aber straffte sich Coelestina und meinte mit betont freundlicher Stimme, daß sie selbst uns führen wolle.
Ich hatte ein ungutes Gefühl, als wir zu der verschlossenen Tür kamen, denn wo sich ursprünglich das von uns ins Dach gebrochene Loch befand, lagen nun wieder Ziegel, als ob es nie anders gewesen wäre. Die Oberin zog einen Schlüssel hervor und öffnete umständlich das Schloß. Dann traten wir ein.
Die Kinderleichen waren weg!
»Bitte, seht Euch nur um; ich habe nichts zu verbergen.« In Coelestinas Stimme schwang so etwas wie leiser Triumph mit.
Mir lief es heiß und kalt den Rücken hinunter, denn ich mußte vor Cesare dastehen wie jemand, der sich nur allzuleicht von Trugbildern des Teufels Behemoth etwas vorgaukeln ließ. Sicher würde mein Bruder mich sehr dafür rügen, daß er wieder einmal durch mich in eine unmögliche Lage geraten war.
»Weshalb ist dieser Schornstein heiß?«
Coelestina zuckte zusammen. »Er ... er dient zum Räuchern.«
»Und warum befindet sich diese Räucherkammer unter dem Dach? Zu welchem Zweck hat der Kamin mehrere Abzüge?«
Ich bewunderte Cesare. Was für ein scharfer Beobachter. Vor allem ließ er die Oberin keinen Wimpernschlag lang mehr aus den Augen.
»Dieser Schornstein war schon immer hier ...«
»Und von wo aus wird er beheizt? Ich habe unten kein Gelaß gesehen, in dem ein derartiges Feuer brennen könnte; die Küche liegt ja weit weg von hier, ebenso das Calefactorium.«
Cesares Stimme klang gereizt.

»Verzeiht, bischöfliche Gnaden, was findet Ihr so ungewöhnlich an einem einfachen Schornstein, daß Ihr so mit mir redet ...«
»Du weißt sehr gut, meine Tochter«, blanker Hohn sprach jetzt aus Cesare, »weshalb wir hier sind; also sprich!«
Coelestina erkannte trotz seiner hochmütigen Art, daß er nichts gegen sie in der Hand hatte.
»Ich kann nur sagen, ehrwürdige Gnaden, daß es sich um einen Kamin zum Räuchern handelt, und niemand könnte etwas Anstößiges darin sehen.«
O Herr, wenn jetzt nicht ein Wunder geschieht, dann sind mein Bruder und ich bloßgestellt als Menschen, die leichtfertig an Dinge glauben, die nicht der Wahrheit entsprechen! Jetzt verstand ich plötzlich, warum Cesare außer seinem treuen Michelotto nur den stummen Gigante mitgenommen hatte – wohl eine weise Vorsichtsmaßnahme ...
Da spürte ich plötzlich etwas Hartes unter meinem Seidenschuh. Vermutlich eine der Nüsse, die draußen zum Trocknen lagen, oder das Stück eines Dachziegels. Ich wollte es schon achtlos zur Seite schieben, da fiel – eigentlich mehr zufällig – mein Blick darauf. Mir stockte das Blut in den Adern: Es war ein vertrockneter Finger.
»Capitano Michelotto, könnt Ihr dies hier aufheben.« Ich wies mit der Fußspitze auf das winzige Etwas am Boden. Er nahm es und hielt den Finger triumphierend hoch. Ich hatte meinen Beweis – Coelestina war verloren!
Die schneidende Stimme meines Bruders ließ die Superiorin zusammenfahren. »Was ist das?«
Doch noch gab sie sich nicht geschlagen, was ich insgeheim bewundern mußte. »Eine Hühnerkralle ...«
Plötzlich, ohne jede Vorwarnung, gab Cesare der Oberin mit einer solchen Wucht einen Faustschlag, daß sie auf den Boden stürzte. Die Haube mit dem Nonnenschleier war dabei herun-

tergefallen, und man konnte ihren geschorenen Kopf sehen; ein grotesker Anblick.
Das alles ging derart schnell vor sich, daß ich kaum zur Besinnung kam. »Cesare ...«
»Es ist gut, Lucrezia – vorerst jedenfalls.« Er packte die Oberin, zog sie mühelos hoch und lehnte die halb Ohnmächtige an den heißen Kamin. »Rede, sonst werde ich dich foltern lassen, daß deine eigene Mutter glaubt, du seist eine Fremde!«
Wieder lag jener bösartige Ausdruck in seinen Augen, und ich mußte mich insgeheim fragen, ob der geistliche Stand für meinen Bruder die wahre Bestimmung darstellte.
Coelestina schwieg noch immer. Sie bückte sich mühsam und setzte ihre Haube mit dem Schleier wieder auf.
Michelotto ging um den mächtigen Schornstein herum und hielt prüfend seine Hand daran. »Seht, Don Cesare, hier ist der Kamin wesentlich kühler als dort.«
Mein Bruder befühlte die Stelle. »Tatsächlich, das ist seltsam.«
Die beiden gingen einigermaßen ratlos umher; da kam mir eine Idee. Wenn der Schornstein tatsächlich von keiner im Kloster sichtbaren Stelle her beheizt werden konnte – ein Umstand, auf den mein Bruder ja soeben hingewiesen hatte –, dann mußte es irgendwo ein geheimes Gelaß und einen Zugang zu diesem geben. Zu ebener Erde oder im Obergeschoß konnte diese Feuerstelle nicht sein, das wußte ich, auch gab es dort sicher keine verborgene Tür, nur festgefügte Mauern. Aber wo befand er sich dann? Ich ahnte, daß es hier ein sorgsam gehütetes Geheimnis geben mußte. Denn zu welchem Zweck verbarg jemand Feuerstellen, die eine derart starke Hitze erzeugten?
»Leiht mir Euren Dolch.« Der Capitano sah mich erstaunt an, gab ihn mir aber sofort. Ich drehte die Waffe um und begann mit dem Metallknauf des Griffes an die etwas kühlere Seite des Schornsteins zu klopfen. Verwundert verfolgten Cesare und

Michelotto, was ich tat. Und wirklich, an einer Stelle klang es plötzlich ganz anders, dumpf. Sofort begann auch mein Bruder das Mauerwerk abzuklopfen, und bald hatten wir eine Fläche erkundet, die groß genug war, daß sich dahinter eine Klappe verbergen konnte, durch die ein Mensch paßte.

Der Capitano zog kurzerhand sein Schwert und stieß mit dessen Spitze gewaltsam in die Mörtelfugen der Ziegel. Großer Kraft bedurfte es nicht; fast wie von selbst fielen einige ab, und wir sahen, daß es sich sozusagen nur um fingerdicke Platten handelte, deren Vorderseite jedoch genauso aussah wie die anderen Ziegel. Dahinter lag eine kleine Tür aus roh behauenem Marmor. Bald war sie ganz freigelegt, und wir entdeckten ganz unten einen schmalen Riegel. Er ließ sich leicht zurückschieben, und die Steinklappe schwang auf. Vor uns lag ein dunkler Schacht, aus dem warme, entsetzlich stinkende Luft, jedoch kein Rauch entwich. Das war eindeutig kein normaler Kamin, da jeglicher Ruß fehlte. Ich hielt mir die Nase zu, und auch die beiden anderen mußten sich angeekelt abwenden.

»Es ist der Gestank der Hölle!«

Wir fuhren herum. Coelestina schien sich wieder halbwegs erholt zu haben.

»Hier liegt der Eingang zur Unterwelt, zu jenem Inferno, das alle verschlingt. Bleibt hier oben, ihr würdet nicht mehr wiederkommen!«

Der Weg zu Luzifers Reich! Daß ihn die Seelen der Sünder gehen mußten, die nicht bereut hatten, wenn sie das Diesseits verließen, das wußte ich. Ob es aber von unseren irdischen Gefilden einen Zugang gab? Gewiß, vom Vesuvio behauptete man es, und in den Büchern der Alten stand, die Unterwelt habe diesen oder jenen verschluckt. Auch hatte Dante ja mit Vergil die Unterwelt bereist. Und was in den altehrwürdigen Schriften niedergelegt war, konnte wohl nicht völlig falsch sein. Doch ein Eingang zur Hölle von diesem Kloster aus? Ich bemerkte, daß

es auch in den Köpfen der anderen arbeitete. Was, wenn dort wirklich Luzifer auf uns wartete? Für mich war nichts zu befürchten, ich hatte erst am Morgen, wie jeden Tag, gebeichtet, noch dazu besaß der Teufel über Jungfrauen keine Macht. Aber mein Bruder und Michelotto? Mit den Mächten der Hölle sollte man nicht spaßen. Auch Cesare als Bischof war keineswegs gegen den Teufel gefeit; hatte nicht Leonard, der Großmeister des Sabbat, schon so manchen Kirchenfürsten zur Häresie verleitet wie etwa Priscillian und noch viele andere seither?
Nur gegen den Sündigen vermag Satan etwas auszurichten. So wie mein Bruder und der Capitano im Augenblick dreinschauten, schienen beide gewaltig gegen die Gebote des Herrn verstoßen zu haben. Ich konnte von ihren Gesichtern ablesen, wie wenig ihnen daran lag, Bekanntschaft mit der Hölle zu machen; man konnte ja nie wissen ...
Coelestina beobachtete uns scharf, wie ich aus den Augenwinkeln bemerkte. Nun waren wir schon so weit gegangen, und ich trug die Verantwortung dafür, daß mein Bruder hier war, um ungeheure, ja, vielleicht gefährliche Geheimnisse aufzudecken. Abwarten wäre fehl am Platz, es mußte unverzüglich gehandelt werden. Mochte sich hier der Eingang zur Hölle befinden, mit Cesare zusammen würde ich allen Teufeln trotzen!
»Michelotto, holt Fackeln und eine Laterne, damit wir hinuntersteigen können!« Meine Stimme klang so kühl und beherrscht, daß ich mich selbst wunderte.
Der Capitano nickte stumm und verließ uns.
Coelestina sah Cesare unverwandt an, und man konnte ihr ansehen, daß sie große Angst hatte. Der heilige Glaube gebietet es, Mitleid für unseren Nächsten zu empfinden, das ist gute Christenpflicht; aber die Oberin war nicht meine Nächste, denn sie hatte versucht, mich zu demütigen, mir ihren Willen aufzuzwingen und mich womöglich zu vergiften. Deshalb unterdrückte ich jede mitleidige Regung, die sich in mein Gemüt schleichen

wollte. Nein, Lucrezia, Contessa de Procida, ist nicht dazu geboren, Milde gegen ihre Feinde zu üben. Erst viele Jahre später begriff ich, daß männliche Gewalt, die sich gegen eine Frau richtet, in Wahrheit gegen jede Frau gerichtet ist ...
Nach geraumer Zeit sah ich Michelotto kommen. Natürlich konnten die beiden nach meinen Worten nun kaum mehr zurück, selbst wenn sie es vielleicht wollten. Ich aber brannte geradezu darauf, das Geheimnis dieses Klosters zu ergründen, trotz des Gestankes, der unvermindert dem Schacht entströmte; sollte es nun der Eingang zur Hölle sein oder nicht.
Der Capitano entzündete eine Fackel an der Laterne und hielt sie in die Öffnung. Wir sahen, daß tatsächlich ein Schacht nach unten führte, gerade so groß, daß ein Mensch hineinpaßte. In bestimmten Abständen ragten einzelne Ziegel aus dem Mauerwerk, die als Tritthilfen dienten.
»Soll ich hinuntersteigen?« Michelotto klang entschlossen.
Cesare nickte. »Aber nicht zu weit.«
Der Mann stieg in das dunkel drohende Loch, in einer Hand die Laterne. Ich sah, daß er nach einer Weile innehielt. Seine Stimme schallte schauerlich von unten herauf. »Hier ist ein Gitter angebracht, ich kann nicht weiter und komme wieder nach oben.«
Bald darauf erschien sein Kopf in der Öffnung, und dann entstieg Michelotto stark schwitzend der Unterwelt. »Wenn das der Eingang zur Hölle ist, dann stinkt es dort aber gewaltig nach Abtritt.« Cesare sah Coelestina scharf an.
»Ich weiß noch nicht, wohin der Schacht führt; aber wenn es, was immer dort auch sein mag, einen zweiten Eingang gibt, den du uns verschweigst, dann erschlage ich dich!«
Die Superiorin wich mit angstgeweiteten Augen zurück. »Im Keller ...« Die Stimme wollte ihr nicht mehr gehorchen.
»Und dahinter ist vermutlich auch keineswegs das Tor zur Hölle!«

»So ist es, bischöfliche Gnaden.« Die Oberin klang verängstigt.
»Dann geh uns voran!«
Es wurde offenbar, daß Coelestinas Wille durch die Drohungen meines Bruders völlig gebrochen war. Welch eine Macht doch bloße Gewalt selbst auf einen so stolzen, harten Menschen wie die Oberin ausüben konnte.
Sie führte uns durch das Kloster bis hinunter in den Keller, schloß den Doppelriegel auf; wir sahen nichts als drei große Weinfässer, die in den niedrigen Gewölben lagerten.
Coelestina trat neben das erste der Fässer. Mit tonloser Stimme meinte sie, daß darunter der Eingang verborgen sei. Niemand fragte, wohin die Falltür führe, aber an den gespannten Mienen Cesares und Michelottos erkannte ich, wie neugierig die beiden waren.
Es erforderte einige Kraft, bis Michelotto die Öffnung freigelegt hatte. Alle erwarteten natürlich ein finsteres Loch, doch zu unserem Erstaunen drang matter Lichtschein von unten herauf und wieder dieser üble Gestank in unsere Nasen. Coelestina wies stumm auf eine hölzerne Leiter, die am Boden hinter den Fässern lag.
Der Capitano stieg hinunter. Was würde ihn erwarten? Ich fühlte, wie mir leise Schauer den Rücken hinunterliefen, als von unten Geräusche zu vernehmen waren, leises Fauchen und dazu ein seltsames Ächzen, dann Stimmengewirr.
Cesare packte die Oberin unsanft am Arm und bedeutete ihr hinabzusteigen. Dann wandte er sich mir zu. »Du wartest, bis ich dich rufe.«
Schier endlose Zeit verging. Von unten war außer dem Ächzen und Fauchen nichts mehr zu hören. Dann endlich Stimmen von ganz fern, ich rief laut nach Cesare. Er antwortete, ich solle kommen.
Die Leiter führte in ein anderes niedriges Gewölbe, ganz ähnlich jenem, von dem aus die Falltür nach unten ging. Zwei Keller

übereinander, wie seltsam. Der Gestank war mittlerweile fast unerträglich.
Dann sah ich es. Und in der Tat, weit entfernt von dem Inferno, wie Dante es beschrieben hatte, war das Szenario nicht! Als erstes entdeckte ich die fünf Leichen vom Dachboden. Daneben einige Schlangen und etwas, das wohl ein Krokodil gewesen war. Drei Totenschädel, die mich anzugrinsen schienen, dazu Büschel von getrockneten Kräutern. In einem Regal standen sonderbar geformte Glasgefäße, eiserne Tiegel, uralte Folianten und einige Schriftrollen.
In der Mitte des engen Gewölbes stand etwas, das wie ein Ofen aussah, der Öffnungen an der Seite und nach oben hatte; eine starke Hitze ging davon aus, überall lagen Säcke mit Holzkohle umher. Auf einem Gesims an der Wand standen Behälter aus Ton, mit geheimnisvollen Aufschriften und Symbolen versehen, wie ich sie noch nie gesehen hatte.
Doch das Absonderlichste von allem war ein großes hölzernes Laufrad, das bis zum Scheitelpunkt des Gewölbes reichte. Darin trottete ein riesiger, zotteliger schwarzer Hund, so wie man sich Zerberus vorstellt, unablässig dahin und hielt so das Rad am Laufen. Von diesem wurden kleinere, mit Zapfen versehene Räder angetrieben – eine richtige Maschinerie –, die wiederum den riesigen Blasebalg auf und nieder bewegten, der sich am Laufrad befand. Daher kam also das geheimnisvolle Zischen und Ächzen.
Hier unten befand sich allem Augenschein nach Coelestinas geheime Alchemistenwerkstatt. Ich hatte zwar noch nie eine solche gesehen, konnte sie mir nach den Schilderungen meiner Lehrer jedoch gut vorstellen. Hier also braute die Oberin ihr Gift zusammen.
Erst jetzt erkannte ich, daß Cesare und Michelotto mit einem Mann sprachen, der nur noch wenig Ähnlichkeit mit einem menschlichen Wesen hatte; er war zum Skelett abgemagert,

Haare und Bart waren lang und völlig verfilzt und seine Fingernägel wie Krallen! Die Kleider hingen dem Alten in Fetzen vom Leib. Und nun wußte ich auch, woher der fürchterliche Gestank kam, das Gewölbe besaß keinen Abtritt. Seine Bedürfnisse verrichtete der Gefangene offenbar in einem kleinen Nebengelaß, das roh in den Fels gehauen war. Wie viele Jahre mochte der Bedauernswerte schon hier sein?
Als der Alte mich erblickte, weiteten sich seine Augen und er sank in die Knie. »Madonna, verzeiht einem Sünder die Tränen, Ihr seid wie ein Traumgebilde in dieser Unterwelt. Unzählige Jahre bin ich schon hier und habe keinen Menschen mehr gesehen ...« Dann brach er zusammen und blieb zu meinen Füßen liegen. Was mochte dieser Mann wohl verbrochen haben, daß man ihn so strafte.
Cesare und der Capitano hoben die jämmerliche Gestalt auf das Lager aus verfaultem Stroh in der Ecke.
Mein Bruder faßte Coelestina scharf ins Auge. »Wo ist das Gift?«
Die Oberin schaute ihn angstvoll an, blieb aber stumm.
Da trat er ganz nahe vor sie hin, packte mit beiden Händen ihre Schultern und drückte mit aller Gewalt zu. Seine Finger krallten sich immer fester in das Fleisch.
Coelestina wurde kreidebleich, schwieg aber verbissen.
Cesare preßte sie jetzt mit aller Macht an die Mauer – dann plötzlich ließ er los und meinte mit finsterem Lächeln: »Gut, also werden dich die Folterknechte der heiligen Inquisition befragen, und ich verspreche dir«, dabei funkelten seine Augen so böse, daß selbst mir bange wurde, »du wirst nachher nicht mehr dieselbe sein ...«
Die Oberin sackte langsam an der Wand in sich zusammen und blieb am Boden hocken. Ihre Augen blickten ins Leere, und mit bebenden Lippen betete sie leise.
»Ja, bete nur, du tust gut daran, denn deine Qualen werden die der heiligen Märtyrer noch übersteigen!«

Dann drehte sich mein Bruder um und wandte sich mit ernster Miene an uns: »Ich wünsche, daß über die Sache hier strengstes Stillschweigen bewahrt wird. Niemand darf auch nur das Geringste von der Existenz des alten Alchemisten ahnen. Zuerst muß ich mir völlige Klarheit verschaffen.«
Dann stiegen wir die Leiter wieder hinauf. Cesare sandte Michelotto in die Klosterküche, um Brot und Wein sowie einen großen Zuber voll Wasser zu holen; dann mußte er alles hinunter zu dem Alten schaffen und danach die Falltür wieder schließen.
Gigante stand immer noch grimmig dreinblickend am Portal; von den Nonnen war weit und breit keine zu sehen. Der Stumme mußte sein Pferd Coelestina überlassen, die unsicher im Seitsitz auf dem Männersattel saß.
Dann zogen wir los. Auf der Via Giulia merkte ich plötzlich, daß die Seitengasse mit dem Palazzo unseres Vaters bereits hinter uns lag; wohin wollte Cesare? Er schaute so abweisend, daß ich ihn nicht fragen mochte.
Wir kamen an der Kirche San Giovanni, unten an den Tibermühlen, vorbei, dann über den Ponte Sant' Angelo und standen schließlich vor der Zugbrücke zur Engelsburg. Mächtig ragte der riesige Rundbau aus den versumpften Wassergräben, die ihn umgaben. In diesen uneinnehmbaren Kerker des Heiligen Stuhls sollte Coelestina also gebracht werden. Mir liefen leise Schauer den Rücken hinunter, als sich die Torflügel des gewaltigen Portals mit einem dumpfen Ton hinter uns schlossen.
Der päpstliche Capitano erkannte Cesare trotz dessen weltlicher Gewänder und erwies ihm alle Ehren, die meinem Bruder als Bischof zukamen. Er führte uns persönlich durch dunkle Gänge und über enge Wendeltreppen, vorbei an Verliesen, in denen Verbrecher und Häretiker schmachteten. Und dann standen wir wirklich vor dem Tor zur Hölle; es war allerdings nicht diejenige Luzifers, sondern eine ganz und gar irdische: die Folterkammer der Inquisition!

Auf ein Klopfen des Capitanos öffnete sich die eisenbeschlagene Pforte vor uns, und wir traten in ein kleines Gelaß. Einige finster aussehende Gestalten erhoben sich von ihrem Lager, das aus aufgeschüttetem Stroh bestand, und verneigten sich, nicht besonders ehrerbietig, vor uns. Einige der Männer sahen mich mit unverhohlener Neugierde an. Ihre Blicke verursachten mir einiges Unbehagen, denn sicher dachten die Folterknechte, ich sei ihr nächstes Opfer. Wie auch die Henker und ihre Gehilfen waren sie allesamt Verstoßene aus der Gemeinschaft der Christenmenschen. Niemand sprach mit ihnen, sie bewohnten Häuser außerhalb der Mauern Roms. Diese Geächteten, nur notgedrungen Geduldeten, fühlten durch die Verachtung, die man ihnen entgegenbrachte, tiefsten Haß für alle anderen. Und in ihren Gesichtern las ich rohe Gewalt. Eine Gewalt, die sie ganz rechtmäßig ausübten, ja, die sogar gottgefällig schien, wenn die zur Folter Verurteilten ihre Verbrechen gestanden. Trotzdem beschlich mich ein ungutes Gefühl ...
»Foltert die Ketzer, die Feinde unserer heiligen Mutter Kirche!« Das war so leicht dahingesagt. Hier, an der Pforte zur irdischen Hölle, begriff ich erst so richtig, was hinter diesen Worten lag, die uns stets von der Kanzel herab verkündet wurden. Und immer wieder waren es Frauen, denen man Hexerei nachsagte, selten, daß ein Mann der Zauberei angeklagt wurde. Waren wir denn wirklich den höllischen Mächten mehr zugeneigt? Oder konnte man Frauen nur leichter Gewalt antun ...
Gott der Herr hat ihnen doch in seiner unendlichen Güte die Anstiftung zur Erbsünde verziehen! Durch den Opfertod Jesu Christi am Kreuz. Seltsam, welche Fülle von Gedanken mich in diesem Augenblick bestürmte.
Doch hier ging es nicht um Hexerei. Coelestina war schuldig, mir und Bianca Gift verabreicht zu haben.
Mein Bruder gab dem Capitano einen Beutel mit Gold, der ihn dem Kerkermeister zuwarf. Dieser steckte ihn eher nachlässig

ein. Dann erteilte Cesare ihm einige leise Befehle. Die Folterknechte grinsten bösartig und schoben Coelestina durch eine sehr schmale Pforte. Wir folgten ihnen etwa zwölf Schritte durch einen sehr niedrigen, engen Gang, in dem die Fackeln der Männer stark zu flackern begannen. Dann wurde ein schweres eisernes Gitter hochgezogen, und wir standen in einem riesigen runden Raum, der fast zwei Stockwerke hoch war. Die Männer entzündeten Pfannen mit Pech und zahlreiche Fackeln.

Es war kalt, und ein süßlicher Geruch lag in der modrigen Luft – Blut, es war der Geruch von Blut; der Boden war über und über mit altem geronnenen Blut bedeckt. Der Anblick der Folterinstrumente ließ mich fast schwach werden. Aber ich selbst hatte ja Cesare gebeten, bei allem dabei sein zu dürfen. Doch hier auszuhalten war einfacher gesagt als getan. Mein Magen krampfte sich zusammen, der Mund wurde ganz trocken. Ich bemühte mich, eine möglichst hochmütige Miene aufzusetzen und halbwegs unbeteiligt zu wirken.

Im flackernden Schein der Fackeln und Pechpfannen sah Coelestina noch blasser aus. Die einst so stolze Superiorin zitterte am ganzen Leib, und ihre Zähne schlugen aufeinander. Plötzlich hockte sie sich hin, hob ihre Röcke und verrichtete unter dem rohen Gelächter der Folterknechte ihre Notdurft; die nackte Angst stand ihr ins Gesicht geschrieben.

Dann hörten die Männer auf zu lachen und zogen der Oberin ihre Gewänder über den Kopf. Die Folterknechte wirkten auf mich wie Faune, als sie Coelestinas Körper berührten. Dann wurde sie auf eine Art Tisch gelegt, die gespreizten Arme und Beine festgebunden.

Cesare trat zu ihr. »Sag mir, wo das Gift ist und wie du es gewinnst!« Seine Stimme war von gefährlicher Sanftheit.

Sie sah ihn mit furchtbarer Verzweiflung im Blick an. »Ich kann es nicht, darf es nicht sagen ...«

»Weshalb nicht?«

»Ich würde gegen die Gebote des Allmächtigen und seine Diener auf Erden verstoßen!«
Cesare lachte nur. Er gab den Folterknechten ein Zeichen. »Fangt an!«
Ich hatte angenommen, daß die Männer ihr grausames Tun mit gleichmütiger Roheit verrichten würden, so abgestumpft wie ihre Gesichter aussahen. Doch welche Täuschung! Geradezu zart begannen sie ihr Werk – eine grauenvolle Zärtlichkeit. Nach einiger Zeit begriff ich das Wesen der Folterung: Es liegt in der langsamen Steigerung der Qualen ...
Zunächst kitzelten die Folterer mit Federbüscheln Coelestinas Fußsohlen, Nase und Mund. Sie taten das ganz behutsam, aber ausdauernd. Die Frau wand sich auf dem Tisch, doch vergebens. Der Capitano, offenbar wohlwissend, wie es weiterging, ließ für uns Schemel bringen und einen Krug Wein. Doch ich lehnte den angebotenen Pokal ab. Cesare trank ebenfalls nichts und starrte wie gebannt auf die Szene. Bereitete ihm die Sache womöglich Vergnügen? Fast kam es mir so vor, denn auf seinen Zügen lag ein seltsamer, geradezu lüsterner Ausdruck.
Nachdem Coelestina schon ganz erschöpft war von dem üblen Spiel mit den Federn, folgte die nächste Stufe der Folter. Einer der Männer hielt ihren Mund mit der einen Hand fest zu und mit der anderen ihre Nase. Nach einer Weile lockerte er kurz den Griff, und die Superiorin rang nach Luft. Die Zwischenräume wurden nun immer länger. Dem Ersticken nahe, bäumte sie sich verzweifelt unter den unbarmherzigen Händen auf, bis endlich ihr Körper wie leblos dalag. Einer schüttete kaltes Wasser über Coelestina, und ihre Lebensgeister kehrten wieder zurück.
Cesare trat an den Tisch, sah sie fest an und fragte nochmals, ob sie reden wolle. Er erhielt keine Antwort.
Der danebenstehende Folterknecht packte daraufhin die Kinnlade der Oberin und drückte so lange mit aller Kraft, bis diese

den Mund öffnete. Er stieß einen großen Trichter hinein, und seine Genossen leerten langsam einen Holzeimer voll Wasser, der schon bereitstand, in diesen Trichter.
Ich hörte Gurgeln und Stöhnen; es war ein grausiges Geräusch. Ein Teil des Wassers rann über die Nase wieder heraus, und doch wölbte sich Coelestinas Leib mehr und mehr. Schließlich war der Eimer leer, und unter lautem Würgen erbrach sich die Gepeinigte endlos.
Entsetzlich, die Frau mußte ja fast erstickt sein; ihr Körper zuckte in furchtbaren Qualen. Welche Macht verlieh einem Menschen die Kraft, das alles auszuhalten, ohne sein Geheimnis preiszugeben? Ich war fast geneigt, tatsächlich Mächte der Hölle dahinter zu sehen; mir schien es über das Menschenmögliche hinauszugehen.
Mein Bruder blickte Coelestina unverwandt an, wartete auf ein Zeichen. Doch sie schüttelte nur stumm den Kopf.
Nun wurde ihr eine glühende Zange dicht vors Gesicht gehalten. Sie schloß die Augen und wendete den Kopf ab.
»Sprich endlich!« Cesare wurde ungeduldig.
Keine Antwort.
Der Mann legte die Zange zurück in die rauchende Esse, deren Blasebalg von einem anderen eifrig gezogen wurde. Dann griff er seelenruhig nach der rotglühenden Zange in der Esse, fuhr ein paarmal dicht über den Körper der Oberin – und dann drückte er ganz unvermittelt das furchtbare Instrument auf den Oberschenkel!
Ein Schrei, der nichts Menschliches mehr hatte, gellte durch den Raum. Gestank von getrocknetem Blut mischte sich mit dem verbrannten Fleisches.
Nun brach es aus Coelestina heraus. »Haltet ein, bei Gott, hört auf, hört auf!«
Und wieder ein Schrei.
Der Mann mit der Zange sah gleichmütig zu meinem Bruder

hin. Der machte eine beschwichtigende Bewegung mit der Hand und trat wieder an den Tisch. »Wirst du jetzt reden?«
Die Stimme der Oberin überschlug sich fast. »Ja, ich will reden. O mein Gott, diese Schmerzen!« Dann stöhnte sie laut.
Trotz aller Beherrschung mußte ich mein Gesicht kurz abwenden, faßte mich aber sogleich wieder und sah zu meinem Bruder hin. Er lächelte mir zu. Ja, wahrhaftig bei allen Teufeln der Hölle, wie konnte er nach alldem noch lächeln! War nur Cesare besonders roh – oder einfach alle Männer? Ich blickte verstohlen zu den anderen, deren unbeteiligte Mienen aber nichts von ihren wahren Gefühlen verrieten.
Coelestina fuhr fort. »Ich gestehe – ich gestehe, Gift gemacht zu haben.«
Cesare nickte befriedigt. »Und du hast dieses Gift der Contessa de Procida und ihrer Zofe verabreicht.«
»Ja, so ist es.«
Er wandte sich an uns. »Ihr habt es vernommen und seid Zeugen.«
Alle nickten. Coelestina hatte ihr eigenes Todesurteil gesprochen. »Bewahrt über dieses Geständnis völliges Stillschweigen, bis ich euch zu sprechen befehle!«
Nun widmete sich mein Bruder wieder der Oberin. »Welchem Zweck diente das Gift?«
»Um Feinde unserer heiligen Mutter Kirche unschädlich zu machen.«
»Interessant, und wer verwendet die Produkte deiner vorzüglichen Alchemistenwerkstatt?«
Ich wunderte mich über den spöttischen Ton meines Bruders. War es denn nötig, diese geschlagene Frau noch weiter zu demütigen? »Die Häscher der Inquisition benützen das Gift.«
Cesare lächelte böse. »Und welche Person genau erteilte dir den Auftrag?«
Coelestina stöhnte wieder, konnte vor Schmerzen kaum mehr

sprechen. »O wie das brennt! Helft mir doch! Herr, erbarme dich meiner, ihr Heiligen, Rochus, Lazarus und San Sebastiano, helft einer Verzweifelten!«
Es war furchtbar mit anzusehen.
Cesare ergriff anscheinend ungerührt einen Krug Wasser und hielt ihn über ihren verbrannten Schenkel. »Ich kühle deine Wunden, wenn du mir augenblicklich sagst, wer dein Auftraggeber war.«
Sie stöhnte und wand sich. »Bischöfliche Gnaden, übt Mitleid, ich bitte Euch, laßt mich dieses Geheimnis mit ins Grab nehmen. Es wäre ein furchtbarer Frevel, wenn ich es Euch sagte.«
Ohne irgendein weiteres Zeichen meines Bruders reichte der Folterknecht ihm die Zange. Cesare hielt sie ganz dicht an Coelestinas Gesicht. Das Glühen des Eisens spiegelte sich in ihren weit aufgerissenen Augen; dann wanderte seine Hand mit dem Folterwerkzeug langsam über ihren Hals, ihre Brüste, den Bauch, die Scham. Dort hielt er kurz inne, sah sie an.
Die Oberin blieb stumm. Ihr Blick wurde starr in Erwartung des erneuten Schmerzes.
Doch fast genüßlich ließ Cesare die glühende Zange wieder nach oben wandern.
Coelestina zitterte und wand sich in Angst, ihr Atem ging stoßweise. Es war genug. Ich sprang auf und lief zu dem Foltertisch. »Gesteht doch endlich, bei Gott, sie werden Euch bei lebendigem Leib in Stücke schneiden!«
Sie sah mich an mit einem Blick, in dem der Wahnsinn lag.
Ich wiederholte meine Worte. Das brachte die Frau offenbar zur Besinnung, zumindest glaubte ich es ihr anzusehen.
»Coelestina, wer ist Euer Auftraggeber?«
Ihre Antwort klang tonlos, wie aus einer fernen Gruft. »Es ist«, sie stockte kurz, »unser Heiliger Vater, Papst Innozenz.«
Dies schien so unfaßbar, daß ich glaubte, Cesare würde sie auf der Stelle umbringen. Ja, er mußte es sogar tun, denn solch eine

ungeheuerliche Anschuldigung kannte nur eine Strafe, den Tod. Die Betroffenheit aller Anwesenden war zu spüren. Es schien, als hätte man uns plötzlich den Boden unter den Füßen weggezogen. Wenn das, was die Oberin soeben unter der Folter preisgegeben hatte, stimmte, waren wir alle Träger eines furchtbaren Geheimnisses. Denn sobald die Inquisition davon erführe und damit Papst Innozenz, mußte er uns zwangsläufig umbringen lassen. Mitwisser einer solchen Tatsache durfte es nicht geben. Der Heilige Vater als Auftraggeber einer geheimen Alchemistenwerkstatt, in der für ihn Gift gemischt wurde – nicht auszudenken!

Also waren wir alle des Todes. Sicher, Michelotto und der Festungscapitano würden schweigen, doch der Kerkermeister? Ich blickte zu meinem Bruder.

Cesare aber lächelte nur zufrieden. »Papst Innozenz, das wollte ich wissen!« Dann schaute er mich an. »Ich bin stolz auf dich, geliebte Schwester; du hast dich des Namens Borgia als würdig erwiesen.« Darauf wandte er sich Coelestina zu, in heiterster Stimmung, wie es schien, als wäre überhaupt nichts geschehen. »Eure Angst, verehrte Superiorin, vor dem Heiligen Vater ist übrigens unbegründet; er liegt auf dem Totenbett und wird bald sterben. Von seiner Seite hättet Ihr nichts mehr zu befürchten gehabt. Aber ich frage Euch jetzt, und das tue ich nur ein einziges Mal, wollt Ihr Eure alchemistischen Künste für alle Zeit in den Dienst der Familie Borgia stellen?«

Sein höflicher Tonfall verwunderte mich. Und Coelestinas Antwort kam ohne Zögern, klar und deutlich: »Ja, bischöfliche Gnaden, das will ich ...«

Mein Bruder war nun wie verwandelt. Er ließ die Oberin losbinden, waschen, ihre Brandwunden mit Talg bedecken – was die Männer mit ebensolcher Hingabe taten wie vorher das Foltern. Dann durfte sie sich wieder anziehen, was ihr unter sichtbaren Schmerzen nur mühsam gelang.

Nun sah ich, weshalb mein Bruder hier wohl so gern gesehen war; er leerte einen Beutel mit Goldscudi auf den besudelten Tisch. Es waren viele Münzen darin, und die Folterknechte begannen unverzüglich, sie unter sich aufzuteilen. Mit Gold war es also möglich, in den Kerkern des Heiligen Stuhls ohne Anordnung und Wissen der päpstlichen Kurie Menschen foltern zu lassen; das erschien mir doch einigermaßen erstaunlich.
Coelestina konnte sich kaum auf dem Pferd halten, und so betteten wir sie beim Palazzo unseres Vaters in eine geschlossene Sänfte, damit ihr Zustand kein Aufsehen erregte.
Im Kloster angekommen, befahl Cesare, man solle die Mutter Oberin in ihre Zelle bringen, da es ihr nicht gutgehe. Danach umarmte er mich innig und ritt fort.
Coelestina blieb über drei Wochen auf ihrem Krankenlager, bis sie einigermaßen wiederhergestellt war. Dann, eines Abends, saß sie, als wäre nichts gewesen, wieder an der langen Tafel im Refektorium. Niemals erwähnte die Superiorin auch nur ein Wort von den schrecklichen Erlebnissen, die hinter ihr lagen. Zu mir war sie nun stets von ausgewählter Höflichkeit.
Ich habe oft darüber nachgedacht, ob Cesare das alles auch mit einem der mächtigen Äbte von Klöstern wie Monte Cassino, Cluny oder Citeaux hätte machen können? Wohl kaum, denn jedes große Männerkloster besaß einen eigenen Vogt und zahlreiche Bewaffnete, die auf Ordnung in irdischen Angelegenheiten achteten. Doch mit einer Oberin durfte er es wagen. Und noch etwas schien mir bemerkenswert: Keine Frage von Cesare, woher die Kinderleichen kamen, kein Wort dazu, daß die Superiorin mich zu vergiften versucht hatte, nichts von alledem. Einzig wichtig erschien, er hatte jetzt die Macht über das Gift, das genügte offenbar. Die Oberin war zum praktischen Werkzeug geworden, dessen mein Bruder sich beliebig bedienen konnte. Schuld und Sühne? Sie spielten keine Rolle.
Wieder dasselbe Spiel, wer keine Macht hatte, konnte sich nicht

wehren. Und Coelestina als Frau waren in jeder Hinsicht die Hände gebunden; innerhalb der Klostermauern durfte sie einen Vogt oder gar Söldner nicht dulden.

Jetzt wurde endgültig zur Gewißheit, was bisher in mir eher noch geschlummert hatte: Wollte ich mein Leben zukünftig so führen, daß niemand Gewalt über mich hatte, so mußte ich Macht besitzen. Und diese Macht rücksichtslos einsetzen. Mir schauderte bei dem Gedanken, denn es schien klar, daß eine solche Lebensweise gegen sämtliche göttlichen Gebote verstoßen mußte ...

Doch das war noch nicht alles. Auch vom weltlichen Standpunkt aus betrachtet, würde es sehr schwer werden. Woher sollte ich mir diese Macht beschaffen? Gold, Truppen, Herrschaftsgebiete konnte eine Frau nur durch entsprechende Heirat erlangen. Plötzlich kam mir die in procura geschlossene Ehe mit dem Grafen von Procida fast lächerlich vor. Wer war er denn schon? In Wahrheit ein Vasall des Ferrante von Neapel. Gewiß, ein Verwandter dieses Königs, letztendlich jedoch nichts weiter als eine Figur auf dessen Schachbrett der Macht.

Was sollte ich tun; eine Ehe konnte nur der Papst selbst auflösen. Andererseits durfte nicht außer acht gelassen werden, daß ich ja als Tochter eines Kardinals in der Hierarchie bestenfalls den fürstlichen Bastarden gleichgestellt war, genaugenommen noch ein wenig unter ihnen stand. Konnte ich da überhaupt etwas anderes verlangen, als Contessa de Procida zu sein? Eine innere Stimme versuchte mich zu besänftigen. Sei klug, flüsterte sie, mehr als das kannst du nicht erreichen. Und bedenke, gefällt es dem Allmächtigen, deinen Vater zu sich zu rufen, dann bist du ohne Schutz, ein Nichts! Übe dich in der Macht der Frauen: weibliche List, zuweilen vielleicht auch Heimtücke, gebäre viele Söhne; deine Stärke sei Duldsamkeit und Demut. Begehre nicht auf gegen den Willen des Allerhöchsten, füge dich!

»Nein!« Ich erschrak, so laut kam dieses Wort über meine

Lippen. »Niemals! Gott sei mein Zeuge.« Und in diesem Augenblick, als mein Wille begann, sich gegen alle Gesetze, die göttlichen und die irdischen, aufzulehnen, da beschloß ich, den Vollzug meiner Ehe mit dem Grafen von Procida auf jeden Fall zu verhindern. Nur dann bestand eine Möglichkeit, irgendwann die Auflösung zu erwirken. Später könnte mein Vater einen Gatten für mich auswählen, der wirkliche Macht besitzt. Das müßte allerdings schon ein Markgraf oder Herzog sein ...
Was ich in meiner Unerfahrenheit nicht bedachte, war, daß solche Fürsten niemals eine Frau meines Standes, die natürliche Tochter eines Kardinals, heiraten würden. Damals erschien mir dies jedoch ganz unwesentlich. Nur eines zählte: Ich wollte das!
Und überhaupt; es würde dafür gesorgt werden, daß mein Gatte keine Lust auf seine ehelichen Rechte hatte, denn eine starke Macht wußte ich bereits auf meiner Seite: jenes Gift des alten Alchemisten.
Gift, was für ein Wort. Lange Zeit konnte es mich wie jeden anderen in Angst und Schrecken versetzen, aber jetzt nicht mehr. Denn die Kunst des lautlosen Tötens sollte es von nun an sein, die mir Macht verlieh, Macht über alle – wenn ich erst die Geheimnisse der Alchemie ergründet hatte ...
Ich befahl, mir einen Korb mit frischem Gemüse, Honig, Brot und einem kleinen Schlauch Wein zu bereiten. Coelestina gab willig den Schlüssel zum Keller heraus, und mit einer Laterne stieg ich, nicht ohne leises Schaudern, hinunter. Das leere Faß war noch halbwegs leicht zu entfernen gewesen; aber das Öffnen der Falltür hatte mich doch schon einige Mühe gekostet.
Während ich tiefer und tiefer gelangte, erschien es mir ein wenig leichtsinnig, mich allein hinabzuwagen; vielleicht war der Alte besessen? Solche Menschen können zuweilen gewalttätig sein, gefährlich werden, wenn der Dämon in ihnen tobt. Oder vielleicht würde der Mann die Gelegenheit nutzen zu fliehen? Ich

schob meine Bedenken beiseite; wer in die Geheimnisse verbotener Wissenschaften eindringen wollte, mußte gegen Ängste gefeit sein. Denn jeder weiß, daß beim Giftmischen auch der Teufel beschworen wird, und das ist ungleich gefährlicher.
Trotzdem wollte das eigenartige Gefühl nicht weichen, als ich ganz allein vor dem abstoßend aussehenden Alten stand. Zu meiner Erleichterung hieß er mich freundlich willkommen.
»Erlaubt, daß ich mich vorstelle: Domiziano Trimalchione, Doctor der Medizin, Magister beider Rechte und Anatom an der Universität zu Padua.«
Bei seinen Worten verneigte er sich, und ich bemerkte, wie sehr der alte Mann bemüht war, das Zittern in seiner Stimme zu verbergen. Obwohl es für Frauen meines Standes nicht üblich ist, sich selbst vorzustellen – und dies schon gar nicht einem Mann von nichtadeliger Herkunft –, so glaubte ich doch, in dieser außergewöhnlichen Umgebung darüber hinwegsehen zu können.
»Ich bin die Contessa de Procida.«
Er verneigte sich nochmals ehrerbietig und zog dabei sein speckiges uraltes Barett vom Kopf – in einer Art, die mir verriet, daß er früher einmal mit Personen von Stand verkehrt haben mußte.
»Bedeckt Euch, Maestro Trimalchione. Ich will, daß Ihr mich in die Geheimnisse der Alchemie einweiht.«
Der Alte sah mich überrascht an. »Es ist mir eine Ehre, Contessa.«
»Doch zunächst verratet mir, Maestro, wie seid Ihr in diesen Kerker geraten?«
Er seufzte. »Erlaubt einem alten Mann, daß er sich setzt.«
Ich wies mit der Hand zu einem Schemel und nahm selbst auf dem schweren Scherenstuhl neben dem Tisch Platz, auf dem viele vergilbte Schriften und Pergamente lagen.
»Ich war«, begann er, »wie gesagt, Anatom in Padua. Die Alche-

mie, meine Leidenschaft, wurde von mir schon seit den Studienjahren gepflegt und natürlich das, was allen Anatomen verboten ist: Leichen sezieren. Doch jene Dinge, welche die anderen wissen wollten, den Weg der Blutsäfte im Körper oder ähnliches, das war mir zu wenig. Ich suchte nach der Seele ...«
»... die ihren Sitz im Herzen hat.«
»Das ist die herrschende Lehrmeinung, Contessa«, der Anflug eines Lächelns ging über seine zerfurchten Züge, »aber ich glaube, daß die Seele, wenn es überhaupt eine solche gibt, im Kopf des Menschen sitzt.«
»Im Kopf? Kann der denn mehr als nur sehen, riechen, hören und schmecken?«
»Ja, meiner Meinung nach, mit der ich allerdings ganz allein dastehe, ist der Kopf sogar Sitz des Verstandes.«
Das schien mir unwahrscheinlich; weiß doch jeder, daß der Verstand sich im Herzen befindet.
»Ich sehe, Ihr zweifelt, Contessa. Nun gut, vielleicht habe ich unrecht. Jedenfalls wurde mir diese These zum Verhängnis. Denn wenn der Kopf die Seele beherbergte, so sagte ich mir, dann müßte sie doch sichtbar werden, öffnete man den Schädel. Und unter Umständen offenbarte sich mir dann die Wahrheit des Universums, wenn auch vielleicht nur für einen Wimpernschlag lang ...« Sein Blick fiel nun auf den Korb, besonders auf den kleinen Schlauch mit Wein.
»Bedient Euch, Maestro.«
Der Alte nahm wortlos den Schlauch, öffnete mit zitternden Fingern die Schnüre am Verschluß, schüttete etwas Wein in ein seltsam aussehendes Glasgefäß und trank es genußvoll leer.
»Ich danke Euch sehr, Contessa; die Oberin ist leider nicht so mildtätig wie Ihr.«
»Es wird dafür gesorgt werden, daß Eure Verpflegung sich bessert; doch erzählt weiter.«
»Nun, es gestaltete sich außerordentlich schwierig, jemanden

zu finden, der bereit war, sich bei lebendigem Leib den Schädel öffnen zu lassen.«
Das konnte ich mir gut vorstellen.
»Endlich fand sich ein Mann, den man wegen Diebstahls zum Tode verurteilt hatte und der eine große Familie mittellos zurücklassen mußte. Allerdings verlangte er eine unverschämte Summe, ebenso der Henker. Ich überbrachte das verlangte Gold, und dann ergab der Verurteilte sich seinem Schicksal.
Wir banden ihn auf einem Lehnsessel fest, reichten ihm Branntwein und etwas Tollkirschenessenz, die eine Art Ohnmacht erzeugt. Dann schnitt ich oben in seinen Schädel eine Öffnung und sah hinein.« Der Alte nahm noch einen tiefen Schluck Wein und blickte zu Boden. »Ich sah eine Art winzigen Blitz, wie das Aufleuchten eines Glühwurms, nicht mehr und nur ganz kurz. In diesem Augenblick trat ein Abgesandter des Consiglio maggiore von Padua ins Zimmer mit einer Gruppe der Stadtwache, um dem Mann mitzuteilen, daß er unschuldig sei. Ein anderer hatte unter Folter gestanden, den Diebstahl begangen zu haben; und tatsächlich war der gestohlene Gegenstand in dessen Haus gefunden worden. Zu spät. Ich mußte die Wunde zunähen, und man warf mich sofort in den Kerker, ebenso den Henker.
Jener Mann, dem ich den Schädel geöffnet hatte, verfiel schon am anderen Tag in ein heftiges Fieber und verschied noch vor Sonnenuntergang. Der Henker wurde auf Befehl des Consiglios von seinen eigenen Gehilfen geviertelt und verbrannt; ich sollte denselben Tod erleiden. Doch die Inquisition hatte von meinen Experimenten erfahren, und ich wurde daraufhin nach Rom gebracht. Man befragte mich unter der Folter, wo ich gestand, Zweifel an der Trennung von Seele und Leib zu hegen. Das verstößt natürlich gegen die herrschende Lehrmeinung der Kirche, und man zwang mich zu widerrufen.«

»Was zu widerrufen?«
Er lächelte traurig. »Die Wahrheit, nämlich dasselbe, was Heraklit gesagt hat, daß, wer die Grenzen und Enden der Psyche sucht, sie nicht findet, auch wenn er jeglichen Weg nähme. Das heißt, Leib und Seele sind untrennbar miteinander verbunden; stirbt der Mensch, stirbt auch seine Seele.«
»Das scheint mir in der Tat Häresie zu sein, Maestro Trimalchione. Denn was wäre, wenn die Seele nach dem Tode des Menschen nicht gen Himmel aufsteigen könnte?«
»Habt Ihr je eine aufsteigen oder zur Hölle fahren sehen?«
»Natürlich nicht, aber so steht es doch in der Heiligen Schrift.«
»So, glaubt Ihr?«
»Maestro, das ist Gotteslästerung!«
»Gewiß, doch bedenkt, Contessa, wer wie ich hinter die alchemistischen Geheimnisse des Lebens geblickt hat, für den zählt nur noch das Wissen, niemals jedoch bloßer Glaube. Und ich bin nicht der erste und einzige mit dieser Meinung.«
»Aber die Bibel ist doch Gottes Wort.«
»Hat Gott zu mir gesprochen oder zu Euch? Habt Ihr sein Wort selbst gehört, mit eigenen Ohren? Verzeiht meine Rede, verehrte Contessa, aber nach der Folter damals, vor vielen Jahren, konnte ich zu keinem Menschen mehr darüber sprechen.«
Dann schwieg er.
»Habt Ihr keine Angst vor der ewigen Verdammnis?«
»Was heißt das schon. Seht, die Muselmanen besitzen eine eigene Hölle, in der alle Ungläubigen schmoren. Diese Ungläubigen sind in ihren Augen wir. Oder nehmt die Mohren in Afrika, sie beten Sonne und Mond an und bestimmte Bäume. Die Inder dagegen im Osten kennen keinen Gott und keine Hölle, ebenso die Bewohner von Cathay, die nur ihre Vorfahren verehren, wie Marco Polo berichtet hat.«
Was der alte Alchemist erzählte, das war schon keine Gotteslästerung mehr, sondern geradezu Gottesverneinung. Ich mußte

mich vor seinen Worten hüten, aus ihnen sprach der Teufel Daalberit, Hoherpriester des Satans. »Nun«, versuchte ich abzulenken, »wie geht Eure Geschichte weiter?«
»Mein Fall war offensichtlich so wichtig, daß nicht nur der Großinquisitor und Ordensgeneral der Dominikaner meiner Folterung beiwohnte, sondern auch Kardinal Giuliano delle Rovere, Berater von Papst Innozenz.«
Ich wunderte mich, daß mein Vater nicht dabei gewesen war; als Vizekanzler des Heiligen Stuhls hätte man ihn von einem solch wichtigen Fall verständigen müssen. Offensichtlich betrachtete Kardinal delle Rovere ihn als seinen Widersacher. Ich wollte das Cesare möglichst bald mitteilen, damit er unseren Vater warnen konnte.
»Doch der Kardinal«, fuhr Maestro Trimalchione fort, »interessierte sich ausschließlich für meine alchemistischen Tätigkeiten; und als die Folter beendet war, ließ er mich hierher bringen, wo ich wohl bleibe bis an das Ende meiner Tage. Immer noch besser als der Feuertod. Denn«, ich sah, wie seine Augen plötzlich aufleuchteten, »so ist es mir möglich, meine Suche nach dem Stein der Weisen fortzuführen. Und wer ihn besitzt, der kennt die ewige Wahrheit ...«
»Nach der Ihr aber nicht ausschließlich strebt, Maestro, denn Ihr widmet Euch ja auch dem Giftmischen.«
»O ja, Contessa, und es ist eine hohe Kunst. Deswegen ließ man mich am Leben, wenn auch nicht allein aus diesem Grund. Der Heilige Vater benötigt Geld, und darum hofft auch er, daß ich den Stein der Weisen finde, mit dessen Hilfe jedes Metall in Gold verwandelt werden kann.«
»Habt Ihr schon viel Gift für Papst Innozenz hergestellt?«
»Durchaus. Er besitzt ja keine allzu große weltliche Macht, deshalb ist es nötig, seine Feinde durch meine geheimen Mittel zu bekämpfen. Diese Essenzen sind so gut, daß niemand auf die Idee kommt, das Gift könne ihm beim Heiligen Vater verab-

reicht worden sein. Es wirkt erst nach Tagen, und man glaubt stets an ein ganz gewöhnliches Fieber.«

»Euch ist sicher bekannt, daß Papst Innozenz auf dem Totenbett liegt; Ihr werdet ab sofort meiner Familie, den Borgia, zu Diensten sein.«

»Ich weiß es, Contessa, die Mutter Oberin hat es mir schon gesagt. Seid versichert, daß die Güte meines Giftes stets hervorragend sein wird, bei meiner Alchemistenehre.«

»Gut. Gebt mir nun ein besonders schnell wirkendes Gift und eines, das erst nach einiger Zeit tötet.«

Der Alte stand auf, ging zu einem gemauerten Wandgesims, nahm zwei winzige Glasphiolen und reichte sie mir. »Das in der grünen Phiole ist auf der Stelle tödlich. Zehn Tropfen davon genügen. Vom anderen nehmt sieben Tropfen. Das Opfer wird eine Woche später in ein heftiges Fieber verfallen und daran zugrunde gehen.«

Ich nahm die zerbrechlichen Behältnisse vorsichtig und wandte mich zum Gehen. »Ihr werdet ab heute gute Speisen erhalten und Wein, auch ein neues Gewand.«

Der alte Alchemist verbeugte sich wieder in jener ausgewählt höfischen Art, die in dieser Umgebung etwas Seltsames an sich hatte.

Endlich zurück im oberen Kellergewölbe, wurde mir so recht klar, daß ich eine ziemlich lange Zeit in dem vom Alchemistenofen aufgeheizten, entsetzlich stinkenden Keller verbracht hatte. Doch die Erzählungen des Alten waren wirklich sehr interessant gewesen, häretisch bis zur Gotteslästerung freilich, und sie erweckten gefährliche Gedanken des Zweifels. Doch gerade das gab mir ein nie gekanntes, ganz neues Gefühl; hatte ich denn nicht schon selbst an der heiligen, einzig wahren Lehre gezweifelt, wenn ich darüber nachdachte, ob es gerecht sei, wie machtlos wir Frauen sind?

Aber diese Dinge mußten selbstverständlich bei meiner nächsten Beichte zur Sprache kommen und bereut werden. Doch auch das erschien mir schon wieder ein Beweis meiner Machtlosigkeit zu sein; weshalb benötigte ich dazu einen Priester, einen Mann? Warum konnte ich nicht allein vor Gott hintreten und ihm, der alles weiß, meine Sünden beichten und bereuen? O Herr, hilf mir, betete ich, bewahre mich vor jener Todsünde der Häresie – wohin sollte dieser Weg führen ...

Als ich aus der Unterwelt wieder ans Tageslicht kam, dämmerte es draußen schon. Ich hatte keine Lust, ins Refektorium zu gehen, und befahl Bianca, mir Wein, Brot und Oliven zu bringen. Bis sie mit dem Gewünschten zurückkam, blieb mir ein wenig Zeit, um die beiden kleinen Glasphiolen näher zu betrachten. Sie waren durch einen winzigen Korken und Siegellack verschlossen. In ihrem Inneren befand sich also das todbringende Gift, eine ölige farblose Flüssigkeit. Eigenartig, wie harmlos das Verderben aussehen kann; ein paar Tropfen, und irgend jemand starb eine Woche später am schwarzen Fieber.

Jetzt begriff ich erst so richtig, welche Macht plötzlich in meinen Händen lag – die Macht zu töten ... Ich hörte Bianca nahen und verwahrte die Fläschchen eilig in dem kleinen Holzkasten, der meine Schreibutensilien beherbergte. Dort lagen sie hoffentlich einigermaßen sicher.

»Wißt Ihr schon, Herrin, daß es dem Heiligen Vater sehr schlecht geht? Man sagt, er werde noch in dieser Nacht sterben.«

Ich wußte ja seit langem, daß Papst Innozenz sehr krank war; trotzdem traf mich die Nachricht, daß es nun soweit zu sein schien. Er hatte meinem Vater außerordentlich vertraut, ihn mit Pfründen und Wohltaten reich bedacht. Wenn erst ein neuer Papst gewählt war, welche Rolle würden die Borgia dann noch spielen?

Bianca war ganz aufgeregt. »Die Leute sagen, daß der Papst in letzter Zeit nur Muttermilch zu sich nehmen konnte. Ein jüdi-

scher Arzt soll ihm sogar das Blut von drei zehnjährigen Kindern eingespritzt haben, die gleich darauf gestorben sind.«
Es scheint, als ob alles um mich herum aus den Fugen geraten wäre seit jener Nacht, in der ich mit Bianca aus San Sisto floh. Was ist aus der Welt geworden, von der meine Lehrer stets sprachen, in der alles festgefügt an seinem Platz schien und darüber die Gerechtigkeit Gottes? Wo war diese Gerechtigkeit, als Männer sich anmaßten, Bianca Gewalt anzutun? Oder bei der Folterung Coelestinas. Gewiß, die Oberin wurde eines Verbrechens überführt, und hatte sie auch noch die Kinder umgebracht, gebührte ihr der Tod; aber diese grauenhafte Folter...
Bisher hatte ich die Befragung durch die Inquisition immer für etwas ganz Normales, ja Notwendiges gehalten. Doch was das wirklich bedeutet, ist mir erst offenbar geworden, als ich die Qualen und Demütigungen an Coelestina miterlebte. Hätte ich aufspringen und dem Treiben Einhalt gebieten müssen? Dann wäre meine innere Würde gewahrt geblieben, doch ohne jede weitere Wirkung. Niemand würde in einer solchen Lage auf eine Frau hören, niemand nach ihrem Rat handeln. Die Contessa hat ihre Haltung verloren, dächten alle, sie ist ja nur eine schwache Frau. Schwach und unmündig, so sahen uns die Männer. Und ich schwor, daß sie mir zu Willen sein sollten, irgendwann, und zwar aus Furcht, weil die Macht mein sein würde...
Was war das? Ich zählte drei ferne Donnerschläge aus den Geschützen der Engelsburg und wußte, Papst Innozenz VIII. hatte seine Seele ausgehaucht. Bald darauf begann jede Kirche Roms mit ihrer größten Glocke zu läuten. Es war ein ganz seltsamer, ungewohnter Klang, der von Rom herauf über die Hügel hin zu vernehmen war.
Schon zehn Tage später berief man das Konklave ein, um einen neuen Papst zu wählen. Alle Kardinäle, es waren insgesamt fünfundzwanzig, versammelten sich in der Kapelle des päpst-

lichen Palastes, wo sie eingemauert wurden. Dort mußten sie unter primitivsten Umständen ausharren, bis der neue Heilige Vater feststand. Jeder besaß nur Bett, Tisch und Stuhl. Die Speisen wurden durch eine dafür vorgesehene winzige Öffnung gereicht.

Als aussichtsreichster Kandidat galt Giuliano delle Rovere, erst seit kurzem mit König Ferrante von Neapel verbündet. Ihn unterstützte der Kardinal Cibo und noch drei andere. Aber auch Kardinal Ascanio Sforza schien ein aussichtsreicher Anwärter zu sein; er war der Bruder von Ludovico, den man Il Moro nannte und der Mailand beherrschte. Auch della Porta und Sclafanati kamen aus diesem Herzogtum und bildeten die Gegenpartei zu den Neapolitanern.

Natürlich gehörte auch mein Vater dem Konklave an; als gebürtiger Spanier hatte er allerdings kaum die Möglichkeit, Papst zu werden. Meistens kamen nur die Vertreter der großen Familien Italiens zum Zuge. Er konnte höchstens den Ausschlag geben, standen doch die Kardinäle Carafa und Piccolomini auf seiner Seite.

Während der Tage des Konklaves herrschte in Rom große Unruhe. Die Anhänger der rivalisierenden Familien Orsini und Colonna sammelten sich vor den Toren Roms. Jede Nacht geschahen noch mehr Morde als sonst. Es wurde wirklich höchste Zeit, daß man einen neuen Papst erwählte. Doch Tag für Tag stieg schwarzer Rauch aus dem dünnen Schornstein der Kurie, was anzeigte, daß noch nichts entschieden war. Kaum jemand wußte etwas von dem, was im Konklave vorging. Cesare hatte mir erzählt, dort würde gefeilscht und gestritten, Pfründe vergeben, ganze Grafschaften, Abteien, Städte. Wer am meisten Gold besaß, hatte gute Möglichkeiten, Papst zu werden, denn er konnte die anderen Kardinäle bestechen – und das war auch nötig, denn ohne Vorteile wählte kein Kardinal den anderen. So waren danach alle zufrieden, der Heilige Vater, weil er das

Oberhaupt der Christenheit geworden war, und die Kardinäle, denn sie hatten ihre weltlichen Güter vermehrt.

Das Volk allerdings erfuhr von diesen Dingen nichts; jedes Konklave fand immer unter völligem Abschluß der Kardinäle von der Außenwelt statt. Cesare besaß jedoch seine Vertrauten im päpstlichen Palast, die ihm von den unwürdigen Vorgängen erzählten, wenn es galt, einen neuen Statthalter Christi auf Erden zu finden. Am Morgen des Tages der heiligen Clara lud mich Cesare ein, mit seiner Kutsche auf die Piazza di San Pietro zu fahren; er vermutete, daß man sich heute einig würde, und wir könnten der feierlichen Verkündung des neuen Papstes draußen vor der Kirche beiwohnen. Die Piazza war von ziemlicher Größe, etwa rechteckig und gegen Sonnenaufgang von der Kaserne der päpstlichen Garde begrenzt. Vor der uralten prachtvollen Chiesa di San Pietro befand sich ihr Narthex, dahinter der schon etwas windschiefe Campanile. Besonders einladend, das muß man allerdings sagen, sah diese Hauptkirche unserer Christenheit nicht mehr aus, und es erschien nur allzu richtig, daß eine neue, schönere gebaut wurde, von der man aber erst einige Grundmauern sah.

Wie erfreulich, daß Cesare mein eintöniges Klosterleben mit dieser Ausfahrt in den Vaticano unterbrach; das versetzte mich in heiterste Stimmung, besonders weil sich so Gelegenheit bot, wieder einmal die herrliche Cotta von Fiammetta zu tragen, dazu meine höchsten Pianelle mit gut drei bis vier Finger hoher Sohle und Absatz. Ich liebte es, wesentlich größer zu erscheinen. Der Heiligkeit des Ortes angemessen war mein Schleier aus golddurchwirktem Organza.

Leider konnte Fiammetta nicht mit uns kommen, denn mein Bruder meinte, in der Öffentlichkeit wäre ihre Anwesenheit seinem Ruf als Bischof nicht förderlich. Mit seinem flachen, weitausladenden grünen Bischofshut sowie den goldenen Litzen und Kordeln daran wirkte Cesare außerordentlich ehrfurchteinflößend. An unserer Kutsche prangte unübersehbar das Borgia-Wappen, der Stierschädel.

Als wir die Piazza di San Pietro erreichten, befand sich schon eine unübersehbare Menschenmenge dort. Natürlich hatten wir das Recht, ganz nach vorne zu fahren, wo bereits die Kutschen anderer edler Familien standen. Dazu war es jedoch notwendig, daß unsere sechs Söldner das Volk auseinandertrieben, damit das Gefährt bis an die Loggia kam, von der aus die Verkündigung des neuen Papstes erfolgte, und damit wir ihn sehen konnten, wenn er, mit seiner Tiara und den voluminösen steifen Gewändern angetan, unter den Arkadenbogen trat, allen Anwesenden einen vollständigen Ablaß erteilte und seinen Segen »urbi et orbi« sprach. Deswegen, aber natürlich auch aus Neugier, waren die Menschen hier zusammengekommen.

Zu meinem großen Erstaunen ließ Cesare die Menge vor unserem Wagen keineswegs mit Peitschenhieben auseinandertreiben, um uns eine Gasse inmitten der dichtgedrängten Menschenleiber zu bahnen, sondern er tat etwas ganz anderes. Auf sein Zeichen hin griff ein Diener, der vorn neben dem Kutscher saß, in einen ledernen Sack und schleuderte händeweise kleine silberne Denari unter das Volk, und zwar immer abwechselnd nach rechts und links, so daß die vor uns befindlichen Männer und Weiber, allesamt zu den niedrigsten Ständen gehörend, ganz von selbst Platz machten, um die Münzen aufzusammeln. Vereinzelt hörte man sogar Hochrufe auf die Familie Borgia.

So leicht ist es, die Volksmassen zu befriedigen; es bedarf nur einiger kleiner Silbermünzen dazu. Insgeheim mußte ich Cesares Klugheit bewundern; wo sich die anderen Adelsfamilien den Haß der Römer zuzogen, wenn sie rücksichtslos mit ihren Kutschen in eine Menge fuhren, da erreichte mein Bruder, daß ihn das Volk auch noch hochleben ließ.

Bald standen wir ganz vorn, neben einer Kutsche der Orsini,

umgeben von der neugierigen Menge. Direkt vor uns ragte die Loggia auf. Sie bestand aus vierbögigen Arkadenreihen, die sich in drei Geschosse unterteilten. Eine Rundbogenöffnung der Arkade im ersten Stock war mit einem prachtvoll in Gold und Rot bestickten Baldachin ausgestattet. Über der Brüstung hing ein ebensolcher Teppich, der die gekreuzten Schlüssel des heiligen Petrus zeigte. Alle blickten erwartungsvoll auf das Gebäude der Kurie, gleich rechts anschließend; dort befand sich nämlich jener schmale, hohe Kamin, auf den sich die Aufmerksamkeit der Menge richtete.

Durch die Fenster des Gebäudes sah ich, daß innen zahlreiche Leute hin und her liefen. Die zu den Arkaden führenden Türen der Loggia, gleich links daneben, wurden hastig geschlossen. Alles wies darauf hin, daß etwas Bedeutendes bevorstand. Bewegung kam in die Menschenmenge, ein tausendstimmiges Gemurmel ging von ihr aus. Die Leute reckten sich, um den Schornstein besser beobachten zu können, aus dem der Rauch kommen würde.

Auch Cesares Gesichtsausdruck verriet, daß er aufs höchste angespannt war; ebenso ich selbst. Denn falls man Giuliano delle Rovere zum neuen Papst gewählt hatte, wurde die Lage für uns Borgia außerordentlich gefährlich. Er war ein erklärter Feind der Familie und hatte geschworen, nicht länger zu ruhen, bis alle Angehörigen aus Rom vertrieben waren. Nur weil mein Vater als Kardinal-Vizekanzler eine so starke Stellung innehatte, konnte er neben dem mächtigen delle Rovere bestehen. Wenn jener nur nicht Papst würde – sonst gnade uns Gott! Wir hofften doch stark auf Ascanio Sforza, um den sich eine nicht minder starke Fraktion scharte. Er war sehr umgänglich und vor allem ein Freund der Borgia.

Über diesen Gedanken hatte ich ganz versäumt, den Schornstein im Auge zu behalten. Plötzlich erklangen um mich herum laute Rufe.

»Seht, seht nur, es kommt Rauch!«
Und wirklich, erst ganz zaghaft, dann immer stärker entwickelten sich Wölkchen über dem Kamin, das erwartete Zeichen: weißer Rauch.
Ein Aufschrei ging durch die Menge wie aus einem Mund: »Abbiamo un Papa!«
Die Christenheit hatte wieder einen Papst. Das Volk drängte nach vorn, auf die Loggia zu, um einen Blick auf den neuen Statthalter Christi auf Erden zu erhaschen. Unsere Kutsche schaukelte und drohte umzustürzen.
Ich betete: »Herr, laß es Ascanio Sforza sein und nicht delle Rovere.« Cesare saß mir anscheinend seelenruhig gegenüber und trank Wein aus einem silbernen Pokal. In diesem aufregenden Moment hätte ich keinen Tropfen hinunterbringen können.
Mit einem Mal schwangen die Portale der Loggia im ersten Stock auf, und eine große Menge von Klerikern drängte sich dort unter den Arkaden zusammen. Im Obergeschoß hoben die Herolde ihre Posaunen und schmetterten ein helles, durchdringendes Trompetensignal über den Petersplatz, das siebenmal wiederholt wurde.
Dann trat einer der Kardinäle an die Brüstung der geschmückten Arkade. Ich hörte nur sein »Pontificem habemus« und dazu einen Namen, der wie »Alexander« klang; alles andere wurde von den Rufen des Volkes verschluckt.
Das Gedränge um uns war unbeschreiblich. Ich hoffte inständig, daß die Kutsche standhielt, und wandte mich wieder dem Geschehen auf der Loggia zu. Offenbar versuchte der neue Papst nach vorn zu gelangen. Bewegung entstand unter den geistlichen Würdenträgern, und sie knieten nieder, als einer vorbeischritt, der im Gegensatz zu den anderen, die alle in Kardinalsrot gekleidet waren, ein weißes Gewand trug. Jemand setzte ihm die päpstliche Tiara auf.

Das war also der neue Heilige Vater. Es gelang mir nicht, einen Blick auf sein Gesicht zu werfen; die vor ihm stehenden Kardinäle versperrten die Sicht. Dann wichen sie zur Seite, um ihn vor die Menge treten zu lassen. Ein gewaltiger Aufschrei ging durch das Volk, und alle sanken in die Knie, auch ich.

Laut und deutlich war der Heilige Vater zu vernehmen, als er den Segen »urbi et orbi« sprach. Ich hörte seine Stimme und hob wie gebannt den Kopf: Der neue Papst war mein Vater.

II
Macht und Ohnmacht

Ich sah, wie mein Bruder blaß wurde. Die Hand mit dem Weinpokal sank hinab; er schien nicht einmal mehr zu merken, wie die rote Flüssigkeit über seinen prachtvollen Bischofsornat floß. Das Unvorstellbare war eingetreten! Cesare konnte vor Erregung nur noch heiser flüstern.
»Bei Gott, Lucrezia, weißt du, was das für uns alle heißt? Macht, Einfluß, Reichtum! Wir Borgia sind ganz plötzlich, in dieser einzigen erhabenen Stunde, zur mächtigsten Familie Italiens geworden.«
Macht – ja, das war es, was ich hören wollte. Der Wille Gottes hatte mir in diesem Augenblick die Möglichkeit gegeben, ein Leben zu führen, das anders sein würde. Und ich wollte diese Gnade des Herrn nutzen.
Laute Hochrufe der Menge brandeten über den Petersplatz, doch ich war längst besessen von einem ganz anderen Gedanken: Macht – Macht – Macht. Nun würde kein Mann je Gewalt über mein Schicksal haben, denn mein Vater konnte mich vor der Willkür eines jeden schützen, gleichgültig, wie hoch dessen Rang sein mochte. Und keiner sollte diese widerlichen Dinge mit mir treiben. Niemals! So dachte ich damals ...
Immer wieder rief das Volk frenetisch nach seinem Papst. »Papa, Papa«, tönte es über die Piazza San Pietro, und geduldig segnete mein Vater die Menschen. Dann noch ein letzter Segensgestus, und er zog sich zurück. Nur langsam zerstreute sich die riesige Menge. Cesare war ganz schweigsam geworden. Ihn hatte das Ereignis ebensostark mitgenommen wie mich. Einfach unfaßbar – unser Vater als Papst Alexander VI.!

Zurück im Kloster, führte mich mein erster Weg zu Coelestina, um ihr die Nachricht mitzuteilen. »Ich erwarte von Euch, Mutter Oberin, daß Ihr alle Nonnen zu Dankgebeten in die Kapelle zusammenruft.«
»So wird es geschehen, Contessa.«
Sie wagte nicht einmal, mich bei diesen Worten anzublicken.
In der Kapelle stellte ich mich dann, fast wie selbstverständlich, ganz nach vorn in die Mitte – dem Altar am nächsten.
Früh am nächsten Morgen, ich war noch nicht einmal angekleidet, klopfte es an der Zellentür.
Bianca öffnete; eine Novizin stand draußen.
»Contessa, einige edle Damen aus Rom bitten, Euch sprechen zu dürfen.«
»Ich werde sie im Refektorium empfangen.«
Wie sollte ich mich verhalten? Sitzen oder stehen, auf die Besucherinnen zugehen oder nicht? Cesare sagte immer: »Sei freigiebig und freundlich herablassend zum Volk, aber stolz zu deinesgleichen.« Stolz, ja das war ich, doch wie stolz sollte ich mich jetzt zeigen? Es gab da feine Abstufungen, und alles hing vom Rang des anderen ab. Man durfte niemanden vor den Kopf stoßen, denn aus verletzten Eitelkeiten entstehen oft die tiefsten Feindschaften.
Ich entschloß mich, den Sessel der Oberin wie einen Thron in die Mitte des Refektoriums stellen zu lassen. Bianca fungierte als meine Hofdame und stand links des großen Lehnstuhls.
Dann kamen die Damen herein, alle in rauschenden Roben und mit erlesenem Schmuck. Ich, zwar in Fiammettas schönem Gewand, jedoch nur mit einem Kreuz aus getriebenem Gold an einer dünnen Halskette, saß da in bescheidener Schlichtheit; zu schlicht für meinen Geschmack. Aber bevor ich mich so recht darüber ärgern konnte, trat eine würdige Matrone, die ziemlich stark schwitzte, einen Schritt vor. Sie versank in einen Knicks, ebenso die anderen Damen.

Was sollte ich tun? Weshalb verharrten sie alle reglos, warum sagte keine etwas? »Erhebt Euch, edle Signore, und tretet näher.« Gott sei Dank fielen mir im letzten Augenblick noch die richtigen Worte ein.

»Erlaubt mir, gnädige Contessa, Euch einige Damen der ehrwürdigsten Familien Roms vorzustellen, die sich überaus glücklich schätzen würden, Eure Bekanntschaft zu machen.«

Bei Zeus, noch nie hatte jemand in diesem Ton zu mir gesprochen. Die Unterwürfigkeit war unüberhörbar. »Es ist mir eine Freude.«

»Signora Albani.«

Eine zarte Schwarzhaarige machte einen Schritt nach vorn, knickste nochmals und trat dann wieder zurück zu den anderen.

»Signora Buoncompagni.«

Das gleiche Schauspiel wiederholte sich; diesmal war es eine, trotz ihres aufwendigen Gewandes, sehr plump wirkende Frau.

»Signora Rospigliosi ... Signorina Chigi ... Ludovisi ... Pignatelli ...«

Mir wurde fast schwindelig. Die besten Familien von Rom sandten ihre Mütter und Töchter, um mich zu sehen, um mir zu huldigen. Natürlich versprachen sie sich Vorteile durch meinen Vater. Gut, ich würde ihnen geben, was sie wollten. »Meinen Dank, edle Signore, für diese Aufwartung. Seid gewiß, daß ich Euch beim Heiligen Vater erwähnen werde.«

Dann kamen zwei Dienerinnen mit einem riesigen geschmückten Korb herein, und die Damen baten mich, diesen freundlichst annehmen zu wollen. Geschenke zurückzuweisen war beleidigend, das lag auch überhaupt nicht in meinem Sinn; ich war viel zu gespannt auf die gewiß herrlichen Dinge. Bianca warf schon neugierige Blicke in den Korb.

»Ich nehme Euer Präsent gerne an, habt Dank. Ihr dürft Euch entfernen.«

Die Frauen knicksten wieder ehrerbietig und verließen das Refektorium mit rauschenden Gewändern.

Als ich aufstand, wollten mir die Knie weich werden, so hatte mich die ganze Sache aufgeregt. Mit der gnädigen Hilfe unseres Herrn überstanden!

»Ihr wart wie eine Königin.« Bianca schaute mich bewundernd an.

»Du weißt, daß man mich für diese Aufgabe erzogen hat.« Das war natürlich stark übertrieben. Derart großartige Abordnungen der edelsten Geschlechter Roms hätte ich als schlichte Gräfin von Procida niemals empfangen dürfen.

»Wird so etwas von nun an öfter geschehen, Herrin?«

»Ich glaube schon, denn wenn mein Vater inthronisiert ist, wird meine Stellung sehr einflußreich sein.« Ja, fügte ich im stillen hinzu, und das wird mir alle Macht verschaffen, die ich brauche ...

Noch am selben Abend kam eine Sänfte, um mich zu dem ehemaligen Palazzo meines Vaters zu bringen. Er selbst wohnte von nun an im päpstlichen Palast auf dem Monte Vaticano.

Cesare begrüßte mich freudig. »Wir werden bei der Thronbesteigung unseres Vaters anwesend sein.«

Ich sah ihn verwundert an; das war doch wohl selbstverständlich in dieser Stunde seines größten Triumphes.

»Allerdings«, fuhr mein Bruder lächelnd fort, »anders, als du glaubst.«

»Was meinst du damit?«

»Nun, Lucrezia, wir werden uns vorher umziehen müssen.«

»Umziehen?«

»Ja, denn unser Vater will nicht, daß Familienmitglieder gleich zu sehr ins Auge fallen, damit ihm keiner Nepotismus vorwerfen kann.«

»Wie enttäuschend. Ich hatte gehofft, daß wir an allererster Stelle stünden.«

»Geduld, liebste Schwester, nur einige Wochen; bald wird sich alles ändern.« Ein harter Zug bildete sich um seinen Mund. »Und dann sollen sie mich kennenlernen, die Conti und Orsini in ihren Kastellen – sie werden mir noch die Schuhe lecken ...« Darauf führte er mich in eine kleine Kammer, wo zwei Mönchsgewänder des Zisterzienserordens lagen.
»Du glaubst doch nicht, daß ich so etwas anziehe.«
»Gewiß, sonst kannst du bei der Thronbesteigung nicht dabei sein.«
Das überzeugte mich.
Tatsächlich, die Kutte paßte; nun noch grobe Sandalen dazu, die Kapuze über den Kopf, und ich fühlte mich schon fast wie ein Zisterzienser, der das Schweigegelübde abgelegt hat.
»Cesare, wenn man uns entdeckt! Du, der Bischof von Pamplona, in Begleitung einer Frau im Presbyterium der altehrwürdigen Kirche San Pietro, wir beide verkleidet – es würde einen Aufruhr geben. Nein, ich möchte das lieber nicht.«
Mein Bruder lachte unbekümmert. »Weißt du, was sie machen würden? Nichts. Keiner von den Klerikern getraut sich etwas gegen den Heiligen Vater zu unternehmen. Denn von nun an bedenke eines, Lucrezia«, und sein Gesicht nahm wieder den mir jetzt schon bekannten harten Ausdruck an, »von nun an wird uns niemand mehr etwas befehlen, wir sind sakrosankt.« Dann nahm er mich in die Arme und drehte sich wie ein Kreisel, so daß mir ganz schwindelig wurde. Dabei rief er lachend immer wieder: »Sakrosankt, wir sind sakrosankt ...« Plötzlich hielt er inne und sah mir tief in die Augen. »Verstehst du, Lucrezia, in einigen Wochen können wir alles tun, was wir wollen, alles!«
Und ich wußte, Cesare hatte recht.
Sankt Peter ist eine langgestreckte fünfschiffige Basilika, deren Inneres nach den Seiten hin ziemlich niedrig wird. An den Wänden befinden sich Malereien und Mosaiken, um die Säulen sind herrliche, oft goldbestickte Teppiche gelegt. Unzählige

Kerzen brennen hier Tag wie Nacht und beleuchten die Gemälde und Statuen der Heiligen, die überall angebracht sind. Ganz hinten, dem Allerheiligsten nahe, wird die Kirche mit einer großen Apsis abgeschlossen. In dieser Apsis ragt der päpstliche Thron hoch auf. Er steht dort auf einem Podest, zu dem fünf Stufen hinaufführen. Davor befindet sich der niedrige Altar von jener Art, wie ihn wohl schon die Christen zu Zeiten der Märtyrer benutzt haben, aber mit einem großem Baldachin darüber.
Unzählige Menschen standen dicht gedrängt in der Kirche. Novizen schwenkten unablässig ihre Weihrauchgefäße, damit der Gestank des Volkes diese geheiligte Stätte nicht entweihe. Cesare und ich standen seitlich, etwa zehn Schritte vom Altar entfernt, gleich als erste hinter den Bischöfen und Prälaten. Ein vortrefflicher Platz, von dem aus wir unseren Vater gut beobachten konnten. Alle Glocken des brüchigen alten Campanile von San Pietro läuteten in einem fort und mit ihnen sämtliche Kirchenglocken Roms. Wir hatten unsere Kapuzen fest über den Kopf gezogen, so, daß gerade noch die Augen frei blieben. Deshalb also Zisterzienserkutten! Diesem Orden war es geboten, sogar im Angesicht des Allerheiligsten das Haupt zu verhüllen.
Lauter Posaunenschall kündigte an, daß unser Vater sich anschickte, aus der Sakristei zu treten. Obwohl er mit seinen einundsechzig Jahren noch sehr kräftig und bei guter Gesundheit war, machte es ihm offensichtliche Mühe, unter der Last all der prächtigen Pontifikalgewänder zu gehen. Ornat, Alba, Zingulum, Falda, Stola, Tunika, Dalmatik, Kasel, Pallium und Manipel übereinander, dazu goldbestickte Strümpfe, Schuhe aus schwerem Samt – und das alles in der glühenden Sommerhitze …
Ich war sehr erstaunt, als mein Vater keineswegs gleich zum Papstthron schritt, sondern neben einem seltsamen Lehnsessel haltmachte, der mit seiner Öffnung im Sitz einem Leibstuhl nicht

unähnlich war. Der uralte Kardinal Cibo bat offenbar unseren Vater, darauf Platz zu nehmen, er sprach einige leise Worte zu ihm. Ich verstand nur »Sedia stercoraria«. Dann ergriffen vier stämmige Mönche den Stuhl und hoben ihn samt unserem Vater in die Höhe.
Alle schauten hin, ich auch. Doch was meine Augen erblickten, war schier unglaublich: Durch das große Loch im Sessel konnte man deutlich die entblößten Geschlechtsteile sehen!
Kardinal Cibo trat hinzu, sah sehr genau hin und verkündete dann mit zittriger, aber triumphierender Stimme: »Testiculos habet et bene pendetes ...«
Darauf ließen die Mönche den Stuhl wieder herab, unser Vater stand auf und ging, als ob überhaupt nichts gewesen wäre, zum Papstthron.
Welch großer Moment, als Ernesto Ponziani, Dekan der Kardinaldiakone, ihm die Tiara aufsetzte! Sofort begann der päpstliche Kastratenchor mit hellen Stimmen einen Choral zu singen, das Volk brach in Jubelrufe aus, und dazwischen hörte man die dumpfen Kanonenschüsse von der Engelsburg her. Die ganze Kirche schien zu beben, hoffentlich hielten die morschen Mauern das aus.
Es war ein erhabenes Schauspiel im Glanz der unzähligen Kerzen; die goldbestickten Gewänder der Bischöfe, das leuchtende Rot der Kardinäle, päpstliche Gardisten in ihren glänzenden Harnischen mit den hochaufragenden Hellebarden, überall die golden funkelnden Mosaiken, dazu unzählige Kleriker, Äbte, Prälate bis hin zu den Novizen, alle in prächtigstem Ornat, und dahinter die Patrizier Roms, nicht minder glanzvoll gekleidet. Das alles zusammen mit den unablässigen Rufen des Volkes »Papa – Papa« vereinte sich zu einem grandiosen Spektakel. Nie wieder habe ich etwas ähnlich Erhebendes erlebt.
»Empfange die mit drei Kronen geschmückte Tiara und wisse, daß du bist der Vater der Fürsten und Könige, der Lenker der

Welt, der Statthalter unseres Heilands Jesus Christus auf Erden, dem Ehre und Ruhm sei in Ewigkeit. Amen.« Dann entzündete Kardinal Colonna ein Stück Tuch, das sogleich zu Asche verbrannte, mit den Worten: »Sancte Pater, sic transit gloria mundi!«
Doch ich war mir gewiß, daß Ruhm und Glanz des Hauses Borgia so bald noch nicht untergehen sollten.

In den folgenden Monaten überschlugen sich die Ereignisse. Cesare wurde in aller Stille das Erzbistum Valencia verliehen, was mit sehr hohen Pfründen verbunden war und meinen Bruder zu einem der wohlhabendsten Erzbischöfe des Abendlandes machte.
Ich selbst erhielt nun vermehrt Unterricht in höfischem Benehmen, meiner neuen Stellung entsprechend. Denn bald sollte für mich ein kleiner Palazzo bereitgestellt werden, und zwar jener, den der alte Archidiakon Zeno lange Jahre bewohnt hatte. Der bescheidene Palast lag direkt neben der Cappella Santa Maria in Portico, woher er einst auch seinen Namen bezog. Von dort aus waren es nur wenige Schritte zur Curia superiore, dem Hauptteil des päpstlichen Palastes auf dem Monte Vaticano. Mein Vater gedachte, einen Anbau errichten zu lassen, in dem er residieren würde und der später von allen nur »Torre Borgia« genannt wurde. Tatsächlich zeigte der Bau entfernte Ähnlichkeit mit einem großen Turm.
Endlich, im Frühsommer Anno Domini 1493, konnte ich nach Santa Maria in Portico übersiedeln. Dort erwarteten mich schon Giulia Farnese, die Gefährtin unseres päpstlichen Vaters, sowie Joffre, mein zwölfjähriger Bruder, der ebenfalls hier wohnen würde.
Meine Gemächer lagen im ersten Stockwerk. Man erreichte sie über den kleinen Treppenturm am rückwärtigen Teil des Palazzos. Wer von der steilen Wendeltreppe ins erste Gelaß trat,

befand sich im relativ schmucklosen Vestibulum, das zwei Türen aufwies; die eine, nach Sonnenaufgang hin, führte in mein Schlafgemach und von dort in Biancas Gelaß; dahinter war das kleine Kabinett. Durch die andere Tür, die gen Mittag lag, gelangte man zu einer kleinen Anticamera und von dort aus in den mäßig großen Saal, der für Empfänge gedacht war und in dem auch die lange Speisetafel mit Bänken und Scherenstühlen stand. Dieser Saal besaß an seiner Vorderseite zum Borgo Angelico hin zwei große Fenster mit Spitzbogen.
Es waren zwar schon seit einiger Zeit Rundbogen- oder Ädikulafenster in Mode; aber der alte Archidiakon Zeno hat seinerzeit den Palazzo noch ganz in alter Weise erbauen lassen. Deshalb ist auch die Anordnung der einzelnen Gemächer ein wenig unübersichtlich und verworren. Ebenso altväterlich wirkte auf mich die Bemalung der Wände. Sie wies zwar schöne kräftige Farben auf, doch handelte es sich um Malereien, wie sie früher beliebt waren. Mit der neuen Kunst, die aus Florenz kam, besaßen wir ja inzwischen ganz andere Möglichkeiten, das Schöne darzustellen. Etwas gelungener erschienen mir die gewirkten und bestickten Wandteppiche mit Szenen aus dem Alten Testament.
Viel besaß ich wahrhaftig nicht, als wir das Kloster San Sisto für immer verließen, nur eine einzige Truhe. Aber darin lag mein größter Schatz, zwei kleine Phiolen ...
Kaum im Palazzo angekommen, eröffnete mir Giulia Farnese, daß mich mein geliebter Vater zur elften Stunde vor Mittag erwartete; ich hatte ihn wirklich schon lange nicht mehr gesehen.
Bianca und zwei Söldner mit Hellebarden geleiteten mich die wenigen Schritte über den Borgo Angelico hin zum päpstlichen Palast. Am Portal ließ man uns gleich passieren, dann mußten meine Begleiter warten. Ein Prälat geleitete mich sehr ehrerbietig durch lange, finstere Korridore und einen geräumigen Trep-

penturm, über eine Pferdestiege bis zu einem mächtigen Portal, vor dem zwei Wachen standen. Sofort eilte ein weiterer Prälat auf uns zu, und mit beiden zusammen ging ich zur Curia superiore. Wir durchschritten eine Abfolge von prächtig ausgemalten Gemächern mit herrlichen Teppichen, deren Ornamente fremdartig auf mich wirkten. Alles war sehr prunkvoll, aber wohl ein wenig düster; deshalb brannten auch jetzt, am hellichten Vormittag, zahlreiche Kerzen, was dem Ganzen eine Stimmung wie in der Kirche verlieh. Auch roch es herrlich nach Weihrauch, ein Duft, den ich sehr liebe. Schließlich gelangten wir an ein Portal, das vollkommen aus getriebenem Silber zu sein schien. Der Prälat zu meiner Linken klopfte, und ein Novize öffnete. »Seine Heiligkeit erwartet Euch bereits.«

Ich trat ein und war überrascht, ein recht kleines Gelaß vorzufinden. Sein Schmuck bestand aus herrlichen bestickten Wandteppichen, die die Leidensgeschichte unseres Heilands Jesus Christus darstellten. Ich sah viele kleine Truhen und goldene, reichverzierte Schreine, offenbar Reliquiare. Dieses Gemach besaß im Gegensatz zu denen, die wir vorher passiert hatten, an seiner Stirnseite zwei große Fenster und eine Tür zur offenen Loggia, auf der, dem Zimmer abgewandt, ein hoher, prachtvoll geschnitzter und reichvergoldeter Lehnsessel stand.

»Dort ist seine Heiligkeit, Madonna Lucrezia, erlaubt, daß ich Euch führe.«

Ich nickte gnädig und trat auf die Loggia. In dem Sessel saß mein Vater. Ich fiel sofort vor ihm auf die Knie und wartete mit gesenktem Kopf, daß er mich ansprach. Durfte ich wohl seine Schuhe küssen? Das wäre eine Auszeichnung für mich als unbedeutende Contessa. Doch es kam ganz anders.

»Lucrezia, Colombella, komm an mein Herz!«

Er war aufgestanden, zog mich zu sich hoch und gab mir einen herzlichen Kuß. »Wie schön, dich in den Armen zu halten.«

»Es ist mir eine große Ehre, Heiliger Vater.«

Sein herzhaftes Lachen klang mir so vertraut in den Ohren.
»Heiliger Vater«, machte er mich nach, »Sancte Pater heiße ich nur da draußen, bei den anderen. Hier bin ich dein Vater – und sonst nichts!«
Dabei drückte er mich wieder, daß mir fast die Luft wegblieb.
»Komm, setz dich zu mir, genieße die herrliche Aussicht und trink einen Becher Wein.«
Der Ausblick von der Loggia war wirklich atemberaubend. Ganz Rom lag zu unseren Füßen, links die Engelsburg und der Ponte Sant' Angelo, dann der Tiber und rechts dahinter die Stadt mit ihren Weinhügeln. Bis zum Monte Esquilino hinüber konnte ich schauen.
Ein ausnehmend hübscher schwarzhaariger Jüngling, wohl ein Novize, goß uns Wein in die Pokale.
»Lucrezia, das ist Perotto, mein Camerarius. Ihm kannst du voll und ganz vertrauen, so wie ich es tue.«
Der Novize verneigte sich sehr, sehr tief vor mir und ging wieder zurück in das kleine Gemach.
Hier oben auf der Loggia wehte ein angenehm kühlender Wind, der die Hitze des Tages nicht spüren ließ. Mein Vater sah äußerst beeindruckend aus. Er trug ein helles, wollfarbenes Gewand, das mit Gold sparsam, aber sehr fein bestickt war, dazu prachtvolle, mit Edelsteinen versehene Seidenschuhe und ebensolche Strümpfe. Trotz seiner einundsechzig Jahre wirkte er kraftvoll wie ein junger Mann.
Liebevoll ließ mein Vater seinen Blick auf mir ruhen. »Cesare hat mich von der Sache mit Coelestina unterrichtet. Du hast großen Mut und Umsicht bewiesen – ganz meine Tochter.«
»Mit Gottes Hilfe ...«
»Gewiß, mein Kind, doch nicht nur. Wie bist du der Oberin auf die Schliche gekommen?«
Ich erzählte ihm den genauen Hergang und sah, wie seine Miene Genugtuung zeigte.

»Hervorragend, ganz hervorragend, meine Tochter.« Mein Vater räusperte sich und machte eine kleine Pause. »Weißt du, Lucrezia, ich habe noch Großes mit dir vor.«
»Ich werde alles tun, was Ihr verlangt.«
»Und das wird dir nicht allzu schwerfallen, Colombella, wenn du hörst, wen ich als Gatten für dich ausgesucht habe.«
»Als Gatten ...«, wiederholten meine Lippen wie von selbst, »aber ich bin doch schon verheiratet!«
»Gewesen, mein Täubchen, gewesen. Gestern habe ich deine Ehe, die ja noch nicht vollzogen wurde, kraft meines Amtes als Vicarius Christi hier auf Erden und Oberhaupt der Christenheit...«, er stockte kurz, »also, ich habe deine Ehe rechtmäßig gelöst.«
Ich hätte jubeln können vor Freude. Wer immer mein neuer Gemahl sein mag, er wird mit Sicherheit mehr Macht besitzen als mein gewesener Gatte. Der Segen des Allmächtigen ruhte sichtlich auf mir, mein geheimster Wunsch ging in Erfüllung!
»Ich gehorche Euch willig, mein Vater.«
Er wirkte ein wenig verwundert. »Und es macht dir überhaupt nichts aus?«
»Warum? Sicher habt Ihr einen Mann von Stand und Einfluß ausgewählt; sagt, wer ist mein zukünftiger Gemahl?« Dabei wurde mir heiß und kalt – vielleicht ein Herzog oder wenigstens ein Markgraf...
»Es ist Giovanni Graf von Cotignola, Herr von Pesaro, aus dem edlen Geschlecht der Sforza, ein Neffe des Moro in Mailand.«
Was für eine Enttäuschung. Ich hatte noch niemals von ihm gehört, also konnte er kein bedeutender Mann sein.
»Du siehst enttäuscht aus, Lucrezia. Der Conte ist nicht nur einer der Condottieri des mächtigen Moro, sondern auch sein Lieblingsneffe. Das bedeutet für unsere Familie einen mächtigen Freund im Norden.«
»Und die Aragonesen im Süden? Ist Ferrante von Neapel nicht

verstimmt, daß meine Ehe mit seinem Schützling, dem Grafen von Procida, ein so jähes Ende gefunden hat?«
»Keineswegs. Es hat mich lediglich siebentausend Goldscudi gekostet, denn er braucht Geld, um für den Krieg zu rüsten. Noch dazu wird dein kleiner Bruder Joffre bald König Ferrantes natürliche Tochter, Sancia von Aragon, heiraten.« Mein Vater wirkte bei diesen Worten sehr zufrieden. »Dann ist die Familie Borgia mit den beiden mächtigsten Herrschern Italiens verschwägert.«
Ich sah das wohl ein, fühlte mich jedoch mit der Entscheidung nicht recht glücklich. »Wie alt ist der Sforza?«
»Sechsundzwanzig, ein sehr gutaussehender Mann in den besten Jahren.«
Ich war wie vom Donner gerührt. So alt! Sicher ein im Felde vorzeitig verbrauchter Condottiere mit fauligen Zähnen, drei Geliebten und mindestens zehn Kindern.
»Was ist mit dir, kleine Colombella? Urteile nicht vorschnell, er soll wesentlich jünger aussehen.«
Ich war wohl blaß geworden und ärgerte mich, meine Gefühle so offen gezeigt zu haben; aber es half nichts, die Tränen standen mir in den Augen.
»Lucrezia, mein Kleines, weine nicht, tu deinem Vater den Gefallen.« Er sah völlig hilflos aus. »Ich bitte dich ganz herzlich, denk an die Bedeutung dieser Heirat für unsere Familie. Ich verspreche dir Gold und eine Überraschung.«
Ich wunderte mich, daß mein Vater derart milde war; denn seinem Wunsch mußte ich mich fügen, ohne Wenn und Aber. Hatten ihn meine Tränen so weich gestimmt? War es nicht neulich genauso bei Cesare, als ich mich an ihn schmiegte? Ich würde mir das merken, selbst wenn ein solches Verhalten einer zukünftigen Contessa de Cotignola unangemessen schien.
»Perotto, hol mir die Prälaten!«

Es dauerte einige Zeit, bis jene beiden, die mich hergebracht hatten, vor meinem Vater standen.
»Ich befehle, daß meine Tochter tausend Goldscudi erhält; weist die Camera apostolica an, den Betrag sofort auszuzahlen.« Dann wandte er sich wieder mir zu. »Laß dir kostbare Kleider anfertigen und deine Gemächer neu ausstatten. Die versprochene Überraschung sende ich dir morgen in den Palazzo hinüber – du wirst dich sehr freuen.«
Mein Vater sah den anderen Prälaten an. »Ihr weist ferner die Segreteria an, daß allen bedeutenden Abgesandten und Abordnungen, die um eine Audienz bei mir nachsuchen, empfohlen wird«, er wiederholte und betonte dieses Wort, »empfohlen wird, vorher bei der Contessa de Cotignola ihre Aufwartung zu machen. Ihr könnt gehen, das ist alles.«
Dann durfte ich meinen Vater auf die Wange küssen, und er flüsterte mir ins Ohr: »Es wird dir viel Vergnügen bereiten, denn Gesandte bringen stets Geschenke. Bis bald, meine Tochter. Perotto wird dich zum Palazzo geleiten.«
Der edel aussehende Novize entpuppte sich als Spanier von hoher Herkunft, sehr unterhaltsam und mit ritterlichem Benehmen. Dieser Mann war also der engste Vertraute meines Vaters. Keine schlechte Wahl, wie ich fand. Wir gingen die wenigen Schritte von der Curia bis zu meinem Palazzo. Am Tor angelangt, bat er, meine Hand küssen zu dürfen. Ungewöhnlich, unter freiem Himmel und insbesondere von einem Novizen, angesichts seiner edlen Familie gestattete ich es ihm jedoch.
Der junge Mann ergriff meine Hand und küßte sie mit einer Inbrunst, die ganz zweifellos unangemessen war. Ich hätte es keinesfalls dulden dürfen; aber diese Berührung löste ein Gefühl in mir aus, das sich nicht beschreiben läßt, fremdartig und süß, wie ein Sehnen nach – ja, wonach eigentlich?
Ich spürte diesen Kuß auf meiner Hand noch, nachdem Perotto

schon lange gegangen war – einfach herrlich. Etwas in mir drängte danach, den Novizen wiederzusehen. Oh, hätte der Allmächtige das doch niemals zugelassen! Aber Gottes Wege sind unerforschlich ...

Am nächsten Tag kam die angekündigte Überraschung meines Vaters: zwei kleine Mohrenknaben, etwa sieben oder acht Jahre alt, in türkischer Tracht mit Pluderhosen und Turban. Bianca nahm sie sofort unter ihre Fittiche, da sich die beiden mit meiner Zofe in ihrer Sprache verständigen konnten. Ein wirklich reizendes, ungewöhnliches Geschenk.

Die herzigen Mohrenkinder führten ein Schreiben mit sich, das für mich bestimmt war, jedoch aus lauter mir unbekannten seltsamen Schriftzeichen bestand. Bianca konnte es lesen, drolligerweise tat sie das von hinten nach vorn.

Der Brief stammte von Djem, dem Bruder des Sultans Bajezit von Konstantinopel. Wie bekanntgeworden war, machte er Ansprüche auf den türkischen Thron geltend und wurde daher von Bajezit verfolgt, der ihn umbringen wollte. Djem mußte flüchten und hatte sich unter den Schutz von Papst Innozenz gestellt. Seither lebte er mit allen Annehmlichkeiten am päpstlichen Hof. Ein gerngesehener Gast, zahlte doch der Sultan jährlich dreißigtausend gute byzantinische Goldsolidi an den Heiligen Vater, damit Djem nur ja nicht nach Konstantinopel zurückkäme; das fürchtete Bajezit wie der Teufel das Weihwasser, so wenig sicher fühlte er sich auf seinem Thron.

Djem, die vornehme Geisel, lebte in einem eigenen palastartigen Gebäude gleich hinter der Curia superiore und war für den Heiligen Vater wie ein Familienmitglied. Kein Wunder, stellte doch die alljährliche Zahlung des Sultans fast ein Drittel aller päpstlichen Einkünfte dar!

Mit seinem Brief lud mich der edle Osmane zu einem großen Festmahl, bei dem auch mein Vater und Cesare anwesend sein sollten. Ich fand diese Idee ganz ausgezeichnet, denn in meiner

Phantasie hatte ich mich schon geraume Zeit mit dem fremdartigen Gast beschäftigt.
Man sagt den Orientalen ja einen starken Hang zur Prachtentfaltung nach, und ich überlegte deshalb hin und her, was für ein Gewand bei dieser Gelegenheit wohl geeignet wäre. Mein einziges schönes Kleid war zur Zeit noch das von Fiammetta. Aber bei dem Bruder des Sultans durfte man sicher etwas Ausgefallenes tragen.
Vielleicht gar Pumphosen wie die Muselmanenfrauen? Uns sind ja Hosen streng verboten – aber bei solch einem Anlaß?
Ich beschloß, Fiammetta zu fragen, und sandte Bianca hin, um mein Kommen anzukündigen. Nach einiger Zeit kam meine Zofe wieder zurück mit der Botschaft, daß Fiammetta sich durch meinen Besuch besonders geehrt fühle. Ich ließ die Pferdesänfte fertig machen und zog mit Bianca, einem Reitknecht, der die Pferde führte, und vier Hellebardenträgern den Borgo hinunter über den Ponte Sant' Angelo und die Via Giulia zum alten Palazzo.
Die schöne Fiammetta empfing mich mit ausgesuchter Höflichkeit und meinte, wir sollten in ihr Schlafgemach gehen, jenen Ort, wo man persönliche Dinge am besten bespräche. Vor dem Fenster standen zwei bequeme Scherenstühle, davor ein kleiner Tisch mit Schalen voll von erlesenen Süßigkeiten. Wir setzten uns, und ich griff sofort zu den Confetti; diese gezuckerten Mandeln sind ja meine große Schwäche.
»Erlaubt Ihr, daß ich zu Euch spreche, gnädige Contessa?« Sie lächelte und strich sich ihr herrliches honigblondes Haar zurück. »Euer Bruder bat mich vorhin, in aller Offenheit gewisse Dinge zu erörtern, die nicht mit der Schicklichkeit zu vereinbaren sind ...«
»Also, Fiammetta, spannt mich nicht auf die Folter.«
»Es betrifft das Verhältnis von Mann und Frau.«
Dies interessierte mich allerdings stark.

»Seht, verehrte Contessa, es gibt eine Kraft auf Erden, die stärker ist als alles andere: das ist die Liebe.«
»Gewiß doch, so wie es in der Heiligen Schrift geschrieben steht.« Ich stellte mich absichtlich unwissend.
»Nicht ganz, Madonna Lucrezia, denn was ich meine, ist die natürliche Liebe zwischen Mann und Frau.«
Genau das war es, was ich wissen wollte.
»Manche sagen, diese Liebe sei himmlischen Ursprungs, andere behaupten, sie sei eine Sünde.«
»Eine Sünde?«
»Ja, denn ich spreche von der fleischlichen Liebe.«
»Wie die aussieht, mußte ich bereits mit ansehen – sie ist einfach widerwärtig!«
Zu meinem Erstaunen lächelte Fiammetta. »Nicht immer, Contessa, sie kann auch sehr schön sein.«
»Wenn ein Mann mit seinem Pene in Euch dringt?«
»O ja. Seht, wenn Cesare dies mit mir tut, ist es wie im Paradies.«
Ich schwieg betreten.
»Doch ganz abgesehen davon«, sie seufzte, »treibt es jeden Mann, außer er ist ein verfluchter Päderast, mit ungeheurer Macht zur Copulatio, zu uns Frauen. Wir können sie nicht daran hindern. Euer Bruder zum Beispiel begehrt mich so stark, daß er jeden Monat hundertvierundvierzig Goldscudi dafür bezahlt, mit mir beisammen zu sein.«
»Er bezahlt Euch?«
»Ja, Contessa, und das mit Freuden.«
»Und was gebt Ihr ihm dafür?«
»Kunst, reine Liebeskunst ...«
So sehr drängte es also die Männer nach diesen Dingen, daß jemand wie Cesare ein Vermögen dafür opferte; hundertvierundvierzig Goldscudi für nichts ...
»Erzählt mir mehr über diese Liebeskünste.«
Fiammetta sah mich ernst an. »Als erstes müßt Ihr den Mann

vergöttern, ihn mit großen Augen von unten herauf ansehen; er muß die Bewunderung aus Euren Blicken lesen. Dann fühlt jeder Mann sich geschmeichelt und macht Euch den Hof mit Geschenken, Gedichten und indem er häufig Eure Nähe sucht.«
»Und dann schreitet er zur Copulatio.«
Fiammetta mußte lachen, doch es klang ein wenig bitter. »Ja, das versuchen sie zumindest, Ihr dürft jedoch noch nicht so schnell nachgeben. Streichelt ihn, küßt ihn meinetwegen, aber gewährt nicht, was sein dringendster Wunsch ist.«
»Ich soll es verweigern?«
»Nur einige wenige Tage. Und dann, wenn er rasend ist vor Begehren und Leidenschaft, gestattet es ihm.« Sie machte eine kurze nachdenkliche Pause. »In einem solchen Augenblick fallen sie über Euch her wie die Tiere, denn der Teufel Asmodeus hat von ihnen Besitz ergriffen. Dann ergießen sie sich in uns und schlafen sogleich ein.«
Das hatte ich ja bereits an Cesare bemerkt, nachdem er von Bianca abließ. »Ist die Sache damit vorüber?«
»In keiner Weise, Contessa. Bis hierher ist es keine Kunst, die beginnt nämlich erst jetzt.«
»Kann ich damit auch Macht über einen Mann erlangen? Sprecht!«
Sie wich mir aus. »Nun müßt Ihr ihn am Pene streicheln und liebkosen, bis er wieder bereit ist, sich mit Euch zu vereinigen. Doch jetzt ist es anders. Im Gegensatz zum ersten Mal sind seine Sinne geschärft. Also windet Euch und stöhnt wie unter furchtbaren Schmerzen ...«
»Warum wie unter Schmerzen?«
»Ja, das weiß ich auch nicht. Entweder es bereitet dem Mann Vergnügen, Euch Schmerzen zuzufügen, oder er glaubt, es sei ein lustvolles Stöhnen. Gleichgültig wie, am wichtigsten ist, daß Ihr dabei stets einen kühlen Kopf bewahrt. Wenn Euch die

Sache selbst Vergnügen bereitet, so ist das zwar sehr schön, aber Ihr verliert Euer Herz dabei.«
»Ich glaube nicht, daß mir so etwas Widerwärtiges je Lust verschaffen wird.«
Fiammetta sah mich prüfend an.»Vielleicht, Lucrezia, vielleicht. Doch wenn Euch einmal der Richtige begegnet, glaubt mir, dann wird es sein wie ein Sturm, ein Sturm Eurer Gefühle, Eurer Leidenschaft, der alles hinwegfegt, was ist und je war. Wenn meine Seele dereinst vor den ewigen Richter tritt und er mich fragt, ›Fiammetta, hast du dich auf Erden für hundertvierundvierzig Goldstücke an den Erzbischof Cesare Borgia verkauft‹, dann kann ich entgegnen, ›ja, o Herr, aber er wurde von mir geliebt, mit ganzem Herzen und all meiner Kraft!‹«
Fast war ich versucht, mich von Fiammettas Eingeständnis ihrer Liebe rühren zu lassen, mußte aber an die hundertvierundvierzig Goldscudi denken. Nicht, daß ich sie ihr mißgönnte, nein, keineswegs; aber wenn sie so viel für Cesare empfand, weshalb? Erst sehr viel später, als ich gelernt hatte, in die Seelen der Menschen zu blicken, da wurde mir klar, daß in Fiammetta eine Hurennatur wohnte. Nicht, weil sie eine Cortigiana war, nein, doch solche Menschen stellen Gold über alles im Leben; das ist ihr Prinzip, nach dem sie stets handeln, ganz gleich, ob Mann oder Frau, hoch oder niedrig geboren. Für mich war Gold immer nur Mittel zu einem einzigen Zweck: Macht zu erlangen, um frei zu sein.
Fiammetta war vorhin der Frage ausgewichen, die mich so brennend interessierte; damit wollte ich mich nicht zufriedengeben. »Nun sagt doch, ist es möglich, mit diesen Künsten der Liebe Macht über einen Mann zu erlangen?«
»Das will ich Euch gerade erzählen, Contessa, zügelt Eure Ungeduld ein wenig.«
Entweder war dies eine Unverschämtheit, oder sie hatte gute Gründe, die Sache so lange hinzuziehen.

Fiammetta schien meine Gedanken lesen zu können. »Geduld, Madonna Lucrezia, ist eine ganz wesentliche Tugend in Dingen der Liebe. Und wollt Ihr einen Mann an Euch fesseln, so müßt Ihr alles«, sie betonte es nochmals, »wirklich alles tun, was ich Euch rate!«
»Gut, so soll es sein.«
»Wenn Euer Geliebter dann erschöpft ist, müßt Ihr ihn mit Wein und kleinen Leckerbissen verwöhnen. Vergeßt dabei nie, ihn bewundernd anzuschauen, denn Euer Blick, glaubt mir, geht einem Mann bis tief ins Herz. Nun ist es wichtig, mit ihm zu sprechen, aber nur ganz leise. Sagt, keiner habe es so gut gemacht wie er, sei so stark und zärtlich zugleich, und daß Ihr noch niemals derartig empfunden habt wie bei ihm. Dann liebkost und streichelt ihn überall; ich verspreche Euch, sofort wird er es wieder mit Euch treiben wollen, und jetzt müßt Ihr die wahre Kunst der Liebe anwenden: schreit, beißt, kratzt, umklammert ihn mit Euren Beinen, bringt ihn soweit, daß er nicht mehr kann und endlich ganz erschöpft von Euch läßt. Danach gewährt ihm seine Ruhe, es sei denn, Euer Geliebter möchte es von sich aus noch einmal tun. Doch das ist eher selten ...
Vergeßt nie: Immer muß der Mann glauben, nur seine Fähigkeiten allein könnten höchste Leidenschaft bei Euch hervorbringen.
Es ist ratsam, ihn danach ein oder zwei Tage nicht zu sehen, bis sein Begehren ihn wieder zu Euch drängt. Dann beginnt alles wieder von neuem.«
Fiammetta schwieg und sah mich erwartungsvoll an. Ich war ziemlich verwirrt nach diesen merkwürdigen Ratschlägen. »Und das ist alles?«
Sie nickte. »Ja, vielmehr bedarf es dazu nicht, außer eines schönen Körpers, prachtvoller Gewänder und sanfter Worte. Redet ihm stets nach dem Munde, widersprecht nie und gebt

dem Mann das Gefühl, er sei wie der Halbgott Eracle persönlich.«
»Ihr glaubt, daß ich es auch kann?«
Sie lachte. »Gewiß, eine so schöne Frau kann jeden Mann, den sie will, an sich binden – vielleicht nicht für ewig, aber doch für eine Weile. Natürlich wirkt der Zauber nur, solange Ihr jung und begehrenswert seid, später nicht mehr.«
Fiammettas Worte hatten mich nachdenklich gestimmt. Beachtenswert schien das Ganze schon – wenn es stimmte. Es wunderte mich allerdings nicht wenig, daß dieses Gespräch auf Cesares Wunsch hin stattgefunden hatte.
Fiammettas Ratschläge galten also nur für einige Jahre, und sobald ich die Fünfundzwanzig überschritten haben würde und mich langsam als Matrone auf das Alter und schließlich das Jenseits vorbereitete, dann bliebe mir nur noch ein einziges Machtmittel: das Gift! So war offenbar der Lauf der Welt ...
Fast wäre mein Anliegen, wegen einer angemessenen Garderobe für Djems Einladung zu fragen, untergegangen. Auf diese abschließende Frage hatte die schöne und kluge Cortigiana eine überraschende Antwort. Und obwohl es mir wirklich gewagt vorkam, wollte ich Fiammettas Idee unbedingt in die Tat umsetzen ...
Am nächsten Tag erschien mir ihre Empfehlung noch verwegener, sollte ich ihr wirklich folgen? Zu spät, mein Schneider Giancarlo wartete schon zusammen mit der Gefährtin meines Vaters im Vestibulum. Als die beiden meinen ausgefallenen Wunsch vernahmen, wurde der Maestro blaß, und Giulia Farnese errötete. Beide beherrschen sich jedoch eisern; er, weil es ihm nicht zustand, hier eine Meinung zu äußern, und sie wollte in Gegenwart des Schneiders nichts sagen. Doch beide wußten genau, wenn dieses Gewand die Mißbilligung meines Vaters hervorrief, würde sein Zorn sie treffen.
Am Tag des heiligen Bonifatius, kurz vor dem Abendläuten,

brachte der Schneider das fertige Gewand. Wie wundervoll es war; der Mann hatte sich selbst übertroffen.
Als er die Tür meines Gemachs hinter sich geschlossen hatte, blickte Bianca mich ratlos an und wollte ihm nachlaufen.
»Bleib, wohin willst du denn?«
»Contessa, habt Ihr es nicht bemerkt, der Maestro hat nichts als eine kostbare Camicia gebracht. Er sollte doch das ganze Gewand bis heute abend fertig haben!«
»Dies, Bianca, ist mein Gewand.«
»Aber, Herrin, man kann ja hindurchschauen ...«
»Alle sollen mich so sehen, wie Gott mich geschaffen hat.«
»Bei den Brüsten der heiligen Agatha, das ist eine schwere Sünde, Contessa.«
»Nicht für mich, Bianca, denn ich kann jetzt tun und lassen, was mir gerade einfällt! Und Sünden vergibt mein Vater; er hat alle Macht dazu.«
Meine Zofe schwieg betreten.
Hoffart kommt vor dem Fall, so steht es geschrieben; aber der Stolz hatte mich verführt. Jener verfluchte Stolz der Borgia ...
Ich streifte das herrlich bestickte Gewand aus feinstem Organza über meinen nackten Körper. Auch ohne in den kleinen Bronzespiegel zu blicken, den mir Bianca hinhielt, war mir klar, daß solch ein Nichts aus schimmernder Seide die Männer betören mußte – und genau das wollte ich heute abend erproben.
Phantastisch sah ich aus! Deutlich würden alle meine Brüste mit den zarten rosa Spitzen sehen können – und die blonden Härchen an meiner Scham.
Schmuck paßte nicht gut dazu; ich wählte nur ein schlichtes Stirnband aus schwarzem Velluto. Den ganzen Tag hatte Bianca benötigt, um mein Haar zu waschen und mit einer Brennschere in gleichmäßige Wellen zu legen; dazu wurden lauter einzelne Strähnen genauestens abgezirkelt.
Obwohl es nur wenige Schritte waren zu Djems Palazzo hinter

der Curia, nahm ich die Sänfte. Mein durchschimmerndes Gewand wurde von einer ganz leichten Mantella verhüllt. Offenbar waren noch keine Gäste angekommen, denn der kleine Palast lag wie verlassen da.

Ein unförmig fetter Mann in prachtvoller orientalischer Kleidung bat mich mit hoher Fistelstimme unter vielen unterwürfigen Verbeugungen, ihm zu folgen. Und ich trat ein in eine mir ganz und gar fremde Welt. Alle Wände bestanden aus wunderschönen Mosaikornamenten, auf dem Boden lagen dicke Teppiche, die das Geräusch unserer Tritte verschluckten, und überall bauschten sich Vorhänge aus kostbarer Seide; eine Pracht, wie ich sie noch niemals erblickt hatte oder mir hätte vorstellen können. Sogar plätschernde Brunnen mitten im Palast – unglaublich.

Wir kamen zu einem reichverzierten Portal, dessen Flügel wie von selbst aufgingen. Dahinter lag ein Saal, nicht allzu groß und völlig ohne Mobiliar, nur bunte Polster und Kissen auf dem Boden, aber dafür mit einem Reichtum an goldenen Mosaiken, der alles Denkbare übertraf. Ich trat ein und blieb etwa zwei Schritte hinter dem Portal stehen. Zahlreiche, wohl an die hundert Öllampen verbreiteten ein wunderbares Licht. Ich sah verwundert auf die Festgesellschaft: Sie bestand lediglich aus meinem Vater, Cesare und Prinz Djem. Hätte jemand auch nur geahnt, daß Papst Alexander VI., Stellvertreter Christi auf Erden, in einem Pontifikalgewand neben dem Bruder des heidnischen Sultans auf prunkvollen Polstern lag – ein Aufschrei der Entrüstung wäre wohl durch die Christenheit gegangen. Und das war noch nicht alles. Vor jedem hockten zwei nackte Sklavinnen, die sie beim Festmahl bedienten.

Und ich hatte geglaubt, mit meinem durchsichtigen Organzakleid Aufsehen zu erregen. Trotzdem ließ ich meinen Umhang so wirkungsvoll wie möglich zu Boden gleiten und stand da, fast wie der Herr mich erschaffen hatte. Offenbar war jedoch der

kaum verhüllte Leib einer Contessa etwas anderes als die Nacktheit von Sklavinnen, denn alle drei Männer verstummten und schienen für einige Zeit sprachlos. Dann sprangen sie gleichzeitig auf und kamen zu mir, um mich zu begrüßen.
Djem war ein Mann von etwa fünfundzwanzig Jahren, korpulent und gutaussehend, mit dunkler Haut und edel geschnittenen Gesichtszügen. Er verneigte sich ziemlich tief vor mir; eigentlich überraschend für einen Mann seines Standes.
»Ich freue mich, Lucrezia, Euch als meinen Gast begrüßen zu dürfen.«
Er sprach erstaunlich gutes Italienisch mit römischem Tonfall. Jeder konnte sehen, wie sein Blick während dieser Worte über meinen Körper glitt.
»Habt Dank für die Einladung.«
Die drei Männer führten mich zu meinem Platz, und ich war überrascht, wie bequem man auf den Polstern saß. Vor uns am Boden standen silberne Schüsseln, in denen sich Speisen befanden, die ich noch nie gesehen hatte. Alle aßen mit der Hand, so wie es bei uns das gemeine Volk tut, aber nur mit der Rechten; ihre Linke betrachten die Muselmanen als unrein.
»Eure Tochter ist eine Schönheit, strahlend wie die Sonne, Don Rodrigo.«
Wie formlos Djem meinen Vater anredete, hier galten offensichtlich andere Gesetze. Fiammetta hatte mich richtig beraten mit der Camicia aus Seidenorganza. Sie wußte wohl, wie freizügig man sich hier gab und wahrscheinlich auch, daß nackte Türkinnen bedienten. Irgendwie kam mir alles wie ein Traum vor, mein Vater, der Papst, und ich, seine Tochter, in diesem mehr als gewagten Kleid, bei einem orientalischen Gastmahl – eigentlich unfaßbar.
Und welch ein Gegensatz zu meinem eintönigen Klosterleben mit dem langweiligen Unterricht. Jahrelang war ich eingesperrt gewesen. Jetzt, jetzt wollte ich leben!

Türkische Musikanten spielten nun fremdartige Weisen, betörender Weihrauchduft umgab uns, und die Sklavinnen versuchten recht unverblümt, meinen Vater und Cesare zu becircen.

Plötzlich trat eine dunkle Schönheit in unseren Kreis. Auch sie war völlig nackt; in ihrem Nabel steckte ein großer Smaragd. Ein Tamburin begann mit aufstachelnden Rhythmen, und das Mädchen tanzte. Ich fand ihre langsamen Hüftbewegungen sehr gekonnt, aber eigentümlich, bemerkte jedoch, daß Djem, mein Vater und Cesare wie gebannt auf sie schauten.

Dies alles wühlte mich zutiefst auf und erzeugte eine euphorische Stimmung in mir. Es schien, als könnte ich die ganze Welt gewinnen und alles erreichen, was ich mir wünschte. Gott der Herr hat die Familie Borgia über alle anderen erhoben, sein Segen ruhte sichtbar auf uns. Meine Zukunft würde sich glänzend gestalten. Ja, das gefiel mir; mein Leben sollte sein wie dieser Tag, Musik und Tanz für alle Zeit ...

Wild zuckte die Tänzerin mit ihrem Leib und näherte sich dabei Djem Schritt um Schritt. Starr wie ein Basilisk blickte dieser das Mädchen an. Dann war die dunkle Schönheit dicht bei ihm. Der Türke lag etwas erhöht auf einem der Polster, und sie stand nun mit gespreizten Beinen über ihm, bewegte noch ungestümer ihre Hüften, kam seinem Leib entgegen. Dann ein kaum sichtbarer schneller Griff der Tänzerin – und Djems Pene war in ihr. Der Prinz wurde wie von einer Faust geschüttelt, keuchte immer heftiger, bäumte sich plötzlich auf und fiel dann schlaff in die Kissen zurück.

Mein Vater und Cesare applaudierten, und ich bemerkte, daß der Tanz beide stark erregt hatte.

Was mich in diesem Augenblick überkam – ich weiß es nicht. War es der Wein oder der rasende Tanz des Mädchens, vielleicht auch der aufreizende Klang des Tamburins? Jedenfalls sprang ich auf, streifte mein Organzagewand ab und begann ebenfalls zu tanzen; natürlich viel graziler als die Türkin, etwa in der Art einer Tarantella, wie sie das Volk liebt.

Alle drei Männer, selbst Djem, der gerade noch erschöpft in seinen Kissen geruht hatte, schauten mir genauso fasziniert zu wie der dunklen Schönen; ihre Blicke schweiften gierig über meine Gestalt.

Dann fuhr der Satan in mich. Ich tanzte immer schneller – alles schien sich um mich zu drehen. Irgendwo lag mein Vater auf dem Polster, eine der Sklavinnen hielt seinen Pene und liebkoste ihn mit ihren Lippen. Dabei sah er mir in die Augen mit einem Blick, der sich in meine Seele brannte. Wie unter Zwang lenkte ich meine Schritte ganz nahe zu ihm hin. Die Türkin ließ nun meinen Vater los, sein Pene erschien mir riesig, und ich konnte meinen Blick nicht davon abwenden. Asmodeus hatte völlig von mir Besitz ergriffen ...

Plötzlich packte mein Vater mich, zog mich auf das Polster. Er keuchte und stöhnte, ein heißer Schmerz fuhr in meinen Leib. Ich schrie auf, wollte weg, Vater sollte aufhören, dem Ganzen ein Ende bereiten, mich nicht mehr festhalten, so daß ich flüchten konnte – irgendwohin, nur fort, fort ...

Aber er umschloß mit seinen kräftigen Händen fest meine Hüften, und ich mußte es ertragen, daß sein Pene in mir war; wieder und wieder stieß er zu und bereitete mir höllische Qualen. Wie lange noch, o Herr, laß es vorübergehen! Endlich ein heftiges Zucken, ein letztes Aufstöhnen – es war zu Ende. Wie betäubt verharrte ich noch einige Augenblicke so, und bemerkte fassungslos den glücklichen Ausdruck auf meines Vaters Gesicht.

Plötzlich nahm jemand meine Hand und führte mich hinaus; es war die Tänzerin. Wir gelangten in ein Gelaß, das mindestens so prunkvoll ausgestattet war wie der kleine Saal, in dem das Gastmahl stattfand. Auch hier befand sich anscheinend eine Festgesellschaft, allerdings waren nur Frauen anwesend, die

alle in recht ausgelassener Stimmung schienen. Zu meiner größten Verwunderung sprach die Frau mich in unserer Sprache an, in einem drolligen, etwas venezianisch gefärbten Akzent. »Ich bin Neade, die vierte Frau unseres Herrn, des Sultans Djem; nehmt das.« Dabei reichte sie mir ein orientalisches Gewand.
Sie nannte ihn Sultan, obwohl er ja nur einen Anspruch auf den Thron zu haben glaubte. Die Benommenheit wollte immer noch nicht aus meinem Kopf weichen. Ein eigenartiger Schwindel erfaßte mich.
Neade sah mir ins Gesicht. »Sie haben Euch Hadschisch oder Opios gegeben.«
»Ich verstehe nicht ...«
»Ihr seid berauscht.«
»Ich habe den Weinpokal doch nur halb geleert.«
»Es kommt nicht vom Wein, sondern man mischt diese Dinge den Speisen bei, besonders den süßen. Habt Ihr davon gegessen?«
Die Confetti! Natürlich, es mußte in der dicken Glasur gesteckt haben, und deshalb hatten die drei mich auch so seltsam angesehen, als ich immer wieder von den Mandeln aß.
Plötzlich erschrak Neade. »Ihr blutet ja!«
Ich sah an mir herab und bemerkte das Blut an meinen Schenkeln.
Die Schöne schaute mich mit großen Augen an. »Ist – ist es das erste Mal für Euch gewesen?«
Ich nickte stumm.
»Dann habt Ihr auch keine Sorge um die Folgen getragen?« Ich verstand nicht.
»Bedenkt, Madonna Lucrezia, es würde das Kind Eures ... sein ...«
Jetzt wurde mir klar, was sie meinte. Im Namen Santa Venere – soweit durfte es nicht kommen. »Bei mächtigen! Nur das nicht!«

Die Türkin klatschte in ihre Hände und gab einer Sklavin Befehle. Diese verschwand und kehrte nach kurzer Zeit zurück. Sie brachte ein langes, schmales Bündel. Was dann folgte, war mir unverständlich und unangenehm. Vermutlich hatte nur diese starke Benommenheit schuld, daß ich es überhaupt zuließ. Man schob ein etwa fingerdickes, gebogenes silbernes Röhrchen tief in meine Scham, bis ich einen leichten Schmerz verspürte. Dann nahmen die Sklavinnen je einen Mund voll Flüssigkeit und drückten sie durch das andere Ende des Röhrchens in mich hinein. Blutig schillernd floß diese wieder aus mir hinaus in die untergestellte Schüssel. Dann wurde mir übel, und ich mußte erbrechen.

Am Morgen darauf schmerzte mein Kopf fürchterlich. Bianca lief mit besorgter Miene umher, und an Essen war gar nicht zu denken. Gegen Mittag bekam ich Fieber, das mich erst nach fünf Tagen wieder verlassen sollte. Düstere Gedanken bedrängten mich; Vater und Tochter hatten sich in blutschänderischer Weise vereinigt. Das war nicht nur gegen die Gebote des Herrn, sondern auch auf Erden ein todeswürdiges Verbrechen. Und hatte ich mir nicht geschworen, daß kein Mann mich je so berühren sollte? Nun war es doch geschehen, und das vor den Augen der anderen; welch ein Frevel! Ich fühlte mich elend.

Etwas Ablenkung versprach meine bevorstehende Vermählung mit Giovanni Sforza, dem Herrn von Pesaro. Am Tage des heiligen Guido, im Juni A. D. 1493 sollte die Trauung sein, allerdings unter der Einschränkung, daß Giovanni mich ein Jahr lang nicht berühren dürfe. Das hatte mein Vater sich ausbedungen. Gewöhnlicherweise wird dies vereinbart, wenn die Braut noch nicht zur Jungfrau herangereift ist. Jungfrau ...

Mein ahnungsloser Gatte wußte natürlich nichts von jener blutschänderischen Tat, darüber mußte striktes Stillschweigen bewahrt werden, sonst würden unsere Feinde nicht eher ruhen, bis wir alle davongejagt, eingekerkert oder gar verbrannt worden wären. Prinz Djem konnte mein Vater vertrauen; Cesare und ich würden ohnehin nichts verlauten lassen.

In offiziellen Angelegenheiten, so auch im Ehevertrag, wurde ich stets nur als »Nichte seiner Heiligkeit, des Papstes Alexander VI.« bezeichnet, aber jeder kannte hier die Wahrheit.

In einem Jahr konnte viel geschehen, ich sah darum dieser Hochzeit mit Gelassenheit entgegen. Der Vollzug meiner Ehe sollte niemals stattfinden; das zu verhindern war ich wild entschlossen. Mir würde schon etwas einfallen. Jetzt wollte ich mich erst einmal in die Feierlichkeiten stürzen, die mit beträchtlichem Aufwand zelebriert werden sollten, denn schließlich mußte mein Vater aller Welt zeigen, daß sich die Familie des Papstes mit der des mächtigen Moro von Mailand verband. So etwas schreckte unsere Feinde ab.

Für mich waren natürlich die Hochzeitsgeschenke das Schönste. Allein deswegen lohnte es sich schon zu heiraten. Herrliche Dinge wurden überreicht: Zwölf silberne Speiseschüsseln, von denen jeweils eine in die andere paßte, sandte König Ferrante von Neapel, die Republik Florenz schenkte mir einen Rosenkranz aus Gold und Bergkristall, Venedig mehrere Ballen feinster Seidenstoffe. Vom Moro stammte ein funkelnder Rubinring, der auf dreitausend Goldscudi geschätzt wurde.

Sehr bescheiden zeigten sich die Este aus Ferrara mit einer kleinen Bronzestatue, die Amor darstellte. Und der Markgraf von Mantua hatte überhaupt nichts gesandt.

Dieser Umstand stimmte uns nachdenklich; Francesco Gonzaga war der gefürchtetste Heerführer Italiens, und er mußte gewichtige Gründe für sein Verhalten haben. Bereitete man einen Krieg vor? Und wenn ja, wer stand dahinter? Vielleicht der deutsche Kaiser? Niemand in Italien durfte diesem Barbaren trauen, der sich anmaßte, hier alte Rechte zu besitzen, die in Wahrheit dem Heiligen Vater zustehen. Jedes Menschenalter einmal fiel der gerade herrschende Kaiser mit riesigen Heeren in unser Land

ein, verwüstete Städte wie Landschaften, trieb enorme Tribute ein und verschwand dann wieder. Hatten die Deutschen vielleicht Francesco Gonzaga als Condottiere gewonnen? Dann bedeutete das höchste Gefahr für uns.
Der Tag meiner Hochzeit kam immer näher, und ich muß gestehen, daß meine Aufregung wuchs. Das Brautkleid fertigte Maestro Giancarlo aus besonders feiner Seide in schimmerndem Weiß. Wegen der Hitze wollte ich mein Gewand so leicht wie nur möglich, und deshalb empfahl mir der Schneider ein Untergestell aus Fischbein und Draht, über das nur eine Lage des Stoffes drapiert wurde. Auf eine Camicia darunter verzichtete ich ganz, auch wenn das nicht erlaubt war. Von der Taille abwärts zogen sich glänzende goldene Borten bis zum Saum, der ebenso wie der Gürtel mit Edelsteinen bestickt war.
Das Mieder des Gewandes hatte einen schlichten runden Ausschnitt, gerade weit genug für eine schwere goldene Kette mit einem riesigen Opal in der Mitte. Die Seide ließ meine Brüste durchschimmern, wenn auch nicht so wie die Camicia bei Djems Gastmahl. Oh, ich wollte doch nicht mehr daran denken ...
Über dem Hochzeitskleid trug ich ein leichtes Jäckchen aus blutrotem Zetanino, das bis zu den Hüften reichte. Es war über und über mit Perlen bestickt. Darüber kam dann noch die dünne Mantella von zwanzig Braccia Länge aus weißem Picciolato mit dem eingewebten Wappen der Borgia. Zwanzig Braccia lang! Das allein schon mußte den Neid aller Römerinnen erregen. Nicht einmal die Königin von Aragon besäße eine längere Schleppe, versicherte Maestro Giancarlo. Doch nicht genug der Pracht: Der Saum dieser Mantella war mit Hermelin besetzt, der meinen Vater ein Vermögen gekostet hatte.
Unter diesen Umständen mußte meine Aussteuer etwas bescheidener ausfallen. Wie Cesare vorschlug, wurde mein Gemahl, sozusagen als Mitgift, in aller Form mit der Herrschaft von

Pesaro belehnt. Zwar besaß er diese schon längst, und niemand konnte sie ihm mehr nehmen, aber eine schöne Zeremonie würde die Belehnung allemal abgeben, meinte mein Bruder. Noch dazu mußte Giovanni Sforza dann den Lehnseid leisten; und damit wußte jeder, daß er dem Heiligen Vater verpflichtet war.

Am Tag vor der Hochzeit, etwa zur zehnten Stunde, ertönten vor meinem Palazzo Trommeln und Trompeten. Ich schaute hinunter und sah eine Gruppe von etwa zehn Reitern und etwa ebenso vielen Söldnern mit Spießen. Ganz auffallend erschienen mir die herrlichen Pferde. Gewiß eine Abordnung, die zum Palast meines Vaters wollte. Aber der prächtige Zug hielt an, und zwei Reiter saßen ab.

»Bianca, hol rasch meine grüne Cotta!«
»Die aus dem leichten Velluto?«
»Ja gewiß, beeil dich.«

Es mußte ein bedeutender Mann sein, der mir seine Aufwartung machte; wer solche Pferde sein eigen nannte ... Gott sei Dank saß mein Haar an diesem Tag besonders gut, und ich konnte den fremden Besucher würdig empfangen.

Dann wurde das Portal des Saales geöffnet; ein Mann von etwa dreiundzwanzig Jahren trat ein und verneigte sich vor mir – nicht allzutief, wie ich bemerkte.

»Ich bin Francesco de Gonzaga und entbiete die besten Wünsche zu Eurer Hochzeit.«

»Meinen Dank, Don Francesco, bitte bedeckt Euch und tretet näher.«

Er kam auf mich zu, und wir sahen uns in die Augen. Nun geschah etwas ganz Seltsames: Als unsere Blicke sich trafen, da verspürte ich einen Stich im Herzen, ganz kurz nur, aber er genügte, daß mir beinahe die Sinne schwanden. Ihm ging es anscheinend ebenso; er schaute mich unverwandt an, und – beim Namen Jesu – ich konnte bis in seine Seele schauen. Wie lange wir so dagestanden hatten, wußte ich nicht, nur, daß ich etwas sagen mußte, das erforderte der Anstand.

»Ich – ich hoffe, Ihr hattet eine angenehme Reise.« O Herr, warum fiel mir denn nichts Geistreicheres ein! Sein Blick – mein Gott, dieser Blick, ich konnte nicht von ihm lassen!

Er lachte herzlich. »Keine Reise könnte je beschwerlich sein, wenn sie zu Euch führt, Madonna Lucrezia.«

Erst jetzt kam ich dazu, ihn genauer zu betrachten. Er war von schlankem Wuchs, besaß dunkles, bis zu den Schultern fallendes Haar: ein edler, stolzer Mann. Doch das Anziehendste waren seine tiefblauen Augen, deren Blick mich so fesselte. In irgendeiner Weise erschien er mir derart vertraut, als würden wir uns schon lange Jahre kennen. »Bitte, setzt Euch zu mir.«

Dann saßen wir an der Tafel, und eine ganz eigentümliche Stimmung umgab uns, als sei der Saal verzaubert. Ringsum war alles still, und es schien mir, als seien wir beide die einzigen Menschen auf der Welt. Wir schwiegen, saßen da wie Säulenheilige, und keiner schien die rechten Worte finden zu können.

»Ihr seid atemberaubend schön, Lucrezia, wie eine Göttin.«

Es waren wohl die süßesten Worte, die ich je vernommen hatte, doch statt einer geziemenden Antwort saß ich nur da und mußte ihn immerzu ansehen.

»Bitte nehmt dieses bescheidene Geschenk von mir an.«

Der Markgraf öffnete das vor ihm stehende Kästchen, nahm eine kleine Pferdefigur heraus und gab sie mir. Dabei berührte er wie zufällig meine Hand – und es war, als träfe mich ein Blitz. Gut, daß er anscheinend nichts davon bemerkte.

»Diese Skulptur ist wirklich wunderschön und so fein gearbeitet.«

»Ja, Lucrezia, von gediegenem Gold, der Sattel aus Elfenbein und die Schabracke mit Diamanten besetzt. Meine Gattin Isabella d'Este übersendet sie mit ihren besten Grüßen. Mögen Eurer Ehe viele Söhne beschieden sein.«

»Ein herrliches Geschenk, Don Francesco, meinen tiefempfundenen Dank.«
Er lächelte mich wieder auf seine unwiderstehliche Art an.
»Doch dieses kleine Schmuckstück soll Euch nur vorbereiten auf ein wahres Juwel.«
»Ich bin beschämt von so viel Freundlichkeit.« Zum Glück fielen mir jetzt wieder angemessene Worte ein.
»Erlaubt, Lucrezia, daß ich Euch zum Fenster führe.«
Wir erhoben uns, und er streckte mir höflich seine Hand entgegen. Ich reichte ihm die meine, und wir schritten zum Fenster wie König und Königin. Nein, ich schritt nicht, ich schwebte.
Vor dem Palazzo stand das herrlichste Pferd der Welt. »Beim heiligen Leonardus, was für ein prächtiges Tier!« Ich mußte sofort hinunter. »Kommt!«
Meine Hand fand wie von selbst die seine, und wir liefen Kindern gleich aus dem Saal, durch das dunkle Vestibulum, die Wendeltreppe hinunter. Giulia Farnese und die Diener schauten uns verdutzt nach. Dann stand ich vor dem Schimmel.
Francescos Stimme klang stolz: »Ihr seht die edelste Stute meiner ganzen Zucht, und ich glaube«, er strich versonnen über die Flanke des Tieres, »sie ist das Schönste, was je aus den Ställen der Gonzagas hervorging.«
Ich konnte mich nicht sattsehen; die Schimmelstute war von makelloser Farbe, leuchtend weiß wie frischer Schnee, mit rosa Nüstern, und in ihren Augen mit den langen, dunklen Wimpern lag ein geheimnisvoller Glanz. Ein kraftvolles Tier, mit seinen starken Sprunggelenken wohl fähig, jedes Hindernis zu nehmen, das sich seinem Reiter entgegenstellte. Aber wiederum schlank genug, um schnell zu sein im Galopp, auf der Jagd oder auf der Flucht. Der edle kleine Kopf verriet arabisches Blut, und die Ohren spielten in einem fort, was mir bewies, wie wach und lebendig der Charakter dieses Pferdes war. Die Stute tänzelte

erwartungsvoll vor mir hin und her, so daß der Knappe sie nur mit Mühe halten konnte. Dieser Schimmel war so wunderbar, daß ich sprachlos in seinen Anblick versunken blieb.

»Nur eine einzige Stute verdient es, den Namen meines Gestütes zu tragen; deshalb nannte ich sie ›Corsiera‹.«

Corsiera, welch ein Name …

»Kein Hengst ist schneller als sie, Lucrezia – abgesehen von dem meinen.«

»Gut, dann haltet mir den Steigbügel, und beweist es!«

Er sah mich entgeistert an. »Ihr wollt jetzt …«

»Ja, Francesco, folgt mir!«

Mit seiner Hilfe saß ich auf. Der Sattel schien wie für mich gemacht, das Horn drückte nicht zwischen den Schenkeln. Die Stute gehorchte mir sofort und wendete fast auf der Hinterhand; sie war hervorragend zugeritten. Ich ließ die Zügel nur ganz wenig nach, und wie von selbst nahm meine Corsiera einen raschen Trab auf. Ich blickte mich um, Francesco Gonzaga war bereits hinter mir. Wir galoppierten an. Noch nie hatte mich ein Pferd so schnell getragen. Ein Hochgefühl ergriff von mir Besitz, man kann es kaum beschreiben. Ich verspürte Lust, schneller und schneller zu werden, mein Haar flog im Wind, der Sattelgurt scheuerte an den Beinen, meine leichten Röcke flatterten hoch – was machte es schon, ich achtete kaum darauf.

Vorbei an der kleinen Kirche Santa Maria delle Grazie ließen wir den Borgo hinter uns und ritten in rasendem Galopp durch die Weinberge am Fuße des Monte Vaticano. Francesco Gonzaga kam immer näher, jetzt war er nur noch eine halbe Pferdelänge entfernt, dann tauchte der Kopf seines Hengstes neben mir auf. Ich sah, daß Francesco seinem Pferd bereits die Peitsche zeigte. Fast mühelos brachte Corsiera sofort wieder eine Länge zwischen uns. Wie lange wir so dahinjagten, weiß ich nicht, irgendwann gelang es dem Hengst, meine Stute einzuholen.

»Laßt es gut sein, Lucrezia!«

Ich zügelte mein Reittier, und wir kamen in gemächlichem Trab zu einer armseligen Bauernhütte, die am Wege lag. Hier konnten unsere braven Pferde etwas verschnaufen. Aus dem kleinen Brunnen schöpfte Francesco Wasser, es war ganz klar, und wir tranken mit Hochgenuß. Mein Herz pochte, und das nicht nur durch die Anstrengung des scharfen Rittes.
»Ihr seht aus wie ein Engel, Lucrezia, und reitet wie die Amazonenkönigin selbst.«
Da lag wieder jener weiche, schmeichelnde Klang in seiner dunklen Stimme. Was für ein Mann! Wie er dastand, wie er lächelte, sein Blick ... In diesem Moment überkam mich ein starkes Gefühl, das ich vorher nie empfunden hatte. Er sah mir in die Augen – und plötzlich fanden sich unsere Lippen zu einem zarten Kuß.
»Francesco!« Ich versuchte meiner Verwirrung Herr zu werden und mich aus seinen Armen zu befreien.
Unverzüglich ließ er mich los. »Lucrezia, bitte ...«
Ich rannte zu meinem Pferd und kam ganz ohne Hilfe in den Sattel. »Folgt mir, wenn Ihr könnt!« Dann schlug ich übermütig mit der flachen Hand auf Corsieras Hinterteil, so daß sie erschreckt sofort in einen schnellen Galopp verfiel. Francesco Gonzaga konnte mich nicht mehr einholen. Als er den Palazzo erreichte, war ich bereits in meinem Schlafgemach verschwunden und hatte mich aufs Bett geworfen. Wie Feuer brannte Francescos Kuß noch immer auf meinen Lippen.
Bianca trat aufgeregt zu mir. »Ihr seid so erhitzt, Herrin, ich werde Euch eine frische Camicia bringen.«
Tatsächlich, das Gewand klebte förmlich an meinem Leib. »Er hat mich geküßt!«
»Contessa!«
»Ja, Bianca, und es war das Schönste, Wunderbarste, was ich je erlebt habe.«
»Ich beneide Euch, Madonna Lucrezia.«

»Soll das heißen, dich hat noch nie ein Mann geküßt?«
»Das waren keine wirklichen Küsse. Die Männer lieben es, zugleich ihren Pene und ihre Zunge in uns zu spüren, es bereitet ihnen höchste Lust.«
Plötzlich konnte ich mir vorstellen, wie das ist, Lust zu empfinden. »Glaubst du, daß es schön sein kann, es miteinander zu tun, so schön wie dieser Kuß?«
»Vielleicht, Herrin. Ich jedenfalls habe noch niemals angenehme Gefühle dabei gehabt.«
Ihre Antwort nahm ich gar nicht recht wahr, denn meine Gedanken weilten schon wieder bei Francesco. »Wo ist der Markgraf Gonzaga?«
»Fort, Contessa, und das nicht zu früh, denn er wußte sehr wohl, daß sein Benehmen gegen jedes Herkommen verstößt. Einfach allein mit Euch auszureiten ...«
... und zu küssen, ergänzte ich im stillen. Was war es nur, das mich in jenem Augenblick so verzaubert hatte? Sollte ich mich etwa in diesen Francesco verliebt haben? Würden wir uns jemals wiedersehen?
Und schon morgen war meine Hochzeit. Doch der Sforza aus Pesaro sollte keine rechte Freude an mir haben ...
Etwa um die zehnte Stunde vormittags zog ich mit großem Gefolge vom Palazzo Santa Maria in Portico zur Curia. Dieselbe Loggia, von der aus man Vater zum Papst ausgerufen hatte, war reich geschmückt mit weiß-goldenen Seidentüchern, vielen Blumen und Laubranken. Die Hitze machte mir sehr zu schaffen, obwohl mein Brautstaat ja sehr leicht war.
Dann endlich ein Kanonenschuß von der Engelsburg her, das Zeichen für mich, auf die Loggia zu treten. Dort stand ich an der Brüstung und sah, wie der Graf von Cotignola auf einem kraftvollen Schecken heranritt. Von hier oben wirkte er recht ansehnlich. Vor dem Balkon angekommen, verhielt mein zukünftiger Gatte sein Pferd, zog das Schwert und hob es hoch; darauf

senkte er die Waffe wieder und neigte leicht seinen Kopf in meine Richtung.

Ich wartete einen Augenblick, lüftete den Brautschleier und warf ihm ein kleines Blumengebinde zu, das einer der Umstehenden auffing und ihm reichte. Unter ohrenbetäubendem Trommelwirbel stieg der Graf ab und ging zusammen mit den Edelleuten seiner Begleitung in die Curia hinein. Nach einer Weile stand er vor mir, und ich konnte zum ersten Mal das Gesicht des Sforza betrachten. Wettergegerbt und verlebt war es nicht, wie sonst bei den Condottieri üblich, eher weichlich, was mich ein wenig wunderte.

Die Menge unten auf dem Petersplatz jubelte uns zu, und alles hätte herrlich aufregend sein können, wenn ich nicht am Tag zuvor Francesco Gonzaga begegnet wäre.

Die Messe in der päpstlichen Kapelle war sehr erhebend. Mein Vater hatte es sich nicht nehmen lassen, sie selbst zu zelebrieren – ein wenig zerstreut, wie immer. Diese kleinen Nachlässigkeiten brachten jedesmal unseren Zeremonienmeister Burcardus, einen sehr gewissenhaften Deutschen, in höchste Not, was Vater jedoch nicht im geringsten störte. Einmal trug er das falsche Meßgewand, dann vergaß er einfach den Introitus bei der heiligen Messe. Was machte es schon, Gott erhört schließlich die Gebete eines jeden frommen Menschen.

Die Festtafel übertraf alles Vorstellbare, doch leider war zu wenig Platz für alle Gäste, so daß einige wieder gehen mußten. Alles andere ließ sich sehr gut an: Die päpstlichen Kastraten sangen wie Engel, und bei den Tänzen herrschte großes Vergnügen. Mein Vater scherzte mit einigen vornehmen Römerinnen und steckte ihnen süße Confetti in den Ausschnitt. Das erregte allgemein große Heiterkeit, besonders, weil Cesare sie wieder herausholte. Auch eine Prügelei zwischen zwei Bischöfen, die ich persönlich nicht kannte, sorgte für Unterhaltung. Alles in allem ein lautes, fröhliches Hochzeitsfest. Und doch blieb ich gleichsam unbeteiligt, irgendwie fern von dem ganzen Treiben. Meine Gedanken weilten bei Francesco Gonzaga – sehnsuchtsvolle Gedanken, wie ich mir eingestehen mußte.

Mein neuer Gemahl entpuppte sich als umgänglicher, etwas phlegmatischer Mensch, der übervorsichtig bestrebt war, weder seinen Oheim, den gefürchteten Moro, zu verärgern noch unseren Vater, den Papst. Da er sich durch diese Doppelrolle überanstrengt fühlte, ging er bald zurück ins ferne Pesaro und hoffte, daß ihn die hohe Politik dort nicht einholen würde. Jeden Monat erhielt ich einen freundlichen Brief von ihm, in dem er sein baldiges Kommen ankündigte, um an unserem ersten Hochzeitstag einen Sohn mit mir zu zeugen.
Ich aber genoß erst einmal mein Leben in vollen Zügen. Fast jeden Tag ein Fest, Gastmahl oder der Besuch von Abgesandten, die mir ihre Aufwartung machten und Geschenke überreichten. Doch die allergrößte Freude bereitete Francesco Gonzagas herrliche Stute, meine geliebte Corsiera. Beinahe täglich ritt ich aus, und manchmal war Cesare dabei.
Von Maestro Trimalchione, dem alten Alchemisten, hatte ich inzwischen reichlich Gift erhalten, so daß die Sammlung der kleinen tödlichen Phiolen stetig angewachsen war. Das eine Gift nannte sich Cantarella, war aus einem Destillat von Silbererz gemacht und wirkte auf der Stelle unter furchtbaren Qualen tödlich. Das andere mit Namen Acquetta bestand aus Herba cymbalariae, Bleizucker und dem Sublimat von Kanthariden und brachte den schleichenden Tod. Schnell, aber qualvoll wirkte ein Extrakt aus Schierling, der allerdings in erheblichen Mengen verabreicht werden mußte. Besonders heimtückisch erschien mir die Belladonna, deren Früchte und Wurzeln, in mäßigen Mengen genossen, einen rauschartigen Zustand erzeugten. Gab man etwas mehr davon, so führte dieser Saft der

Teufelskirsche unter großen Schmerzen und Krämpfen zum Tode.
Einige Tage nach meiner Hochzeit erschien eine Dienerin von Djems vierter Frau Neade und bat mich zu einem Besuch in ihre Gemächer. Jene seltsame orientalische Welt im kleinen dort drüben, gleich hinter der Curia superiore, übte auf meine Phantasie eine große Anziehungskraft aus, und ich sagte mit Freuden zu.
Als meine Zofe davon erfuhr, wirkte sie ganz verändert.
»Was ist mit dir, Bianca?«
»Nichts, Herrin, ich bin doch wie immer.«
»Keineswegs. Du kommst mir so nachdenklich vor.«
Sie sah zu Boden und seufzte. »Es ist – wegen Eures Besuches bei Neade.«
»Was kümmert dich das?«
»Ich muß an früher zurückdenken, als ich auch noch in Frauengemächern lebte.«
Nun wurde mir einiges klar. Es war wohl eine Art Heimweh, das meine Zofe befallen hatte. »Möchtest du vielleicht gern mitkommen?«
Ihre Augen leuchteten. »O ja, das wäre mein sehnlichster Wunsch.«
Am Abend des nächsten Tages gingen wir beide, begleitet von fünf Söldnern, hinüber zu Djems Palazzo. Wie schon das letzte Mal empfing uns der Dicke mit der Fistelstimme. Aber heute geleitete er mich und Bianca – wir trugen beide Fiammettas Gewänder – in ganz andere, ebenfalls überaus prächtige Gemächer, deren letztes fast nur aus einem sehr großen, mit Mosaiken reich geschmückten, dampfenden Brunnen bestand.
»Seid gegrüßt, liebste Freundin.« Neade war aus einem Seitengelaß getreten. Alles was sie trug, war ihre Nacktheit, und ich mußte zugeben, sie stand ihr gut. Ich ließ mir keine Überraschung anmerken. »Ich danke Euch für die Einladung, Neade.«

Sie klatschte in die Hände, und zwei Dienerinnen eilten herbei.
»Erlaubt, daß sie Euch beim Entkleiden helfen.«
Nun gut, weshalb nicht, wenn die Türkin es für angemessen hielt. Neade stieg in das Wasser des großen Brunnens und legte sich hinein, als wäre es ein Bett, was mich sehr erstaunte.
»Kommt, Lucrezia, genießt den Beginn des Gastmahls, so wie es bei uns üblich ist.«
Ich ging vorsichtig in das Becken, dessen warmes Wasser nach allerlei Blütenessenzen duftete, und fand es recht angenehm.
»Das Bad zu bauen war keineswegs einfach, da die römischen Handwerker diese Kunst nicht beherrschen. Doch seit es fertiggestellt ist, benutzen wir Frauen es täglich.«
Mein letztes Bad hatte ich erst am Hochzeitsmorgen genommen. »Aber man sagt doch, daß die häufige Benetzung des Leibes mit Wasser schade.«
»Bei uns nimmt man das Gegenteil an, Lucrezia, und es gibt Menschen, die damit ein hohes Alter erreicht haben.«
Je länger ich in dem Wasser lag, desto mehr gefiel es mir. Nach einiger Zeit erschienen die beiden Dienerinnen wieder. Sie schabten uns mit sichelartigen, jedoch stumpfen Geräten die Feuchtigkeit von der Haut und rieben uns dann mit Tüchern trocken. Ich fühlte mich so wohlig, wie neu geboren, herrlicher Duft umhüllte meinen Körper, so daß ich beschloß, dieses Bad bei Neade öfter zu wiederholen. Die Sklavinnen reichten mir ein langes, sehr leichtes Seidengewand, das wie eine Giornea vorne offen war.
»Ich möchte Euch gerne etwas fragen, Neade, etwas, das uns Christenmenschen bei Muselmanen sehr seltsam erscheint.«
Sie lächelte. »Es ist gewiß unsere Form der Ehe.«
Ich staunte. »Ihr könnt Gedanken lesen!«
»Nein, nein, aber ich weiß, daß dieser Brauch bei Euch eine Todsünde wäre und die Phantasie der Menschen hier beflügelt.«
»In der Tat, Neade, ungewöhnlich ist das schon.«

»Allah hat es so eingerichtet, und daher ist es sein Wille, den Mohammed, der Prophet, so niedergeschrieben hat.«
»Entsteht denn nicht ständig Streit zwischen den Ehefrauen?«
»Bei uns nicht, woanders allerdings treiben sie es bis zum Giftmord, wenn der Gatte eine Frau bevorzugt – was er übrigens nach den Geboten des Korans nicht darf.«
»Aber es wird wohl vorkommen.«
»Gewiß, wie bei Euch Christen ja auch die Sünden häufig sind. Unser Gatte hat bestimmte Vorlieben, und jede von uns Frauen stillt seine Begierden anders. Ich eben durch meinen Tanz. So besitzen alle irgendwelche Fähigkeiten, die den Gemahl aufreizen. Variatio delectat, so sagte Euer Cicero doch.«
»Wie aber verhält es sich, wenn eine der Frauen ihren Herrn wirklich liebt, und er sie?«
Neade stutzte. »Darüber habe ich noch nie nachgedacht. Liebe, was ist das schon, ein leerer Begriff ...«
Meine Gedanken weilten sogleich bei Francesco Gonzaga; war es Liebe, was ich für diesen Mann fühlte?
»Wieso sollte eine seiner Gattinnen Prinz Djem lieben?« fuhr Neade wie zu sich selbst fort. »Ich bin im Alter von zwölf Jahren an ihn verkauft worden, ebenso wie die anderen Ehefrauen. Wir sehen unseren Gemahl nur, wenn er kommt, die Freuden des Leibes bei einer zu genießen, und sind stolz, mit ihm so lange wie möglich das Lager zu teilen, bis er dann von uns geht.«
»Ihr redet nicht miteinander über dies und jenes, wie es die Eheleute bei uns tun?«
»Wann sollten wir? Unser Harem ist von der Welt der Männer streng getrennt. Wenn ein Gemahl mit seiner Frau spricht, so nur über Dinge, die die fleischliche Liebe betreffen – und das bedeutet ausschließlich seine Lust.«
»Bleibt Ihr Euch dabei nicht fremd?«
»Gewiß, Lucrezia. Doch nirgends steht geschrieben, daß Mann

und Frau ständig beieinander sein sollen. Tötet Eure christliche Einehe nicht bald jede Leidenschaft?«
Ich zuckte mit den Schultern. »Meine Erfahrungen reichen noch nicht soweit.«
»Und was geschieht mit den vielen Witwen, die nach großen Kriegen ohne Familie allein zurückbleiben?«
»Nun, diese Frauen gehen ins Kloster oder, wenn sie mit irdischen Gütern gesegnet sind, in ein Stift für Alleinstehende ...«
»Oder in ein Hurenhaus«, fuhr Neade fort, »ist es nicht so?«
Ich mußte ihr recht geben.
»Seht, Lucrezia, erscheint es da nicht barmherziger, wenn Männer sich dieser Frauen annehmen und sie als dritte oder vierte Gattin heiraten, ihnen eine Familie geben, mit ihnen Söhne zeugen?«
Was die Türkin sagte, klang einleuchtend.
Erstaunlich, was ich in der orientalischen Welt an Neuem kennenlernte: die Sitte, auf bequemen Polstern zu ruhen, anstatt harte Stühle und Bänke zu benutzen, wunderbare, auf feine Art gewürzte Speisen, die Pracht der vielen seidenen Vorhänge, das herrliche, angenehme Baden, ihre Sorge für die alleinstehenden Frauen – all das zusammen ließ mich mit einem Mal erkennen, daß diese Muselmanen keine primitiven Wilden waren, sondern genau das Gegenteil. Wie roh und barbarisch mußten dagegen unsere Sitten und Gebräuche auf diese Menschen wirken ...
Ich war sehr nachdenklich geworden. Neade führte mich in ein kleines Nebengelaß, wo wir Platz nahmen. Dort gab es verschiedene, raffiniert zubereitete Gerichte.
»Ihr könnt getrost essen, Lucrezia, in diesen Speisen ist kein Hadschisch; das sparen wir uns für später auf.«
Ich war entschlossen, das teuflische Zeug zu meiden, erinnerte es mich doch mit Widerwillen daran, wie ich bei Djems Gastmahl vom Dämon beherrscht worden war.

Neade erriet wohl meine Gedanken und lächelte. »In Maßen genossen, ist Haschisch der Gesundheit ebenso zuträglich wie Wein. Ihr habt neulich aus Unkenntnis zuviel davon genommen.«
Ich wollte nicht mehr an den Vorfall mit meinem Vater denken und schwieg betreten.
Dann wurden drei Weihrauchbecken mit glühender Holzkohle gebracht, darauf legten die Dienerinnen kleine Stücke einer seltsam aussehenden Substanz. Sofort verbreitete sich ein süßer, würziger Duft, den Neade, die direkt vor einem Gefäß auf ihren Polstern lag, tief einsog. Der Rauch zog auch mir in die Nase. Ganz langsam befiel mich eine seltsame Stimmung, ähnlich einer angenehmen Müdigkeit, und doch ganz anders. Meine Glieder schienen immer leichter zu werden, fast glaubte ich zu schweben. Alles war plötzlich von unendlicher Heiterkeit erfüllt. Ich sah zu Neade hinüber und mußte lachen, wußte aber nicht warum. Es war einfach lustig.
Auch die Türkin lachte und mochte sich überhaupt nicht beruhigen. »Gefällt es Euch?«
Ich wollte etwas Freundliches antworten, brachte jedoch vor Lachen kein Wort heraus. Mit einem Mal überfiel mich ein wahrer Heißhunger. Ich vertilgte riesige Mengen der aromatischen Speisen. Dann wurden meine Glieder schwer und schwerer, und eine unendliche Müdigkeit überwältigte mich.
Am nächsten Tag hatte ich entsetzliches Kopfweh, das bis zum Abend anhielt. Bianca schien hingegen vergnügt wie lange nicht mehr.
»Was hast du gemacht, während ich bei Neade war?«
»Mit den Sklavinnen geplaudert, eine davon war mir sehr zugetan.«
Zugetan ... Ich konnte mir leicht vorstellen, wie das bei Bianca aussah.
Alle schienen nur nach dem einen zu gieren: Cesare trieb es mit

Fiammetta oder irgendeiner anderen Frau und mein Vater mit mir. Oder ich mit ihm?
Tatsächlich hatte mich damals das berauschende Hadschisch in einen Zustand der Besessenheit versetzt. Es konnte durchaus auch an mir gelegen haben, denn in der Heiligen Schrift steht, daß die Erbsünde vom Weib ausgeht. Vielleicht war das Fleisch meines Vaters nur für diesen einen Augenblick schwach geworden – angestachelt durch meinen aufreizenden Tanz? Trug ich an der ganzen Sache die Schuld? Manchmal schien es mir so, an anderen Tagen auch wieder nicht. Jedenfalls bedrückten mich die Gedanken an jene Sünde, wenngleich auch meine Seele rein war, denn Cesare hatte mir nach der Beichte die Absolution erteilt. Trotzdem blieb die Erinnerung an jene Augenblicke schwerster Verfehlung wie ein Stachel in mir. Ich beschloß daher, mit meinem Vater über diese Sache zu reden, vielleicht konnte er mir dafür einen vollkommenen Ablaß geben.
Es war einen Tag vor Visitatio Marie, als ich Bianca zum päpstlichen Palast schickte mit einer Bitte um Audienz bei meinem Vater. Zu meiner größten Überraschung wollte er mich schon nach dem Abendläuten sehen, und ich ging also zu dieser Zeit mit drei Söldnern hinüber. Da die Gemächer meines Vaters gerade von Pinturicchio aufs wunderbarste ausgemalt wurden, empfing er mich wieder in jener Reliquienkammer, wo auch vorübergehend sein Bett aufgestellt war. Er begrüßte mich mit großer Freude und schickte seinen Camerarius, den schönen Perotto, weg, um mit mir ungestört reden zu können. Im Gemach brannten bereits zahlreiche Kerzen, die einen magischen Schimmer auf die überall herumstehenden Reliquienschreine warfen.
»Lucrezia, sei gegrüßt, mein Kind!«
Er drückte mich ohne Umschweife herzlich an sich. »Sieh her, ich habe hier etwas ganz Besonderes.«
Vater nahm einen schweren goldenen Schrein, der über und

über mit farbigen Edelsteinen verziert war und auf dessen Deckel sich das aus Silber getriebene lebensgroße Haupt einer Frau befand. »Dies ist eine kostbare Reliquie aus San Lorenzo fuor delle mura, das Haupt der heiligen Barbara. Schau nur!« Drinnen lag ein Totenschädel. Doch dort, wo diese normalerweise leere Augenhöhlen besitzen, funkelten zwei riesige rote Edelsteine.
»Sind sie nicht prachtvoll?« Er nahm den Kopf aus dem Schrein und hielt ihn an eine Kerze; sofort verstärkte sich das Leuchten der Rubine. »Nur mir als dem Vicarius Christi ist es erlaubt, das Reliquiar zu öffnen, so will es der Brauch.« Dabei sah mein Vater mich mit einem ganz seltsamen Blick an. »Und ich könnte mir vorstellen, daß diese Edelsteine einen schönen Schmuck für meine Tochter abgeben würden.«
»Für mich?«
»Ja, Lucrezia.« Er drückte einen der Rubine aus der Augenhöhle, und es schien, als ob der Totenschädel dazu grinste. Dann nahm mein Vater auch noch den anderen heraus und gab sie mir beide. »Laß dir ein Paar prachtvolle Ohrgeschmeide daraus machen.«
Die Steine lagen schwer in meiner Hand, und mir kamen Bedenken. »Ist das nicht ein furchtbares Sakrileg, die Augen der heiligen Barbara ...«
»Erstens sind es nicht ihre Augen, und zweitens schmälert die Entfernung der Edelsteine keineswegs den Wert dieser Märtyrerreliquie. Sie ist auch so ein Heiligtum. Und drittens«, er lächelte selbstzufrieden, »darf ohnehin nur der Heilige Vater einen Schrein öffnen, also wird es niemand erfahren.« Dann nahm er das große Papstsiegel, hielt eine Stange Lack an die nächstbeste Kerze und wartete, bis der Siegelbehälter mit der braunen Flüssigkeit vollgelaufen war. Als der flüssige Lack zu stocken begann, drückte mein Vater sein Siegel darauf.
Sein Siegel? Ich schaute genau hin. Das war doch ... »Ist dies

nicht das Wappen von Papst Innozenz? Der Herr möge seiner Seele gnädig sein und sie huldvoll aufnehmen.«
Vater lachte. »Du hast ein scharfes Auge, Lucrezia. Ja! Wenn jemand nach meiner Zeit den Schrein öffnet, so wird er glauben, Papst Innozenz habe die Rubine entfernen lassen, und kein Schatten wird auf das Geschlecht der Borgia fallen.« Er strich liebevoll über mein Haar. »Freut dich das Geschenk, meine Tochter?«
»O ja, diese Rubine sind wunderschön! Ich danke dir, liebster Vater.«
»Und willst du dafür auch besonders folgsam sein?«
»Ganz gewiß.« Ich hatte keine Ahnung, worauf er hinaus wollte.
»Gut, mein Täubchen, dann komm und leg dich jetzt ein wenig zu mir.«
Kaum hatten wir uns auf dem Lager niedergelassen, griff mir mein Vater unter die Röcke und begann, mich behutsam an den Schenkeln und der Scham zu streicheln. Ich wagte kaum zu atmen und hielt die beiden Rubine krampfhaft in der Linken. Es dauerte nicht lange, und er schob die Gewänder hoch, so daß ich fast nackt vor ihm lag.
»Wie wunderschön du bist, Piccolina, und wie begehrenswert.« Nun drängte seine Hand meine Schenkel auseinander, und während Vater sich auf den Rücken drehte, zog er mich auf sich; dann war sein Pene in mir. Ich spürte keinen Schmerz wie beim ersten Mal, empfand auch nur wenig Scheu, eher Verwunderung.
»Kein Mann soll dich je berühren, außer deinem Vater. Dieser zarte Leib ist eine Kostbarkeit – nur dem Oberhaupt der Christenheit selbst würdig!« Nun begann er heftig zu atmen, sein Körper zuckte unter mir. Es dauerte nicht lange, und ich hörte ihn laut stöhnen, dann war es vorüber. Es dauerte einige Zeit, bis sein Atem ruhiger wurde. »Meine Colombella, es ist so wunderbar, so unvergleichlich. Erfülle stets gewissenhaft diese

Pflichten, die du als Tochter mir gegenüber hast, und ich werde dich mit Geschenken überhäufen!«

Ich küßte ihn und ging stumm fort. Heute war ganz offenbar nicht der richtige Tag für mein Anliegen.

Zu Hause im Palazzo Santa Maria in Portico kam ich erst zur Besinnung. Es war also wieder geschehen. Ohne das berauschende Mittel, ohne Tanz, ohne Wein. Einfach nur so hatte mich mein Vater genommen, und ich mußte mich wirklich fragen, ob es nun ständig so sein würde. Schien ich diesmal auch schuldig, war es die Schuld aller Frauen – seit Eva im Paradies? Kirchenvater Augustinus hat es so geschrieben. In uns lauert jenes Laster, das selbst einen so heiligen Mann wie meinen Vater, den Papst, verführt. Es muß wohl der Teufel selbst sein. Ich war sehr traurig darüber, denn es hatten wohl die Reize meines Körpers Vater zu diesen Dingen aufgestachelt. Doch was dagegen unternehmen?

Die Erkenntnis traf mich wie ein Keulenschlag: Kein Mann auf Erden konnte mir gegen meinen Willen auch nur das Geringste antun – außer ihm. Und da gab es kein Entrinnen. Kaum glaubte ich mich durch den Aufstieg unserer Familie befreit von allen irdischen Zwängen, war ich schon gefangen in der Macht meines Vaters. Mein Körper gehörte ihm, wann immer er wollte ...

Wofür wollte mich Gott der Herr eigentlich strafen? Oder sandte er diese Prüfung, um zu sehen, wie weit meine Demut und Duldsamkeit ging? Vielleicht war alles ein Werk der Hölle, die Versuchungen an uns herantrug, denen wir erlagen. Aber dagegen mußte angekämpft werden mit aller Kraft, die man als Christenmensch besaß! Ja, Hochmut kommt vor dem Fall. Nach außen hin die von allen hofierte Tochter des Nachfolgers Christi auf Erden und in Wirklichkeit seine Gefangene.

Es mußte einen Ausweg geben! Ich zermarterte meinen Kopf, aber es fiel mir nicht ein, wie ich aus dem Teufelskreis entrinnen konnte.

Und wo war sie nun, die angebliche Macht des Giftes? Jene mittlerweile so zahlreichen Phiolen, die mich zur Herrin über Leben und Tod machten, was nützten sie schon? Gegen den eigenen Vater – unmöglich. Mit ihm fiele die ganze Macht unserer Familie, die meiner Brüder wie meine eigene. Und letztendlich liebte ich ja meinen Vater trotz allem. Nein, ich mußte herausfinden, was für mich die wirkliche Befreiung brachte; Befreiung aus den Zwängen, die mir von allen Seiten auferlegt wurden.
Doch im Augenblick war etwas anderes dringlicher: Ich durfte nicht schwanger werden.
Neade schien keineswegs verwundert, als ich ihr bei einem kurz vorher angesagten Besuch von meinen Befürchtungen erzählte.
»Wir kennen sehr wohl einige erprobte Möglichkeiten, Lucrezia, um keine unerwünschten Kinder zu bekommen.«
»Da bin ich erleichtert. Ich dachte schon, die Kraft des Herrn eines Harems offenbart sich doch im Reichtum seiner Nachkommen, so daß Ihr solche Mittel vielleicht nicht kennt und anwendet.«
»Nun ja, Ihr vermutet schon recht, aber das bezieht sich nur auf die Zahl der Söhne. Töchter können zwar bei der Heirat gewinnbringend verkauft werden, aber den Ruhm des Vaters vermehren sie nicht. Daher ist es der Stolz einer jeden Frau, ihrem Gebieter so viele Söhne wie möglich zu gebären und keine Töchter.«
»Aber wie kann man feststellen, ob es ein Knabe wird?«
»Das ist allerdings nicht einfach. Man hat dazu einen Astrologen zu befragen oder die Karten, besser beides.«
»Wie geht das?«
»Die Astrologie ist ein Geheimwissen, das nur Männer betreiben dürfen, Kartenschlagen hingegen war schon immer Sache der Frauen, und deshalb kann ich Euch nur in die Geheimnisse des letzteren einweihen.«

»Könnt Ihr mir die Zukunft vorhersagen?«
»Die Karten vermögen es.«
»Gut, Neade, nachher. Jetzt bitte ich Euch, sagt mir, was soll ich tun, damit die Inseminatio von gestern rückgängig gemacht wird.«
»Gestern?« Sie sah mich nachdenklich an. »Dann ist es zu spät.«
Mir lief es heiß und kalt den Rücken hinunter. »Zu spät? Im Namen der unbefleckten Jungfrau Maria, Ihr müßt mir helfen!«
»Nur etwas Geduld, liebste Lucrezia, wartet einen Mond ab. Wenn dann das Übliche nicht eintritt, werden wir etwas Wirkungsvolles unternehmen.«
»Gelobt sei der Name des Herrn!«
»Hier, nehmt diesen Pokal Wein, er wird Euch guttun.«
Mir war immer noch ganz schwach zumute; hatte ich doch gedacht, die Sache wäre wieder so einfach aus der Welt zu schaffen wie neulich nach dem unseligen Gastmahl. »Ihr trinkt nicht mit mir, Neade?«
»Das verbietet der Koran.«
»Aber Euer Herr, der edle Djem, genießt den Wein recht gern.«
»Er steht über uns allen ...«
Ich mußte an meinen Vater denken. Auch er nahm sich die Macht, göttliche Gebote nicht zu beachten. Doch jener verstieß nur mit einem Krug Wein gegen die Vorschriften seines Götzen, der Stellvertreter Christi auf Erden hingegen nahm sich die eigene Tochter zu wollüstigem Tun. Hatte Neade nicht recht? Er steht über allen ... Und deshalb darf er alles, könnte man ihren Satz ergänzen. Wäre mein Vater nicht von Gott zum Papst über alle anderen gesetzt worden, wenn ihn der Allmächtige für unwürdig hielte? Nein, Er, der alles bestimmte, würde unsere blutschänderische Beziehung nicht zugelassen haben. Blutschänderisch, was hieß das schon. Nur vom Ehebruch sprach die Heilige Schrift; der allerdings stellte eine Todsünde dar. Doch mein Gatte hatte unsere Ehe noch gar nicht vollzogen ...

Und überhaupt hatte mir Cesare doch die unbedingte Absolution erteilt, ohne die Mahnung, es nie wieder zu tun. Außerdem war uns ja vom Vater bereits kurz nach seiner Krönung ein absoluter, für alle Zeiten gültiger Ablaß gewährt worden, auch für die Sünden, die wir noch nicht begangen hatten. Also, was sorgte ich mich überhaupt. Vor Gott, dem Herrn, stand ich makellos da, und wenn einst die Posaune des Jüngsten Gerichts erschallte, dann würde meine Seele wie mein Körper gen Himmel aufsteigen.

Ich fand Vaters Verhalten mir gegenüber abstoßend, doch wog nicht seine liebevolle Art, die er mir stets entgegenbrachte, alles wieder auf? In meiner Seele setzte sich ein Stachel fest, der tief saß; Tag für Tag, Stunde um Stunde erinnerte er mich an meine Machtlosigkeit: dem eigenen Vater in dieser Weise ausgeliefert ...

»Lucrezia, Ihr träumt.«

Bei Morpheus, ich hatte ganz selbstvergessen meinen Gedanken nachgehangen. »Verzeiht, Neade, ich dachte gerade an etwas, das mich sehr beschäftigt.«

»An Euren Vater?«

Ich erschrak. »Ihr wißt ...?«

»Alle wissen es. Ein Palast, sei es unser kleiner hier oder der päpstliche, bewahrt keine Geheimnisse.«

»O Neade, ich schäme mich so!«

»Das braucht Ihr nicht, Lucrezia, wir stehen so hoch über den anderen, daß uns Geschwätz nicht berührt. Das niedere Volk kann nur niedrig denken und handeln. Wir hingegen, die von Allah Gesalbten, tun alles in Übereinkunft mit dem Allerhöchsten, dessen Wille uns trotzdem unerforschlich bleibt. Doch wie wir auch handeln – ihm kann es gefallen, uns von einem Tag auf den anderen aus den höchsten Höhen der Macht und des Glücks in die tiefsten Tiefen der Hölle zu schleudern. So hat es Mushaf al-hayat niedergelegt.«

»Soll das heißen, wir könnten gar keine Sünden begehen, weil Gott uns so hoch über alle anderen gestellt hat? Und ist deshalb unser Handeln stets gerechtfertigt?«
»Ob es sich so verhält, müßt Ihr ganz allein entscheiden. Doch nur was Euch nützt, betrachtet als richtig, alles andere verwerft.«
»Und die Rechte unserer Nächsten?«
»Was gehen sie Euch an?«
»In der Schrift steht ...«
»Lucrezia, was in Eurer Bibel steht, das gilt nicht für Euch, die Ihr die Tochter des Papstes seid.«
»Und der Koran?«
Sie lachte. »Er gilt nicht unbedingt für mich als die vierte Frau des Sultans.«
»Aber als Ihr vorhin den Wein ablehntet, habt Ihr Euch auf den Koran berufen.«
»Ich mag keinen Wein.«
»So legt Ihr die Schrift nach Eurem Gutdünken aus?«
»Natürlich, Lucrezia. Und ich kann Euch nur raten, dasselbe zu tun.«
»So wie die Juden mit ihrem Talmud?«
»Ja, genau so. Der besteht aus so vielen Vorschriften und Kommentaren, die in Jahrtausenden hinzugefügt wurden, daß heute niemand mehr weiß, was recht ist. Also kann jede Seite sich auf ihn berufen, und alle haben letztendlich recht.«
Neades Wahrheiten waren gefährlich. Natürlich, was konnte man von jemandem erwarten, der sich zu Allah bekannte. Andererseits gefiel mir, was sie über uns, die von Gott Gesalbten, behauptete. Es war zudem einleuchtend. Allmählich begriff ich, daß mein brennender Wunsch nach Macht, dieser unbändige Wille, mich nicht von einem Mann beherrschen zu lassen, so betrachtet, gar keine Auflehnung gegen alle göttlichen und menschlichen Gebote war. Man mußte sie nur richtig auslegen. Was Neade gesagt hatte, stimmte! Wir Höherstehenden dürfen

die Gesetze des Allmächtigen in unserem Sinne deuten, ja, wir müssen es sogar. Gott will es ...
Gut, wenn es so war, dann wollte ich meiner neugewonnenen Erkenntnis noch eine weitere hinzufügen über jenes Thema, das wohl jeden Menschen am meisten beschäftigt.
»Ihr könnt in die Zukunft sehen; also legt mir die Karten.«
Neade blickte ernst. »Und wenn sie Ungutes für Euch anzeigen?«
»Es ist mir gleichgültig.« Das war natürlich leicht dahingesagt. Wie furchtbar, stets auf das Eintreffen einer Weissagung zu warten, besonders wenn sie großes Unheil kündet. Doch ich wollte es unbedingt wissen.
Man brachte Neade einen Stapel Elfenbeinplättchen, jedes etwa so groß wie meine Hand und mit wunderschönen, feinen Bildern bemalt.
»Mischt die Karten, Lucrezia, und richtet Eure Gedanken ganz darauf.«
Ich führte Neades Anweisung sehr sorgfältig aus.
»Und nun hebt ab, legt das eine Häufchen beiseite und mischt die andere Hälfte. Nun legt auch diese Karten hin und wählt, aus welchem Stapel Euer Schicksal gelesen werden soll.«
Ich entschied mich für den rechten. Bedeutungsschwer lagen die Elfenbeinplättchen da, ihre glatte Rückseite verriet nichts von dem, was darunter schlummerte.
Neade sah mich fragend an. Auf mein Nicken nahm sie die erste Karte und legte sie offen hin.
Ich konnte nur eine männliche Figur und davor zwei Sphingen erkennen. »Was ist das?«
»Der Wagen. Er verheißt Triumphe, Unabhängigkeit und Erfolg, ja, zuletzt einen großen Sieg.«
»Genau danach strebe ich!«
»Alle tun das, Lucrezia, wartet erst einmal ab.« Neade griff nach der nächsten Karte.

Man sah einen zerborstenen Turm, von dem Menschen herabstürzten. Ich erschrak.
Die Türkin legte dieses Elfenbeinplättchen in einigem Abstand rechts neben das erste. »Es gibt Krieg, bald schon, große Gefahr und, bei Allah, Ihr werdet es nicht durchstehen.«
Mir stockte der Atem. »Schnell das nächste Bild!«
Es zeigte einen Löwen, und Neade atmete hörbar auf. »Dies ist das Sinnbild der Kraft. Die Karte hebt den ungünstigen Einfluß der vorherigen auf. Geistige Macht siegt über körperliche Gewalt. »Lucrezia«, sie sah mich erleichtert an, »das Glück scheint auf Eurer Seite zu sein.«
Das nächste Bild war ein Stern. »Ich sehe einen Mann, meine Liebste, der binnen zweier Jahre in Euer Leben treten und alles verändern wird.«
Ich dachte sofort an Francesco Gonzaga, den Markgrafen von Mantua. »Wer ist es, Neade, wer könnte es sein?« Ich war plötzlich noch aufgeregter als ohnehin schon.
»Laßt mich noch die letzte Karte der großen Arkana befragen, Lucrezia, dann ist das kleine Ankh-Kreuz vollständig gelegt, und wir werden mehr wissen.«
Ich blickte auf das Bild und prallte zurück. »Der Teufel!«
»Eine große Versuchung kommt auf Euch zu.«
»Werde ich ihr erliegen?«
»Ich sehe es nicht. Laßt mich noch einmal die Verbindungen zwischen den einzelnen Symbolen herstellen. Da unten, der Stern, ist die Lösungskarte des Ganzen. Hierin liegt die Bestimmung Eures Lebens. Ein Mann, aber nicht der Gatte, soviel ist gewiß, ein anderer bringt Licht in das Dunkel Eurer Existenz. Denn diese Karte mit dem Teufel, sie liegt im Zentrum des Kreuzes, strahlt in ihrer Kraft auf alles aus. Das bedeutet Versuchung. Versuchung jeder Art, jeder fleischlichen Art. Und seht hier links, das ist der Wagen. Er treibt die Lust nach jenem Mann ununterbrochen an. Und alles wird noch verstärkt durch die

dritte Karte hier oben, das Sinnbild des Widerstreits. Es zeigt den Löwen als Verkörperung der Kraft. Ein starker, mächtiger Mann, zu dem Euch eine starke, mächtige Leidenschaft treibt.«
Francesco Gonzaga! Die Karten zeigten es deutlich. Nur er konnte es sein, denn nur er hatte mich geküßt und in mir einen Sturm der Gefühle entfacht, der selbst in der Erinnerung noch so gewaltig war, daß ich mich seitdem jede Stunde nach einem Kuß von ihm sehnte – und wenn es das letzte in meinem Leben gewesen wäre ...
»Und nun, Lucrezia, werde ich Euch in das Mysterium einweihen.«
»In welches Mysterium?«
»Das kann ich erst offenbaren, wenn Ihr bei Eurem Blute schwört, keinem Mann dieses Geheimnis je zu verraten.« Dabei reichte mir Neade eine Nadel.
Es kostete mich einige Überwindung, damit in meinen rechten Handballen zu stechen. »Ich schwöre bei meinem Blut, keinem Mann je von diesem Mysterium zu erzählen.«
»Gut, Lucrezia. Also hört, was ich zu sagen habe. Es gibt ein Mittel zu verhindern, daß sich die Säfte des Mannes in uns zu einem Kind formen, ihm die Seele verleihen, es wachsen lassen. Wir Frauen strafen damit unseren Gatten, wenn er uns schlecht behandelt. Er kann keine Söhne mehr zeugen, solange diese geheime Mixtur angewendet wird. Aber Ihr müßt verschiedene Dinge dabei beachten.«
Sie legte ein kleines Schwämmchen auf das silberne Tablett vor sich und schüttete einige hellschimmernde kurze Fasern daneben. »Dies ist ein Stoff, den Ihr Alaun nennt. Vermischt ihn mit hundertvierundvierzig Teilen Wasser, laßt alles eine Stunde lang kochen, dann füllt die Flüssigkeit in eine gläserne Phiole, sprecht die Worte ›Al-aulad‹ und macht das Zeichen des Kreuzes ...«
»Des Kreuzes?«

»Ja, bei uns ist dies ein Fluch. Doch hört, es geht weiter. Danach müßt Ihr ›Ra's al-gauzahr‹ sagen, zwei Kreuzeszeichen machen und am Schluß laut den mächtigen Saturn mit dem Wort ›Zuhal‹ anrufen. Jetzt ist der Zauber wirksam. Geht Ihr nun zu dem Mann, dann tränkt das Schwämmchen mit dem Elixier und steckt es Euch dahin, wo er seinen Samen verströmt. Ihr seid dann vor der Empfängnis sicher, von Sonnenaufgang bis Sonnenuntergang oder umgekehrt.«

»Woher wißt Ihr das, Neade?«

»Alles steht in dem verbotenen Buch ›Risalat at-Tag wa-hilquat al maulud‹, was in Eurer Sprache soviel heißt wie ›die Krone und Erschaffung des Kindes‹, einst geschrieben von Miriam, der Koptin.«

»Diese Schriften haben meine Lehrer nie erwähnt.«

»Das glaube ich gern, die meisten wurden vernichtet, weil ihr Wissen den Frauen Macht über die Männer verleiht.«

»Was steht noch in dem Buch?«

»Daß alles Übel dieser Welt daher kommt, daß Gott sich nicht mehr mit der großen Göttin Ishtar vereinigt.«

Ich war nun schon etwas verwundert. »Göttinnen gibt es doch in Eurem Glauben nicht, wie ich gehört habe.«

»Das stimmt, aber es hat sie gegeben – vor Mohammed, vor Christus ...«

»Es sind Dämonen des Teufels, Ausgeburten der Hölle!«

»Das sagen Eure Lehrer. Sie behaupten ja auch, daß es nur vier Evangelien gäbe, aber wir kennen fast ein Dutzend.«

»Die alle von der heiligen Kirche verdammt wurden.«

»Und warum, Lucrezia?«

»Weil sie häretische Anschauungen vertreten.«

»Häretische Anschauungen ... Wißt Ihr, weshalb Eure Priester diese Schriften tilgten? Weil sie Maria, der Mutter Jesu, zuviel Raum gaben. Sie ist eine Frau, und die Männer wollen alles ausmerzen, was unsere Macht stärken könnte. Demütig und

duldsam, verschleiert oder zu Hause eingeschlossen – so wollen sie uns. Nur als Mutter von Söhnen gelten wir etwas. Habt Ihr nicht bemerkt, daß Männern alles erlaubt ist, uns Frauen hingegen nichts?«
»Es ist der Wille des Allmächtigen.«
»Wer sagt das? Hat er je zu Euch gesprochen?«
Es waren fast die gleichen Worte, die der alte Alchemist gebraucht hatte. Neades leidenschaftliche Ausführungen weckten in mir neuerliche Zweifel über so manches in der christlichen Lehre; stimmte das alles nicht mit meinen eigenen Beobachtungen überein? Es erschien in der Tat wie eine einzige Verschwörung der Männer gegen uns Frauen.
Doch andererseits gab es da Vorkommnisse, Beweise männlicher Zuneigung wie jenen Kuß von Francesco oder sein großmütiges Geschenk, die Stute Corsiera. Auch der innige Handkuß Perottos war mir noch sehr genau in Erinnerung. Gewiß schien die Erkenntnis, daß Frauen keine Gerechtigkeit widerfuhr, ganz richtig, aber, wie gesagt, mit verschiedenen Einschränkungen.
Und niemals durfte ich mein oberstes Ziel aus den Augen verlieren: die Macht. Denn nur sie konnte mich vor der Unterwerfung unter den männlichen Willen befreien.
Vorerst jedenfalls stand mir hierbei mein neuer Gatte, der unbedeutende Graf von Cotignola, im Weg. Aber nicht nur das, sondern er wollte ja auch kommen, um endlich die ehelichen Freuden mit seiner Gemahlin zu teilen, ein Umstand, der mir außerordentlich widerwärtig erschien. Ich war mir sicher, daß er mit diesem Wunsch keinen Erfolg haben würde.

> So wie Aphrodite entsteigt
> Des Meeres vielaufrauschenden Wogen
> Und ein sich hüllt in die güld'nen
> Gewänder der Horen,

> So werdet Ihr, Lucrezia,
> Umfangen von meiner Liebe und
> eingehüllt in meine Leidenschaft.
> *Giovanni*

Mein Gatte hatte sich angekündigt. Das Gedicht gefiel mir sogar, gewiß stammte es aus der Feder seines Hofhumanisten. Offenbar wollte er mir die Geschenke selbst überbringen, und ich würde sie mit größter Huld annehmen. Doch das war dann auch schon alles. Giovanni sollte sich wundern.
Am Tage nach Pancratius kam er. Sechs Hellebardiere begleiteten ihn, zwei Maultiere trugen seine Reisetruhen. Etwas wenig Aufwand für meinen Geschmack. Dann saßen wir uns an der großen Tafel im Saal gegenüber, er am unteren Ende, ich ganz oben. Alle anderen waren weggeschickt worden.
»Hier, liebste Lucrezia, ist ein Geschenk, das Euch in ganz lebendiger Form an Eure neue Heimat erinnern soll und darüber hinaus an jene Freuden, die Ihr heute nacht noch erfahren werdet.«
Er stand auf und brachte mir das von einem Tuch verhüllte Präsent. Es war ein Vogelkäfig mit zwei Nachtigallen. Ein wenig dürftig, um die erste Nacht von seiner Gattin einzufordern, wie mir schien. Natürlich wußte ich, was für eine Symbolik der Vogelkäfig, insbesondere der geöffnete, darstellte: Er ist das Sinnbild der geschlechtlichen Liebe.
»Meinen Dank für Eure ausgefallene Aufmerksamkeit. Doch bedenkt zweierlei: Erstens ist und bleibt meine Heimat hier, beim Heiligen Vater in Rom, und zweitens werdet Ihr die Tür des Vogelkäfigs niemals öffnen.« Ich schwieg dann und sah ihn nicht unfreundlich an.
Er schluckte, schien leicht verwirrt, Ratlosigkeit lag in seinen weichlichen Zügen. Dann griff er zum Weinpokal und trank bedächtig.

Giovanni Graf von Cotignola, der Herr von Pesaro, mochte schon so manche Schlacht gewonnen haben – diese jedenfalls war schon verloren, bevor sie richtig begann: In seinem Wein befand sich etwas von meinem Gift. Kein tödliches, nein, ein relativ mildes, fiebererzeugendes. Es würde genügen, um meinen Gemahl für etliche Tage aufs Krankenlager zu werfen. Dort blieb ihm genügend Zeit zum Nachdenken, ob es nicht besser wäre, sich den Wünschen seiner Gattin zu beugen.
»Nun, Lucrezia, meine Gemahlin, ich hoffe, Ihr bedenkt, was richtig für uns ist. Schließlich haben mein Oheim, Herzog Ludovico von Mailand, und Euer verehrter Vater, Papst Alexander, diese Ehe gewünscht ...«
»... um die Freundschaft unserer Familien zu bekräftigen und Bündnisgenossen gegen die Deutschen und Franzosen zu gewinnen. Aber nicht, damit Ihr die Copulatio mit mir ausführt, wenn ich es nicht wünsche!«
Seltsam, er wirkte plötzlich, als sei eine schwere Bürde von seinen Schultern genommen. »Und Ihr glaubt, ich könne zurück nach Pesaro?«
»Lieber heute als morgen, liebster Gatte. Vielleicht besuche ich Euch dort einmal.«
Er stand auf, und ich sah die große Erleichterung, die aus seinen Gesichtszügen sprach. »Dann erlaubt, daß ich mich entferne.«
»Möge Gottes Segen mit Euch sein!«
Er ging ohne Umschweife zum Portal des Saales, und gerade, als er die Tür öffnen wollte, fiel mir die Sache mit dem Gift ein.
»Giovanni, Ihr werdet heute nacht ein Fieber bekommen, das drei Tage anhält. Holt keinen Arzt und erlaubt niemandem einen Aderlaß, dann seid Ihr bald wieder völlig gesund. Lebt wohl.«
Ich konnte trotz der Entfernung sehen, daß er kalkweiß im Gesicht wurde.
Was für ein Sieg. Doch weshalb so einfach? Zu einfach ... Die ganze Wahrheit erfuhr ich von Bianca. Mein Gatte war keines-

wegs der siegreiche Condottiere, als den man ihn darstellte, sondern erhielt von seinem Onkel, dem Moro, lediglich einen regelmäßigen Sold für tausend Mann unter Waffen, die jedoch dem Oberbefehl der päpstlichen Truppen unterstellt waren. Er selbst, Giovanni, verabscheute den Krieg wie überhaupt jede Anstrengung und wollte um alles in der Welt bei seiner Geliebten in Pesaro bleiben. Der Graf fürchtete sich ganz entsetzlich vor dem Heiligen Vater einerseits und dem Moro andererseits, stets gewärtig, bei einem der beiden in Ungnade zu fallen und womöglich sein Leben einzubüßen. Das war auch der Grund für die unendliche Erleichterung, die er nicht verbergen konnte, als ich ihn mit doch recht harschen Worten nach Pesaro entließ.
Unser künftiges Verhältnis wurde darum das denkbar beste: Mein Gatte schrieb mir jeden Monat einen freundlichen Brief und niemanden störte es, daß er in der Ferne weilte – mich am allerwenigsten.
Da war doch der schöne Camerarius meines Vaters, Perotto, eine viel angenehmere Gesellschaft. Häufig ging er bei mir ein und aus, wann immer der anspruchsvolle Dienst am päpstlichen Hof es erlaubte. Wir unterhielten uns stets lange und angeregt bei Tisch, und selbst Giulia Farnese meinte, daß dieser Camerarius ein interessanter Mann sei. Es entging uns natürlich nicht, daß er mir schöne Augen machte. Seine Gedichte sprachen Bände, doch wahrte er immer den Rahmen der Schicklichkeit.
Doch nicht nur Perotto sorgte für Kurzweil in meinem Palazzo; es war in ganz besonderem Maße Cesare, mein geliebter Bruder, der viel Freude und Abwechslung brachte. Ganz unbefangen plauderten wir über seine zahlreichen Liebesabenteuer mit Töchtern und Ehefrauen der vornehmsten römischen Familien. Oft ritten wir zusammen aus über den Monte Gianicolo. Von dort oben konnte man ganz Rom liegen sehen, bis zum Quirinale hinüber.
Wenn ich abends Corsiera noch einmal im Stall aufsuchte, dann

gab es kein größeres Glück für mich, als ihre weichen Nüstern zu liebkosen, was sie willig geschehen ließ. Dieses herrliche Geschöpf! Meine Stute schien alles zu verstehen, was ich ihr zuflüsterte, hielt still, wenn ich ihren Hals mit beiden Armen umschlang und sie fest an mich drückte. Dann schnaubte Corsiera leise, als wolle auch sie mir ihre Zuneigung zeigen. Wir blieben oft lange so zusammen, und meine Gedanken weilten dann sehnsuchtsvoll bei Francesco Gonzaga.
Eines Abends, ich hielt wieder einmal stumme Zwiesprache mit meiner geliebten Corsiera, hörte ich draußen im Gang ein Geräusch.
»Lucrezia?«
»Cesare, wie schön, dich heute abend noch einmal zu sehen.«
»Ja, und das hat einen sehr erfreulichen Grund. Ich werde morgen zum Kardinal ernannt.«
»Zum Kardinal – endlich!«
»Ich habe auch sehr darauf gewartet, Primus inter pares zu sein und nicht mehr als Erzbischof hinter den Kardinälen gehen zu müssen; die Zeit der Erniedrigung ist vorbei.«
»Kardinal delle Rovere wird krank werden vor Wut über deine Ernennung, Cesare.«
Plötzlich lag wieder jenes harte, bösartige Glitzern in seinem Blick. »Er wird nicht nur krank werden, Lucrezia – er wird sterben ... Dann haben wir einen der übelsten Hetzer gegen unseren Vater ausgelöscht, und der Heilige Stuhl kann das Vermögen einziehen, mehr noch, die Pfründe wieder neu verkaufen. Denn die Borgia brauchen Geld.«
Ich wußte, daß die Papstwahl ungeheure Summen allein an Bestechungsgeldern erfordert hatte. Und diese Benefizien mußten unter allen Umständen gezahlt werden, das gebot schon die Christenpflicht. Zwar war die Simonie ursprünglich streng verboten, doch ohne sie wäre wohl niemals eine Papstwahl zustande gekommen. Und wenn unser Schöpfer das billigte, so

konnte es kein Vergehen sein. »Schade, daß ich nicht bei deiner Ernennung dabei sein kann, Cesare.«
»Das ist schwierig, Lucrezia. Du weißt, daß diese Zeremonie in strengster Abgeschiedenheit vorgenommen werden muß.«
»Leider ist das so. Aber besitzt der Saal, wo sie stattfindet, nicht eine Empore?«
»Also, auf die Empore möchtest du ... Nun, weshalb nicht; da werde ich dem Hauptmann der Wachen wohl einen Beutel Goldscudi zustecken müssen.«
»Was für ein nobles Geschenk ...«
»Ja. Und ich bringe dir eine Zisterzienserkutte. Zur Sicherheit, denn man darf dich auf gar keinen Fall erkennen, hörst du!«
Der Saal, in dem das Konsistorium zusammentrat, war recht düster und wurde nur von drei kleinen Fenstern, die noch dazu ganz oben lagen, spärlich beleuchtet. Dafür brannten wohl an die hundert große Kerzen, was dem Ganzen einen sehr würdigen Rahmen verlieh.
Die Kardinäle hatten schon Platz genommen. Sie saßen in reichgeschnitzten Bänken, einem Chorgestühl nicht unähnlich. Es herrschte gespannte Stimmung. Um delle Rovere saßen wohl dessen Parteigänger, was an den finsteren Mienen der Männer abzulesen war, und es waren zu meinem Erschrecken sehr viele. Wenn sich dieses Konsistorium gegen meinen Vater auflehnte – nicht auszudenken.
Endlich ertönte vom Portal her lauter Posaunenklang, und alle erhoben sich, auch delle Rovere. Zwei Novizen traten, ihre Weihrauchgefäße schwingend, ein und blieben an der Tür stehen; dann folgten etwa fünfzehn Hellebardenträger und danach, sehr majestätisch, unser Vater in kleinem Ornat, jedoch mit Tiara. Er setzte sich auf seinen Thronsessel, den man für diesen Zweck aus dem großen Audienzsaal hierhergebracht hatte. Was würde geschehen? Ich sah von meinem verborgenen Platz auf der Empore vorsichtig zu delle Rovere hin, konnte aber

kein Zeichen von Unmut mehr bemerken. Entweder war seine Furcht vor unserem Vater so groß, oder der Mann konnte sich eisern beherrschen.

Nun betete man ziemlich lange um die Erleuchtung durch den Heiligen Geist. Dann setzten sich auch die Kardinäle wieder. Zeremonienmeister Burcardus rief mit lauter Stimme die alte Formel »extra omnes«. Darauf verließ er wie auch die Prälaten, Kammerherren, Novizen und Söldner den Saal. Ich getraute mich kaum zu atmen.

Meines Vaters Stimme erhob sich: »In der Autorität des allmächtigen Gottes, der heiligen Apostel Petrus und Paulus und unserer eigenen ernennen wir«, er stockte kurz, »den ehrenwerten Erzbischof von Valencia, Don Cesare de Borgia, zum Kardinal. Im Namen des Vaters und des Sohnes und des Heiligen Geistes. Amen!«

»Amen«, wiederholten die Kardinäle.

Immer noch rührte sich delle Rovere nicht. Doch nun kam die entscheidende Stelle.

»Quid vobis videtur?«

Alle standen auf, rafften ihre rote Cappa magna, nahmen die quastengeschmückten, breitkrempigen Kardinalshüte ab und neigten das Haupt. Nur einer nicht, Kardinal delle Rovere.

»Was ist mit Euch, delle Rovere, seid Ihr unpäßlich?«

Jetzt erhob sich der Angesprochene. »Don Cesare ist Euer Neffe, Heiliger Vater; habt Ihr nicht in der Konklave geschworen, keine Nepoten bevorzugen zu wollen?«

»Don Cesare, verehrter Kardinal, ist nicht mein Neffe, sondern mein geliebter Sohn.«

»Um so verwerflicher, Heiliger Vater, Euer eigen Fleisch und Blut, das Ihr in Sünde gezeugt habt, uns, dem ehrwürdigen Kollegium, gleichzustellen!«

Diese Ungeheuerlichkeit konnte nur mit Blut getilgt werden, was für eine Beleidigung! Aber es wäre schwierig gewesen, hier sofort etwas zu unternehmen. Im päpstlichen Palast, unter den Augen der Kardinäle – unmöglich.

Ich konnte bis hier oben erkennen, wie die Stirnadern meines Vaters vor Zorn schwollen, gleich mußte er seinem Widersacher die furchtbarsten Worte entgegenschleudern. Aber weit gefehlt.

»Meine Kinder, Kardinal, mögen zwar nur natürlicher Herkunft sein, aber bedenkt, daß sie Euch allen hier in Rom sehr nützlich sind. Hat nicht mein Sohn Joffre die Neapolitanerin Sancia von Aragon geheiratet? Und meine geliebte Tochter Lucrezia ist Gattin des Giovanni Sforza, Lieblingsneffe des Herzogs Ludovico von Mailand. Was bedeutet das? Es bedeutet Frieden mit den beiden mächtigsten Geschlechtern Italiens, Frieden für die heilige römische Kirche. Und ebenso wird es mit Cesare sein, auch er ist ein Garant dafür, daß wir von Krieg verschont bleiben; denn mein Sohn ist ausersehen, beim König von Frankreich, der gegen uns rüstet, um Frieden zu bitten. Seht, Ihr Kardinäle, ich opfere meine Familie, die mir Gott der Allmächtige geschenkt hat, zu Eurem Wohle!«

Dann setzte sich mein Vater und schwieg. Einige Kardinäle waren aufgesprungen und redeten eifrig auf delle Rovere ein. Ich hörte Worte, wie »der Heilige Vater spricht die Wahrheit« und »widersetzt Euch nicht länger«.

Endlich, es kam mir wie eine Ewigkeit vor, nahm der Kardinal seine Cappa magna, raffte sie, nahm auch seinen Hut ab und neigte das Haupt – welch ein Erfolg für unsere Familie!

Nun erhob sich mein Vater wieder. »Bringt Don Cesare herein!« Das Portal schwang auf, und mein Bruder kam mit festem Schritt herein, trat vor den Thron und verneigte sich. Ich sah, daß mein Vater lächelte.

»Empfange diesen roten Hut, das sichtbare Zeichen der Kardinalswürde zur größeren Ehre des allmächtigen Gottes und zur Zierde des Apostolischen Stuhles. Stehe damit ein für die Stärkung des heiligen Glaubens und für den Bestand der heiligen römischen Kirche!« Dann setzte er Cesare den Hut auf und übergab ihm auch den Kardinalsring.

Mein Bruder warf sich daraufhin nieder, küßte demütig seine Schuhe, dann kniend die Hände. Zuletzt drückte ihn unser Vater sichtlich gerührt an seine Brust und hielt ihm die Wange zum Kuß hin. Dann ging Cesare gemessenen Schrittes zu den anderen Kardinälen, verneigte sich tief vor dem Kollegium und setzte sich genau neben delle Rovere, was diesem sichtlich unangenehm war.

Vater erhob sich und mit ihm alle anderen; sie strebten dem großen Festsaal zu, um das Ereignis gebührend zu feiern.

Ich war jetzt dreizehn Jahre alt, voll zur Frau erblüht, und meine Familie stand höher als alle anderen Geschlechter des Abendlandes. Sichtbar ruhte der Segen des Allerhöchsten auf uns Borgia. Diese und ähnliche Gedanken voller Stolz und Zufriedenheit kamen mir in den Sinn, als ich zu Hause in meinem Palazzo mit den anderen an der mittäglichen Tafel saß.

Doch eines beschäftigte mich immer noch sehr stark: die Weissagungen der Karten, die Neade gelegt hatte. Sollte jener geheimnisvolle Mann in meinem Leben wirklich Francesco Gonzaga, der Markgraf von Mantua, sein? Er lebte doch so fern von hier; wie konnten wir jemals zusammenkommen? Im Rahmen eines Besuches, gewiß, oder bei irgendwelchen Festlichkeiten, wenn die Großen Italiens sich trafen ... Dann kam mir plötzlich ein Gedanke. Ich würde ihm schreiben und mich nochmals für die herrliche Stute Corsiera bedanken. Das bewegte sich durchaus im Rahmen der Schicklichkeit. In diesem Zusammenhang konnte man Francesco natürlich auch einladen, irgendwelche Gründe fanden sich immer. Und etwas Unverfänglicheres, als etwa ein feierliches Hochamt zu besuchen, das mein Vater zelebrierte, gab es wirklich nicht. Am besten, das Schreiben wurde persönlich gehalten, dann mußte ich diesen Brief nämlich

nicht der päpstlichen Segreteria vorlegen lassen und damit Gefahr laufen, daß mein Vater gegebenenfalls etwas strich oder hinzufügte.
Schon die Anrede erschien mir schwierig. Nicht zu förmlich sollte sie sein, aber auch nicht zu persönlich; herzlich, aber trotzdem unter Wahrung allen Respekts. Ich verbrachte den ganzen Nachmittag mit Überlegungen und verwarf dann schließlich doch alles. Mochte es sein, wie es wollte, schließlich mußte der Markgraf wissen, daß ich ihm sehr zugetan war. Ja, in diesem Augenblick gestand ich es mir selbst ein: Ich liebte Francesco Gonzaga. Die Erkenntnis an sich überraschte mich gar nicht so sehr, denn seit langem hatte jenes Wissen ja schon in mir geschlummert, jetzt war es eben heraus. Nein, etwas anderes schien wirklich neu und aufregend, die Vorstellung, mit Francesco das zu tun, was ich bisher mit Widerwillen und Abscheu erduldet hatte – die fleischliche Vereinigung. Nicht nur seinen Kuß zu spüren, sondern ihn, diesen Mann, ganz und gar bei mir, in mir ...
So schrieb ich Francesco einen Brief, in dem die ganze Innigkeit meines Gefühls lag.

Liebster Freund!
Wie Paris einst Helena nach Troja entführte, so habt Ihr es mit meinem Herzen getan. Ich denke immer an Euch, und es ist nur ein Wunsch in mir: wieder so in Euren Armen zu liegen wie damals in den Weinbergen des Monte Vaticano. Ihr seid mein Apoll, doch ich werde gewiß nicht zögern wie Daphne ...
                                                                    Lucrezia

Das war mehr als gewagt. Aber ich konnte nichts tun, denn beim Schreiben dieser wenigen Zeilen hatte ein brennendes Begehren von mir Besitz ergriffen. Und zum ersten Mal in meinem Leben spürte ich, was das sein kann: Leidenschaft.

Am nächsten Tag sollte Bianca den gesiegelten Brief zur Segreteria des Apostolischen Palastes bringen mit der Bitte, ihn dem nächsten Boten mitzugeben. Nach Norden gab es ja viele Kuriere, und in spätestens vierzehn Tagen würde der Markgraf mein Schreiben bereits in Händen halten.
Plötzlich trat ein Diener ein, der den Camerarius meines Vaters anmeldete.
»Ihr kommt heute spät, Don Perotto.«
»Verzeiht, Contessa, doch der Heilige Vater bittet Euch, mit ihm die Ernennung seiner Eminenz Don Cesare zu feiern. Das Kardinalskollegium ist schon seit der Mittagsstunde zusammen, alle sind sehr ausgelassen.«
Eine Vorahnung sagte mir, daß Vater mich tanzen sehen wollte. Gegen diesen Wunsch war ich machtlos, also sollten alle jenes gewagte Gewand aus dem durchsichtigen Organza bewundern und meinen Körper. Gut, niemand würde enttäuscht werden.
Schon weit vor dem großen Festsaal der Curia superiore hörte ich lautes Gegröle und Singen – es waren keine christlichen Lieder. Die Gardisten öffneten das Portal, und dann stand ich in einer Szenerie, die den Vergleich mit Sodom und Gomorrha nicht zu scheuen brauchte. Das Kardinalskollegium, das ja schon seit Mittag hier zechte, und die ganze Gesellschaft war nun, zur achten Stunde, schwer betrunken. Sogar Djem weilte hier; mit seinem riesigen Turban überragte er alle Kardinäle.
Cesare sah mich als erster. Er hakte sich bei Djem ein, und beide kamen schwankend auf mich zu. »Lucrezia, geliebte Schwester, komm zu uns und trinke!« Mein Bruder wandte sich um und klatschte in die Hände. »Rasch, Ihr Hurenböcke, bringt Wein für Donna Lucrezia, die schönste Frau des Vatikans!«
Djem schüttelte sich vor Lachen, und es sah aus, als würden beide gleich zu Boden stürzen.
Ich kannte das unangenehme Gefühl noch nicht, völlig nüchtern in eine Gesellschaft von Betrunkenen zu geraten, mußte aber

meinem Vater Gehorsam leisten und konnte nicht entfliehen. Der Wein tat mir gut, denn er machte mich unempfindlich gegen alles, was hier vorging. Cesare und Djem zogen mich zu ihren Plätzen an der langen Tafel, die sich unter den Mengen von erlesenen Speisen bog. Pasteten, Braten, Brot, frisches und gedünstetes Gemüse, Wachteln sowie andere gebratene Vögel, Honigfrüchte, süßes Gebäck und vor allem die von mir so sehr geliebten Confetti. Mein Vater hatte sich gerade zurückgezogen, offenbar, um neue Kräfte zu sammeln.
Zahlreiche Mädchen, vermutlich Roms teuerste Meretrici und allesamt splitternackt, unterhielten die Kardinäle. Es war für mich nicht ganz leicht, Haltung zu bewahren, und meine Tischgenossen hatten auch schon so hingebungsvoll Bacchus gehuldigt, daß mit ihnen kein rechtes Gespräch mehr zustande kommen wollte. Plötzlich sah ich Kardinal Giuliano delle Rovere. Er saß etwas abseits mit drei anderen Würdenträgern und trank mit finsterer Miene.
Ich stand auf und trat so hoheitsvoll wie möglich zu den Männern. »Erlauben die Eminenzen, daß ich mich zu ihnen setze?« Sofort erhoben sich die Kardinäle, was sie bei ihrer Stellung einer gewöhnlichen Contessa gegenüber gewiß niemals getan hätten, und ließen mich bei sich Platz nehmen. Ich blickte in ihre mißtrauischen Mienen und bemühte mich daher, besonders freundlich zu sein. »Ein fröhliches Fest, Don Giuliano; doch Ihr scheint nicht so heiter gestimmt wie die anderen hier.«
Delle Rovere sah mich grimmig an, schwieg jedoch. Ich beschloß, mir nichts anmerken zu lassen, und plauderte lächelnd weiter. »Gewiß erregt es Euren Unwillen, meinen Bruder in den erlauchten Kreis des Kollegiums aufgenommen zu sehen.«
»Er ist ein Neffe des Heiligen Vaters, der uns bei seiner Wahl versicherte, nicht dem Nepotismus zu huldigen.« Delle Rovere nahm einen Schluck Wein aus seinem Pokal.
Der Pokal! Wenn ich ihn nur für einen kurzen Augenblick

unbemerkt in Händen halten könnte! Ein winziger Druck auf meinen prächtigen Giftring, und einige Tropfen würden daraus in den Wein fließen – genug, um diesen gefährlichen Feind unserer Familie für immer zum Schweigen zu bringen. »Nun, ich glaube, das ist nicht ganz so schlimm. Hat seine Heiligkeit nicht vermieden, seinen Verwandten, den Kardinal Giovanni Borgia, nach Rom zu rufen?«
»Don Cesare wird vorgeworfen, einen Lebenswandel zu führen, der seiner neuen Stellung in keiner Weise entspricht.«
»Seht Euch um, Eminenz, und Ihr werdet hier heute nacht nur wenig Heiliges entdecken.«
»Contessa, ich bin nur anwesend, weil es der Nachfolger Petri wünscht.«
Delle Rovere war verstockt und vor allem sehr mißtrauisch. Natürlich dachte er, Cesare hätte mich vorgeschickt. Ich mußte einlenken und legte daher meine Hand wie beschwichtigend auf seine fleischige Linke.
Er sah mich überrascht an.
»Glaubt mir, Eminenz, weder Don Cesare noch der Heilige Vater sind Euch feindlich gesonnen. Ich bin aus freien Stücken hier, um zu vermitteln.«
Er glaubte mir natürlich kein Wort. Sein Pokal – wenn ich nur an diesen Pokal käme! Abwarten, delle Rovere war ein schlauer Fuchs. Er schaute mich nachdenklich an, und ich erwiderte seinen Blick.
Plötzlich lächelte er. »Ihr seid gewiß besten Willens, Donna Lucrezia, aber bedenkt, daß Euer Va... Oheim«, fast hätte er sich versprochen, »mit den Conti und Savelli im Bunde ist, die mein Kastell in Ostia besetzt halten.«
»Ach, die Parteiungen in Rom sind doch eine schwankende Sache. Morgen mögen die Conti schon wieder mit Euch vereint gegen die Orsini kämpfen. Seid versichert, der Papst ist nicht Euer Feind...«

Ohrenbetäubender Fanfarenklang erscholl, das hintere Portal des Festsaales schwang auf, und mein Vater wurde auf seinem Thron hereingetragen. Alle erhoben sich, ausgenommen jene, die besinnungslos betrunken am Boden lagen oder es gerade mit einer der bildschönen Meretrici trieben. Auch delle Rovere und die Männer um ihn erhoben sich. Das war der Moment! Der Weinpokal stand direkt neben mir. Ich drehte den Giftring, der sich an meinem Mittelfinger befand, etwas nach links, hielt ihn über den Becher, ein fester Druck des Daumens, und kaum merklich schoß ein dünner Strahl todbringender Flüssigkeit in den silbernen Pokal. »Entschuldigt, Eminenz«, säuselte ich zuckersüß, »mein Vater erwartet mich.«
Es waren zwanzig Schritte zum Thron am Kopfende der Tafel ich ging sie gemessen wie eine Königin. Und hinter meinem Rücken mußte jetzt gerade ein gewisser Kardinal zum Weinpokal greifen, er würde trinken und nichts bemerken. Doch bald sollte er ein seltsames Gefühl im Magen spüren, kurz darauf im Schädel ...
Noch bevor ich den Thron erreichte, wandte ich leicht den Kopf und sah aus den Augenwinkeln, daß Kardinal delle Rovere nicht mehr an seinem Platz war – einfach gegangen, ohne Erlaubnis meines Vaters! Doch dann gefror mir das Blut in den Adern. Einer der Prälaten, die nebenan zechten, griff nach dem verhängnisvollen Pokal und trank daraus! Bei Sokrates – der Mann würde keinen leichten Tod haben.
Ich tat natürlich, als ob nichts wäre, und begrüßte meinen Vater, der auch etwas zu sehr dem Bacchanal gehuldigt hatte.
»Freunde!« rief er, mich an der Hand haltend, »Freunde, hier ist die schönste Frau des ganzen Erdenkreises, meine Tochter. Laßt uns ihr huldigen! Huldigen mit einer schwarzen Messe ...«
Nun hörten selbst die sinnlos Betrunkenen zu. Eine schwarze Messe im päpstlichen Palast, das hatte es noch nie gegeben. Auf

päpstlichen Wink hin holten einige spanische Gardisten einen Reisealtar aus der kleinen Privatkapelle im Torre Borgia und stellten ihn auf die erhöhte Stelle, wo sonst der heilige Thron stand.
Jetzt schien mein Vater so richtig in seinem Element. »Djem wird eine Messe lesen, Cesare und Giovanni sind seine Ministranten.«
Mir kam die ganze Idee mehr als fragwürdig vor. Selbst wenn alle noch so betrunken waren, stellte es doch eine ungeheure Blasphemie dar. Und Djem, der Muselmane, in der Rolle eines Priesters ... Beschwor unser Vater nicht leichtfertig die Strafe des Himmels auf uns alle herab? Sollte ich mich einmischen? Doch die Anwesenden würden bestenfalls darüber lachen. Sollten die Kardinäle meinetwegen machen, was sie wollten; der Zorn Gottes würde mich schließlich nicht treffen, sondern jene, die alles verschuldeten.
Cesare zog einem besinnungslosen Prälaten den Ornat aus und streifte ihn Djem über. Dann hakten er und der blutjunge Kardinal Giovanni de Medici den Türken unter und führten ihn zum Altar. Die drei standen schwankend davor, und abwechselnd flüsterten Cesare und der Medici Djem die entsprechenden rituellen Formeln zu. Die Festgesellschaft brüllte vor Lachen, als das Antiphon gesungen wurde, und zwar in einer gotteslästerlichen Art und Weise.
»... Oratio pro peccatis ...« Djems seltsam gefärbter Akzent erregte zusätzliche Heiterkeit. Das Stufengebet zelebrierten die drei, indem sie immer wieder zum Altar hinauf- und herabsprangen, bis sie plötzlich zusammen auf dem Boden landeten und eine Zeitlang nicht mehr aufstehen konnten.
Der Introitus bestand wiederum aus den frivolsten Gesängen, und danach grölten alle Anwesenden – und selbst mein Vater – laut »Kyrie eleison«. Bei der Schriftlesung zitierte mein Bruder auswendig aus dem Decamerone, wobei er nach jedem Satz

ausrief: »Sequentia sancti Evangelii!« Ein Einfall, der unseren Vater zu lebhaftem Beifall veranlaßte. Der Medici antwortete: »Gloria tibi domine Lucifer ...«
Ich konnte an diesen blasphemischen Worten weniger Vergnügen finden als offenbar die hohe Geistlichkeit ringsum.
Bei der Elevation versuchte Cesare, kleine Stückchen Brot in den hochgehobenen Weinpokal zu werfen, was ihm aber trotz größter Mühen nicht gelang. »Fiat commixtio et consecratio«, mit diesen Worten hielten mein Bruder und der Medici eine große Kanne mit Wein an Djems Mund und zwangen ihn zu trinken, bis dieser umfiel. Dem Daliegenden schütteten sie überdies noch den Rest des Weines über das Gesicht.
Der Türke blieb regungslos liegen, wie ein Toter in einer roten Blutlache, dachte ich.
Das Gesicht meines Vaters war jetzt ganz bleich – er lachte nicht mehr. Was ging in ihm vor? Doch die zwei am Altar machten unbekümmert weiter, sangen das »Agnus Dei« und küßten sich wechselweise auf die Wangen, bis unser Vater jäh von seinem Sessel aufstand und in den Saal rief: »Ite missa est!« Und immer wieder: »Ite missa est!« Die Betrunkenen wirkten plötzlich ernüchtert. Langsam begriffen die ersten und verließen die Festtafel. Binnen kurzer Frist war der Saal völlig leer. Vater ließ sich auf dem Thron sitzend in seine Gemächer tragen. Und ich mußte ihm folgen – wohl wissend, was jetzt kam.
In der Antecamera bat man mich zu warten.
Jene gotteslästerliche Messe vorhin hatte mein Innerstes aufgewühlt; die ganze Szenerie mit den betrunkenen Kardinälen und den nackten Meretrici war mir zutiefst widerwärtig. Nun sollte ich auch noch meinem Vater zu Willen sein; nein, ich wollte und konnte einfach nicht!
Perotto kam aus dem Gemach und machte mir ein Zeichen.
»Sagt Seiner Heiligkeit, daß er auf meine weitere Gesellschaft heute nacht verzichten möge!« Es war heraus. Dieser Ungehor-

sam mußte sein, was immer auch danach geschah, ich würde es ertragen.
Der Camerarius erstarrte vor Schreck förmlich zur Salzsäule. »Ihr verweigert dem Heiligen Vater den Gehorsam! Madonna Lucrezia, bedenkt ...«
»Es ist gut, Don Perotto, geht hinein und sagt es meinem Vater!« Er wurde blaß. »Ich tue es für Euch.« Seine Stimme klang dunkel und leise.
Einen Augenblick lang schien es mir, als ob Perotto mich voller Zuneigung ansah; oder war es eine Täuschung? Aber weshalb wollte ich eigentlich ihn schicken, es war meine Aufgabe. »Wartet, ich gehe selbst.«
Mein Vater saß in einem reichvergoldeten Scherensessel und trank Wein aus seinem venezianischen Pokal.
»Ihr habt mich rufen lassen.«
»Lucrezia, mia Piccolina, warum so förmlich, komm zu mir!« Jetzt hieß es ganz ruhig bleiben. »Ich – ich möchte das nicht.« Er sah mich ernst an. »Du weißt, daß du mich damit sehr traurig machst.«
»Mein Vater, es ist mir nicht mehr möglich. Ich will Euch in allem eine gehorsame Tochter sein. Verlangt, was Ihr wollt, nur dies eine nicht mehr!«
»Ich könnte dich zwingen.«
»Ja, das ist mir klar. Aber ich bitte Euch, bedenkt gut ...«
Er lachte bitter. »Keine Tochter hat je einen liebevolleren Vater gehabt als du. Ich liebe dich, nein, besser noch, ich vergöttere dich, und was ist der Dank? Eine kleine Gefälligkeit ist es nur, nicht mehr ...«
Seine Worte rührten mich. Vielleicht war es wirklich nur eine so geringfügige Sache. Doch nein, ich durfte nicht schwankend werden, jetzt nicht mehr. »Eine Gefälligkeit, die Euch gewiß auch Giulia Farnese gerne erweist.«
Er machte eine abwehrende Handbewegung. »Natürlich. Den-

noch ist es mit dir, Lucrezia, etwas ganz anderes. Nicht nur, daß du mir die höchsten Wonnen verschaffst, nein ...«
Ich sah, wie seine Augen leuchteten.
»... mit dir ist es die reinste Vereinigung von Mann und Frau eben, weil du von meinem Blute bist. Und dazu die schönste und begehrenswerteste Frau des gesamten Okzidents! Wenn ich mich mit dir vereinige, ist es wie ein Hieros Gamos, wie die Vereinigung der vergöttlichten Pharaonen des alten Ägyptens mit ihren Schwestern und Müttern. Dort entstand ein Geschlecht, das völlig rein war, königlich im wahrsten Sinne des Wortes. Und wenn du dich mir verweigerst, Lucrezia, dann haben wir jene großartige Gelegenheit vertan – die Möglichkeit, eine neue Dynastie zu begründen, um gleich den Pharaonen zu herrschen. In Italien zuerst und dann, wenn es Gott unserem Herrn gefällt, über das Abendland, über den ganzen Erdenkreis. Ich spüre den Willen des Allmächtigen, er befiehlt mir: Vereinige dich mit deiner Tochter!« Mein Vater hatte die letzten Worte förmlich hinausgeschleudert, seine Lippen bebten, er schien ganz außer sich. War es nur die Trunkenheit, oder sprach ein unreiner Geist aus ihm? Was für eine Hybris.
Und dann dämmerte es mir: Ich war in dem großen Spiel der Macht, das mein Vater betrieb, Bauer, Springer und Dame zugleich. Gut, mochte er mich aus Gründen der Politik verheiraten mit wem auch immer – es war mir gleichgültig. Er konnte mit mir rechnen, wenn es galt, mit meinem Liebreiz ihm die Mächtigen dieser Welt geneigt zu machen. Alles würde ich tun zum höheren Ruhm unserer ehrwürdigen Familie. Nur eines nicht, die Copulatio mit meinem Vater! Nie mehr.
Der herrliche Glaspokal zersplitterte auf dem Boden. Ich erschrak fürchterlich und glaubte, Vater hätte ihn aus Zorn hingeworfen. Doch sein Kopf war auf die Brust gesunken, regelmäßige Atemzüge verrieten mir, daß er eingeschlafen war.

Was hatte ich getan! Aufbegehrt gegen meinen Vater! Und das nicht einfach gegen einen Vater wie tausend andere. Nein, diese Auflehnung richtete sich gegen den Papst selbst, jenen Menschen, der von Gott direkt über alle anderen gesetzt worden war. Das konnte nicht recht sein. Was immer er auch verlangte, seine Kinder mußten ihm gehorchen, so gebot es das göttliche und irdische Gesetz. Trotzdem, durfte mein Vater die Copulatio mit mir fordern? Er, der Stellvertreter Christi auf Erden? Im stillen mußte ich mir eingestehen, daß der Papst, dem es zustand, Kaiser und Könige zu maßregeln, auch das verlangen konnte. Es gab niemanden, der seine Stimme für mich erhoben hätte, niemanden ...
Ich war todmüde, und letztendlich schien mir alles gleichgültig. Am nächsten Morgen erzählte mir Bianca, daß der Prälat Antonio Ponziani an den Folgen des übermäßigen Weingenusses noch am gestrigen Abend verstorben sei. Delle Rovere war meinem Gift entkommen ...
Ich erwartete stündlich eine Nachricht aus dem Apostolischen Palast. Vater würde mich wegen meines Verhaltens gestern nacht rügen oder gar bestrafen. Doch mein Entschluß stand fest: keine Copulatio mehr.

Kurz vor dem Mittagsläuten meldete ein Diener die Ankunft des französischen Gesandten Comte de Chatellerault. Mir fiel auf, daß dieser Mann im Gegensatz zu allen anderen Gesandten, die zu mir kamen, sich weder vor mir verneigte noch sein Barett abnahm. Ich tat, als ob ich es nicht bemerkte, und bat ihn, auf dem Scherenstuhl neben meinem thronartigen Lehnsessel Platz zu nehmen. Er verweigerte das, ebenso den angebotenen Wein. Ein stolzer Mann offenbar oder ohne jegliche Manieren, wie man es unter diesen Barbaren durchaus antreffen kann.
»Bitte tragt Euer Anliegen vor.«
Er begann nicht unfreundlich. »Ich kam, Madame, soeben

durch den Rione Ripa, und wißt Ihr, was das Volk dort jedem Fremden erzählt?«
»Es ist mir leider nicht bekannt.«
»Nun, dann will ich es Euch sagen.« Seine Stimme nahm plötzlich einen spöttischen Ton an. »Die Leute meinen, unser Heiliger Vater schlafe mit seiner Tochter – oder muß ich sagen, heilige Tochter?«
Jetzt begriff ich. »Ihr seid Euch gewiß der Ungeheuerlichkeit dieser Äußerung bewußt, Comte. Nur Eure Stellung als Abgesandter des Königs schützt Euch vor dem Tod. Ich betrachte Euren Besuch als beendet. Geht!«
»Ja, ich gehe, aber ich komme mit meinem Herrn, König Charles, wieder, und der wird Euren Vater«, er spuckte verächtlich aus, »beschuldigen der Simonie sowie des Inzestes. In dieser Stunde überreicht gerade der Duc de Mayenne Papst Alexander, den man fälschlicherweise Vicarius Christi nennt, die Anklageschrift. Hütet Euch vor dem König von Frankreich und seinem Heer!« Dann drehte sich der Abgesandte um und verließ den Raum.
Ich war wie betäubt. Sollte nun wirklich eintreten, was man schon lange vermutete, dann bedeutete das höchste Gefahr für uns alle. Wenn die Franzosen durch Italien nach Süden zogen, um die Aragonesen in Neapel zu vernichten, so würde König Charles Rom nicht schonen. Was sollte ich tun? Cesare wußte sicher mehr.
»Schnell, Bianca, ich brauche die Sänfte und meine Mantella.«
Es schien alles ewig zu dauern, und auf dem Weg zu Cesares neuem Palazzo bildete ich mir ein, die Menschen ahnten bereits das drohende Unheil.
»Seine Eminenz wurde vor etwa einer Stunde zum Heiligen Vater befohlen, Madonna Lucrezia.« Mehr konnte der Majordomus auch nicht sagen.
Ich beschloß dazubleiben, ließ mir Brot und Wein bringen und

wartete auf meinen Bruder. Bianca leistete mir Gesellschaft. Was der französische Gesandte gesagt hatte, bedrückte mich sehr, denn es entsprach ja der Wahrheit. Und seine Bemerkung, daß diese Geschichten im Volk erzählt wurden, stimmte sie?
»Bianca, hast du jemals von gewissen Dingen reden hören, die unsere Familie betreffen?«
Meine Zofe sah mich nur kurz an, und ihr unsicherer Blick sagte mir, daß sie mich anlügen würde.
»Man liebt den Heiligen Vater ...«
»Gewiß, und weiter?«
»Man verehrt auch das edle Geschlecht der Borgia.«
»Schluß jetzt, Bianca. Ich weiß, daß im Volk ungehörig über uns gesprochen wird, davon will ich hören und nichts anderes!«
Sie wurde blaß. »Ach, Herrin, die Leute reden doch soviel ...«
»Genau das sollst du mir erzählen.«
»Über – über Euren Vater sagt man, daß kurz nach seiner Wahl zum Papst aus seinem Palazzo je fünf Maultiere mit Silber zu den Kardinälen Sforza, Carafa und Farnese geschafft worden seien.«
Sie stockte.
»Weiter, sprich!«
»Ja, also ...« Bianca schwieg.
Meine Ungeduld wuchs. »Dann werde ich es dir sagen. Es wird behauptet, mein Vater habe seine Wahl durch Simonie herbeigeführt.«
»So ist es, Herrin.«
Natürlich wußte ich von Cesare, daß dies stimmte. Ämterkauf war eine uralte Tradition der Kirche, doch irgendein Häretiker hatte vor langer Zeit die Meinung verbreitet, es sei eine Sünde. Wenn das jedoch so wäre, würde Gott es nicht zulassen. Ich mußte unwillkürlich an die schwarze Messe denken und daran, daß der Allmächtige auch dies zugelassen hatte. Weshalb schleuderte er keinen Blitz in diese gotteslästerliche Gesellschaft? Aber vielleicht bedeutete es nur einen üblen Scherz und

keine Todsünde, wenn so etwas im Angesicht des gesamten Kardinalskollegiums geschah.

Nein, viel wichtiger war im Augenblick zu erfahren, was das Volk von uns dachte und ob vielleicht ein Aufstand drohte, der uns alle hinwegfegen konnte. Standen doch die Gefolgsleute der Conti und Orsini stets bereit loszuschlagen, wenn der Heilige Stuhl wankte.

»Was hast du über mich erfahren?«

Bianca schlug die Hände vors Gesicht. »Ich kann es nicht aussprechen.«

»Vielleicht, daß gewisse Töchter mit ihrem eigenen Vater Unzucht treiben?«

Meine Zofe zitterte jetzt am ganzen Leib, sagte aber nichts.

»Antworte – ist es so?«

Sie nickte stumm.

Jetzt wußte ich es. Man würde uns anklagen.

Erst am späten Nachmittag kam Cesare zurück. Er wirkte ernst, aber gefaßt. »Es gibt Krieg, Lucrezia. Der König von Frankreich marschiert mit seinem Heer zur Stunde durch die Lombardei nach Italien ein.«

»Hält ihn denn niemand auf?«

»Die Truppen der Aragonesen stehen bei Neapel. Markgraf Francesco Gonzaga versammelt soeben Söldner um sich, bleibt aber in den Abruzzen, bis er stark genug ist, den Kampf zu führen.«

Francesco Gonzaga! Ich stellte mir vor, wo er wohl gerade sein mochte, vielleicht in irgendeinem wehrhaften Kastell hoch in den Bergen, ganz einsam, nur umgeben von seinen treuesten Söldnern. Hatte er meinen Brief bekommen? Ach, wäre ich doch bei ihm, könnte ich seine Lippen auf den meinen spüren! Aber die drohende Gefahr verscheuchte schnell den flüchtigen Traum von glücklichen Stunden mit Francesco.

»Und unsere Männer, was ist mit ihnen?«

»Sie befinden sich zwischen Pistoia und Bologna, um einen schnellen Durchbruch der Franzosen nach Rom zu verhindern. Aber unsere Truppen sind zu schwach, sie können den Feind nur wenige Tage aufhalten.«
»Wird Rom fallen?«
»Mit Sicherheit. Die Mauern und Türme sind in schlechtem Zustand. Und deshalb, liebe Schwester, wirst du auf Wunsch unseres Vaters noch in dieser Woche nach Pesaro abreisen. Dein Gatte wird sich bestimmt freuen, dich zu sehen.«
»Ich soll Euch verlassen, einfach weglaufen, wenn unserer Familie Gefahr droht? Ich bin eine Borgia. Laß mich hier!«
»Lucrezia, es ist Vaters ausdrücklicher Befehl. Er möchte vermeiden, daß du als Geisel des Königs nach Frankreich gebracht wirst, denn dann sehen wir uns wohl niemals wieder.«
Ich verstand. Hatten mich die Franzosen einmal, konnten sie Vater erpressen.
Mein Vater. Gestern nacht noch hatte ich ihn so schwer kränken müssen mit meiner Verweigerung. Doch er war nicht zornig gewesen, sondern gütig, und gab mir Einblick in seine geheimsten Pläne, die ich allerdings für allzu hoffärtig hielt. Es schien, als seien Vater und ich uns noch nie so nah gewesen wie in jener Stunde. Nun sollten wir getrennt werden, wer weiß, wie lange – ein unerträglicher Gedanke.
Nur wenige Tage Zeit, um alle Reisevorbereitungen zu treffen, das war knapp, noch dazu wir ja damit rechnen mußten, unterwegs keinen Proviant zu bekommen. Denn in Kriegszeiten ist das oft schwierig, wenn nicht völlig unmöglich. Zum Glück half Perotto, der als Camerarius meines Vaters über die besten Verbindungen verfügte, alle benötigten Dinge zu kaufen. Dörrfisch, hartes Fladenbrot, Käse, Öl, Oliven und stark geräucherte Wurst aus Eselsfleisch; nicht zu vergessen etliche Schläuche mit Wein. Die ganze Reise sollte etwa zehn Tage dauern, es sei denn, wir legten irgendwo eine längere Rast ein.

Fast hätte ich in der allgemeinen Hektik etwas sehr Folgenschweres übersehen. Es war nämlich die Zeit meiner Unreinheit nicht eingetreten – seit mehr als drei Wochen.
Das konnte aber nur bedeuten, daß ich schwanger war. Ich wollte keinesfalls ein Kind, das vor aller Welt als das meines Gatten Giovanni Sforza gelten würde. Dann wäre eine Auflösung dieser Ehe, die ich irgendwann bei meinem Vater durchzusetzen gedachte, unmöglich. Also bliebe nur noch das Gift ...
Aber der Witwenstand würde mir nicht behagen. Ich haßte schwarze Kleider und ständige Trauer- und Seelenmessen. Doch dieses letzte Mittel schien bei meinem Gatten auch nicht erforderlich, zeigte er sich doch einsichtig und verständnisvoll.
Eiligst sandte ich Bianca zu Djems Palazzo, um Neade meinen Besuch anzukündigen.
Wir begrüßten uns herzlich, und die Türkin führte mich gleich zum Badegemach, wo wir in das duftende heiße Wasser stiegen und Confetti aßen, die uns Sklavinnen brachten. Trotz der aufregenden Reisevorbereitungen und meiner übrigen Sorgen breitete sich tiefe innere Ruhe in mir aus, als ich entspannt in dem großen Becken lag.
»Könnt Ihr mir einen Gefallen erweisen, Neade?«
»Alles, was in meiner Macht steht, liebste Lucrezia.«
Ich erzählte ihr von meinen Befürchtungen und sah, daß sie plötzlich ganz ernst wurde.
»Es ist also eingetreten, was zu erwarten war. Gut, dann müssen wir unverzüglich die nötigen Schritte einleiten. Aber wißt, daß es sehr schmerzhaft ist und auch nicht ungefährlich. Ihr werdet vielleicht tagelang viel Blut verlieren, Fieber bekommen. Dann liegt Euer Schicksal in Allahs Hand. Also überlegt reiflich und entscheidet mit Bedacht.«
Ich hatte keine andere Wahl und mußte die Sache wagen, war allerdings von Neades Worten stark beunruhigt. Mein Schicksal

in Allahs Hand – mochte der Himmel verhüten, daß ich meine Seele diesem Antichristen empfahl!
»Wann kann es geschehen?«
»Wenn Ihr wollt, Lucrezia, sofort. Ich rate Euch, trinkt vorher reichlich von dem schweren süßen Wein, dann sind die Schmerzen besser zu ertragen.«
Mir wurde heiß und kalt zugleich, wenn ich daran dachte, und der mir gereichte Wein schmeckte nicht wie sonst. Dann stiegen wir aus dem Bad, ließen uns mit duftenden Tüchern abtrocknen. Neade führte mich in ein Nebengelaß, wo ich mich auf einige übereinandergeschichtete Polster legen mußte.
»Nehmt einen Knebel, Lucrezia, es ist besser so.«
Auf mein stummes Nicken hin band mir die Türkin behutsam ein dickes zusammengedrehtes Stück Stoff um den Mund und verknotete es sorgfältig. Ich merkte, wie mir der Schweiß ausbrach. Zwei Dienerinnen hielten jetzt meine gespreizten Beine, zwei weitere die Arme, und Neade kniete vor mir. Sie murmelte etwas, das wie ein Gebet oder eine Beschwörungsformel klang. Dann drang sie mit einem langen, dünnen Stab in mich. Die Türkin tastete sich mit diesem seltsamen Gerät in meinem Inneren voran. Ich spürte es schmerzhaft, wenn sie damit versehentlich zustach, wie es mir vorkam. Auch auf ihrer Stirn standen nun dicke Schweißperlen. Plötzlich schien Neade die gesuchte Stelle gefunden zu haben – sie stieß zu.
Ein furchtbarer, nicht endender Schmerz fuhr durch mich und brannte in meinem Leib. Ich wollte schreien, aber der Knebel ließ es nicht zu. Dann wußte ich von nichts mehr.
Jemand legte mir ein nasses Tuch auf die Stirn. Tief in mir tobte ein dumpfer, pochender Schmerz. Ich schlug die Augen auf und sah Bianca.
»Herrin, dem Himmel sei Dank, Ihr seid wieder zu Euch gekommen.«
»Wann hat man mich hierher gebracht?«

»Gestern nacht, und Ihr habt stark geblutet.«
Ich spürte etwas Hartes, Feuchtes zwischen den Beinen und hob die Bettdecke. Es waren einige zusammengelegte Tücher, die man mit Bändern an meinen Schenkeln befestigt hatte. Und alles naß von Blut! Mir wurde schlecht, und ich mußte mich übergeben. Bianca hielt dabei meinen Kopf. Dann rief sie zwei Dienerinnen, damit sie den Boden wieder säuberten.
»Sollen wir einen Arzt rufen?«
»Nein, auf keinen Fall!«
Ich fühlte, wie meine Kräfte schwanden. »Wasser!«
Bianca hielt mir den Becher hin, aber der Durst wollte nicht weichen. Vor meinen Augen lag ein grauer Schleier. Dann war da ein seltsames Brausen im Kopf. Wieder stieg Übelkeit hoch. Ich würgte und hustete. Die Schmerzen im Leib wurden immer stärker – dann schwanden mir die Sinne.
Die darauffolgenden Tage und Nächte gingen an mir vorbei, ohne daß ich sie recht wahrnahm, halb im Wachen, halb im Dahindämmern. Bianca schien ununterbrochen an meinem Krankenlager zu sein, fütterte mich wie ein kleines Kind, so schwach war ich, und kühlte meine fieberheiße Stirn. Sie versuchte auch, die Erkrankung vor den anderen verborgen zu halten mit dem lapidaren Hinweis, die Contessa sei unpäßlich.
Währenddessen rückten die Franzosen von Mailand her in Italien vor. Zu meinem Glück sehr langsam, denn an eine Reise nach Pesaro war unter den gegebenen Umständen natürlich überhaupt nicht zu denken. Dann, nach vielen Tagen, wich plötzlich das Fieber, die Blutungen hörten ganz auf, und der Schmerz im Leib verlor sich allmählich. Einige Tage später konnte ich das erstemal aufstehen und etwas umhergehen, bald darauf wieder an der Mittagstafel sitzen.
Jetzt erst teilte mir Bianca mit, daß mein Vater mich schon seit einer Woche sehen wollte, aber sie war so geistesgegenwärtig

gewesen, in meinem Namen zu antworten, daß ich mich nicht wohl fühlte und käme, sobald es mir möglich wäre. Nun wurde es Zeit, daß ich seiner Aufforderung nachkam. Gott sei Dank, es ging. Mit Biancas Unterstützung erreichte ich die Curia superiore.

Diesmal führten mich die Prälaten jedoch in jene neuen Privatgemächer meines Vaters, die von Maestro Pinturicchio wunderbar in allerneuester Maniera ausgemalt worden waren. Zu meiner großen Freude war auch Cesare da, der mich herzlich begrüßte und in die Camera papagalli führte, wo mein Vater an einem großen Tisch saß.

»Lucrezia, Colombella, komm, laß dich umarmen.« Er zog mich auf seinen Schoß und gab mir einen Kuß. »Du siehst sehr blaß und schmal aus, Piccolina, was ist mit dir?«

»Eine Unpäßlichkeit, nichts weiter.«

»Ich lasse dir morgen ein Dutzend Nachtigallen bringen, in weißem Wein gesotten und mit Honig glasiert, sie sind eine kräftigende Nahrung.«

Wie rührend Vater um meine Gesundheit bemüht war. Seine Fürsorge tat mir nach der langen Krankheit wirklich gut.

»Aber, mein Kind«, er sah mich liebevoll an, »ich muß mit dir leider eine unangenehme Sache besprechen.«

Ich sah ein Papier in seiner Hand und erschrak. Es war mein Brief an Francesco Gonzaga ...

Wie dumm von mir anzunehmen, daß meine Schreiben nicht geöffnet würden; aber es gab für mich keine andere Möglichkeit, sie zu versenden, als über die päpstliche Segreteria. Ich hätte vor Scham in den Boden versinken mögen.

»Liebste Lucrezia, wenn dieser Brief in der jetzigen Form nicht an Francesco Gonzaga abgehen darf, so ist es keineswegs der Umstand, daß du dich ganz offensichtlich in den Markgrafen verliebt hast«, Vater sah mich gütig an, »sondern nur die äußere Form, die ich zu ändern gezwungen bin. Ansonsten kann es nur

ein Vorteil für unsere Familie sein, wenn dieser bedeutende Feldherr durch so zarte Liebesbande an das Geschlecht der Borgia gefesselt wird.«
Ich schämte mich immer noch unsagbar, daß meine innersten Gefühle hier vor Vater und Cesare so offen ausgebreitet wurden.
»Verzeiht bitte, aber es ist ja kein offizielles Schreiben, sondern ganz persönlich gedacht.«
»Natürlich, Piccolina, doch bedenke, wenn dieser Brief abgefangen würde und in die Hände unserer Feinde geriete ...«
»Es betrifft doch nur mich und Francesco.«
»Leider nicht, Lucrezia, denn du bist eine verheiratete Frau, und daß auf Ehebruch der Tod steht, ist auch dir bekannt.«
Ich schwieg und sah zu Boden.
»Und das«, mischte sich nun auch mein Bruder ein, »wäre für den französischen König der beste Grund, um auch dich anzuklagen, wie er es mit unserem Vater und mir vorhat. Also die ganze Familie. Unser Geschlecht muß makellos dastehen, wenn wir diese furchtbare Bedrohung abwenden wollen; und andere Beweise unserer Schuld existieren nicht. Verstehst du, weshalb der Brief geändert werden muß?«
Ich nickte. Immerhin erhielte Francesco Gonzaga wenigstens eine Botschaft von mir, wenn nun auch in offizieller Form – er würde sie hoffentlich richtig zu deuten wissen.
»Ich werde vorlesen, was wir verfaßt haben.« Cesare hob seine Stimme:

»Rom, gegeben am Tage der heiligen Giustina,
Anno Domini 1494.
An unseren geliebten Sohn Francesco Gonzaga,
Markgraf zu Mantua.
Mit großem Dank nehmen Wir die Geschenke zur Kenntnis, welche Ihr Unserer Tochter Lucrezia, Contessa von Cotignola, anläßlich der Vermählung überbracht habt. Sobald es die Umstände zulas-

sen, ist es Unser dringlichster Wunsch, Euch, Francesco, gnädig als Gast in Rom zu begrüßen. Seid gesegnet.
Alessandro, Pontifex maximus et Vicarius Christi.«

Als Cesare mit dem Lesen fertig war, sahen beide mich erwartungsvoll an. Ich hätte vor Freude jubeln können. Auf diesen Brief hin würde Francesco kommen müssen. Denn der dringende Wunsch des Heiligen Vaters bedeutete in Wirklichkeit einen Befehl, dem unbedingt Folge zu leisten war.
Ich konnte nicht anders und fiel meinem Vater um den Hals.
»Danke, vielen Dank, lieber Vater, du erfüllst mir einen Herzenswunsch!«
»Nun ja, es kann schon etwas dauern, bis mein verliebtes Täubchen ihren Markgrafen wiedersieht. Erst muß dieser Krieg beendet sein.«
»Doch dann«, ergänzte Cesare, »möge Euch beiden viel Freude beschieden sein. Aber bedenke, Lucrezia, du darfst nie wieder einen solchen Brief schreiben, ohne ihn uns vorher gezeigt zu haben.«
Ich sah das ein und schalt mich im stillen selbst wegen meiner Unbesonnenheit. Dann entließ Vater Cesare und mich.
Auf dem Heimweg konnte ich nur immerzu an eines denken: Ich würde Francesco wiedersehen – irgendwann.
Natürlich hatte Vater das Recht, meine Briefe zu öffnen, ebenso Cesare. Es war mir auch vollkommen klar, daß ich dagegen nichts einwenden konnte. Doch tief in meinem Innersten schmerzte mich diese Indiskretion. Und wer je etwas für einen Mann empfunden hat, wird mir beipflichten.
Da war es wieder, jenes Gefühl der Hilflosigkeit, des Ausgeliefertseins, das mich ergriff. Meine Korrespondenz wurde überwacht, gut. Aber ich wußte nicht, wo sonst noch die Vertrauten meines Vaters saßen, die mir nachspionierten. Vielleicht Perotto

oder Giulia Farnese, ja, unter Umständen sogar Bianca? Es war in der Tat ein goldener Käfig, in dem ich gefangen saß. Doch das war nur eine Sache; viel gewichtiger schien mir jenes andere Problem – würde mein Vater trotz allem wieder versuchen, mit mir zu schlafen?
Im Palazzo angekommen, kam mir plötzlich die Erkenntnis, daß Francesco Gonzaga zwar kommen mußte, aber vielleicht war der Zauber zwischen uns längst erloschen! Und wie viele Frauen mochte er schon geküßt haben? Sicher hatte er mich bereits vergessen, lag in den Armen einer anderen oder seiner Gattin. Der Gedanke daran erschien mir unerträglich.
Was war im Grunde geschehen? Ein Kuß, gewiß. Doch küssen sich nicht täglich unzählige Menschen aus einer flüchtigen Zuneigung heraus?
Diese Gedanken hätten mir eigentlich schon eher kommen sollen. Glücklicherweise war mein Brief nicht abgeschickt worden. Es mangelte ihm ja wirklich an der rechten Form.
Aber vielleicht ... Fragen über Fragen, auf die ich keine Antwort wußte.

Ganz allmählich fühlte ich mich in der Lage, mit den Reisevorbereitungen weiterzumachen. Perotto half tatkräftig, besorgte mir Pferde und Maultiere aus den päpstlichen Stallungen. Nach dem Blutverlust, den ich erlitten hatte, war an Reiten nicht zu denken, und so mußte eine Pferdesänfte mitgenommen werden; von vier Tieren getragen, würden die Anstrengungen der Reise halbwegs erträglich für mich sein. Dreißig Söldner sollten den Zug begleiten, und das bedeutete eine beachtliche Karawane von etwa sechzig Personen, wenn man alle Bediensteten und Eselstreiber hinzuzählte. Perotto hielt ein Zelt für mich bereit, einen Reisealtar, zwei Ruhebetten und das komplette Reisewaschgeschirr des verstorbenen Papstes Innozenz. Ich selbst nahm fünf Truhen mit, die voller Gewänder waren, sowie eine Truhe mit Schuhen und natürlich meinen gesamten Schmuck.

Am Tage des heiligen Simone unter strahlender Oktobersonne zogen wir schließlich los. Es war, wie gesagt, ein außerordentlich aufwendiger Zug, und ich kam mir auch fast vor wie die Königin von Saba. Cesare begleitete mich die Via Flaminia entlang bis Castelnuovo.

Trotz des guten Wetters ging es nur langsam voran. In gewisser Weise war meine Reise nicht ohne Gefahr, denn der französische König marschierte von Norden aus durch Italien, und kein ernsthafter Widerstand hielt ihn dabei auf. Da er sich mit Ludovico Sforza, dem Moro, verbündet hatte, konnte ich hoffen, bei meinem Gatten sicher zu sein, der ja der Lieblingsneffe des Mailänders war.

Bei Magliano überquerten wir mit einer ziemlich gebrechlichen Fähre den Tiber und wandten uns nach Terni. Die Hügel ragten nun höher empor als unmittelbar hinter Rom, und man merkte, daß es langsam, aber stetig den Bergen Umbriens entgegen ging. Am fünften Tag erreichten wir Terni, einen gottverlassenen Flecken. Trotzdem war ich froh, endlich länger rasten zu können. Der Herr von Terni, Manfredo de Mazzancolle, nahm uns in seinen Palazzo auf. Das ganze Gebiet von Spoleto über Urbino bis Bologna und weiter war ursprünglich Besitztum des Heiligen Stuhls; aber da es in früheren Zeiten versäumt worden war, die päpstlichen Ansprüche auch durchzusetzen, hatte natürlich niemand mehr den Lehnseid geschworen. Doch in gewisser Weise bestanden noch Verbindungen zum nahen Vatikan. Ich bewegte mich also sozusagen auf eigenem Gebiet.

Don Manfredo zeigte große Höflichkeit und überließ mir die Gemächer der Familie. Er selbst schlief in einem Nebengebäude. Wie angenehm, endlich wieder in einem richtigen Bett schlafen zu können und nicht auf einer der schmalen Liegen, die Perotto uns mitgegeben hatte. Der Ort Terni war wirklich sehr

arm, und es gab nichts zu sehen außer einigen unbedeutenden Kirchen.
Das Volk hier kam mir sehr bedrückt vor; viele Geschäfte waren geschlossen. Vielleicht belastete Don Manfredo seine Stadt mit allzu hohen Steuern.
Als ich mich nach der wenig unterhaltsamen Abendtafel in mein Gemach zurückgezogen hatte, kam Bianca zu mir; sie war ganz aufgeregt.
»Contessa, in der Stadt grassiert ein gefährliches Wechselfieber! Nach Sonnenuntergang fährt der Pestkarren durch die Stadt und holt die Toten aus den Häusern.«
Ich erschrak zu Tode. »In ganz Terni?«
»Ja, Madonna, der gesamte Ort ist davon ergriffen.«
Jetzt wurde mir einiges klar. Deshalb wirkten die Menschen so bedrückt, waren viele Geschäfte geschlossen. »Ich muß sofort zu Don Manfredo!«
Gott sei Dank saß er noch an der Tafel.
»Sagt mir, stimmt es, daß in Eurer Stadt das Wechselfieber herrscht?«
Er seufzte. »Ja, Madonna Lucrezia, wie jedes Jahr. Wir sind vom Allmächtigen gestraft, es scheint ein Fluch über diesem Ort zu liegen. Im Frühjahr Überschwemmungen, im Sommer die Pest und im Herbst dann das Wechselfieber, Mala aria genannt.«
»Dieses Fieber kennen wir in Rom auch, aber es befällt nicht die ganze Stadt.«
Don Manfredo zuckte die Achseln. »Wenn Gott es so will ...«
»Ich werde morgen weiterreisen!«
»Das kann ich Euch nicht verdenken, Contessa. Hoffentlich bleibt Ihr gesund.«
Das wünschte ich mir allerdings auch und verfluchte insgeheim meinen Gastgeber mitsamt seiner ganzen Stadt.
Noch vor Morgengrauen waren alle auf den Beinen, und wir verließen fast fluchtartig diesen traurigen Ort. Meine Karawane

zog weiter durch die hügelige Landschaft, über Spoleto, immer am Fuß der umbrischen Berge entlang, bis nach nicht ganz drei Tagesreisen Foligno in Sicht kam. Diese Stadt besaß beachtliche Mauern und lag in einer weiten Ebene. Hier konnte man gewiß gut rasten und sich für die schwierige Passage durch das Gebirge vorbereiten.

Der Vorsitzende des Großen Rates, Barone Egidio de Trinci, herrschte über Foligno, und das offenbar nicht schlecht, da die Anzeichen von Wohlstand nicht zu übersehen waren. Der äußere Anschein hatte mich nicht getäuscht. Man bereitete uns einen prächtigen Empfang, und ich ritt an der Spitze meines Zuges auf Corsiera durch das gegen Mittag gelegene Stadttor ein.

Barone Egidio entpuppte sich als ein witziger und umgänglicher Zeitgenosse. Nur einmal wurde er ernst, als ich ihn auf die Seuche in Terni hinwies.

»Ja, die Leute dort sind von Gott gestraft. Drei Flüsse kommen an diesem Ort zusammen: Nera, Tescino und Serra. In den Sümpfen und Tümpeln, die sie bilden, entsteht ein übles Miasma, das viele tötet. Dem Herrn sei Dank«, er bekreuzigte sich, »diese Mala aria kennen wir hier nicht.«

Ich blieb drei Tage bei dem gastfreundlichen Barone in Foligno, dann zogen wir weiter, versehen mit reichlichen Vorräten. Die Berge wurden immer höher, und der Weg war am Ende nur ein Saumpfad. Rechts wie links ragten hohe Gipfel auf.

Das Gebirge war ein unheimlicher Ort. Fast menschenleer, nur von zahlreichen Wölfen bewohnt, die nachts derart schaurig heulten, daß an Schlaf kaum zu denken war. Die Gefahr eines Überfalls schien hier in besonderem Maße gegeben. Hinter jeder Biegung konnten Wegelagerer lauern, aber die dreißig Söldner gaben mir ein gutes Gefühl der Sicherheit.

Am dritten Tage nach unserer Abreise aus Foligno geschah es. Kurz bevor wir ein ausgetrocknetes Flußbett überquerten, fiel einer der vor mir gehenden Söldner um – und blieb reglos

liegen. Sofort eilten seine Genossen zu ihm, wollten sehen, was mit ihm war. Es dauerte eine ganze Weile, bis einer von ihnen zu mir kam und gleichmütig meinte, daß der Mann wohl ein hohes Fieber habe. Wir schlugen unser Lager also einstweilen am Rand des trockenen Flußbettes auf und sandten einen Kurier nach Pesaro, das nur noch vier Tagesreisen von uns entfernt lag. Mein Gatte sollte kommen und mich holen. In dieser Nacht erkrankten noch sechs Söldner und zwei Maultiertreiber, tags darauf lag die Hälfte unserer Männer krank darnieder.
Es mußte doch irgendwo in den Bergen Menschen geben, die uns halfen! Wer weiß, wann der Kurier mit Giovanni Sforza aus Pesaro zurückkam; das konnte fünf Tage dauern, vielleicht auch sechs oder sieben.
»Bianca, laß Corsiera satteln, ich muß versuchen, von irgendwoher Hilfe zu holen.«
»Herrin, Ihr wollt in diesen einsamen Bergen …«
»Es muß sein, bevor wir hier elend zugrunde gehen.«
Mit fünf Berittenen, die sich noch gesund fühlten, machte ich mich auf den Weg. Alle übrigen blieben im Lager bei den Kranken zurück, die fiebergeschüttelt und von Durst gepeinigt nach Wasser riefen. Ich hatte Anweisung gegeben, allen Wein, der noch da war, für die Kranken zu verwenden; vielleicht übte er eine stärkende Wirkung auf sie aus.
Wir wandten uns gen Sonnenaufgang und ritten den nächsten Bergrücken hinauf, dessen Gipfel eine gute Aussicht versprach; vielleicht konnte man von dort oben eine Ortschaft oder wenigstens Gehöfte ausmachen, wo es zumindest Wasser gab.
Als wir am Nachmittag ergebnislos zurückkehrten, war der erste Söldner gestorben. Die anderen Kranken hingegen fühlten sich zwar schwach, aber wieder gesundet, wie sie übereinstimmend versicherten. Doch das besagte nichts. Die Mala aria, an der sie litten, war dafür bekannt, daß das Fieber kam und ging, jedoch immer in Abständen von einem oder mehreren Tagen.

»Bianca, ich möchte, daß du dich um die Kranken kümmerst. Sorge dafür, daß sie genügend Wein bekommen, und sprich ihnen Mut zu.«

Meine Zofe sah mich ängstlich an. »Herrin, man wird krank davon.«

»Unsinn. Jeder weiß, daß dieses Wechselfieber von einem üblen Miasma herrührt und nicht von der Berührung mit Kranken.«

»Ich – ich habe solche Angst zu sterben.«

»Bianca, du wirst jetzt sofort einen Schlauch Wein holen und mit mir zusammen den Kranken helfen.«

Sie blieb stehen und sah zu Boden.

»Soll ich dich schlagen?«

Der bloße Anblick meiner Reitpeitsche genügte. Sie verschwand und kam bald darauf mit dem Weinschlauch zurück.

»Es ist der letzte, Contessa, dann haben wir weder Wein noch Wasser mehr.«

»Komm jetzt, Bianca, und sei froh, daß du gesund bist; also jammere nicht.«

Wir betraten das erste Zelt und prallten gleich wieder zurück, so übel war der Gestank, der uns entgegenschlug. Aber ich zwang mich zur Beherrschung. Die Kranken sahen furchtbar aus. Ihre Gesichter und Augäpfel waren ganz gelb. Manche fieberten so schwer, daß ihnen der Schweiß in Bächen herabbrann, andere zitterten vor Schüttelfrost, ihre Zähne schlugen aufeinander. Diejenigen, deren Fieber abgeklungen schien, saßen apathisch vor dem Zelt und dösten. Jeder bekam einen Schluck Wein und aufmunternde Worte, daß bald Hilfe einträfe. Ich wußte, diese Männer waren des Todes, wenn es nicht schnellstens gelang, etwas Wasser herbeizuschaffen.

Am nächsten Tag bei Sonnenaufgang ritten wir wieder los, nachdem unsere Pferde das letzte Wasser bekommen hatten, denn sie mußten mich und die fünf Söldner ja steil bergauf tragen. Da die östliche Richtung sich als menschenleer erwiesen hatte, wandte ich mich diesmal gen Sonnenuntergang. Ein steiler, beschwerlicher Weg lag vor uns. Erst gegen Mittag stand ich auf dem Gipfel, von wo aus man weit über das Land blicken konnte. Angestrengt spähten wir nach irgendeinem Zeichen menschlichen Lebens. Nichts.

Wenn kein Wunder geschah, verdursteten wir alle, hier, so wenige Tagesreisen von unserem Reiseziel entfernt. Wäre ich nur gleich nach Pesaro weitergeritten, um selbst Hilfe für die Zurückgebliebenen zu holen. Wer weiß, wo der Kurier geblieben war, vielleicht überfallen oder in eine Schlucht gestürzt. Es war ein Fehler gewesen, der unter Umständen unser aller Verderben bedeuten konnte.

Zurückkommen mit leeren Händen? Das ging nicht. Ohne Wasser für die Pferde stellte sich die Lage vollends aussichtslos dar – also weiter! Wir ritten den Berg auf der anderen Seite hinunter, immer weiter vom Lager weg. Plötzlich der erstaunte Ausruf des vordersten Reiters, daß dort ein richtiger Weg begänne. Ich ritt zu ihm hin, und tatsächlich, ein schmaler Pfad führte in die Berge hinein, nur wohin? Vielleicht benutzten ihn lediglich Ziegenhirten, wenn die ihre Herde ziellos umhertrieben. Vielleicht gab es dort aber auch Wasser.

Und dann sah ich es. An eine mächtige Felsformation angebaut, praktisch von weitem nicht zu erkennen, weil die Farbe der Mauern wie die Umgebung aussah – ein Kastell. Genauer gesagt, die Ruine eines Kastells. Nur seine schmale Zugbrücke, das verwunderte mich, sah gut erhalten aus, und vor allem, sie war hochgezogen. Seitlich dieser Burg erhob sich unbesteigbarer, schroffer Fels, davor ein Abgrund von etwa fünfzehn Braccia. Und hinter den mächtigen Mauern mit Sicherheit ein Brunnen!

Wir riefen, ob uns jemand öffnen wollte, aber die Burg schien verlassen zu sein. Doch waren da nicht plötzlich Schritte zu vernehmen? Und wirklich, nach geraumer Zeit erspähte ich hinter einigen der Schießscharten Bewegung.

»Was sucht Ihr hier? Dies ist mein Besitz, niemand hat Euch erlaubt durchzuziehen!«

Ich sah, wie meine Söldner unruhig wurden. Tatsächlich standen wir da wie auf einem Präsentierteller. Nur wenige entschlossene Armbrustschützen hinter den Mauern, und wir könnten unsere Seele dem Allmächtigen empfehlen ...

Die Stimme hatte rauh und mißtrauisch geklungen. Vielleicht würde der Mann glauben, daß wir in friedlicher Absicht kamen, wenn ich zu ihm sprach. »In unserem Lager befinden sich Kranke, und wir benötigen dringend Wasser!«

»Wir haben selbst keines, schert Euch zum Teufel!«

»Jedes Kastell hat einen Brunnen. Gebt uns Wasser, und wir ziehen weiter!«

Jetzt trat plötzlich Stille ein. Vermutlich beratschlagte man hinter den Mauern.

Dann wieder die rauhe Stimme: »Ihr könnt Wasser bekommen.« Das war die Rettung. »Aber nur für Gold!« Die Männer mußten sich offenbar sehr sicher sein, daß in der ganzen Gegend sonst kein Wasser zu finden war.

»Was fordert Ihr?«

»Euer Brustkreuz, Madonna, mitsamt der Kette daran!«

Dieses Schmuckstück, aus schwerem Gold gearbeitet, hatte achthundert Scudi gekostet, ein Geschenk meines Vaters.

»Ihr seid von Sinnen, es ist mindestens tausendzweihundert Scudi wert!«

»Das Kreuz, oder es gibt keinen Tropfen!«

»Also gut. Doch dafür müssen alle Schläuche gefüllt werden.«

Ich wies auf die Lederbehälter an unseren Sätteln.

»Soviel Ihr wollt, doch zuerst den Schmuck!«

»Nein, füllt vorher die Schläuche! Ich muß sie sehen können, dann bekommt Ihr das Kreuz.«

Nach einiger Zeit warf jemand von den Zinnen ein Seil über den schmalen Abgrund, der uns von dem Kastell trennte, und einer der Söldner band unsere sämtlichen Schläuche daran fest. Es dauerte ewig lange, wie es mir schien, dann ertönte wieder die rauhe Stimme vom Tor her.

»Es soll jemand herkommen! Hinter der Ausfallpforte liegen die Schläuche mit dem Wasser.«

Einer meiner Männer stieg ab und trat auf den schmalen Steg, der hinüberführte. Von innen wurde die Luke geöffnet und dem Söldner ein Blick gestattet.

»Die Schläuche liegen bereit, illustrissima Contessa.«

Ich gab ihm schweren Herzens die massive Kette mit dem Kreuz, und er machte sich wieder auf den Weg. Dann verschwand mein herrliches Schmuckstück auf Nimmerwiedersehen.

Gott sei Dank, man schob die schweren, prallgefüllten Lederschläuche durch die Pforte, und meine Söldner befestigten sie an ihren Sätteln. Dann ritten wir grußlos fort. Hinter dem nächsten Felsvorsprung aber öffneten die Männer sofort einen der Behälter und tranken gierig von dem Wasser. Auch unsere Pferde drängten sich heran und bekamen reichlich ab. Gestärkt zog unsere Gruppe weiter. Doch mittlerweile dunkelte es, und so waren wir gezwungen, Rast zu machen und unter freiem Himmel die Nacht zu verbringen. Zum Glück war es ungewöhnlich lau. Schon im ersten Morgengrauen brachen wir auf, denn die Zurückgelassenen würden uns sehnlichst erwarten. Hoffentlich war in der Zwischenzeit nicht noch ein weiterer Mann gestorben. Die Sonne stand hoch am Firmament, als wir das Lager endlich erreichten.

Keine Menschenseele rührte sich; das war alarmierend. Irgend etwas stimmte nicht. Corsiera schnaubte, legte ihre Ohren an, wollte plötzlich nicht mehr weiter. Und dann erblickte ich den ersten Toten, danach die anderen. Der ganze Lagerplatz schien in Blut getränkt. Alle lagen da, wo man ihnen ein Ende bereitet hatte, übereinander in den Zelten, davor, einige in dem ausgetrockneten Flußbett, andere wiederum etwas weiter davon weg.

Man hatte ihnen die Kehlen durchgeschnitten, Söldnern wie Maultiertreibern, Mann für Mann. Offensichtlich waren sie im Schlaf überrascht worden. Pferde, Waffen, Vorräte: alles geraubt.

Plötzlich raschelten hinter mir die Zweige. Einer der Söldner legte sofort seine Lanze ein und ritt auf den Busch zu, von dem der Laut kam, doch im letzten Augenblick erkannte er Bianca. Die Gewänder hingen ihr vom Leib herab, das Gesicht war voller Blut und ganz verschwollen.

Ich sprang vom Pferd und nahm sie in die Arme. »Was hat man dir angetan?«

Bianca konnte nur weinen.

»Wasser, schnell!«

Einer der Männer brachte einen Schlauch und gab meiner Zofe zu trinken.

Allmählich faßte sich die Arme und konnte erzählen, was ich bereits ahnte. Irgendwann nachts war das Lager überfallen worden. Bianca schilderte uns stockend, wie die Männer geschrien, die Kranken um Gnade gewinselt hatten und von dem schrecklichen Gurgeln der mit durchschnittener Kehle Verblutenden.

Es war naheliegend, daß jene Männer zu den Bewohnern des Kastells gehörten, wo wir das Wasser bekommen hatten; das würde die geringe Besatzung der Burg erklären. Denn wären die Leute zahlreicher gewesen, hätten sie uns gewiß angegriffen.

Wenn sich das so verhielt, mußten wir auf der Hut sein, denn die Heimkehrenden würden von unserer Existenz erfahren und sicher gleich wieder aufbrechen, um auch uns zu überfallen. Wir hatten nur einen geringen Vorsprung, vielleicht einen halben

Tag – wenn die anderen keine Wegabkürzung kannten und uns unerwartet auflauerten.
Ich befahl Bianca, bei einem der Söldner aufzusitzen. Dann machten wir uns zügig auf den Weg nach Pesaro. Jetzt fing es auch noch zu regnen an, die Berge wurden zunehmend steiler, und als wir uns einen abseits gelegenen Platz als Nachtlager suchten, war es empfindlich kalt geworden. Ich lag mit Bianca unter einer großen Zeltbahn aus Leder, und das Regenwasser tropfte überall herunter. Wegen der drohenden Gefahr wagten wir nicht einmal, Feuer zu machen. Im Morgengrauen, umhüllt von dichtem Nebel, zog unsere traurige Karawane weiter.
Am zweiten Tag endlich wichen die Berge grünen Hügeln. In einem kleinen Dorf verkaufte man uns bereitwillig Brot und Käse, im Stroh des Bauernhofes konnten wir in Ruhe schlafen. Dann kam Giovanni, mein Gatte. Bianca mußte ihm ausrichten, daß ich ihn erst zu sehen wünschte, wenn er die Mörder unserer Männer zur Strecke gebracht hätte. In Wirklichkeit wollte ich mich in dem derzeitigen Zustand nicht meinem Gemahl zeigen, denn mein Äußeres war durch die Flucht stark mitgenommen. Was immer er auch denken mochte, die Kavalkade zog jedenfalls weiter; einer der Söldner sollte ihr den Weg zum Kastell zeigen.
Bellettini, der Majordomus des Palazzo, in dem ich wohnen würde, geleitete mich nach Pesaro. Ich hatte darauf bestanden, getrennt von meinem Gemahl zu wohnen. Durch eine Seitenpforte kamen wir nach Sonnenuntergang noch in die Stadt hinein.
Der Majordomus wartete den Tag nicht ab, sondern ließ unverzüglich den besten Schneider aus dem Bett holen, der bis lange nach Mitternacht meine Maße nehmen und mir Stoffe vorlegen mußte – keine besonders prächtigen übrigens, aber bessere gab es hier wohl nicht – damit zum nächsten Abend wenigstens ein neues Gewand fertig wurde, denn meine Truhe mit all den

schönen Kleidern war ja geraubt. Zu meinem großen Ärger befand sich im ganzen Palazzo kein einziger Badezuber, ein Umstand, den ich umgehend zu ändern gedachte.

Offenbar machte die Eroberung des Kastells Giovanni erhebliche Schwierigkeiten, denn nach einigen Tagen wurde der Artilleriecapitano von Pesaro beauftragt, eine Kanone zu senden, was sehr umständlich war; mußte sie doch vorher zerlegt werden, um dann auf Maultieren in die Berge geschafft zu werden. Ich war froh, daß mein Gatte so lange fortblieb, denn die Anstrengungen der verhängnisvollen Reise hatten mich doch sehr mitgenommen.

Plötzlich, am Tage des heiligen Quirinius, frühmorgens, gab es einen großen Lärm in der Stadt von Fanfarenklängen und dumpfem Trommelwirbel. Ich eilte sofort zum Fenster meines Palazzo und sah Giovanni in einer sehr imposanten silbernen Rüstung nach Art römischer Imperatoren die Straße hinunterreiten. Und wie jene Cäsaren gefangene Barbaren in ihren Triumphzügen mit sich führten, so zogen zahlreiche Gefesselte mit ihm. Mein Gatte bemühte sich, eine stolze und energische Siegerpose zu zeigen, etwas übertrieben vielleicht, wenn man an das armselige Kastell dachte. Nun, immerhin würden meine bedauernswerten Begleiter nun gerächt worden sein.

Am Abend gab es ein großes Festbankett, bei dem alle Edlen aus der Herrschaft Pesaro versammelt waren – natürlich nur, um mich zu sehen. Um so ärgerlicher, daß meine Truhe mit den kostbaren Gewändern bei der Beschießung des Kastells zerstört worden war. Das Behältnis mit meinem Schmuck blieb spurlos verschwunden, nicht ein Stück davon wurde gefunden – beteuerten standhaft die Männer. Als einziges bekam ich die goldene Kette mit dem Kruzifix zurück. Mein Gatte hatte sie dem Vater des Anführers wieder abgenommen. Aber ich wollte sie nicht mehr, zu sehr erinnerte mich dieses Schmuckstück an die unglückselige Reise.

Wie zu erwarten, konnten die Juweliere Pesaros nichts anbieten, das auch nur annähernd meinen Ansprüchen gerecht wurde; darum erschien es mir besser, völlig auf Juwelen zu verzichten. Trotzdem sollten die etwas bäuerisch anmutenden Landedelleute nicht von meinem Anblick enttäuscht werden. Meine Camicia war so kurz, daß sie etwa zwei Finger breit über den Fußknöcheln endete, ebenso wie die geschlitzte Camora aus burgunderfarbenem Samt. Dazu kam ein Vestito aus leuchtendrotem Damaschino mit sehr weiten Ärmeln, die über meine Hände reichten und zwei unglaublich lange Schleppen von neun Braccia Länge besaßen. Ich ließ sie von den beiden Kindern, die Giovanni mit seiner Geliebten hatte, tragen.

Doch das Aufregendste an meinen Gewändern war, daß alle Gäste etwas von meinen Beinen sehen konnten, wenn ich ging und tanzte. Natürlich schaute jedermann auf die nackten Fesseln der Contessa aus Rom. Einmal entstand dadurch beim lebhaften Saltarello sogar ein kleines Durcheinander.

Ich gab mich an diesem Abend äußerst gnädig, plauderte auch mit den weniger bedeutenden Anwesenden, Giovanni sah sehr zufrieden aus. Auf meinen ganz persönlichen Wunsch hin mußte auch Camilla, die reizende Geliebte meines Gatten, anwesend sein, und meine Huld fiel auch auf diese dunkle Schönheit. Nachdem alle sehr ausgelassen waren, zog ich mich zurück. Mein Gemahl hatte verstanden – er blieb meinen Gemächern fern.

Am nächsten Samstag sollte die Hinrichtung der Gefangenen stattfinden, ein großes Fest für Pesaro. Die beiden Anführer, Vater und Sohn Sanazzaro, waren einstmals angesehene Barone gewesen, die von dem gefürchteten Malatesta aus ihren Burgen bei Rimini vertrieben worden waren. Seither hatten sie mit ihren Getreuen unerkannt in den umbrischen Bergen gehaust und von Überfällen auf Reisende gelebt. Der Mann mit der rauhen Stimme, der meine Kette verlangt hatte, war der alte Sanazzaro.

Einer Frau ihren Schmuck zu rauben, empfinde ich als einen Akt großer Niedertracht, irgendwie, als ob man einer Jungfrau die Unschuld nimmt. Ich wollte das so einfach nicht dulden. Am Vorabend der Hinrichtung ließ ich mich von Majordomus Bellettini in das Gefängnis geleiten, das sich in der Zitadelle der Stadt befand. Als ich durch die düsteren, nach Kot stinkenden Gänge schritt, erinnerte mich alles ganz lebhaft an die Foltergewölbe des Vatikans. Doch wenn damals die Oberin von San Sisto noch einmal davongekommen war, so galt das für die Männer der Sanazzaro keineswegs. Ihr Ende war gekommen – unwiderruflich.

Endlich erreichten wir ganz unten den Eingang zu ihrem Kerker, es war lediglich ein Loch im Fußboden. Der Kerkermeister warf eine Pechfackel hinunter, und ich konnte sehen, daß sich unter uns eine Art Höhle befand, die in den Felsen gehauen war. Darin lagen die Gefangenen. Der Gestank war unbeschreiblich.

»Wer von Euch ist der alte Sanazzaro?« Meine Stimme hallte schauerlich wider.

Es kam Bewegung in die wie tot Daliegenden. Ein Mann erhob sich und rief in seiner mir so gut bekannten rauhen Sprache, daß er es sei.

Der Kerkermeister ließ eine Leiter hinunter und befahl dem Mann, nach oben zu kommen. Ein mächtiger kahler Schädel kam zuerst durch die Öffnung, dann der massige Körper. Wegen der geschmiedeten Handfesseln, die er trug, hatte Sanazzaro Mühe durchzukommen. Einmal oben, sprang er mit erstaunlicher Behendigkeit auf. Der Mann besaß ausgesprochen brutale Gesichtszüge, seine Muskeln ließen die Kraft deutlich werden, die in ihm steckte.

»Ihr seid also Barone Sanazzaro?«

»Und Ihr die päpstliche Hurentochter aus Rom ...«

Ich hatte den Schlag nicht kommen gesehen. Mit gewaltiger Wucht sauste die kurze, dicke Lederpeitsche nieder und hinterließ einen blutigen roten Striemen auf der Schulter des Gefangenen. Doch der schüttelte sich nur.

»Haltet ein, Maestro«, wandte ich mich direkt an den Kerkermeister, der gerade zum zweiten Schlag ausholte.

»Nun, es sieht so aus, Barone, als ob mit Euch nicht zu reden ist – schade, denn ich dachte, es gäbe eine Möglichkeit, bei meinem Gatten einen gnädigen Tod als Edelmann zu erwirken. Aber Ihr legt offenbar keinen Wert darauf.«

»Dreckige Puttana, wenn ich dich in meine Finger bekommen hätte, dann würdest du dein Leben lang keinen anderen Mann mehr ansehen!« Er lachte dröhnend. »Jetzt geh – und laß dir von deinem Sforza die Prugna lecken!«

Der Kerkermeister wartete nur auf mein Zeichen, um den Mann zu prügeln.

Ich lächelte, auch wenn es mir schwerfiel. »Gut, Barone, dann laßt mich sagen, welche Strafe mein Gatte für Euch ausgewählt hat.«

Der Mann spuckte vor mir aus und schwieg grimmig.

»Ihr werdet meine Goldkette bekommen, Sanazzaro, denn ich will sie nicht mehr. Doch weil Ihr sie besudelt habt, soll die Kraft des Feuers das Gold reinigen. Man wird also das Schmuckstück einschmelzen und Euch das flüssige Gold zu trinken geben.«

Ich sah ein gefährliches Glitzern in den Augen des Mannes, seine Muskeln spannten sich wie zum Sprung, und gewiß hätte er mich mit seinem massigen Körper zermalmen können. Doch da stand bereits der Majordomus mit gezücktem Schwert da – die Spitze zeigte genau auf den Hals des Gefangenen, dessen Züge sich zu einer Grimasse des Hasses verzogen.

Ich blieb weiterhin ganz gelassen und freundlich. »Dann, Barone, werdet Ihr in einem Käfig über das Portal von San Agostino gehängt, wo Euch der Durst langsam töten wird.«

Sein Gesicht war bei meinen Worten plötzlich ganz blaß gewor-

den. »Bald wird es aus sein mit Euch Borgia«, er senkte die Stimme, »Ihr seid widerlicher als die Tiere. Wenn der französische König kommt, wird er Eure ganze blutschänderische Familie anklagen und hinrichten; das hat er vor aller Welt geschworen. Ihr seht, Madonna, wir treffen uns bald in der Hölle wieder!«
»Doch vorher, edler Barone, wird Euch der Henker die Zunge herausreißen, dann habt Ihr keine Mühe mehr, sie im Zaum zu halten!« Ich drehte mich abrupt zum Kerkermeister um. »Und jetzt schafft ihn mir aus den Augen!«
Sanazzaro erhielt einen Tritt und fiel durch das Loch nach unten. Gotteslästerliche Flüche waren zu vernehmen, als sein Körper dumpf auf dem Boden aufprallte. Aber ich hörte gar nicht mehr hin.
Die Verwünschungen Sanazzaros trafen mich. Es stimmte also, was Bianca mir neulich in Rom zögernd gestanden hatte: Man erzählte sich tatsächlich im Volk diese Dinge, und sogar bis zu den Verbrechern in den umbrischen Bergen waren die Geschichten vorgedrungen. Doch das Schlimmste daran: Es stimmte. Alles stimmte.
Der französische König wollte uns also anklagen. Eine tödliche Gefahr. Mir wurde heiß und kalt zugleich bei diesem Gedanken. Plötzlich sah ich mich mit den Augen der anderen: Lucrezia, Tochter und zugleich Geliebte ihres leiblichen Vaters, verläßt Rom auf schnellstem Wege, um dem Strafgericht des französischen Königs zu entrinnen! Ein Eingeständnis der Schuld. Weshalb hatten Vater und Cesare das nicht bedacht? Bei Gott, ich mußte eiligst aus Pesaro weg, mich den Vorwürfen des Königs stellen, seinem Ankläger entgegenschleudern, daß nichts davon der Wahrheit entspräche, unsere Familie reinwaschen. Denn wenn nur der leiseste Zweifel haften blieb, wären die Borgia für immer verloren. Es müßte doch möglich sein, diesen stumpfen französischen Barbaren zu überzeugen, ihn zu täuschen, allein schon, damit kein Schatten auf die Person des Papstes fiel und

zugleich auf die ganze heilige katholische Kirche. Trotzdem hieß es, äußerste Vorsicht walten zu lassen, um nicht etwa die Pläne meines Vaters zu durchkreuzen, die mir ja unbekannt waren, darum mußte meine Reise nach Rom im geheimen erfolgen.

Ich ließ mich umgehend bei meinem Gatten melden und betrat gleich nach der Ankündigung des Majordomus die Gemächer Giovannis. Camilla, seine Geliebte, und ihre gemeinsamen Kinder, ein herziges Geschwisterpaar, waren zugegen.

»Zia Lucrezia, wann dürfen wir wieder Eure Schleppe tragen?«

»Vielleicht schon bald, vielleicht auch nicht. Laßt euch überraschen.«

Doch bevor ich abwehren konnte, zogen die beiden Kleinen schon an den weiten Röcken meiner Gewänder und gaben nicht eher Ruhe, ehe wir einige Male im Raum auf und ab gegangen waren.

»So, jetzt muß ich aber mit eurem Vater sprechen.«

Giovanni wirkte etwas betreten. »Ihr verzeiht, Camilla, es dauert gewiß nicht lange.«

Sie durfte mir die Wange küssen und verließ dann mit den Kindern das Gemach. Diese familiäre Szene hatte mich auf seltsame Weise berührt. Würde ich auch einen Sohn haben, mich als Mutter fühlen dürfen? Viele meiner Altersgenossinnen hatten bereits zwei Kinder geboren – oder waren im Kindbett gestorben. Nun, wenn es Gott dem Herrn gefiel, dann würde auch mein Leib gesegnet sein. Doch im Augenblick beschäftigten mich andere Sorgen.

»Giovanni, ich muß zurück nach Rom!«

»Das ist zur Zeit äußerst gefährlich. Die Franzosen stehen bereits in den Albaner Bergen!«

»Eben deshalb will ich nach Rom, solange es noch geht.«

»Bleib hier, Lucrezia, in Pesaro genießt du den nötigen Schutz.«

Natürlich, dachte ich, wenn der Condottiere des Heiligen Stuhls sich hinter den Mauern der Zitadelle verschanzt, anstatt gegen die Feinde seines Lehnsherrn zu ziehen ...
»Ich will nichts weiter von dir als zwanzig berittene Söldner und Packpferde dazu, damit wir Rom so schnell wie möglich erreichen.«
Giovanni atmete sichtlich auf. Erstens war er mich damit los, und zweitens konnte mein Gatte im geliebten Pesaro bleiben – bei Camilla und seinen Kindern. Gewiß hatte er befürchtet, ich würde ihn bitten, mich nach Rom zu begleiten.
»Selbstverständlich bekommst du unverzüglich alles Nötige, wenn es dir mit der Reise wirklich ernst ist.« Mein Gemahl strahlte vor Erleichterung.
»Doch eines ist wichtig, Giovanni: Alle müssen glauben, ich sei weiterhin in Pesaro.«
»Wie soll das geschehen?«
»Indem nichts über die Abreise verlautet wird. Auch bleibt meine Zofe vorerst hier. Sie ist ohnehin durch den Überfall noch so mitgenommen, daß sie den anstrengenden Ritt nicht durchstehen würde. Schick mir Bianca nach, sobald es geht. Darüber hinaus kann der Majordomus verbreiten, ich sei unpäßlich, könne vorerst das Haus nicht verlassen. Dann glauben bestimmt alle, die Contessa de Cotignola sei schwanger, und man wird Verständnis zeigen, wenn Besuchswünsche abschlägig beschieden werden.«
Giovanni errötete leicht. »So reitest du heimlich davon?«
»Ja, und zwar als Söldner getarnt.«
»Etwa zu Pferd, in Hosen und auf einem Männersattel?«
»Mir ist das egal.« Und dir kann es auch gleichgültig sein, dachte ich im stillen.
Mein Gatte schluckte. Sein begrenzter Geist riet ihm, dagegen zu protestieren, denn die Gemahlin des Herrn von Pesaro in einem solchen Aufzug ... Das Gelächter ganz Italiens wäre ihm

sicher gewesen. Doch dann siegte sein Phlegma. »Wenn es denn sein muß, Lucrezia ...«

Am Tag der heiligen Cäcilia zogen wir im Morgengrauen los. Es war eisig kalt, und Dampf stieg aus den Nüstern der Pferde. Insgeheim mochten mich die Söldner verfluchen, daß sie in dieser Jahreszeit meinetwegen aus den warmen Kasematten hinaus in die Kälte mußten. Vorsorglich wurden fünf Fäßchen Branntwein mitgeführt, und jeder Mann hatte außerdem eine zusätzliche Mantella bei sich.

Capitano Marin, der Söldnerhauptmann, erwies sich als umsichtiger und fähiger Mann, der auf meinen Wunsch hin die Leute unbarmherzig zur Eile antrieb. Der ungewohnte Sitz im Männersattel machte mir sehr zu schaffen, so daß meine Schenkel stark schmerzten. Und noch niemals habe ich derartig gefroren wie in dem halboffenen, leichten Zelt bei der naßkalten Witterung in den Bergen. Aber wir kamen schnell voran, nur das zählte. Nach vielen Strapazen blieb endlich das hohe Gebirge hinter uns zurück, und die Reise ging zügig durch hügeliges Land. Schließlich lag der Tiber vor uns.

Mir war nicht entgangen, daß der Capitano schon seit einiger Zeit von einer gewissen Unruhe erfaßt war. Ab und zu ritt er auf einen Hügel und spähte von dort aufmerksam in die Gegend.

»Ihr seid besorgt, Marin?«

»Allerdings, illustrissima Contessa. Es sieht ganz danach aus, als ob in der Nähe Truppen stehen.«

»Unsere oder französische?«

»Schwer zu sagen. Auf der anderen Seite des Tiber ist viel Rauch von Lagerfeuern. Schon in der Nacht habe ich sie von Ferne leuchten sehen.«

»Was bedeutet das für uns, Capitano?«

»Wir müssen vorerst auf dem diesseitigen Ufer des Flusses bleiben und seinem Lauf so lange folgen, bis wir die uns gegen-

überliegenden Truppen passiert haben. Dann wollen wir den Übergang wagen und schnellstens nach Rom hineinreiten.«
»Ein schwieriges Unterfangen.«
»So ist es, Madonna Lucrezia. Mit Hilfe des Allmächtigen wird es uns gelingen. Doch zunächst heißt es, weg vom Tiber und zurück in die Berge, sie bieten mehr Sicherheit.«
Plötzlich erscholl das Geräusch von Pferdehufen! Der Capitano rief seinen Männern etwas zu, und ohne auf die Packpferde zu achten, galoppierten wir an, durch einen Hohlweg, schnell fort von hier. Die Zweige der Sträucher peitschten mir ins Gesicht, egal, weiter! Dann lichtete sich das Wäldchen; auf freiem Feld würde Corsiera den schweren Pferden der feindlichen Söldner leicht entkommen. Endlich lag der Wald hinter uns.
Ich wollte nicht glauben, was meine Augen sahen: Auf der Ebene standen sich zwei Schlachtreihen gegenüber! Die Pikeniere jeweils innen und an ihren Flügeln Arkebusiere mit ihren mächtigen Musketen, die sie schußbereit auf gegabelte Stangen gelegt hatten. In ihren Händen glimmten lange Lunten. Dumpf und unheilverkündend hörte sich der Trommelwirbel an. Dann ein Befehl, lautes Knallen, und ich sah, wie die vordersten Pikeniere umfielen.
Plötzlich erscholl hinter uns im Wald der vielstimmige Ruf: »Saint Denis!« Eine Reiterabteilung mit eingelegten Lanzen brach aus dem Gebüsch hervor.
Der Capitano wendete sein Pferd, ebenso die Söldner. Sie bohrten ihre Sporen in die Flanken der Tiere, daß sie augenblicklich in einen rasenden Galopp sprangen. Ich verhielt Corsiera, unsere Söldner donnerten an mir vorbei, den Franzosen entgegen. Ich vernahm das Splittern der Lanzen, Waffengeklirr – und die Tapferen lagen in ihrem Blut auf dem Schlachtfeld. Doch ihre Tat hätte mir eine Möglichkeit zur Flucht geboten.
Zu spät.
Etwas prallte von hinten auf meine Stute. Ich wurde aus dem

Sattel geschleudert und stürzte zu Boden. Das Tier rannte in wilder Flucht davon. Mein herrliches Pferd. »Corsiera!« Der Ruf verhallte ungehört im Schlachtengetümmel. Dann waren zwei Männer über mir. Der eine trat mich mit seinen Stiefeln, während der andere das Schwert zückte und versuchte, meinen Hals zu durchbohren. Ich rollte mich in einer letzten verzweifelten Bewegung zur Seite, und die Spitze der Waffe drang in den Erdboden. Doch schon der nächste Stoß würde tödlich sein ...
Mit einem Mal erklangen Rufe in einer fremden, barbarischen Sprache, dann redete mich ein feindlicher Söldner in schlechtem Italienisch an. »Diese Kretins haben nicht gesehen, was für ein hübsches Täubchen uns ins Netz gegangen ist! Schicken die Papisten jetzt schon Frauen ins Gefecht?«
Ich war völlig verwirrt. »Wie konntet Ihr ...«
Er lachte. »Dein Haar hat dich gerettet. Venus sei Dank, denn du wirst bald meine Geliebte sein.«
In der Tat. Beim Sturz war das Barett weggeflogen, und meine auffallenden blonden Haare, die ich sorgsam hochgesteckt hatte, fielen nun lang herab. »Da Ihr schon unsere Sprache beherrscht, wird es Euch klar sein, daß ich von edler Herkunft bin und ein Lösegeld nur bezahlt wird, wenn ich unberührt bleibe.«
»Und was glaubst du wert zu sein?« meinte er spöttisch.
»Zweitausendfünfhundert Goldsolidi wird mein Vormund, der Kardinal Carafa, bezahlen.« Das war natürlich eine verzweifelte Lüge, aber die Franzosen durften unter keinen Umständen wissen, welchen Fang sie gemacht hatten.
»Das ist ein Wort. Aber wenn du mich anlügst, werfe ich dich meinen Männern vor.«
Danach ließ mich der Franzose, ein Edler, wie mir schien, zu den Marketenderwagen bringen, wo ich von fern der Schlacht zusehen konnte. Ein blutiges Gemetzel, das hin und her wogte. Bald bedeckten unzählige Gefallene das Feld. Einige besonders verwegene Troßweiber rannten zu den nächstliegenden Toten

oder Verwundeten, durchwühlten ihre Taschen, zogen ihnen Gewänder und Stiefel aus. Wer sich noch regte, dem schnitten sie kurzerhand die Gurgel durch. Das verzweifelte Flehen der Hilflosen und die röchelnden Schreie waren so grauenvoll, daß ich sie noch lange später in meinen Alpträumen zu hören meinte. Plötzlich brach am Waldrand ein Höllenspektakel los. Genaues konnte ich nicht sehen. Es blitzte und donnerte unaufhörlich. Über meinem Kopf rauschte es. Dann sah ich, wie die Schlachtordnung der Franzosen mit ihren weißen Lilienbannern in Unordnung geriet, immer mehr Männer und Pferde stürzten zu Boden. Aus der Ferne ein Trommelwirbel. Die Pikeniere fällten ihre Lanzen und stürmten los, prallten auf den ihnen gegenüberstehenden Haufen, der zurückwich.

Dann geschah etwas Großartiges. An der Spitze seiner Reiterei erschien der Heerführer selbst, neben ihm der Bannerträger mit weißgoldener Fahne, auf der ich die päpstlichen Insignien, Tiara und Schlüssel, erkennen konnte. Die Feuergeschütze am Waldrand schweigen jetzt. Das Gros der Franzosen wich zurück und erwartete den neuerlichen Angriff unserer Söldner. Während sich die schwergetroffenen feindlichen Pikeniere ergaben und ihre Lanzen fortwarfen, ritt der Feldherr mit seiner gepanzerten Kavalkade entschlossen auf die gegnerischen Truppen zu.

Er verhielt das Pferd, weit vor den ihn begleitenden Reitern, und blickte kühn zu den Franzosen hinüber. Sein Harnisch glänzte silbrig. Der Mann hob den goldenen Feldherrnstab, so daß alle ihn sehen konnten. Darauf schloß er mit einer lässigen Handbewegung das Helmvisier, die Reiter hinter ihm legten ihre Lanzen ein.

Was wollte ihr Anführer? Für einen regelrechten Angriff war die Gruppe zahlenmäßig viel zu schwach. Doch was nun folgte, werde ich in meinem ganzen Leben nicht vergessen. Schritt um Schritt, ganz langsam, ritt der Feldherr näher auf seine Feinde zu. Und ebenso Schritt um Schritt wichen die Franzosen zurück.

So drängte er sie bis an den Waldrand. Kaum hatten die hintersten Kämpfer die ersten Büsche erreicht, wandten sie sich kopflos zur Flucht – ein groteskes Bild: Während sich dort bereits alles auflöste, stand vorne noch Mann für Mann in Reih und Glied. Und ihnen gegenüber unser mutiger Condottiere, seinen goldenen Stab triumphierend schwingend. Er hatte die Franzosen geschlagen, siegreich brandete der Ruf »San Pietro, San Pietro« über das Schlachtfeld.

Die ersten Pikeniere der siegreichen Truppe legten ihre Lanzen ab und liefen auf uns zu. Sie wollten natürlich den Troß plündern. Zu meiner Verwunderung rannten die Frauen nicht weg, sondern blieben in aller Seelenruhe bei ihrer Habe sitzen. Dann erreichten uns die Söldner. Ohne ein Wort, fast grimmig, fielen sie über die Troßweiber her. Diese wehrten sich nicht, schrien nicht, machten nichts – alles lief in einer unwirklichen Ruhe ab. Mir schien fast, als wäre das, was jetzt geschah, den Frauen schon öfter widerfahren, und ich mußte unwillkürlich daran denken, was mir Bianca damals von ihrer Heimat erzählt hatte. Das Recht des Siegers auf der einen Seite, stumme Ergebenheit in das Schicksal bei den Unterlegenen.

Während ihre Kumpane mit den Frauen beschäftigt waren, plünderten die anderen Söldner die Wagen. Ein übles Streiten hob an, neben mir schlug einer der Männer seinem Kameraden wegen eines Mantels die Faust ins Gesicht, daß dessen Blut bis zu mir herüberspritzte. Ich wollte es mit dem Ärmel abwischen, da packte mich jemand von hinten an den Haaren. »Was erlaubst du dir – ich bin eine Edle!«

Seine Hand umschloß nun schmerzhaft meinen Hals. »Eine Puttana in Männerkleidung, das ist doch endlich etwas Neues!« Ich kam mir ohne meine üblichen Gewänder fast nackt vor, wie sollte der Mann auch erkennen, wen er vor sich hatte.

Alle Umstehenden brachen in wüstes Gelächter aus. Der Pikenier löste die seitlichen Bänder seiner Hose und holte in einer unsäglich obszönen Art seinen Pene heraus. Der Gestank, der von ihm ausging, raubte mir fast die Sinne, es würgte mich in der Kehle. Dann warf der Mann sich auf mich, sein keuchender Atem schlug mir ins Gesicht, und ich fühlte den Pene heiß an meinem Calze. Ein Ruck – und mit der Linken hatte der Söldner die Bänder zerrissen. O Herr, hilf mir, konnte ich nur noch denken ...

Da ertönten die Trompeten von Jericho! So klang es jedenfalls in meinen Ohren. Doch in Wirklichkeit hörte ich die Fanfaren, die den Heerführer ankündigten, der durch die hochrufenden Reihen seiner Söldner ritt. Mein Peiniger sprang ebenfalls auf, um seinem Feldherrn den nötigen Respekt zu zollen. Das war der Augenblick!

Ich riß mich los und rannte durch die Menge der Pikeniere, dorthin, wo das päpstliche Banner zu sehen war, stieß dabei einen der Leibgardisten zur Seite.

»Haltet das Weib«, riefen einige, ich achtete nicht darauf. Der Hellebardier vor mir fällte seine Waffe – zu spät, ich duckte mich und war hindurch, fiel dem Heerführer in die Zügel.

Der holte zu einem mächtigen Schlag mit seinem Feldherrnstab aus – doch mitten in der Bewegung erstarrte er gleichsam.

»Lucrezia!«

»Francesco!«

Es war der Markgraf von Mantua ...

An alles, was dann kam, kann ich mich nur noch undeutlich erinnern: daß er vom Pferd sprang, seinen Mantel um mich warf und wir Arm in Arm zu seinem Zelt gingen, das etwas abseits stand; daß er mir Wein zu trinken gab und mich in eine behelfsmäßige Pferdesänfte setzte.

Von wenigen Berittenen und der Leibgarde begleitet, machten wir uns auf in die Berge. Alles schien mir wie im Traum. Ein schöner Traum: bei Francesco zu sein, und noch dazu war Corsiera, meine geliebte Stute, wieder da! Hundert Goldscudi, eine phantastische Summe, hatte Francesco dem versprochen, der sie wiederbrachte, und jenem mit dem Tode gedroht, der das Pferd etwa vor ihm verbergen wollte. Das wirkte Wunder. Nun trottete Corsiera willig mit uns, ihre Zügel waren an meine Sänfte gebunden. Ab und zu hob sie ihren wunderschönen Kopf, sah mich voller Treue aus den unergründlichen dunklen Augen an und schnaubte freudig.

Die erste Nacht verbrachten wir in einer einsamen Hütte hoch in den Bergen. Ich war so erschöpft, daß mich sofort tiefer, traumloser Schlaf umfing.

Aber noch vor Morgengrauen ging es weiter.

»Weshalb diese Eile, Francesco?«

»Wir müssen so schnell wie möglich weit weg von Rom, denn vor den Mauern der Stadt liegt bereits König Charles.«

»Ich dachte, ihr hättet gestern seine Truppen vernichtend geschlagen.«

Er lachte bitter. »Wenn es nur so gewesen wäre; aber mit meinen schwachen Kräften gegen ein ganzes Heer – unmöglich.«

»War das denn keine Schlacht?«

»Bestenfalls ein Scharmützel, Lucrezia. Ich habe lediglich den Troß überfallen und jene tausend Söldner, die ihn begleiteten. Die Franzosen aber haben mehr als fünfundzwanzigtausend Mann, dazu schwere Geschütze ...«

Ich erschrak. »Will der König damit Rom beschießen?«

Francesco sah mich nachdenklich an. »Offenbar hat er das vor. Und die Befestigungen der Stadt werden dem kaum lange standhalten.«

»Und mein Vater, mein Bruder Cesare?«

»Liebe Lucrezia«, seine Stimme klang sorgenvoll, »ich kann sie nicht schützen – noch nicht. Aber bald werden genügend Söldner angeworben sein, so daß wir die Schlacht wagen können.«

»Wann, bei allen Heiligen, sprich!«

»Im Sommer nächsten Jahres ...«

Seine Worten trafen mich wie ein Keulenschlag. »Francesco, dann wird es zu spät sein!«
»Bedenkt, Lucrezia, Euer Vater wird sich sehr wohl gegen die Anschuldigungen des Königs zu verteidigen wissen – schließlich ist er schuldlos!«
Ich zuckte innerlich zusammen. »Trotzdem, ich muß zu meinem Vater, jetzt, sofort! Wir dürfen keine Zeit verlieren!«
»Das ist ganz und gar unmöglich, Contessa, überall sind Franzosen.«
»Und wenn sich der Belagerungsring erst ganz geschlossen hat, was dann?«
»Es gibt trotzdem immer Wege, um durchzukommen, glaubt mir. Gold öffnet jedes Tor. Aber zur Zeit ist die Lage total verworren. Ihr habt es selbst erlebt, überall kann man plötzlich auf feindliche Truppen stoßen.«
Seine Worte drangen kaum mehr in mein Ohr, so sehr beschäftigte mich das Schicksal meines Vaters und Cesares.
Endlich, am dritten Tag, erreichten wir das Kastell, von dem aus Francesco während des Winters seine Rüstungen betrieb. Die Fortezza Leone lag uneinnehmbar auf dem Gipfel des gleichnamigen Berges, zu dem man nur über einen steilen, sehr schmalen Pfad Zugang fand. Die Mauern waren von zyklopischem Ausmaß, mächtig und schutzverheißend. Doch mir kamen sie nun wie ein Gefängnis vor.
Wie hatte ich mich nach dem Wiedersehen mit Francesco gesehnt. Und nun? Nichts als bedrückende Gedanken und Sorgen um meine Familie. Dabei war der Markgraf äußerst fürsorglich und achtete darauf, daß es mir an nichts mangelte.
Täglich kamen Abgesandte der italienischen Fürsten oder von Condottieri, die ihre Söldner anboten – für den Feldzug im kommenden Sommer ... Es wurde immer kälter. Der Sturm blies empfindlich um die Mauern des Kastells. Meine Gedanken weilten nur in Rom. Manchmal glaubte ich, die Stadt von den

Zinnen des Turms in der Ferne zu sehen, aber Francesco meinte, das sei vollkommen unmöglich. Wenigstens besaß mein Gemach eine behagliche Einrichtung mit wärmenden Schilfmatten auf dem Boden. Das breite Bett mit den dicken Vorhängen war weich und vor allem warm, denn in dem Raum konnte ein großer Kamin beheizt werden, was bei der Kälte, die jetzt in den Bergen herrschte, fast lebenswichtig für mich war.
Abends kam stets Francesco, und wir versuchten, am Feuer zu plaudern. Doch es wollte zwischen uns nicht mehr so werden wie damals bei dem Ritt durch die Hügel – von jenem aufregenden Kuß ganz zu schweigen. Kein Wunder, meine Gedanken schweiften immer ab, nach Rom zu Vater und Cesare. Und der Markgraf war so ernst und sorgenvoll: Das Schicksal des Heiligen Stuhls, ja, ganz Italiens, lastete auf seinen Schultern.
Auch fehlte mir Bianca sehr. Gewiß, für meine Bedienung sorgten zwei Pagen, fast Kinder noch und fröhlich, aber eben fremd. Von irgendwoher hatten Francescos Männer Frauengewänder besorgt; vermutlich stammten sie von Troßweibern. Meine Pagen mußten die Kleidungsstücke nach Ungeziefer absuchen – unter Androhung furchtbarster Strafen, falls sie etwas übersehen sollten. So konnte ich mich wenigstens wieder angezogen fühlen und nicht wie nackt in diesen engen Männerhosen.
Es gab nicht ein einziges Buch in dem Kastell, keine Möglichkeit zu sticken, nichts. An die große Tafel im Saal konnte ich auch nicht gehen, zu niedrig sei die Gesellschaft, meinte Francesco, der sichtlich darunter litt, mir keinerlei Unterhaltung bieten zu können. Natürlich machte ich ihm keinen Vorwurf, die Fortezza Leone war eben nur für den Krieg und nicht als Aufenthaltsort für Frauen gedacht. Langsam ergriff mich eine tiefe Verzweiflung. Manchmal, wenn am Abend die Lieder der Söldner heraufklangen, verschwanden meine trüben Gedanken, doch am anderen Tag schon kehrten sie um so stärker zurück. Ohne ersichtlichen Grund stiegen mir Tränen in die Augen.

Nur meine geliebte Corsiera konnte mich ein wenig aufheitern. An Ausritte war zwar bei diesem Wetter nicht zu denken, aber ich ließ sie jeden Tag im Hof der Fortezza umherführen – welch ein herrlicher Anblick! Und manchmal, im Stall, legte ich meinen Kopf an ihren Hals und weinte. Als ob sie es verstünde, stand die Stute ganz still da, schnaubte nur ab und zu leise und berührte mit ihren Nüstern ganz leicht mein Haar. Das waren die tröstlichsten Augenblicke in diesem düsteren, sturmumtosten Ort in den Bergen ...

Am Tage des heiligen Andreas, also Ende November, teilte mir der Markgraf freudig mit, daß einer seiner Männer die Laute spielen könne und er ihm befohlen habe, am Abend für mich zu musizieren. Die Erwartung auf diese Unterhaltung verscheuchte augenblicklich alle trübseligen Gedanken. Ich wusch und richtete mein Haar her, so gut es ging, zog dazu das beste Gewand an – was unter den gegebenen Umständen allerdings nicht viel bedeutete.

Mein Äußeres mußte wohl einen etwas verwahrlosten Eindruck gemacht haben, trotzdem schien Francesco begeistert, als er mich das erstemal wieder mit gelöstem Haar sah. Die Pagen brachten Wein, Brot und Käse; dann entließ ich sie. Wir saßen in unseren Scherenstühlen vor dem flackernden Kaminfeuer, draußen heulte der Wind um die Fortezza, und es brannten alle Kerzen, die nur aufzutreiben gewesen waren.

Francesco trug ein enges blaues Wams aus mattschimmerndem Velluto, dazu ein passendes Barett, ebenfalls aus Samt, enganliegende Hosen und einen edelsteinverzierten Gürtel, an dem sein kostbarer Dolch hing. Er sah hinreißend männlich aus.

Die Lieder des Lautenspielers rührten mein Herz. Es waren wunderschöne Weisen, ganz einfach in ihrer Art, doch sehr ergreifend. Der Markgraf sah den tanzenden Flammen zu, und seine Augen spiegelten das Feuer wider. Mir war plötzlich so wohl wie schon lange nicht mehr. Francesco, der Wein, die

Wärme vom Kamin – das alles erzeugte eine Stimmung, die sich nur schwer beschreiben läßt. Jedenfalls schienen meine Sorgen mit einem Mal wie weggeblasen. Ich fühlte mich fast glücklich, doch auf eine seltsame Art, vermischt mit Traurigkeit.
»Francesco ...«
Er blickte von den Flammen auf und sah mich an. Der Musikant spielte gerade ein melancholisches Liebeslied.
»Francesco, zum ersten Mal, seitdem ich hierherkam, bin ich nicht unglücklich.« Und leise fügte ich hinzu: »Es ist ein wunderschöner Abend.«
»Ich habe sehr gehofft, Lucrezia, Euch mit dem Lautenspieler eine kleine Freude zu machen, denn meine Vertrauten haben mir gesagt, daß Ihr im Stall bei Corsiera geweint habt. Das hat mich zutiefst betrübt.«
»Und es war nicht nur einmal, Francesco.«
»Bedrückt Euch die Sorge um Eure Familie so schmerzlich?«
»Ja, aber nicht nur das. Es betrifft auch uns beide.«
»Uns?«
»Genauer gesagt Euch, Francesco; denn Ihr kommt mir so fremd vor. Ich erkenne den Mann nicht wieder, der mir damals Corsiera brachte.«
Er sah mich fragend an.
»Gewiß, Eure Freundlichkeit und Fürsorge, mir alles so erträglich wie nur möglich zu machen ... Doch Eure große Zurückhaltung befremdet mich.«
»Contessa Lucrezia, Ihr seid die Tochter meines Lehnsherrn und die Gemahlin von Giovanni Sforza!«
Da brach es aus mir heraus. »Und der Kuß auf dem Ritt damals in den Hügeln? War das – ein Scherz?«
Der Markgraf blickte zu Boden. »Lucrezia, ich habe diesen leichtfertigen Kuß schon bitter bereut.«
Das war zuviel! Ich spürte, wie der Zorn in mir hochstieg. »Ihr habt ihn bereut! Der schönste, erhabenste Augenblick in mei-

nem Leben tut Euch leid!« Ich sprang so heftig auf, daß der Stuhl umfiel.
Der Lautenspieler schwieg erschreckt.
»Aber Lucrezia, bitte versteht mich nicht falsch. Ich meine nur, daß dieser Kuß nicht recht war, nicht hätte geschehen dürfen ...« Doch Satan, der Teufel des Zornes, hatte mich schon übermannt; ich wollte nichts mehr hören. »Ich verstehe nur, was Ihr gesagt habt, Markgraf, und das genügt mir! Spart Euch alle weiteren Erklärungen!«
»Lucrezia, bitte ...«
Sein flehentlicher Ton machte mich noch rasender. »Geht!« schrie ich und stieß ihn mit meinen Fäusten vor die Brust. »Geht und nehmt Euren verfluchten Lautenspieler mit!« Dann kamen mir die Tränen, und ich warf mich, hemmungslos schluchzend, aufs Bett.
Francesco verließ schweigend den Raum.
Ich hatte den Mann beleidigt, nach dessen Kuß sich alles in mir sehnte, der mir als einziger etwas bedeutete und der allein meiner Familie als Verbündeter gegen die Franzosen half. Aber weshalb mußte er auch diese kränkenden Worte sagen. Gewiß hatte ihn seine aufrichtige Art dazu getrieben, aber was nützte sie mir – nichts. Hätte er mich doch einfach in den Arm genommen und geküßt!
Ich blieb den ganzen folgenden Tag im Bett, weinte immer wieder und aß fast nichts. Dazu regnete und stürmte es draußen derart, daß die Fensterläden geschlossen bleiben mußten. Irgendwann, es muß wohl gegen Abend gewesen sein, klopfte es an der Tür. Mein Page öffnete, und jemand flüsterte geheimnisvoll mit ihm.
»Es ist der Lautenspieler, Madonna Lucrezia, er bittet Euch, etwas vorspielen zu dürfen.«
Zuerst wollte ich abwinken, doch in meiner düsteren Stimmung war etwas Unterhaltung eigentlich ganz recht. »Er soll begin-

nen.« Der Mann trat in das düstere, nur von wenigen Öllampen erhellte Gemach, blieb in geziemender Entfernung von meinem Bett stehen und schlug einige Töne an; eine traurige Melodie, deren Folgen sich ständig wiederholten.
»Spiel etwas Heiteres, eine Tarantella!«
»Das kann ich leider nicht, Madonna.«
»Francesco!« Er war der Lautenspieler.
»Lucrezia, meine Liebste, bitte verzeiht mir.«
O Herr im Himmel, er nannte mich seine Liebste! Ich hätte die ganze Welt umarmen können vor Glück.
»Lucrezia, ich muß Euch etwas gestehen.« Mein Herz fing an zu pochen.
»Ich liebe Euch, Lucrezia, seit jenem Tag, seit jenem Ritt – liebe ich dich über alles, so stark, so ...«
Ich legte meine Finger auf Francescos Lippen.
Dann nahm er mich in seine Arme, und wir versanken in einem sehnsuchtsvollen, glückseligen Kuß.
Endlich. Mein Traum war Wirklichkeit geworden. Francesco hielt mich fest an sich gedrückt, und ich empfand eine tiefe, unbedingte Geborgenheit. Glück – ja, das mußte es sein. Und es wurde mir mit einem Mal klar, daß dieser Mann mein Schicksal in seinen Händen hielt, von dieser Stunde an würde er mein Leben bestimmen ...
Durch die dünne Camicia hindurch spürte ich Francescos Körper. Welch ein Gefühl! Was konnte es Schöneres geben, als so beieinander zu liegen und sich zu küssen – immer wieder und wieder. Ich glaubte im Paradies zu sein, leicht, schwebend, aller Sorgen enthoben. Er strich mit seinen Händen unsagbar sanft über mein Haar, meine Wangen, streichelte meine Brüste so liebevoll, wie es in meinem ganzen Leben kein anderer Mann je mehr getan hat. Dann schob er behutsam den Stoff der Camicia hoch und liebkoste mit seinen Lippen meine Schenkel.
Ein unbeschreibliches Gefühl ergriff von mir Besitz.

»O Francesco, was tust du nur ...«

Er antwortete nicht, doch dafür spürte ich seine Zunge genau an meiner Scham, sie suchte und fand ihren Weg ...

Plötzlich durchschauerte mich ein süßes Gefühl, erfaßte den ganzen Körper, so daß mein Innerstes zu vibrieren begann. Ich wurde völlig willenlos, Wachs in Francescos Händen. Dann drängte er mir ganz sanft die Schenkel auseinander, seine Zunge glitt höher, zu meinem Nabel, meinen Schultern, dem Nacken. Wir versanken in dem leidenschaftlichsten Kuß, den ein Mensch sich überhaupt vorstellen kann. Ich fühlte seinen Pene heiß und stark, und wie er in mich dringen wollte.

»Nein!« Ich wand mich zur Seite, zog die Knie so ruckartig an, daß sie Francesco in den Unterleib trafen.

Er ließ mich sofort los. »Lucrezia, Liebste, was hast du – habe ich dir weh getan?«

»Es ist mir nichts geschehen, nein, ich weiß nicht ...«

»Hast du Bedenken, Lucrezia?«

»Nein, nein ... o Francesco, ich liebe dich doch so sehr!«

Er nahm mich beruhigend in den Arm. »Weine nicht, Liebstes, alles wird gut!«

So lagen wir beide da, Francesco hielt mich fest an sich gedrückt. Warum hatte ich ihn weggestoßen? Ihn, den alle meine Sinne begehrten, der mir in dieser Stunde so nahestand wie kein Mensch, nicht einmal Vater oder Cesare. Und noch dazu war ein Gefühl in mir gewesen voller Sehnsucht, Liebe und Hingabe, wie ich es mir niemals hätte vorstellen können. Und doch, in dem Augenblick, als sein Pene in mich hatte dringen wollen, war es, als ob mein Schoß aus Stein sei. Wilde Angst, Abscheu, Ekel, aber wovor? Vor dem Mann, den ich über alles liebte?

Von nun an verbrachte Francesco jede freie Stunde bei mir. Wir aßen zusammen, wir schliefen zusammen, streichelten uns, küßten uns – doch in meinen Schoß zu dringen, das versuchte Francesco nicht mehr. Trotzdem gelang es ihm, mich in die

paradiesischen Höhen der Lust zu entführen, mit seinen Händen, seiner Zunge ...
Und auch ich lernte, dem Geliebten Befriedigung zu verschaffen, wenngleich auch nicht in jener letzten, höchsten Art und Weise, nach der sein Körper ganz offenbar verlangte und die mir doch unmöglich war zu geben. Aber die neuen, sensationellen Gefühle der Lust beschäftigten mich so stark, daß ich nichts vermißte. Während dieser Zeit lernte ich, wie ein Mann empfindet und ihn mit den neu entdeckten Liebeskünsten in Ekstase zu versetzen. Ja, es war der Himmel auf Erden.
Vier Tage und Nächte liebten wir uns mit einer Leidenschaft und Hingabe, die fast nicht von dieser Welt war. Alle Freuden des Paradieses könnten nicht schöner sein.
Dann, am Morgen des fünften Tages, kam Francesco von der Unterredung mit einem Boten zurück. Seine Miene war ernst und gefaßt. »Lucrezia, es ist eingetreten, was ich befürchtet habe.«
»Bei allen Heiligen – ein Unglück?«
»Ja und nein, Geliebte. Morgen wird der Conte de Saiono beim Franzosenkönig eintreffen, um ihm zu huldigen.«
Ich sah Francesco fragend an. »Und was hat das mit mir zu tun?«
»Leider sehr viel. Der Conte steht in Wahrheit auf unserer Seite. Du wirst mit ihm in deiner Verkleidung reiten und so ungesehen nach Rom kommen.«
Jetzt verstand ich.
Er schwieg.
Nur allmählich wurde mir die Tragweite dessen klar, was das bedeutete. Wie von selbst lagen wir uns in den Armen.
»Francesco, Liebster! O heilige Magdalena, laß nicht zu, daß ich fort muß von dir – ich will nicht, ich kann es nicht!«
Gequält stöhnte er auf. »Lucrezia, es ist die letzte Möglichkeit, zu deinem Vater zu gelangen. Entscheide dich! Es muß sofort sein.« Was für ein grausames Schicksal, so jäh aus den höchsten

Höhen gerissen, sich unvermittelt in den dunkelsten Tiefen des Hades wiederzufinden! Nur wenige Tage des Glücks waren mir also beschieden gewesen. Doch ich durfte nicht versagen, mußte zu meiner Familie, jetzt, in der Stunde größter Gefahr.
»Ich sehe die Antwort in deinen Augen, Lucrezia.«
»Du weißt also ...«
»Ja, ich habe es immer gewußt. Das göttliche Gesetz befiehlt dein Handeln. Also folge ihm. Doch du mußt an unsere Liebe glauben – ganz fest glauben, und ich verspreche dir, wir werden uns wiedersehen!«
»Glauben an unsere Liebe, Francesco, das ist mir zu wenig, ich muß Gewißheit haben – sage es mir, schwöre es!«
Und er schwor. Bei seinem Leben, bei Gott dem Allmächtigen und allen Heiligen.
»Auch ich gelobe, dich zu lieben, Francesco, mit aller Kraft meines Herzens, bis in den Tod!« Dann kamen mir die Tränen. Wir hielten einander verzweifelt in den Armen, versanken in einem letzten Kuß.
Noch am selben Morgen ritt ich los. Francesco war nicht mehr zum Abschied gekommen.

III
Auf Abwegen

Wie hatte ich mir gewünscht, meinen Vater und Cesare wiederzusehen; doch jetzt? Jeder Schritt Corsieras brachte mich weiter weg von Francesco. Fort von dem Mann, der mir alles bedeutete ...
Oder war es nur ein Traum gewesen – ein herrlicher, grandioser Traum? Ich konnte immerzu nur an die vergangenen Tage und Nächte denken und an das, was sich mit uns ereignet hatte. Die Liebe zwischen Mann und Frau war keineswegs etwas Abstoßendes, Widerwärtiges, sondern im Gegenteil das Schönste und Erhebendste in einem Menschenleben. Welch ein Unterschied bestand doch zu dem, was ich vorher mit ansehen und am eigenen Leibe erfahren mußte! Langsam wurde mir klar, daß Zuneigung und Liebe es waren, die alles zu etwas so Reinem, Wunderbarem machten.
Und obwohl es mit meinem Geliebten zur Todsünde des Ehebruches nicht gekommen war, hatten wir doch eine schwere Sünde begangen, denn wir waren beide verheiratet. Der Allmächtige mochte es uns verzeihen, denn noch nie hatte ich mich so sehr nach etwas gesehnt ...
Das Schlimmste war die Ungewißheit, wann und ob wir uns jemals wiedersehen würden. Was, wenn Francesco in der Schlacht fiel? Das Herz krampfte sich mir zusammen bei dem Gedanken. Zum ersten Mal in meinem Leben empfand ich wirkliche Angst um einen anderen Menschen, und dieses Gefühl unterschied sich sehr von der ängstlichen Sorge einer Tochter um das Wohlergehen ihrer Familie. Ja, Francesco Gonzaga war zum Wichtigsten in meinem Dasein geworden!

Das brennende Verlangen nach seinen Liebkosungen wurde immer quälender. Ihn nur einmal küssen können, ein einziges Mal – damit wollte ich mich begnügen. Doch Gott der Herr hatte es anders bestimmt.

Rom lag vor uns. Aber meine Freude, Vater und Cesare wiederzusehen, war inzwischen mehr als gedämpft. Francesco ...

Am Tor ließ man uns ohne Schwierigkeiten passieren, was doch sehr verwunderlich erschien. Die Franzosen fühlten sich wohl bereits als Herren der Stadt, so daß es ihnen nicht der Mühe wert schien, Ankommende genau zu prüfen. Weshalb auch, hatten doch fast alle italienischen Fürsten König Charles gehuldigt, und er glaubte sich vermutlich nur von Freunden umgeben. Diese Barbaren besitzen ja keine Lebensart, vermögen nicht zu unterscheiden, welcher Sinn etwa in den blumigen Worten einer solchen Huldigung verborgen liegt. Nur uns Italienern ist es gegeben, mit wohlgesetzten Worten etwas zu sagen, von dem alle wissen, wie es gemeint ist – doch diese Primitiven eben nicht.

Mein Palazzo bei Santa Maria in Portico lag wie verlassen da, als ich von zwei Söldnern begleitet ankam. Fast hätten mich unsere Wächter nicht hineingelassen, so stark veränderte das Männergewand mein Äußeres. Unter glücklicheren Umständen wäre ich froh gewesen, wieder daheim zu sein, doch jetzt, wo die Franzosen Rom in der Hand hatten, schien alles so unsicher, als ob das Strafgericht des Königs jederzeit losbrechen könnte.

»Contessa, Ihr seid da!« Meine Zofe sah mich voll Freude an.

»Bianca! Welch eine Überraschung! Du hast dich also auch nach Rom durchgeschlagen. Wie froh ich bin, dich wohlbehalten anzutreffen.«

Sie fiel vor mir auf die Knie und küßte unter Tränen meine Hände.

Ich ließ es zu und gestehe, daß mich das Wiedersehen genauso rührte. Doch Bianca sollte das nicht merken, zu leicht wurden

Gefühle von den Dienstboten ausgenutzt. »Es ist gut, steh jetzt auf und bring mir endlich ein richtiges Gewand, das blaue mit den Ärmeln aus weißem Picciolato, und auch eine seidene Camicia.«
»Ja, sofort, Herrin. Ach, es ist schrecklich, die Franzosen sind in ganz Rom.«
»Das war zu erwarten. Aber jetzt sende schnell einen Boten zum päpstlichen Palast hinüber. Er soll sagen, daß ich unerkannt in Männerkleidung angekommen sei, und fragen, welche Befehle mein Vater für mich hat.«
Die Wärme des Kaminfeuers tat gut, dazu mein weiches Bett – irgendwann muß ich eingeschlafen sein.
»Herrin, wacht auf!«
Biancas Stimme riß mich aus dem Schlaf. »Was ist?«
»Die Franzosen plündern den Borgo – schnell, wir müssen fliehen!«
Sofort war ich hellwach. »Hast du schon Nachricht von meinem Vater?«
»Ja, Contessa. Er läßt Euch bitten, in Euren Männergewändern zu ihm zu kommen, niemand dürfe wissen, daß Ihr hier seid.«
Es bestand also höchste Gefahr. Ich zog nur widerwillig meine schöne Camora aus und erneut die unbequeme Männerkleidung an. »Bianca, du kommst mit!«
»Aber sie lassen doch keine Frau in den päpstlichen Palast hinein!«
»Egal, es wird schon irgendwie gehen. Nimm deinen Umhang und komm.«
Wir rannten die dunkle Wendeltreppe hinunter und eilten, ohne auf unsere Söldner zu warten, sofort hinüber zur Curia superiore. Gott sei Dank erkannte mich einer der Prälaten trotz meiner Verkleidung, und ich wies ihn an, den Majordomus zu holen.
Der schien völlig außer sich. »Madonna Lucrezia, seine Heilig-

keit muß sofort in die Engelsburg fliehen, Ihr sollt ihn begleiten, aber diese hier«, er wies auf Bianca, »darf nicht mit!«

»Ich versichere Euch, Don Burcardus, daß ich meine Zofe unter allen Umständen bei mir behalten werde.« Ohne Umschweife drückte ich Bianca an dem Verdutzten vorbei, und wir eilten hinauf zu den Gemächern meines Vaters.

In den Appartementi des Torre herrschte helle Aufregung. Männer der spanischen Garde schleppten Truhen, Bettzeug, Waffen, Befehle schallten – es war das reinste Chaos.

Dann endlich erblickte ich ihn. »Vater!«

»Lucrezia, meine Tochter!« Er breitete sichtlich bewegt die Arme aus und drückte mich dann so fest an sich, daß mir beinahe die Luft wegblieb. »Du mußt mit uns zur Engelsburg, dort sind wir vor den Ausschreitungen der Franzosen sicher.«

Dann sah er mich von oben bis unten an. »Liebes Kind, ich bin so stolz auf dich. In der Stunde höchster Gefahr stehen wir nun alle zusammen, das ist gut so. Aber niemand, hörst du, niemand darf wissen, daß du hier bist. Dieser französische Cretino würde dich sofort als Geisel nehmen. Also, größte Vorsicht ist geboten.«

Ein Capitano der Garde trat ins Zimmer.

»Was ist?«

»Alles steht bereit, Eure Heiligkeit. Wenn Ihr befehlt, können wir losgehen.«

Mein Vater seufzte. »So möge es mit Gottes Hilfe geschehen.«

Der Capitano erteilte seine Anweisungen, und wir gingen zusammen mit etwa zwölf Hellebardieren, die Fackeln trugen, durch die Appartementi in ein kleines, stickiges Gelaß, das den Namen Camera segreta trug. Einer der Männer öffnete die schwere eisenbeschlagene Eichentür an der Stirnwand dieser Kammer. Feuchter Modergeruch stieg uns entgegen.

Etwa die Hälfte der Gardisten ging voran, dann folgten wir, der

Rest bildete die Nachhut. Ein enger, wohl geheimer Gang führte durch die Curia, am Cortile di San Damaso vorbei. Dann kam eine sehr steile Wendeltreppe, so eng, daß die Männer ihre langen Hellebarden zurücklassen mußten.
Ich hörte spanisches Fluchen, was dem Mann sofort einen mächtigen Schlag mit der flachen Schwertklinge des Capitanos eintrug. Doch der so gemaßregelte Söldner schritt gleichmütig weiter. An diesem kleinen Zwischenfall konnte man erkennen, wie aufgeregt alle waren, daß ein Hellebardier es wagte, in Gegenwart des Heiligen Vaters zu fluchen.
Am Ende der Treppe befand sich eine bereits offenstehende Tür, durch die wir in den Corridore auf der alten leoninischen Mauer gelangten. Dieser enge, gedeckte Gang führte vom vatikanischen Palast direkt zu der etwa tausend Schritte entfernten Engelsburg. Hoch über den Dächern der armseligen Häuser mußte ich dauernd daran denken, was wohl die Zukunft für unsere Familie bringen mochte. Wenn mein Vater wirklich angeklagt würde und stürzte, dann stürzten wir alle mit ihm, daran gab es kaum einen Zweifel. Und was bedeutete das für mich? Günstigstenfalls würde ich in Pesaro als ungeliebte Gattin eines ebenso ungeliebten Gemahls das endlos langweilige Leben einer Landedelfrau führen müssen. Welche trüben Aussichten ...
Plötzlich geriet unsere Gruppe ins Stocken; ein schweres Eisengitter versperrte den Weg. Der Capitano rief etwas in den Gang dahinter, doch niemand antwortete. Ich blickte durch eine der Luken, die sich ab und zu in den Wänden des gedeckten Ganges befanden, und warf einen Blick hinab. Der ganze Borgo war wie ein Strom von Fackeln, der sich geradewegs zum päpstlichen Palast wälzte. Mir schauderte. Das halbe französische Heer schien auf den Füßen. Wenn sie schon in die Curia superiore eingedrungen waren und unseren geheimen Fluchtweg gefunden hatten – dann gnade uns Gott!

Der Capitano und Cesare versuchten verzweifelt, mit ihren Dolchen den Riegel des mächtigen Schlosses zurückzuschieben, aber es wollte ihnen nicht gelingen. Die Söldner blickten immer wieder wie gehetzt in den Gang hinter uns, als ob sie jeden Augenblick erwarteten, den Feind zu sehen.
Ich fühlte, wie mich die Unruhe der Männer anzustecken begann. Wie zufällig schweifte mein Blick nach oben. Das Dach! Natürlich, es mußte ebenso gehen wie damals im Kloster! »Cesare, wir müssen über das Dach.«
Die beiden Männer hielten in ihrer Arbeit inne und sahen mich entgeistert an. Mein Bruder faßte sich als erster. Mit seinem Schwert stieß er von unten einen Dachziegel aus der Verankerung; es ging ganz leicht. »Los, brecht die Ziegel heraus!«
Die Männer schienen geradezu erleichtert und deckten in Windeseile mit ihren Waffen ein gutes Stück des Daches ab. Der Capitano zog sich am Gitter hoch, dessen Querstäbe man wie Leitersprossen bequem betreten konnte, stieg auf das Dach und trat mit seinen Füßen die Ziegel über dem jenseitigen Teil des Ganges hinunter. Ich hörte, wie die Tonscherben laut auf dem Boden aufschlugen. Da schallten Rufe in einer mir fremden Sprache herauf. Man hatte uns entdeckt!
Jetzt war Eile geboten. Cesare half meinem Vater, der trotz seines Alters und seiner Leibesfülle zügig über das Gitter stieg; droben nahm ihn der Capitano in Empfang und half ihm wieder in den Gang hinunter.
»Jetzt du, Lucrezia!« Cesare faßte meine Taille und hob mich spielerisch leicht hoch, daß ich im Nu oben war.
Zu Füßen der Mauer leuchteten jetzt unzählige Fackeln, Befehle klangen herauf.
Der Wind blies eisig. Plötzlich ein Schwirren in der Luft – und krachend schlugen Pfeile neben mir aufs Dach. Ich wollte schnell vom Gitter hinunter in den sicheren Teil des Ganges,

den tödlichen Geschossen entkommen, blieb aber mit meiner Mantella irgendwo hängen. »Cesare!«
Mit einem Satz war er bei mir auf dem Dachsparren, riß den Umhang mit aller Kraft los, und ich fiel in die Arme des Capitanos. Jetzt prasselten die schweren Pfeile der Gascogner Langbogenschützen auf das Dach und in die Öffnung.
Da – ein dumpfer Aufprall. Ich sah das Ende des Pfeils aus seinem Umhang ragen und wußte, daß Cesare tot war, noch bevor er von dort oben herunterfiel. Wir versuchten, den Fall abzumildern, aber er schlug doch mit dem Kopf auf den Boden.
»Cesare!« Ich schlang die Arme um seinen Nacken und küßte ihn unter Tränen, als ob er dadurch wieder erweckt werden könnte. Mein Leben gerettet – aber um welchen Preis!
Drei Menschen liebte ich über alles, und in diesem Augenblick hatte Gott der Herr beschlossen, einen davon zu sich zu rufen, um meinetwillen. Stets hatte Cesare mich beschützt, war mein Vertrauter in allen Dingen gewesen, der mich tröstete, beschenkte, mir keinen Wunsch je abschlagen konnte. Und nun sollte er so plötzlich von uns gegangen sein, in eine andere Welt? Wie allein würde ich ohne ihn sein, sehr, sehr allein ...
Im flackernden Schein der Fackeln schien es mir, als lebte er noch – welch eine grausame Täuschung! Doch dann ging ein leises Zittern über seine Lider. »Cesare!«
Er öffnete die Augen. »Lucrezia, was ist ...«
»Ein Pfeil hat dich getroffen. Ich glaubte schon, du seiest tot! Dem Herrn sei Dank! Bleib ganz still liegen, sonst verblutest du.«
Seine Rechte schlug den purpurroten Umhang zurück.
Ich erstarrte. Da saß der Pfeil, er ragte schräg von unten aus Cesares Brustkorb. »Heiliger Sebastiano, hilf! Rette meinen Bruder!«
»Was heißt hier retten! Außer ein paar geprellten Rippen und einer Beule am Kopf fehlt mir gar nichts.«

Er stand wahrhaftig auf und lächelte! »Schau, ich lebe, der heilige Sebastiano hat ein Wunder getan.« Cesare knöpfte sein Kardinalsgewand auf und zeigte mir, was er darunter trug.
»Ein Kettenhemd ...«
»Samt gutgepolstertem Lederwams. Wie du siehst, bleibe ich dir noch erhalten.«
»O Cesare!« Jetzt kamen mir Tränen der Freude.
Plötzlich erscholl lautes Gebrüll vom Gang her. Die Franzosen kamen!
»Jago, Hernando, Carlos – adelante!« Die Stimme des Capitanos klang rauh. Und jene drei Männer wußten sofort, was sie zu tun hatten. Mit gezogenen Schwertern liefen sie dem Feind entgegen, um ihn möglichst lange aufzuhalten.
Kurz darauf hörten wir Kampfgeschrei und das Klirren von aufeinanderschlagenden Schwertern. Schnell kletterte der Rest unserer spanischen Gardisten über das offene Dach; einige blieben am Gitter zurück, um die nachdrängenden Franzosen am Übersteigen zu hindern. Wenn sich unter diesen jedoch Armbrustschützen befanden, dann würden unsere Männer nicht mehr lange leben ...
Schon kamen die Feinde den Gang heruntergelaufen.
»Schnell, kommt!«
Der Capitano lief voraus, dann wir und dahinter die noch verbliebenen Söldner. Wenn uns jetzt noch irgend etwas aufhielt, dann waren wir verloren. Die weitere Flucht durch den engen Gang kam mir unendlich lange vor. Schließlich erreichten wir in schwindelnder Höhe die kleine Zugbrücke zur Engelsburg. Ich rannte darüber, ohne nachzudenken, wie schmal sie war, und stolperte endlich in die Außenbastion der Engelsburg.
Unmittelbar hinter uns ging die Zugbrücke hoch. »Und die übrigen Männer?« Ich sah den Capitano an.
Er zuckte mit den Schultern. »Es ist zu gefährlich – bedenkt, die Sicherheit des Heiligen Vaters geriete in Gefahr. Sie haben einst

geschworen, Euer Leben mit dem ihren zu verteidigen, und das geschieht nun ...«

Ich schwieg betreten. Doch der Mann hatte recht, wir durften uns nicht in unnötige Gefahr begeben – für jene, die so tief unter uns standen.

Das Kastell Sant' Angelo bestand im wesentlichen aus einem gigantischen Rundbau. Es soll einst das Grabmal von Kaiser Hadrianus gewesen sein. Jene hochaufragende, kreisrunde Zitadelle wurde von einer quadratischen Mauer umschlossen, die an ihren vier Ecken runde Bastionen besaß. Diese Burg war die stärkste Festung des Abendlandes, sie galt als uneinnehmbar. Die Vorratsmagazine waren stets gut gefüllt, und mit ihren Feuergeschützen vermochte man ganz Rom zu beschießen. Allerdings war das Kastell im Sommer durch Mala aria stark verseucht, im Winter jedoch nicht. Dann wirken die schädlichen Miasmen nicht so verheerend auf die Säfte des Blutes ein. Niemand weiß, weshalb das so ist, und mir war es auch gleichgültig, Hauptsache, wir konnten uns sicher fühlen.

Zwei kleine Gemächer waren in Eile mit wärmenden Teppichen an den Wänden und am Boden ausgestattet worden. Nur ein Raum konnte beheizt werden: Man hatte ihn für meinen Vater vorgesehen. Cesare und ich, wir mußten uns wohl oder übel das andere Gelaß teilen, ebenso wie ein aufgestelltes Reisebett, das mit anderen Dingen in aller Eile dorthin gebracht worden war. Zwei dürftige, rauchende Kohlebecken konnten gegen die feuchte Kälte kaum etwas ausrichten. Wenigstens wärmte uns der Wein, von dem gewaltige Mengen im Castello lagerten.

Nach einem kärglichen Nachtmahl in bedrückter Stimmung legten wir uns nieder. Bianca schlief, in Decken gehüllt, vor unserer Tür.

Ich fror. »Cesare, schläfst zu schon?«

»Nein, in dieser Kälte ist das ja kaum möglich.«

»Wollen wir uns gegenseitig wärmen?«
»Das ist ein guter Gedanke, Lucrezia, komm nur näher. Und nimm vorher noch einen tüchtigen Schluck von diesem Wein, das hilft.«
Der heiße Krug wärmte meine klammen Finger, und ich trank von dem stark gewürzten, dampfenden Roten. Danach Cesare, dann wieder ich – bald war der ganze Krug leer. Meine Lebensgeister erwachten, das Getränk stieg mir zu Kopf.
»Cesare, ich muß dir etwas erzählen.«
»Ja ...«
»Allerdings, und nur unter dem Siegel des Beichtgeheimnisses.«
»Gut.« Er sprach die einleitenden Gebete. »Beginne.«
»Es ist ein Mann in mein Leben getreten!«
»Den du über alles liebst.«
»Woher weißt du?«
»Wäre sonst die Form der Beichte für dein Geständnis nötig gewesen?«
»Ach, Cesare, ich liebe diesen Mann mehr als mein Leben, mehr als ...«
»... mehr als unseren Vater und mich?«
Ich zögerte. »Ja – so ist es.«
»Wie heißt denn dieser über alle Maßen Glückliche?«
»Spotte nicht. Es ist Francesco Gonzaga.«
»Beim Kreuze Christi! Und liebt er dich auch?«
»So wahr ich hier neben dir liege.«
»Lucrezia, meine süße Schwester, der Himmel hat unsere Gebete erhört!«
Ich verstand gar nichts. »Was erscheint dir daran so wichtig?«
»Wichtig ist gar kein Ausdruck! Dieser Mann stellt Italiens und unsere letzte Hoffnung dar. Wenn er vom Heiligen Stuhl abfiele, wären wir verloren. Nun ist er durch dich an uns gefesselt, mit zarten und doch so festen Banden ...«

Ich war froh, daß Cesare die Sache in so günstigem Lichte sah.
»Du weißt, wir sind beide verheiratet ...«
»Eine Todsünde, gewiß. Vielleicht kann ich sie dir vergeben, zunächst jedoch schildere mir alles wahrheitsgetreu.«
»Es ist eine lange Geschichte – und, wie ich hoffe, auch keine Todsünde.«
»Also, beichte!«
Ich kuschelte mich ganz eng an meinen Bruder, und plötzlich wurde mir ganz warm. Es war schön, ihm nun alles anvertrauen zu können; als Beichte und trotzdem so vertraut, wie es nur zwischen Geschwistern sein kann.
»Hat der Markgraf dich wirklich begehrt, Lucrezia?«
»Ja, glühend – aber ich konnte es nicht tun. Wollte, bei Gott, mit jeder Faser meines Körpers! Es war mir einfach nicht möglich, Cesare.«
»Und er hat sich zufriedengegeben?« Seine Stimme klang ungläubig.
»Nun, wir haben – eben auf andere Art gesündigt. O Cesare, es war so wundervoll ...« Die Erinnerung überwältigte mich, ich mußte weinen, umschlang meinen geliebten Bruder mit beiden Armen, küßte ihn so innig wie vordem nur Francesco. Und er küßte mich wieder.
Da war sein Pene an meinem Körper, ich griff danach, fühlte ihn stark, glaubte vergehen zu müssen. In diesem Augenblick, ich schwöre es, da war mir, als ob es Francesco sei, der mit jeder Faser meines Herzens Ersehnte. Und ich warf mich wie von Sinnen auf diesen Körper, rieb meinen Schoß an seinem kraftvollen Schenkel, spürte den Pene an meinen Leib – Wellen des Glücks durchfluteten mich ... »Francesco, Francesco, Geliebter!«
Aber es war Cesare, dessen Samen sich heiß auf meinem Bauch ergoß. Im selben Augenblick, als ich von den Gipfeln der Lust in die Wirklichkeit zurückfand, wurde mir mit einem Schlage

klar, welche furchtbare Sünde soeben geschehen war. Da erfaßte mich wieder dieser Ekel, Übelkeit stieg in mir auf.
»Lucrezia, geliebte Schwester, das war der schönste Augenblick in meinem Leben!«
»Was sagst du da ...«
»Ich habe dich immer geliebt, habe in jeder Frau nur dich gesucht und doch nie gefunden.«
»Du hast dir nie etwas anmerken lassen, Cesare.«
»Die eigene Schwester zu begehren ist ein Unrecht. Konnte ich ahnen, daß meine Zuneigung erwidert wird?«
»Ich dachte dabei nur an Francesco! Es hat mich einfach überwältigt.«
Er hörte mir wohl gar nicht zu, legte seine Lippen an meine Brüste und liebkoste sie.
Seine Nähe war mir plötzlich unangenehm, unerträglich. »Cesare, hör sofort auf!«
»Lucrezia, in dieser Stunde ...«
»Sei still, es darf nicht wieder geschehen!«
»Ich lasse nie wieder von dir, Schwester, hörst du – nie wieder! Wer deinen wundervollen Körper je gespürt hat, ist ihm verfallen bis zum Jüngsten Tag. Ich will dich besitzen – und ich werde dich besitzen!«
Kurze Zeit später schlief er ein.
Ich hingegen lag fast die ganze Nacht wach, dachte an die Bedrohung, die nun auch von meinem Bruder ausging, fühlte mich elend, fror erbärmlich und war am nächsten Morgen wie gerädert.
Die Stimmung im Kastell Sant' Angelo war gespannt. An fast allen Geschützen standen Männer, bereit, sie gegen die Franzosen abzufeuern. Mein Bruder trug zu seinem Kardinalsornat ein Schwert und beobachtete von den Zinnen des Torturms das gegenüberliegende Tiberufer.
Ich sah, wie unsere Feinde drüben Kanonen auffuhren und

gegen die Engelsburg richteten. Doch was konnten sie schon erreichen gegen die stärkste Festung der Welt. Auf der anderen Seite der Brücke kam Bewegung in das Heer der Franzosen. Fanfaren erklangen, und eine Abordnung von acht prächtig gewandeten Reitern näherte sich dem Tor unseres Kastells. In ihrer Mitte Kardinal delle Rovere!

Cesare erwartete ihn. Was sie sprachen, konnte ich nicht verstehen, jedenfalls dauerte die Unterredung nicht lange, dann kehrten die Reiter um und trabten über die Engelsbrücke zurück. Cesare erschien bei uns und berichtete Vater, was König Charles forderte.

Prinz Djem sollte ihm übergeben werden, dazu Cesare als Geisel, der Charles mit Willen des Papstes in Neapel zum König beider Sizilien krönen sollte. Ich hatte Vater noch nie so zornig gesehen. »Was bildet sich dieser Cretino ein, ich denke nicht daran, auf seine Forderungen einzugehen!«

Alle schwiegen betreten.

»Ich habe einen Vorschlag.«

Wir blickten überrascht zu Cesare.

»Gehen wir scheinbar darauf ein und überlassen wir ihm Djem. Das bedeutet einen Verlust von fünfunddreißigtausend Goldscudi jährlich. Und ich als Geisel – nun, man wird mich schon nicht in Ketten legen, also flüchte ich bei erster Gelegenheit irgendwohin ...«

Unser Vater wiegte bedächtig den Kopf. »Das klingt machbar, mein Sohn, doch der Krönung in Neapel kann ich unmöglich zustimmen. Alfonso von Aragon ist der rechtmäßige König, mit der Krönung von Charles würde ich ihn absetzen. Nein, dazu bin ich nicht bereit.« Vater wirkte jetzt ganz zuversichtlich. »Und überhaupt, wenn der Franzose es zu weit treibt, belege ich ihn mit dem Kirchenbann und exkommuniziere sein gesamtes Heer!«

»Was in Anbetracht der Stärke dieses Heeres hier in Rom allerdings gründlich zu bedenken wäre, liebster Vater.«

»Du hast wohl recht, Cesare, unsere Macht ist derzeit stark eingeschränkt. Schade, daß er gerade Djem fordert. Wenn ich mir vorstelle, daß all das schöne Gold aus Konstantinopel bald in die Taschen des Franzosen fließt ...«

Mir kam eine Idee, die ich meinem Vater leise ins Ohr flüsterte. »Ich gebe Djem in den Wein etwas Acquetta aus meinem Giftring, dann ist das Problem in einigen Tagen gelöst ...«

Seine Augen leuchteten. »Genial, Lucrezia! Du bist des großen Namens Borgia würdig, Piccolina.«

Dieses Lob erfüllte mich mit großem Stolz.

Cesare wirkte jetzt äußerst entschlossen. »Wir werden den stinkenden Franzosen noch etwas warten lassen, ehe er unsere Antwort erfahren soll.«

Plötzlich ging ein Zittern durch die gesamte Engelsburg, Rauschen, Donnern und Prasseln erfüllte die Luft – dann Stille. Wir eilten zum Fenster und sahen inmitten einer sich schnell ausbreitenden Staubwolke, daß die mächtige Mauer links vom Torturm eingestürzt war.

»Ich muß sofort hin, die Franzosen greifen schon an!« Cesare verschwand augenblicklich nach unten, um bei den Verteidigern zu sein.

Nun wurde es Zeit, daß wir an den sichersten Platz des Kastells flüchteten. Einige Gardisten brachten uns über enge Wendeltreppen und düstere Gänge an jenen grausigen Ort, den Folterkeller. Hier sollte uns der Beschuß nichts anhaben. Kaum waren wir unten, als der Capitano erschien und meinte, die Mauer sei von selbst eingestürzt, und die Franzosen würden offenbar nicht angreifen. Daraufhin machten wir den langen Weg zurück. Ich war froh, aus den dunklen Gewölben wieder an das Tageslicht zu kommen.

Jetzt verlor Cesare keine Zeit mehr. Er schwang sich in den Sattel und ritt zusammen mit drei weiteren Kardinälen an den Trümmern der eingestürzten Mauer vorbei über die Brücke zu

den Franzosen, um eine ehrenhafte Übergabe auszuhandeln. Mit seiner Rückkehr aber würde sich unser Schicksal entscheiden.
Wir warteten Stunde um Stunde, nichts geschah. Plötzlich erschien eine Gruppe von etwa zwanzig Reitern auf der Brücke, Fanfarenklänge schallten herüber. Es waren Franzosen, in ihrer Mitte mein Bruder. Und wo befanden sich die übrigen Kardinäle?
Cesare betrat das Gelaß und sah Vater mit ernster Miene an. »Der König hat Cibo, Sforza und Pallavicini bei sich behalten. Er meinte, sie seien im französischen Lager sicherer als in unserem Kastell.«
»Meine treuesten Kardinäle in der Hand des Feindes ...«
»Sie mögen die treuesten gewesen sein, Vater. Jedenfalls hat keiner von ihnen protestiert.«
»Aus Furcht ...«
»Nein«, Cesare schüttelte den Kopf, »weil sie unsere Sache für verloren halten.«
Vater wurde zornig. »Diese Ratten!«
Ja, sie waren Ratten. Erst sonnten sie sich in dem Glanz, den unser Vater der päpstlichen Herrschaft wiedergegeben hatte, und sobald Gefahr drohte, dachten sie nur noch an sich.
»Der König läßt Euch ausrichten, daß er vorerst kein Treffen wünscht, jedoch eine Eskorte zurück in den Palast anbietet, wo Ihr volle Bewegungsfreiheit haben sollt.«
Unser Vater blickte sehr nachdenklich. »Nun, mein Sohn, diese Nachricht klingt ja so schlecht nicht.«
»Schwer zu beurteilen, Vater. Ich konnte die wahren Absichten dieses Franzosen nicht ergründen.«
»Es muß ein Treffen mit ihm zustande kommen. Er wird sich mir beugen, das ist gewiß, so wahr ich der Nachfolger Petri bin!«
Cesare ging unruhig auf und ab. »Ich weiß mir keinen Rat mehr, Vater.«

Selbst mein Bruder, der immer wußte, wie es weitergehen sollte, war also mit seiner Weisheit am Ende.
Unser Vater schien alt und müde. Er ging mit schwerem Schritt zu seinem prunkvollen Sessel und ließ sich hineinfallen. Perotto reichte ihm seinen Pokal mit Wein. Nach einem tiefen Schluck sah Vater mit abwesendem Blick durch die trüben grünlichen Scheiben des Fensters. »König Charles muß um eine Audienz nachsuchen, unbedingt ...«
Es war zum Verzweifeln. Cesare ratlos, Vater völlig lethargisch und ich erst recht machtlos, eben nur eine Frau ...
Eine Frau! Was hatte doch damals die schöne Fiammetta erzählt, wie man Macht über Männer erringt! Ja, das war es!
»Vater, Cesare – ich gehe zu König Charles!«
»Lucrezia!« riefen beide wie aus einem Munde.
»Ich werde diesen Franzosen betören und dann vergiften! Drei Tropfen aus meinem Giftring in seinen Weinpokal, und er mag seine Seele dem Teufel empfehlen!« Ich war zum Äußersten entschlossen.
»Nein, Lucrezia, das ist zu gefährlich. Und es kann auch nicht gelingen.«
Ich sah Cesare fragend an. »Weshalb nicht? Mein Gift wirkt immer ...«
»Der Franzose ist außerordentlich vorsichtig. Vier Leibärzte prüfen alle Speisen, die er genießt. Darüber hinaus haben sie das Horn eines Einhorns, welches mit absoluter Sicherheit Gifte aufspüren kann. Das Vorhaben ist sinnlos, liebe Schwester.«
»Gut, dann werde ich ihn auf andere Weise unschädlich machen. Mit dem süßen Gift meines Körpers ... Seid gewiß, Vater, dieser Cretino wird um eine Audienz betteln!«
Es verwunderte mich selbst, mit welcher Ruhe und Zuversicht solche Worte über meine Lippen kamen. Dabei war mir wohl bewußt, daß ich mich diesem Unmenschen mit jeder Faser meines Körpers hingeben mußte, um ihn hörig zu machen,

hingeben in einer Art wie noch niemals zuvor. Getreu Fiammettas Ratschlag, mit kühler Berechnung und klarem Verstand, darauf würde es ankommen. Und bei Santa Venere, ich wollte! Denn es ging um alles. Was machte es letztendlich schon. Konnte der Ehebruch mit einem feindlichen König wirklich noch verwerflicher sein als die bereits an mir begangene Blutschande?

Plötzlich mußte ich an Francesco denken. Ach, mein Geliebter, wäre es Untreue und Betrug, den ich an ihm beging? Nein. Der Franzose würde nur über meinen Körper verfügen. Doch meine Liebe und echte Hingabe, mein ganzes Sehnen gehörte Francesco Gonzaga – jetzt und in aller Zukunft. Nur er sollte mich jemals ganz besitzen. Für die anderen war ich nur ein Abbild Lucrezias.

Und doch mußte dieses Abbild den französischen König zu höchster Leidenschaft hinreißen. Mußte! Denn wenn es mir nicht gelang, ihn freundlich zu stimmen, dann war alles verloren ...

Weder mein Vater noch Cesare protestierten besonders heftig gegen meinen Plan; immerhin war, was ich vorhatte, nicht nur eine Todsünde, sondern entehrend dazu. Doch keiner der beiden machte ernstlich Anstalten, mich von dieser Idee abzubringen.

Das traf mich. Denn entweder war ich ihnen im Grunde gleichgültig, oder sie dachten nur noch an die eigene Sicherheit. Ich glaubte sogar, eine gewisse Zufriedenheit von ihren Mienen ablesen zu können. Tochter und Schwester so einfach opfern, um die eigene Haut zu retten? Nein, das konnte, das durfte nicht sein! Gewiß war es die Furcht vor einem schrecklichen Ende in Schande, die sie verzweifelt nach jenem Strohhalm greifen ließ, den ich ihnen reichte.

> Thisbe liebte einst Pyramus;
> Und so liebe ich Euch –
> Entflammt für Carolus Rex Francorum
> Den Herrn Italias.
> Nennt mir die Stunde,
> Nennt mir den Quell,
> Wo unsere Leidenschaft Erfüllung findet.
> Doch laßt das Schwert –
> Seid Löwe und verschwiegener Geliebter
> zugleich.
>
> *Lucrezia*

Ich hatte ziemlich dick aufgetragen und hoffte, dieser Barbar würde wenigstens die Anspielung auf jenes klassische Liebespaar verstehen, damit meine Anbiederung nicht allzu plump wirkte. Perotto mußte das Schreiben überbringen. Charles war als ausschweifender Wüstling bekannt, und so würde er wohl bald antworten. Hoffentlich, denn die Zeit drängte ...
Es dauerte nicht ganz eine Stunde, da kam Perotto mit wehenden Gewändern atemlos zurück. »Der König will Euch sofort sehen, Madonna Lucrezia. Er brennt förmlich darauf!«
Gott sei Dank waren einige kostbare Gewänder mit verschiedenen anderen Dingen schon vorsorglich aus meinem Palazzo in die Engelsburg geschafft worden, damit nicht alles den zu erwartenden Plünderungen zum Opfer fiel. Ich wählte daraus eine Camora aus blutrotem Velluto, darunter eine Camicia, über und über mit Gold bestickt, und darüber ein halblanges Vestito aus silbrig schimmerndem Zetanino. Als Umhang entschied ich mich für eine weite Roba ganz in Weiß, die an den Kanten mit Pelzen von Ermellini eingefaßt war. Trotz der Kälte verzichtete ich auf Wollstrümpfe und zog statt dessen welche von weißer, goldgestickter Seide an, dazu halbhohe Pianelle aus samtgefüttertem Elfenbein, die einen sehr zierlichen Fuß machten. Über

meinen langen Handschuhen trug ich alle verfügbaren großen Ringe.

Aus den herrlichen Rubinen, die Vater mir geschenkt hatte, waren inzwischen wunderschöne Ohrringe gearbeitet worden; wie gut, daß sie vor meiner Abreise nach Pesaro nicht mehr fertig geworden waren, sonst wären auch sie dem Raub zum Opfer gefallen. Nun legte ich den herrlichen Schmuck zum erstenmal an. Dazu gab mir Cesare seine schlichte, aber schwere Goldkette, an der ein sehr fein gearbeitetes Kreuz hing.

Es war sehr wichtig, daß dem Barbarenkönig schon rein äußerlich etwas geboten wurde. Er mußte auf den ersten Blick erkennen, welche Kostbarkeit Lucrezia Borgia darstellte.

Niemand sollte mich erkennen, deshalb trug ich eine Augenmaske aus weißer Seide, verziert mit Edelsteinen, und verhüllte mein verräterisches blondes Haar mit der Kapuze der Mantella.

Perotto durfte Corsiera führen, dazu zwanzig Söldner, zwölf Trommler und sechs Trompeter, nicht zu vergessen jene Prälaten, die in vollem Meßgewand dem Zug vorausgeschickt wurden; in ihrem prächtigen Ornat sahen sie fast wie Bischöfe aus. Wirklich ein sehr beeindruckender Zug, der sich aus dem Kastell über die Brücke bewegte. Am anderen Ufer hielten wir und ließen die Fanfaren schmettern. Dann hieß es warten.

Plötzlich löste sich ein einzelner Reiter aus der dichten Menge der Franzosen, die uns entgegensahen, und galoppierte auf mich zu. Dann sprang er schwungvoll aus dem Sattel, zog sein Barett äußerst elegant und verneigte sich tief vor mir. Der Mann war sehr jung, aber klein und verwachsen, auf seinen schmalen Schultern saß ein viel zu großer Kopf. Es war der König!

Mir stockte der Atem. Mit dieser monströsen Gestalt sollte ich die heutige Nacht verbringen ... Zu meiner Überraschung sprach er ein sehr gutes Latein, allerdings in recht drolligem Tonfall. Ich lüftete kurz die Maske und lächelte ihm huldvoll zu. Seine Augen leuchteten. »Madame, niemals hätte Pyramus je

für seine Thisbe so heftig entflammen können wie ich für Eure Schönheit!«
»Und niemals wären an Thisbes Ohren süßere Worte gedrungen als die Euren.«
»Dann laßt mich Löwe sein und Liebender zugleich. Sanft will ich als Löwe zu Euren Füßen liegen wie der des heiligen Hieronymus, doch stark wie ein Löwe will ich sein als Euer Geliebter.«
Donnerwetter. Entweder hatte er die Worte seines Hofhumanisten auswendig gelernt, oder dieser Mann war nicht der einfältige Barbar, für den wir ihn hielten. Perotto blickte ihn trotzdem mit allen Anzeichen des Abscheus an und ließ sich die Zügel meiner Stute nur sehr unwillig vom König aus der Hand nehmen, der mich in die Mitte seiner Truppen führte. Meine Begleiter blieben zurück.
Niemals in meinem Leben werde ich jenen Blick vergessen, den mir Perotto zum Abschied zuwarf. Und wieder kam mir der Gedanke, daß es vielleicht mehr sein konnte, was der Camerarius meines Vaters für mich empfand – empfinden durfte ...
Wir gelangten zu einer Gruppe prächtig gekleideter Männer, vermutlich von hohem Adel, und Charles stellte sie mir als seine liebsten Freunde vor. Ich nickte ihnen freundlich zu, worauf sie laute Hochrufe ausbrachten. Als hätten die anderen nur darauf gewartet, brach die gesamte französische Truppe in Jubel aus. Die Söldner schlugen dazu mit den Schwertern an ihre Spieße, so daß ein Höllenlärm entstand. Dann wurden Fackeln entzündet, und in der Dämmerung des scheidenden Tages machte sich ein unabsehbarer Zug mit uns auf zur Via Lata, wo der König im Palazzo von Kardinal delle Rovere wohnte.
Der König entpuppte sich als schlichtes, jedoch heiteres Gemüt, was etwas von seinem verwachsenen Körper ablenkte. Trotzdem trank ich reichlich von dem süßen Wein, um dem, was denn kommen mußte, etwas gelassener entgegensehen zu können.

»Madame, Ihr seid damit einverstanden, wenn wir uns zurückziehen?«
»Ja, das ist auch mein Wunsch.«
Alle erhoben sich, und Charles führte mich stolz durch mehrere Gelasse ins Schlafgemach.
»Euer Gnaden, ich benötige Hofdamen, die mir beim Auskleiden behilflich sind.«
Der Franzose blickte erstaunt. »Verzeiht. Hofdamen besitzen wir auf unserem Feldzug leider nicht.«
»Dann tut es selbst. Ihr seid als einziger Mann dafür würdig genug.«
Es war deutlich zu merken, wie seine Hände zitterten, als er die Bänder meiner Camora ungeschickt aufschnürte.
Ich streifte das Gewand so würdevoll wie möglich ab. Charles sah mich an, als ob vor ihm die erste und einzige Frau der Erde stünde.
»Nun löst die Bänder der Camicia!«
Das Hemd glitt leicht von meinen Schultern. Ich stand nun nackt da, bis auf Strümpfe und Schuhe. Meine blonden Locken, mit edelsteinbesetzten Bändern durchflochten, fielen bis zur Taille hinab. Vor mir der gnomenhafte König mit offenem Mund. Ja, ein Wesen aus einer anderen Welt wollte ich für ihn sein – und offenbar empfand er es auch so.
»Was für eine Frau! Nein, Ihr seid eine Göttin!«
Dann sank er vor mir auf die Knie und barg sein Gesicht an meiner Scham. Seine Zunge fand ihren Weg, und, bei Santa Venere, ich wäre wohl schwach geworden, hätte der Franzose eine schöne Gestalt besessen ...
Doch so blieb mein Verstand klar. Ich erinnerte mich an die Ratschläge Fiammettas. Es war, wie sie gesagt hatte. Bald verfiel der König schier in Raserei, zog mich zum Bett und gebärdete sich wie ein Tier. Trotz seines verwachsenen Leibes schienen Bärenkräfte in diesem Menschen zu stecken. Immer wieder

drang dieser Cretino in mich, unermüdlich. Dann plötzlich ließ er erschöpft von mir ab.

Fiammettas Empfehlungen folgend, reichte ich dem Mann nun seinen Weinpokal und blickte ihn mit großen Augen voller Bewunderung an. »Ihr seid wahrhaft stark wie ein Löwe, Euer Gnaden seid versichert, ich habe einen solchen Sturm noch niemals erlebt.«

»Madonna Lucrezia, glaubt mir, es ist Eure Schönheit, die mich zu solch herrlichem Tun hinreißt!«

Trotz allem schmeichelten mir seine Worte; ja, ich war stolz auf meine Schönheit, stolz auf jenes Begehren, das sie in Männern hervorrief. Es war ein starkes Gefühl von Macht in mir ...

Ich überwand die Abneigung und begann ihn mit Lippen und Zunge erneut zu erregen. Nicht lange, und der König warf sich mit einem Seufzer wieder auf mich. In eiskalter Berechnung bewegte ich nun meinen Körper in seinem Rhythmus und spornte ihn gleichzeitig mit scheinbar lustvollem Stöhnen an. Keinen Augenblick blieb dabei außer acht, was Fiammetta gesagt hatte. Drohte er nachzulassen, so peitschten ihn meine leisen Schreie vorwärts – bis zu einem allerletzten, nicht enden wollenden Höhepunkt.

Getreu dem Plan, blieb ich danach dem König zwei Tage fern. Am dritten Tag aber suchte ich seine Nähe, und es war wieder, als ob ein Orkan über mich hinwegbrauste.

»Sagt mir, Lucrezia, wie kann ich wohl die übrigen Fürsten Italiens für mich gewinnen?«

Ich lachte und wand mich unter ihm heraus, um nach dem Weinpokal zu greifen. »Ihr werdet von einer Frau doch nicht erwarten, daß sie sich um Politik bekümmert; fragt mich lieber, wie sehr ich Euch begehre, und meine Antwort wird sein: Ich bin dem König von Frankreich verfallen.«

Meine Lügen klangen überzeugend, denn er küßte mich sichtlich geschmeichelt, und ich sah ihn schmachtend an.

»Scherzt nicht, Lucrezia, sagt einfach, was Ihr denkt.«
Jetzt hieß es, jedes Wort genauestens abzuwägen. »Meine kindlichen Ansichten über Angelegenheiten des Staates werden Euch bestenfalls erheitern.«
»Nur zu.«
Ich zwang mich zu einem fröhlichen Lachen. »Wißt Ihr, was die Leute in Rom sagen?«
»Genau das möchte ich von Euch erfahren.«
»Sie erzählen sich, daß nicht einmal der mächtige Kaiser von Deutschland gegen den Heiligen Vater regieren kann ...«
»Das soll wohl heißen, der König von Frankreich könne es erst recht nicht ...«
Ich begann ihn sanft zu streicheln. »Ihr seid ein Magier – Ihr vermögt alles, Carlo!« Doch sein wacher Blick verriet mir, daß er im Augenblick mehr an die große Politik dachte als an das, was ich mit meinen Händen trieb. Sogar den Kosenamen Carlo, mit dem ich ihn soeben angesprochen hatte, hatte er kaum wahrgenommen.
»Ihr habt mir noch immer nicht auf meine Frage geantwortet, Lucrezia.«
Mit einem gespielten Seufzer versuchte ich zum Schein noch einmal, den König abzulenken. »Ich werde für den Rest des Tages wohl ungeküßt und ohne Liebe bleiben ...«
»Madonna Lucrezia, seid ein einziges Mal ernsthaft!«
»Nun gut. Was die italienischen Fürsten denken, weiß ich natürlich nicht. Nur das eine, daß die Parteiung der Guelfen auf Eurer Seite ist, die der Ghibellinen jedoch in keiner Weise.«
»Die Sache mit Welfen und Staufern gibt es doch schon lange nicht mehr in Italien.«
»Gewiß. Doch die alten Fehden dauern fort bis in alle Ewigkeit.«
»Und wie kann ich auch jene für mich einnehmen?«
»Fragt nicht, denn Ihr werdet meinen Rat wohl kaum beherzigen.«

»Weshalb nicht?«
»Bedenkt, ich bin die Tochter des Papstes. Ihr werdet glauben, daß man mir befohlen hat, für meinen Vater zu sprechen.«
»Niemals würde ich Euch so etwas unterstellen, Lucrezia!« Dabei lag ein seltsames Funkeln in seinem Blick.
Entweder der König log, oder er war wirklich grenzenlos dumm. Plötzlich erschien mir das Eis unter meinen Füßen sehr, sehr dünn. Vielleicht lauerte eine Falle? Ich beschloß, alles zu wagen. Es gelang mir, unter heftigem Aufschluchzen ein paar Tränen herauszupressen.
»Lucrezia, Geliebte, was ist mit dir, weine bitte nicht ...«
Doch ich gab mich untröstlich. Und der König benahm sich wirklich rührend. Es gelang ihm natürlich, mich zu beruhigen.
»Man hat mich tatsächlich zu Euch geschickt, Carlo.«
»Das war mir von Anfang an vollkommen klar.«
»Ich sollte Dinge sagen, die Euch irreführen!«
»Ja selbstverständlich, was sonst.«
»Aber«, ich legte mich auf ihn und bedeckte sein Gesicht unter erneuten Tränen mit Küssen, »nun ist etwas eingetreten, mit dem ich nicht gerechnet habe, ich habe mich in Euch verliebt. Ja, schlimmer noch, ich bin Euch verfallen mit meinem Herzen und meiner Seele ...«
Er strich mir die falschen Tränen von den Wangen.
»Und nun Verrat an Vater und Bruder! Doch ich brauche Eure Liebe, Ihr müßt es mit mir tun, wieder und immer wieder. Ich muß es haben, ich muß ...« Ich wand und drehte mich in gespieltem Liebesverlangen, stöhnte und jammerte, versuchte gar, seinen Pene in mich einzuführen, aber er ließ es nicht zu.
»Nun sagt schon, was hat man Euch aufgetragen!«
»Ich – ich kann es nicht sagen!« Meine Liebesqualen mußten wohl sehr echt wirken, denn dieser Franzose glaubte tatsächlich, etwas aus mir herauspressen zu können.
»Sprecht, dann hat die Qual ein Ende.«

Ich brach scheinbar innerlich zusammen. »Gut, es sei denn. Also, ich soll Euch darin bestärken, niemals meinem Vater nachzugeben, sondern ihn zu demütigen, zu erniedrigen. Denn das wird den Haß des Volkes und vieler italienischer Fürsten erregen, so daß eine Liga gegen Euch entsteht, und man hofft auf einen großen Sieg. O Carlo, dann werden wir uns niemals wiedersehen!« Meine Worte schienen ihn ganz in ihren Bann zu ziehen.
»Und es wird heißen, ich habe Lucrezia, die Tochter des Heiligen Vaters, mit Bedacht geschändet, um ihn damit zu treffen ...«
»So ist es.«
»Und halb Italien wird sich gegen mich erheben ...«
»Ja. Und der deutsche Kaiser ebenso. Allmächtiger, warum wollen Euch alle vernichten!«
Der König hörte mir schon nicht mehr recht zu, erhob sich vom Lager, ging hin und her und sah mich dann sehr ernst an.
»Madonna Lucrezia, ich bitte Euch, sagt dem Papst, ich wünsche morgen eine Audienz bei ihm. Zieht Euch jetzt zurück.«
Ich schlüpfte in meine Gewänder so schnell es ging, und der König entließ mich stumm, in Gedanken versunken.
Am nächsten Tag wälzte sich ein beeindruckender Zug von unzähligen Berittenen, Bannerträgern, Trompetern und Trommlern von der Engelsbrücke zum Monte Vaticano hinauf. In ihrer Mitte mein Vater auf seinem Schimmel, der vom französischen König selbst geführt wurde. Und wie durch ein Wunder hatten sich plötzlich fast alle Kardinäle wieder eingefunden. Mit einem Wort, es war ein Triumphzug ohnegleichen an jenem Dreikönigstag Anno Domini 1495.
Schon anderentags, etwa zur zehnten Stunde, sollte die große Messe stattfinden, die mein Vater zum Empfang des französischen Königs abhielt. In der etwas erhöhten Apsis von San Pietro stand der goldene, prächtig geschmückte Papstthron, auf dem mein Vater in vollem Ornat mit der hohen Tiara auf dem

Haupt saß. Um ihn herum alle Kardinäle, Bischöfe und Prälaten, die man in der kurzen Zeit benachrichtigen konnte, in ihren prächtigsten Zeremonialtrachten. Das winterliche Violett der Kardinäle leuchtete zwischen den Bischofsgewändern aus Goldbrokat, Bannerträger hielten die geweihten Standarten des Heiligen Stuhls. Überall schwenkten Novizen die brennenden Weihrauchgefäße.

Ich selbst stand einfach gekleidet in der Menge der Gläubigen, welche den übrigen Raum der Petersbasilika zu beiden Seiten ausfüllten. In der Mitte ließ man Platz für das Gefolge des Königs frei. Wir warteten stundenlang; bis zum Zwölfuhrläuten geschah nichts. Wenn Charles es sich nun doch anders überlegt hatte? Nicht auszudenken. Dann wäre alles aus. Wer weiß, was seine Ratgeber ihm inzwischen eingeflüstert hatten ...

Ich hatte Angst um meinen Vater. Noch saß er unbewegt und hoheitsvoll auf seinem Thron, doch die schwere Tiara so lange zu tragen war nicht einfach. Aber ohne den König konnte er nicht mit der Zeremonie beginnen. Nach geraumer Zeit entstand eine gewisse Unruhe um den Papstthron herum. Ich konnte nichts Genaues sehen. Prälaten kamen und gingen, die Menge murmelte aufgeregt. Plötzlich raunte jemand vor mir, der Papst habe einen Schwächeanfall erlitten. Kein Wunder, denn wenn mein Vater die Messe zelebrierte, nahm er nichts zu sich. In dieser entscheidenden Stunde solch ein Unglück! Und ich mußte untätig herumstehen und den Untergang unserer Familie abwarten – was mit jedem Viertel einer Stunde, das verstrich, immer wahrscheinlicher wurde.

Wollte der französische König meinen Vater demütigen? Wenn ich Charles nur einmal tief in die Augen blicken könnte, würde er augenblicklich kommen! Denn gewiß brannte in ihm schon wieder das Feuer der Geilheit – und dann war er wie Wachs in meinen Händen ... Mit einem Mal erleuchtete mich der Heilige Geist: Natürlich, ich mußte zu ihm!

Es kostete einige Mühe, aus der überfüllten Basilika herauszugelangen. Dann endlich lagen die stinkenden Menschenmassen hinter mir. Wie gut es tat, auf der Piazza frei durchzuatmen. Doch das Wichtigste war, schnell herauszufinden, wo sich der König aufhielt. Ich lief von einem Tor zum anderen – nichts. Die Wachen erkannten mich in den schlichten Gewändern bestimmt nicht, also war der vatikanische Palast für mich versperrt.

Und dann sah ich ihn. Der riesige Heerzug kam den Borgo herauf und sammelte sich auf dem Petersplatz. In ihrer Mitte König Charles, umgeben von seiner Leibwache. Ich sah keine Möglichkeit für mich, durch die schier unübersehbare Menge der Bewaffneten zu ihm zu gelangen.

Es sah so aus, als wollte der König in die Curia superiore. Und tatsächlich, die spanischen Gardisten meines Vaters öffneten die Tore. Welch ein Verrat! Mein Vater würde sie alle vierteilen lassen! Vierteilen – ja, wenn er bis dahin noch die Macht dazu hatte ...

Die waffenstarrenden Gefolgsleute zwängten sich durch das enge Tor in den Cortile di San Damaso. Ich sah das Gedränge; es mußte die Gelegenheit sein hineinzugelangen! Den Schleier tief ins Gesicht gezogen, kam ich glücklich zur Curia und in der allgemeinen Unordnung auch hinein. Sicher war Charles in einem der größeren Säle. Die Enge in dem schmalen Gang nahm mir schier den Atem. Zudem verbreiteten die französischen Söldner einen bestialischen Gestank. Überall Schilde, Hellebarden, Rüstungen und Schwerter. Die Waffen klirrten, wenn sie aus Unachtsamkeit gegen einen Harnisch stießen. Es sah so aus, als wüßte keiner so recht, was er hier überhaupt sollte.

Endlich erreichte ich den großen Saal. Bevor die Wachen sich versahen, war ich hineingeschlüpft. Charles stand mit mehreren seiner Edlen zusammen und schien blendender Laune zu sein. Ich versank in einem respektvollen, tiefen Knicks.

»Das schlichte Gewand läßt Eure Schönheit um so herrlicher strahlen, Madame!«
Unsere Blicke trafen sich, und in seinen Augen brannte die Begehrlichkeit.
Er trat ganz nahe zu mir. »Erhebt Euch, Lucrezia.«
»O Charles«, flüsterte ich ihm zu, »die Leidenschaft verzehrt mich fast ...«
Der König wurde sichtlich unruhig.
»Kommt, Carlo, ich weiß eine verborgene Kammer ...«
Er folgte mir wie willenlos in ein kleines Gemach neben dem Saal. Ich umschlang seinen Nacken, preßte mich an ihn, fühlte den starken Pene durch meine Gewänder.
»Dreh dich um!« Seine Stimme klang heiser. »Bück dich!«
Er schlug meine Röcke hoch und drang mit einem heftigen Stoß von hinten in mich. Es tat so weh, daß mir die Tränen in die Augen stiegen und ich aufstöhnte. Aber er beachtete meine Schmerzen nicht. Jetzt hieß es alle Kraft zusammennehmen! Charles gebärdete sich wie ein Rasender und hielt mich dabei mit eisernem Griff an den Hüften fest – dann endlich war es vorüber. Ich heuchelte große Befriedigung trotz eines Gefühls, als wäre mein Inneres zerrissen.
»Bei den Brüsten der heiligen Agatha, du machst mich völlig verrückt, Lucrezia, ich bin dir ebenso verfallen wie du mir!«
»Ja, Carlo. Versuche die Audienz bei meinem Vater so schnell wie möglich hinter dich zu bringen, damit wir wieder zusammensein können ... O Geliebter, ich sterbe vor Sehnsucht, wenn du nicht bei mir bist!«
Es war nicht zu leugnen, daß Charles mich übermäßig begehrte. Er befestigte die Bänder seiner Hose notdürftig, dann betraten wir erhitzt und noch voller Erregung wieder den Saal. Ich zog den Schleier tief ins Gesicht.
»Auf zum Heiligen Vater!« Und der ganze Heerzug folgte seinem König.

»O Herr, laß den Schwächeanfall vorüber sein«, betete ich unablässig auf dem Weg zurück nach San Pietro. Zu meiner grenzenlosen Erleichterung saß Vater wieder gerade und hoheitsvoll da, die Tiara auf dem Haupt.

Jetzt kam die Stunde der Entscheidung. Würde Charles sich der Autorität des Stellvertreters Christi beugen? Konnte Gott es zulassen, daß sich dieser Franzose gegen den Papst auflehnte? Doch ich wußte nur zu gut, der König hatte die Macht. Viele Jahre mußten Päpste in Avignon als Gefangene der Franzosen zubringen; so sah die traurige Wahrheit aus. Wir waren alle in der Hand des Allmächtigen ...

Fanfaren hallten durch die Basilika, langsam bewegte sich unser Zug mit dem König voran durchs Mittelschiff der Kirche zum Papstthron. Dann schwiegen die Instrumente, und gleichsam als Antwort, wie aus dem Himmel selbst, erklangen die Choräle der Kastraten. Um den Thron geschart, die Kirchenfürsten in ihren farbenprächtigen, golddurchwirkten Gewändern und vor ihnen – etliche Stufen niedriger, wie es ihnen gebührte – die Edlen Frankreichs mit dunkel schimmernder Rüstung, alle unter Waffen. Es war, als stünden sich die himmlischen Heerscharen und das Gefolge Luzifers gegenüber.

In der Apsis brannten unzählige Kerzen, die dem Raum etwas Überirdisches verliehen, dazu duftende Weihrauchschwaden und der herrliche Chorgesang. Alle sanken auf die Knie, auch das französische Heer. Charles bemerkte es, hielt kurz inne und schritt fast zögerlich weiter die drei Stufen zur Apsis hinauf – dann, wie vom Blitz getroffen, fiel auch er im Angesicht des Papstes nieder und versuchte, dessen Schuhe zu küssen.

Doch mein Vater hob den König auf, umarmte ihn und ließ sich von ihm auf beide Wangen küssen. Daraufhin trugen vier stämmige Prälaten einen Thron für den Franzosen herbei, und so saß er dann zur Rechten des Papstes. Allerdings war sein Sessel wesentlich kleiner und weniger prunkvoll als der meines Vaters.

Die Menge jubelte begeistert, worauf die französischen Gefolgsleute ihre Waffen aneinanderschlugen, Posaunen ertönten, und die Rufe »Charles, Charles – Saint Denis« brandeten so mächtig auf, daß die uralten Mauern erbebten.
Wir waren gerettet ...
Die folgenden Tage vergingen mit Festen und gegenseitigen Ehrungen, so daß der Franzose offenbar gar nicht dazu kam, an mich zu denken – wie angenehm. Unser Vater und der König ergingen sich geradezu in Bezeugungen ihres Wohlwollens. Charles sei sein erstgeborener Sohn, meinte er, und der junge Franzosenkönig sonnte sich im Glanze seiner Rolle als Verteidiger des Oberhauptes aller Christen.
Doch die Ruhe war nur scheinbar, wie mir schlagartig bewußt wurde, da Cesare aufgeregt in meinen Palazzo stürmte.
»Lucrezia, ich brauche deine Hilfe!«
»Du, Cesare, benötigst meine Hilfe?«
»Ja, in der Tat! Denn dieser französische Cretino will nach Neapel ziehen!«
»Jetzt, im Winter?«
»Er kann es kaum erwarten, die Aragonesen zu vertreiben. Aber das ist nicht unser Problem. Nein, viel schlimmer erscheint mir, daß der König sich einen Kreuzzug gegen die Türken in den Kopf gesetzt hat, und dazu will er Prinz Djem ...«
»... um so schnell wie möglich an das Gold des Sultans zu gelangen!«
»So ist es, Lucrezia. Das wäre für uns ein schwerer Schlag. Noch dazu würde es den Franzosen finanziell in die Lage versetzen, Truppen in Neapel zu belassen, und das bedeutete eine ständige Bedrohung für uns.«
»Die Borgia gleichsam als Vasallen des Königs von Frankreich ...«
»Wir müssen eine für uns günstige Lösung finden, Lucrezia.«
»Aber welche?«

Cesare machte eine bezeichnende Bewegung mit der Hand an seiner Kehle. »Du sprachst neulich von Gift ...«
»Soll ich den Plan also tatsächlich ausführen?«
»Ja! Du mußt es tun. Zuviel steht auf dem Spiel. Mir ist es nicht möglich, da ich an der Seite des Franzosen bleiben will, bis er abgereist ist.«
»Soll Djem sofort, noch hier in Rom, sterben?«
»Entscheide selbst, wie es am unauffälligsten geschehen kann.«
Cesares Worte klangen noch lange, nachdem er gegangen war, in meinen Ohren nach. Mich störte nicht so sehr die Tatsache, daß ich Prinz Djem vergiften sollte. Wenn es Gott, dem Herrn, gefiel, ihn durch meine Hand abzuberufen, ecco, weshalb nicht ...
Nein, was mich nachdenklich stimmte, war, daß dieses tödliche Ansinnen nun wirklich die krönende Spitze dessen darstellte, was man von mir schon gefordert hatte: Es hatte damals mit der ersten Vermählung und Auflösung dieser Ehe begonnen und steigerte sich in blutschänderisches Verhalten. Und hatten mein Vater und Cesare etwa Einwände erhoben, als ich anbot, König Charles mit meinem Körper geneigt zu machen, mich für unsere Familie zu opfern? Keineswegs, eine Frau besitzt keine Ehre! Jetzt forderte mein Bruder gar einen Giftmord von mir – ich fragte mich, wie es in Zukunft weitergehen sollte und womit alles schließlich enden würde ...
Andererseits war es die Pflicht eines jeden in unserer Familie, alles, wirklich alles für den Namen Borgia zu tun, ohne Ansehen der eigenen Person. Warum aber fiel dieses Los stets auf mich? Weshalb durften meine Brüder Juan und Joffre mit ihren aragonesischen Ehefrauen ein sorgenfreies, friedvolles Leben führen, sogar fern des päpstlichen Hofes? Auch Cesare genoß ein glanzvolles Dasein als Kardinal hier in Rom. Wieso gönnte man mir nicht diese Ruhe?
Und ich war auch noch freiwillig aus dem sicheren Pesaro

hierher zurückgekehrt! Unnötig, denn vermutlich hätte mein Vater den französischen König auch ohne mein Zutun für sich einnehmen können. Aber mit mir konnte es natürlich leichter erreicht werden. Ja, ich war eine folgsame Tochter! Zu folgsam ...
Was, wenn ich mich weigerte, Djem zu vergiften? Es würde sich ein anderer finden lassen. Aber natürlich, Lucrezia macht das schon, Lucrezia ist gehorsam. Und vor allem, Lucrezia ist stets verfügbar, immer hier in Rom ... Man konnte sich meiner bequem bedienen, im wahrsten Sinne dieses Wortes.
Langsam lichtete sich der Nebel des Nicht-begreifen-Könnens; ganz allmählich, fast widerstrebend formte sich in meinem Inneren eine Erkenntnis. Und die sagte mir: Du mußt weg aus Rom, fort von Vater und Cesare, denn sie wollen dich mißbrauchen und beherrschen. Wenn du hier bleibst, wird es dir nie gelingen, dich davon zu befreien. Du mußt fort, weit weg, und du mußt dazu in eine Familie einheiraten, die so mächtig ist, daß der Papst sie nicht anzutasten wagt!

Wir, Carolus, König von Frankreich und Neapel,
Durch den Willen des Allerhöchsten stets gehorsamer Sohn Seiner Heiligkeit, Papst Alexander VI., und Verteidiger der Christenheit,
Erlauben gnädigst, daß uns begleiten Kardinal Cesare de Borgia, Djem, Prinz des Osmanischen Reiches, Donna Lucrezia Borgia, Contessa de Cotignola.
Charles

Ich erstarrte. Der französische Hauptmann händigte mir das Schreiben ohne jede weitere Erklärung aus. Wir waren Geiseln des Königs!
»Wann ist die Abreise?«
»Schon übermorgen, Madame.« Die Miene des Boten zeigte nichts als Hochmut und Verachtung.

»Gut. Ihr dürft Euch entfernen!«
Der Mann deutete eine kurze Verbeugung an und ging wortlos.
Ich mußte sofort meinen Bruder sprechen und sandte ihm eine Nachricht. Es dauerte eine Ewigkeit, bis der Bote zurückkam. Cesare befand sich schon bei meinem Vater im vatikanischen Palast. Ich sollte sofort zu ihnen kommen. Am Portal wartete bereits der treue Perotto und geleitete mich zur Stanza dei Papagalli.
Die Stimmung dort war ernst, Vaters Stimme klang äußerst besorgt. »Lucrezia, gut, daß du endlich da bist. Wir müssen beratschlagen, was zu tun ist.«
»Was zu tun ist? Haben wir denn überhaupt eine Wahl?«
»Ich könnte diesen Cretino exkommunizieren, sein Heer mit dem Kirchenbann belegen ...«
»Das haben wir doch schon einmal verworfen, Vater. Nein, ich fürchte, daß wir mit dem König ziehen müssen.«
»Du weißt, was das bedeutet, meine Tochter.«
»Ja, wahrscheinlich als Geiseln gefangen sein bis an unser Ende!« stieß mein Bruder verbittert aus.
»Und wenn wir beide vorher fliehen, Cesare?«
»Das ist in unserer derzeitigen Lage nicht möglich. Man würde uns wieder festnehmen, noch bevor wir einen Fuß vor die Mauern Roms setzen konnten.«
Vater sah sehr niedergeschlagen aus. »Noch dazu schreckte man dann auch wohl nicht davor zurück, den Papst selbst als Gefangenen fortzuführen. Nein, das wäre unser Ende. Nur hier in Rom kann ich etwas für Euch tun, selbst wenn ihr in Frankreich als Geiseln seid.«
Eine beklemmende Stille trat ein.
Mir kam ein Gedanke, verwegen, ja, aberwitzig sogar, doch vielleicht der einzige Ausweg. »Wie wäre es, wenn wir uns zum Schein fügen und dann auf dem Weg nach Neapel fliehen?«
Cesare war sofort dafür. »Das ist die Lösung. Das muß sie sein!

Wir werden uns eines Nachts verkleiden und zu entkommen versuchen.«
»Erlaubt mir ein Wort.«
Wir sahen erstaunt auf Perotto. »Sprecht.«
»Ich stamme, wie Ihr wißt, aus der ruhmreichen Familie der Caldes, die den Kampf nicht scheut; und bevor unser Vater mich für den geistlichen Stand bestimmte, war mein Leben ausgefüllt mit Jagen, Reiten und Fechten. Gestattet mir darum, Donna Lucrezia auf der Flucht zu begleiten und zu beschützen. Ich würde die Contessa direkt nach Pesaro bringen, dort wäre sie in Sicherheit. Seine Eminenz Don Cesare könnte dann ungehindert allein reiten und etwaige Verfolger ablenken.«
Vater sah seinen Camerarius lange an. »Perotto, das scheint mir ein guter Vorschlag zu sein; ich lege also die Sicherheit meiner geliebten Tochter in Eure Hände. Enttäuscht mich nicht!«
Der Angesprochene verneigte sich und sah dann mich an. Seine Augen leuchteten ...
Unsere Reisevorbereitungen wurden mit großer Sorgfalt erledigt. Zehn Maultiere trugen Cesares persönliches Gepäck, fünfzehn das meinige. Scheinbar jedenfalls – denn in unseren Truhen und Ballen waren fast nur alte Decken und Lumpen.
Die Flucht mußte bald nach dem Abmarsch aus Rom erfolgen. Francesco Gonzaga, mein über alles Geliebter, sammelte ja nördlich der Ewigen Stadt sein Heer. Gelangten wir dorthin, war es unsere Rettung, und wir könnten Pesaro erreichen. Wenn nicht ... Ich wagte kaum, diesen Gedanken weiterzudenken.
Es dauerte wohl einen ganzen Tag, bis das französische Heer in zwei Marschsäulen durch die Porta Metrovia sowie die Porta Latina gezogen war und sich auf der Via Appia vereinigte. Da der König nicht warten mochte, ritt er mit uns, Prinz Djem und einigen seiner wichtigsten Vertrauten vom höchsten Adel Frankreichs, voraus und ließ das Lager nahe dem Ort Albano

aufschlagen, wo er zu einem Bankett in das große Zelt einlud. Es war eine fröhliche Gesellschaft, nur Djem fehlte, er hatte ziemliche Mühe gehabt, sich die nur kurze Strecke von Rom im Sattel zu halten, und nun lag er völlig erschöpft in seinem eigenen, prächtigen Rundzelt.
Obwohl ringsum Kohlebecken glimmten, froren wir erbärmlich. Es hieß klaren Kopf behalten, und darum durften weder Cesare noch ich dem wärmenden Wein allzusehr zusprechen. Die Franzosen tranken dafür um so mehr.
»Erlaubt mir, unserem Freund Djem einen Krug heißen Weines zu bringen.«
Charles lachte betrunken. »Wenn Ihr gleich wiederkommt, Lucrezia ...«
Ich lächelte honigsüß zurück. »Ohne Eure Liebe kann ich nicht leben – also seid unbesorgt!«
Zusammen mit einem Knappen, der den Weinkrug trug, gelangte ich zu Djems Zelt. »Warte draußen auf mich!«
Der Page nickte gehorsam und blieb frierend in der Kälte stehen. Neade kam mir entgegen.
»Wie geht es dem Prinzen?«
»Mein Herr ruht gerade; er hat große Schmerzen.«
»Dann laßt mich ihm diesen Wein bringen – als kleinen Trostspender ...«
»Der Sultan wird sich freuen, Euch zu sehen, liebste Freundin.«
Sie ging voran.
In diesem Augenblick gelang es mir, die Phiole mit Acquetta in den Krug zu leeren. »Wie geht es Euch, Djem? Man sagte mir, Ihr seid krank.«
»Nur erschöpft vom Ritt, Donna Lucrezia. Hoffentlich wird es morgen nicht noch schlimmer.«
»Nur Mut, Djem. Trinkt diesen Wein, und er wird all Eure Sorgen vertreiben.«
Der Turco ließ sich einen großen Pokal vollschenken und trank

in gierigen Zügen. »Ah, das ist gut, ja, ich spüre es, morgen wird alles besser.« Dabei sah er mich dankbar an. »Eure Fürsorge tröstet mich, Lucrezia.«
Er hatte sich soeben für sein Todesurteil bedankt ...
Zurück im Zelt des Königs traf ich auf eine mittlerweile völlig betrunkene Runde.
»Lucrezia, werdet Ihr die heutige Nacht mit mir verbringen?« Die gierigen Blicke des Königs zogen mich buchstäblich aus. Ich erschrak. Heute nacht wollten wir doch fliehen! Der Franzose durfte mir keinesfalls etwas anmerken. »Mit dem allergrößten Vergnügen, Euer Gnaden.«
»Dann Gott befohlen, Ihr Herren!« Charles erhob sich, und die Männer sprangen auf, sofern sie dazu noch in der Lage waren. Wir gingen zum Zelt des Königs. Wie sollte ich vorgehen? Mich verweigern? Das konnte mit einem Betrunkenen recht unangenehm werden. Ihn bis zur Erschöpfung mit all meinen Liebeskünsten aufstacheln? Dann wurde er vielleicht wieder nüchtern und dachte nicht an Schlaf. Nein, stille Hingabe schien mir das beste. Ich blieb also recht ruhig, und wirklich, kaum hatte sich der König in mich ergossen, schlief er auch schon ein. Bald verriet lautes Schnarchen, daß ihn Morpheus fest in seinen Armen hielt.
Vor dem Zelt standen die Wachen in eisiger Kälte.
»König Charles schläft jetzt. Bitte geleitet mich zu meinem Zelt!« Der Franzose brummte etwas, das unfreundlich klang, ging aber mit.
Ich schlüpfte hinein und vergewisserte mich nach einer Weile, daß der Mann auch tatsächlich weg war. Dann ging alles ganz schnell. Einen Gürtel mit Goldstücken um den Leib geschnallt, darüber Männerkleidung, zwei warme Umhänge – und dann nichts wie fort. Etwas abseits wartete bereits der treue Perotto mit vier Pferden in der kalten Finsternis.
»Ist alles bereit?« flüsterte ich.

»Ja, Donna Lucrezia.« Seine Zähne schlugen aufeinander, so durchgefroren war er.
»Wie lange steht Ihr schon da?«
»Etwa drei Stunden, Madonna.«
Bei allen Eisheiligen, der Arme mußte ja halb erstarrt sein! Wir führten die Pferde etwa tausend Schritte weit vom Lager weg und saßen dann auf. Bald lag der Lago di Gandolfo hinter uns, düster in schwaches Mondlicht getaucht. Grotta Ferrata mußte vorsichtig umgangen werden, was in der Dunkelheit nicht einfach war. Nach etwa vier Stunden erreichten wir Tivoli. Unten am Fluß warf Perotto den Fährmann aus dem Bett und brachte ihn nur mit Drohungen und der Aussicht, sich ein paar Goldstücke zu verdienen, dazu, uns überzusetzen.

Das Wasser gluckerte unheimlich, Nebelschwaden trieben über der dunklen Oberfläche, Strudel tauchten in der langsamen Strömung auf und vergingen – es war wie eine Fahrt über den Styx. Endlich knirschte der Kies des jenseitigen Ufers unter dem Kiel unseres Bootes.

»Du wirst uns helfen, die Pferde an Land zu bringen, dann erst bezahle ich dich!«
»Porco Dio ... maledetto!« Der Fährmann fluchte gotteslästerlich, half aber dann doch, die Tiere ein Stück das Ufer hinaufzuschaffen.
»Das genügt! Kommt, Ihr sollt Euren Lohn haben.«
Der Schiffer ging zu Perotto. Der nestelte an seinem Umhang, offenbar, um die Goldstücke aus einer Tasche zu holen. Plötzlich blinkte etwas auf – ein furchtbares Gurgeln kam aus der Kehle des Fährmannes, er griff sich an den Hals.
Ich trat näher, um zu sehen, was vorging. »Perotto, er wird verbluten!«
Mein Begleiter sah mich ungerührt an. »Die Franzosen hätten ihn gefoltert, um zu erfahren, ob wir seine Fähre benutzt haben. Es ist zu Eurer Sicherheit ...«

Aus dem Hals des tödlich Getroffenen schoß stoßweise das Blut. Der Mann wankte, sah uns mit weit aufgerissenen Augen an. Dann brach er in die Knie, fiel vornüber aufs Gesicht und blieb so liegen. Perotto zerrte ihn auf den großen Fährkahn, schob diesen ein Stück ins tiefe Wasser, dann nahm der Fluß die grausige Fracht mit sich.

»Wohin reiten wir jetzt, Perotto?«
»Die Via Tiburtina entlang bis hinein in die Berge, Contessa.«
»Wo mag mein Bruder jetzt wohl sein?«
»Ich weiß nicht. Er hat mir sein Ziel verschwiegen, damit die Folter nichts aus mir herauspressen kann, wenn man uns fangen sollte.«

Mittlerweile war der Horizont fern über den hohen Bergen grau geworden; bald kündeten die ersten Strahlen der Sonne den neuen Tag an. Während des anstrengenden Rittes die ganze Nacht hindurch war die Kälte nicht so zu spüren gewesen, doch jetzt, als wir halten mußten, um die beiden anderen Pferde zu satteln, drang sie unter meine beiden Umhänge und ließ mich frösteln. Corsiera sah recht mitgenommen aus; nun konnte sie sich ein wenig erholen. Mein neues Tier, ein kraftvoller Wallach, ging die steilen Pfade nur unwillig, und ich mußte ihn ständig energisch antreiben. Von dem unbequemen Männersattel hatte ich Schmerzen an den Innenseiten meiner Schenkel, doch in dem steilen Gelände erwies er sich gegenüber einem Damensattel als weit sicherer.

»Gebt Eurem Wallach die Peitsche, Donna Lucrezia!«
»Es wird mein Pferd umbringen ...«
»Das spielt keine Rolle! Bis Sonnenuntergang muß der Abstand groß genug sein, daß wir eine Rast einlegen können.«

Der Ritt gestaltete sich zum Martyrium. Perotto kam mir vor wie einer der Apokalyptischen Reiter, so wie er uns unablässig vorwärtstrieb.

Am Nachmittag stolperte mein Pferd, knickte dann vorne mehr-

mals ein. Sein Körper war über und über weiß beflockt. »Das Tier ist am Ende, Perotto!«
»Noch etwa eine Stunde, dann kommt Nesce; dort können wir rasten.« Der Camerarius verhielt sein Pferd, bis ich an ihm vorbei war, und trieb dann meinen armen Wallach von hinten mit seiner Peitsche unbarmherzig an. Und tatsächlich – er gehorchte.
Irgendwann standen wir auf dem Kamm eines der Vorberge, und zu unseren Füßen lag das Dorf.
Ich wollte weiter, doch mein Pferd ging keinen Schritt mehr. Zitternd stand es da, sein Atem ging rasselnd. Plötzlich lief ein Beben durch den mächtigen Körper.
»Springt ab, Contessa, schnell!«
Ich wollte den rechten Fuß aus dem Steigbügel ziehen, war aber so erschöpft, daß es mir nicht gleich gelang.
Perotto galoppierte aus dem Stand mit einigen mächtigen Sprüngen zu mir, packte mich unsanft um die Taille – keinen Augenblick zu früh, denn in diesem Moment fiel der Wallach um wie ein Sack. Mein Gewicht zog Perotto aus seinem Sattel; wir flogen in hohem Bogen auf das am Boden liegende Tier.
»Beim heiligen Leonardus, das Pferd hätte mein Bein zerquetscht!«
Perotto nickte, und es war nicht zu übersehen, daß der Ritt auch ihn stark mitgenommen hatte.
Das Dorf machte einen sehr ärmlichen Eindruck. Wir hielten vor dem größten Bauernhof, eine aus rohbehauenen Steinen gefügte Hütte. Nichts rührte sich. Kein Rauch auf dem Dach, keine gackernden Hühner oder blökenden Schafe.
Perotto blickte sich mißtrauisch um.
»Bleibt im Sattel, Contessa. Sollte mir etwas geschehen, reitet schnell weiter, so lange Ihr könnt, immer gen Sonnenaufgang hin, das ist die Richtung nach Pesaro ...« Er stieg ab und ging mit gezücktem Schwert hinein.

Es dauerte nicht lange, da kam Perotto wieder heraus. Sein Gesicht war weiß wie Kalk.
»Was ist?«
»Alle tot ...«
»Umgebracht?«
»Ja – vom schwarzen Tod!«
Ich wich unwillkürlich einen Schritt zurück. »Der heilige Rochus steh mir bei! Schnell, laßt uns fliehen!«
»Wir können nicht weiter, Donna Lucrezia. Die Pferde sind erschöpft.«
»Aber hier herrscht die Pest, es ist ein Ort des Todes!«
Er zuckte mit den Schultern. »Wenn es dem Herrn gefällt, uns zu sich zu nehmen ...«
»Wo ist das nächste Dorf?«
»Mindestens eine und eine halbe Tagesreise entfernt. Entscheidet selbst, Contessa, ob es sinnvoll ist ...«
Perotto hatte recht. Wir fanden Unterschlupf in einer verfallenen Vorratshütte und machten mit der dort gefundenen Holzkohle vorsichtig ein Feuer. Für heute reichte unser Proviant noch, aber wenn das nächste Dorf auch in einem solchen Zustand war ...
Nachdem wir unser karges Mahl beendet hatten, rieb mein Begleiter die Pferde sorgfältig mit Stroh ab, tränkte sie aus einem Brunnentrog und schüttete Hafer auf den Boden. Doch die Tiere waren erschöpft, fraßen lustlos, was ein untrügliches Zeichen dafür war, daß sie kurz vor dem Zusammenbruch standen. Dann legte Perotto ihnen große Decken über, und wir konnten nur hoffen, daß die Tiere uns am nächsten Morgen weitertragen würden. Ich streichelte Corsieras Nüstern, sprach ihr Mut zu, nahm etwas Hafer und fütterte meine Stute wie ein Kind. Doch sie blies immer wieder den Hafer von der hingehaltenen Hand.
Endlich nahm Corsiera, was ich ihr anbot; zunächst ganz zag-

haft, dann mehr, und schließlich fraß sie mit sichtlichem Behagen wie sonst auch. Dem heiligen Leonardus sei Dank!
»Wo sind denn die Schafe und Ziegen?«
»Alle im Haus, entweder durch die Pest umgekommen oder verdurstet.«
Deshalb die unnatürliche Ruhe.
Perotto schaffte Stroh heran und bereitete mir ein halbwegs bequemes Nachtlager. Er selbst wollte woanders Unterschlupf suchen.
Ich glaubte mit meinen beiden schweren Umhängen einigermaßen gegen die nächtliche Kälte gewappnet zu sein, doch erwies sich dies schnell als eine bittere Täuschung. Von überall her zog es durch Ritzen und Löcher, der Wind heulte unheimlich – mit einem Wort, es war nicht auszuhalten. »Perotto!«
»Zu Euren Diensten.«
»Mir ist so kalt.«
»Ich werde die Glut neu entfachen.«
»Ja, bringt viel Kohle mit.«
Er trat ein mit einem Korb voll davon. Bald glimmte die Feuerstelle wieder hell und warm.
»Ihr dürft Euer Lager hier bei mir am Feuer aufschlagen.«
Er wich zurück. »Es würde den Zorn seiner Heiligkeit erregen.«
»Das ist jetzt gleichgültig. Ich befehle Euch, hierzubleiben!«
»Madonna Lucrezia, mein Priesteramt verbietet ...«
»Was verbietet es? Dann dürftet Ihr auch nicht in weltlichen Gewändern allein mit mir fliehen. Also verschont mich mit derartigen Lächerlichkeiten!«
»Ich – ich trage unter meinen Kleidern ...« Er stockte.
Sein Zögern erregte meinen Unwillen. »Ja – was denn noch? Sprecht, Perotto!«
»... ein härenes Büßergewand ...«
»Diese Form der Selbstkasteiung ist mir bekannt. Nun kommt endlich.«

»Ihr wißt um den Sinn dieses Brauchs?«
Ich hatte keine Ahnung, und es war mir letztendlich auch gleichgültig, welche Bußen sich Priester selbst auferlegten, um gottgefällig zu leben. »Egal, legt Euch hier nieder!«
Fast feierlich schichtete er Stroh neben mir auf, wickelte sich dann fest in seinen Mantel und wandte mir den Rücken zu.
Die Nähe Perottos gab mir Ruhe und Vertrauen. Von der Kohleglut ging nun eine behagliche Wärme aus, und bald umfing mich der Schlaf.
Ich erwachte von der Kälte. Es zog fürchterlich. Durch eine Öffnung im Hüttendach konnte man das dunkle Himmelszelt mit den eiskalt blinkenden Sternen sehen. »Perotto!«
»Ja, Contessa.« Er antwortete sofort.
»Könnt Ihr auch nicht schlafen?«
»So ist es. Das Kohlenfeuer gibt zuwenig Wärme ab.«
Eine Weile lagen wir so da und schwiegen.
»Ihr – müßt näher zu mir rücken.«
»Ich bitte Euch, Madonna Lucrezia, erlaßt mir dies!«
»Ihr tut ja gerade so, als sei ich das Weib des Potiphar und Ihr der junge Joseph ...«
»Nein, Contessa, natürlich nicht.«
Sein Widerspruch reizte mich. Zudem schlugen meine Zähne schon aufeinander, so kalt war mir. »Ich befehle es Euch!«
Er drehte sich zu mir herum. »Bitte ...«
Ich achtete nicht auf seinen Einwand. »Perotto, Ihr werdet Euch jetzt aus Eurem Mantel wickeln, ihn auf meine Umhänge legen, darunterkriechen und mich wärmen!«
Er folgte mir nun ohne Widerspruch, und ich schmiegte mich zitternd vor Kälte an ihn. Es tat gut, in seinen Armen zu liegen, und schon bald wurde mir etwas wärmer. Ihm offenbar auch. Aber nicht nur das: Durch die enge Männerkleidung war sein Pene deutlich zu spüren. Ohne meine bauschigen Röcke fühlte

ich mich unbehaglich – aber es war irgendwie auch ein aufregendes Gefühl.
Perotto wurde unruhig. »Verzeiht, Donna Lucrezia, ich muß hinaus.«
»Ja, geht nur.«
Er sprang auf und verschwand im Dunkel der Nacht.
Ich wartete. Doch mein Begleiter kam nicht zurück. War ihm etwas geschehen? Trotz meiner Furcht überwand ich mich und ging hinaus in die klirrende Kälte. Der Mond tauchte das Dorf in bleiches, fahles Licht. Ich hörte etwas entfernt ein merkwürdiges, rhythmisch wiederkehrendes Geräusch. Vielleicht ein Totentanz der Pestleichen ...
Dann sah ich es. Am Rande des Gehöftes stand Perotto, sein Oberkörper war nackt. In der Hand hielt er die schwere Reitpeitsche, geißelte damit seinen Rücken und stöhnte: »Verlaß mich, Asmodeus, du Fürst der Wollust, verlaß meinen sündigen, schwachen Körper ...«
Der Anblick des halbnackten Mannes, der unter den Schmerzen der Peitsche litt, versetzte mich in eine seltsame Erregtheit. Ich sah gebannt zu ihm hinüber, spürte kaum noch die Kälte. Plötzlich war in mir der irrwitzige Wunsch, mich auch züchtigen zu lassen, ein mächtiges sehnendes Verlangen.
Du bist vom Dämon besessen, durchfuhr es mich. Nein, antwortete eine Stimme in mir, du bist verworfen, eine Sünderin! Büße! Nimm die gerechte Strafe auf dich wie Perotto! Tu es, tu es!
Aber ich tat es nicht, konnte es nicht tun, sondern begab mich leise wieder zurück auf unser Lager, wo mich die Erschöpfung des Tages schnell übermannte.
Der Rest der Reise gestaltete sich nicht weniger mühselig, denn nun mußten die Berge durchquert werden, und zwar so, daß kein Ort mehr als einen Tagesritt vom nächsten entfernt lag, denn bei der kalten Witterung waren wir auf feste Nachtquartiere angewiesen.

Endlich – ich glaubte schon, daß wir Pesaro nie mehr erreichen würden – tauchte die Zitadelle vor uns auf.

Obwohl dieser Stadt nie meine Zuneigung gegolten hatte, schien es mir jetzt doch wie eine Heimkehr, als ich den Palazzo betrat. Eines der Hausmädchen, die sich Lucia nannte, empfing mich.

»O Herrin, Ihr seid wieder da. Erlaubt mir, daß ich gleich heißes Wasser bereite, der Ritt hat Euch bestimmt sehr mitgenommen.«

Zu meiner großen Freude war das Bad inzwischen bereits fertiggestellt worden, genau so, wie ich es vor meiner Abreise angeordnet hatte, ein gemauertes Becken in einem Nebengelaß meines Schlafgemachs. Ich genoß es, endlich das schmutzige Männergewand loszuwerden und mich im warmen Wasser auszustrecken. Das Mädchen brachte einen Korb voll Speisen, denen ich freudig zusprach. Das Essen in den Bauerndörfern auf der Flucht war ja mehr als armselig gewesen.

»Nehmt von dem heißen Wein, Herrin, das tut gut.«

Nach vielen anstrengenden Tagen fühlte ich mich zum erstenmal wieder so richtig wohl. Geraume Zeit später stieg ich aus dem Becken, ließ mich von Lucia in warme Tücher wickeln und kroch dann ins weiche Bett – eine unbeschreibliche Wonne ... Meine Flucht war glücklich gelungen.

Als ich irgendwann wieder erwachte, sagte mir Lucia, daß ich zwei volle Tage und Nächte durchgeschlafen hätte.

Der Winter in Pesaro gestaltete sich entsetzlich langweilig, noch dazu ja auch Perotto sofort hatte weiterreiten müssen, um Vater von der gelungenen Flucht zu berichten. Wann würde wohl der Krieg zu Ende sein? Wie sehnte ich mich nach dem geliebten Rom. Und doch mußte jener Ort eines Tages für immer verlassen werden, dann, wenn ich endlich einen Mann heiratete, der mächtig genug war, mich vor den Nachstellungen meines Vaters und Cesares zu schützen ...

Ja, dieser Platz würde fern der Ewigen Stadt liegen, sehr fern. Wenn es doch einen Weg gäbe, in Mantua zu leben, in der Nähe von Francesco Gonzaga. Was machte es schon, daß er nur den Titel eines Markgrafen führte – egal, mein Herz gehörte ihm auf immer und ewig! Wo hielt er sich wohl gerade auf? Wahrscheinlich irgendwo nördlich von Rom, inmitten seines Heeres, gewiß weit weg von Pesaro, weit weg von mir ...
Es war ein glühendheißer Tag Mitte Juli im Jahre des Herrn 1496. Wir hielten alle Fensterläden des Palastes geschlossen – nicht einmal vom Meer kam die kleinste Brise –, als ich von der Piazza Fanfaren und Trommeln hörte. Der Krach war unbeschreiblich und wollte überhaupt nicht enden. Dann donnerten Kanonenschüsse vom Kastell her.
Lucia öffnete die Läden, und ich schaute aus dem Fenster hinunter auf den Platz. Dort strömte das Volk von Pesaro zusammen. Nun stimmten auch die Glocken in den Höllenspektakel mit ein. Ich sah ein Fähnlein Schweizer Landsknechte und dabei etwa fünf Berittene. Was ging hier vor?
»Schnell, Lucia, meine grüne Cotta aus dem leichten Picciolato!« Ich schlüpfte in das luftige Gewand und setzte dazu einen Florentiner Hut mit Schleier auf.
»Herrin, Eure Handschuhe ...«
Natürlich, die Sonne würde sonst ja meine Haut verbrennen. Ich streifte sie im Hinunterlaufen über. »Komm doch mit, Lucia!« Unten angekommen, brandeten um uns herum Hochrufe auf.
»Vittoria! Vittoria!«
»Was ist geschehen?« wandte ich mich an eine Frau.
»Die Liga des Heiligen Vaters«, dabei bekreuzigte sie sich, »hat den Antichristen Carlo von Frankreich geschlagen! Unsere Feinde sind besiegt, laßt uns San Giorgio danken!«
Ich hatte genug gehört. Wir gingen zurück in den Palazzo, und ich ließ sofort Corsiera satteln. Fünf Söldner begleiteten mich auf dem Weg zum Kastell, wo sich mein Gatte aufhielt.

Die Leute, die mich erkannten, riefen: »Viva il Papa – viva Lucrezia!« Alle waren sichtlich froh, daß der Krieg fern von Pesaro beendet werden konnte. Denn auch das einfache Volk wußte sehr wohl um jene gefährliche Rolle, die mein Gemahl gespielt hatte; war er doch Condottiere des Heiligen Stuhls und zugleich der seines mit den Franzosen verbündeten Oheims Ludovico Sforza gewesen.

Nun, Giovanni war letztendlich durch völlige Untätigkeit von allen Kriegswirren verschont geblieben, ich weiß nicht, ob aus Berechnung oder nur durch seine phlegmatische Art.

Im Palazzo meines Gatten herrschte höchste Aufregung. Niemand wußte, wo Giovanni zu finden war. Endlich begegnete ich ihm im Audienzsaal.

»Gut, daß Ihr da seid, Lucrezia, denn es gilt viel vorzubereiten. Wir erwarten für morgen Besuch.«

»Besuch, so überraschend?«

»Ja, der Sieger von Fornuovo, Francesco Gonzaga, wird zu uns kommen.«

Mich traf beinahe der Schlag. Francesco! Ich mußte mich setzen. »Schnell einen Becher Wein, meine Gemahlin fühlt sich nicht wohl!«

»Danke. Diese Hitze ... es ist schon vorüber.« Beim Allmächtigen – endlich wieder in Francescos Armen liegen! »Ich möchte Euch allein sprechen, Giovanni.«

»Ser Albinelli genießt mein volles Vertrauen, Lucrezia.«

»Trotzdem, Giovanni, ich bitte darum.«

Er zuckte mit den Schultern. »Ihr dürft Euch entfernen, Albinelli. Nun, Lucrezia, sprecht.«

Ich sah ihm gerade in die Augen, aber er wich mir mit seinem Blick aus. »Wißt Ihr, Giovanni, weshalb der Markgraf hierher kommt?«

»Ich denke, um seinen Sieg über die Franzosen und meinen Oheim Ludovico zu feiern.«

»Ihr glaubt, er käme dazu nach Pesaro, in dieses unbedeutende Nest zwischen Meer und Sumpf?« Ich sah, daß ihn das getroffen hatte, doch es war mir gleichgültig. »Kann es nicht vielmehr sein, daß der Feldherr kommt, um jene zu strafen, die ihr Spiel nach zwei Seiten betrieben haben?«
»Das wird er nicht wagen, ich bin Condottiere seiner Heiligkeit ...«
»... und ebenso auch der des geschlagenen Franzosen!«
»Meine Zitadelle widersteht jedem Angriff, wir sind gerüstet.«
»Der Gonzaga kann Euch zerquetschen wie eine Laus, Giovanni!«
Er wurde blaß.
»Aber, geliebter Gatte, seid unbesorgt, es wird Euch nichts geschehen, denn der Markgraf kommt allein meinetwegen!«
»Ihr sprecht in Rätseln ...«
»Die Sache ist ganz einfach. Ich bin Francesco Gonzagas Geliebte!«
Man konnte meinen Gatten förmlich aufatmen hören. Er hatte offenbar in Gedanken schon mit einem furchtbaren Strafgericht gerechnet. »Ja, wenn das so ist ... Doch was stellt Ihr Euch vor, Lucrezia, wie ich mich in dieser Lage verhalten soll als Euer Gatte?«
»Ihr solltet Sorge tragen, daß die Siegesfeierlichkeiten nicht allzusehr ausgedehnt werden, und vor allem«, ich fixierte meinen Gemahl scharf, »habt Ihr darüber hinwegzusehen, daß der Markgraf in meinem Palazzo wohnt und nicht in dem Euren!«
»Maledetto, das kann ich nicht zulassen!«
»Bedenkt, Giovanni, nur ein Wort von mir, und man wird Euch als Verräter in den Kerker werfen.«
»Ihr könnt tun, was Euch beliebt, Lucrezia, bis auf das eine: Der Markgraf kann nicht in Eurem Palazzo wohnen. Es geht gegen meine Ehre!«
»Was kümmerte Euch diese Ehre, als es galt, in den Krieg zu

ziehen? Ihr zogt es vor, bei Eurer schönen Geliebten in Pesaro zu bleiben, und habt statt auf dem Schlachtfeld im Bett gekämpft ...«
»Ich werde dich ...« Er hob seine Hand zum Schlag, aber ich zeigte mich unbeeindruckt.
»Wagt es nicht! Wenn Ihr mich auch nur ein einziges Mal schlagt, dann ...«
»Ja, was dann?« Giovanni schien außer sich vor Wut.
»Dann töte ich Euch!« Damit wandte ich mich um und ließ ihn stehen.
Francesco! Er kam zu mir! Es war einfach nicht zu fassen. Plötzlich beschlichen mich Zweifel. Was, wenn meine Annahme gar nicht stimmte, wenn er tatsächlich kam, um Giovanni zu bestrafen?
Sollte Pesaro belagert werden, mußte ich in der Stadt bleiben, denn sonst hieße es, Lucrezia sei feige geflohen – noch dazu in die Arme ihres Geliebten. Wie immer es auch sein mochte, ich würde einen Weg finden, einen Weg zu Francesco!
Mich endlich wieder an ihn schmiegen, seine Lippen auf den meinen spüren, tausend Liebkosungen erfahren, dem Klang seiner vertrauten Stimme lauschen ... O Santa Venere, bis morgen mußte ich noch ausharren!
Den ganzen nächsten Tag über war ein eigenartiges Gefühl in mir, wie ein inneres Vibrieren. Höchste Anspannung hatte mich erfaßt; ähnlich mußten wohl Besessene empfinden, kurz bevor der unreine Geist aus ihnen fuhr. O ja, es war in der Tat ein unreiner Geist, der in meinem Körper tobte: Asmodeus, Fürst der Wollust.
Merkwürdig, jede Stunde schien sich zur Ewigkeit auszudehnen. Aber ich wußte, wenn wir erst zusammen waren, dann würde die Zeit wie im Fluge vergehen – wie damals auf der Rocca in den Bergen.
»Der Conte Francesco de Gonzaga, Generalkapitän des aposto-

lischen Heeres, Herr von Mantua, Bezwinger der Feinde seiner Heiligkeit, Sieger von Fornuovo!« Die Stimme unseres Majordomus klang laut und triumphierend, als hätte er selbst die Franzosen geschlagen. Das Portal des Festsaales schwang auf, und mein über alles geliebter Francesco trat ein!
Groß, schlank und kraftvoll stand er da in seinem schwarz-silbrigen Gewand, das gutgeschnittene Gesicht umrahmt vom schulterlangen, dunkel glänzenden Haar – für mich eine Erscheinung direkt aus dem Paradies. Seine blauen Augen blitzten, als sich unsere Blicke trafen. Sieghaft lächelnd, schritt er auf Giovanni und mich zu.
Auch mein Gatte machte einige Schritte vorwärts, um den Sieger von Fornuovo gebührend zu begrüßen. »Seid willkommen, edler Markgraf, im bescheidenen Hause Eures treuesten Verbündeten. Möge meine Gattin gleichsam als Abgesandte der Siegesgöttin Victoria Euch mit dem Lorbeer krönen!«
Ich sollte jetzt zu Francesco treten und ihm den Kranz aufsetzen. Doch es schien mir nicht möglich, auch nur einen Fuß vor den anderen zu setzen. Sein Blick, dieser Blick drang direkt in mein Herz und verursachte jenes wunderbare, sehnsuchtsvolle Ziehen, das allein Amors Pfeile hervorrufen können.
Irgendwie stand ich dann doch vor Francesco und krönte sein Haupt mit dem Lorbeer. Alle wohlgesetzten Worte waren mir entfallen. »Francesco ...« Mehr brachte ich nicht heraus.
»Lucrezia!«
Wir sahen uns lange an, viel zu lange und darum ungebührlich vor den Augen der anderen. Schließlich reichte ich ihm meine Hand, und wir begaben uns zur Tafel. Die Festreden und das Mahl gingen völlig an mir vorüber. Mein Geliebter empfand es wohl nicht anders. Wir hatten beide nur einen Gedanken ...
Francesco blieb auch wirklich nur so lange, wie es unumgänglich war, um die Festgesellschaft nicht zu beleidigen. »Verehrter Giovanni, Euer Empfang war so herzlich, daß ich davon seiner

Heiligkeit berichten werde. Denn wir alle schätzen Euch als unseren guten Freund.«
Meinem Gemahl fiel ganz offensichtlich ein Stein vom Herzen. »Und um diese Freundschaft zu beweisen, erlaubt bitte meiner Gattin, Euch mit allen Ehren bis zu Eurem Palazzo zu begleiten.« In diesem Moment verstummten an der Tafel sämtliche Gespräche, es herrschte ungläubige Stille. Ich selbst war auch äußerst überrascht, daß mein Gatte persönlich das Zeichen für unseren gemeinsamen Aufbruch gab. Hatte er denn gar keinen Stolz? Was für ein ehrloser Mann er doch war!
»Meinen Dank, Giovanni. Es ist Victoria selbst, die mir diese Ehre erweist.«
Wir erhoben uns, und Francesco führte mich hinaus. Hinter uns blieb die Festgesellschaft starr vor Schreck und Erstaunen zurück. Nachdem sich das Portal des Saales geschlossen hatte, rannten wir wie die Kinder den Korridor entlang, die Treppen hinunter in den Hof. Francesco hob mich vor sich aufs Pferd und galoppierte hinüber zu meinem Palazzo.
Endlich allein!
Im Schlafgemach brannten unzählige Kerzen, erlesener Wein und köstliche Speisen standen bereit, und das Bett war mit glänzender roter Seide, feinstem Zetanino aus Venedig, bezogen. Blumenfestons schmückten zusätzlich die Vorhänge an den Pfosten des Liebeslagers.
Francesco hob mich hoch wie eine Feder, und schon lagen wir engumschlungen auf den Polstern.
»Du bist zu mir gekommen, mein Geliebter!«
»Ja, Lucrezia, direkt vom Schlachtfeld, in Gewaltmärschen – um dich zu sehen!«
»Und ich habe nicht gezögert, in deinen Armen zu liegen ...«
Dann versanken wir in einem unendlich langen, innigen Kuß. Was für ein Gefühl mich durchströmte: Geborgenheit, himmlische Süße, brennende Leidenschaft!

Francesco löste die Bänder meines Gewandes, ich streifte es ab und lag nackt, wie Gott mich erschaffen hatte, vor ihm.
»Was für ein herrliches Geschöpf du bist, Lucrezia.« Seine Zunge liebkoste meine Brüste, den Nabel und fand ihren Weg zu jener Stelle, die mir so große Lust bereitete.
»O Liebster ...« Ein unsagbar süßes Sehnen war in mir. Wie ich Francesco liebte! Und plötzlich war da nur noch der Wunsch, ihn in mir zu spüren. Ich faßte seinen Kopf, der noch in meinem Schoß ruhte, an den Haaren und zog leicht daran. »Francesco!«
Er fühlte, was ich wollte. »Möchtest du es wirklich, Lucrezia?«
»Ja, ich will!«
Und langsam, ganz langsam führte er seinen Pene an meine Scham. Heiß stieg die Lust in mir auf, eine schier unerträgliche Anspannung erfüllte mich, gleich würde er in mir sein! »Jetzt, Francesco, ja!«
Sanft drang er in mich, und im selben Moment brach ein Schrei aus meiner Kehle, der nicht von mir zu stammen schien. »Nein!« Ich wand mich, stieß Francesco zurück mit aller Kraft.
Er ließ sofort los.
Die Enttäuschung war furchtbar, bei ihm wie bei mir. Ich lag da und weinte hemmungslos in das seidene Kissen – aus unerfüllter Leidenschaft, und weil es Francesco ebenso ums Herz sein mußte, weil ich mich anscheinend allen Männern hingeben konnte, nur ihm nicht – dem einzigen Mann auf dieser ganzen großen Welt, den ich wirklich begehrte ...
»Lucrezia, Liebste, habe ich dir weh getan?«
»Ach Francesco, nein. Ich will es so gerne und kann doch nicht ...«
Er strich mir übers Haar. »Weine nicht, es hat keine Bedeutung für mich.«
»Doch, es muß dir etwas ausmachen, du willst es, genauso wie ich!«
»Ja, schon, Lucrezia. Aber wisse eines«, er drehte mich herum,

damit ich in seine Augen blicken konnte, »meine Liebe zu dir ist so stark, unvergleichlich mächtiger als zu irgendeiner Frau vorher in meinem Leben. Ich begehre dich in einer Weise, die mir selbst unerklärlich ist. Du bist meine Göttin und ich dein Sklave, bereit, alles zu tun, alles hinzunehmen, nur, um dein Geliebter sein zu dürfen – verstehst du!«

»Francesco, beim Allmächtigen, was du fühlst, fühle ich auch! Mein herrlicher Apoll, es treibt mich zu dir mit magischer Gewalt. Nur du vermagst diese Leidenschaft in mir zu erregen, und nur du kannst sie befriedigen. Ich bin dir verfallen. Ja, verfallen mit meinem Leib und meiner Seele!«

»Lucrezia, du machst mich so glücklich ...«

»Du mich auch, Francesco.«

»Komm, laß dich ganz fest halten, so fest, daß nichts mehr uns trennen kann!«

In inniger Umarmung lagen wir da, spürten den geliebten Körper des anderen und küßten uns wie nie zuvor.

»Ich möchte Wein.«

Francesco goß unsere beiden Pokale voll. Der Weiße war kühl und erfrischend.

»Geliebter, meine Sehnsucht nach dir ist noch immer ungestillt ...«

Er lächelte. »Nicht mehr lange, ich werde dich glücklich machen. Laß mich deinen Rücken liebkosen.«

Das hatte er noch nie getan. Ich drehte mich auf den Bauch, und dann fing er an, mich mit seinen Händen kraftvoll, aber doch unendlich sanft zu streicheln, bei meinem Nacken beginnend, über die Schultern und Arme, bis ich völlig entspannt war. Es erinnerte mich ein wenig an das, was Bianca damals im Kloster getan hatte, nur empfand ich es jetzt als tausendmal schöner.

»Francesco, das ist wundervoll ...«

»Welch ein Gefühl, Liebste, deine weiche Haut so zu spüren, dich ganz in mich aufzunehmen, deine zarten Schultern zu

berühren, was für ein Glück ...« Seine Stimme klang dunkel und vibrierte kaum merklich.
Nun strich er mit den Händen kräftig über meinen Rücken bis hinunter zu einer Stelle, die meine Leidenschaft wieder anregte, dann ganz zärtlich die Seiten hinauf bis zu den Achseln, küßte hingebungsvoll meinen Nacken, daß mich wohlige Schauer durchliefen.
»Geliebter, ich vergehe vor Lust ...«
»Ich ebenso ...«
Lange streichelte er auf diese Weise mit Hingabe meinen Körper. Die lustvolle Spannung in mir wuchs immer stärker, endlich fand seine Hand meine Scham und liebkoste sie mit unendlicher Zärtlichkeit. Ich glaubte, es vor Begehren nicht mehr aushalten zu können.
»Dreh dich auf den Rücken, Lucrezia.«
»Ich tue alles, was du willst, Geliebter, nur – bitte hör nicht auf ...«
Nun legte er sich neben mich und streichelte weiter meine Scham. Immer mehr und mehr spürte ich dieses Gefühl in mir aufsteigen, lustvolle Spannung, die ins Unerträgliche zu wachsen schien. Das Spiel seiner Finger wurde schneller, fast zu schnell – dann kam es über mich. Mit einem Schrei löste sich die Spannung in mir. Alles, was sich in der langen Zeit der Trennung an Sehnsucht aufgestaut hatte, zerfloß gleichsam in einer Wolke der Glückseligkeit ...
Im selben Augenblick legte sich Francesco auf mich, ich fühlte seinen Pene an meinem Bauch und wie der Samen sich darüber ergoß – zugleich kam es mir noch einmal. Dann bog Francesco meine Schenkel auseinander, legte seinen Kopf dazwischen und spielte mit der Zunge weiter ... Es war beinahe schmerzhaft und doch auch schön.
»Mein Liebster«, ich wollte ihn wegdrücken, er aber blieb beharrlich. Ganz behutsam küßte er mich an dieser wunderbaren

Stelle. Und ich ließ ihn gewähren ... Dann, zuerst kaum wahrnehmbar, aber zunehmend intensiver, stieg wieder die Lust in mir an, wuchs, ergriff bald von meinem ganzen Körper Besitz; das Herz schlug bis zum Hals hinauf. Ich bebte innerlich, fieberte mit höchster Konzentration jenem erlösenden Augenblick entgegen, ahnte, daß es wohl noch einige Zeit dauern würde, zu erschöpft schienen die Sinne. Ich schwebte gleichsam auf Wolken der Leidenschaft, sehnte den Höhepunkt herbei, konnte ihn aber nicht erreichen ...
Francesco mußte diese süße Qual gespürt haben, denn mit einem Mal griff er nach meinen Brustknospen, nahm sie zwischen zwei Finger und reizte beide, zuerst ganz zart, dann etwas fester. Da schien es, als ob ein Blitz von oben bis unten durch meinen Leib fuhr, ich bäumte mich auf – eine Woge aus Lust und Erfüllung trug mich davon.
Wann wir aus diesem Reich der Sinne wieder auftauchten, weiß ich nicht mehr, jedenfalls sah auch Francesco etwas mitgenommen aus.
»Mein Geliebter, du bist so zärtlich.«
Er lächelte glücklich. »Noch nie, Lucrezia, war ich mit einer Frau so lustvoll zusammen wie mit dir! Was ist es nur, das mich rasend vor Leidenschaft werden läßt? Ich kann es nicht sagen, Santa Venere sei mein Zeuge!«
Engumschlungen lagen wir da, lösten uns nur voneinander, um Wein zu trinken, und hielten uns dann gleich wieder fest, wohl wissend, daß dieses gemeinsame Glück endlich, allzu endlich war ...
»Illustrissima Contessa, ein Edler wünscht den Conte de Gonzaga zu sprechen.«
Wir hatten gerade die Mittagstafel beendet und baten den Besucher herein.
»Antonio, mein Freund!« Francesco sprang auf und umarmte den stämmigen Mann mittleren Alters, der ebenso wie er nach

neuester spanischer Art ganz in Schwarz gekleidet war. »Donna Lucrezia, darf ich Euch den Vizekapitän des päpstlichen Heeres, Don Antonio de Montfalcone, vorstellen; er ist mein Stellvertreter.«
Der Angesprochene zog sein Barett und verneigte sich tief. »Bitte verzeiht mir das ungebührliche Eindringen, Madonna Lucrezia. Aber wir haben die Nachricht erhalten, daß der französische König sich mit den Türken verbündet. Deshalb tritt der Rat unserer Liga in Venedig zusammen. Deine Anwesenheit, Francesco, ist dringend geboten.«
»Wann müssen wir dort sein, Antonio?«
»Übermorgen ...«
Francesco senkte den Blick, wagte nicht, mich anzusehen.
»Das Schiff wartet bereits im Hafen von Pesaro.«
»Gut, mein Freund, ich komme nach.«
Der Vizekapitän sah mich verlegen an. »Erlaubt, Madonna, daß ich mich entferne, die Zeit drängt.«
»Es ist gut, Don Antonio, lebt wohl.«
Er verbeugte sich wieder tief und verließ den Raum.
Mir war, als ob man mich in kaltes Wasser geworfen hätte. »Du mußt also schon fort, Francesco.«
»Ja.« Seine Stimme klang tonlos.
Ich fühlte Enttäuschung und Leere, aber auch Wut darüber, daß uns nicht wenigstens ein paar Tage vergönnt waren. »Und du könntest nicht noch etwas warten mit deiner Abreise?«
»Lucrezia, die Lage scheint sehr ernst. Wenn die Türken angreifen, müssen wir gerüstet sein.«
Seine Antwort reizte mich noch mehr. »Ach was, Türken, Franzosen oder Deutsche, was macht es schon, immer ist irgendwo Krieg, und du kannst nicht überall sein.«
»Überall nicht, Lucrezia. Mein Platz ist beim Heer, um die heilige Kirche und alle Christenmenschen zu schützen!«
»Kirche oder Christenmenschen, sie sind mir egal, Frances-

co, dich will ich, hier und jetzt, nur dich allein und sonst nichts ...«
Er schwieg; das machte mich noch ärgerlicher. »Du willst der große Sieger von Fornuovo sein? Ein Mann, der sein Liebstes verläßt, weil angeblich irgendwo irgendein Cretino von König sich mit irgendwelchen Moros verbünden will!«
»Sei bitte nicht ungerecht.«
»Ja natürlich, sei duldsam, sei sanftmütig, nimm alles hin in christlicher Demut! Laß ihn nur gehen, den Geliebten, damit er sich tief verneige vor dem Dogen in Venedig ...«
»Schluß jetzt, hör endlich auf!«
Seine Stimme hatte einen gefährlichen Unterton, doch ich achtete nicht darauf, dachte nur eines: Er verläßt mich – nach einer Nacht, die schöner gewesen ist als das himmlische Paradies, schöner als alles, was sich eine Frau je wünschen konnte. Und nun würde Francesco gehen, einfach so, von einer Stunde auf die andere ...
»Sei verflucht!« Ich kannte mich selbst nicht mehr, schrie die ganze Enttäuschung meiner Liebe heraus.
Francesco wirkte unheilvoll ruhig. »Du bist besessen, Lucrezia, schweig jetzt lieber!« Francescos starke Fäuste zwangen mich in die Knie.
Ich war außer mir – was erlaubte er sich. Wieder die Untergebene, die Bezwungene, wieder der Gewalt eines Mannes ausgeliefert!
»Bastard!« schrie ich ihm mit dem ganzen Haß entgegen.
Er wich zurück und schlug dann plötzlich mit der flachen Hand in mein Gesicht.
»Francesco, was tust du!« Es war mehr ein schmerzvoller Aufschrei.
Er hielt jäh inne, als sei ihm gerade bewußt geworden, was da vorging.
»Bei Gott, Lucrezia ...«

Das war der Augenblick! Ich schrie, trat und biß, richtete Francescos Gesicht in wenigen Augenblicken übel zu.
»Lucrezia, hör jetzt sofort auf!«
Doch seine Worte erregten noch mehr Wut in mir. Dann schlug er wieder zu, und plötzlich lagen wir am Boden, er auf mir – und sein Pene stieß in mich! Ich kratzte, bis ihm das Blut vom Rücken lief. Doch Francesco ließ nicht nach. Und dann spürte ich etwas Ungeheuerliches: Begierde! Meine Sinne waren völlig verwirrt. Nein, dachte ich bei mir, das kann nicht sein. Er hat dich geschlagen, erniedrigt, tut dir gerade Gewalt an, und du empfindest auch noch Lust dabei!
»Lucrezia, Liebste, verzeih ...«
Ich mußte weinen. Vor Scham, vor Glück, vor Verzweiflung. Dann küßten wir uns wie von Sinnen. Freude, Tränen, heißes Begehren, das alles wurde eins, hob mich in die höchsten Höhen. Ich liebte ihn! Ich liebte ihn! O Allmächtiger, was für eine Leidenschaft war in mir ... Endlich, endlich mit Francesco wirklich zusammensein! Alles vergessen, nur noch eintauchen in dieses herrliche Gefühl. Zu wissen, ich gehöre ihm wahrhaftig – mit Leib und Seele. Geschlagen oder geliebt, es schien alles aufgelöst zu einem ...
Und dann fühlte ich, wie der Gipfel der Lust zur Erfüllung wurde, heiße Wellen des Glücks durchfluteten mich, wieder und wieder, wollten nicht aufhören. Es war so wundervoll, so unbeschreiblich schön!
Wie lange wir so verbrachten, weiß ich nicht, jedenfalls war es, als ob wir nach langer Zeit wieder auftauchten aus den Gefilden höchster Sinnlichkeit.
Erst drei Tage später segelte Francesco nach Venedig ab ...

Ohne meinen Geliebten war selbst das Leben in Rom freudlos und öde. Zuerst drohte mich die Sehnsucht nach ihm zu verzehren. Dann, ganz allmählich, ließ das Begehren nach, erstarb schließlich ganz. Und doch war es, als weilte Francesco immer bei mir. Am Morgen, beim ersten Erwachen, hielt ich schon stille Zwiesprache mit ihm; von der Frühmesse bis zum späten Abend war er Teil meines Lebens. Nur manchmal, wenn mich die Verzweiflung packte, dann kamen jene dunklen Gedanken, er könnte gerade in den Armen einer anderen liegen. Gut, wenn es seine Gattin Isabella d'Este war, so schmerzte das nicht besonders, doch mit einer Geliebten ... In solchen Momenten beschwor ich Pest und Verdammnis auf jede Frau, die sich Francesco zu nähern wagte! Aber bald danach bat ich ihn wieder stumm um Vergebung. Wann würden wir uns endlich wiedersehen? Briefe konnte ich ihm nur über die Segreteria senden, von Vater und Cesare formuliert, und auch ihm war bewußt, daß er mir nur im hochoffiziellen Stil schreiben durfte. Entsprechend förmlich sah unsere Korrespondenz aus.

»Der Heilige Vater wünscht seine Tochter Lucrezia zu sehen!« Ich kleidete mich um und folgte dem Prälaten, der die Nachricht überbracht hatte, hinüber zur Curia superiore.
»Mein Kind, komm, gib mir einen Kuß!« Vater schien mich gar nicht mehr loslassen zu wollen. Dann befahl er mir, auf einem prächtigen Samtkissen Platz zu nehmen, das zu seinen Füßen vor dem Thron lag.
»Morgen wird euer Bruder Juan eintreffen und für immer hierbleiben. Ich habe große Dinge mit ihm vor.«
Bei diesen Worten hatte sich Cesares Miene verdüstert. Er preßte die Lippen zusammen, und finstere Wut sprach aus seinem Blick. Doch unser Vater schien nichts zu bemerken. Cesare sah, daß ich ihn beobachtete, und nahm sich zusammen.
»Schon bald darauf, liebste Schwester, wird auch unser Bruder Joffre hier eintreffen.«

»Mit Sancia von Aragon?«
»Ja, Piccolina, du wirst eine Konkurrentin bekommen.«
Sancia war etwa ein halbes Jahr älter als ich und berühmt wegen ihrer Schönheit.
»In diesem Fall, verehrter Vater, bitte ich Euch um die Mittel für einige neue Gewänder.«
»Unsere Lage ist im Augenblick sehr angespannt, ich weiß nicht ...«
»Wollt Ihr, daß ich neben Sancia wie eine Bauersfrau dastehe?«
»Natürlich nicht, meine kleine Colombella; nun, ich könnte mir vorstellen, daß unter gewissen Umständen ...«
Es ging also immer nur um dasselbe! Sollte ich denn nie diesem blutschänderischen Teufelskreis entkommen? Deutlicher denn je spürte ich, daß hier in Rom mein Verderben lag. Fort! Verlasse diese Stadt, richte deine ganze Kraft darauf, den unheilvollen Mächten zu entfliehen, so hämmerte es unablässig in meinem Kopf. Und erstmals gestand ich mir selbst ein, daß Vater und Cesare mein Untergang sein würden, wenn ich nicht eigenhändig das Schicksal zu meinen Gunsten wendete und mich von ihrem Einfluß löste. Aber eines stand fest: Nach Pesaro als Gattin des unbedeutenden Giovanni, das wollte ich nicht, sondern etwas ganz anderes ...
Ich ging nicht näher auf Vaters Anspielung ein. Doch das schien ihm ganz gleichgültig. Er jedenfalls war in Gedanken an die bevorstehenden Freuden bester Laune. »Morgen lasse ich dir tausend Goldscudi – hörst du, tausend! – überbringen, und dann wird meine Tochter die aragonesische Prinzessin Sancia in den Schatten stellen!«
Juan war etwa ein Jahr jünger als Cesare. Anfang Mai traf er in Rom ein und wurde mit einigem Pomp empfangen. Nun erwarteten wir Joffre, unseren jüngsten Bruder, nebst seiner Ehefrau Sancia; das sollte mit einer festlichen Messe in San Pietro began-

gen werden, bevor dann die weltlichen Feiern begannen. Gewiß würde die Prinzessin ganz in Schwarz, wie es der spanischen Hoftracht entsprach, erscheinen.

Ich dagegen wollte ein Gewand tragen, das eher der römischen Tradition entsprach, äußerst prächtig – die Sympathien der Römer sollten mir zufliegen! Doch über all diesen Vorbereitungen durfte ich eines nicht außer acht lassen: meinen Weggang von Rom. Mir blieb keine andere Wahl.

Bei der Abendmesse kniete ich neben Cesare auf der Empore der Kapelle, und wir sahen beide hinunter.

»Stimmt es, Cesare, daß die Macht des Moro in Mailand gebrochen ist?«

»Allerdings, Ludovico scheint erledigt – ein für allemal.«

»Glaubst du, daß meine Ehe mit Giovanni noch von Nutzen sein kann?«

Er lachte. »Giovanni Sforza ist ein Klotz am Bein des Heiligen Stuhls. Hast du etwa Angst vor ihm?«

Jetzt lachte ich. »Angst? Aber Cesare, kennst du mich so schlecht ... Nein, an Giovanni liegt mir nichts, eher schon an einer Verbindung mit einem anderen Gemahl, einem, der uns mehr nützen kann ...«

Cesare sah mich überrascht an. »Du bist sehr, sehr klug, kleine Schwester. Aber bedenke, die Auflösung deiner Ehe wäre diesmal nicht so einfach. Immerhin wart ihr lange verheiratet.«

»Verheiratet schon, jedoch nie in der Weise zusammen, wie Eheleute es sein sollten.«

»Willst du damit sagen, ihr habt niemals ...«

»Genauso ist es, Cesare. Und ich nehme jeden heiligen Eid auf mich, daß diese Ehe nicht vollzogen wurde!«

Mein Bruder jubelte so laut, daß von unten einige Geistliche mißbilligend heraufblickten. »Aber«, er schwächte seine eigene Begeisterung etwas ab, »es würde trotzdem ein großes Risiko sein; man könnte uns von neuem beschuldigen, die heiligen

Gebräuche zu entweihen. Erinnere dich an die französische Gefahr, der wir gerade glücklich entronnen sind!«
»Ohne Wagnis kein Gewinn, Cesare!«
»Ob Vater da mitspielt? Ich weiß nicht.«
»Es wird deine Sache sein, geliebter Bruder, ihn zu überzeugen, denn auf deinen Rat hört er.«
»Ja, ja«, meinte er verbittert, »wie lange noch. Er spricht doch nur von Juan, jeden Tag, Juan soll dies, Juan wird jenes ... Ich kann es schon nicht mehr hören. Dieser eitle Schönling soll mir zum Teufel gehen!«
»Dann sorge dafür, dir unseren Vater durch weisen Rat stets gewogen zu halten; und du könntest damit beginnen, ihm den riesigen Vorteil vor Augen zu führen, den meine erneute Vermählung, zum Beispiel mit einem Sproß des Hauses Aragon, für unsere Familie böte.«
Die Augen meines Bruders leuchteten. »So wird es geschehen, Lucrezia, verlaß dich auf mich. Wir zwei werden stets zusammenhalten!«
»Ja, Cesare, das wollen wir.«
Der erste Teil meines Planes war also eingeleitet.
Nach der Messe gingen wir zu mir nach Hause. Und dieses Mal gab es kein Zurück mehr. Cesare forderte seinen Tribut dafür, daß er sich für die Annullierung der Ehe mit Giovanni bei unserem Vater verwendete.
Und ich gab mich ihm scheinbar freudig hin ...
Danach, als mein Bruder milde gestimmt war und endlich bekommen hatte, was er schon so lange begehrte, versprach er mir, es so einzurichten, daß ich jenes Gespräch mit unserem Vater, das über meine weitere Zukunft entscheiden sollte, belauschen könnte.
Von nun an wollte ich die Fäden meines Schicksals selbst knüpfen und über den Lauf der Ereignisse wachen.
Es war der Tag der heiligen Sophia im Jahre des Herrn 1496, an

dem die feierliche große Messe zu Ehren Joffres und Sancias stattfand. Eine riesige Menschenmenge hatte sich auf dem Petersplatz versammelt, als unser Festzug von der Engelsburg durch den Borgo die Piazza erreichte.

Sancia und ich ritten Seite an Seite, sie auf einem prachtvollen Rappen, der das genaue Gegenstück zu Corsiera bildete. Ihre Schleppe, die gewiß fünfzehn Schritte lang war, wurde von acht aragonesischen Edlen getragen, die hinter ihrem Pferd gingen. Das Gewand der Prinzessin, nach spanischer Art mit engem Mieder, festangenähten, gebauschten Ärmeln und sehr weit geschnittenen Röcken, glitzerte von Edelsteinen an den Säumen und Nähten. Die Farbe des Stoffes schimmerte ebenso schwarz wie Sancias Haar, das sie zu einem schlichten Knoten verschlungen hatte. Meine Schwägerin war, man konnte es nicht anders sagen, eine Schönheit, vollbusig, mit wohlgerundeten Armen und lieblichem Gesicht. Sicher besaß sie, was unter dem Gewand nur zu ahnen war, ausladende Hüften und pralle Schenkel. Ein wenig neidisch machte mich das schon, wenn ich an meine überaus zarten Gliedmaßen dachte, an den etwas kleinen, aber festen Busen – doch einen unschätzbaren Vorzug besaß ich: das blonde Haar! Nicht zum züchtigen Knoten gebunden, wie es die Sitte verlangte, sondern offen fiel es herab bis weit über meine Schultern, sorgfältig in viele genau abgezirkelte wellige Locken gelegt, strahlend das Licht der vormittäglichen Sonne widerspiegelnd.

Mein Kleid war blutrot, aus glänzendem leichten Zetanino, über und über mit winzigen Almandinen besetzt, die wie tausend Glühwürmchen leuchteten. Doch eine Überraschung stand noch bevor: die Schleppe, die jetzt noch zusammengefaltet und von zwei Knappen in einem samtenen Behältnis hinter mir hergetragen wurde. Wir hielten vor den Stufen von San Pietro und stiegen ab. Nun warfen einige meiner Pagen händeweise kleine Silberdenari unter die Menge.

»Viva Borgia! Viva Lucrezia ...«
Alles Volk drängte sich zu mir heran, während Sancia abseits stand. Hatte sie etwa kein Silber bereit, um es zu verteilen? Ich sah ihren Blick, der meinen Bruder Joffre suchte. Doch dieser Knabe von kaum vierzehn Jahren hatte natürlich keine Ahnung von solchen Dingen. Immer lauter wurden die Rufe der Leute, und ich hörte, wie sich bereits die ersten spöttischen Sprüche über Sancia und das Haus Aragon daruntermischten. Doch es wäre nicht gut, wenn sie allzu eifersüchtig auf meine Beliebtheit würde; schließlich benötigten wir die Königstochter für unsere Pläne – insbesondere die meinen. Denn sie sollte mir einen Prinzen aus Neapel vermitteln, bald schon ...
»Bianca!«
»Ja, Herrin.«
»Lauf und bring mir schnell das Kästchen, du weißt schon, welches.«
Meine Zofe eilte nach hinten, um sich von einem der Söldner das kleine, aber recht schwere Behältnis zu holen.
Ich öffnete es und ging hinüber zu Sancia. »Liebste Freundin, darf ich Euch Euer Gold überreichen?«
Sie sah mich aus ihren dunklen Augen groß an. »Ich verstehe, Lucrezia, danke ...« Dann griff Sancia in das Kästchen und warf meine Goldscudi in die Menge.
Das Volk sah das gelbe Metall in der Sonne blitzen. »Gold!« Ein einziger Aufschrei aus Hunderten von Kehlen. Die Menschen warfen sich wie von Sinnen in den Staub, gierig, eine Münze zu erhaschen. »Gold!« Dutzende Männer und Frauen mit ihren Kindern stürzten übereinander, Lärm und Gestank waren unbeschreiblich.
Dann hatte Sancia mein ganzes Gold dahingegeben ... Die Aragonesin strahlte, denn alle Hochrufe galten jetzt ihr. Wir küßten uns auf die Wangen.
Nun begann der große Auftritt. Zwei Pagen legten mir die

Schleppe um, und ich schritt gemessen die fünf langen Stufen hinauf zum Narthex von San Pietro, der mit seinen Säulenarkaden wie ein Triumphbogen zum Vorhof der Basilika führt. Und es war ein Triumph für mich! Während die Pagen unten weit vor den Stufen stehenblieben und Bahn für Bahn meiner Schleppe entfalteten, ging ich weiter bis zum Mittelportal. Da lag sie nun hinter mir, ein schimmerndes Band kostbarsten Gewebes, bis weit hinunter auf die Piazza reichend ...
Die Menschen applaudierten, ich blieb stehen, drehte mich um und winkte huldvoll hinab.
Jetzt folgte Sancia, deren Schleppe geradezu ärmlich wirkte gegen die meine. Obwohl es mich hart ankam, mußte ich sie als Königstochter vor mir die Basilika betreten lassen. Ihr Zug stockte vor dem Portal kurz, bevor es in den Vorhof weiterging, so daß wir genau nebeneinander zu stehen kamen.
»Eure Idee mit der Schleppe war großartig, meine Hochachtung, Lucrezia! Ihr seid genauso, wie man Euch mir beschrieben hat.«
»Und wie bin ich demnach?«
»Schön, verschwenderisch und großherzig ... Ich glaube, wir werden uns gut verstehen.«
Und dann bestand meine Schwägerin darauf, daß wir auf dem Weg zu unseren Plätzen in der Kirche nebeneinanderher schritten. Joffre blinzelte mir zu, und ich vernahm, daß er seiner schönen Gemahlin andauernd irgendwelche unangebrachten Dinge ins Ohr flüsterte.
Es war überhaupt schwer, die nötige Würde zu wahren, denn Vater vergaß wieder einmal etliche Teile der heiligen Messe, wodurch der Kastratenchor nicht recht wußte, was an welcher Stelle gesungen werden mußte; und so erklang das Graduale erst nach dem Credo.
Ich bemerkte, wie der Diakon auf Vaters Wink hin den Kelch randvoll mit Wein gießen ließ. Beinahe wäre bei der Elevation

etwas auf den Boden geflossen, hätte nicht Burcardus geistesgegenwärtig ein Stück geweihtes Tuch untergehalten ...
»Fiat commixtio et consecratio ...« Dann leerte Vater den Pokal in einem Zug.
Das anschließende große Festmahl in der Curia superiore verlief entsprechend ausgelassen. Cesare gelang es, unauffällig einen Bischof aus Deutschland zu vergiften, dessen Titel und reiche Güter Vater nun wieder für viel Geld an einen neuen Bewerber verkaufen konnte.

Mein Leben in Rom war durch die Anwesenheit Sancias abwechslungsreicher geworden. Wir hatten uns angefreundet, und es tat mir gut, eine Vertraute zu besitzen. Oft ritten wir zusammen aus, und irgendwann ergab es sich, daß wir den Monte Vaticano hinabritten und nach einiger Zeit tatsächlich an jenen Bauernhof gelangten, wo mir Francesco damals den schicksalhaften Kuß gegeben hatte ...
»Du wirkst so nachdenklich, Lucrezia.«
»Zu Recht, Sancia. Denn hier küßte mich ein Mann das erste Mal.«
»Nun, ein Kuß ist ja nichts so Weltbewegendes ...«
»An und für sich wohl nicht, aber dieser schon.«
»Weshalb das?«
»Weil ich jenen Mann noch immer liebe, mehr als mein Leben!«
»Wirklich? Aber ich habe keinen Verehrer in deiner Nähe bemerkt, du lebst doch wie eine Nonne, liebe Schwägerin.«
»Notgedrungen, Sancia, denn mein Geliebter weilt fern von Rom.«
»Sollte das ein Grund sein, sich nicht ab und zu etwas Vergnügen zu gönnen ...«
»Du hast wenigstens Joffre, der dich offensichtlich vergöttert.«
»Ja sicher, Lucrezia, doch ist er noch ein Knabe.«
»Man sagt ihm aber eine gewisse Begierde nach.«

Sie lachte. »Freilich, dreimal jeden Tag, aber immer nur so lange, wie du ein Paternoster betest; dann zieht es ihn wieder zu seinen Pferden und Waffen.«
Ich schwieg.
»Verzeih, Lucrezia, er ist dein Bruder. Und ich mag meinen Gemahl auch wirklich gern, dieses gutaussehende große Kind. Aber für die Lust ...«
»Hast du etwa einen Geliebten?«
»Natürlich. Wie alle anderen auch.«
Sancia war zu beneiden. »Ach, könnte er doch hier leben; wir würden uns dann so oft sehen, wie es nur ginge.«
»Du siehst ja ganz traurig aus, mein armes blondes Schwesterchen. Kann ich nichts tun, um dich aufzuheitern?«
»Bring mir meinen Geliebten nach Rom!«
Sie lachte. »Deinen Geliebten kann ich nicht herzaubern, Lucrezia, aber vielleicht einen anderen netten Spielgefährten ...«
»Irgendeinen? Bei Santa Venere, ich könnte jeden Mann haben. Nein, Sancia, ich liebe nur ihn!«
»Möchtest du mir sagen, wer er ist?«
Ich zögerte. »Es – es ist ein Condottiere.«
»Ah, eines jener Großmäuler, die wichtig tönen, welche Schlachten sie gewonnen haben und daß sie hundertvierundvierzigtausend Männer befehligen!«
»Nein, Sancia, in diesem Fall täuschst du dich.«
»Dann also einer von der Art, die dir stumm ihre Narben zeigen und schweigen, wenn sie von ihren Taten erzählen sollen. Doch diese Sorte trinkt zuviel ...«
»Du scheinst einige Erfahrung mit Condottieri zu haben, Sancia.«
Meine Schwägerin lächelte geschmeichelt. »Nun, ich will zugeben, einige davon sind vielleicht anders.«
»Siehst du, und das ist auch Francesco.«
»Francesco, aha, und wie weiter?«

Ich durfte es nicht sagen! Und doch – irgend etwas in mir drängte, ja schrie geradezu danach, seinen Namen auszusprechen. Ich wollte mit Sancia über ihn reden, vielleicht in Worten seiner Gestalt habhaft werden, für einen Augenblick nur ...»Es ist der Markgraf von Mantua, Francesco de Gonzaga ...«
»Bei Zeus, dieser Mann ist deiner würdig!«
Danach schwiegen wir beide, Sancia vor Überraschung und ich, weil mir nicht klar war, ob dies Geständnis ein Fehler gewesen war.
»Lucrezia, das hatte ich nicht erwartet, der Held von Fornuovo, Mars und Venus, welch ein Paar!«
»Jetzt weißt du, warum ich eigentlich schweigen müßte.«
»Bei Gott, wenn seine Gattin Isabella d'Este davon erführe ...«
»Es ist doch durchaus üblich, daß Männer eine Geliebte haben.«
»Irgendeine vielleicht, Lucrezia, aber gewiß nicht dich!« Plötzlich nahm ihre Stimme einen seltsamen, beinahe spöttischen Ton an. »Und dieser große Held vermag es nicht einzurichten, bei seiner Angebeteten zu sein?«
»Er ist beschäftigt. Francesco rüstet gegen die Türken, muß ein Heer anwerben ...«
»So etwas, liebste Lucrezia, schieben die Männer gern vor, wenn sie einer Frau überdrüssig sind! Glaube mir, ich weiß Bescheid.«
»Nein, so ist er nicht!«
»Ja, das habe ich früher auch immer gedacht.«
Ich glaubte es nicht, wollte es nicht glauben. Aber Sancias Stachel saß.
»Weißt du, Lucrezia, Männer können im Grunde alles, wenn sie nur wollen. Und wenn dein Francesco wirklich wollte, dann wäre er mindestens jeden zweiten Monat für einige Tage bei dir – egal, ob die Türken oder Luzifer selbst die Christenheit bedrohen.«
»Er ist so ernst, so gewissenhaft in diesen Dingen. Die Verantwortung ...«

»Ach was, laß dir nichts vormachen. Das alles sind nur vorgeschobene Gründe.«

»Wenn wir zusammen sind, Sancia, dann begehrt er mich so sehr; das alles kann doch nicht geheuchelt sein!«

»Nun, das mag schon zutreffen. Aber so sind sie, die Männer: Wenn ihnen gerade danach gelüstet, nehmen sie dich. Und falls du leidenschaftlich genug warst, glauben sie selbst, nur dich zu lieben. Drei, vier Tage lang geht das so, bis ihre Lust fürs erste befriedigt ist. Dann wirst du verlassen, von einem Tag auf den anderen, und wenig später hat dein Geliebter schon eine andere, die er genauso begehrt!«

»Hör auf, ich will das nicht hören! Es ist nicht wahr, es wäre zu furchtbar!«

»Furchtbar oder nicht, Lucrezia. Ich folge da den Alten: Carpe diem. Et noctem ... Denn wenn es unserem Schöpfer gefällt, mich morgen abzuberufen aus diesem irdischen Jammertal, so soll mir diese Welt alles geboten haben, Pferde, Männer, Leidenschaft. Und während du dich nach deinem Francesco verzehrst, treibt er es wahrscheinlich mit einer anderen!«

»Nein!« Sancia sollte meine Tränen nicht bemerken. Ich gab Corsiera unnötigerweise die Sporen, was sie erschreckte, und dann galoppierten wir durch die Weinberge zurück, den Monte Vaticano hinauf zum Palazzo, wo die Stute mit zitternden Flanken stehenblieb. Bis meine Schwägerin nachkam, hatte ich mich schon wieder gefangen – äußerlich, doch in meinem Innersten saß der Giftpfeil und schmerzte ...

Der Boden, auf dem ich mich befand, schien schwankend geworden. Wo vordem unumstößliches Wissen um Francescos felsenfeste Liebe gewesen war, da nagten plötzlich Zweifel. Ich hatte nie mit ihm über andere Frauen gesprochen. Isabella d'Este, seine Gemahlin, gewiß, doch sie betrachtete ich nicht als meine Rivalin. Eine Ehe wird schließlich politischer Motive wegen geschlossen und um die Erbfolge zu sichern.

Andererseits kam Francesco als Heerführer natürlich weit herum. Seine Gattin weilte während dieser Zeit in Mantua, konnte nicht bei ihm sein. Also lag es doch auf der Hand, daß er sich hier und dort eine Geliebte nahm. Männer, das hatte ich bisher schon erfahren, sahen die Freuden der Liebe als etwas, das sie genossen wie eine Mahlzeit oder den Ritt auf ihrem feurigen Pferd. Mir war diese Denkweise fremd, ich könnte bei keinem Mann körperliche Lust empfinden, wenn ich ihn nicht liebte – dachte ich damals. Und meine Liebe galt nur einem, Francesco!
Doch unsere Ansichten von den Dingen des Lebens ändern sich, und in dem Fall schien es mir so zu sein. Denn die vergifteten Pfeile Sancias saßen tief in meinem Herzen, und diese Wunde brannte ...
Wenn ich nur daran dachte, daß er einer anderen Frau womöglich dieselben süßen Worte ins Ohr flüsterte, sie genauso berührte, dann stieg ohnmächtige Wut, ja, sogar Haß in mir auf. Im selben Moment aber sprach eine innere Stimme dagegen. Francesco ist dir treu, glaube an ihn, vertraue dem Geliebten! Dann wieder vermeinte ich Sancia zu hören, die mich auslachte. Und sie hatte natürlich recht. Schuldete mir Francesco etwas? Wir begingen beide die Todsünde des Ehebruches – wissentlich und freudig. Schuld lastete auf unserem gemeinsamen Tun. Keiner hatte dem anderen da etwas vorzuwerfen ...
Trotzdem wollte die Eifersucht nicht aufhören an mir zu nagen, und wer dieses Gefühl jemals gespürt hat, weiß, wie ich litt. Manchmal ergriff mich die schiere Verzweiflung, ein anderes Mal unbändiger Zorn. Und stets war es quälend und grausam. Könnte Francesco nur da sein, alles würde sich zum Guten wenden!
Doch Francesco kam nicht. Er ließ mich im Stich. Ganz allmählich, jeden Tag, jede Woche ein wenig mehr, schien meine Liebe für ihn zu sterben. Nichts blieb als Schmerz und Trauer.

»Lucrezia, was ist nur mit dir los, ich kenne dich gar nicht mehr wieder. Du bist so traurig, meidest alle Feste ...«
»Das stimmt, Sancia, ich trauere um meine verlorene Liebe zu Francesco.«
»Ja, so etwas tut weh. Ich weiß es aus eigener Erfahrung.« Sie öffnete einen Korb, in dem sich Trauben, Confetti und ein Krug Wein befanden. »Hier, deine geliebten Mandeln!«
Ihre Anteilnahme tat mir gut. »Danke, Sancia.«
»Komm, Lucrezia, versuch diesen hervorragenden Wein, er kommt aus Sizilien!«
Sie goß meinen Pokal voll. Der Rote schmeckte köstlich.
»Ich habe viel über deine Worte von neulich nachgedacht.«
»Das ist auch gut so, denn wir Frauen müssen einander die Augen öffnen. Du darfst nicht blind sein gegen Tatsachen, nicht schwach und verletzbar werden vor Liebe.«
»Nun, das habe ich begriffen, doch schmerzt es sehr.«
»Nur eine Weile, Lucrezia. Dann verliebst du dich von neuem, und alles wird besser.«
»Ich soll ...«
»Ja, du sollst! Such dir einen anderen Mann, nur liebe ihn um des Allmächtigen willen nicht wieder so grenzenlos wie Francesco.«
»Ob ich das kann, erscheint mir zweifelhaft.«
»Natürlich, Lucrezia! Verliebt sein ist das Herrlichste auf Erden, doch sollte man sich nicht so hineinsteigern, daß aus Liebe Leid wird.«
»Wenn es so einfach wäre ...«
»Und ob. Probier's aus. Heute abend habe ich zum Gastmahl geladen, und zwar eine ausgewählte Gesellschaft, ausgewählt, liebste Lucrezia, in ganz besonderer Hinsicht.«
Ich sah sie fragend an.
»Nun«, Sancia stockte kurz, »es wird ein Fest im Sinne des Eros, so wie bei den Alten zur Zeit Messalinas.«

Das ließ allerdings einiges erwarten.
Gleich nachdem Sancia fort war, probierte ich jenes durchsichtige Gewand vom ersten Besuch in Prinz Djems Palazzo; doch dann kamen mir Bedenken, ob ich wirklich sollte ... Aber meine Freundin hatte schon recht: hinaus ins Leben, nicht zu Hause bei Selbstzweifeln und frommen Übungen bleiben! Wer wohl alles kam? Ich wollte mich überraschen lassen.
Bianca färbte meine Brustspitzen feuerrot, bevor sie mir das verführerische Gewand überstreifte; noch ein Schluck Wein, und schon fühlte ich neuen Mut wie schon lange nicht mehr. Wenn sich Francesco fern von mir vergnügte, gut, dann sollte gleiches Recht für alle gelten ...
Der Palazzo von Joffre und Sancia lag nicht weit von meinem, nur etwa hundert Schritte von der Engelsburg entfernt. Trotzdem nahm ich zwölf Bewaffnete mit, denn im Borgo geschahen häufig Raubüberfälle. Der Palast war sogar außen durch Fackeln festlich beleuchtet, und aus seinen Fenstern drang warmes Licht. Von fern bereits vernahm man die Musik, und meine Stimmung wurde immer besser.
Ich war sehr überrascht, als mich drinnen im Festsaal lauter weibliche Gäste erwarteten.
»Sei gegrüßt, liebste Schwester!«
Sancia trug nur eine ganz leichte Cioppa mit weiten Ärmeln und vorne hoch geschlitzt, so daß man ihre Beine fast bis zur Scham hinauf sah. Die anderen Frauen waren ähnlich kühn gekleidet.
»Wo sind die Männer, Sancia?«
»Nur Geduld, Lucrezia, sie tafeln bereits nebenan.«
»Und wir bekommen nichts?«
»Ich wollte auf dich warten. Wir beginnen jetzt ebenfalls.«
Das alles war doch recht ungewöhnlich. Jetzt erschien eine Reihe junger, sehr wohlgestalteter, völlig nackter Knaben und brachte Speisen für uns an die Tafel. Jeder Frau stand einer zur Seite, der sie aufmerksam bediente, und ich vermutete schon,

daß sich seine Dienste nicht nur auf das Vorlegen der Köstlichkeiten beschränkten.
Die Stimmung war bald sehr ausgelassen. Alle anderen Frauen wußten offenbar von früheren Gelegenheiten, was hier noch alles geboten wurde.
»Wie heißt du?«
Der Knabe sah mich mit einem wahrhaft betörenden Augenaufschlag an. »Giulio werde ich genannt, Herrin.«
Er sah tatsächlich aus wie ein athenischer Ephebe, duftete wundervoll nach einem orientalischen Wasser, und sein Körper war, wie ich jetzt sehen konnte, mit feinem Goldstaub dünn bedeckt, gerade so, daß es ab und zu im Schein der Fackeln und Kerzen aufblitzte.
Ich war jetzt wild entschlossen, es Francesco heimzuzahlen, und ließ Giulio bei mir Platz nehmen. Ohne Scheu saß er auf der langen, gepolsterten Bank und schmiegte sich sanft an mich.
Ich fühlte, wie mein Innerstes förmlich nach Berührung und Zärtlichkeit schrie. Wir fütterten uns gegenseitig mit Leckereien, tranken aus demselben Pokal, und dann – küßte ich ihn! Wie gut mir das tat ...
Giulio streichelte mich sehr einfühlsam. Langsam, aber stetig wuchs meine Begierde, und der Knabe tat alles, um sie noch mehr anzustacheln. Auch er war stark erregt, wie ich unschwer erkennen konnte.
Ich hatte nicht geahnt, wieviel Liebe und Begehren sich nach jenen düsteren Tagen, Wochen und Monaten ohne Francesco in mir aufstauen würden. Wozu noch länger warten? Genieße jeden Augenblick, den dein Schöpfer dir hier auf Erden schenkt. Wie sagte Sancia so schön: Carpe noctem!
»Gibt es hier ein verschwiegenes Nebengelaß, Giulio?«
»Ja, schon, Herrin; aber ich darf nicht mit Euch gehen.«
»Was?«

»Bitte seid nicht zornig. Die illustrissima Donna hat es verboten.«
»Und wie soll es weitergehen?«
»Wartet ab, bald kommen die edlen Herren aus dem Saal nebenan ...«
Ich beschloß, meinen kleinen Epheben nicht weiter zu drängen, und gab mich lieber seinen Küssen und Liebkosungen hin. Plötzlich schwieg die Musik. »Sie kommen«, raunte man an der Tafel. Tatsächlich, die Tür ging auf, und eine Reihe halbnackter, gutaussehender Männer trat ein.
»Alfonso, du darfst heute Lucrezia, unseren Ehrengast, beglücken!« Sancias Stimme hallte energisch durch den Saal – und so fort, bis sie jeder Frau einen der Männer zugewiesen hatte. Meine Schwägerin meinte es offenbar gut mit mir. Jener Alfonso, ein junger Mann von schlankem, hohem Wuchs, entpuppte sich als äußerst amüsant. Sein volles blondes Haar trug er zu einer eindrucksvollen Mähne nach hinten gekämmt. Die grauen Augen besaßen jenen warmen Blick, der eine Frau gerne schwach werden läßt, sanft und doch energisch schaute er mich an. Man sah, daß Alfonso häufig an ritterlichen Übungen teilnahm, denn seine Muskeln ließen erahnen, welche geschmeidige Kraft in ihnen lag ...
Der Mann verbeugte sich höflich. »Hier seht Ihr Alfonso, Euren größten Verehrer. Als ich eben durch diese Tür eintrat, sahen meine Augen nur eine einzige Frau in diesem Saal, die mich fesselte: Lucrezia!« Dabei lachte er unbekümmert und zeigte seine makellos weißen Zähne.
»Ich gestehe, Alfonso, auch nicht ganz unbeeindruckt zu sein. Setzt Euch zu mir.«
Der Mann, der nur mit einer Art Lendenschurz bekleidet war, ließ sich auf der Bank dicht neben mir nieder, so daß ich seinen Schenkel warm an dem meinen spürte. Ein Strom geheimer, aufregender Kräfte ging davon aus und jagte mir wohlige Schau-

er über den Rücken. Dieser göttlich schöne Jüngling übte einen mächtigen Zauber auf mich aus. Da war ein Gefühl im Bauch, das man nicht beschreiben kann ... Ich hatte mich auf den ersten Blick in diesen Alfonso verliebt! Wir lachten und tranken, sahen uns tief in die Augen, genossen jede zarte Berührung. Und dann nahm er mich bei der Hand.
»Komm mit, Lucrezia ...«
Ich folgte ihm mit weichen Knien willenlos – und doch willig – zu einem kleinen Nebengelaß, in dessen Mitte ein großes Bett mit prachtvollen seidenen Vorhängen aus hellblauem, golddurchwirkten Zetanino stand. Ich streifte wie von selbst das Gewand ab und stand nun völlig nackt vor ihm. Auch er hatte den Lendenschurz abgelegt. Unsere Blicke trafen sich, dann lag ich in seinen Armen, spürte den kraftvollen Körper.
Wir küßten uns, eng aneinandergeschmiegt. Dabei wanderten seine Hände meinen Rücken hinunter, was die wollüstigen Schauer noch verstärkte. Hatte mich der junge Knabe vorhin schon sehr erregt, so war es doch noch nichts gegen das, was nun mit mir geschah.
»O Alfonso, ich will dir gehören ...«
Doch er beachtete meinen Wunsch nicht, blieb einfach so stehen und liebkoste mich weiter. Mir wurden die Beine schwach, so heftig fühlte ich die Erregung. Dann endlich lagen wir auf dem Bett. Nun küßte er meine Brüste, mein Gesicht, die Innenseite meiner Schenkel – nur dort nicht, wo alles vor Sehnsucht nach ihm brannte ...
»Komm endlich, ich vergehe sonst!«
»Nein, Lucrezia ...«
Nun streichelte er zärtlich über meinen Schoß, ganz sanft nur, und trieb mich damit fast bis zum Wahnsinn. Warum drang Alfonso nicht in mich? Ich versuchte, ihn mit den Beinen zu umklammern, doch seinen Kräften waren meine natürlich nicht gewachsen.

»Du willst also, kleine, geile Puttana, komm, sag's mir!«
Ich war fast von Sinnen. Nur ein Wunsch beseelte mich, ihn in mir zu spüren! »Ja, ich will!«
Alfonsos Hand streichelte mich jetzt etwas fester zwischen den Schenkeln. »Wirklich, Lucrezia?«
Sein Pene befand sich nun direkt an meiner Scham. Ich fühlte, wie mein Körper ihm in wilden Zuckungen entgegendrängte. »Jetzt, jetzt, Alfonso!«
»Du dreckiges kleines Miststück«, flüsterte er mir ins Ohr, und an dem keuchenden Atem konnte ich erkennen, wie groß auch seine Erregung war, »bettle darum, flehe!«
Und ich tat es. Bei allen Heiligen, noch niemals hat eine Frau ihren Geliebten so angefleht wie ich in diesem Augenblick! Ich habe Dinge gesagt, für die ich mich schäme, nur um die Erlösung von meiner Qual zu erlangen. Alfonso stachelte mich zu immer größerer Selbsterniedrigung an. Dann, ganz unvermittelt, drang er in mich.
O Herr, wie nahe können Himmel und Hölle beisammenliegen! Alfonso hielt mich mit eiserner Faust gepackt; ich schrie, biß, kratzte, was ihn nur noch mehr aufpeitschte. Wir kämpften regelrecht miteinander um unsere Lust – bis zur völligen Erschöpfung. Wenn er nachzulassen drohte, zeigte ich mich unterwürfig, weinte, bettelte, erniedrigte mich auf unfaßbare Weise. Wenn ich glaubte, eine Weile innehalten zu müssen, dann trieben mich seine Beschimpfungen erneut vorwärts. Alles wollte ich für ihn sein: Sklavin, Puttana – wenn ich ihn nur in mir spürte ...
Irgendwann am Morgen müssen wir wohl beide eingeschlafen sein. Ich wurde wach, als Sancia mit einer Dienerin eintrat und die Fensterläden öffnen ließ. »Darf man den Liebenden etwas zur Erfrischung reichen?«
Die Magd stellte ihren Korb mit Früchten, Weinkrug, Brot und Käse auf das Bett.

»Bei der Geißelung Christi, wie sieht es denn hier aus!« Sancia schlug in gespielter Verzweiflung die Hände über dem Kopf zusammen.
Alfonso und ich sahen uns an. Sein Rücken war völlig zerkratzt, wirklich übel zugerichtet. Blut, überall angetrocknetes Blut; unser Bett erschien wie das reinste Schlachtfeld. Und wie meine Haare wohl aussahen ... Mein Gott, was für eine Nacht!
Allmählich kehrte die Erinnerung wieder zurück. Ich dachte voller Reue an meine unwürdige Rolle, die Beschimpfungen Alfonsos und unsere gemeinsame Gier nach qualvoller Lust. Oder war alles nur ein Traum gewesen? Nein, kein Traum, die Situation hier ließ keinen Zweifel an der Wirklichkeit aufkommen.
Wir konnten beide Sancia nicht recht antworten, ja, nicht einmal unsere Blößen bedecken, und sie merkte natürlich, daß es keine ganz übliche Liebesnacht gewesen war.
»Ich fürchte, meine Anwesenheit wird als störend empfunden.« Lachend verließ sie das Gemach.
Ich fand als erste die Sprache wieder. »Wie war das nur möglich, Alfonso?«
»Es ist mir unerklärlich – ein Wunder!«
»Du hast Dinge zu mir gesagt ...«
Er senkte den Blick. »Ja, ich gestehe – es ist meine Art. Aber noch nie hat mir das solche Befriedigung verschafft wie letzte Nacht mit dir. Waren meine Beleidigungen allzu grausam für dich?«
Ich sah ihn an und fragte mich einen Augenblick lang, ob die Wahrheit besser verschwiegen bliebe. Doch nein, nach diesem Zusammensein gab es kein Drumherumreden, kein Vertuschen mehr. »Deine Worte haben meine Begierde aufgestachelt, wie ich es niemals für möglich gehalten hätte. O Alfonso, weshalb erregt es meine Lust bis zur Besessenheit, wenn ich mich vor dir erniedrige?«

Die Gedanken an jene Stunden überwältigten uns, und wir lagen uns wieder in den Armen.
»Du mußt mir glauben, Lucrezia, daß auch mich meine Handlungsweise immer wieder überrascht. Niemals würde ich solche Worte sonst zu einer Frau sagen. Aber wenn es soweit ist, treibt mich ein innerer Dämon dazu an ...«
Ob der teuflische Bann dieser Leidenschaft je wieder gelöst werden konnte?
Von jener Stunde an hatte ich nur noch einen Gedanken: Alfonso. Und ihm erging es ebenso mit mir. Wir trafen uns fast täglich in Sancias Palazzo; jedesmal war es ein Höllensturm der Leidenschaft, der uns zu den höchsten Freuden des Paradieses führte. Wer er wohl sein mochte? Ich versuchte, Sancia auszufragen, aber sie lächelte nur.
Und Francesco? Konnte man zwei Männer gleichzeitig lieben? Die Gefühle für Francesco waren so ganz anders. Das alles lag lange zurück. Er schien mir fremd geworden, im wahrsten Sinne dieses Wortes. Wenn eine der spärlichen Botschaften von ihm eintraf, erfuhr ich, er sei hier oder dort – niemals jedoch in Rom. Was hat man von einem Geliebten in der Ferne? Erinnerung ist zuwenig. Ich stand nun in meinem siebzehnten Lebensjahr, eine vollerblühte und erfahrene Ehefrau, deren Gatte in Pesaro weilte und ihr Geliebter weiß Gott wo. Wenn es der Himmel wollte, daß sie mir beide kein Glück geben konnten, dann wollte ich es selbst in die Hand nehmen!
»Contessa, ein Fremder, der Herzog von Bisceglie, bittet empfangen zu werden.« Bianca schaute mich fragend an.
»Der Name sagt mir nichts, aber er möge eintreten.«
Ein Mann im schwarzen Brustharnisch der Spanier, darunter ein samtenes Wams, den Helm in der Linken, erschien in der Tür. Die Überraschung hätte größer nicht sein können: Es war Alfonso!
»Bianca, laß uns allein.«

»Lucrezia, verzeih mein Eindringen hier und zu so früher Stunde.«
»Du bist der Herzog von Bisceglie?«
»Ja, meine Liebe, ein natürlicher Abkömmling des Hauses Aragon.«
Mir wurde ganz schwach. Wenn er der Mann wäre, um meinen Plan zu verwirklichen ... »Alfonso, du bist in Waffen?«
»So ist es, Lucrezia. Ich muß zurück nach Neapel. Mein Vater ruft mich.«
Und wieder einmal wurde ich verlassen, kaum, daß ein neues Glück seinen Anfang genommen hatte. »Wann gehst du – und für wie lange?«
»Sofort. Meine Abreise duldet keinen Aufschub. Doch sobald es irgend geht, werden wir uns wiedersehen, das verspreche ich dir!«
Abschied.
So also ging der Mann von mir, den ich gerade begann zu lieben. Warum nur strafte mich der Himmel derart grausam nach so kurzer Zeit des Glücks? Stammte ich denn aus einem Tantalidengeschlecht?
»Lucrezia!« Er trat zu mir, versuchte mich zu küssen.
Doch ich wollte nicht. Wollte allein sein mit diesem erneuten Schicksalsschlag, dem Kummer des Verlassenseins. Nicht schon wieder ein solch quälender, langer Abschied wie damals in Pesaro von Francesco! Den Geliebten noch sehen können, noch spüren – und doch wissen, daß er geht, in drei Tagen, zwölf Stunden ... Nein, dann besser sofort. »Alfonso, ich bitte dich, geh gleich, ohne Gruß, ohne ein Wort.«
Und er ging.
Dann war es die Hölle. Ich lag ständig im Bett und mußte weinen, ununterbrochen, nur Morpheus nahm mich manchmal gnädig in seine Obhut.
Am vierten Tag danach besuchte mich Cesare. Seine Anwesen-

heit tat mir gut, und ich erzählte ihm von meiner Liebe zu Alfonso.
Er lächelte. »Ich weiß bereits alles, Lucrezia, denn in Rom bleibt nichts vor mir geheim.«
Spionierte Cesare etwa hinter mir her?
»Schau, das wird dich aufheitern.« Er öffnete einen Beutel aus grünem, prächtig besticktem Samt und nahm eine wundervolle Perlenkette heraus.
»Cesare, die muß dich ein Vermögen gekostet haben!« Welch ein herrliches Stück. Sie schimmerte leicht rosafarben und besaß einen sehr feingearbeiteten Verschluß, der mit Diamanten besetzt war. »Bianca, den Spiegel!«
Mein Bruder legte mir das Schmuckstück um. In der polierten Silberscheibe betrachtete ich dann die Perlen an meinem Hals. Doch was für ein Gegensatz zu diesem verhärmten Gesicht ...
»Man sagt, Perlen bedeuten Tränen, Lucrezia, und davon hast du jetzt genug geweint. Hier, in dieser Karaffe ist besonders köstlicher Wein, komm, trink!«
Er schüttete den Rest aus meinem Becher weg und schenkte mir von dem mitgebrachten Roten ein. Der schmeckte wunderbar süß und gehaltvoll.
»Dieser Alfonso ist ein Bastard von König Federigo, und als Heiratskandidat hervorragend geeignet.«
»Meinst du für mich, Cesare?«
»Natürlich, für wen denn sonst?«
»Du meinst wirklich, daß er ...«
»Nun, Lucrezia, zumindest ist er nicht verheiratet.«
»Wann, Cesare, wann könnte ich ihn heiraten?«
»Etwas Geduld mußt du schon haben. Zunächst müssen wir die Aufhebung deiner Ehe mit Giovanni Sforza sorgfältig vorbereiten, es wird schwierig werden.«
»Ich tue alles, was man von mir fordert!«
»Das wäre ganz in meinem Sinne ...«

Es war mir klar, welche Doppeldeutigkeit in Cesares Worten lag. Doch es war mir egal, wenn ich nur meinem Ziel näher kam ... Von dieser Stunde an war ich wie verwandelt. Die Hoffnung, den Geliebten bald für immer in den Armen halten zu dürfen, versetzte mich geradezu in Hochstimmung. Unter diesen Umständen war es vielleicht gar nicht so schlimm, von Rom wegzugehen, denn wenn ich mit dem Herzog verheiratet war, würden wir ins lebenslustige Neapel ziehen. Das Problem Vater und Cesare erledigte sich damit ein für allemal.

Ich stürzte mich ins Vergnügen, mied aber Sancias spezielle Feste, weil ich mein ganzes Verlangen für Alfonso aufsparen wollte. Das Leben hätte so schön sein können. Doch das Schicksal warf schon seine düsteren Schatten voraus.

Es war mein Bruder Juan, der Herzog von Gandia, dessen Anwesenheit in Rom mir Sorgen bereitete. Vater vergötterte ihn über alle Maßen und zog ihn in allen Belangen Cesare vor. Die Gnade des Herrn ruhte anscheinend besonders auf diesem wohlgestalteten, stolzen jungen Mann, der in Spanien ein Herzogtum und eine Frau besaß, die ihm den ersehnten Stammhalter schenkte. Aber in Rom trieb unser Bruder einen so großen Pomp, daß es den Unwillen des Volkes erregte. Ließ er zu wenige Münzen an die Menge verteilen? Ich weiß es nicht; jedenfalls war er äußerst unbeliebt – ganz besonders bei Cesare.

Es tat mir richtig weh, wenn ich sah, wie Vater Juan anblickte, mit ihm sprach, ihn bevorzugte. Dabei konnte dieser weder vom Ansehen noch vom Verstand her und schon gar nicht in der Erfahrung mit Cesare konkurrieren, der bei all dem stets höflich und gelassen zu bleiben trachtete. Aber ich bemerkte trotzdem, wie ihm zumute war und daß er innerlich manchmal vor Wut kochte.

Am Tage des heiligen Wolfardus, Anno Domini 1496, fand in Sankt Peter eine festliche Frühmesse statt. Die ganze Basilika

war voll mit Bewaffneten, denn heute sollte das päpstliche Heer gegen die Orsini ziehen, unsere schlimmsten Feinde.
Juan stand wieder einmal ganz vorne, fast schon neben dem Altar, denn Vater zelebrierte selbst die Messe. Ein erhebender Anblick: Unzählige Kerzen spiegelten sich in den schimmernden Rüstungen, Hellebarden, Schwertern, welche die Männer mit der Spitze auf dem Boden vor sich hielten, ihre Hände über dem Knauf zum Gebet verschränkt.
»... Sequentia sancti Evangelii ...« Mit lauten Worten las mein Vater jene Stelle, wo Christus, unser Herr, ausgelitten hatte, die Sonne sich verdüsterte und im Tempel der Vorhang zerriß. So furchterregend, als sollte der Zorn des päpstlichen Heeres über die Orsini kommen. »Deo gratias ...«
Dann kam die Predigt, in der aller Segen des Himmels für unsere Waffen erfleht wurde.
Anschließend der große Augenblick für unseren Bruder Juan: »Als Nachfolger Petri und Stellvertreter Gottes des Allmächtigen ernennen wir dich, Juan de Borgia, Herzog von Gandia, zum Gonfaloniere und Generalkapitän des Heeres der heiligen Mutter Kirche. Gewinne zurück, was jene Orsini sich zu rauben anmaßten! Schleife ihre Festungen, brich ihren Stolz!«
Während dieser Worte unseres Vaters hatte sich Juan noch stolzer aufgerichtet, sein Schwert gezogen und dann mit lauter Stimme versichert, er werde die Feinde gefesselt vor die Füße des Heiligen Vaters werfen.
Es war, wie gesagt, eine sehr erhebende Feier. Ich konnte Cesare vor Wut mit den Zähnen knirschen hören. Dann zog das Heer gegen die Burgen der Orsini, die in der Umgebung Roms verstreut lagen.
Beim darauffolgenden Mittagsmahl, das wir alle gemeinsam mit unserem Vater einnahmen, gab sich dieser sehr aufgeräumt und heiter; er sah seine Feinde bereits geschlagen und besiegt am Boden ...

*Der Conte de Mantova
erbittet eine gnädige Audienz bei Seiner Heiligkeit Alexander
Sextus Pontifex Maximus
und ersucht deshalb freundlich vorsprechen zu dürfen bei Contessa
Lucrezia de Borgia zur elften Stunde des morgigen Tages.*

Francesco. Bei allen Dämonen der Hölle, an ihn hatte ich schon gar nicht mehr gedacht! Welche Stirn dieser Mann hatte, nach so unendlich langer Zeit um ein Treffen zu bitten. Die Qual der Trennung, überhaupt alles stand plötzlich so deutlich vor mir, als wäre es gestern geschehen. Meine ungestillte Sehnsucht, die zahllosen einsamen Nächte und die Tränen um den fernen Geliebten.
Vergangen. Vorbei für immer. Alfonso würde mich nicht so lange warten lassen, das fühlte ich in meinem Innersten, und bald, sehr bald schon würde mein kühner Heiratsplan dank Cesares Hilfe Gestalt annehmen – wenn Vater einwilligte. Dann aber gehörte Alfonso mir, für alle Zeit!
Und Francesco Gonzaga sollte leiden. Leiden, wie ich selbst um seinetwillen hatte leiden müssen ...

Die Contessa Lucrezia de Borgia bedauert, den Conte de Mantova morgen nicht empfangen zu können, und wird ihm eine Botschaft zukommen lassen, wenn sie seine Anwesenheit wünscht.

Francesco sollte im eigenen Saft schmoren, bei Chronos, ich würde ihn warten lassen!
»Illustrissima Donna, ein Herr wartet in der Anticamera und bittet, vorgelassen zu werden.«
»Wer ist es?«
Mein Majordomus wirkte verlegen. »Gewiß ein Edler, doch er weigert sich, seinen Namen zu nennen.«
Da dämmerte es mir: Francesco! Das konnte nur er sein. Natür-

lich, der große Feldherr, immer bereit zum Angriff, kam trotz meiner Absage und glaubte, die Festung im ersten Ansturm nehmen zu können. Aber er sollte sich irren! Die Gunst einer Lucrezia Borgia kann man nicht so einfach erringen wie den Sieg in einer Schlacht.
»Er möge eintreten.«
Schon am Schritt erkannte ich – es war nicht Francesco. Der Mann hatte seinen Umhang so um Kopf und Schultern gelegt, daß man sein Gesicht nicht erkennen konnte. Vielleicht ein Anschlag auf mein Leben? »Wache!«
Die Söldner an der Tür des Saales stürmten sofort mit gefällten Hellebarden auf den Unbekannten zu – der drehte sich blitzschnell um und warf ihnen seine leichte Mantella entgegen, so daß sich die Spitzen der Waffen darin verfingen.
»Alfonso!«
»Lucrezia!«
Ich schickte die Wachen schnell wieder hinaus, ebenso den Majordomus und Bianca. Dann liefen wir beide durch das Vestibulum ins Schlafgemach ...
Oh, wie ich das erniedrigende Spiel mit ihm genoß! War ganz die Liebessklavin, ließ mich demütigen, beschimpfen – und fand in der Unterwerfung meine höchste Befriedigung.
Doch schon am Abend mußte Alfonso fort. Wann er wiederkam, wußte er selbst nicht, aber es konnte einige Wochen dauern, bis ihn der Weg von Genua zurück nach Neapel wieder über Rom führte.
Durch sein plötzliches Weggehen kam ich mir benutzt und besudelt vor. Gewiß, jene dämonische Leidenschaft, die dieser Mann in mir entfacht hatte, würde mich ihm wieder und wieder in die Arme treiben – aber trotzdem, es ekelte mich plötzlich vor meinem eigenen Tun, meiner hündischen Ergebenheit. Sonst in allem eine stolze, herrische Borgia, sakrosankt durch die Macht des Vaters, unnahbar wie eine Prinzessin, von der Gnade

des Allerhöchsten herausgehoben, ausgezeichnet vor allen Menschen, und doch ...
Ja, mit Francesco war es anders gewesen, inniger. Liebe und Erfüllung hatten da eine höhere Bedeutung gehabt. Ihn wollte ich damals um seiner selbst willen. Wenn wir nebeneinanderlagen, umgab uns ein stilles Glück. Und aus diesem tiefen Gefühl des Verstehens heraus kam jenes Bedürfnis, den Geliebten spüren zu wollen, den Höhepunkt der Leidenschaft mit ihm zu erreichen, das Wissen, dem anderen ganz und gar zu gehören. Aber jetzt, bei Alfonso ... Sicher, ich liebte ihn, seinen jugendlichen Körper, die widerspenstige blonde Mähne, das herrische Gebaren. Galt meine Liebe aber dem ganzen Menschen, fühlte ich mich ihm auch so tief verbunden wie Francesco? Oder war es vielmehr jene ganz besondere Art unseres Zusammenseins, seine Fähigkeit, mich damit beinahe bis zum Wahnsinn zu treiben? Irgendwie hatte Alfonso meinen Leib verhext; vielleicht durch ein geheimes Mittel, ein süßes Gift, das er mir mit dem Wein einflößte? Ach nein, es lag sicher in unserer beider Art begründet: Er fand Lust in meiner Erniedrigung, und mich erregte es, gedemütigt zu werden. Drei Teufel waren in uns gefahren: Asmodeus, der Wollüstige, Lilith, die Fürstin der Succubae, und Pluto, der Fürst des Feuers. Das machte uns zu Besessenen ...
»Contessa, Don Perotto bittet, vorgelassen zu werden.«
Auf meinen Wink trat er ein. »Wie schön, Euch zu sehen, Perotto!«
»Es ist mir eine Ehre, Madonna Lucrezia, darf ich sprechen?«
»Nur zu.«
»Wenn Euer Vater erfährt, daß ich es Euch verraten habe ...«
»Perotto, laßt alle Umstände weg und sprecht frei, ich bitte Euch!«
Er lächelte und meinte, es gehe wohl um einen neuen Gemahl für mich, der in Erwägung gezogen würde.

»Wer ist es?«
Er senkte die Stimme. »Wie ich hörte, der serenissimo Duca de Bisceglie, Don Alfonso ...«
O Santa Maddalena, der Herr hatte meine Gebete erhört! Plötzlich waren all meine Zweifel wie weggeblasen. »Perotto, wißt Ihr, daß dies die schönste Botschaft ist, die Ihr mir je überbracht habt?« Ich konnte nicht mehr an mich halten, schlang die Arme um den jungen Camerarius und gab ihm einen Kuß. Und – bei Gott, er küßte mich wieder!
Perotto wurde rot vor Verlegenheit, als wir schließlich voneinander ließen, und sein Blick war der eines Verliebten ...
Ich lächelte ihm zu. »Ihr dürft Euch jetzt entfernen.«
Ein Kanonenschuß von der nahen Engelsburg zerriß die Stille des frühen Nachmittags. Ich flog fast aus meinem Bett vor Schreck, dann folgten weitere. Sofort darauf läuteten die Glocken, ein seltsames dumpfes Tönen, ganz anders als sonst.
»Herrin, die Sturmglocken läuten!« Bianca stürzte herein.
»Sturmglocken? Wieso, wir haben doch keinen Krieg! Wer also will die Mauern Roms erstürmen?«
Dann kamen sie den Borgo herauf: erschöpfte, zerlumpte Gestalten mit rostigem Harnisch und zerfetzten Fahnen.
»Bianca, schick einen Söldner hinunter, er soll fragen, was in der Stadt vorgeht!«
Nach einiger Zeit kam der Mann zurück und berichtete. »Es sind die Truppen seiner Heiligkeit, illustrissima Donna. Die Orsini, diese verfluchten Hunde, haben sie bei Soriano geschlagen.«
»Und der Herzog, Don Juan, mein Bruder?«
»Ist wohlauf. Aber sein Condottiere, Guidobaldo de Montefeltro, wurde gefangengenommen.«
»Weshalb aber die Sturmglocken?«
»Man befürchtet ein Nachstoßen der Orsini.«
»Bianca, meinen Vestito und die Pelzmantella, rasch!«
Ich ließ mich ankleiden und eilte sofort zur Curia superiore. Vor

dem großen Saal herrschte einige Aufregung. Ich ging hinein und sah verschiedene Kardinäle, etwas abseits davon Cesare.

Juan! Er stand lässig neben dem Thron unseres Vaters, in der Rechten einen Weinpokal, erzählte lebendig, gestikulierte und schien ganz in seinem Element.

Ich ging mit gemischten Gefühlen auf ihn zu. »Bist du wohlauf?«

Er lachte auf seine etwas prahlerische Art. »Was soll einen Juan de Borgia schon umwerfen ...«

»Die Orsini bei Soriani zum Beispiel ...«

»Ah, du weißt also schon alles.«

Ich schwieg.

»Ein Gefecht, nichts weiter, einige Gefallene, ja. Was macht es schon?«

»Und die Hauptfestung Bracciano?«

»Diese Hunde haben sie hartnäckig verteidigt und bisher noch gehalten. Möge die Hölle alle Orsini verschlingen!« Er stürzte den Wein hinunter.

Dann kam der aragonesische Gesandte und versuchte, etwas aus Juan herauszubekommen. Doch außer einigen blumigen Beschreibungen seiner Heldentaten gab unser Bruder nichts preis.

Ich ging hinüber zu Cesare. »Was ist wirklich vorgefallen?«

Er schaute düster und machte eine wegwerfende Handbewegung. »Juan hat Bracciano nicht erobert und ist bei Soriano vernichtend geschlagen worden. Fünfhundert Mann sind tot.«

»Beim Schwert des heiligen Georg!«

»Ja, Lucrezia, und dann ist er auch noch geflohen. Der ganze Feldzug gegen die Orsini ist kläglich gescheitert!« Er ballte die Fäuste, und ich sah, daß seine Knöchel weiß hervortraten. »Bei Gott, wie ich meinen Kardinalspurpur hasse!«

»Du haßt ihn?«

»Ja, ich verfluche es, Kardinal sein zu müssen, untätig herumzu-

sitzen und Messen zu lesen, während ich draußen beim Heer sein sollte, bevor Juan uns alle zugrunde richtet!«
»Ist die Niederlage denn so schwer?«
»Erstens das, und zweitens ist es der Verlust von Respekt, den man uns gefälligst zu zollen hat. Heute sind es die Orsini, morgen mögen die Colonna vom Heiligen Stuhl abfallen, übermorgen die Savelli sich erheben. Verstehst du, Lucrezia, es geht nicht um diese verlorene Schlacht allein, sondern um einen verhängnisvollen Machtverlust, der Ungeahntes nach sich zieht.«
Ich verstand nun erst richtig, was Juan angerichtet hatte. Auch Vater schien von den Ereignissen schwer getroffen. Alle konnten es ihm anmerken, wie gerne er Juans prahlerischen Reden Glauben geschenkt hätte. Doch die Katastrophe war einfach zu offensichtlich.
Dann endete dieser traurige Empfang, und alle gingen recht bedrückt von dannen.
Als ich mit meinen Söldnern am Palazzo ankam, wartete dort eine vermummte Gestalt, die einem der Söldner etwas in die Hand drückte und dann schnell verschwand.
»Illustrissima Donna, ein Brief für Euch.«
Ich nahm ihn. Das Siegel konnte ich im Schein der Fackeln nicht erkennen.
Ein kurzes, doch gehaltvolles Schreiben:

Geliebte, wenn du willst, daß ich komme,
dann stell drei Kerzen
in das Fenster deines Schlafgemachs.
Francesco

Er hatte es nicht mehr ausgehalten. Was sollte ich tun? Ihn doch wiedersehen? Obwohl ich Alfonso heiraten würde? Andererseits stellte sich nach dem Versagen Juans unsere politische Lage zur

Zeit so ungünstig dar, daß die Freundschaft eines berühmten Heerführers nicht leichtfertig verscherzt werden durfte. Cesares Worte klangen mir noch zu genau im Ohr, als daß ich gegen sie hätte handeln können.

Bianca erhielt von mir den Auftrag, den beiden Söldnern hinter unserem Portal einzuschärfen, den Fremden, der gleich Einlaß fordern würde, nicht abzuwehren. Dann stellte ich die drei Kerzen ins Fenster. Überraschend kurz darauf klopfte es an meiner Tür.

Ich öffnete. »Francesco, sei gegrüßt.«

Er kam herein, umarmte mich sofort leidenschaftlich. »Lucrezia, Liebste ...«

Ich entwand mich ihm. »Du bist ja eiskalt, komm, wärm dich erst einmal auf.«

Enttäuscht ließ er von mir ab. »Was ist mit dir, mein Herz?«

»Nichts, gar nichts, was soll schon sein ...«

»Ich habe mich so auf das Wiedersehen gefreut. Du etwa nicht?«

»Natürlich, Francesco, aber sei nicht so heftig. Laß uns ein wenig plaudern, Wein trinken, am Kamin sitzen.«

Nur widerwillig kam er meinem Wunsch nach. Ich blickte ihn an. Gut sah er aus, trotz seiner mittlerweile zweiunddreißig Jahre, das schwarze Haar wie immer gerade auf die Schultern fallend, die blauen Augen – wieviel sie mir einst bedeutet hatten! Ja, er war ein Mann, wie ihn sich Frauen erträumen, gepflegt, prachtvoll gekleidet, groß und überlegen in seiner Art. Aber er schien mir fremd geworden. Zuviel war in der Zwischenzeit geschehen.

Nachdem es schlecht möglich schien, Francesco unter einem Vorwand schnell wieder zu verabschieden, beschloß ich, honigsüß zu sein, verlockend, nachgiebig und Begehren vortäuschend.

Nein, lieber keine Heuchelei. Mich ihm hinzugeben wäre genug, alles andere käme mir wie ein Verrat an Alfonso vor.

»Komm, Geliebter.« Ich erhob mich, zog meine Gewänder aus und lehnte nun völlig nackt am Kamin.
Seine Augen glitzerten begierig, als er mich musterte. Mit einem Ruck fielen die Bänder der Calze, und dann lagen wir auf dem dicken Teppich vor dem Feuer. Es muß schnell gehen, sonst hältst du nicht durch, hämmerte es in meinem Herzen. Fiammettas Liebeskünste versagten auch hier nicht. Francesco ergoß sich in mich, und ich trieb ihn von neuem an; mein Körper, meine Hände peitschten ihn vorwärts ...
Dann war es genug. »Hör auf, Francesco, du tust mir weh!« Er hielt erschrocken inne. »Lucrezia, verzeih!«
»Es ist schon gut.« Ich schaute ins Feuer.
»Wann sehen wir uns wieder? Ich bleibe noch drei Tage in Rom.«
Drei Tage! Mein Herz krampfte sich zusammen. Nur das nicht!
»Ich würde dich gerne noch einmal sehen, Francesco, doch beginnt morgen die Zeit meiner Unreinheit ...«
Er unterdrückte einen Fluch.
»Das nächstemal, Francesco; bestimmt werden wir uns dann öfter sehen können.«
»Wer weiß, wann ich wieder nach Rom kommen kann!«
Er wirkte ungehalten, das durfte nicht sein. Ich warf mich herum und barg mein Gesicht in den Händen. Hoffentlich gelang es mir, ein paar Tränen herauszupressen ...
»Francesco, so lange muß ich immer ohne dich sein! Weißt du, wie schlimm das für mich ist?« Jetzt kamen mir wirklich die Tränen, aber vor Wut, wenn ich an die unendliche Zeit dachte, in der er mich ohne Nachricht gelassen hatte. »Und ich war dir treu.« Die Lüge kam glatt von meinen Lippen. »Kannst du dir überhaupt vorstellen, was das heißt?«
»Du hast recht, Lucrezia; ich verlange zuviel.« Seine Stimme klang zerknirscht. »Das soll nicht mehr vorkommen. Gleichgültig wie, ich werde es irgendwie einrichten, daß wir öfter beisammen sein können!«

O Gott, laß mich bald mit Alfonso vermählt sein!«Francesco, handle so, wie dein Gewissen es dir vorschreibt. Sei bei den Truppen, kämpfe, wie es der Allerhöchste dir bestimmt hat, es ist dein Schicksal. Ich werde warten ...«
Unsere Blicke trafen sich, ich hielt stand.
»Was für eine Frau du bist, Lucrezia, von so bewundernswerter Haltung! Keine wird je sein wie du ...«
»Ich liebe dich, Francesco.«
»Du bist meine Königin!«
Dann küßten wir uns, und ich bat ihn zu gehen, damit am Morgen im Palazzo kein Gerede entstünde. Dann endlich verließ mich Francesco Gonzaga, der größte Heerführer Italiens. Seine Königin aber schaute ihm ungerührt nach ...
Ende Februar zog Juan wieder gegen die Orsini. Doch diesmal stand ihm der spanische Heerführer Gonsalvo de Cordoba mit seinen Söldnern zur Seite. Es ging darum, das Kastell von Ostia zu erobern und damit die gefährlichste Bedrohung für Rom auszuschalten. Bereits am Tage des heiligen Gregor hatte der erfahrene Condottiere die Festung erstürmt und sie Juans Truppen übergeben, die dort eine starke Besatzung zurückließen.
Vater war überglücklich.
Schon drei Tage später sollte ein großer Triumphzug veranstaltet werden für den »Helden von Ostia«, Juan. In aller Eile hatte man auf der Piazza San Pietro ein stoffbespanntes Gerüst gefertigt, das beinahe aussah wie die alte Porta Praenestina und mindestens genauso groß war. Alle Glocken läuteten, von der Engelsburg her donnerten die Geschütze, und eine unübersehbare Menschenmenge war versammelt. Cesare und ich standen auf dem Podest vor der Basilika, wo sich auch der prächtige Thron unseres Vaters befand.
Zuerst kamen die Männer des Governatore von Rom, dann, in Ermangelung von Senatoren, unsere Prälaten, dahinter einige

Söldner, die große vergoldete Lorbeerkränze vor sich hertrugen.
Cesares Blick sagte mehr als tausend Worte. »Sehr aufwendig, findest du nicht?«
»Allerdings, lieber Bruder. Juan macht sich geradezu lächerlich, wenn er hier den großen Triumphator mimt. Wo alle Welt doch weiß, daß in Wahrheit Gonsalvo de Cordoba die Festung bezwungen hat.«
Meine Stimme wurde von lautem Fanfarenklang übertönt. Dann erschien Juan selbst. Ich traute meinen Augen nicht. Hinter purpur gekleideten Männern, die offenbar Liktoren darstellen sollten, stand unser Bruder auf einem mit Bändern geschmückten, von vier Schimmeln gezogenen Wagen. Er trug eine Tunika und darüber etwas, was aussah wie die Toga picta; auf seinem Kopf prangte ein riesiger goldener Lorbeerkranz.
Wir mußten beide fürchterlich lachen, und ich konnte mich im Gegensatz zu Cesare überhaupt nicht wieder beruhigen.
Wenigstens war Juan so klug, kräftig Münzen unter das Volk werfen zu lassen, was die Leute natürlich immer zu Hochrufen veranlaßt. »Borgia, Borgia ...«
Hinter dem Wagen unseres Bruders ritt der eigentliche Sieger, Don Gonsalvo, ganz im vornehmen spanischen Schwarz. Der Mann verschwand förmlich hinter dem Prunk Juans, und da er es versäumte, Silbersoldi auszuteilen, rief auch niemand seinen Namen.
Juan hielt jetzt vor uns. Er nahm den Goldlorbeer ab, sprang schwungvoll aus dem Wagen und überreichte den Kranz mit großer Geste unserem Vater, der hoheitsvoll auf seinem Thron saß und so glücklich war, daß alle seine Rührung bemerken konnten.
»Mein geliebter Juan, Gott der Herr hat dir einen großen Sieg geschenkt über die unbotmäßigen Sünder, jene Orsini, welche unsere heilige Kirche zu bedrohen wagten. Nun aber sind sie

gerichtet durch den Allmächtigen, der deine Hand mit dem Schwert San Giorgios führte.«

Ich bemerkte, daß Cesare seine Lippen in ohnmächtigem Zorn zusammenpreßte. Er war blaß vor kalter Wut.

Die Menge jubelte unserem Bruder zu, der sich ganz in Imperatorenpose warf. Der wahrhaftige Sieger jedoch stand reichlich verloren abseits, bis endlich Burcardus Vater verstohlen auf dessen Existenz hinwies.

Nun erst wandte dieser sich dem berühmten Heerführer Gonsalvo de Cordoba zu, sprach einige freundliche Worte zu ihm, ließ sich zunächst die Schuhe, dann als besonderen Gunstbeweis die Hand küssen. Doch anschließend galt seine ganze Aufmerksamkeit wieder Juan.

Nach einer feierlichen Messe gingen wir dann in langer Prozession zur Curia superiore, wo im Festsaal ein großes Mahl abgehalten wurde. Alle waren versammelt, nur Don Gonsalvo fehlte – er war nirgends aufzufinden. Es herrschte deswegen einige Aufregung, aber er blieb verschwunden. Erst nach längerer Zeit kam einer seiner Hauptleute mit der Botschaft, der Heerführer fühle sich nicht wohl, man möge ihn entschuldigen.

»Ein Schlag ins Gesicht der Borgia!« Cesare flüsterte mir diese Worte haßerfüllt ins Ohr, bevor ich meinen Platz auf dem Schemel neben Vaters Thron einnahm. Was er sagte, stimmte sehr. In der Tat, Juan begann das Ansehen der Borgias zu schädigen. Die ungehemmte Zurschaustellung seines Reichtums, von dem jedermann zu Recht vermutete, er stamme aus dem Vermögen der heiligen Kirche, nahm solche Formen an, daß unsere Familie bald überall öffentlich geschmäht wurde. Dazu kam Juans verhängnisvolle Liebe zu den Frauen Roms. Nicht etwa, daß er sich mit einer Cortigiana – oder mehreren – vergnügte, so wie es alle Männer von Rang und Namen taten, nein, er trieb es mit verheirateten Frauen aus den mächtigsten Familien, was viel böses Blut erzeugte.

Noch hielten die Colonna und Savelli zu uns, doch wenn sie sich mit den Orsini verbündeten ... Gewiß, das war unwahrscheinlich, aber der Haß gehörnter Ehemänner konnte selbst den Himmel einreißen.

Cesare verdroß besonders der gönnerhafte Ton des jüngeren Bruders. Sicher lag das an dessen Dummheit und Verblendung, doch trug er dazu bei, daß sich das Verhältnis der beiden zusehends verschlechterte.

»Ich glaube, Lucrezia, daß die Auflösung deiner Ehe mit Giovanni nun bald erfolgen wird.«

»Endlich, Cesare! Der Herr hat meine Gebete erhört.«

»Das kann man wohl sagen, denn es gefällt dem Allmächtigen offenbar, die Sforza fürchterlich zu strafen.«

»Zu strafen?«

»Ja, Lucrezia, besonders die Mailänder. Denn Frankreich stellt Ansprüche auf ihr Herzogtum.«

»Das bedeutet Ludovicos Ende ...«

»So ist es, und damit wird dein Gatte Giovanni für unsere Familie vollends nutzlos, ja, geradezu schädlich, denn der französische König will wieder in Italien einmarschieren.«

Ich erschrak. »Das möge der Herr verhüten!«

Cesare lachte. »Warum denn, Lucrezia? Diesmal werden wir auf französischer Seite stehen.«

»Bei Jupiter! Und die anderen Herrscher Italiens?«

»Sie zählen im Grunde schon gar nicht mehr ...«

»Weshalb? Hat nicht unsere Liga erst vor kurzem den Franzosen die Niederlage von Fornuovo bereitet?«

»Ja, schon, doch du mußt wissen, daß des Königs Heer von einer furchtbaren Seuche geschwächt war.«

»Davon hatte ich nichts gehört.«

»Weil man es vor den Frauen zu verbergen suchte. Die Franzosen sprechen von der neapolitanischen oder spanischen Krankheit, wir nennen sie den Morbus gallicus.«

»Und wie äußert sich diese Seuche?«
»Durch ein Geschwür am Pene, das irgendwann wieder verschwindet. Man fühlt sich nur etwas matt und hat manchmal Fieber. Doch nach einigen Monaten treten von Zeit zu Zeit Flecken im Gesicht auf. Daran kannst du die Krankheit erkennen.«
»Nun einmal ganz abgesehen von dieser Schwäche, Cesare, warum glaubst du, daß es von Vorteil wäre, mit dem französischen König verbündet zu sein?«
»Weil in Italien zwei Mächte um die Vorherrschaft streiten werden.«
»Der Kaiser?«
»Nein, die verfluchten Deutschen bleiben zum Glück, wo sie sind. Aber Frankreich und Spanien werden um das Land kämpfen.«
»Und der Kirchenstaat, das heilige Patrimonium Petri, inmitten der Feinde!«
Mein Bruder war sehr nachdenklich geworden. »Ja, Lucrezia. Nur wenn wir stark sind und uns stets den richtigen Bundesgenossen suchen, werden die Borgia nicht untergehen. Doch einmal aufs falsche Pferd gesetzt ...« Er machte jene bezeichnende Bewegung mit der flachen Hand am Hals.
Entsetzliche Furcht beschlich mich plötzlich. Wenn unsere Familie sich jetzt an Frankreich band, würde meine Verbindung mit Alfonso niemals erfolgen können; er war ja ein spanischer Aragon ... »O Herr, nur das nicht!«
»Was meinst du, Lucrezia?«
»Dann werde ich Alfonso niemals bekommen!«
»Süße kleine Schwester«, er lachte, »natürlich sollst du deinen schönen Königsbastard trotzdem bekommen ...«
»Wann, Cesare, wann?«
»Das kann ich dir noch nicht genau versprechen. Überlaß alles mir, erst muß Vater überzeugt werden. Der Heilige Stuhl sollte

sowohl Verbindungen zu den Franzosen als auch nach Spanien und mit den Aragonesen pflegen, verstehst du. Mit Sancia als Joffres Gattin ist diese Bedingung nach einer Seite noch nicht ausreichend erfüllt.«
»Und nach Frankreich hin?«
Cesare lächelte. Es war ein seltsames, kaltes Lächeln, in seinen Augen lag wieder jenes eigenartige Glitzern, das ihn mir fremd machte – etwas Unheimliches, Drohendes.
»Mit König Charles habe ich ganz besondere Pläne«, und als wollte mein Bruder seinen Worten noch Nachdruck verleihen, fügte er leise hinzu, »ganz besondere Pläne ...«
Francesco Gonzaga war bald nach unserem Treffen wieder abgereist und befand sich Gott sei Dank sehr weit weg, um Festungsbauarbeiten zu überwachen. Zwar hatte unser Beisammensein keinen nachhaltigen Eindruck in meinem Herzen hinterlassen, dafür jedoch jene brennende Begierde nach Alfonsos lustvollen Erniedrigungen von neuem angefacht. Es war zum Verzweifeln: Ich verzehrte mich vor Verlangen, doch Alfonso kam einfach nicht nach Rom.
Trotz der glanzvollen Feste und der vielen Schmuckstücke, mit denen Vater und auch mein Bruder mich dafür belohnten, daß ich sie tun ließ, was ich doch nicht verhindern konnte, wurde mein Leben immer einsamer. Als meinen einzigen Vertrauten gab es nur den treuen Perotto. Treu? Meinem Vater gewiß, aber mir? Hieß es nicht ganz richtig, man könne nicht zwei Herren dienen? Deshalb blieb stets eine letzte Barriere bestehen.
»Contessa, seine Heiligkeit, Euer Vater, wünscht, daß Ihr sofort zu ihm kommt.«
Ich war so in Gedanken verloren, daß ich Biancas Worte gar nicht recht wahrnahm, und so mußte sie ihr Anliegen wiederholen. »Ja, es ist gut, Bianca. Hol mir das blaue Vestito.«
Drüben in den päpstlichen Appartementi warteten bereits Juan und Cesare.

»Lucrezia, laß dich umarmen!«
Juan sah gut aus in seinem weißseidenen goldbestickten Wams, den blondgelockten, schulterlangen Haaren; seine blauen Augen blitzten ... er überstrahlte alles und jeden. Seine jugendliche Kraft, das unbekümmerte Wesen bestachen. Und nun hatte Vater ihn auch noch mit dem Herzogtum Benevent belehnt; man konnte gut verstehen, daß Cesare ihn immer mehr haßte.
»Schwesterchen, wir werden dir einen neuen Gemahl besorgen, und dann ist es zu Ende mit der Contessa!«
Seine fröhliche Art steckte mich an, und ich scherzte: »Willst du damit sagen, daß ich nach der Hochzeit verbrannt werde?«
»Ah, Cesare, ist sie nicht scharfzüngig, unsere kleine Lucrezia?« Cesare schwieg, was Juan in keiner Weise bekümmerte. »Nein, Schwester, du bekommst diesmal einen Herzog; dann heißt es bloß noch: Jawohl, serenissima Duchessa! Wie serenissima Duchessa wünschen ... Nicht wahr, Euer Eminenz?« Dabei sah er Cesare spöttisch an, doch der verzog keine Miene.
»Ich sehe, ihr seid bereits versammelt, meine Kinder.«
Wir begrüßten unseren Vater, der sogleich Juan küßte, dann erst Cesare und mich. »Nun, wie ich hören konnte, hat Juan schon ausgesprochen, was mein Entschluß ist.«
Cesare zwinkerte mir verstohlen zu, und ich wußte, daß seine Anregungen auf fruchtbaren Boden gefallen waren.
»Ist es nicht höchst erfreulich, Colombella, daß du nun endlich den dir zustehenden Rang einnehmen wirst?«
»Ich bin Euch zutiefst dankbar, Vater, noch dazu ja die Ehe mit Giovanni niemals vollzogen worden ist.«
Er strahlte. »Das ist gut, das ist sehr gut sogar. Ich sehe, daß du begriffen hast – ja, das ist ganz meine Tochter, eine wahre Borgia!«
»Dein zukünftiger Gatte«, dröhnte Juan, »ist Alfonso, der Herzog von Bisceglie!«
Allein bei der Nennung seines Namens wurde ich schon ganz

schwach. Wenn ich ihn doch nur bald sehen könnte! Da meine Ehe mit Giovanni Sforza jedoch noch bestand, gab es keine Möglichkeit, Alfonso offiziell zu empfangen.
Und wie eine Bestätigung dieser Befürchtung meinte Cesare, daß es unklug wäre, den auserwählten Gemahl bereits jetzt in Kenntnis zu setzen; erst müsse die Auflösung des Eheverhältnisses erfolgt sein.
Dann wurde Wein gereicht und Speisen, doch ich aß ohne Appetit. Unser Vater sprach fast nur mit Juan und gestattete Cesare wie mir, bald zu gehen.
»Du hast es geschafft, Cesare, mein Traum wird also in Erfüllung gehen!«
Er sah tief zufrieden aus. »Ja, Lucrezia. Vater mag Juan vorziehen, aber ich kann ihm meine Ideen so vermitteln, daß er glaubt, es seien seine eigenen!«
Ich mußte Cesare im stillen recht geben. Ja, mein ältester Bruder stellte am päpstlichen Hofe einen Machtfaktor dar, dessen Einfluß sich keiner entziehen konnte, ich am allerwenigsten ...
Und deshalb war es wichtig, daß nach dieser Hochzeit mein Weggang von Rom stattfand. Es blieb die einzige Hoffnung, den Nachstellungen meines Vaters und auch Cesares zu entkommen, und zwar, bevor wieder irgend etwas geschähe. Was, das wußte ich selbst nicht, aber es war sonnenklar, daß die Rivalität zwischen Vater, Sohn und Gemahl irgendwann zur Katastrophe führen mußte, so oder so. Diese neuerliche Ehe wäre für mich wahrscheinlich die einzige Möglichkeit, den gordischen Knoten des unheilvollen Beziehungsgeflechts zu durchschlagen – wenn nötig, durch Flucht nach Neapel.
Aber noch war es nicht soweit. Immerzu warten. Warten auf Francesco, auf Alfonso, die Auflösung meiner Ehe, eine neuerliche Hochzeit ...

Am Tage des heiligen Ulrico gab unsere Mutter, Vanozza de Catanei, abends in ihrem Weinberg, nicht weit vom Monte Vaticano entfernt, ein Gastmahl, zu dem nur wir Geschwister und einige Vertraute eingeladen waren. Es war ein herrlicher Abend. Während die letzten Strahlen der Sonne noch den erhöhten Platz unter den Bäumen beleuchteten, lag der Tiber unten bereits im Dunkeln da. Es gab Braten vom Milchlamm und Spanferkel, außerdem Wachteln, Kapaune, Amselzungen und natürlich die von mir geliebten Confetti; alles war auf ländlich-herzhaft Art zubereitet, dazu Brot, Käse und frisches Gemüse. Sancia, Joffre, Juan und Cesare saßen bereits an der großen Tafel und begrüßten mich mit fröhlichem Lachen. Nur Vater fehlte; sonst wäre die ganze Familie beisammen gewesen. Der Heilige Vater hatte keine Familie, durfte keine Familie haben – zumindest offiziell. Im Grunde unseres Herzens waren wir Borgia alle gleich, die Lust an der Macht hielt unsere Familienbande, denn aus welchem Grunde sonst hatte mein Vater uns frühzeitig aus den Armen unserer Mutter entfernt, waren wir nicht alle immer schon Teil seines Plans? Ich hatte eine Mutter, und doch war sie mir fremder als Sancia oder Neade es jemals waren. Sie lebte sehr zurückgezogen und saß nun mit sichtlichem Stolz zwischen ihren Kindern. Und wirklich, obwohl alle nur von natürlicher Herkunft, besaß ein jeder nun Titel und Würden, Ansehen, Geld, aber auch Macht. Die ehrwürdige Familie Borgia hatte es in der Tat weit gebracht.
Ich kann mich nicht erinnern, mit allen Geschwistern zusammen jemals ein so heiteres, harmonisches Fest verbracht zu haben. Glück, wahrhaftiges Glück verspürt man ja nur in wenigen Momenten des Lebens – und dies war so einer. Gottes Segen lag auf uns jungen, strahlenden Gestalten, und nichts schien unser Glück je zerstören zu können ...
Juan hatte zu diesem Fest einen sonderbaren Freund mitgebracht, sonderbar deshalb, weil er sich hinter einer geheimnis-

vollen schwarzen Maske verbarg. Er kam mir so unheimlich vor. Ach was, schalt ich mich, mein Bruder wird es schon wissen. Zudem gibt es viele in Rom, die sich maskieren – aus welchen Gründen auch immer. Dann sprachen wir reichlich dem Wein zu, und gleich erschien mir der Fremde in freundlicherem Licht.

Etwa eine Stunde vor Mitternacht empfahl sich Juan mit seinem Begleiter; vielleicht sollte jener ihn zu einer Frau führen, die mein Bruder in der Nacht noch beglücken wollte. Auch Cesare brach auf. Nur Sancia, Joffre und ich blieben im bescheidenen Haus unserer Mutter, um dort zu schlafen.

Drei Tage später zogen Fischer die Leiche Juans aus dem Tiber. Man hatte ihm nicht einmal den Beutel mit fünfunddreißig Goldscudi geraubt.

War es eine Vendetta der Orsini? Niemand wußte etwas. Vater brach völlig zusammen, aß tagelang nichts, und wir machten uns große Sorgen um ihn.

Nach der Trauermesse, die mit großem Aufwand – flackernden Feuerschalen auf Pylonen, großen Trauergerüsten und dumpfem Kanonendonner – begangen wurde, lud ich Cesare zum Mittagsmahl.

Kaum waren wir allein, wirkte er plötzlich beinahe heiter, ein Umstand, der mich etwas befremdete. Sicher, er liebte Juan nicht besonders, aber schließlich war er doch unser Bruder. Wenn die Jugendtorheiten einmal hinter ihm gelegen hätten, wäre er bestimmt eine echte Stütze des Heiligen Stuhls geworden. Denn die Kraft und Größe einer Familie offenbart sich stets auch in Zahl und Einfluß ihrer Mitglieder.

»Der Fisch ist hervorragend, Lucrezia.«
»Heute morgen erst im Tiber gefangen.« Ich mußte immerzu an Juan denken.
»Und dieser Weiße aus Frascati – köstlich!«
Cesare leerte seinen Pokal, ich auch.
»Auf unseren Bruder. Möge er in der Hölle schmoren!«

»Cesare! Ich bitte dich ...«
Er goß sich ungerührt den Becher von neuem voll. »Juan war hochmütig und dumm, hast du nicht bemerkt, wie die Stimmung in Rom sich immer stärker gegen uns wandte? Alles nur wegen seiner Eskapaden, er hätte uns letztendlich alle zugrunde gerichtet.«
»Er war noch jung ...«
»Ach was, kaum jünger als ich, Lucrezia!«
»Möge seine Seele vor dem Thron des Allmächtigen Gnade finden!«
Cesare trank aus und stürzte gleich noch einen weiteren Becher hinunter. »Ich trinke auf denjenigen, der den Mut hatte, diesen aufgeblasenen Popanz zu erledigen!«
Ich sprang auf. »Du versündigst dich, Cesare!«
»Weshalb denn ...«
»Auf das Wohl unserer Feinde zu trinken, das ist nicht recht. Es bringt Unglück.«
Mein Bruder sah mich an und lachte gepreßt. »Wer, Lucrezia, sagt dir, daß ich auf einen Feind unserer Familie trinke, wenn ich meinen Pokal erhebe?«
»Ein Freund von Juan wird es kaum gewesen sein, der ihn umbrachte.«
»Das stimmt, ein Freund war es nicht ...«
»Du kennst den Mörder!«
»Ja, Schwesterlein, ich kenne ihn sogar sehr gut, sozusagen wie mich selbst.« Er erhob sich langsam und stand nun vor mir. Ich sah in seine hellen, kalten Augen und fühlte, wie sich meine Kehle zusammenschnürte.
Plötzlich packte er mich derb am Arm. »Geh nur hin zu Vater und sag es ihm!«
»Du tust mir weh, Cesare!«
Aber er achtete nicht auf meinen Einwand, sondern verstärkte noch seinen eisernen Griff. »Erzähl es ihm, Lucrezia, und achte

genau, was er dann macht. Danach weißt du, wer hier wirklich die Macht besitzt, im Vatikan, in Rom und bald in ganz Italien!«
Seine Augen waren weit aufgerissen, es sprudelte förmlich aus ihm heraus: »Ich werde ein Heer haben, größer als das des Kaisers, werde die Orsini, Savelli und Colonna unterwerfen, vernichten für immer! Vom Patrimonium Petri aus wird der Kirchenstaat wieder errichtet, dann die Romagna, die Marken erobert, die Herrschaft der Aragonen in Neapel gebrochen. Ja, ich werde es Cola di Rienzi gleichtun, mich aber zum Imperator Italiae ausrufen lassen – darauf dem deutschen Kaiser entgegenziehen und ihn zerschmettern, mir die Krone des Sacrum Imperium Romanum aufsetzen und herrschen – herrschen ...«
»Cesare, du bist besessen!«
Er hielt in seinem Redeschwall inne. »Nein, Lucrezia, keineswegs. Ich werde diesen Weg gehen, er führt zum Sieg, du wirst es sehen. Papst- und Kaisertum werden in einer Familie vereinigt! Und«, er sah mich scharf an, »wir beide zusammen schaffen das, was Vater vorschwebt: ein reines Geschlecht. Du wirst meine Gattin sein und mir Nachkommen schenken, durch und durch vom Blute der Borgia, welche nach uns die Welt regieren werden, von Westindien bis Cathay, von den Wüsten Afrikas bis zum Nordmeer ...«
Er riß mich in seine Arme und gab mir einen besitzergreifenden, schmerzhaften Kuß. Dann schleuderte er mich mit ungeheurer Gewalt aufs Bett, zerfetzte mein Gewand und schlug mich wie von Sinnen. Meine Gegenwehr machte ihn noch wilder, wir kämpften, doch er blieb natürlich Sieger.
Ich hatte Angst, Angst, daß Cesares Raserei in einem weiteren Mord endet ... Mein Bruder fühlte diese Furcht, und das spornte ihn noch mehr an. Es war die Hölle.
Ich betete still. »O Herr, laß mich diesem Inferno entkommen. Mach, daß mein Bruder von mir abläßt, befreie ihn von seiner Besessenheit ...«

Endlich wurde mein Flehen erhört. Cesare drehte sich um und schlief sofort ein. Sein Gürtel mit dem Dolch daran lag achtlos hingeworfen in einer Ecke. Die Waffe übte eine magische Kraft auf mich aus. Stoß ihm das Messer in die Kehle, drängte eine innere Stimme, dann hast du für alle Zeit Ruhe! Doch obwohl ich geschlagen, gedemütigt und mißbraucht war und allen Grund hatte, dies mit seinem Blut abzuwaschen, siegte die Vernunft in mir.

Was geschähe, wenn auch er tot wäre, Vater seiner letzten Stütze beraubt? Die Macht der Familie gebrochen? Das bedeutete den Untergang. Unsere Feinde würden sich wie räudige Hunde um den Knochen Borgia streiten. In dieser Stunde lag nicht nur Cesares Leben in meiner Hand, und es war keineswegs weibliche Schwäche, die ihn rettete, sondern kühle Berechnung.

Dieser Vorfall hatte mir allzudeutlich vor Augen geführt, wie gefährlich das Leben in Rom für mich geworden war. Cesares Besessenheit war eine tödliche Bedrohung, gestern Juan, morgen Lucrezia ... Ein Mord mehr oder weniger, es schien diesem Menschen nichts auszumachen, der mein Bruder war und den ich einmal abgöttisch geliebt hatte. Die jüngsten Ereignisse zeigten mir noch dazu, daß ich für Cesare bereits zu einer Hauptfigur in seinem teuflischen Spiel geworden war. Fort, fort aus Rom! Wenn er noch mächtiger wurde, könnte es zu spät sein!

Nach einigen Stunden erwachte Cesare, zog sich wortlos an und verließ meinen Palazzo, als ob nichts gewesen wäre.

Erst drei Tage später fand ich den Mut, Cesares Geständnis unserem Vater mitzuteilen. Was hatte mein Bruder gesagt? Erzähl Vater alles, und du wirst sehen, wer die Macht in Rom besitzt ...

Die päpstlichen Gemächer waren alle noch mit schwarzem Tuch verhüllt. Am Privataltar in der Anticamera zelebrierte ein einsamer Prälat Seelenmessen für den Verstorbenen. Ich trat ins Studiolo ein. Selbst am hellen Vormittag hielt man die Fenster-

läden geschlossen, nur wenige Kerzen verbreiteten schwaches Dämmerlicht. »Vater?«
Wie aus einer Gruft ertönte seine Stimme. »Komm näher, Colombella.«
Jetzt erst erkannte ich, daß er im hohen Lehnstuhl saß, das Gesicht dem kleinen Wandaltar zugekehrt.
»Vater, verzeiht, daß ich Eure Andacht störe, aber es muß sein.«
»Sprich nur.«
»Cesare ...«
»Ja, ja, dein Bruder. Er ist jetzt die einzige Stütze meines Alters, besonders in dieser schmerzensreichen Zeit.«
»Ich fürchte, Ihr werdet nicht erfreut sein ...«
»Was erfreut mich schon noch nach dem Heimgang Juans ...«
»Cesare, geliebter Vater vergebt mir, hat Juan umbringen lassen!« Ich erwartete einen fürchterlichen Ausbruch des Zornes, der Trauer – irgend etwas. Doch nichts geschah.
Endlose Zeit verrann, dann schließlich Vaters völlig gebrochene Stimme vom Lehnstuhl her: »Ich habe es gehört, mein Kind, das sind nur üble Verleumdungen.«
»Er hat es mir selbst gestanden!«
»Sein Geist war verwirrt, vielleicht auch ein Trugbild der Hölle. Der Dämon wird aus ihm gesprochen haben, das war nicht Cesare selbst.«
»Vater, Euer Sohn ist besessen!«
»Komm her, meine Tochter.«
Ich trat vor ihn hin.
Er faßte meine Hände und sah mich müde an. »Ja, Cesare ist besessen. Doch es herrscht kein Dämon in ihm, sondern die Gier nach Macht, und diese Art Besessenheit stellt etwas viel Schlimmeres dar, als wenn hundertvierundvierzig Teufel in ihm wüteten. Soll ich jedoch meinen eigenen Sohn anklagen und hinrichten lassen? Gott hat es gewollt, daß Juans Zeit auf Erden jetzt und auf diese Weise endete. So sei es.« Er kämpfte um seine

Selbstbeherrschung, fing sich aber wieder. »Dir, mein Kind, sage ich es als einzigem Menschen auf der Welt: Cesare ist der letzte Garant unserer Macht, ich kann ihn deshalb nicht für seine Tat büßen lassen. Fällt er, fallen wir alle ...«
»Das heißt ...«
Vater unterbrach mich mit tonloser Stimme. »Das heißt, Lucrezia, Cesare hat die Macht über uns.«
»Doch nicht über Euch, Vater!«
»Auch über mich. Hüte dich vor ihm.«
»Wie kann ich das?«
»Ich weiß es nicht, noch nicht. In einigen Tagen sollst du mehr erfahren, doch jetzt geh und überlaß mich wieder meiner Trauer.« Er drückte mir zum Abschied ganz fest die Hände, das hatte er noch nie getan, und ich verließ ihn sehr betroffen.
Monate vergingen. Vater sprach mich nie mehr auf diese Sache an. Vielleicht hatte ihn sein Eingeständnis der Machtlosigkeit an jenem Tag gereut.
In der folgenden Zeit mußte ich erkennen, daß der Segen des Allmächtigen wohl nicht mehr auf mir ruhte. Von Alfonso kein Lebenszeichen, Cesare tat mir weiterhin Gewalt an, und ich konnte keinen Augenblick lang vergessen, welche Gefahr von ihm ausging. Meine Daseinsfreude war erloschen. Wann immer auch die Auflösung der Ehe mit Giovanni beschlossen werden würde und eine neue Heirat mit meinem Alfonso stattfinden sollte, es schien gleichgültig geworden. Der einzige, dem ich noch vertraute, war Perotto.
»Perotto, sagt mir doch, wie ich dieser Melancolia entfliehen kann. Alles erscheint so düster und ausweglos.«
Er blickte mich ernst an. »Donna Lucrezia, verzeiht, wenn ich eines frage: Habt Ihr schwer gesündigt, so daß Euch der Herr mit Schwermut schlägt?«
»Ja, Perotto, es ist wohl die Last meiner Sünden. Ich fühle das schon seit längerer Zeit.«

»Dann tut etwas dagegen!«
»Aber ich besitze doch einen vollkommenen Ablaß für alle Sünden, die je von mir begangen wurden und noch begangen werden ...«
»Gut, das mag sein, Madonna, aber wißt Ihr, ob der Allmächtige Euch auch wirklich vergeben hat?«
»Don Perotto, was redet Ihr da für häretische Sachen, mein Vater selbst, der Stellvertreter Christi auf Erden, gab mir diesen Ablaß!«
»Vielleicht ist es trotzdem der Wille des Allerhöchsten, daß Ihr Buße tut.«
»Ich habe alle Bußübungen meines Beichtvaters gewissenhaft erfüllt und die Absolution erhalten.«
Der Camerarius blickte mich lange an, offenbar abwägend, ob er mir etwas sehr Schwerwiegendes mitteilen sollte oder nicht; dann endlich entschloß er sich zu sprechen. »Ich besitze Briefe aus einem Augustinerkloster im fernen Herzogtum Brandenborgo, dessen Mönche uralte Dokumente verwahren, und zwar geheime Nachschriften zur Apokalypse des Johannes.«
»Wenn sie nicht kanonisiert sind, was läßt sich schon damit beweisen?«
»Nichts, Donna Lucrezia, aber es steht dort geschrieben, daß durch Bußübungen der Jüngste Tag mit dem furchtbaren Weltengericht hinausgezögert werden könnte. Ihr wißt ja selbst, was uns für das Jahr des Herrn fünfzehnhundert prophezeit ist, bedenkt, nicht einmal mehr drei Jahre!«
Perottos Ansichten stimmten mich nachdenklich. »Und was sollte ich Eurer Meinung nach tun?«
»Geißelt Euch, Madonna, jeden Tag oder nur jeden dritten, wenn es zu schwer ist. Ich tue das auch, und es hilft!«
»Ich werde mir Euren Rat überlegen, Perotto.«

Giovanni, Mein geliebter Sohn!
Es ist Uns zu Ohren gekommen, daß Du die Nähe Unserer Tochter Lucrezia, wenn auch nicht fliehst, so doch auch nicht suchst, dergestalt, wie Gatten es untereinander tun sollen.
Nach reiflicher Überlegung sind Wir also zu dem Schluß gekommen, ein großes Consistorium abzuhalten und dort über die Auflösung dieser nicht vollzogenen Ehe entscheiden zu lassen, da Uns Dein Verhalten höchst widernatürlich erscheint und es eine schwere Sünde für den Ehegemahl darstellt, seine Gattin nicht zu erkennen.
Da Wir aber keineswegs glauben, daß Du, geliebter Sohn, dies aus bösem Willen unterlassen hast, sondern es eher einem körperlichen Gebrechen zuzuschreiben ist, so verzeihen Wir Dir im Namen des Allmächtigen kraft Unserer Gewalt als Nachfolger Petri.
Sei Unserer Zuneigung weiterhin bewußt und bestätige Dein Malum impotentiae in einem Schreiben. Sei huldvoll gegrüßt.
Alexander Pontifex
Maximus

Es verwunderte mich wenig, daß mein Gemahl nach Erhalt dieses Briefes sofort nach Rom geeilt war.
»Ist Euer Vater von Sinnen, Lucrezia, etwas Derartiges von mir zu fordern?«
»Aber es entspricht der Wahrheit, Giovanni, wir haben niemals ...«
»Weil Ihr es so wolltet!«
»Wenn ein Gemahl ernsthaft auf seinem Recht besteht, welche Gattin könnte sich auf Dauer verweigern?«
Giovanni schien außer sich. Seine Stirnadern waren geschwollen, das Gesicht vor Zorn gerötet. »Diese Frechheit, ich soll ein Eingeständnis meiner Impotenz unterschreiben! Wißt Ihr, was das heißt?«
Natürlich wußte ich es. Ganz Italien würde in homerisches

Gelächter über ihn ausbrechen. Meine Stimme blieb ganz beherrscht. »Es ist eine bloße Formalität, Giovanni. Eure Erklärung verschwindet sofort in den Archiven des Vatikans. Keiner würde sie jemals zu Gesicht bekommen.«
»Niemals! Meine Männlichkeit in Zweifel zu ziehen? Wahnsinn, macht, was Ihr wollt, aber ein solches Eingeständnis gebe ich Euch auf keinen Fall!«
Giovannis letzte Worte waren nur allzu deutlich. So hatte ich ihn noch nicht erlebt, ein Orlando furioso ... Sicher würde er nun zu meinem Vater eilen und ihm dasselbe sagen.
Es widerstrebte mir, Cesare zu bitten, die Sache in die Hand zu nehmen. Damit geriete ich sofort wieder in seinen unmittelbaren Gesichtskreis, und was das bedeutete, war klar. Trotzdem, es mußte sein. Fort von Rom – für mein oberstes Ziel sollte nichts zu schwer erscheinen. War jedoch Alfonso auch der richtige Mann dafür? Mir kamen Zweifel, ob er wirklich mächtig genug sein würde, um den Befehlen Vaters und Cesares zu trotzen, wenn sie verlangten, wir sollten in Rom bleiben, anstatt ins Königreich Neapel überzusiedeln, wie ich mir sehnlichst wünschte. Oder wäre alles vergebens?
Plötzlich tauchte ihn meinem Herzen ein Gedanke auf, der mich sofort faszinierte und nicht mehr losließ: War nicht Francesco Gonzaga als mächtiger, völlig unabhängiger Heerführer viel besser geeignet, mir Schutz vor Cesare zu bieten? Noch dazu lag Mantua sehr weit entfernt von Rom.
Und als zerrisse ein Schleier, der bisher den Blick in die Zukunft verwehrt hatte, lag mein weiteres Leben nun so klar vor mir, als hätte mich der Heilige Geist erleuchtet. Ja, das war es! Im uneinnehmbaren Mantua, als Francescos Gemahlin, befände ich mich für immer in Sicherheit.
Gewiß, seine Gattin Isabella d'Este stand dem noch im Weg, aber liegt nicht unser aller Leben in der Hand des Allmächtigen?

IV
Entfesseltes Inferno

Bisher war ich stets die gehorsame Tochter und Schwester gewesen, hatte geheiratet, wen immer ich sollte, mich hingegeben, wie man es von mir gefordert hatte, und – gemordet. Aber jetzt war die Zeit des blinden Gehorchens vorbei: Ich wollte nicht mehr, würde von nun an meinen eigenen Weg gehen, ja, gehen müssen, sonst zermalmte mich das Schicksal zwischen den Mühlsteinen.
Francesco Gonzaga sollte mein Gemahl sein! Doch was würden mein Vater und Cesare dazu sagen? Selbst mir schien der Gedanke sehr kühn.
Eine Tochter fordert von ihrem Vater und Bruder derartiges, ein unglaublicher Verstoß gegen die irdischen und göttlichen Gebote. Und obwohl mir durchaus bewußt war, wie sehr ich mich damit über die althergebrachte Sitte hinwegsetzte, mußte ich es wagen, denn wenn der Tag kommen sollte, an dem ich mich von jenen düsteren Zwängen befreite, dann nur durch einen völligen Bruch mit meinem jetzigen Leben.
Dazu brauchte ich Francesco unbedingt auf meiner Seite. Ihm war offenbar nicht bewußt, was für eine enorme Bedeutung er hatte und wieviel dem Heiligen Stuhl daran lag, sich seiner Treue sicher zu sein.
Wenn ich Francesco das klarmachte und er seine eigene Stärke erkannte, barg das jedoch auch wieder eine Gefahr in sich, die keineswegs unterschätzt werden durfte: Nur ein Mensch, der sich seiner Macht nicht bewußt ist, bleibt lenkbar ... Und er sollte ja ein williges Werkzeug in meinen Händen sein!
Allerdings war noch völlig offen, ob Francesco mich wirklich

heiraten wollte. Seine Gattin Isabella d'Este schien mir nicht das Problem zu sein, ein wenig Gift oder eine Anklage wegen ehelicher Untreue, und sie wäre bald von diesem irdischen Jammertal erlöst.

Nein, die Schwierigkeiten sah ich ganz woanders. Würde der Markgraf den ungeheuren Mut aufbringen, um vor seinen Herrn, den Stellvertreter Christi auf Erden, hinzutreten und zu erklären: Ich heirate Lucrezia, nicht der Aragon! Würde er es wagen, auf sein Heer vor den Toren Roms hinzuweisen, wenn alle Argumente nichts fruchteten? Schon einmal hatte ich erlebt, wie ein mächtiger Mann klein wurde im Angesicht des Heiligen Vaters, nämlich König Charles von Frankreich ...

Plötzlich packten mich starke Zweifel. Mißglückte mein Vorhaben, konnte Cesare seine wahnwitzigen Pläne mit mir ungehemmt verwirklichen – wenn er mich nicht gleich beseitigen ließ ... Denn er würde sofort meine Absichten durchschauen, wissen, daß es mir in Wahrheit nur um das eine ging: weg von Rom und ihm! Cesare zu enttäuschen war gefährlich – geradezu lebensgefährlich war es jedoch, ihm die Stirn zu bieten. Wenn ich daran dachte, ergriff mich kalte Angst. Beim Haupte des heiligen Stephanus, ich wollte nicht wie Juan von Cesares Hand sterben! Es mußte einen Weg geben, seinen Argwohn nicht zu wecken.

Dann kam mir ein Gedanke: Ich würde so tun, als ob ich Alfonso von Aragon heiratete, alle mußten das bis zur letzten Stunde glauben, und erst, wenn Francesco zugesagt hatte, mit seinen Söldnern vor Rom lag – dann würden Vater und Cesare die bittere Wahrheit erfahren! War mein Plan geglückt, mochte der Himmel meinetwegen einstürzen ...

»Deine Worte von neulich, lieber Bruder, haben mich nachdenklich werden lassen.«

»Und, wie stehst du dazu?« Es lag etwas Lauerndes in seiner Stimme.

Ich mußte auf der Hut sein, denn Cesare sollte glauben, daß jene aberwitzigen Pläne von mir gebilligt würden, damit kein Mißtrauen aufkam. »Du willst die Macht – absolute Macht, nicht einen kleinen Zipfel davon. Auch ich will sie, also werden wir beide kämpfen und herrschen; herrschen über die ganze Welt oder zusammen untergehen!«
Er sah mich an, und es lag fast ein wenig Verwunderung in seinem Blick, aber auch Stolz. »Ist das dein Ernst, Lucrezia?«
»Mit solchen Dingen spaßt man nicht, Cesare. Ja, es ist mein fester Wille, deine Gattin zu sein und mit dir Nachkommen zu zeugen, vor denen die Welt erzittert – ein Geschlecht von Titanen!«
Meine Rede hatte ihn befeuert, und ich sah in seinen Augen die Besessenheit lodern, düster und diabolisch.
»Ich will Rom verbrennen wie Nero! Es danach neu erbauen, schöner und gewaltiger als die Cäsaren. Und du, Lucrezia, wirst meine Imperatrice sein.«
»Möge der Segen des Allmächtigen auf deinem Vorhaben ruhen, Cesare.«
»Wenn es soweit ist, Schwester, dann brauchen wir diesen Segen nicht mehr, denn ich werde mich zu einem Gott erheben lassen – und dich dazu. Tempel lassen wir bauen für das heilige Zweigestirn Cesare-Jupiter und Lucrezia-Venus ...«
Seine Stimme war immer lauter geworden. Er redete sich in Rage, glaubte an jedes der blasphemischen Worte, die ihm der Dämon einflüsterte.
Ich tat, als ob auch ich mich mitreißen ließ. »Wie wollen wir vorgehen?«
»Nach Auflösung deiner Ehe heiratest du, wie geplant, diesen Aragonesen Alfonso, und ich mache uns den Franzosenkönig wieder geneigt. Charles ist ein Idiot, er wird alles tun, nur um in Italien wieder Fuß fassen zu können, und sich gerne dazu treiben lassen, einen neuen Feldzug zu wagen!«

»Und ich werde Francesco Gonzaga für unsere Sache gewinnen, Cesare. Mögen Spanier und Franzosen im Kampf gegeneinander verbluten.«
»Ah, ich sehe, Schwester, du entwickelst bereits politisches Gespür.«
»Laß mich den Faden weiterspinnen, beurteile, ob meine Gedanken deinen Plan auch richtig verfolgen.«
Er nickte, und es war zu merken, daß er meine Worte für wahr hielt.
»Wenn sich also die fremden Heere gegenseitig so geschwächt haben, daß sie Francescos Truppen nicht mehr widerstehen können ...«
»Dann werde ich sie zerschmettern!«
»Und der Markgraf von Mantua?«
»Mag dann in deinen Armen liegen, berauscht von seinen Siegen, und froh sein, daß er auf seiten des Heiligen Stuhls kämpfen durfte. Wenn wir ihn nicht mehr benötigen – etwas Gift in seinen Wein, und du hast ihn uns für immer vom Halse geschafft.«
»Einfach bestechend! Ja, Cesare, das werde ich tun. Komm, nimm mich – jetzt sofort!«
Und er trieb es mit mir in wilder, leidenschaftlicher Hingabe wie nie zuvor, als sollte seine Gier nach meinem Körper jenen Bund besiegeln, den ich ihm vorgegaukelt hatte und an den er in seiner Besessenheit so fest glaubte ...
Es war eine glückliche Fügung, daß Francesco und mein geliebter Alfonso vorerst wenigstens in Cesares ehrgeizige Pläne paßten. So konnte ich, ohne sein Mißtrauen zu erregen, mit beiden weiter Umgang pflegen. Das war allerdings leichter gesagt als getan, denn weder der eine noch der andere ließ sich bei mir blicken.

Serenissimo!
Seine Exzellenz, Kardinal de Borgia, erlaubt sich, Don Alfonso von Aragon, Herzog von Bisceglie, zur Jagd einzuladen, welche am Sonntage Exaltatio crucis beginnt.
Gewiß können Wir ferner beim Heiligen Vater eine Audienz für Euch erwirken.
Seid in Freundschaft gegrüßt!

»Ausgezeichnet, lieber Bruder! So bleiben uns die Aragonen gewogen, und ich will dafür sorgen, daß Alfonso an nichts anderes mehr denkt als an Lucrezia – die allein dir gehört ...«
Er lachte über meinen Scherz, und wir beide malten uns aus, was wohl alle Welt sagen würde, wenn unsere geheimen Pläne eines Tages ans Licht kämen.
Alfonso konnte sich Cesares Aufforderung keinesfalls entziehen, und jede Faser meines Körpers fieberte seinem Kommen entgegen. Ich wollte ihm den Himmel auf Erden bereiten – und er sollte dies ebenso für mich tun ...
»Allerdings, Cesare, macht mir die Weigerung Giovannis, in unsere Forderung zur Eheauflösung einzuwilligen, größte Sorge.«
»Ja, Giovanni scheint tatsächlich zum Problem zu werden.«
»Mein Gemahl ist ein Feigling! Wenn man ihm droht, vielleicht könnte ...«
»So sehe ich das auch, Lucrezia. Vater geht deinem Gatten gegenüber ein wenig zu nachsichtig vor. Ich habe beschlossen, die Sache selbst in die Hand zu nehmen.«
»Aber was willst du tun?«
»Am besten lädst du ihn zu einem Gastmahl ein. Alles andere laß meine Sorge sein.«
»Du willst mit Giovanni sprechen?«
»Ja, ein Wort unter vier Augen, von Mann zu Mann ...«
Ich gab mir größte Mühe, das kleine Gastmahl mit wenigen,

dafür aber erlesenen Speisen auszustatten: gebackene Schwalben, marinierte Lerchenbrüstchen, gesottene Wachteln in Honigsoße, dazu feines weißes Brot und einen leichten, doch wundervoll süßen Wein, der mit Koriander gewürzt war. Eingelegte Früchte und süßes Gebäck rundeten die Speisenfolge ab. Giovanni strotzte vor Stolz und Selbstvertrauen. Die verbindliche Art meines Vaters hatte ihm wohl Zuversicht gegeben, und er glaubte, unsere Verbindung sei gefestigt.
Penthesilea, die mir Sancia als treue Dienerin zur Seite gestellt hatte, trat ein. »Verzeiht, Donna Lucrezia, Seine Eminenz, Euer Bruder Cesare, wünscht Euch zu sprechen.«
Giovanni schaute mißtrauisch von seinem Teller auf. »Was will der Kardinal denn hier?«
»Ich weiß es nicht, er wird mir wohl einen Besuch abstatten wollen.«
Cesare trat ein, ganz die würdige Eminenz in rotseidenem Kardinalsgewand mit einer Schärpe aus glänzendem Zetanino. »Gelobt sei Jesus Christus.«
»In Ewigkeit, amen.«
Mein Bruder hielt Giovanni seinen Ring hin, den dieser zähneknirschend küßte.
»Erlaubt Ihr, daß ich Euch Gesellschaft leiste, liebste Schwester?«
»Sehr gerne. Bitte nehmt Platz.«
Sicherlich kochte Giovanni innerlich bereits vor Wut, aber andererseits empfand er auch Furcht vor Cesare, dem ja nicht der allerbeste Ruf vorauseilte.
Dieser beachtete meinen Gatten zunächst nicht weiter, plauderte mit mir und zog dann einen Beutel hervor. »Pulver vom Horn des Rhinozeros, ein Aphrodisiakum; es soll ungeahnte Kräfte verleihen.« Dabei zwinkerte er Giovanni verschwörerisch zu. Der lächelte etwas gequält. »Ich benötige dieses Remedium keineswegs.«

»So?« Cesare dehnte seine Stimme bedeutungsvoll. »Nun, es wird ja allerhand behauptet ...«
Mein Gatte wurde ein wenig blaß, nahm sich aber eisern zusammen. »Gerede, Eminenz, Gerüchte ohne jeden Wahrheitsgehalt.«
Cesares Lachen klang gefährlich kalt. »Obwohl ich so etwas keineswegs nötig habe, ist mir das Mittel doch einen Versuch wert.« Er schüttete wenige Körner des groben Pulvers in seinen Pokal und trank ihn leer. »Probiert es doch auch, Giovanni!«
Ich sah, daß mein Gemahl jetzt ganz bleich wurde, doch nicht aus Zorn, sondern aus Angst. Gift! stand auf seiner Stirn geschrieben, der Kardinal will mich umbringen! Seine Mundwinkel zuckten.
Mein Bruder blieb freundlich wie immer. »Kommt, seid kein Spielverderber, tut es mir nach!«
Giovanni sprang plötzlich auf. »Nein, Eminenz, unter keinen Umständen. Ich – ich fühle mich nicht wohl und möchte Lucrezia bitten, mein Gehen zu entschuldigen.«
Jetzt war der Augenblick da. Cesare schnellte von seinem Sitz hoch wie eine Viper und packte Giovanni an dem kostbaren Spitzenkragen seines blauen Samtwamses. »Setzt Euch, Conte. Dieses plötzliche Unwohlsein kann doch wohl am besten hier, durch die Pflege Eurer Gattin, kuriert werden – oder?« Dabei drückte er den Verdutzten in eine Fensternische, wobei dessen Oberkörper bereits bedenklich ins Freie ragte.
»Wagt es nicht, mich anzugreifen!«
Donnerwetter, Giovanni zeigte ja sogar etwas, das nach Mut aussah!
Cesare ließ aber keineswegs von ihm ab. »Was dann, mein lieber Conte?«
»Ich kann mich an einem Mann der Kirche nicht vergehen ...«
Deshalb also sein erstaunlicher Wagemut. Natürlich, bei einem Geistlichen war es ja ungefährlich.

»Weshalb denn nicht, lieber Schwager?«
»Weil Ihr unbewaffnet seid ...«
»Und wenn ich es doch wäre?«
»Dann – bei Gott!«
Jetzt donnerte Cesare mit einem Mal los. »Was? Ihr schmäht den Allerhöchsten in meinem Beisein?«
Giovanni stotterte irgendeine Entschuldigung, aber mein Bruder gebärdete sich nun wie ein Rasender. »Ich werde Euch lehren, den Namen des Herrn leichtfertig in den Mund zu nehmen!« Er ließ meinen Gatten los, riß sich seinen Kardinalshut so heftig vom Kopf, daß die Goldquasten davonflogen, und zog ein Schwert, das er unter seinem Gewand verborgen am Körper trug.

Giovanni war derart in die Enge getrieben, daß ihm nichts anderes mehr übrigblieb, als ebenfalls zu ziehen. Er machte gar keinen so schlechten Ausfall, Cesare konnte gerade noch zur Seite springen.

Ich fand den Kampf sehr lebhaft und unterhaltend: der eine mit elegantem, schlankem Eineinhalbhänder, der andere mit einem kurzen, breiten Schwert, das er mit Kraft und Umsicht führte. Giovanni versuchte natürlich ständig, mit seiner wesentlich längeren Waffe zuzustoßen, aber Cesare parierte so vehement, daß die Funken flogen. Es war ein Höllenspektakel um mich herum. Plötzlich traf mein Gatte. Ich sah Cesare bereits durchbohrt verbluten – nur das nicht! Er mußte leben und dafür sorgen, daß mein Plan zur Ausführung kam, was danach mit ihm geschah, mochte Gott der Herr entscheiden ...

Mein Bruder taumelte rückwärts, von der Wucht des Stoßes getroffen, krachte mit seinem Rücken an die Eichentür und schien für einen Augenblick benommen. Jetzt mußte Giovanni ihm den Todesstoß versetzen. Doch der war anscheinend so verwundert, daß sein Schwert Cesare nicht gleich vollständig durchbohrt hatte, und zögerte. Nur einen Wimpernschlag lang, aber es genügte. Cesare stürmte vorwärts und schlug mit einem mächtigen Hieb meinem Gatten die Waffe aus der Hand. Giovanni wich zurück, riß seinen Dolch aus dem Gürtel, um damit vielleicht den letzten, tödlichen Streich meines Bruders abzufangen ...

Cesare drängte ihn bis an die Wand und blieb dann stehen: Die Spitze des Schwertes zeigte genau auf den Hals seines Gegners. So standen sich beide gegenüber. Sie waren vom Kampf stark erhitzt und rangen nach Atem.

Ich erwartete, daß Giovanni etwas sagen würde, um Gnade bitten oder derartiges, doch nichts geschah. Die Männer blickten sich unverwandt an. Im Blick meines Bruders lag ein siegreiches, eiskaltes Blitzen. Giovannis Miene zeigte unverhohlen nur blanken Haß.

Dann begann Cesare leise zu sprechen, so, als gehe ihn das alles gar nichts an. »Ihr seht, verehrter Schwager, wie schnell man in die Lage kommen kann, vor seinen Richter im Jenseits treten zu müssen. Gift oder Stahl, was macht es schon? Gebt uns dieses lächerliche Papier und geht dahin in Frieden; doch wenn nicht ...« Seine Blicke sagten alles.

Giovanni verließ fluchtartig den Raum, froh, noch einmal mit dem Leben davongekommen zu sein.

»Ich bewundere dich, Cesare, das war großartig!«

»Du hast gesehen, wie so etwas gemacht wird, Schwester. Und nur, weil im Augenblick zu viele dumme Gerüchte im Umlauf sind, habe ich deinen Gatten leben lassen. Sonst hätte ich unser Problem auf der Stelle hier gelöst.«

»Du trägst wohl wieder dein Kettenhemd?«

»Ah, du hast also gut beobachtet! Ja, ich verdanke ihm bereits das zweite Mal mein Leben.«

»Deshalb wunderte sich Giovanni, daß du nicht tödlich getroffen warst, und zauderte.«

»Er hat ein wenig zu lange gezögert ...«

»Hoffentlich tut er das nicht auch bei Erklärung seiner Impotenz.«
»Sei unbesorgt, Lucrezia. Er wird unterschreiben ...«
Doch mein Gatte tat es nicht.
Am folgenden Tag suchte er mich zusammen mit seinem Oheim, Kardinal Sforza, auf.
»Ehrwürdige Eminenz, Euer Besuch ist mir eine hohe Ehre.«
Er reichte mir lässig seinen Ring zum Kuß und kam dann sofort zum Kern der Sache. »Donna Lucrezia, mein Neffe, Euer Gatte, kam heute in einer sehr wichtigen Sache zu mir. Es geht ...«
»Um diese leidige Erklärung, ich weiß!« Der recht ungnädige Ton meiner Stimme überraschte mich selbst.
Kardinal Sforza zuckte zusammen. Die Sache schien ihm ziemlich peinlich zu sein. Noch dazu war die Familie Sforza in Mailand schon so gut wie verloren, und er befand sich in der ungünstigen Lage, auf die Gnade meines Vaters angewiesen zu sein.
Ich brauchte also keine allzu große Rücksicht walten zu lassen.
»Contessa, Giovanni Sforza hat mir beim Leben seiner Mutter geschworen, daß er imstande ist, Euch zu begatten – wenn Ihr nur einwilligt.«
»Eminenz, bedenkt, er konnte es bisher nicht, weshalb also jetzt.«
»Nun ...« Der Kardinal rang sichtlich um Worte, was ich verwunderlich fand; hatte er doch ein gutes Dutzend Kinder von mindestens drei Geliebten, wie man sich erzählte.
»Also«, begann der Sforza von neuem, »Giovanni hat sich bereit erklärt, Euch unter Zeugen beizuwohnen und darüber hinaus auf einem Platz in Rom seine Männlichkeit mit mehreren Frauen zu beweisen.«
Jetzt war es heraus. Gut, das Ansinnen, der Gattin unter Zeugen beizuwohnen, war ein rechtmäßiger Brauch. Aber auf einem öffentlichen Platz Roms ... Giovanni mußte ja von hundertvier-

undvierzigtausend Teufeln besessen sein, um so etwas zu machen! Sicher als Druckmittel gedacht, um mich umzustimmen. Er glaubte wohl, ich würde in ersteres einwilligen und ihn bitten, von der Schande seines zweiten Vorhabens um meinetwillen abzusehen. Nun galt es, genau zu überlegen, was zu tun war.
»Eminenz, erlaubt mir, mich für einen Augenblick zu entfernen.«
In meinem Schlafgemach füllte ich eilig etwas Purgativum in einen Giftring, zog schnell eine andere, sehr prächtige Cioppa über und erschien mit meinem strahlendsten Lächeln wieder im großen Saal.
»Ihr werdet mir die Ehre nicht abschlagen, Euch zunächst einen Willkommenstrunk anzubieten.«
Der Kardinal nickte erleichtert. Offenbar glaubte er schon, das Spiel gewonnen zu haben.
Penthesilea brachte den Wein, Bianca etwas Gebäck dazu.
»Erlaubt mir, Eminenz, Euch selbst den Pokal zu füllen«, säuselte ich honigsüß und goß ohne Umschweife seinen Becher voll.
»Das ist für Euch, mein Gemahl ...« Ein kleiner Druck auf den Giftring, und das Purgativum floß in den Wein.
Wir erhoben unsere Pokale und tranken. Ich hatte Giovanni eine ziemliche Menge von dem Abführmittel verabreicht, das in noch größeren Gaben sogar tödlich wirkte, und brauchte sicher nicht lange auf seine Reaktion warten.
Wir plauderten angeregt, ich ließ weitere Erfrischungen reichen, und die beiden waren froh, die heikle Sache hinter sich gebracht zu haben. Dachten sie ...
Irgendwann wurde Giovanni bleich, ließ sich aber noch nichts anmerken. Jetzt war der Augenblick gekommen.
»Ehrwürdige Eminenz, würde es Euch zufriedenstellen, wenn wir die Ehe in Eurem Beisein heute noch vollzögen?«
»Ich, äh, denke, man sollte lieber einige Männer von Stand hinzuziehen, auch einen Notarius vielleicht und ...«

»Eminenz! Ich habe mich bereit gezeigt, Euch entgegenzukommen, was erwartet Ihr mehr? Ein Zeuge, der über jeden Zweifel erhaben sein dürfte, müßte wohl ausreichen.«
»Selbstverständlich, Donna Lucrezia.«
»Also, folgt mir bitte in mein Schlafgemach.«
Ich ließ das Bett umständlich von Bianca herrichten, hier noch ein Polster, da noch eine Decke, behielt dabei Giovanni im Auge, der schon arg verkrampft wirkte. Bianca half mir beim Auskleiden, und der Kardinal bekam Stielaugen, als er mich nackt sah.
Ich lag auf dem Bett und spreizte die Schenkel. »Kommt, Giovanni, tut Eure Pflicht!« O Herr, betete ich still, laß das Purgativum wirken – jetzt, sofort! Und der Allmächtige erhörte mein Flehen ...
»Wartet einen Augenblick!« Mein Gatte raste hinaus, um sich auf der Treppe zu erleichtern. Nach geraumer Zeit wankte er wieder zu uns ins Schlafgemach. Seine Augen waren glasig, das Gewand mit Kot und Erbrochenem beschmutzt.
»Nun, was ist?« erklang forsch meine erneute Aufforderung.
»Allmächtiger, hilf!« stöhnte Giovanni.
Kardinal Sforza schien zur Salzsäule erstarrt.
»Seht Ihr, Eminenz? So ist es immer. Ich glaube, Ihr nehmt Euren Neffen jetzt mit; laßt ihm etwas roten Wein mit Wermutsud geben, das hilft.«
Mein Gatte ließ sich von seinem Oheim willenlos am Arm nehmen, und die beiden wankten hinaus.
Vom Fenster aus sah ich, daß zwei Söldner meinen Gemahl in eine Sänfte hoben; dann verschwand der Zug den Borgo hinunter in Richtung Kastell Sant' Angelo.
Am anderen Tag brachte einer von Kardinal Sforzas Boten die verlangte Erklärung der Impotenz Giovannis. Ich war so gut wie frei!
Frei für Alfonso – doch nur zum Schein, denn ich wollte ja

Francesco heiraten. Noch war meine Ehe nicht offiziell aufgelöst. Es hieß also wieder warten. Doch jetzt kam erst einmal Alfonso. Die Einladung Cesares hatte das Wunder bewirkt.

Niemand, der es nicht am eigenen Leibe verspürt hat, kann ermessen, in welche Aufregung das Kommen des Geliebten eine Frau versetzen kann. Von jener Stunde an, als Cesare mir die Botschaft durch einen Söldner mitteilen ließ, schien alles um mich herum verändert. Die Herbstsonne strahlte heller, die Glocken des Campanile von San Pietro klangen plötzlich wie heitere Musik – phantastisch! Auch mit mir selbst ging eine Veränderung vor: All das, was während Alfonsos langem Fortsein verschüttet gewesen war, kam nun mit Macht über mich: Sehnsucht und Begierde. Ich konnte kaum noch schlafen, lag unruhig im Bett, die Knospen meiner Brüste wurden fest, mein Atem ging schneller, wenn mir lustvolle Gedanken kommende Freuden versprachen ...

Die Gegend um Palestrina, das alte Praeneste, ist sehr hügelig, und die Wälder eignen sich bestens zur Hirschjagd. Cesare besitzt dort mitten zwischen den Ländereien der Orsini ein bescheidenes Anwesen mit reichem Wildbestand.
Diesmal hatte er zu Ehren Alfonsos zusätzlich ein großes Festzelt errichten lassen: Überall wehten bunte Fahnen. Alles sah wirklich sehr beeindruckend aus.
Aber mir stand der Sinn nicht nach derlei Dingen – ich sah nur Alfonso. Es bereitete mir ungeheure Qualen, ihn nur sehen, jedoch nicht berühren zu können; das wäre vor allen Gästen ja äußerst unschicklich gewesen.
Man plauderte, trank, nahm kleine Erfrischungen zu sich, freute sich auf die bevorstehende Jagd. Und Alfonso stand da, lächelte der einen Frau zu, plauderte mit jener – ich hätte sie am liebsten vierteilen lassen! Selbst wenn Gott der Herr einen Blitzstrahl vom Himmel geschleudert hätte, dem alle zum Opfer gefallen

wären – außer Alfonso und mir natürlich – ich würde frohlockt haben, doch nichts dergleichen geschah.
Endlich blies man zur Jagd. Alfonso half mir in den Sattel. Seine starken Arme umfaßten meinen Leib und hoben mich hoch, so leicht, als sei ich eine Feder. Allein diese Berührung brachte mich fast um den Verstand. »Alfonso, Geliebter, ich vergehe fast vor Sehnsucht!«
»Warte nur, bis die anderen dem Hirsch nachjagen, und bleib immer dicht hinter mir – ich werde ein anderes Wild erlegen...«
Bei diesen Worten stand er direkt an Corsieras Seite, griff, ohne daß es jemand bemerken konnte, unter meine Jagdröcke und strich mir fest, aber doch zart zugleich über den nackten Schenkel.
Nur einmal, doch das genügte, um in mir das wildeste Begehren zu entfachen. Bei Gott, ich hätte mich ihm hingegeben, hier auf der Stelle, vor allen anderen! Zum Glück wandte sich Alfonso schnell ab, um zu seinem Falben zu gehen, wohl ahnend, wie es um mein Inneres bestellt war.
Wir ritten durch einen mit Buschwerk und Pinien bestandenen Wald, der nach jener Gegend hin, wo sich einst das Fortuna-Heiligtum der Alten befunden haben soll, immer lichter wird und dessen Unterholz sich bald zu einem fast undurchdringlichen Dornengestrüpp verdichtet.
Plötzlich, wie aus dem Boden gewachsen, erschien vor uns eine Hirschkuh von mittlerer Größe. Noch bevor sich das Tier zur Flucht wenden konnte, bohrte sich Alfonsos Speer in seinen Leib. »Getroffen, Alfonso!«
Er lachte wild auf, und ich sah seine Augen blitzen – Jagdlust, dieses erregende Gefühl, das einen mit Macht ergreift, sobald die Hörner zum Beginn der Hatz blasen. Was für eine Spannung, wenn man das Wild aufgespürt hat, im rasenden Galopp hinter ihm herjagt, wenn der Speer trifft – oder das Tier verfehlt... Ja, es packt einen, sein Blut zu sehen, es endlich einzuholen. Ist die

Beute erlegt, gibt das eine Befriedigung, die nur der kennt, den das Jagdfieber einmal gepackt hatte – und niemand kommt jemals wieder davon los ...
Das verwundete Tier machte ein, zwei Schritte und streifte dabei den Speer am nächsten Dornengebüsch ab. Alfonso fluchte.
»Reite links hinüber, Lucrezia!«
Corsiera gehorchte auf einen kleinen Druck hin sofort. Zweige peitschten mein Gesicht, dann waren wir durch die Büsche. Dort lief die Hirschkuh! Donnernde Hufe neben mir verrieten, daß auch Alfonso sie erspäht hatte. Wir holten schnell auf. Das Tier rannte um sein Leben – doch vergebens. Ich bemerkte, daß es nun etwas langsamer wurde, dann knickten die Vorderläufe weg. Die Hirschkuh kam noch einmal hoch, machte einen Schritt und brach dann endgültig zusammen. Alfonso sprang noch im Galopp ab, stürzte sich auf das waidwunde Tier und gab ihm mit seinem Dolch den Gnadenstoß.
Auch ich war mit einem Satz vom Pferd, um die im Todeskampf wild um sich schlagende Hirschkuh mit festzuhalten. So knieten wir nebeneinander, beide aufs höchste erregt von der rasenden Jagd. Alfonsos Rechte umklammerte noch eisern den Griff des Dolches, den er dem Tier ins Herz gestoßen hatte, und ich hielt es am Hals fest. Das Blut schoß hell und warm aus der Wunde, traf uns beide, doch wir achteten nicht darauf. Eine Weile war da noch ein Zucken des Körpers zu spüren, den das Leben verließ – dann Stille.
Alfonso zog seinen Dolch aus dem Tier und warf sich herum. Ich schaute in seine Augen. Wilde Lust – Lust nach dem Blut der Hirschkuh, Lust, mich zu unterwerfen, blitzte daraus. Und er tat es! Seine Hand faßte meinen Nacken, drückte mich vornüber auf das erlegte Tier. Dann schob er meine Röcke hoch und drang in mich, stieß hart und gnadenlos zu. In diesem Augenblick spürte ich ihn in einer Art, die all meine Sehnsüchte der langen, einsamen Zeit vergessen machten. Und die Schauer der

Glückseligkeit erfaßten mich wieder und wieder, wollten gar nicht mehr aufhören ...

Wie lange alles gedauert hat, weiß ich nicht, jedenfalls kamen wir als letzte zum Jagdzelt zurück, legten die Hirschkuh zur Jagdbeute und gesellten uns zu den anderen.

Ich fühlte mich vollkommen erschöpft, gleichsam in den Grundfesten meiner irdischen Existenz erschüttert, vom Liebesrausch und der Ekstase, die über uns gekommen war und alles andere ausgelöscht hatte. Es gab keinen Gott mehr – der Allmächtige möge mir verzeihen –, keine Welt, keinen Himmel und keine Hölle, nur gelebte Lust. Alles war Lust, strebte nur nach dem einen, ja, mußte danach streben, es wieder zu tun, wieder zu erleben – ES, das einzige, was meine Gedanken, meinen Leib, mein ganzes Streben nur noch beherrschte: Lust!

Jene Nacht, die wir nach der Jagd auf Cesares Landgut verbrachten, war so schön, daß wir es beide nicht fassen konnten. Keine einzige Stunde Schlaf, nur heißes Begehren. Ich hörte mein lustvolles Schreien selbst kaum, wie ganz von fern, spürte aber, wie es Alfonso anstachelte, aufpeitschte bis zur völligen Erschöpfung. Erschöpfung, was heißt das schon ... Unser Leib ist irdisch, doch die Kräfte der Liebe, die ihm in solchen Momenten innewohnen, sind nicht von dieser Welt.

Wir blieben noch den ganzen Tag, bis die Jagdgesellschaft fort war.

»Alfonso, ich muß dir etwas sagen.«

Mein Geliebter hatte die Augen geschlossen, Schweißperlen standen auf seiner Stirn, die dichtbehaarte Brust hob und senkte sich in schwerem Atmen. Die Anstrengungen des Liebesspiels waren nicht spurlos an ihm vorübergegangen. Er nahm einen tiefen Schluck aus seinem Weinpokal und sah mich an. »Was möchtest du mir denn erzählen, Lucrezia?«

»Wir werden heiraten!«

Ihm blieb die Luft weg. »Ja, aber du bist doch ...«

»Nicht mehr lange, Alfonso.«
»Spotte nicht, sag die Wahrheit!«
»Es ist so, ich schwöre es beim Leben meines Vaters.«
»Dann hat der Himmel also meine Gebete erhört!« Er richtete sich auf, hob den Weinpokal mit beiden Händen in die Höhe wie ein Priester bei der Wandlung. »Und ich schwöre bei Bacchus und Santa Venere, daß ich dich lieben werde, Lucrezia, lieben bis in alle Ewigkeit! Wir wollen zusammen unsere Lust ausleben, jeden Tag, jede Stunde; du wirst meine Dienerin sein, nur mir zu Willen ...«

»... bis in alle Ewigkeit!« Und in diesem Moment wünschte ich mir, es wäre keine Lüge, was ich dem Geliebten soeben versprochen hatte.

Dann fielen wir erneut übereinander her wie die Tiere, und ich wehrte mich spielerisch, um seine Gier zu steigern, ebenso wie er dann seine Sklavin herrisch unterwarf.

Wie ich litt, als Alfonso wieder zurück nach Neapel mußte! Es war grauenvoll. Nichts half mehr, kein stundenlanges Ausreiten, keine Zerstreuung bei Festen, nicht das Studium der Kirchenväter, nicht einmal der übermäßige Genuß von Rotwein. Beten, Fasten – alles vergebens.

Meine Launen wurden schier unerträglich, nichts konnten Bianca und Penthesilea mir recht machen. Von einem Augenblick zum anderen verfiel ich in Weinkrämpfe, brach dann ohne Grund in Lachen aus, aber meistens starrte ich einfach vor mich hin.

So ging das Wochen und Monate. Ich wurde zur Getriebenen und mußte bald etwas unternehmen, um nicht unter diesem übermächtigen Druck zu zerbrechen. Perotto! Was riet er mir damals? Geißelt Euch! Ja, ich mußte mich geißeln, den Dämon aus mir herauspeitschen, der mich so unsäglich quälte. Das mußte helfen – oder nichts half mehr ...

»Ihr habt mich rufen lassen, Contessa.«

Mein treuer Perotto. Er war sofort gekommen. Wie gut mir doch schon seine bloße Anwesenheit tat. »Seid gegrüßt, lieber Perotto.«
Er strahlte.
»Ich – ich habe mich nach langer Prüfung entschlossen, Eurem Ratschlag zu folgen, und will eine Geißelung wagen.« Jetzt war es heraus. Ich fühlte mich gleich viel besser.
»Ihr wollt meine Anleitung, Madonna?«
»Nicht nur das: Ihr selbst werdet dieses gottgefällige Werk an mir durchführen.«
»Donna Lucrezia! Ich ...«
»Ja, Perotto.«
»Wann soll es geschehen?«
»Heute nach der Abendmesse.«
Der Camerarius war pünktlich da. »Hier, illustrissima Donna, sind zwei verschiedene Peitschen; die starke nehme ich stets für mich, aber Euch empfehle ich diese leichtere«, er verwies auf eine mit zahlreichen Lederriemen daran. »Aber Ihr müßt Euer Gewand ablegen, sonst ist es kein gottgefälliges Werk.«
»Nackt?«
Perotto wurde rot. »Ihr könnt Eure Camicia anbehalten.«
»Dann löst die Bänder der Cotta!«
Seine Hände zitterten. Das Gewand glitt zu Boden. »Kniet Euch hin, so wie es die Muselmanen beim Gebet tun.«
Ich tat, was er befahl.
»Seid Ihr bereit?«
Ich bekam Angst. »Einen Augenblick noch, Perotto.«
»Madonna Lucrezia?«
»Müßt Ihr besonders fest zuschlagen, wenn es ein rechtes Opfer für Gott unseren Herrn sein soll?«
»Ja. Denn unser Schmerz ist das Opfer ...«
Mir wurde fast übel. »Gut. Doch beginnt nicht zu stark. Ich werde Euch sagen, wenn es mehr sein darf!«

»Wie Ihr befehlt, Contessa.«
Dann schlug er zu. Es klatschte auf meiner leinenen Camicia, und ich hatte nicht das Gefühl, als gehe er allzu zaghaft vor. Trotzdem tat es mir gut. Ich überließ mich dem Schmerz, der tiefer und tiefer in meinen Körper drang, bis mein ganzes Sein nur noch aus diesem Schmerz zu bestehen schien ...
Als Perotto schließlich aufhörte und ich wieder zu mir fand, fühlte sich mein Rücken wie rohes Fleisch an; doch, o Wunder, die schreckliche Seelenpein, die mich so gequält hatte, war vorüber – fürs erste jedenfalls.
Der Camerarius kam nun jeden zweiten oder dritten Tag. Irgendwie gewöhnte ich mich an diese Kasteiungen, und Perotto meinte, daß er den Schmerz steigern müßte, weil Gott das Opfer nicht mehr annehme.
»Es muß Euer nackter Rücken sein, Madonna!«
Ich war bereit, alle Art von Buße zu ertragen, wenn ich nur diese peinigende Lust ohne Erfüllung besiegen konnte; der Allmächtige mußte mein Opfer annehmen!
Perotto löste wie immer die Bänder meiner Giornea, doch dann auch die der Camicia. »Legt Euch aufs Bett, Donna Lucrezia.« Und dann schlug er zu. Die Peitsche auf der nackten Haut zu fühlen war etwas ganz anderes, sehr schmerzhaft, aber in einer Weise auch erregend.
Perotto kannte keine Gnade, und ich stöhnte leise.
Dann war er plötzlich über mir! Ich konnte mich nicht so schnell umdrehen und ihn abwehren. Ein Schmerz, schlimmer als jede Auspeitschung, durchfuhr meinen Leib. Ich wollte schreien, doch meiner Kehle entrang sich nur ein schwaches Gurgeln.

Als der Mann endlich von mir abließ, schlug ich gleich einer Rasenden auf ihn ein, wie erstarrt ließ Perotto es über sich ergehen; dann, als wäre er aus einem Traum erwacht, schüttelten ihn heftige Weinkrämpfe.

»Allmächtiger, was habe ich getan! Euch geschändet, die einzige Frau auf Erden, der meine ganze Liebe gehört! O Herr, strafe mich Sünder ...« Er sprang auf. »Ich zeige mich bei der Inquisition an! Dieser Frevel, zumal bei einer Bußübung, die Gott zum Opfer gebracht werden sollte – Verdammnis und Feuertod sind die gebührende Strafe!«

Ich war immer noch sprachlos vor Schreck über dieses Verbrechen, das der Camerarius meines Vaters, sein engster Vertrauter, an mir begangen hatte. Ein unwürdiger, einfacher Untergebener, Lakai im Vatikan, wagte es, mich zu berühren, mir Gewalt anzutun! Ja, das bedeutete den Tod für ihn ...

Und trotzdem fühlte ich keinen Haß, eher Mitleid, denn mir war der Abgrund von Gefühlen ja nicht unbekannt, der einen Menschen tun läßt, was er eigentlich gar nicht will. Perotto liebte mich! Wieviel unerfüllte Sehnsucht mußte sich im Laufe der Zeit in ihm aufgestaut haben, daß es zu dieser Tat hatte kommen können! Auf der anderen Seite verdient ein Mann kein Mitleid, der einer Frau solches antut, schon gar nicht, wenn er einmal ihr Freund gewesen ist.

»O Perotto, was hast du nur getan?«

Er hatte die Hände vors Gesicht geschlagen und weinte unablässig. War das noch mein starker Beschützer, der den Fährmann kaltblütig umbrachte, damit ich in Sicherheit flüchten konnte?

»Donna Lucrezia, Ihr ahnt nicht, wie sehr ich Euch in all der Zeit geliebt habe, bei Tag und Nacht quälte mich die Sehnsucht, das sündhafte Verlangen ...«

»Das habt Ihr wahrlich auf furchtbare Weise gestillt!«

»Bei Gott, es wütete ein Dämon in mir – nicht ich selbst tat es!«

»Jeder Mensch kennt diesen Teufel, Perotto, doch man kann ihn besiegen.«

»Nichts half, Madonna, rein gar nichts. Kein Fasten, kein Beten, kein härenes Büßergewand – und schon gar nicht die Geißelungen!«

Ja, dieses Auspeitschen ... Traf mich eine Mitschuld? War ich von Sinnen gewesen, mich vor diesem liebeskranken Mann nackt aufs Bett zu legen? Denn daß Perotto etwas für mich empfand, hatte ich im Grunde genommen doch gewußt.
Und ich mußte mir eingestehen, diese Schläge befriedigten auch einen besonderen Teil meiner eigenen Lüste. Sie waren in Wirklichkeit das Verderben!
Der Schmerz stellte für mich kein Opfer dar; Kasteiung wäre, nicht mehr herbeizusehnen, was mir in Wahrheit Lust bereitete. Erniedrigung, Beschimpfung, Schläge – wie tief mußte eine Frau gesunken sein, daß sie danach verlangte, es für Liebe hielt ...
Und schlagartig begriff ich, was den Unterschied ausmachte zwischen Francescos Liebe und der eines Alfonso: Konnte dieser überhaupt wahre Zuneigung empfinden, wenn es ihm Freude machte, der Geliebten Schmerzen zuzufügen? Sicher, ich hatte dem zugestimmt, es gewollt; doch war mein Herz blind gewesen, mit Dummheit geschlagen, nicht zu erkennen, was ich an Francesco besaß? Diese Liebe, ehrlich und rein, von so tiefem Ernst, auf mein Wohlergehen bedacht – sie hatte mir plötzlich nichts mehr bedeutet, weil meine Seele von Alfonsos lüsternen Spielen geblendet war.
Und ich erkannte, daß Francesco Gonzaga nicht mehr nur eine Möglichkeit war, aus Rom wegzukommen, sondern mein Schicksal! Es gibt im Leben vielleicht nur wenige Augenblicke, in denen wir solche Dinge ganz klar sehen, und in dieser Stunde geschah mir so.
Perotto lag zusammengekrümmt auf dem Boden. Ich würde den Vertrauten vergangener Tage nicht verraten, aber auch einen Freund weniger besitzen. »Perotto, geht jetzt. Niemand soll von dieser Tat erfahren, also schweigt. Aber kommt mir nie wieder unter die Augen!«

Er stand schwerfällig auf, zog sich an und ging mit hängenden Schultern. Seine Peitsche blieb achtlos liegen.
Diese verfluchte Peitsche. Mich packte die Wut. Wut auf ihn, auf mich, Alfonso – auf alles!! Ich hob das Ding auf und schleuderte es Perotto nach. Der schwere Peitschengriff traf seinen Hinterkopf. Er wandte den Kopf zu mir, unsere Blicke trafen sich, und in den Augen des Mannes, dem ich einmal so sehr vertraut hatte, lag unendliche Traurigkeit.
Ja, sie waren alle gleich! Denn sie wollten immer alles. Wir sollten eine große Mitgift einbringen, den Mann unterhalten, ihm Kinder gebären – natürlich nur Söhne –, der Dienerschaft befehlen, beim Gastmahl mit Zitaten der Alten glänzen, hier Königin und dort Hure sein. Und demütig. Gegenüber dem Vater, dem Gatten, den Brüdern. Stets gehorchen und sittsam leben, alle Messen besuchen, um die Seelen der Verstorbenen beten ...
Und die Männer? Dachten immer nur an sich. Alles ist wichtiger als ihre Frauen: Pferde, Rüstung und Waffen, die Jagd, der Krieg, Verschwörungen, Fehden. Dazu müssen wir noch eine oder gar mehrere Geliebte dulden; das scheint mir am bittersten. Ständig ist der Gemahl unterwegs, auf irgendeinem Feldzug ...
Mit Perotto war es im Grunde genommen genauso. Hatte er nicht alles erreicht, was für einen Mann von niederem Adel möglich war? Diese einmalige Vertrauensstellung bei meinem Vater, dazu sehr einträgliche Pfründe aus Ss. Apostoli, einer kleinen, aber gutbesuchten Pilgerkirche zu Füßen des Quirinals – und er besaß meine Freundschaft. War das nicht genug für einen jungen Kleriker? Aber nein, er mußte sich in eine unglückliche Liebe verrennen, zu so einer Tat hinreißen lassen! Ich war immer noch außer mir; jeden anderen hätte ich mit Vergnügen vierteilen lassen!
Vielleicht war es die Trauer über einen verlorenen Freund, die

mich irgendwie gelähmt hatte. Wer dieses Gefühl verratener Freundschaft kennt, wird mich verstehen.
Nun, etwas Gutes immerhin hatte Perottos Verhalten bewirkt: Ich war hellsichtig geworden gegen andere, insbesondere aber gegenüber mir selbst! Diese Sucht nach Schlägen und Erniedrigung war mir zum Verhängnis geworden. Hatte mich von meinen eigentlichen Plänen soweit entfernt. Ich war zur Sklavin meiner Gefühle verkommen, ich, die stolze Lucrezia.
Plötzlich schien mir klar, was zu tun war. Bei den Brüsten der heiligen Agathe – das wollte ich niemals mehr, nein, sondern mit Francesco Gonzaga ein Leben in wirklicher Liebe beginnen!
»Cesare, ich glaube, es wäre günstig, wenn sich der Generalkapitän des päpstlichen Heeres demnächst wieder in Rom blicken ließe ...«
Ein spöttisches Lächeln spielte um seinen Mund. »Du sehnst dich nach deinem Liebhaber?«
»Vielleicht, Cesare. Auf jeden Fall wollen wir ihn uns doch verpflichtet halten, oder denkst du nicht mehr an unseren gemeinsamen Plan?«
»Du bist sehr gerissen, Lucrezia! Wie schön es doch sein muß, die politischen Notwendigkeiten mit heißen Liebesnächten zu verbinden ...«
»Wenn ich da an König Charles denke ...«
»Wie sprichst du denn über den französischen König?« Seine Stimme klang immer noch spöttisch. »Dieser erhabene Monarch wird bald unser Verbündeter sein!«
»Beim Allmächtigen, du hast ...«
»Allerdings, Lucrezia, und es ist kein Scherz, wenn ich dir jetzt etwas verrate, was außer Vater noch kein Mensch weiß.« Mein Bruder stockte kurz, sah mich an, und ich bemerkte wieder diesen eisigen Blick seiner stahlblauen Augen.
»Ich werde meinen Kardinalspurpur«, dabei griff er grob in den

Stoff und zerrte daran, »dieses dreimal verfluchte Gewand ablegen – beim Allmächtigen!«
»Du willst wirklich ...« Mir blieben die Worte förmlich im Halse stecken. Cesare mußte wahnsinnig geworden sein!
Kühl und beherrscht fuhr er fort. »Ja, das will ich. Und dann sollen sie mich alle kennenlernen, diese Kreaturen, die ihre Lehen einst von den Päpsten erhielten und nun glauben, uns keinen Tribut mehr zu schulden. Sie werden aus der Romagna gefegt, von Cesare Borgia, dem Verbündeten und Freund des französischen Königs!«
Ich holte tief Luft. »Was sagt Vater dazu?«
»Wir sprechen täglich darüber, und nun scheint er soweit zu sein. Was macht es schon, der Heilige Stuhl verliert einen Kardinal und gewinnt einen Feldherrn!«
Mir schauderte insgeheim. Bei Gott, wenn dieser Besessene seine Pläne schon so bald wahrmachte, was ihm durchaus zuzutrauen war, dann konnte es für mein Vorhaben schnell zu spät sein! Cesare kam mir vor wie eine geladene Kanone, über deren Zündloch bereits die Lunte glimmt. Francesco mußte also her, so rasch wie möglich – und dann fort von Rom ...

Und meine Pläne schienen Wirklichkeit zu werden. Francesco kam. Endlich!
Wieder ergriff mich jenes prickelnde Gefühl der Erwartung. Aber anders als bei Alfonso stand nicht meine Gier nach Lust im Vordergrund, sondern eher die starke Sehnsucht nach Geborgenheit in Francescos Armen. Was würde er wohl zu meinen Plänen sagen?
Diesmal wollte ich ihm einen Empfang bereiten wie niemals zuvor, und es schien mir weniger die kalte Berechnung als der Wunsch zu sein, meinen zukünftigen Gemahl würdig willkommen zu heißen. Ja, das war es, eine tiefe Zuneigung, eine Art Zusammengehörigkeitsgefühl. Ich liebte ihn wirklich!

Mein Schlafgemach ließ ich mit Laub- und Blumenfestons schmücken. Die Wände wurden mit Bahnen feiner Seide bedeckt, unzählige Kerzen auf großen Kandelabern verteilt. Schalen, in denen sich wohlriechende Essenzen befanden, standen auf den Tischen. Dreierlei Wein vom besten schien mir gerade gut genug, dazu die sehr teuren Amselzungen in Honig, feinster Schinken, Milchlammrücken mit kandierten Früchten, in Essig gekochtes Gemüse und natürlich weißes Brot.
Doch das Großartigste war unser Liebeslager, mit lindgrüner, goldbestickter Seide überzogen – und darauf Blütenblätter von hundertvierundvierzig Rosen! Wir würden uns in diesem weichen duftenden Blütenmeer lieben – ein Gedanke, der mich schon jetzt stark erregte. Ja, die Rosen sollten ein Symbol sein für die Überwindung jener düsteren Leidenschaften, aus denen ich mich nun befreit glaubte. Frei für das neue Leben mit Francesco!
Und dann stand er vor mir. Was für ein Mann! Wie konnte ich nur so blind sein, dagegen war Alfonso doch nur ein hübscher Knabe.
»Lucrezia!«
»Mein Geliebter!«
Wir lagen uns in den Armen, und ein warmes Glücksgefühl durchströmte mich. Ganz unvermittelt kamen mir die Tränen. Wie dumm – gerade jetzt wollte ich doch strahlend und verlockend wirken für ihn!
»Du weinst ja.«
»Ich kann nichts dafür, es kam so über mich, verzeih bitte ...«
Er drückte mich noch inniger an sich und strich mir über das Haar. »Nicht weinen, Liebes, nicht weinen ...«
»Es ist, weil ich dich so vermißt habe.«
Francesco trug mich zum Bett. Dort saßen wir lange aneinandergeschmiegt, bis meine Tränen endlich versiegten. Danach fühlte ich mich besser, die große Anspannung ließ nach.

Wir tranken von dem erfrischenden Weißen und sahen uns tief in die Augen. Ich bemerkte, wieviel Liebe in Francescos Blicken lag, und diese Liebe tat mir unendlich gut. Ja, er war mein Leben und würde auch meine Zukunft sein ...
Wir fütterten uns gegenseitig mit Leckerbissen, lachten, scherzten, streichelten einander liebevoll. Dann endlich löste er die Bänder meines hellblauen durchscheinenden Organzagewandes.
»Was für eine wunderschöne Frau du bist, Lucrezia, wie ein Engel, mit deinem herrlichen blonden Haar und dem süßen Gesicht.« Seine Blicke wanderten zu meinen roten Brustspitzen.
»Ich habe sie für dich mit Purpur bemalt.«
Seine Hand strich sanft darüber, dann schaute er mich wieder an, zeichnete mit dem Finger wie selbstvergessen die Konturen meines Gesichtes nach. »Schön, überirdisch schön, meine Lucrezia, Sünde und Vergebung, Lust und Erfüllung, Liebe und Leidenschaft, das alles liegt in dir verborgen und wird geweckt werden, wenn wir uns vereinigen ...«
Ich legte meine Fingerspitzen auf seinen Mund, und er verstand ...
Es folgten herrliche Stunden. Wir liebten uns so sanft, so ruhig, aber trotzdem mit einer Hingabe, die jede einzelne Bewegung zu einem Erlebnis werden ließ. Wahrlich ein Hieros gamos, denn nur das göttliche Element in uns Menschen kann solche Gefühle hervorbringen. Und ich war glücklich ...
»Francesco, dies ist die schönste Nacht meines Lebens!« Es war bei Gott nicht gelogen.
Er sah mich an mit einem Blick, der mir durch und durch ging. Ich hielt es nicht mehr aus, mußte ihm alles sagen. »Weißt du, mein Geliebter, daß wir bald nie mehr voneinander lassen müssen?«
Er lächelte glücklich und traurig zugleich. »Ach, Lucrezia, wir

werden wohl durch die Entfernung getrennt sein, aber unsere Seelen sind für immer verbunden.«
»Nicht nur die Seelen, Francesco. Wir können bald ganz zusammensein.«
»Was für ein schöner Traum ...«
»Es ist kein Traum, denn wir werden heiraten!«
In seinen Augen lag grenzenlose, fast kindliche Verwunderung.
»Heiraten? Lucrezia, du scheinst noch verwirrt von unserem Zusammensein ...«
»In keiner Weise, Francesco. Du mußt wissen, meine Ehe wird sehr bald schon aufgelöst durch einen Beschluß des Kardinalskollegiums. Dann bin ich frei! Frei für dich, verstehst du?«
»Aber mein Herz, ich bin doch mit Isabella d'Este verheiratet!«
Jetzt mußte genau überlegt werden, die Worte wohl abgewägt; denn dieser Mann hatte seine Prinzipien. Wie konnte ich ihn am besten überzeugen, sie einmal nicht zu beachten? Ein einziges Mal nur, für mich ...
»Francesco, unser Schicksal liegt in der Hand des Allmächtigen. Weißt du, wann wir vor unseren höchsten Richter treten müssen? Wir beide oder Isabella? Wirst du«, und dabei sah ich ihn eindringlich an, »in deiner letzten Stunde sagen können: ›Ich habe alles getan für meine einzige große Liebe‹?«
Er schwieg.
»Wirst du es sagen können, mein Geliebter? Sprich!«
Francesco senkte die Augen. »Nun ...«
»Ja oder nein?«
»N... nein.« Seine Stimme war so leise, daß ich ihn kaum verstand.
»Ist es also richtig, weiterzuleben wie bisher?«
»Natürlich nicht, Lucrezia. Aber da meine Ehe mit Kindern gesegnet ist, kann sie niemals aufgelöst werden.«
Nun war es soweit. Ich mußte ihm die bittere Wahrheit beibrin-

gen. »Wir alle, mein Liebster, sind in Gottes Hand, und wenn es dem Herrn gefällt, uns von dieser Welt abzuberufen, dann geschieht sein Wille.«
»So ist es, Lucrezia.«
»Man kann am Fieber sterben, ertrinken, im Kampf getötet werden, etwas Falsches essen – und schon gehen wir ein ins herrliche Paradies.«
»Was willst du mir damit sagen?«
»Nur das eine, Francesco, daß es nämlich immer Gott ist, der uns abberuft. Wenn ein Pfeil von Feindeshand dich tötet, glaubst du, daß der Schütze ewiger Verdammnis verfällt?«
»Im Krieg sicher nicht.«
»Und wenn eine Mutter durch ihr Neugeborenes im Kindbett stirbt oder ein Kapitän sein Schiff mitsamt der Mannschaft in den tödlichen Sturm steuert ...«
»Lucrezia, was soll das alles!«
Ich schlang die Arme um seinen Nacken und gab meiner Stimme einen beschwörenden Klang. »Es soll heißen, daß jemand auch durch Gift umkommen könnte, wenn Gott es so will.«
Jetzt hatte er begriffen.
Seine Worte klangen hart und kalt. »Lucrezia, das ist Mord!«
»Ach, Francesco, du hast Hunderte, ja Tausende in deinen Schlachten töten lassen, und jetzt schreckst du vor dem Tod eines einzelnen Menschen zurück?«
»Bei Gott, ja, Lucrezia, denn sie ist meine Frau!«
»Im Angesicht des Herrn sind alle gleich ...«
Er barg voller Verzweiflung sein Gesicht in den Händen. »Ich bin ein Heerführer, kenne Angriff und Verteidigung, Leben und Tod, Sieg oder Niederlage! Deine Argumentationen verwirren mich, was ist Recht, was Unrecht?«
»Recht ist alles, was man aus Überzeugung tut, Francesco. Das habe ich von einer Osmanin gelernt.«
»Aber es gibt ein göttliches Recht!«

Er schien verunsichert. Jetzt mußte ich ihn packen!»Eines habe ich inzwischen erkannt, Francesco, daß nur auf demjenigen der Segen des Allmächtigen ruht, der die göttlichen Gebote nicht zu seinem eigenen Nachteil auslegt, sondern sie richtig anwendet – ja, sich darüber erhebt!«

»Ich mich über den Willen Gottes erheben ...«

»Du bist Francesco Gonzaga, der größte Heerführer Italiens. Bald schon kannst du der mächtigste Fürst unseres Landes sein. Heirate mich, verbinde Mantua mit Rom, dann wird dir die Romagna gehören, Florenz und die Toskana bis hin zur Terra ferma. Greif zu, Francesco, das alles wartet auf dich!«

Meine Worte machten sichtlich Eindruck auf ihn.»Lucrezia, wie kommst du als Frau zu solchen Gedanken?«

»Durch Vater und Cesare. Sie wollen alles für den Heiligen Stuhl gewinnen – mit deiner Hilfe. Schüttle sie ab, du kannst es, hast die Söldner dazu. Und dein wird alle Macht und Herrlichkeit auf Erden ...«

»Aber ich verehre und liebe die Mutter meiner Kinder!«

Sein Pfeil traf mein Herz, ohne daß er sich dessen bewußt war. Ich mußte jetzt beherrscht bleiben.»Und mich liebst du weniger?«

Francesco wich meinem Blick nicht aus.»Ich liebe dich wie mein Leben, Lucrezia.« Er versuchte, mich in den Arm zu nehmen, aber ich wollte nicht.

»Francesco, hör mir jetzt genau zu. Entweder du bist der Mann, für den ich dich halte, und sorgst dafür, daß unsere Heirat bald stattfinden kann, oder laufe davon wie ein Feigling!« Nun hatte ich alles auf eine Karte gesetzt: Er mußte sich auf der Stelle entscheiden, für mich entscheiden.

Sein Schweigen dauerte nicht lange, doch mir erschien es wie eine Ewigkeit.»Du hast gute Gründe genannt, Lucrezia, genügend für einen Mann, um nach deinem Rat zu handeln. Die Herrschaft über Mittelitalien bis zum Norden, ein gewaltiges

Heer, den Segen des Heiligen Stuhls und dazu die schönste, begehrenswerteste Frau auf diesem Erdenkreis.«
Ich wollte etwas sagen, ihm zustimmen, aber er machte eine abwehrende Handbewegung, die mich schweigen ließ.
»Trotzdem kann es nichts werden mit uns.«
»Francesco!«
»Ich werde deinen Wünschen nicht folgen, Lucrezia.«
»Warum, bei Gott, sag mir, warum?«
»Weil deine Argumente nicht taugen für einen Mann wie mich, einen aufrechten Condottiere.«
»Das heißt, du willst mich nicht heiraten?«
»Wenn ich wirklich frei wäre, Lucrezia, ja, sofort. Aber nicht durch einen Mord!«
Er war zu schwach. Schwach wie fast alle Männer, wenn es galt, das eigene Schicksal zu gestalten. Der große Feldherr ... Tausende konnte Francesco ungerührt in der Schlacht verbluten sehen, doch wenn es darum ging, ein einziges Menschenleben zu opfern für seine große Liebe und das gemeinsame Glück, schreckte er zurück.

Wie bequem, sich hinter den göttlichen Geboten zu verschanzen und als Lehnsmann des Papstes mit dessen Segen ausgestattet in den Krieg zu ziehen, quasi als rächende Hand des Allerhöchsten selbst! Und wie stolz Francesco war, wenn er nach dem Sieg die erbeuteten Fahnen des Feindes vor seinem Lehnsherrn niederlegte, um den Lorbeerkranz aufs Haupt gedrückt zu bekommen. Was für ein armseliger Stolz das war, der Stolz eines hochgekommenen Heloten, dem man befahl: kämpfe!

Aber Männer wie Francesco kämpften wohl niemals wirklich für sich; immer benötigten sie einen anderen, dessen Sache es zu verteidigen galt. Doch wenn es darum ging, selbst die Hand auszustrecken nach einem weitaus höheren Ziel als Ruhm, Ehre und Siegeslorbeer, dann versagten sie, wurden schwach und kleinmütig, sprachen von göttlichen Geboten, um sich heraus-

zuwinden. »Ich liebe die Mutter meiner Kinder«, welch törichte Worte für einen Menschen, dem wahre Macht etwas bedeutet. Aber Macht war für Francesco offenbar nicht wichtig genug. Gut, dann sollte er handeln, wie sein armseliges Gewissen es ihm befahl. Ich wollte keine Sklavenseele als Geliebten, sondern einen Helden, nicht einen, der nur dessen Gewänder trägt ...
Meine Pläne waren gescheitert. Von einem Augenblick zum anderen alles aus. Was ich ersehnt hatte, erzwingen wollte, dahin – ausgeträumt. Es drängte mich geradezu, meine Verachtung herauszuschreien und Francesco ins Gesicht zu schlagen, aber das wäre trotz allem unklug gewesen. Wer weiß, ob er nicht noch einmal von Wichtigkeit sein würde. Also, lieber die Enttäuschung verbergen, um ihn nicht zu verärgern. Doch das kam mich hart an.
»Was nun, Lucrezia?«
»Ja, was nun ...« Ich betrachtete Francesco. Sein Gesicht, sein Körper waren noch so nah – und doch schon fern.
»Ich habe dich verletzt.«
Ja, beim Allmächtigen, das hatte er. »Nein, Geliebter, es wäre ein Unrecht gewesen«, log ich, »vergib mir.«
»Du verzeihst?«
»Ja, Francesco – aus Liebe.«
»Was für eine Frau du bist, Lucrezia, stark und königlich in deiner Haltung!«
Dies allerdings hatte ich schon einmal gehört ...
Meine Gedanken schweiften unwillkürlich zu Alfonso. Nein, das machte keinen Sinn. Er verkörperte nicht den Mann, der mich aus Cesares Klauen befreien konnte. Wenn es nicht einmal der große Feldherr zustande brachte ...
Immerhin war Francesco derzeit mein einziger Verbündeter, ich mußte ihn mir gewogen halten. »Liebst du mich noch nach all dem?«
»Ja, Lucrezia, bei Gott!«

»Dann beweise es auf der Stelle.«
Und er nahm mich, erwiderte meine gespielte Leidenschaft mit der ganzen Torheit seines reinen Herzens. Es hätte alles wirklich schön sein können, aber mein Körper war wie eine gefühllose, leere Hülle, so tief enttäuscht und betroffen hatte mich Francescos Haltung.
Irgendwann in der Nacht verließ er den Palazzo. Wann wir uns wiedersehen würden, wußte Gott allein.
Am anderen Tag sollte die Zeit meiner Unreinheit beginnen, doch nichts geschah und auch nicht tags darauf. Das konnte nur eins bedeuten: Ich war schwanger!
Der Allmächtige hatte mich gestraft. Nun konnte ich alle Pläne, welche auch immer, vergessen, denn genau betrachtet, stellte diese Schwangerschaft eine Katastrophe dar. Die Auflösung meiner Ehe mit Giovanni konnte noch einige Zeit dauern. Gebar ich vorher ein Kind, würde mein Gatte es natürlich höchst erfreut als das seine bezeichnen und damit die Annullierung unmöglich machen. Sprach man diese aber noch vorher aus, dann wäre das Kind ein Bastard.
In dieser Situation stand mir wieder einmal deutlich vor Augen, wie dünn das Eis war, auf dem ich mich bewegte, und wie unsicher alle Titel und Würden schienen. Nicht einmal mehr Contessa sein, ja, genaugenommen nur noch die natürliche Tochter eines Kardinals, der Papst geworden war: Ich, sein Bastard, und mein Kind würde wiederum einer sein, Bastard eines Bastards.
Angst packte mich. Wenn Vater nun plötzlich stürbe und Cesare dann vielleicht schon die Kardinalswürde abgelegt hatte – nicht auszudenken! Wir würden ins Nichts zurückgestoßen und mit Sicherheit von unseren Feinden, den Orsini, verfolgt. Ich und mein Kind auf der Flucht, zusammen mit Cesare, vertrieben, verstoßen! Wie die unheilige Familie ...
Kein Mann von Stand würde mich jemals heiraten mit einem

unehelichen Kind. Gab es denn keinen Ausweg? Neade wäre die einzige, die mir helfen könnte, aber wo steckte sie überhaupt? Nach Djems Tod sicher in Frankreich als Geliebte irgendeines Höflings. Oder in einem der zahllosen Hurenhäuser von Neapel, ein Schicksal, das mir auch noch blühen konnte ...
Cesare mußte meine Rettung sein. Konnte das Kind nicht auch von ihm stammen? Natürlich! Doch das bedeutete, daß ich mich auf Gedeih und Verderb an diesen Wahnsinnigen band, und seine Pläne mußten irgendwann zwangsläufig scheitern. Männer wie er gaben sich niemals mit nur einem Erfolg zufrieden ... Sicher, jene kleinen Herrschaften, die sich im Kirchenstaat gebildet hatten, waren mit etwas Glück für den Heiligen Stuhl zurückzugewinnen, aber gleich ganz Italien? Imperator Italiae, welche Vermessenheit! Nein, das konnte nicht gelingen, Cesare würde untergehen und ich mit ihm. Vor allem aber mußte ich seine Besessenheit fürchten. Mein Bruder zeigte Anlagen, ein zweiter Caligula zu werden – oder sogar noch schlimmer. Solchen Menschen hieß es fernbleiben.
Die Zeit verrann, und meine Verzweiflung wuchs von Tag zu Tag. Noch sah man mir natürlich nichts an, aber irgendwann würde es wahrscheinlich jemand bemerken. Bianca war als einzige eingeweiht und ließ für sich ein kräftiges Mieder anfertigen, das aber für mich bestimmt war. Unter Umständen gelang es, alles geheimzuhalten und das Kind meiner getreuen Zofe unterzuschieben, doch war dies nur eine sehr vage Hoffnung. Ich rechnete mir aus, daß Perotto der Vater sein mußte. Wäre es wenigstens Alfonso gewesen, gut, ihn hätte ich heiraten können, aber so ...
Durch die Fügung des Allerhöchsten war ich zu einem Blatt im Wind geworden, hin und her getrieben, vom Schicksal gezeichnet. Wie stark wähnte ich mich noch vor kurzem: Alle Fäden schienen in meiner Hand zusammenzulaufen. Vater, Cesare, Giovanni, Alfonso und Francesco – waren sie nicht dabei, für

mich den Weg zu bereiten in eine glückliche Zukunft fern von Rom, ohne Druck von Cesare und Vater? Und nun, mit noch nicht einmal achtzehn Jahren, alles aus, vorbei.

Es ging mir schlecht. Gequält von Übelkeit und Erbrechen, lag ich im Bett, außerdem gepeinigt von dem Gedanken an den bevorstehenden Skandal. Vor anderen konnte ich meine Schwangerschaft vielleicht geheimhalten, aber vor Cesare? Wenn er sich mir näherte ...

»Weshalb bist du denn geschnürt? Das ist bei deiner zarten Figur gewiß nicht nötig.«

»Leider doch, Cesare. Ich will meine schmale Taille unter allen Umständen bewahren.«

»Im Bett auch?« Er sah mich mit einem Mal ganz seltsam an. »Lucrezia, öffne die Bänder!«

O mein Gott, Cesare ahnte etwas. »Ich kann es selbst nicht tun.«

»Dann werde ich nachhelfen!« Sein Gesicht lief dunkelrot an vor Zorn. Plötzlich lag der Dolch in seiner Rechten.

»Cesare!« Besessene sind zu allem fähig, das war ja bekannt. Was, wenn der kalte Stahl mir ins Herz fuhr, wenn mein Bruder bemerkte ...

Doch seine Waffe durchtrennte nur die Bänder des Mieders. Cesare riß es mit einem Ruck herab und sah meinen bereits leicht gerundeten Leib. Was sollte ich sagen? Daß es von ihm sei? Das wäre am einfachsten gewesen, aber auch gefährlich.

»Wer war es? Sprich, Lucrezia, oder ich vergesse mich!« Die Augen aus den Höhlen gequollen, das Antlitz vor Wut verzerrt, seine Faust um den Griff des Dolches gekrampft, so stand er vor mir.

»Es könnte von dir sein ...«

»Und von wem noch?«

»Von dem Aragonesen oder Francesco Gonzaga.«

»So, ein aragonischer Bastard, das wäre gut!«

Ich hoffte schon, er hätte sich beruhigt.

»Und wer noch? Wenn du lügst, trete ich so lange in deinen Leib, bis der verfluchte Balg abgeht!« Seine Stimme überschlug sich fast.

Sollte ich ihm gestehen, daß eigentlich nur Perotto in Frage kam? Lieber nicht, in seinem derzeitigen Zustand erschien mir das nicht ratsam.

Männliche Überheblichkeit! Mein Bruder, der mich oft genug mißbrauchte, gebärdete sich wie ein Rasender, tat so, als sei er keusch wie der junge Joseph! Welch eine Anmaßung, selbst das Vergnügen haben zu wollen, aber mir die furchtbarsten Vorwürfe zu machen.

Von nun an verließ ich den Palazzo nicht mehr, trug weite Kleider und schnürte mich so stark, wie es nur ging. Niemand sollte etwas merken, und niemand würde etwas merken!

Am Tage des heiligen Domenico wurde ich zu Vater gerufen. Wegen der Kälte fielen meine zahlreichen, voluminösen Gewänder überhaupt nicht auf, doch ihr Gewicht drückte mich fast nieder. Das Mieder ließ mir kaum Luft zum Atmen, jetzt nur keine Ohnmacht!

Ich ging mit Perotto hinauf zu den Appartementi; eine gute Gelegenheit, ihn unauffällig zu warnen. »Perotto, ich bin schwanger, und mein Bruder weiß davon. Zwar konnte ich noch verheimlichen, daß Ihr der Vater seid, aber er wird es bestimmt herausbekommen.«

Der Camerarius wurde bleich. »Bei allen Heiligen, er wird mich töten!«

»Ja, das wird er. Aber ich will Euch trotz allem, was Ihr mir angetan habt, noch einen letzten Freundschaftsdienst erweisen. Deshalb geht in meinen Palazzo und laßt Euch von Bianca hundertzwanzig Goldscudi aushändigen, sie stehen schon bereit, und dann flieht!«

»Madonna, ich habe Eure Güte nicht verdient. Und wo soll ich auch hin ...«

»Zu Eurer Familie oder nach Venedig, meinetwegen nach Westindien, nur fort, heute noch, bevor die Tore Roms geschlossen werden ...«
»Ist es denn so eilig?«
»Ja. Wenn mein Vater mich fragt, kann ich ihm die Wahrheit nicht verschweigen. Kardinal Cesare hat ihm bestimmt schon von meiner Schwangerschaft berichtet. Also, geht jetzt sofort, wenn Euch das Leben lieb ist, am besten als Bauer oder Handwerker verkleidet.«
Perotto sah zu Boden und schwieg; dann standen wir vor dem Portal zu den Appartementi. Er drehte sich um und ging ...

»Lucrezia, mein Kind, komm zu deinem Vater.«
Ich blieb vor dem goldenen Lehnstuhl, in dem er saß, mit gesenktem Haupt stehen.
»Sieh mich an, Tochter!«
Zögernd blickte ich Vater in die Augen.
»Ist es wahr, Lucrezia, daß du ...«
»Ja.«
»Gut, dann ist nichts mehr zu machen. Ich will nicht wissen, von wem dieses Kind ist, noch dazu da es ja ungewiß scheint, wie mir Cesare sagte. Aber eines mußt du unbedingt beherzigen: Niemand darf von deinem Zustand erfahren und niemand, hörst du, niemand darf je dieses Kind zu Gesicht bekommen.«
»Aber Vater, wie soll das geschehen?«
»Du wirst das Kind ganz allein bekommen und dann ...«
Ich war wie vom Donner gerührt. Bei einer Geburt mußten Hebammen, Mägde, weise Frauen zugegen sein. Oft gab es Schwierigkeiten mit nicht selten tödlichem Ausgang für Mutter oder Kind.
»Übrigens, Lucrezia, das Kardinalskollegium beschloß heute vormittag, deine Ehe mit Giovanni Sforza für ungültig zu erklären. Du bist frei.«

»Wenn es nur so wäre«, fügte Cesare böse hinzu. Ich hatte seine Anwesenheit gar nicht bemerkt.
»Du darfst jetzt gehen, Tochter.«
Vater entließ mich ohne Kuß und Segen. So war er noch nie zu mir gewesen.
Was die Geburt anbetraf, würde ich seinem Befehl nicht folgen. Sicherlich, es wäre politisch klüger, bei meiner Niederkunft keine Zeugen zu haben, doch die Furcht vor den Schmerzen, vor dem Tod war zu groß. Wie das unrühmliche Beispiel Francesco gezeigt hatte, müssen wir manchmal auch gegen göttliche oder irdische Gebote verstoßen können, selbst dann, wenn sie vom Stellvertreter Christi persönlich kommen ...
Mitte März stellten sich bereits viel zu früh die ersten Wehen ein. Bianca mußte schnell zwei Hebammen und eine weise Frau benachrichtigen, die auch eilig ankamen. Die Frauen schienen aber nicht sonderlich beunruhigt, eine Frühgeburt eben. Sie verlangten Tücher, heißes Wasser und Wein. Eine von ihnen betastete meinen Leib, sah sich die Scham an und meinte, im Laufe der Nacht würde es wohl soweit sein. Dann ließen sie sich in meinem Schlafgemach häuslich nieder und sprachen mit großem Appetit den Speisen zu, die Bianca ihnen vorsetzte. Alle drei Frauen sahen entsetzlich schmutzig aus, mich ekelte vor ihnen.
Dann kamen stärkere Wehen, und ich schwor beim Mysterium der unbefleckten Empfängnis, niemals mehr dürfe mich ein Mann berühren – so furchtbar waren die Schmerzen.
Das ging den ganzen Abend lang bis in die Nacht. Ich war in Schweiß gebadet. Diese Pein, o Herr im Himmel! Mein Rückgrat mußte gebrochen sein, so weh tat es. Allmächtiger, laß es bald vorüber sein ...
Doch meine inbrünstigen, verzweifelten Gebete wurden nicht erhört. Immer kürzer aufeinander folgten jetzt die Wehen. In der Zeit, die dazwischen lag, konnte ich mich kaum etwas erholen,

nur ein paarmal ruhig durchatmen. Mein Leib war nun grotesk aufgetrieben, krümmte sich, von den unvorstellbaren Schmerzen gepackt, ohne daß ich es hätte verhindern können. Rücken, Bauch, alles tat weh wie eine einzige riesige, offene Wunde. Ich hätte nie gedacht, jemals derartig laut schreien zu müssen. Als die Nacht ihrem Ende zuging, war ich so erschöpft, daß mir Schreie, Gebete, ja sogar das Stöhnen im Halse steckenblieben. Und als ob mich der Herr noch furchtbarer strafen wollte, liefen durch meinen Körper Wellen infernalischer Schmerzen, begleitet von dem unbezähmbaren Drang, alles unter mir dahingehen zu lassen. Jetzt plötzlich kam Bewegung in die drei Frauen. Eine schob mir Tücher unter, die beiden anderen drückten mir fest auf den Leib. »Atmet ganz ruhig und preßt, Madonna, preßt!«

Bei den Leiden aller Märtyrer, wie sollte ich ruhig atmen mit diesen Schmerzen! Mir wurde plötzlich schlecht, kalter Schweiß floß in Strömen über Gesicht und Körper. Ich glaubte, mein Schoß würde zerreißen, die Frauen drückten auf den Bauch, der Gestank ihrer Gewänder ... Dann wußte ich von nichts mehr.

Beim Erwachen, wohl nur wenige Augenblicke später, fiel mein Blick auf die eine Hebamme: Sie hielt ein blutiges Bündel in Händen. Was für ein entsetzlicher Anblick. Übelkeit stieg in mir auf.

»Ein Sohn, illustrissima Donna, Ihr habt einen Sohn!«

Es war mir gleichgültig. Dann umfing mich wieder eine Ohnmacht.

Gleich zu Beginn des Tages kam Cesare. Er scheuchte die drei Frauen zur Tür, wo sie von seinem Vertrauten, dem hünenhaften Michelotto, und zwei Söldnern festgehalten wurden.

»Zeig mir den verfluchten Balg!«

Ich wies müde zur Wiege, in der das Kind lag. Cesare hob es heraus, ging zum Fenster und öffnete die Läden. Mir schmerzten die Augen von dem hellen Licht des Märzmorgens.

Mein Bruder betrachtete den Kleinen lange und eingehend. Dann trat er an mein Bett. »Lucrezia, von wem ist das Kind?«
»Ich bin mir nicht sicher.«
Cesares Gesicht verzerrte sich zu einer Grimasse der Wut, gleich müßte es einen furchtbaren Ausbruch geben. Doch er nahm sich zusammen. »Ich wiederhole meine Frage, überlege gut, sonst...« Die eisige Kälte seiner Stimme ließ mich erschauern. Ich nahm den Kleinen und sah ihn mir zum erstenmal richtig an.
Was meine Augen entdeckten, war entsetzlich.
Aus, vorbei, es konnte keinen Zweifel mehr geben: Mein Kind stammte von Perotto. Es hatte dasselbe Mal auf der Stirn wie er.
»Es ist von Perotto.«
Hoffentlich befand sich der Unglückselige bereits fern von Rom, seine hundertzwanzig Goldscudi lagen allerdings noch hier in der Truhe. Vielleicht war der Mann zu stolz gewesen? Wie immer auch, nun konnte ihm keiner mehr helfen.
»Du hast dich mit diesem Unwürdigen eingelassen!«
»Cesare, du gehst zu weit!«
Er packte mich grob am Nacken und bog meinen Oberkörper zu sich her, so daß sein Gesicht meines fast berührte. »Ich sage dir nur eines: Wenn du meine Pläne noch einmal zu durchkreuzen suchst, dann ist unsere Vereinbarung nichtig, ich lasse dich fallen wie ein Stück Unrat. Gibt sich jedem hin wie die billigste Meretrice!«
Bevor mein Bruder ging, drehte er sich noch einmal um und meinte wie beiläufig, daß der Balg natürlich wegmüsse.
Dann packten Michelotto und dessen Spießgesellen die drei bedauernswerten Frauen und erdrosselten sie. Cesare hatte die Tür zu meinem Gemach weit offengelassen. Ich sollte es sehen.
Die Geburt war alles in allem ein entsetzliches Erlebnis gewesen – nicht nur wegen des Auftrittes, den mein Bruder veranstal-

tet hatte. Wie wahr waren doch jene Worte des Herrn, daß wir Frauen unter Schmerzen gebären mußten. Grauenvoll, wenn ich daran dachte, daß diese Tortur nun als fester Bestandteil meines Lebens gelten sollte. Denn Kinder waren notwendig, um ein Geschlecht weiterzuführen.

Ein Geschlecht ... Das der Herzöge von Bisceglie? Es würde nun doch wohl Alfonso sein, den ich heiratete. Jener Mann, dessen unheilvoller Einfluß letztendlich für die ganze Misere verantwortlich war. Schließlich hatte er allein diese unstillbare Lust in mir geweckt, derentwegen die aberwitzige Sache mit Perottos Bußübungen ja überhaupt mein Interesse fand.

Ich verfluchte Alfonso, Perotto, Cesare – und besonders Francesco, der mein Unglück in erheblichem Maße mitverschuldet hatte. Warum wollte er mich nicht heiraten! Alles wäre gut geworden: das fatale Kind von Perotto ein Gonzaga und ich als Markgräfin im fernen, sicheren Mantua. Allein durch die Feigheit des großen Feldherrn war alles dahin!

Wie schnell doch Cesares Männer die drei Frauen erdrosselt hatten. Eine Schlinge um den Hals, mit dem Knebel fest angezogen, sie zuckten noch etwas, sanken dann zu Boden, ihre Beine strampelten noch ein wenig ...

Weshalb war Francesco nicht fähig, das gleiche mit Isabella d'Este zu tun?

Wahnsinnige, Verbrecher, Dummköpfe, Feiglinge – beim Teufel, wie ich die Männer haßte!

»Lucrezia, wo ist Perotto?«

Cesares Stimme klang gefährlich. Es lag ein Unterton darin, der Unheil ankündigte. »Wo wird er sein, bei Vater natürlich.«

»Nein, in den Appartementi ist er nirgends zu finden!«

Perotto hatte offenbar fliehen können. Mir war das inzwischen gleichgültig.

»Was willst du von ihm, Cesare?«

»Ihn töten.«

Das hatte ich mir gedacht. Nun, es war seine Angelegenheit. Sollte er doch sehen, wo der Camerarius steckte.
»Dieser Hund muß sich irgendwo in den vatikanischen Palästen verborgen halten; man hat ihn heute morgen noch nicht gesehen.« Cesare dachte angestrengt nach. »Tagt nicht zur Stunde das Kardinalskollegium? Ja, genau, dort wird er sein – ich hole ihn mir!«
»Er steht aber unter dem Schutz unseres Vaters, Cesare ...«
»Das ist mir egal. Dieser Cretino ist nicht nur der Verursacher, sondern auch ein gefährlicher Mitwisser der ganzen Sache. Je schneller er stirbt, desto besser!«
Ich bemerkte, daß mein Bruder wieder außer sich geriet. In diesem Zustand gab es keine Widerrede, nichts konnte ihn mehr aufhalten.
»Und du kommst mit, Schwester! Sieh dir genau an, wie es deinem Priester ergeht ...«
»Ich soll ...«
Er packte mich grob beim Nacken. »Ja, du sollst!«
Ich fügte mich. Es fiel mir noch sehr schwer, mit Cesare auf der Treppe Schritt zu halten, denn die Geburt hatte mich doch stark geschwächt. Vor dem Palazzo warteten Cesares Söldner und der finstere Michelotto. Bis zum Eingang des päpstlichen Palastes waren es ja zum Glück nur wenige Schritte.
»Donna Lucrezia begleitet mich!«
Die spanischen Söldner der Torwache ließen uns sofort passieren. Mein Bruder stürmte über den Cortile di San Damaso hinein in die Curia superiore, rannte die breite Pferdetreppe hinauf zum Congregationssaal.
Das Kollegium tagte wie vermutet. Die tribünenartig angeordneten Sitzreihen waren dicht besetzt mit Kardinälen, davor der Thron unseres Vaters auf einem etwas erhöhten Podest.
Perotto! Er stand wie immer an der Seite und hielt die Pergamentrollen zur Verlesung bereit.

Ich war am Portal stehengeblieben, damit meine Anwesenheit nicht auffiel, und wartete gespannt, wie mein Bruder es anstellen wollte, Perotto aus dem Saal zu locken – wußte dieser doch ganz genau, daß ihm im Angesicht des Heiligen Vaters nichts geschehen konnte. Cesare würde sich lächerlich machen, wenn er den Priester nicht irgendwie zum Hinausgehen bewegen konnte. Aber ich hatte mich getäuscht.
»Perotto, tretet vom Thron des Pontifex zurück, denn Ihr erhaltet jetzt Eure gerechte Strafe!« Cesares Stimme klang so beiläufig, daß keiner der Kardinäle, die gerade über irgendeine Frage lebhaft diskutierten, etwas zu bemerken schien. Man dachte wohl, daß es um Dinge ging, die das Kollegium betrafen.
Der Camerarius wurde totenbleich, wich jedoch nicht vom Platz. Mein Bruder stand nun direkt vor dem Podest, auf dem sich der Thron befand. Vater blickte ihn fragend an. Ich bemerkte, daß er eine abwehrende Bewegung machte, worauf sich Cesares Gesicht vor Zorn dunkelrot färbte. Plötzlich riß er ungestüm sein Schwert heraus, so daß die breite Schärpe seines Kardinalsgewandes riß und zu Boden fiel.
In dem Augenblick rannte Perotto los; mein Bruder konnte ihm kaum folgen. Die Gespräche der Kardinäle verstummten jäh, und sie blickten starr vor Schreck auf die unglaubliche Szene.
Ich hatte angenommen, daß Perotto durch das offene Portal zu fliehen versuchte, an dem ich stand, aber er wollte lediglich von dem Gardisten dort dessen Schwert. Es gab ein kurzes Gerangel, dann war Cesare da. Perotto ließ von der Wache ab.
Todesangst verändert das Antlitz des Menschen. Man kann dies sehr gut bei Hinrichtungen beobachten. Die einen haben Gesichter, als seien sie bereits tot, andere weinen und schreien hemmungslos, manche aber ziehen schauerliche Fratzen. So Perotto. Er sah Cesare mit einem Ausdruck an, der nichts Menschliches mehr hatte, rannte dann um die erhöhten Sitzreihen mit den Kardinälen herum, zurück zum Thron, kniete vor

unserem Vater nieder und barg sein Haupt unter dessen Pontifikalmantel.
»Cesare, mein Sohn, halt ein!«
Vergebens. Der warf sich förmlich mit gezücktem Schwert auf den Camerarius und durchbohrte ihn von hinten. Dieser schrie fürchterlich, weil der Stich nicht tödlich war. Cesare packte den Mann, achtete nicht auf dessen flehentlich abwehrende Gebärde, auch nicht auf Vaters besänftigende Worte, sondern stieß Perotto sein kurzes, breites Schwert von unten durch den Bauch ins Herz. Der Priester bäumte sich noch einmal auf – dann waren seine Augen gebrochen, er war tot.
Unter den Kardinälen entstand nun ein Tumult. »Im Angesicht Seiner Heiligkeit ... die ehrwürdige Stätte entweiht ...«
Mehr verstand ich nicht.
Dann erscholl meines Bruders Stimme laut und fest. »Dieser Mann hat Gott gelästert und ist zudem ein Verräter. Der Herr hat ihn durch meine Hand gerichtet.«
Es wurde so still im Saal, daß man eine Stecknadel fallen hören konnte.
Als erster fand unser Vater seine Fassung wieder. »Es ist auf meinen Wunsch hin geschehen. Mein Camerarius wollte uns alle an den deutschen Kaiser verraten, auch Euch, Ihr Herren Kardinäle, bedenkt das!«
Während dieser Worte stand Cesare mit dem Schwert in der Faust vor dem Kollegium und musterte jedes einzelne seiner Mitglieder. Wen der stahlharte Blick traf, der sah schnell weg; es war ganz offensichtlich, daß die Kardinäle meinen Bruder fürchteten ...
Vater gab dem Prälaten zu seiner Linken einen Befehl, worauf dieser ihm half, den blutbesudelten Pontifikalmantel auszuziehen. Zwei Gardisten wickelten die Leiche Perottos darin ein und trugen sie fort. Dann ließ Vater die zur Entscheidung anstehenden Dokumente vorlesen, als ob nichts geschehen wäre.

Alle Kardinäle saßen wieder auf ihren Plätzen, die meisten noch ein wenig blaß. Und mancher von ihnen mag sich gefragt haben, ob das da eben ein Trugbild der Hölle gewesen war oder die Wirklichkeit. Der Erklärung unseres Vaters jedoch glaubte wohl niemand.

Andere mögen sehr, sehr nachdenklich geworden sein, wenn sie bedachten, wie schnell Gott der Herr das Leben, das er uns einst schenkte, wieder von uns nehmen konnte – durch sein Werkzeug Cesare Borgia ...

Ich hatte erwartet, daß sich nach diesem ungeheuerlichen, ja gotteslästerlichen Vorfall ein schreckliches Strafgericht gegen Cesare erheben würde, doch nichts geschah. Und ich begriff, daß es Furcht war, die Rom so ruhig hielt. Nicht vor der Autorität des Heiligen Stuhls: Die schien wohl für immer dahin. Denn welcher Papst durfte es ungestraft zulassen, daß vor seinem Angesicht Blut vergossen wurde? Was für eine Entweihung!

Mir wurde angst. Die Sache mit Cesare konnte nicht mehr lange gutgehen. Wenn dies erst der Anfang seiner Taten war, wie würde es erst weitergehen, wenn er seinen Kardinalspurpur abgelegt hatte und all jene ehrgeizigen Pläne aufnahm? Ich allein wußte, wie vermessen sie waren ...

Meine Lage wurde immer unbehaglicher. Es schien offensichtlich, daß Cesare unseren Vater beherrschte, und keine Hand regte sich dagegen. Das bedeutete, er würde seine Machtposition immer mehr ausbauen und damit auch mich vollständig beherrschen. Wahrscheinlich befand ich mich sowieso bereits in seiner Hand; wenn Vater nichts mehr für mich tun konnte ...

Doch irgendwann würde mein Bruder gestürzt werden! Zu hochfliegende Pläne scheitern mit tödlicher Sicherheit, das mußte auch schon sein großer Namensvetter Julius Caesar erfahren. Wo war der Brutus unserer Tage? Ich aber war wie Tantalos an den Felsen geschmiedet: ohne Cesare ins Nichts oder mit Cesare ins Verderben ...

Und zu all dem nun bald noch an Alfonso von Aragon gekettet. Wenn der es doch wenigstens fertigbrächte, mich gegen den Willen Cesares mit nach Neapel zu nehmen! Das bedeutete zumindest einen gewissen Aufschub bis zu dem mir so sicher erscheinenden Untergang Cesares.
»Cesare, wie schön, daß du mich besuchst«, heuchelte ich.
Er schien bester Laune. »Sieh in dieses Kästchen.«
Ein Stück stabförmigen Bergkristalls kam zum Vorschein, am oberen und unteren Ende reich in Gold gefaßt. Auf dem Stab, der gut die Dicke eines Taubeneis besaß, waren in Silber griechische Buchstaben eingelassen. Sie ergaben, umlaufend gelesen, die Worte »Christos«.
Cesares Stimme war von Stolz erfüllt. »Lucrezia, was du hier in Händen hältst, ist ein Stück vom Zepter des byzantinischen Kaisers.«
Ich sah ihn fragend an.
»Und nun sieh her!« Er nahm sein Schwert und schlug den Bergkristall entzwei.
»Cesare!«
Er lachte und hob das in zwei Teile zersprungene Stabfragment vom Boden auf. »Dies ist für dich, das andere für mich. So wird jeder von uns einen Teil des byzantinischen Zepters bei sich tragen. Als Versprechen und Ansporn für die großen Pläne, die schon bald Gestalt annehmen werden!« Dabei sah er mich lüstern an. »Und nun komm, meine Imperatrice, laß uns einen zukünftigen Herrscher über die Welt zeugen!«
Diesmal schlief Cesare danach nicht sofort ein. »Lucrezia, dein Kind muß weg.«
Ich verstand zunächst seine lapidaren Worte gar nicht und meinte, die Wiege im Zimmer würde ihn stören. »Ich werde es hinausbringen lassen, wenn du das nächste Mal kommst.«
»Geliebte Schwester, du verstehst mich nicht«, seine Stimme troff vor Hohn, »der Bankert muß nicht aus diesem Zimmer oder

aus deinem Palazzo verschwinden, sondern von dieser Welt, für immer, ist dir das klar?«

Es war, als hätte mir jemand den Boden unter den Füßen weggezogen. »Das kann nicht dein Ernst sein, Cesare.«

»O doch. Nur wenn er verschwindet, sind alle Zeugen beseitigt. Bis auf Bianca und Penthesilea ...«

»Sie werden schweigen!«

Er lachte böse. »Vielleicht, Lucrezia, vielleicht auch nicht. Töte deinen Bastard, und sie sollen am Leben bleiben.«

Ich war wie erschlagen von seiner unfaßbaren Forderung. Eine Mutter sollte ihr eigenes Kind umbringen!

Noch viel eher als befürchtet, hatte mich Cesare in seinem Netz von Intrigen und Gewalt gefangen. Unrettbar? Schon möglich, doch kampflos sollte er mich nicht haben! »Ich werde das Kind niemals töten!« Meine Stimme klang fest und bestimmt.

»Wenn du das nicht vermagst, Lucrezia, dann werden wir beide wohl kaum zusammenkommen. Eine Imperatrice muß töten können, sonst ist sie zu schwach.«

Welch eine Fügung des Schicksals. Es war noch kein Jahr vergangen, und schon befand ich mich in derselben Lage wie Francesco damals mir gegenüber. So war es also, wenn man einen nahestehenden Menschen umbringen soll, nicht irgendeinen, sondern das eigene Kind! Ich ging noch einmal zum Angriff über, doch es war nicht mehr als ein Aufbäumen, meine letzte verzweifelte Ultima ratio. »Gut, Cesare, dann töte du es.«

»Das wäre eine Kleinigkeit für mich, Lucrezia. Aber ich will sehen, ob du es kannst.« Dabei packte er meine Hand und zwang seinen Dolch hinein.

»Nein!« Die Waffe glitt zu Boden.

»So, dann laß dir sagen, was nun geschehen wird: Zuerst fessele ich Bianca und Penthesilea, durchbohre sie beide mit meinem Schwert, dann schneide ich den Bastard vor deinen Augen langsam in Stücke ...«

Mir wurde schwarz vor Augen. »Cesare, Bruder, bei allen Leiden unseres Herrn Christus, tu das nicht!« Ich fiel vor ihm auf die Knie, mir machte nicht einmal diese Demütigung mehr etwas aus, wenn nur das arme Kind am Leben blieb ...
»Steh auf, du sollst vor niemandem knien als vor Gott, nicht einmal vor mir!« Er trat an die Wiege und nahm den Kleinen heraus. »Nein!« Mit einem Satz war ich bei ihm, wollte mein Kind aus seinen Armen reißen. Da traf mich ein gewaltiger Faustschlag. Ich taumelte rückwärts, fiel hin und blieb benommen liegen. Was für ein entwürdigendes Gefühl der Ohnmacht! Ich kam mir erniedrigt und gedemütigt vor, war wie gelähmt, konnte nichts weiter tun, als bewegungslos daliegen und zusehen, wie Cesare dem Kleinen die Binden herunterriß, in die man ihn fest gewickelt hatte.
Er hielt das Kind an einem Bein in die Höhe und zielte mit seinem Schwert genau auf dessen Bauch. Der Kleine schrie jämmerlich. Ein kurzer Ruck, der Stahl hinterließ einen blutigen Ritzer auf der zarten weißen Haut ...
Ich sah das Rot hervorquellen, nur einige Tropfen, aber das genügte, um mich aus der Erstarrung zu lösen. »Cesare, nein!« Ein Sprung, und ich hatte ihm den Kleinen entrissen, barg ihn an meiner Brust, ließ mich selbst gleich wieder zu Boden fallen, lag zusammengekauert da, das Kind sicher in meinen Armen. Sicher? Cesares Verhalten hatte nichts Menschliches mehr an sich.
»Tu es, drück ihm die Kehle zu!«
Ich fühlte die Spitze seines Dolches im Nacken.
Es gab kein Entrinnen mehr. Ich begriff, daß es aus war. Zu Ende für meinen armen kleinen Sohn. O Allmächtiger, warum sendest du uns solche Prüfungen, betete ich still, laß diesen Kelch an mir vorübergehen, tu ein Wunder, hilf!
Doch der Allmächtige half nicht.
»Gut, Cesare, aber laß es mich auf meine Art tun ...«

»Dann rasch, bevor ich dich erschlage!«
Nun handelte ich. Das Kindlein hatte aufgehört zu weinen und lag friedlich an meiner Brust. Ein kleiner Druck auf den Rubin meines Giftringes, und zwei Tropfen davon traten aus der kleinen, darunter verborgenen Kammer hervor. Ich benetzte meine linke Brustknospe – mochte das Acquetta mich ebenfalls töten, es schien in dieser Stunde unwichtig geworden.
Der Kleine griff begierig nach der Brust und saugte sogleich wonnig daran. Und zum ersten Mal hatte ich ein tiefes, inniges Gefühl für meinen Sohn ...
Du liebes, unschuldiges Geschöpf, kaum gelebt, noch ohne Schuld, und doch schon verstrickt in alle Schlechtigkeiten dieser Welt, so ging es mir durch den Kopf.
Mein Kind hatte aufgehört zu trinken, mein Kind hatte aufgehört zu atmen, mein Kind war tot.
Ich schloß ihm seine kleinen Augen, die mich immer noch in grenzenloser Verwunderung anzublicken schienen, und legte den Kleinen behutsam zurück in seine Wiege.
Gleich würde Cesare wieder meine Röcke hochschieben, um seine Geilheit zu befriedigen – ich hätte es nicht mehr ertragen ...
»Cesare, geh jetzt, bitte!«
Und wahrhaftig, mein Bruder folgte diesem Wunsch.
Ich aber, ich hatte mein Kind getötet!
Noch lange nach diesem traurigen Ereignis fühlte ich mich wie ein lebender Leichnam. Unfähig zur Freude, ja, sogar unfähig zur Trauer. So vergingen März und April, Anno Domini 1498.
König Charles war gestorben. Sein Nachfolger, Louis XII., schien noch begieriger darauf, in Neapel zu regieren, als sein Vorgänger. Der neue Herrscher Frankreichs wollte unbedingt die Auflösung seiner Ehe mit Jeanne de France, um Charles' Witwe, die immens reiche Anne, heiraten zu können. Darum

standen die Gesandten des Königs nun Tag für Tag in der päpstlichen Anticamera und bedrängten unseren Vater mit Geschenken und Versprechungen. Cesare wußte diesen dringenden Wunsch des Monarchen für seine Zwecke auszunutzen. Ständig gingen Eilkuriere zwischen Frankreich und Rom hin und her. Große Dinge schienen ihr Kommen anzukündigen.
Am Tage der Heiligen Nabor und Felix, in den frühen Nachmittagsstunden, störte Bianca ungewohnterweise meinen Schlaf.
»Contessa, draußen wartet der serenissimo Duca, Don Alfonso.«
Früher wäre ich ihm entgegengeeilt, hätte sein Gesicht mit Küssen bedeckt und mich von ihm auf die ersehnte Weise lieben lassen, doch jetzt, nach allem, was inzwischen geschehen war, lag mir nichts mehr daran.
»Lucrezia, Geliebte!«
»Du kommst überraschend ...«
»Ja, verzeih, auf Geheiß deines Vaters. Er meinte jedoch, ich solle mich unerkannt in Rom aufhalten.«
Jetzt wußte ich Bescheid. Man hatte unsere Heirat beschlossen. Er wollte mich umarmen.
»Alfonso, hör zu. Unsere Hochzeit wird bald stattfinden. Und um ganz sicherzugehen, daß du einen Sohn zeugst, ist es nötig, deine Kräfte aufzusparen. Also, beherrsche dich!«
»Ich soll ...«
»Ja. Ich werde ebenfalls keusch leben, beten und büßen, um gereinigt die Ehe mit dir einzugehen.«
»Das kann ich nicht, Lucrezia!« Er klang wie ein verzogenes Kind.
»Sei ein Mann und nimm dich zusammen!«
»Du kannst es mir kaum verwehren, Lucrezia, denn wir sind ja praktisch verlobt.«
»Aber noch nicht verheiratet. Wenn es soweit ist, dann fordere dein Recht als Gatte. Doch bis dahin mußt du Beherrschung zeigen.«

»Meine Liebste, ich begehre dich, laß uns wenigstens etwas auf dem Bett liegen und zärtlich zueinander sein.«
Dieses Spiel war mir bekannt. »Führe uns nicht in Versuchung, so steht es schon in der Heiligen Schrift.«
»Also gut, wenn du nicht willst ...« Alfonso gab nach.
Viel zu schnell, viel zu sanftmütig. Jetzt würde er wohl eine Meretrice oder Cortigiana aufsuchen und dort Befriedigung suchen. Mir war es gleichgültig.
Aber ganz so einfach sollte mein zukünftiger Gatte nicht davonkommen. »Leiste mir noch ein wenig Gesellschaft, Alfonso.« Ich rief nach Bianca, die uns Kuchen, Confetti und Wein brachte. Es war vergnüglich mitanzusehen, wie er litt. Gekommen, um seine Lüste auszuleben, war der Arme nun von mir zu ruhigem Dasitzen verurteilt, dachte dabei sicher andauernd an eine schöne Hure, mit der er es treiben wollte. Irgendwann schleppte sich unser Gespräch dann nur noch mühselig dahin, und ich entließ meinen zukünftigen Gemahl. Ein Mann mit derart verbindlichem Wesen, das schien mir nun ganz sicher, konnte mich niemals aus Cesares Klauen befreien.
Vorerst benötigte mein unstetes Herz Frieden. Mir war die Lust nach weitreichenden Plänen vergällt; zu schwer wog das Scheitern der vorangegangenen. Nach der Hochzeit wollte ich etwas Ruhe in mein Leben einziehen lassen, mich mit Alfonso auf Jagden, Festen und Gastmahlen vergnügen – alles, nur nicht an Cesare denken.
Nicht an Cesare denken. Wie vermessen anzunehmen, er ließe mich in Frieden leben! Nein, dieser Schatten lag über allem hier in Rom. Doch vielleicht brachte die Zeit eine Lösung – welch törichter Wunsch ...
Schon am Tage der heiligen Maria Magdalena fand unsere Hochzeit statt. Ein recht bescheidenes Fest im päpstlichen Palazzo. Außer einigen aragonesischen Gefolgsleuten von Sancia und Alfonso lediglich noch Vertreter der großen römi-

schen Familien, nur die Orsini fehlten natürlich. Und Cesare. Er hatte in aller Stille um die Hand der Königstochter Carlotta von Aragon angehalten, ein unglaublicher Vorgang, da er ja nur Kardinal war. Deshalb hatte man ihn wohl zum zweitenmal abgewiesen.

Mich freute es, daß mein Bruder dem Fest fernblieb, um so unbeschwerter konnte ich alles genießen. Alfonso sah hinreißend aus. Er hatte seine Schwächen, o ja, aber schön war er. Die anderen Damen himmelten ihn an, und weiß Gott, er wäre gewiß nicht abgeneigt gewesen! Doch heute war meine Nacht, die allerdings anders verlaufen sollte, als mein Gatte sich dies erträumte. Aber soweit waren wir noch nicht ...

Die Musik spielte zum Tanz, und Alfonso führte mich in die Mitte des Saales. Sein reichgefälteltes Wams aus blauem Brokat, mit vielen Edelsteinen besetzt, sprühte gleichsam Funken, wenn sich das Licht der zahlreichen Kerzen in den Rubinen, Kristallen und Saphiren widerspiegelte. Wir eröffneten den Reigen.

»Bald werden wir einen Helden zeugen, Lucrezia!«

»Du hast also meinen Rat befolgt und keusch gelebt?«

»Wie wir es vereinbart hatten«, log er, ohne mit der Wimper zu zucken. Nun, bald würde ich die Probe aufs Exempel machen können.

Doch vorher wartete noch eine äußerst unangenehme Sache auf mich. Vater hatte darum gebeten, deshalb mußte es sein. Zur Finanzierung meiner Aussteuer von vierzigtausend Goldscudi wurde dringend Geld benötigt, und um es rasch zu beschaffen, sollte der Bischof von Trier, dessen Diözese immens reich war, vergiftet werden.

Mehrere Anschläge waren schon gescheitert, da der Mann in Rom außerordentlich vorsichtig lebte. Zwei Vorkoster versuchten von den für ihn bestimmten Speisen, die man vor seinen Augen auf Kohlebecken in den Privatgemächern zubereitete.

Geschenke nahm er nie selbst entgegen, sondern gab sie sofort seinen Dienern zur Aufbewahrung. Stets begleiteten ihn dreißig schwerbewaffnete flämische Söldner auf der Straße. Jemand mußte den Bischof gewarnt haben.

Die Lage war fatal, denn Vater hatte den Kleriker ja zu sich beordert, um nach dessen Ableben das Bistum sofort an den Meistbietenden abzugeben. Doch Don Adalbero tat ihm den Gefallen nicht.

Es wäre peinlich gewesen, wenn wir meine Mitgift nicht dem aragonesischen Gesandten hätten nach Neapel mitgeben können, doch die Finanzen des Heiligen Stuhls befanden sich wieder einmal in außerordentlich katastrophalem Zustand; es gab keinen anderen Weg.

Ferdinand Almeida, ein aragonesischer Gefolgsmann Alfonsos, ging auf meine Bitte hin zu dem Bischof und bat ihn, bei uns Platz zu nehmen. Der schon ältere Herr mit sehr wachen Augen stand zögernd auf und kam zu uns an die Tafel.

»Erlaubt mir, serenissimo Duca, und Ihr, serenissima Duchessa, Euch Seine Gnaden, den Bischof aus ...« der Gefolgsmann stockte wegen des unaussprechlichen Namens dieser Diözese, »aus Trier vorstellen zu dürfen. Don Adalbero weilt auf allerhöchsten Befehl des Heiligen Vaters hier in Rom.«

Der Alte beäugte mißtrauisch zuerst mich, dann Alfonso.

»Bitte, nehmt doch in diesem Sessel Platz und erzählt mir von Eurem Land. Ser Burcardus, der Zeremonienmeister meines Vaters, stammt auch von dort.«

»Wenn Ihr erlaubt, Donna Lucrezia, so erscheint mir das Klima in Trier gesünder.« Sein Latein war von jener etwas altertümlichen Art deutscher Kleriker.

»Erstaunlich, ich dachte, dort im Norden läge fast immer Eis und Schnee?«

»Manchmal ja, Duchessa. Und doch erscheint es mir, als ob

manche Menschen unter den gegebenen Umständen ein längeres Leben haben als hierzulande.«
Mir war natürlich klar, auf was er anspielte.
»Das müßt Ihr mir näher erklären, Don Adalbero.«
»Stellt Euch vor, Madonna, man hat mich vor den Toren Roms und danach in der Stadt selbst überfallen; später wurden mir Handschuhe als Geschenk gesandt, die vergiftet waren, mein alter Diener ist daran zugrunde gegangen, ein Vorkoster starb, weil er von dem Wein getrunken hatte, der für mich bestimmt war ...«
»Grämt Euch deswegen nicht allzusehr, seht es wie ein Spiel. Wir in Italien sind an dererlei Dinge gewöhnt.« Bei diesen Worten drehte ich meinen goldenen Schlangenring unauffällig zur Handfläche, so daß der Kopf des Reptils nach unten zeigte. Ein kleiner Druck und die vergiftete Spitze ragte nun heraus. »Genießt diesen Abend, Don Adalbero, denn, wie sagten schon die Alten, lebe, als ob du morgen sterben müßtest!« Dabei legte ich ihm wie beschwichtigend meine Hand auf seinen Unterarm.
Der Bischof zuckte kaum merklich zusammen, sah mich mit großen, erstaunten Greisenaugen an und wurde langsam bleich.
»Cita mors ruit, Donna Lucrezia!«
»Feminaque se praebet.« Meine Stimme klang honigsüß. Er hatte verstanden. »Erlaubt, daß ich mich entferne.«
»Es sei Euch gestattet.«
Der Bischof erhob sich, ging so aufrecht, wie es sein Alter zuließ, zurück zu seinem Platz, erhob den Pokal mit Wein, trank ihn in langen Zügen leer und fiel dann unvermittelt rücklings von der Sitzbank.
»Seinen Gnaden ist unwohl«, hörte man raunen. Dann trugen zwei Diener den Bischof hinaus. Meine Mitgift war gesichert. Danach wollte keine rechte Stimmung mehr an unserer Tafel aufkommen.

»Was haben deine Gefolgsleute, Alfonso, weshalb sind sie so still?«
Er sah mich groß an. »Kannst du dir das nicht vorstellen, Lucrezia?«
»Nein.«
»Es ist wegen des alten Bischofs.«
»Einem Greis ist unwohl, was geht uns das an?«
»Lucrezia, alle wissen es!«
»Was denn, Alfonso?«
»Das mit dem Gift.«
Ich war wie vom Blitz getroffen. »Du glaubst, sie denken ...«
»Beim heiligen Benedetto, niemand an dieser Tafel hegt auch nur den geringsten Zweifel, daß du den Bischof ...«
»Wie können diese Menschen so etwas annehmen!«
»Lucrezia, die gesamte Christenheit weiß um diese Dinge.«
»Du sprichst in Rätseln.«
»Zu viele Äbte und Bischöfe kehrten nicht mehr aus Rom zurück, nachdem dein Vater sie hierherbefahl.«
Ich wußte natürlich um jene Angelegenheiten, wollte es aber Alfonso gegenüber nicht offen zugeben, auch wenn das alles zur Stärkung unserer heiligen Mutter Kirche geschah – letztendlich zum Wohle aller Christen. Was bedeutete schon ein einzelner, wenn es um das Ganze ging? Nur ein starkes Papsttum konnte die Einheit des Abendlandes garantieren.
Plötzlich wollte ich nicht mehr bleiben, zu gekünstelt erschien mir die laute Heiterkeit so manchen Gastes. Wir erhoben uns, und Alfonso geleitete mich zum erhöhten Thron meines Vaters am Kopfende der Tafel. Die Posaunen erklangen. Burcardus verkündete allen, daß sich das erlauchte Herzogpaar zurückzuziehen wünsche. Wir durften Vaters Hände küssen.
Dann schritt ich hoheitsvoll zur Linken Alfonsos hinaus. Wo wir vorbeigingen, verneigten sich die Männer, und ihre Damen versanken, je nach Herkunft und Stellung, in einen mehr oder

weniger tiefen Knicks. Ja, es konnte nicht übersehen werden: Ich war Herzogin!

Unter den langsam immer leiser werdenden Hochrufen der Gäste ging es durch die vielen Gänge des vatikanischen Palastes zu den Gemächern, in denen wir die Hochzeitsnacht verbringen sollten. Sie lagen im Torre Borgia, ein Stockwerk über den Appartementi meines Vaters.

Im Brautgemach warteten bereits die beiden Kardinäle Pallavicini und Carafa, Giovanni Cervillon, ein enger Vertrauter meines neapolitanischen Schwiegervaters, und, zu meinem größten Erstaunen, Cesare! Offensichtlich wollte man diesmal von allen Seiten Gewißheit, daß die Ehe auch tatsächlich vollzogen wurde. Bei allen Teufeln, die Anwesenheit der anderen störte mich wenig, die Cesares dagegen außerordentlich. Doch da war nichts zu machen. Auch ihm stand das Recht der Zeugenschaft zu.

Da faßte ich einen Entschluß. Mein Bruder sollte etwas zu hören bekommen, daß ihm alle Sinne vergingen – bis auf einen! Meine Entscheidung, Alfonsos Spiele nie mehr mitzumachen, geriet unter diesen Umständen nur allzugerne ins Wanken. Also würde ich noch ein einziges Mal diese Dinge treiben. Und das aber mit ganzer Hingabe.

Bianca und Penthesilea kleideten mich langsam aus, bis auf die Camicia. Die Zeugen für unseren Ehevollzug schienen bereits etwas bezecht und in bester Laune. Auch ich hatte heute abend einiges getrunken und war in gehobener Stimmung. Als unter allgemeinem Gelächter die Freunde Alfonsos auch ihn entkleideten, konnten alle sehen, wie sehr er mich begehrte. Die Kardinäle applaudierten, und mein Gatte musterte mich mit gierigen Blicken. Ich legte mich aufs Bett, schob die Camicia hoch, Alfonso griff mir mit zwei Fingern in die Scham und tat so, als ob er ganz genau hinsah.

»Virgo est – et gremium intactum habet!«

»Gremium intactum habet«, wiederholten die anderen lachend. Dann schlossen meine Zofen die Bettvorhänge, und Alfonso fiel wie ein Rasender über mich her. Ich wehrte mich, biß, kratzte und schlug, doch das machte ihn natürlich noch wilder. Diesmal trieben wir es wirklich bis an die Grenze des Erträglichen. Irgendwann graute der Morgen. Alfonso schlief fest. Ich stand auf, erschöpft, benommen, aber auch glücklich, und wollte meinen Leibstuhl in der Ecke aufsuchen, da traf mich fast der Schlag: Cesare war immer noch da! Er saß aufrecht in seinem Stuhl und sah so aus, als hätte er ebenfalls die ganze Nacht kein Auge zugetan.
»Cesare, warum bist du nicht mit den anderen gegangen?«
»Weil ich deine Lustschreie auskosten wollte, das Gestöhne und Gewimmere!«
Kalte Wut sprach aus seiner Stimme. Zeigte sich hier etwa eine schwache Stelle seines Wesens? Mein Bruder war eifersüchtig! Und mich ritt der Teufel. »Nun, Cesare, davon weiß ich nichts. Immer wenn Alfonso und ich zusammen sind, reizt er meine Lust bis zur schieren Besessenheit ...«
»Möge ihm der Pene abfaulen!«
»Hast du etwas gegen den Vollzug dieser Ehe?«
»Du weißt ganz genau, was ich meine!«
»Nein, Cesare.«
»So bist du bei mir noch nie gewesen!«
»Du bist eben immer zu schnell, Bruder. Aber vielleicht liegt es auch an der enormen Größe von Alfonsos Pene ...«
Das saß. Cesares Hände umkrampften beide Armlehnen des Sessels. Seine Augen verdrehten sich in ohnmächtigem Haß. Er fletschte die Zähne wie ein Affe – ein bösartiges, gefährliches Untier in Menschengestalt. »Ich werde ihn töten, diesen Bastard, beim Leben unseres Vaters!« Dann sprang er auf, schickte noch einen haßerfüllten Blick zum Bett hinüber, wo Alfonso ahnungslos schlummerte, und ging dann wutentbrannt hinaus.

Doch Alfonso hatte keineswegs geschlafen. »Beim Allmächtigen, Lucrezia, du hast deinen Bruder bis aufs Blut gereizt. So etwas verzeiht ein Cesare Borgia niemals, auch nicht seiner Schwester.« Genau das war mir auch gerade klargeworden. Welch ein Fehler! Damit geriet ich zweifellos in Gefahr, denn was kann einen Mann stärker demütigen, als zu wissen, daß die Frau, die er selbst beherrschen will, sich einem anderen in solcher Weise hingibt?
Zu spät. Die Freude darüber, endlich eine schwache Stelle bei Cesare entdeckt zu haben, hatte mich sehr unklug handeln lassen. Wenn mein Bruder Alfonso haßte und ihn umbrachte, war das fatal genug; wenn sich sein Haß aber auch gegen mich richtete, dann mochte der Allmächtige mir beistehen.
»Cesare wird es vorerst nicht wagen, gegen uns etwas zu unternehmen, Lucrezia, er braucht die Freundschaft der Aragonen.«
Als ob Alfonso meine Gedanken lesen konnte. Doch was wußte er in Wahrheit schon von der Schaukelpolitik des Heiligen Stuhls? Sich die Spanier und ihre Verwandten in Neapel gewogen zu halten, andererseits mit den Franzosen zu paktieren ... Ich konnte nicht umhin zuzugeben, daß Cesares Konzept genial war. Sollten die anderen ruhig ihre Kriege führen, wir, die Borgia, würden am Ende triumphieren.
Mein Gemahl stellte sich als umgängliche Natur heraus. Ich konnte ihm klarmachen, daß es mein fester Wille war, unser Unterwerfungsspiel nicht mehr mitzumachen, und er hielt sich daran. Weshalb auch nicht, was er suchte, fand ein Mann genausogut bei einer Cortigiana. So befreite ich mich aus den Fesseln der verhängnisvollen Leidenschaft. Dabei wohnte mir mein Gatte durchaus häufig bei, und das sehr zärtlich und liebevoll; man hätte unsere Beziehung fast als glücklich ansehen können. Aber jeder meiner Gedanken galt nur dem einen Ziel: fort von Rom, fort von Cesare!

Und Gott der Herr erhörte meine Gebete. So glaubte ich jedenfalls ...

Wir,
das ehrwürdige Konsistorium des Heiligen Stuhls, haben Uns nach reiflicher Überlegung und Abwägung entschlossen, hoffend auf die gnädige Erleuchtung des Allerhöchsten, Gott Vater und Gott Sohn und Heiliger Geist, die Entscheidung zu treffen, daß Seine Gnaden Don Cesare de Borgia, ehemals Kardinal, ehemals Erzbischof von Valencia, ehemals mit den heiligen Sakramenten der Priesterweihe gesalbt, auf eigenen Wunsch und mit ausdrücklicher Zustimmung Seiner Heiligkeit dem geistlichen Amt entsage, er hiermit alle kirchlichen Würden ablege für alle Zeit. Möge es so sein im Namen Gottes, des Allmächtigen.
Gegeben am Tage der heiligen Helena, A. D. 1498.

»Endlich! Ich bin frei von diesem verfluchten Priesteramt, Lucrezia!«
In der Tat, Cesare sah in seiner weltlichen Kleidung weit prächtiger aus, vielleicht ein wenig zu prächtig für meinen Geschmack. »Ich gratuliere dir.«
»Das ist der erste, alles entscheidende Schritt in unsere gemeinsame Zukunft!« Er gab mir ein zweites Dokument zu lesen, prunkvoll ausgeschmückt, darunter das Siegel des französischen Königs: Cesares Belehnung mit dem Herzogtum Valentinois!
»Du bist bereits ...«
»Ja, Lucrezia, und ich erhalte dazu tausend Mann schwere Reiterei sowie die Hand von Charlotte d'Albret, der Schwester des Königs von Navarra!«
»Und das alles hast du im geheimen erreicht?«
»Allerdings. Nur Vater wußte davon.«
Ich war beeindruckt. Man stelle sich vor, ein Kardinal bringt den

französischen König dazu, ihm ein solches Schreiben zu übersenden. Wenn der Plan meines Bruders fehlgeschlagen wäre, hätte ganz Europa über diese Sache gelacht. Aber nichts war fehlgeschlagen, im Gegenteil.
»Schon im Oktober reise ich nach Frankreich.«
Im Oktober, das war ja nur noch ein guter Monat! O Herr, du hast mein Flehen erhört, jubilierte es in meinem Inneren. Vielleicht ginge Cesare ja für immer fort, führte mit seiner Gattin ein unbeschwertes Leben, dachte nicht mehr an jene allzu hochfliegenden Pläne und vergaß mich!
Es war daher tatsächlich reine Freude, die von mir Besitz ergriff.
»Was für ein Glück, Cesare, eine Gunst des Himmels.«
Das Ungeheuer zeigte sich gerührt. »Lucrezia, deine Freude zeigt mir, was du wirklich für mich empfindest. Wenn auch der Aragon die Lust in dir zu erwecken vermag, ich allein werde dein wahrer Herr und Gatte sein!«
Dann drückte er mich so fest, daß mir fast die Luft wegblieb. Wie herrlich, mein Peiniger bald weit fort, und ich konnte wieder unbeschwert leben, frei atmen ...
Anfang Oktober reiste Cesare tatsächlich nach Frankreich ab. Vater und er hatten unglaubliche Summen aufgeboten, um für eine würdige Ausstattung zu sorgen. Dreihundert der reichsten Juden im Ghetto Roms war die Ehre zuteil geworden, für diesen Anlaß ein Zwölftel ihres Vermögens spenden zu dürfen.
Cesare trug ein weißes Brokatgewand, darüber einen schwarzen Umhang, das Barett in derselben Farbe, jedoch über und über mit leuchtenden Rubinen bestickt, Stiefel mit aufgenähten Goldkettchen und Perlen. Sein Pferd besaß Umhänge aus roter Seide und Goldbrokat, den Farben des französischen Königs. Die Hufeisen bestanden sogar aus gediegenem Silber. Neben den engsten Vertrauten begleitete meinen Bruder ein großes Gefolge von römischen und spanischen Edelleuten, dazu etwa hundert Pagen und Reitknechte, zwölf Packwagen,

fünfzig Maultiere und natürlich eine stattliche Zahl von edelsten Pferden, mantuanische Corsieri und daneben die leichteren Gianetti.

Wie lange war es schon her, daß ich so frohen Herzens mit Cesare geritten war, wie an diesem seinem Abreisetag vom Monte Vaticano durch den Borgo hinunter zu den Banchi des Tibers, wo sich alle nach Ostia einschifften. Ich sehe meinen Bruder heute noch vor mir, wie er am Bug seines Schiffes stand, aufs Schwert gestützt, gleich Scipio vor seiner Überfahrt nach Karthago. Oh, hätte ihn doch damals das Meer verschlungen!

Eine glückliche, unbeschwerte Zeit brach für mich an. Alfonso zeigte sich weiterhin als liebevoller, aufmerksamer Gatte, der wirklich nie wieder Anstalten machte, seine lüsternen Spiele mit mir zu treiben. Ich war ihm dankbar dafür und fragte auch nicht, wohin er denn gehe; selbst wenn es ganz offensichtlich schien, daß die schöne Matrema non vole auf ihn wartete.

Trotzdem bereiteten die ehelichen Pflichten auch mir durchaus Vergnügen, freilich nicht so wie vorher. Alfonso konnte sehr zärtlich sein und fand große Lust an meiner Schönheit – und ich an seiner. Noch weit vor Cesare galt mein Gemahl ja als der bestaussehende Mann von Rom. Wenn wir uns liebten, so war es eine wahre Vereinigung in Schönheit und geschah stets mit offenen Augen.

Trotzdem schweiften meine Gedanken manchmal ab, und ich dachte dabei an Francesco. Denn jenes Gefühl der völligen Hingabe und Geborgenheit konnte mir Alfonso nicht geben; war es seine Jugend oder die fehlende Macht?

Ja, es bedeutete wohl etwas anderes, in den Armen eines Condottiere zu liegen, dessen Söldner auf seinen Befehl hin halb Italien erobern konnten. Doch Francesco Gonzaga schien mir irgendwie fremd geworden, nicht nur durch Raum und Zeit getrennt, sondern durch die innere Entfernung seit jenen unglücklichen Stunden damals, als mein Geliebter versagte, Dienender bleiben wollte, anstatt mit mir die Höhen des Glücks und der Macht anzustreben.

Gewiß, zu meiner Hochzeit waren Geschenke von ihm gekommen, Pferde natürlich, und darüber hinaus auch ab und zu ein sehr formell gehaltenes Schreiben. Aber das vertiefte eher den Graben zwischen uns. Denn nichts ist so tödlich für eine Liebe wie Zurückhaltung und einfach so tun, als wäre nie etwas gewesen.

Das Feuer der Liebe will, wenn es schon nicht lodern kann, wenigstens als Glut am Leben erhalten werden; mit heimlichen Briefen, heimlichen Treffen, selbst wenn es nur wenige sind. Denn die Aura des Verbotenen hilft, den Reiz nicht vergehen zu lassen. Was war es doch für ein aufregendes Spiel damals mit Francesco, auf der Rocca in den Bergen …

Doch ich mußte Gott dem Herrn für seine unendliche Güte eigentlich sehr dankbar sein: ein bildschöner, liebevoller Gatte, die ersehnte Herzoginnenwürde, Reichtum, Gesundheit – eigentlich hatte ich ein herrliches Leben. Wenn es Cesare nicht gegeben hätte! Aber mein Innerstes wollte nicht wahrhaben, daß durch ihn alles ganz schnell vorbei sein konnte. Die Zeit in Rom ohne den gefürchteten Bruder schien mir zu kostbar, um sie mit trüben Gedanken zu vergeuden. Warum auch darüber nachdenken; denn was bringt schon all unser Planen und Hoffen, nichts als Enttäuschungen. Der Wille des Allmächtigen allein bestimmt unser Schicksal, und wir armseligen Geschöpfe in seinem Angesicht konnten zertreten werden wie Ameisen.

Deshalb stürzte ich mich in die zahlreichen Vergnügungen, die Rom zu bieten hatte, nahm an Festen, Jagden oder Bootspartien auf dem Tiber teil. Stets weilte mein Gatte bei mir. Man beneidete mich ganz offensichtlich um ihn.

Im März wurde ich schwanger. Alle erwarteten natürlich einen Sohn, mochte der Himmel ein Einsehen haben! Meine Angst vor der Geburt stieg von Tag zu Tag. Wieder diese Schmerzen

erleiden – nicht auszudenken. Ich hielt mich fast nur noch in meinen Gemächern auf und aß sehr wenig; einerseits, weil mir oft übel wurde, andererseits, um meine schlanke Taille zu bewahren. In dieser Zeit begann Cesares Schatten wiederum auf mein Leben zu fallen. Nachrichten über seine Taten drangen zu mir. »Der Herzog von Valentinois hat Imola erobert«, hieß es, oder »Forli ist endlich gefallen, Pesaro öffnet ihm freiwillig die Tore.« Während die Franzosen um Mailand kämpften, eroberte Cesare große Teile der Romagna zurück – für den Heiligen Stuhl, wie es hieß. Doch ich wußte es besser ...
Am Tage vor Allerheiligen, Anno Domini 1499, begannen meine Wehen. Was schlimmer ist, die Schmerzen selbst oder die Furcht davor, läßt sich kaum sagen, jedenfalls erschien mir die Geburt diesmal etwas leichter. Trotzdem hatte mich die Tortur stark mitgenommen. Irgendwann erwachte ich.
»Serenissima Duchessa, es ist ein Sohn!«
Man versuchte, mir das fest gewickelte Etwas in die Arme zu legen, aber da hatte mich die Schwäche schon wieder übermannt. Meine Gebete waren erhört worden. Ein Sohn. Wir gaben ihm den Taufnamen meines Vaters, Rodrigo. Festlichkeiten wurden veranstaltet, die ich aber leider noch nicht besuchen konnte. Erst kurz vor Weihnachten war es mir möglich, das Bett zu verlassen. Welch ein herrliches Gefühl, als meine Kräfte allmählich zurückkehrten.
»Lucrezia, ich muß heute noch nach Neapel reisen!«
»So überraschend, Alfonso?«
»Ja. Es ist etwas eingetreten, was meine Familie immer schon befürchtet hat: Spanier und Franzosen wollen unser Königreich erobern und das Land unter sich aufteilen.«
»Mit welchem Recht?«
»Ach, du weißt doch, uralte Ansprüche oder irgendwelche verwandtschaftlichen Verbindungen, mögen sie auch noch so weit hergeholt sein ...«

»Weshalb läßt man nicht meinen Vater entscheiden? Er würde auf seiten der Aragonen stehen.«
Alfonso sah mich prüfend an. »Du weißt also nichts?«
»Nein.«
»Der Pontifex lehnt es ab, in dieser Sache als Schiedsrichter aufzutreten. So hat er gestern selbst gesagt.«
Mir wurde heiß und kalt. Das bedeutete den Untergang Neapels!
»Nun verstehst du, weshalb ich sofort weg muß.« Seine Stimme klang sehr niedergeschlagen.
»Allerdings, Alfonso. Wann wirst du wiederkommen?«
»Das weiß Gott allein ... Doch vorher, Lucrezia«, er stockte kurz, »möchte ich dir noch einmal beiwohnen, es ist schon so lange her seit der Schwangerschaft, und vielleicht stimmt es deinen Vater um, wenn du noch einen Sohn von mir unter dem Herzen trägst. Er kann doch nicht untätig dem Ende der Aragonen zusehen!«
Ich verstand ihn. Alfonso war noch einer Denkweise verpflichtet, die Vater und Cesare längst abgelegt hatten. Mein Gatte glaubte an die Kraft dynastischer Bindungen von einst. Wir hingegen, die Borgia, huldigten dem einzig wahren, einzig richtigen Prinzip: der Macht! Wer sie nicht besaß – und Neapel war im Augenblick machtlos, dem Untergang geweiht – dem halfen auch keine verwandtschaftlichen Beziehungen ...
»Alfonso, wir können noch nicht wieder zusammensein, es ist dafür zu früh. Geh nur zu deiner feurigen Matrema non vole und verabschiede dich von ihr.«
»Du weißt, wohin ich gehe?«
»Es ist dein Recht als Mann.« Ich lächelte ihn an.
»Gott sei mit dir, Lucrezia!«
»Möge er auch dich behüten!«
Dann lagen wir uns in den Armen, und zum ersten Mal empfand ich etwas für Alfonso, das über mein sonstiges, eher freundschaftliches Interesse an ihm hinausging. War es Liebe?

»Madonna Lucrezia, der Capitano Michelotto wünscht empfangen zu werden.«
Mir war diese Kreatur Cesares widerwärtig.
Der Mann trat ein und verbeugte sich ungeschlacht. »Erlauchte Duchessa, Euer Bruder, der serenissimo Duca de Valentinois erlaubt sich, Euch durch mich grüßen zu lassen.«
Er wartete etwas, wohl in der Annahme, ich würde ihm gestatten, sich aus der tiefen Verbeugung zu erheben. Sollte der Mann ruhig noch etwas den Rücken krümmen.
»Und weiter, Don Michele?«
Ich sah, wie er vor Zorn rot anlief. »Vor allem soll ich Euch bestellen«, seine Stimme nahm einen tückischen Klang an, »daß die Herren Cervillon und Almeida kürzlich verstorben sind.«
»Was sagt Ihr da?« Giovanni Cervillon war der Taufpate meines kleinen Rodrigo.
Michelotto ließ sich seinen kleinen Triumph nicht anmerken. »Der Herzog hat sie als Verräter entlarvt und hinrichten lassen.«
Zwei der treuesten Gefolgsleute Alfonsos ...
»Es ist gut, Ihr dürft Euch entfernen.«
»Verzeiht, Madonna, Euer Bruder bittet ferner, ihn übermorgen nach der achten Abendstunde zu empfangen!« Dann ging Michelotto.
Cesare. Jetzt hatte mich sein Schatten eingeholt. Was mein Bruder wollte, konnte ich mir denken.
»Madonna Lucrezia, der erlauchte Herzog ...«
Bianca konnte gar nicht mehr ausreden, da war Cesare schon bei mir und küßte mich auf seine schmerzhaft ungestüme Art.
»Du bist schöner denn je zuvor, Schwester, trotz des Aragonenbastards.«
»Alfonso ist auf dem Weg nach Neapel.«
»Das weiß ich bereits, Lucrezia, nichts bleibt mir verborgen.«
Ich saß in der Falle. Und er wußte es. Was war es nur, das diesem Menschen anhaftete? Weshalb brachte mein Bruder immer nur

Gewalt und Tod? Alles hätte so schön sein können – ohne ihn. Unbekümmert und froh dahinleben, mich meines Sohnes erfreuen und Alfonsos ... Doch nun? Cesare weilte noch nicht einmal innerhalb der Mauern Roms, als mir Michelotto schon die Nachricht vom Tod zweier Männer brachte, die uns so nahegestanden hatten. Und jetzt wollte mein Bruder wieder das fordern, worauf er immerhin einige Zeit verzichtet hatte.
»Ich lege dir den Schmuck von Caterina Sforza zu Füßen!« Cesare öffnete ein Bündel, und die herrlichen Ketten, Armreifen und Ringe rollten über die Tafel. Zum Teil wundervolle Stücke, fein gearbeitet, mit Einlagen aus Email und großen Edelsteinen.
Cesare sah mich abwartend an. Vermutlich glaubte er, jede Frau müßte darüber in Entzückensrufe ausbrechen, doch den Gefallen tat ich ihm nicht. Er konnte mich meinetwegen schlagen, töten oder mir Gewalt antun, aber unterwürfig wollte ich nie mehr sein, so wie damals, als ich ihn voller Verzweiflung um das Leben meines Kindes anflehte!
»Nun, was sagst du, Lucrezia?«
»Ich will den Schmuck nicht, Cesare.«
Er sah mich überrascht an. »Weshalb? Dieser Schatz ist in ganz Italien berühmt.«
»Du hast ihn einer Frau geraubt.«
»Unserer Feindin.«
»Das ist mir gleichgültig, Cesare. Raube von Männern, was du willst, aber nimm nie einer Frau den Schmuck, das ist eines Borgia unwürdig!«
Er sah mich an mit seinem eisigen, tödlich kalten Blick, und ich hielt ihm stand. »Wie du willst, Lucrezia.« Er fühlte, daß mein Inneres ihm Widerstand leistete. »Du glaubst, mia Cara, mich durch die Zurückweisung des Geschenkes beleidigen zu können, doch es macht mir nichts, andere Frauen werden ihn gerne annehmen.«

»Tu, was du für richtig hältst, Cesare.« Ich sah an seiner Gesichtsfarbe, daß die Wut in ihm kochte.

»Hat dich die Heirat mit Alfonso etwa übermütig gemacht, übermütig genug, um nicht mehr an unserem Pakt festzuhalten? Sprich, nur frei heraus damit!«

Doch ich tappte nicht in seine Falle. »Unser Pakt besteht! Alfonso hat nichts damit zu tun. Er ist nur eine Figur in unserem Schachspiel.« Ich hoffte, ihn von meinem Gatten ablenken zu können. Aber wenn Cesares Haß entbrannt war, dann gab es kein Entrinnen.

»Hat er es dir wieder gut gemacht, der Bastard, und du dich dabei betragen wie eine läufige Hündin?«

Es reichte. »Wenn du es genau wissen willst, Cesare: Wir haben es die ganze Nacht gemacht, unaufhörlich, wie oft, weiß ich nicht mehr. Ja, Alfonso versteht es, mich zu verzaubern wie ein Magier, unermüdlich, leidenschaftlich, zärtlich und stark.« Ich blickte meinen Bruder triumphierend an. »Er allein kann meine Lust erwecken, wieder und immer wieder, was für ein Mann!«

»Nur Schwächlinge nehmen auf ein Weib Rücksicht.«

Er riß sich unvermittelt die Bänder seiner Calze ab, drängte mich zum Bett, ich fiel hinterrücks darauf, und schon lag Cesare auf mir – gleich würde er mit einem schmerzhaften Ruck in meine Scham dringen. Doch nichts geschah. Er strich mir mit der Rechten über die Schenkel, packte mich grob an den Brüsten. Seine fordernden Küsse taten weh. Ich bemerkte, daß Cesare plötzlich in Schweiß gebadet war.

Dann drängte er meine Hand an seinen Pene. »Nimm ihn, liebkose ihn!«

Cesares innere Unruhe nahm zu, er konnte nicht in mich dringen. Nun war der Moment meiner Rache gekommen. Ich stöhnte lustvoll und wand mich unter ihm. »Ja, komm, nimm mich, nimm mich! Heute wird es sein wie bei Alfonso, jetzt, Cesare, ich will dir gehören!«

Aber es ging nicht. Plötzlich ließ er jäh von mir ab, richtete sich auf, packte den schweren Scherensessel und schleuderte ihn durchs Fenster. Die hölzernen Läden flogen krachend auf, und der Stuhl polterte im Hof zu Boden. Mein Bruder fluchte in einem fort auf entsetzliche Art, zertrümmerte den Tisch, riß die Vorhänge vom Bett, schlitzte mit seinem Schwert alle Polster auf, schlug die Klinge so oft an die Wand, bis sie abbrach. Dabei brüllte er wie ein Tier, seine Augen schienen weit aus den Höhlen getreten.

Mit einem Mal, als wäre Jupiters Blitz jäh in ihn gefahren, hielt Cesare inne, stand schwer atmend da, das zerbrochene Schwert in der Hand, ließ es fallen, als sei der Griff glühend.

Dann traf mich sein Blick.

»Der Aragon wird sterben.«

Ende Februar im Jahre des Herrn 1500 wurde Cesare von unserem Vater mit hohen Titeln geehrt. Zur Zeremonie in der Petersbasilika war auch der Markgraf von Mantua geladen. Eine Taktlosigkeit, wenn man bedachte, daß mein Bruder den Oberbefehl über die päpstlichen Truppen erhalten sollte, und Francesco ihm also unterstellt sein würde.

Ich richtete es so ein, daß wir in der Ehrenloge nebeneinandersaßen.

Es war eine große Zeremonie, die Weihrauchbecken dampften, unzählige Kerzen überall, sämtliche Kleriker im Festornat und ganz vorne Cesare, heute ausnahmsweise kniend vor unserem Vater.

»Nimm dieses geweihte Schwert, Cesare de Borgia von Frankreich, und führe es gegen die Feinde der heiligen Mutter Kirche – so wie du es bisher mit Gottes gnädiger Hilfe getan hast! Deshalb und zu diesem Zwecke ernennen wir dich im Namen des Allerhöchsten zum Gonfaloniere und Generalkapitän unseres Heeres. Ferner ernennen wir dich zum Dank für deine

Verdienste um die Sache des Heiligen Stuhls zum Herzog der Romagna und Valence, Fürst von Andria sowie Herrn von Piombino!«

Mein Bruder schaute überrascht auf; das neue Herzogtum hatte er offenbar nicht erwartet. Vater liebte solche Überraschungen. Vielleicht sollte Cesare damit gezeigt werden, daß es außer ihm noch eine Macht gab.

Ich blickte aus den Augenwinkeln verstohlen zu Francesco, und konnte die tiefe Enttäuschung aus seinem Gesicht ablesen.

»Siehst du jetzt, daß Cesares Plan aufgeht? Alle Macht in seinen Händen ...«

Francesco wandte den Kopf und nickte. »Ja, Lucrezia, ich verstehe dich. Heute Herr der Romagna und morgen von ganz Italien!«

»Kann da noch Platz sein für einen Gonzaga?«

Er schüttelte den Kopf. »Mit Sicherheit nicht. Dein Bruder wird alle aus dem Weg räumen.«

»So ist es, Francesco: mich, dich und noch viele andere – bis ihm irgendwann irgend jemand Einhalt gebietet.«

»Dann kann es für uns schon zu spät sein.«

»Ja, mein Geliebter, aus diesem Grund wollte ich damals fort mit dir nach Mantua.«

»Ich verstehe dich jetzt besser, Lucrezia, und ich weiß auch, daß mir ebenfalls nur dieser Ausweg bleibt: weg von Cesare Borgia!«

»Wirst du gegen uns kämpfen?«

»Wenn es sein muß, ja.«

»Und du läßt es zu, daß ich ihm ausgeliefert bin, Francesco?«

Er biß sich auf die Lippen. »Lucrezia, komm mit mir nach Mantua, bis dorthin reicht Cesares Macht noch nicht.«

»Als deine Geliebte ...«

»Als Geliebte, Freundin, Schwester – wie du willst ...«

»Aber nicht als deine Gattin.«

Wir sahen uns lange an. Er schwieg. Ich hatte verstanden.

In mir brannte noch immer die Sehnsucht nach Francesco. Alfonso hielt sich noch in Neapel auf, und ich brauchte einfach etwas Zuspruch und Zärtlichkeit, wollte mich in den starken Armen des Geliebten wieder so geborgen fühlen wie früher ...

»Francesco, ich will mit dir zusammensein! Komm heute um die neunte Stunde zu mir.«

Er war überrascht. »Ich soll ...«

»Ja, Francesco. Enttäusche mich nicht!«

Er kam. Natürlich. Und alles war so innig, so unbeschreiblich schön und voller Vertrautheit wie einst. Wir blieben die ganze Nacht zusammen und sprachen über so vieles, von unseren Gefühlen, der ungewissen Zukunft.

Einige Wochen später traf Alfonso ein. Er wirkte sehr niedergeschlagen.

»Alfonso, Cesare hat geschworen, dich zu töten. Flieh, geh zurück nach Neapel, ich bitte dich!«

»Bei Gott, der Stern des Hauses Aragon scheint zu sinken, Lucrezia. Aber ich muß hierbleiben, um beim Heiligen Vater unsere Sache zu vertreten.«

»Mein Bruder ist äußerst gefährlich!«

»Ich weiß. Doch in dieser Stunde gibt es keine Flucht.«

»Du wirst sterben, Alfonso.«

»Was macht es schon? Wenn Neapel stürzt, stürze ich mit.«

»Liebster – Liebster, ich will nicht, daß dir etwas zustößt!« Er schloß mich in seine Arme. »Unser aller Leben liegt in der Hand des Allmächtigen. Vertrauen wir seinem Ratschluß.«

Ich mußte plötzlich weinen. Um Alfonso? Um mich? Vielleicht. Sollte nun mein friedliches, ruhiges Leben, das mir bisher mit meinem Gatten vergönnt gewesen war, zu Ende gehen? Nein! Wenn er dablieb, dann wollte ich kämpfen! Kämpfen um jenes Quentchen Glück, das uns noch geblieben war.

»Alfonso, bitte geh nie ohne ausreichende Bedeckung, nimm

lieber zwanzig Söldner als zehn, laß deine Speisen vorkosten, sieh dich überall vor!«

Er strich mir übers Haar. »Nein, mein Liebstes, das werde ich nicht tun, Cesare soll sich nicht an meiner Angst weiden. Offen und frei sei unser Leben, denn gegen das Schicksal sind wir ohnehin machtlos.« Darauf küßte er mich so hingebungsvoll wie nie zuvor, und wir liebten uns still und zärtlich.

Dann ging Alfonso fort.

»Madonna Lucrezia, man hat Euren Gatten überfallen!« Bianca war außer sich vor Erregung.

»Wo ist er jetzt?«

»Unten am Portal.«

Ich sprang die Treppen hinunter, so schnell ich nur konnte, und betete: »O Herr, laß ihn nicht sterben, laß ihn nicht sterben!« Unten lag Alfonso. Er hielt den Griff seines Schwertes immer noch fest umklammert. Neben ihm sein Diener, ebenfalls blutüberströmt. Unsere Söldner hatten sofort das Portal des Palazzos geschlossen und standen zur Verteidigung bereit. Doch draußen war Stille.

»Tragt den Herzog nach oben in das Schlafgemach!«

Mein Gatte stöhnte, als man ihn hochhob, und öffnete die Augen. »Lucrezia ...«

»Alfonso, halt aus, ich pflege dich gesund, alles wird gut werden.« Sein gequältes Lächeln griff mir ans Herz. »Gib mir dein Schwert, Liebster.«

Er hielt es immer noch. Dann endlich klirrte die Waffe zu Boden. Alfonsos Verwundungen waren sehr schwer: zwei Schwerthiebe am Kopf, etliche am linken Arm, den er wohl zur Abwehr hochgehalten hatte, einen Stich durch die Schulter und zwei abgehauene Finger. Wir wagten es nicht, einen römischen Arzt holen zu lassen, aus Angst, Cesare könnte ihn bestechen, um meinen Gatten zu vergiften.

Am nächsten Tag setzte das Wundfieber ein. Endlich konnten

wir seinen Leibarzt erreichen, einen vertrauenswürdigen Neapolitaner. Alfonso lag besinnungslos da. Bianca und ich wichen keinen Augenblick von seiner Seite. Hoffentlich überfiel Cesare nicht unseren Palazzo, um doch noch seine tödliche Rache zu vollziehen.

Wie viele meiner Söldner waren von ihm bereits bestochen, öffneten vielleicht eine Nebenpforte, um den Meuchelmörder hereinzulassen? Wir mußten unbedingt weg von hier, in Sicherheit, aber wohin?

Zu meinem Vater! Ja, das war die einzige Lösung. Der Capitano am Hauptportal ließ unsere traurige Karawane mit Alfonso in der Sänfte sofort passieren.

Vater kam uns auf dem Gang, der zu den Appartementi führt, entgegen. »Was ist geschehen, Lucrezia?«
»Man hat versucht, meinen Gatten zu ermorden!«
»Wer war es?«
»Seine Leute ...«
Vater wußte sofort, wen ich meinte, und wurde bleich. »So weit ist es also gekommen.«
»Deshalb bitte ich dich, uns hier aufzunehmen. In den päpstlichen Gemächern wird es wohl niemand wagen, den Herzog anzutasten!«

Die Söldner trugen Alfonso in das Studiolo, wo gleich darauf zwei Reisebetten aufgeschlagen wurden. Bianca und ich wechselten uns Tag und Nacht am Krankenlager ab. Lange schwebte Alfonso zwischen Leben und Tod, dann endlich trat Besserung ein. Am Tage des heiligen Sebaldus hatten sich etliche Personen im Saal der Sibyllen versammelt, um Alfonso ihre Aufwartung zu machen, denn das Studiolo selbst war für alle zu klein. Ich bat jeweils zwei Besucher herein, allesamt treue, ausgewählte Gefolgsleute des Hauses Aragon.

»Serenissima Duchessa – ich muß im Namen des Generalkapitäns alle hier Anwesenden verhaften!«

Michelotto. Cesares Todesengel. Was führte dieser Mann im Schilde? Er reichte mir ein Schreiben meines Bruders, das seine Worte bestätigte.

»Don Michele, ich kann das nicht zulassen. Diese Personen sind meine persönlichen Gäste und damit unantastbar.«

»Ich bedaure. Es ist ein gefährliches Komplott gegen seine Heiligkeit aufgedeckt worden. Wir müssen den Befehlen des Generalkapitäns gehorchen.«

»Ihr werdet überhaupt nichts tun, wartet, bis ich den Heiligen Vater gesprochen habe. Wenn hier etwas geschieht, kostet es Euch den Kopf!«

Michelotto schien unschlüssig. »Nun – nun gut, serenissima Duchessa. Ich muß Euch gehorchen.«

Vater war in den Appartementi nirgends zu finden. Mich beschlich ein ungutes Gefühl.

»Wo ist seine Heiligkeit?«

»In der Cappella.«

Ich rannte hinunter. Endlich. Vater kniete vor dem Altar und zelebrierte eine stille Messe.

»Verzeiht die Störung, wißt Ihr von einem Komplott gegen Euch und davon, daß sämtliche Neapolitaner in Rom verhaftet werden sollen?«

Vater blickte mich stumm an.

»Sprecht, ist es wahr?«

»Wir sind alle in der Hand des Allmächtigen, meine Tochter, laß mich fortfahren im Gebet.« Damit wandte er sich ab von mir und las seine Messe weiter. Was bedeutete diese abweisende Haltung? So seltsam war Vater doch sonst nicht.

Plötzlich dämmerte es mir. Ich rannte wie eine Gehetzte über die Stiegen und Gänge zurück, erreichte endlich die Anticamera. Stille. Niemand außer den Wachen war noch da.

Die Tür zum Studiolo stand offen. Gott sei Dank, er lag in seinem Bett. »Alfonso!«

Nichts. Ich trat näher. Seine Augen waren weit aufgerissen, aus ihren Höhlen getreten, die edlen Gesichtszüge vom Todeskampf gezeichnet. Dann entdeckte ich rote Würgemale am Hals. Michelotto hatte Alfonso getötet, aber es war das Werk Cesares. Ich mußte schreien, schreien ohne Unterlaß. Prälaten kamen gelaufen, Gardisten, schließlich mein Vater.
Er nahm mich in den Arm. »Lucrezia, Piccolina, beruhige dich doch, bitte.«
Endlich kamen mir die Tränen. Ich weiß nicht, wie lange wir so in inniger Umarmung dastanden.
»Er hat es getan, Vater, er ...«
»Ich weiß, kleine Colombella, wir alle wissen es. Ich werde dafür sorgen, daß dir nichts geschieht. Vertraue deinem Vater. Cesare soll keine Macht mehr über dich haben.«
Dieselben Worte wie damals, sie waren als Trost gedacht, doch mir fehlte der Glaube daran.
Mit Alfonso verschwand endgültig das letzte heitere Element aus meinem Leben. Viele Neapolitaner hatte man aus Rom vertrieben. Der Rest ging freiwillig. Cesare befand sich längst wieder außerhalb der Ewigen Stadt auf irgendeinem Feldzug. Doch alle wußten – er allein trug die Verantwortung für diesen furchtbaren Mord. Ich zog mich auf meine Burg Nepi zurück, um dort in der Abgeschiedenheit zu trauern.
Mein Leben war zerstört; alle Pläne gescheitert, Alfonso tot, ich selbst mehr denn je von der Willkür meines Bruders abhängig. Man würde bald wieder einen geeigneten Gatten für mich finden, ihn benutzen, mich benutzen – für irgendwelche Ziele. Ich hatte den Glauben an unsere Familie verloren, zu groß erschienen mir die Opfer dafür. Mußten immer wieder Menschen sterben, damit wir leben konnten? Meine Antwort war ein klares Nein! Die Borgia hätten mit ein wenig Geschick sicherlich in Glück und Frieden weiterexistieren können, ohne Gift und Morde. Gewiß, Härte mußte manchmal sein in einer

Welt von Feinden, doch Menschen zu opfern, ohne zwingende
Gründe ...

»Madonna Lucrezia, der Conte de Gonzaga ist gerade eingetroffen.« Biancas Stimme klang seit langem wieder einmal fröhlich.
Francesco; er hatte mich nicht vergessen. »Liebste!«
»Weißt du schon ...«
»Ja, Lucrezia, deshalb bin ich sofort zu dir gekommen.«
»Du bist ein wahrer Freund, Francesco.«
Wir küßten uns.
Ich ließ alles aufbieten, was die kargen Vorratskammern des
Kastells hergaben; es war eher bescheiden. »Woher kommst
du?«
»Aus Mantua. Ich bin beinahe Tag und Nacht geritten ...«
»Um mich zu trösten.«
»Ja, Lucrezia, aber nicht nur deswegen. Viele Gedanken sind in
meinem Herzen, und sie beschäftigen sich alle mit dir und
deinem Unstern Cesare.«
»Es nützt nichts, ich bin auf ewig in seiner Hand.«
»Nicht unbedingt.«
»Wie meinst du das?«
»Nun, Lucrezia, mein Schwager, der älteste Herzogssohn von
Ferrara ...«
Ich lachte bitter. »Francesco, was redest du da, das Geschlecht
der Este ist eines der angesehensten und mächtigsten von ganz
Italien! Glaubst du, daß diese Familie eine Frau mit meiner
Vergangenheit akzeptiert? Wie man dort über die natürliche
Tochter des Papstes denkt, ist mir nur allzu klar.«
»Weshalb so mutlos? Ich erkenne dich gar nicht wieder.«
»Weil es keinen Sinn hat, Francesco. Sie würden uns auslachen
wie damals die Aragonesen, als Cesare um die Hand der Königstochter anhielt.«
Er schüttelte den Kopf. »Lucrezia, wenn dein Vater, ich und du

es wollen, wirklich wollen, dann wird der Este dein nächster Gatte, das verspreche ich dir!«
»Und Cesare?«
»Erfährt von all dem nichts!«
»Unmöglich. Ihm bleibt nichts verborgen.«
»Es ist möglich, Liebste, wenn dein Vater seine Prälaten als Botschafter verwendet.«
»Der Arm meines Bruders reicht auch bis in den Klerus.«
»Nicht mehr, seitdem er der Kardinalswürde entsagte.«
Ich wurde nachdenklich. Francesco war immer ein vernünftig denkender Mensch gewesen – zu vernünftig manchmal –, also mußte an seinen Gedanken etwas dran sein. Gab es für mich etwa doch noch eine Zukunft? Nein, zu vermessen erschien mir dieser Plan ...
»Du glaubst nicht, daß es gelingen könnte, Lucrezia?«
»Ich würde so gerne an deinen Plan glauben, Francesco.«
»Schau, Liebste«, seine Hand strich über mein Haar, »Cesare wird jetzt sehr lange wegbleiben. Zunächst muß er seine Herrschaft in der Romagna festigen, dann zusammen mit den Franzosen den Feldzug bestreiten. Das dauert mindestens ein Jahr.«
»Und du denkst also, in dieser Zeit könnten wir die Verhandlungen mit den Este führen ...«
»Und dich verheiratet in die sicheren Mauern von Ferrara bringen.«
»Bei der Auferstehung Jesu Christi, wenn es doch so sein könnte!«
»Du wärest dann für immer von Cesare befreit.«
»Das kann ich einfach nicht glauben!«
»Im Vertrauen, Liebste: Ferrara hat die stärkste Artillerie der Welt. Von Herzog Ercoles Sohn ist sie seit Jahren in aller Stille ständig ausgebaut worden. Die Stadt selbst besitzt Sternbastionen von allerneuester Art und gewaltiger Widerstandskraft. Niemand kann es wagen, die Este dort anzugreifen, noch dazu

alle Untertanen auf ihrer Seite stehen. Du siehst also, Lucrezia, es würde sich lohnen, diesen Heiratsplan mit aller Macht voranzutreiben.«
Selbst wenn er nicht recht hatte, mir blieb keine andere Wahl, wollte ich Cesare entkommen. »Wie sollen wir es anfangen?«
Francesco sah mich ernst an. »Du willst es versuchen?«
»Ja, bei allen Heiligen, und mein Vater wird mir dabei helfen.«
»Das ist die Grundbedingung für das Gelingen unseres Planes.«
Plötzlich ergriff eine große Traurigkeit von mir Besitz. »Aber wenn ich dann in Ferrara bin, werden wir uns überhaupt jemals wiedersehen können, Francesco?«
Er lächelte. »Ich weiß, was du meinst, Lucrezia. Ja, daran habe ich auch schon gedacht, glaube aber, daß es möglich sein wird. Bedenke, ich bin ja dann dein Schwager und, wie du einmal so schön gesagt hast, ein mächtiger Heerführer. Die Este sind viel zu schlau, um das zu vergessen. Mantua und Ferrara liegen nur wenige Tagesritte voneinander entfernt. Ich kann die Handelswege, wenn es sein muß, in Stunden abriegeln, und das bekommt den Geschäften schlecht. Herzog Ercole ist geizig und geldgierig, ebenso wie sein Sohn ...«
»Den ich heiraten soll ...«
»Ja«, Francesco lachte verlegen, »und der sich am liebsten in üblen Spelunken aufhält oder in seiner Geschützgießerei.«
»Ich müßte also in einer Ehe mit ihm gewisse Dinge hinnehmen.«
»Nun, der Herr hat die Sonne geschaffen, aber damit auch den Schatten ...«
»Gegen Cesare erscheint mir Luzifer selbst noch als reine Lichtgestalt! Ich fürchte meinen Bruder mehr als die ewige Verdammnis.«
»Dann laß uns meinen Plan beginnen.«
Schon am nächsten Tag ritten wir zurück nach Rom. Es war eine

herrliche Liebesnacht gewesen, voll heißer Schwüre, nie mehr voneinander zu lassen, was immer auch käme.
»Mein lieber Sohn, kommt, erhebt Euch und küßt mir die Hände!«
Vater sprach so herzlich zu Francesco, als ob er nicht erst kürzlich sein Feldherrnamt und die Würde des päpstlichen Gonfaloniere an Cesare übertragen hätte. Ich war wild entschlossen, diesmal nicht die folgsame Tochter zu sein wie sonst, sondern auf der geplanten Heirat zu bestehen – und zwar unter allen Umständen!
»Was führt Euch zu mir, Don Francesco, zusammen mit meiner Tochter?«
»Ich komme gewissermaßen im Auftrag des serenissimo Duca d'Este ...«
»Ah, von Ercole, wir sind alte Freunde.«
»Um so mehr wird es Eurer Heiligkeit angenehm sein zu hören, daß der Sohn des Herzogs derzeit daran denkt, sich wieder zu verehelichen.«
Ich bemerkte ein kurzes Aufblitzen in Vaters Augen. Er blieb aber sonst äußerlich ganz gemessen, wie es dem Oberhaupt der Christenheit zusteht.
»Wir verstehen. Er will sichergehen, daß seine Wahl durch uns gutgeheißen wird.«
»In gewisser Weise, Eure Heiligkeit, doch hat er eine bestimmte Wahl noch nicht getroffen.«
»Möge sein Ratschluß vom Heiligen Geist erleuchtet werden.«
»So sei es, ehrwürdiger Pontifex, denn er hat viel zu geben und kann daher auch viel fordern.«
»Durchaus, Don Francesco, Ferrara ist ein schönes Herzogtum.«
»Und sehr, sehr wohlhabend, Heiliger Vater, dazu das älteste und edelste Geschlecht Italiens mit weitreichenden Handelsverbindungen zu den Barbaren nach Deutschland, verschwägert

mit den einflußreichsten Fürstenhöfen Europas, wozu ich mich als Schwager von Ercoles Sohn natürlich nicht rechne.«
»Zu bescheiden, Don Francesco, zu bescheiden, denn ich stehe mit Kaiser Maximilian in Verhandlungen und bin dabei, die Herzogswürde auch für Euch zu erwirken.«
Das war ein genialer Schachzug meines Vaters, dem Grafen zunächst die Ämter des päpstlichen Hofes zu nehmen und ihn dafür endlich in den Rang zu erheben, der ihm zustand – oder es zumindest zu versprechen. So gewinnt man Freunde.
Ich sah aus den Augenwinkeln, wie Francesco sich fast unmerklich straffte. »Eure Heiligkeit würde mich zum glücklichsten Menschen machen.«
Nun sollte Francesco aber allmählich zum Kern der Sache kommen. »Vater, der Conte de Gonzaga möchte dir noch etwas Wichtiges mitteilen ...«
Er warf mir einen kurzen, überraschten Blick zu, sagte aber nichts.
»Die Duchessa hat recht, Heiliger Vater, es ist da noch eine Sache ...«
»Sprecht, mein Sohn.«
»Herzog Ercole bittet für seinen Erstgeborenen um die Hand Eurer Tochter.«
Was für eine grandiose Lüge! Phantastisch! Das hätte ich meinem Geliebten nicht zugetraut.
Vater sah Francesco nun doch recht verwundert an, meinte aber in beiläufiger Form, daß er sich das wohl überlegen müsse und ihm morgen eine Antwort erteilen wolle.
Und was für eine! Vater würde jubilieren. Die beste Partie Italiens und noch dazu von großer politischer Bedeutung, Ferrara war ja der Pfahl im venezianischen Fleisch, riegelte zudem das Patrimonium Petri gen Norden ab. Wie gerne wird mein Vater zustimmen – mit schönen, zurückhaltenden Worten ...
Der Stein war ins Rollen gekommen, das erste entscheidende

Wort gesagt. Wir befanden uns in Hochstimmung, und erlebten eine Nacht voll Glück und Leidenschaft. Das hatte Francesco gut eingefädelt; bei Vater so zu tun, als ob der Herzog um meine Hand anhielte, dann nach Ferrara reiten und dem alten Herzog klarmachen, daß der Papst gnädigst eine Ehe zwischen seiner Tochter Lucrezia und Ercoles Sohn anzuordnen wünsche ...
Immerhin waren die Este formell noch dem Papst gegenüber lehnspflichtig, was aber nur durch geringe jährliche Zahlungen dokumentiert wurde. Tatsächliche Macht, so wie es einem Lehnsherrn zustand, besaß Vater dem Herzog gegenüber leider nicht mehr.
»Seine Heiligkeit wünscht, die serenissima Duchessa alleine zu sprechen.«
»Allein? Wißt Ihr den Grund?«
Das Gesicht des Prälaten blieb verschlossen. »Es steht mir nicht zu, über solche Angelegenheiten zu sprechen. Verzeiht, Madonna Lucrezia.«
»Es ist gut, ich werde mit Euch kommen. Francesco, ich weiß nicht, weshalb Vater es so wünscht, aber sei unbesorgt, ich bin bald wieder zurück.«
Diesmal küßte mich Vater noch herzlicher als sonst, und ich durfte auf einem samtenen Polster direkt zu seinen Füßen Platz nehmen.
»Möchtest du etwas Gebäck, Piccolina?«
Ich schüttelte den Kopf.
»Etwas Wein?«
»Nein, vielen Dank, Vater. Bitte nennt mir ohne Umschweife Euren Beschluß.« Die Neugier ließ mich fast zerplatzen, obwohl es ja nur eine Antwort geben konnte.
»Lucrezia, mein Kind, ich habe darüber nachgedacht, ob ich dir nicht vielleicht noch ein Herzogtum übereignen sollte, vielleicht Sermoneta ...«

»Geliebter Vater«, unterbrach ich ihn, was sonst nicht meine Art war, »bitte laßt mich jetzt wissen, was Ihr beschlossen habt.«
Er sah mich bekümmert an. »Nun, wir – wir haben beschlossen, diese Ehe nicht gutzuheißen.«
Mir wurde schwarz vor Augen. Das durfte nicht wahr sein! Ich sprang auf. »Vater, laßt alle anderen hinausgehen!«
Er zögerte.
»Bitte!« Ich sah ihn mit großen Augen an; diesem Blick hatte er noch nie widerstehen können.
Auf seinen Wink verschwanden die Schreiber, Prälaten und Diener.
»Lieber, lieber Vater«, ich fiel ihm um den Hals, und meine Tränen waren echt, »weshalb tust du mir das an!«
»Wir könnten doch einen anderen Ehegatten für dich finden ...«
»Ich will aber den Este. Will nach Ferrara, will herrschen! Versteht Ihr, Vater, wirkliche Macht besitzen, nicht nur den Rang einer Herzogin.«
Er stöhnte gequält auf. »Ja, ja, Lucrezia, das ist mir klar, vollkommen klar, aber bedenke, du wirst nie mehr bei mir sein, nie mehr!«
Das war es also. »Wir können uns trotzdem oft sehen«, log ich verzweifelt, »niemand wird es mir verwehren, meinen Vater zu besuchen. Deine Enkel werden hier zu deinen Füßen spielen, in diesem Studiolo, ich schwöre es!«
Er wiegte bedächtig den Kopf. »Man hat mir berichtet, daß der Este noch mit anderen Kandidatinnen in Verbindung steht, etwa nach Frankreich hin. Wie sähe das aus: Lucrezia, die Tochter des Heiligen Vaters, eine unter vielen, am Ende vielleicht schmählich abgewiesen zugunsten einer französischen Barbarenprinzessin!«
»Vater, es geht mir nicht um die Macht allein, vielmehr um etwas ganz anderes ...«

»Cesare?« Er sah mich scharf an. »Ich kann dich gut verstehen, Colombella mia ...«
Dann schwiegen wir lange.
Vater erhob sich, ging unruhig auf und ab. »Ganz ohne dich leben zu müssen, Lucrezia, heißt für mich verlassen sein.«
»Aber es sind doch noch Joffre und Sancia bei Euch – und mein kleiner Sohn Rodrigo.«
»Du bist mir immer mehr gewesen als nur eine Tochter ...«
Das konnte ich allerdings nicht abstreiten. »Gewiß, Vater, aber wie unser Herr Jesus Christus einst am Ölberg Abschied von seinen Jüngern nahm, so müssen auch wir uns jetzt trennen. Doch anders als jene nur für kurze Zeit.«
Er lächelte traurig. »Gib acht, bevor du mich in einen theologischen Disput verwickelst, ich könnte dir sonst womöglich antworten, daß Maria Magdalena unter dem Kreuz des Erlösers gestanden hat.«
»Ich bin nicht die Maria aus Magdala, Vater!«
Seine Miene drückte tiefe Traurigkeit aus. »Ich werde alt, Lucrezia. Das Amt lastet schwer auf meinen Schultern, Italiens Schicksal ist ungewiß – ebenso wie unsere Zukunft ...«
»Dann laßt sie uns doch miteinander gestalten! Helft mir, Cesares Klauen zu entkommen, verheiratet mich mit dem Este!«
»Cesare entkommen? Wie tief ist unsere Familie gesunken, daß mich meine Tochter um Schutz vor ihrem eigenen Bruder bitten muß.«
»Ja, Vater. Aber Ihr wißt, ich bin ohne Schuld, denn Cesare ist es, der durch seine Besessenheit alles verursacht hat.«
»Ich weiß, Lucrezia. Also«, er sah unendlich müde aus, »wirst du für immer von mir gehen und deinen alten Vater zurücklassen?«
Ich wollte etwas entgegnen, doch seine resignierende Handbewegung ließ mich schweigen.
»Wir müssen jetzt klug sein, mein Kind, und verschwiegen. Also

zu niemandem, hörst du, zu niemandem auch nur ein Wort davon! Ich nehme sämtliche Verhandlungen selbst vor und benachrichtige dich ständig, was es Neues gibt. Sag Don Francesco, er solle nun zu mir kommen.«
Ich erhob mich von meinem Polster und küßte Vater so dankbar und voller Inbrunst wie nie zuvor.
Er strich mir übers Haar. »Alles wird gut werden, Piccolina, alles ...«
Die erste Schwierigkeit stellte sich jedoch bereits als eigentlich unüberwindbar heraus. Wie konnte alles geheimgehalten werden?
Vater selbst ließ zwar jene Prälaten, die als Schreiber oder Boten für die heikle Mission in Ferrara ausersehen waren, einzeln vor seinem Thron auf die Reliquien der Heiligen Romanus und Barulas schwören, denen man einst die Zunge bei lebendigem Leib herausgerissen hatte. Wer – auch unter Folter – nur ein Wort verriete, der sollte im selben Augenblick exkommuniziert sein und dazu dem Tode verfallen.
Das betraf unsere Seite. Doch wie den Ferraresen klarmachen, daß alles geheim ablaufen mußte? Ihnen befehlen – unmöglich. Wir brauchten ein Druckmittel. Vielleicht die Venezianer oder König Louis von Frankreich? Nein, Venedig war im Augenblick nicht mächtig genug und hatte seine ganze Kraft zur See hin auf die Bewältigung der Türkengefahr gerichtet. Der Franzose hingegen wünschte sich Ferrara als Bundesgenossen und fiel deshalb als Feindbild aus. Wer blieb da noch übrig? Die Deutschen.
Natürlich, Kaiser Maximilian saß ja in Innsbruck, bereit, jederzeit in Italien einzufallen, um am Ende vielleicht doch noch in Rom die Kaiserkrone aus der Hand des Papstes zu empfangen, so wie es früher der Brauch war. Dieser Mensch hatte bereits mehrfach die Vermessenheit besessen, sich ein Urteil über meinen Vater und unsere Familie anzumaßen. Er schien keines-

wegs allzu freundlich gesonnen und konnte daher sehr gut als Feind der Heiratsverbindung Rom-Ferrara gelten. Schließlich war der Herzog von Este ohne weiteres in der Lage, die östliche Poebene zu sperren, Francesco Gonzaga als Schwiegersohn des Herzogs die westliche. Dahinter begann ja bereits das Gebiet von Cesare. Hier gab es für die Deutschen kein Durchkommen. Maximilian hingegen könnte deshalb ohne weiteres versuchen, die Este vom Papst zu isolieren. Allein waren die Fürstentümer Italiens schwach, doch mit Rom, dem päpstlichen Hoheitsgebiet, und der Romagna zusammen konnten sie sogar dem Kaiser trotzen.

Und diesen Triumph spielte Vater aus. Unter dem Vorwand, Maximilian könnte versuchen, sich in die Eheverhandlungen einzuschalten – die Este waren ja auch in einem komplizierten Geflecht von Lehnsverpflichtungen an den Kaiser gebunden – erschien unser Wunsch nach absoluter Geheimhaltung mehr als gerechtfertigt.

Ende November im Jahre des Herrn 1500 traf ein Bote aus Ferrara ein. Vater ließ mich sofort holen. Ich konnte meiner Aufregung kaum Herr werden. Was würde Herzog Ercole fordern? Sicher nicht zuwenig ...

Die Miene meines Vaters verdüsterte sich beim Lesen zusehends. »Ist es etwas Unangenehmes?«

Er las still zu Ende und wandte sich dann mir zu.

O Herr, betete ich still, laß nicht alles schon gleich wieder zu Ende sein.

»Hinter den üblichen Floskeln, Lucrezia, verbirgt sich, wie ich befürchtete, eine deutliche Absage.«

Mein Hals war plötzlich wie zugeschnürt. »Darf ich das Schreiben sehen?«

»Ja, gleich, warte einen Augenblick. Ah, hier ist es: ... sind wir selbst dieser Ehe durchaus geneigt, jedoch unser Erstgeborener, Alfonso ...«

Mein Gott, ich dachte still an das furchtbare Ende meines letzten Gatten, hoffentlich ist Nomen nicht Omen ...

»... verweigert Euer hochherziges Ansinnen, weil er bereits mit einer französischen Dame, deren Name auf Wunsch des erlauchten Königs noch geheim bleiben soll, verlobt sei. Es verbiete ihm seine Tugend, das gegebene Wort gegenüber dieser Nichtgenannten schmählich zu brechen ... Deshalb könne er, Ercole, als Vater von Alfonso nicht in eine Ehe seines Sohnes mit dir einwilligen.«

Kein einziges Wort, das mir wenigstens einen Hoffnungsschimmer ließ! Dies war eine nackte, brutale, von höfischen Sitten kaum gemilderte Absage – ja, in einem Ton, der geradezu feindselig schien ...

Aus, vorbei. Meine Pläne wieder einmal zerronnen. Vater wie Francesco machtlos. Das Oberhaupt der Christenheit und der größte Feldherr Italiens gescheitert an einer ungebildeten französischen Prinzessin.

»Darf ich mich entfernen?« Niemand sollte meine Tränen sehen.

»Nein, Lucrezia, warte noch. Deine Enttäuschung ist verständlich, aber hier geht es um mehr. Ercole hat mit diesem Brief mich selbst beleidigt. So leicht kommt er nicht davon!« Vater kochte vor Wut. »Schreiber!«

Der Mann kam sofort, sichtlich verwundert über die ungewohnte Schärfe des Befehls.

»An seine allerchristlichste Majestät Ludovico,
durch Gottes Gnade König von Frankreich.
Lieber Sohn,
Uns ist zu Ohren gekommen, daß sich das Geschlecht derer von Este anmaßt, ihre Familie mit Eurer glorreichen verbinden zu wollen. Wir sehen dies mit allergrößtem Bedauern. Soll sich das Höchste mit dem Niedrigen verbinden? Das ist nicht der Wille Gottes, unseres Herrn, der Euch, Ludovico, aufgetragen hat zu

herrschen, Euer Blut mit denen zu vermischen, die dem deutschen Kaiser untertänig sowie tribut- und lehnspflichtig sind.
Es wird Euch, mein lieber Sohn, gewiß nicht recht sein, gegen den Ratschluß des Allerhöchsten zu verstoßen, noch dazu Wir als dessen Stellvertreter auf Erden Euch in diesem Fall den Heerzug durch Unser Gebiet, das Patrimonium Petri, verwehren müßten.
Euer Euch stets geneigter,
liebender Vater
Alexander Pontifex
Maximus«

Das war eindeutig. Entweder schluckte König Louis diese Kröte, oder seine Rache würde uns vernichten.
Die Este aber strafte Vater vorerst mit Nichtbeachtung.
Tage und Wochen vergingen. Dieses Warten! Zweifel und Ungewißheit nagten an mir. Wenn die Schwierigkeiten bereits von vornherein derartig groß waren, wie würden sich dann erst die weiteren Verhandlungen hinziehen?
Wenn es überhaupt dazu kam! Denn offenbar wollten die Este auf keinen Fall; zu schroff klang ihre Ablehnung. Sie würden sich drehen und wenden, Dutzende von Boten hin und her senden, dann irgendwann vielleicht, wenn sich eine neue politische Lage ergab, schlief die Sache langsam von selbst ein.
Aber wie sonst sollte ich Cesare entkommen? Es bliebe mir dann wohl nur noch übrig, den Schleier zu nehmen. In einem fernen Kloster – bis nach Deutschland reichte der Arm meines Bruders sicher nicht – müßte ich mein weiteres Leben fristen, ein entsetzlicher Gedanke! Unter Menschen, die keine Bildung besitzen, dafür eine primitive Sprache sprechen, keine eigene Dichtung haben; deren Latein altertümlich und umständlich ist, ohne rechte Philosophie und daher ohne die Fähigkeit zu denken.
Ich erinnerte mich an die unförmig fetten Leiber ihrer Bischöfe und welche Mengen sie tranken oder an die stupiden Gesichter

der Landsknechte. Bei Gott, dieser Preis erschien mir sehr, sehr hoch.
Ja, um unter erträglichen Umständen fern von meinem Bruder zu leben, wäre Ferrara wirklich der beste Ausweg ...

»Madonna Lucrezia, Ihr sollt zu Eurem Vater kommen.«
So schnell war ich noch nie zur Curia superiore gelangt; sprang die Treppen hinauf, rannte durch die vielen Gänge bis hin zum Studiolo.
»Seine Heiligkeit erwartet Euch bereits.«
»Liebster Vater ...«
»Komm her, mein Kind. Ich habe eine Nachricht für dich«, er wedelte mit einem sehr pompös aufgemachten Pergament, »die uns alle sehr erfreut!«
»Das Siegel des Königs ...«
»Ja, und nicht nur das. Hör zu:

Wir, Ludovicus, König von Frankreich und Neapel, Herr von Mailand, erlauben Uns, Seiner Heiligkeit Alexander, Pontifex Maximus, Stellvertreter unseres Herrn des Allmächtigen auf Erden, als Euer gehorsamer Sohn mitzuteilen, daß Wir es in keiner Weise wünschen, Unsere Familie mit dem Haus Este zu verbinden, noch es je wünschen werden, daß einer Unserer Edlen dergleichen tut. Euer gnädiges Einverständnis, Unser Heer durch das Patrimonium Petri ungehindert ziehen zu lassen, verpflichtet Uns zu allergrößtem Dank.
Bitte erhebt Unseren Oheim, den Bischof von Maupertuis, zum Kardinal.

Sieh nur, Lucrezia, wie der große König vor uns buckelt! Ja, wir sind eine Macht – auch ohne Cesare!«
Wie Vater sich doch von einem solch mittelmäßigen Erfolg blenden ließ! Nichts, gar nichts waren wir ohne Cesare.

Trotzdem stellte dieses Schreiben eine günstige Wendung dar, an die ich schon nicht mehr geglaubt hatte. Das Hauptargument der Este schien damit erledigt, doch sie würden mit Sicherheit neue finden.

Nun diktierte Vater einen Brief voller Hohn an Herzog Ercole, in dem er zutiefst bedauerte, daß dessen Sohn Alfonso durch den Wankelmut einer Frau derartig enttäuscht worden sei. Nun könne er um so freudiger dieser Verbindung mit der Familie Borgia zustimmen, noch dazu ja die Möglichkeit bestünde, dadurch erhebliche Benefizien seitens des Heiligen Stuhls für das Herzogtum zu erlangen.

»Dieses Angebot kann sich Herzog Ercole nicht so leicht entgehen lassen, Lucrezia. Ich habe ihm den Köder hingeworfen, und er wird zumindest wissen wollen, wieviel wir bereit sind zu bezahlen ...«

»Ihr kennt diesen Mann gut?«

»Allerdings. Wir waren früher befreundet, und die Menschen bleiben in ihrem Kern immer gleich. Wenn er auch nur noch halb so geldgierig ist wie damals, dann kaufe ich ihn mitsamt seinem widerspenstigen Sohn, das schwöre ich dir!«

Bei diesen Worten leuchteten seine Augen, und ich begriff, daß es Vater Vergnügen bereitete, sich mit seinem alten Freund zu messen.

Endlich, im Juni Anno Domini 1501, traf Ercoles Antwort ein. Zweihunderttausend Goldscudi, Streichung des Jahreszinses, Aufhebung des Lehnseides, Gebietszuwachs und eine riesige Aussteuer für mich, kurz: Phantasmagorien eines Wahnsinnigen.

»Man sollte ihn auspeitschen, vierteilen, seine Zunge an ein Brett nageln.«

Vater lachte. »Weshalb denn gleich so heftig, Lucrezia.«

»Dieser Cretino will uns demütigen, indem er so irrwitzige Forderungen aufstellt! Erfüllen wir sie, macht er uns zum Gespött ganz Italiens, erfüllen wir sie nicht, kann sich Alfonso weiterhin verweigern.«

»Ja, Ercole ist schlau. Akzeptieren wir sein unverschämtes Angebot ...«

»Niemals! Lieber gehe ich ins Kloster.«

Vater strich beruhigend über mein Haar. »Laß mich ausreden, mein Kind. Ich wollte sagen, akzeptieren wir sein Angebot, nur zum Schein natürlich, dann hält uns der Herzog für verrückt und glaubt, immer mehr herausschinden zu können; also laß uns ein wenig mit ihm handeln. Bis er dahinterkommt, daß wir in Wirklichkeit nur einen geringen Teil seiner Forderungen erfüllen, wirst du bereits mit Alfonso verheiratet sein, und keine Macht der Welt kann mich danach zwingen, den Rest zu bezahlen.«

»Ein großartiger Plan, Vater!«

»Ja, der Heilige Geist pflegt mich manchmal zu erleuchten.«

»Du wirst dem Este also ein gutes Angebot machen?«

»Gewiß, niemand soll sich beklagen können. Wir bieten Ercole hunderttausend Goldscudi, deine Aussteuer in Höhe von dreißigtausend ...«

»Was, nur armselige dreißigtausend, Vater? Willst du mich derart gedemütigt zu meinem Gatten schicken?«

»Nur Geduld, wir benötigen schließlich noch etwas Spielraum zum Handeln. Und feilschen wird Ercole – bei Gott!«

»Was soll mit den Gebietsansprüchen geschehen und der Aufhebung des Lehnseides?«

»Ich denke da an jene kleine Herrschaft um Terrabruna; mag der Este sie bekommen. Aber die Aufhebung des Lehnseides verweigere ich ihm!«

»Er ist doch nur noch pro forma Euer Vasall, Vater, was würde es schon ausmachen ...«

»Nichts, Lucrezia, du hast völlig recht. Aber Ercole stört es. Und zwar ganz gewaltig, sonst hätte er es jetzt nicht schriftlich erwähnt.«

»Du willst es dir aufsparen?«
»Treffend erkannt, mein Kind. Zunächst heizt mein Angebot seine Geldgier an. Dann, wenn er den Haufen Gold schon in seinen Truhen wähnt, legen wir die Herrschaft Terrabruna noch obendrauf. Landgewinn bedeutet für einen Herzog immer etwas. Aber ganz zum Schluß, wenn die Verträge schon auf dem Tisch liegen, wird Ercole noch etwas fordern, egal was, denn seine Gier treibt ihn dazu. Und dann werde ich ihn mit großer Geste aus dem für mich wertlosen Lehnseid entlassen. Soll der Este frei sein, vor allem aber so stolz, daß er sein darauf gegebenes Heiratsversprechen gewiß nicht mehr zurücknehmen mag.«
»Wieviel Gold werdet Ihr ihm nach meiner Heirat wirklich auszahlen?«
»Das weiß Gott der Herr allein.«
Und tatsächlich, der Herzog nahm unser Angebot an, allerdings unter der Prämisse, daß sich sein Sohn Alfonso bisher noch standhaft weigerte, mich zu heiraten. Darum blieb es eine schwierige Sache: Einerseits sollte ein Sohn dem Vater gehorchen, andererseits besaß Alfonso mit seinen immerhin schon fünfundzwanzig Jahren genügend Macht, um sich den Anordnungen Ercoles nicht ohne weiteres beugen zu müssen. Ob uns die Este wohl im Verhandlungsgeschick überlegen waren?
Trotzdem, man stellte sich nicht so leicht gegen den erklärten Willen des Heiligen Vaters, noch dazu, wenn dessen Belange durch einen so starken Generalkapitän wie seinen Sohn Cesare vertreten wurden.
Cesare ... Die Zeit verrann so schnell, und kaum etwas ging vorwärts. Wenn mein Bruder vom Feldzug zurückkehrte und sich erst wieder in Rom aufhielte, würde es unendlich schwieriger sein, die Verhandlungen mit Ferrara zügig weiterzuführen.
Was nutzte schon die Zusage des alten Herzogs, wenn sein Sohn

sich mit Händen und Füßen gegen diese Hochzeit sträubte? Vielleicht sollte ich besser in ein fremdes Land, weit weg, heiraten, wohin Cesares Arm nicht reichte. Doch fern von meinem geliebten Italien? Welch furchtbarer Gedanke! Nein, hier war meine Welt – hier wollte ich leben oder untergehen!
»Lucrezia, mir liegt ein Schreiben des Herzogs vor, das dich sehr interessieren wird.«
Mein Herz wollte fast stehenbleiben. »Man willigt ein?« Vater wiegte bedächtig sein Haupt. »Ja und nein.«
»Sprecht es aus, ich bitte Euch!«
»Nun«, er räusperte sich, »Ercole selbst will dich heiraten.«
Mir war, als ob ich einen Schlag versetzt bekommen hätte, kein einziges Wort wollte dazu über meine Lippen.
Vater hielt mein Schweigen für eine Art Zustimmung. »Ercole steht zwar immerhin bereits im sechsundvierzigsten Lebensjahr, ist aber noch sehr rüstig – und du würdest jetzt schon Herrscherin von Ferrara, Piccolina!«
»Bei Gott, Vater, wißt Ihr, was das heißt? Mich an einen alten, zahnlosen Mann zu verkuppeln! Das kann nicht Euer Ernst sein!«
»Bedenke, Lucrezia ...«
Ich fiel ihm ins Wort. Die umstehenden Prälaten erstarrten förmlich. »Nein, nein und nochmals nein! Diese Ehe wird niemals zustande kommen. Nicht, wenn man mich gefesselt nach Ferrara schleift!«
Vater sah ganz hilflos aus. Doch er tat mir nicht leid. War ich ein Stück Vieh, das man an den Nächstbesten verschacherte? »Seht zu, daß mich Alfonso heiratet, oder, bei den Schmerzen der Heiligen Jungfrau, das fernste Kloster des Abendlandes soll fortan meine Heimat sein!«
Vater versuchte, seine Hand beschwichtigend auf meine Schulter zu legen, aber ich entzog mich ihm. »Bringt diesen ferraresischen Cretino dazu, daß er den Heiratskontrakt endlich unter-

schreibt. Seid Ihr das Oberhaupt der Christenheit – oder nicht?«
Ich drehte mich um und ging.
Mein Verhalten stellte eine ungeheure Beleidigung und Mißachtung dar; doch es mußte sein. Für Vater war das Ganze so etwas wie ein Spiel, für mich hingegen die letzte Möglichkeit, Cesares Besessenheit zu entkommen.
Nach dieser Szene hörte ich lange nichts mehr von meinem Vater ...

»Madonna Lucrezia, der Conte de Gonzaga läßt sich melden.«
»Francesco!« Ich flog ihm entgegen, in seine Arme. »Du bist hier?«
»Ja, Liebste, auf Befehl seiner Heiligkeit.«
»Weshalb das?«
»Ich soll nach Ferrara in geheimer Mission.«
»Zu Alfonso?«
»So ist es.«
Bei allen Heiligen, mein Auftritt neulich mußte Vater ja gewaltig aufgerüttelt haben.
»Ich habe weitestgehende Vollmachten, Lucrezia, deine Aussteuer wird auf achtzigtausend Goldscudi aufgestockt ...«
»Das ist ja mehr als für Bianca Sforza bei der Heirat mit Kaiser Maximilian!«
»Allerdings, mia Cara. Dann werde ich Alfonso bearbeiten und ihm so lange die ersehnte Befreiung vom päpstlichen Lehnseid vor Augen führen, bis er zustimmt.«
»Du willst das für mich tun – obwohl ich ihm dann als seine Gemahlin zu Willen sein muß ...«
»Du magst vielleicht in seinen Armen liegen, aber gehören wirst du für immer und ewig mir allein ...« Dann nahm er mich an der Hand, und wir gingen ins Schlafgemach.
O Herr im Himmel, das ersehnte Ziel war so nah! Francesco,

mein geliebter, treuer Francesco, er würde alles zum Guten wenden. Ich fühlte es. Die Waagschale des Schicksals begann sich auf meine Seite zu neigen.

Und es war ein Sehnen in mir, so wild und ungestüm glückverheißend, daß es mich mitriß in einer mächtigen Welle des Begehrens. Wir liebten uns, sanft und zärtlich, dann kraftvoll und leidenschaftlich, immer wieder – bis zur totalen Erschöpfung. Danach lag ich in seinen Armen, Glück und Geborgenheit umfingen mich. Ich dachte an mein glanzvolles Leben als künftige Herzogin von Ferrara, trank von dem kühlen Wein und gab mich ganz meiner Seligkeit hin.

Doch mit einem Mal war da eine furchtbare Angst in mir. »Francesco, was wird, wenn deine Vermittlung scheitert?«

»Lucrezia, ich verspreche dir, wenn ich aus Ferrara zu dir zurückkehre, dann bist du so gut wie vermählt. Oder meine Armee wird so lange die Handelswege dieser Stadt blockieren, bis Alfonso um die Heirat bettelt. So sei es, bei allem, was mir heilig ist.«

Das war es! Francesco hatte endlich zu sich selbst gefunden, ging seinen eigenen Weg, den der Macht und des Willens – was für ein Mann!

Daß er Isabella als Gattin und Mutter seiner Kinder respektierte – gut, in gewisser Weise ehrte es ihn. Treue um Treue. Mochte es so sein, auch wenn ich nichts davon hielt. Aber wenn er wirklich sein Heer in die Waagschale werfen wollte, für mich allein, und ich zweifelte keinen Augenblick daran, dann konnten wir bald den Sieg an unsere Fahnen heften.

Sieg! hämmerte es in meinem Kopf, Sieg über die Este und Sieg über Cesare!

Dann umschlang ich Francesco noch wilder. Alles schien sich zu vermischen, Zukunft und Gegenwart, Himmel und Erde. Wir liebten uns heftig, geradezu verbissen, erschöpft und doch erfüllt von innerer Kraft; der Schweiß floß in Strömen über unsere

Körper. Plötzlich fühlte ich eine ungeheure Lust in mir aufsteigen, größer noch als damals bei Alfonsos bösem Spiel, und sie entlud sich in einem noch nie so empfundenen, nicht enden wollenden Höhepunkt. Ich stöhnte, schrie und weinte, bis alle meine Kräfte schwanden.
Lange lagen wir engumschlungen da, atemlos, aber glücklich – unsäglich glücklich.
Dann ritt Francesco fort nach Ferrara. In seinem Gepäck alle Vollmachten, um im Namen des Heiligen Stuhls diese Ehe zustande zu bringen.
Es war am Tage des heiligen Bartolomeo, als ein Prälat eilig in den großen Saal stürzte. »Serenissima Duchessa, Euer Vater befiehlt Euch augenblicklich in die Curia superiore! Eine Abordnung aus Ferrara ist eingetroffen.«
Ich fühlte, wie mir das Blut aus dem Herzen wich. Eine Abordnung, das konnte nur eines bedeuten: Alfonso stimmte der Hochzeit zu!
Alle waren in der Sala dei Papagalli versammelt. Vater saß auf seinem kleineren Thron, der für private Audienzen bestimmt war. Zu seiner Rechten ein Kardinal, den ich nicht kannte, daneben Francesco und etwas im Hintergrund der Schreiber.
Burcardus, unser Majordomus, kündigte mich an. »Die serenissima Duchessa, Lucrezia de Borgia!«
Francesco und der fremde Kardinal verneigten sich gemessen. Ich sah kurz zu Vater hin, konnte aber an seiner Miene nicht ablesen, wie es um meine Sache stand.
Doch Francescos Augen blitzten! »Madonna, darf ich Euch seine Gnaden, den erlauchten Kardinal Ippolite d'Este vorstellen, Euren zukünftigen Schwager ...«
Mein Gott, wir hatten es erreicht!
Ich knickste, so tief wie schon lange nicht mehr, um einen möglichst guten Eindruck zu machen, und küßte dann den Ring an seiner Rechten.

»Wir sind sehr erfreut, Madonna Lucrezia, Euch an diesem bedeutenden Tag von Angesicht zu Angesicht kennenlernen zu dürfen. Doch ist es noch nicht ganz soweit, wie es unser Freund, der ehrenwerte Conte, darstellt, einige Verhandlungen sind noch vonnöten, bevor wir verschwägert sind.«
»Verhandlungen, mein lieber Ippolite, die gewiß zu Eurer vollsten Zufriedenheit abgeschlossen werden.« Vaters Stimme klang warm und begütigend. »Du sollst wissen, mein Kind, daß der von uns so hoch geschätzte Herzog Ercole die Aufhebung des Lehnseides wünscht, den er dem Heiligen Stuhl geleistet hat, und zwar für alle Zeit.«
Es schien dem Kardinal ausgesprochen unangenehm zu sein, daß ich bei den Verhandlungen zugegen war. »Sollten wir Donna Lucrezia nicht mit diesen Dingen verschonen?«
»Keineswegs, lieber Ippolite, meine Tochter ist sehr wohl fähig, politische Entscheidungen zu beurteilen. Sie nimmt überhaupt regen Anteil an Dingen dieser Art.«
Vater wollte mit dieser Bemerkung wohl darauf hinweisen, daß ich durchaus in der Lage war, an der Seite eines regierenden Herzogs zu bestehen.
»Wie beurteilst du den Wunsch nach Aufhebung des Vasalleneides, Lucrezia?«
Ich bemerkte, wie Ippolite mich scharf fixierte. »Ein sehr ungewöhnliches Ansinnen, Vater. In dem Fall verzichten wir besser auf die Ehe.«
Der Kardinal wurde blaß. Natürlich, es ging schließlich um beinahe zweihunderttausend Goldscudi, die höchste Mitgift seit Bestehen des christlichen Abendlandes. Wenn er heimkäme und die Sache wäre gescheitert, der alte Herzog um diese beachtliche Summe ärmer, dann gnade ihm Gott! Und das wußte er. »Wir wären unter Umständen geneigt, in der Frage um Terrabruna gewisse Abstriche zu machen.«
Ich konnte mir gut vorstellen, wie der alte Ercole seinen Sohn

Alfonso bearbeitet hatte – stets diese phantastische Mitgift vor Augen. Und als dieser dann nachgab, endlich nachgab, um die Gier seines Vaters nach Gold zu befriedigen, glaubte dieser, gewonnenes Spiel zu haben.
Ippolite aber sollte sich nicht so leicht als Sieger wähnen. »Die Herrschaft von Terrabruna, ehrwürdige Eminenz, liegt fern von Rom und ist nicht von so immenser Bedeutung ...«
So ging es hin und her, und es war nur allzu gut, daß die Verhandlungen geheim im kleinsten Kreis geführt wurden, denn wir schacherten bis zum letzten. Am schlimmsten Vater, dem die Sache richtig Spaß machte. Er spielte mir die Bälle zu, die ich geschickt auffing, und umgekehrt.
Als die laue Augustnacht vorüber war und der Morgen graute, hatten wir die Mitgift um hunderttausend heruntergedrückt, meine Aussteuer dagegen auf achtzigtausend erhöht. So kam das Geld wenigstens mir persönlich zugute und verschwand nicht in den Truhen Herzog Ercoles.
Ohnehin würde der Este nur einen geringen Teil der ausgehandelten Summe bekommen, denn Vater dachte, wie er schon angekündigt hatte, nicht daran, nach der Eheschließung auch nur einen Scudo mehr zu zahlen. Denn ein Vermögen von hundertachtzigtausend Goldstücken besaß niemand, außer vielleicht der Sultan von Konstantinopel ...
Vom Campanile unserer altehrwürdigen Petersbasilika schlug es die fünfte Morgenstunde, als der Ehevertrag endlich fertig vor uns lag.

Wir, Alexander, Pontifex Maximus, und Wir, Ercole d'Este, Herzog von Ferrara etc. etc., vertreten durch Kardinal Ippolite d'Este, verkünden mit unserem Siegel und Unterschrift, daß hiermit die Ehe beschlossen ist zwischen Don Alfonso, dem Erben besagter Herzogswürde, und Donna Lucrezia de Borgia, verwitwete Herzogin von Bisceglie etc. etc.

Als Mitgift erhält Don Alfonso zu Händen seines Vaters, Ercole d'Este, hunderttausend Goldscudi nach römischem Gewicht, sämtliche Rechte an der Herrschaft Terrabruna, den Erlaß der Zinszahlungen an den Heiligen Stuhl sowie die Aufhebung des Lehnseides für alle Zeit.
Ferner verpflichtet sich Seine Heiligkeit, Donna Lucrezia folgende Aussteuer mitzugeben:
Tafelsilber im Wert von dreißigtausend Scudi, Leinen im Wert von zweitausend Scudi, silberbeschlagenes Zaumzeug für achttausend Scudi, zweihundert Hemden für zweitausend Scudi, zwölf Paar Ärmel für dreitausendsechshundert Scudi, Hut mit Perlen im Wert von zehntausend Scudi, Kleid mit Edelsteinen für fünfzehntausend Scudi, vierundzwanzig Kleider für vierzehntausend Scudi.

Geschafft! Ich war so gut wie verheiratet. Jetzt hieß es, so schnell wie möglich die Hochzeitsformalitäten in procura durchzuführen. Und dann nichts wie fort! Weit, weit weg von Cesare!
»Schreiber, bereitet die Siegelung vor!« Vaters Stimme klang noch erstaunlich munter. Kein Wunder, war es doch mit vereinten Kräften gelungen, Kardinal Ippolite eine gewaltige Summe abzuhandeln – von dem, was die Truhen des Herzogs sowieso nie erreichen sollte ...
»Da gibt es noch eine Kleinigkeit, ehrwürdiger Pontifex.«
Vater wandte sich dem Kardinal freundlich zu. »Sprecht, Don Ippolite!«
»Nur ein ergänzender Passus, gewisse Modalitäten betreffend ...«
»Es soll nach Eurem Willen geschehen.«
»Schreiber«, sprach der Kardinal den ziemlich erschöpft wirkenden Prälaten an, »fügt folgenden Satz abschließend dazu: Die Ehe wird erst dann endgültig beschlossen und vollzogen, wenn alle Bedingungen des Vertrages ohne Ausnahme erfüllt sind und insbesondere die Mitgift und vollständige Aussteuer sämt-

lich in den Besitz des serenissimo Duca Don Ercole übergegangen sind.«
Das war das Ende meiner Hochzeitsträume.
Wieder einmal hieß es für mich: aus – vorbei für immer. Jene astronomischen Summen konnte Vater ja nicht einmal annähernd bereitstellen; Herzog Ercole d'Este hatte sich letztendlich als der Schlauere erwiesen! Aber Vater wollte offensichtlich trotzdem nicht aufgeben. Er sprang vom Thron auf, daß der Kardinal unwillkürlich zurückwich.
»Das ist eine Beleidigung! Man unterstellt mir, die Zahlungen nicht zu leisten. Ich exkommuniziere Ercole, seinen Sohn, Euch, Don Ippolite, verhänge den Kirchenbann über Ferrara ...«
So hatte ich Vater selten erlebt.
»Verzeiht, Eure Heiligkeit, nicht Mißtrauen ist es ...«
»Ja, was denn sonst?« donnerte Vaters Stimme wie die des Jüngsten Gerichtes.
»Es ist nur für den Fall, daß der Allmächtige, was die heilige Madonna verhüten möge, Euch, ehrwürdiger Pontifex, vorher von dieser Welt abberufen wollte. Nur deshalb!«
Dieser Kardinal war uns überlegen.
Vater setzte sich wieder. »Gut, gut, Don Ippolite«, er sah jetzt im Gesicht ganz grau aus, »signiert und siegelt, ich will es auch tun. Möge der Herr mit Euch sein.«
Ich stand nun im einundzwanzigsten Lebensjahr, und alle meine Pläne waren gescheitert. Wenn nicht ein Wunder geschah, hieß meine Zukunft Cesare – oder der Weg ins Kloster war von dieser unseligen Stunde an vorgezeichnet.

»Lucrezia, wir haben es geschafft!« Francesco stand in der Tür zu meinem Schlafgemach.
Ich konnte die Tränen nicht mehr zurückhalten.
»Du weinst ja, Liebes!«
»Ach, Vater kann doch nie so viel Gold aufbringen.«

»Aber er hat unterzeichnet!«
»Um nicht eingestehen zu müssen, daß wir die geforderte Summe nicht zahlen können.«
»Ja, wollte dein Vater denn Herzog Ercole betrügen?«
»Was heißt schon betrügen, Francesco. Diese maßlosen Forderungen der Este sind doch eine derart freche Beleidigung für uns, daß es nur recht und billig ist, sie ihnen zu verwehren. Herzog Ercole hätte bekommen, was ihm zusteht: die Herrschaft Terrabruna, die Aufhebung der ohnehin fast erloschenen Lehnsverpflichtungen, zehn- oder zwanzigtausend Goldscudi und meine Aussteuer. Ist das etwa zuwenig?«
»Lucrezia, ich habe in Ferrara mein Wort für die Einhaltung aller Vertragspunkte verpfändet!«
»Du hast was?!«
»Alle Besitztümer, Mantua, die Pferdezucht, mein Kastell, die gesamte Grafschaft!«
Beim Allmächtigen, was hatte Francesco getan! Sich und die ganze Familie, seinen Erben ins Unglück, ins bodenlose Nichts zu stürzen! Und ich war schuld!
»Vater wird dich von deinem Wort entbinden; ein päpstliches Breve, nein, besser noch, eine Bulle erlassen, daß du von diesem Eid frei bist!«
»Aber Lucrezia, mein Wort gilt vor Gott und meine Ehre vor den Menschen. Ich kann nicht zurück!«
Ich fühlte, wie unsere Welt aus den Fugen geriet. Cesare zog nicht nur mich ins Verderben – jetzt sollte auch noch Francesco, der Treueste der Treuen, büßen. Büßen für meine Feigheit! Ja, feige war ich gewesen in jenem alles beherrschenden Wunsch, dem Monster Cesare zu entkommen. Dabei schien es nur offensichtlich, daß jener Fluch, der in seinem Blute lag, auch mich betraf. Bruder und Schwester vom selben Fleische gezeugt – bestimmt, miteinander zu leben und unterzugehen. Und nun auch noch Francesco unrettbar hineingezogen in diesen Strudel

um meinetwillen? Blind mir und Vater vertrauend, er, der Sieger so vieler Schlachten, gescheitert an der Heimtücke des Papstes und gescheitert an seiner Liebe zu mir.
Als ich Francesco so dastehen sah, belogen, betrogen, um seine irdische Existenz gebracht, meinen über alles Geliebten, den Guten, Aufrechten, Ehrlichen, da wurde mir gleich einer göttlichen Eingebung klar: Ich durfte es nicht zulassen, daß dieser Mann durch meine Schuld ins Verderben geriet!
Und ich sah das Licht, hell und leuchtend, und ich sah darin eine kleine Phiole mit dunkler Flüssigkeit – aber auch ein blutiges Schwert ...
»Lucrezia, was ist, bei Gott, komm wieder zu dir!«
Ich lag auf dem Boden, Francesco kniete neben mir und hielt mich in seinen Armen. Es tat mir gut. Immer so daliegen, nichts fühlen, nur eine leichte Benommenheit. Wie schön dieser Zustand war, fern von allen Sorgen, fast fern von dieser Welt ...
Doch die Nebelschleier vor meinen Augen vergingen. »Es ist nichts, Francesco, keine Sorge, nur die Anstrengungen der durchwachten Nacht.«
Er gab mir Wein zu trinken, das erfrischte mich. Der Weg war nun vorgezeichnet ...
Große Klarheit hatte von meinem Inneren Besitz ergriffen. So mußte es wohl vor der Schlacht sein. Eine unnatürliche Ruhe, das Wissen um die baldige Entscheidung. Und die Gewißheit, daß es um Leben oder Tod ging. Tod – das war der Ausweg. Tod den Orsini und Caetani – damit ich leben konnte!
Das war der eine Weg. Auch der andere bedeutete den Tod. Meinen Tod. Einige Tropfen Gift, und der Gegenstand des Ehevertrages war erloschen, ich für immer von Cesare befreit, Francesco seiner Eidesleistung ledig.
»Bianca, mein Trauerkleid!«
»Das Trauerkleid?«

»Ja. Es ist der Würde des Augenblickes angemessen.«
Auch Francesco schien völlig ratlos. »Was willst du damit zu dieser frühen Morgenstunde?«
Die Kirchenglocken läuteten zur ersten Messe des Tages.
»Ich muß Vater sprechen.«
»Aber Lucrezia, er wird nach dieser anstrengenden Nacht gerade erschöpft eingeschlafen sein!«
»Das ist mir gleich! Komm bitte mit.« Ich nahm Francesco bei der Hand, und wir liefen rasch hinüber zur Nebenpforte des päpstlichen Palastes.
Man ließ uns sofort ein. Die meisten Wachen schliefen. Vor den Appartementi wurden wir aufgehalten. »Halt! Wer wagt es, die Ruhe des Heiligen Vaters zu stören?«
»Ich, die Herzogin von Bisceglie!«
»Serenissima Madonna, ich darf auch Euch nicht einlassen.«
»Capitano, wenn Ihr mich nicht augenblicklich zu meinem Vater laßt, wird man Euch vierteilen und Euren Kopf auf die Spitze des Campanile spießen!«
Der Mann zögerte immer noch.
»Aus dem Weg mit Euch!« Ich stieß den Verdutzten zur Seite, und die Gardisten der Türwache trauten sich nicht, mich anzurühren. Das Portal flog krachend auf. Noch nie hatte ich derartige Kräfte in mir gespürt!
Dann standen wir vor der Anticamera. »Warte hier, Francesco, laß niemanden durch!« Ich öffnete die schwere Tür zum kleinen Audienzsaal, hohl klangen meine hastigen Schritte auf dem kühlen Marmor. Dann endlich war Vaters Schlafgemach erreicht.
Die Wachen sprangen auf, nahmen ihre Hellebarden zur Hand, wagten aber nicht, mich aufzuhalten.
»Vater, Vater«, rief ich immer wieder mit so lauter Stimme, daß es mich selbst überraschte. Es dauerte Ewigkeiten, bis der Camerarius die Tür öffnete.

Dahinter stand Vater, völlig schlaftrunken. »Was ist, um Christi willen?«
»Eine Verschwörung gegen uns, Vater. Laßt sofort die Sturmglocken läuten!«
Hinter mir kam der Capitano angerannt.
Vater fragte nicht lange, eine Verschwörung bedeutete Aufruhr und höchste Gefahr. »Läutet die Sturmglocken, Capitano Gomez, laßt das Alarmgeschütz im Kastell Sant' Angelo abfeuern! Sammelt alle verfügbaren Truppen!«
Der Capitano brüllte einige Befehle zu seinen Leuten, die sofort wegrannten, um diese weiterzugeben. Und unsere spanische Garde war schnell. Schon kurze Zeit später dröhnte die Sturmglocke von San Pietro, gleich darauf donnerte die größte Kanone der Engelsburg. Schließlich läuteten sämtliche Glocken Roms, es war ein unbeschreibliches Getöse.
Bewaffnete kamen im kleinen Audienzsaal zusammen, um den Heiligen Vater zu schützen. Unten im Cortile di San Damaso sammelten sich die päpstlichen Söldner. Befehle schallten herauf. Vater hatte sich inzwischen rasch ankleiden lassen. »Nun, Lucrezia, erkläre mir bitte ...«
»Dazu ist keine Zeit. Laßt sofort die Kastelle der Orsini und Caetani stürmen, bevor sie uns alle töten!«
»Mein goldenes Pontifikalgewand, rasch, dazu die Tiara.« Vaters Stimme klang hektisch. Dann ließ er sich mit der Sänfte hinuntertragen, um den Hauptleuten kurze, klare Anweisungen zu geben.
Von überall her strömten immer noch unsere Söldner zu ihren Fahnen, ernst, diszipliniert und bereit, alles für ihren Herrn einzusetzen. Vater segnete das Heer. Dann rückte es ab. Meine Zukunft lag nun ganz und gar bei dem Erfolg der Waffen.
Vater wurde zurück in seine Gemächer getragen, entledigte sich der schweren Gewänder und nahm einen großen Schluck Wein.

»Nun steht alles in Gottes Hand, mein Kind. Doch sag mir bitte, woher wußtest du von dieser Verschwörung?«
»Es gibt keine, Vater.«
Er sah mich ungläubig an und wiederholte seine Frage. Offenbar meinte er, ich hätte ihn nicht verstanden.
»Ihr habt mich richtig verstanden, es gibt keine Verschwörung.«
»Es gibt keine ...« Seine Stimme erstarb. »Ja bist du noch bei Sinnen, Lucrezia? In dieser Stunde überrennen meine Söldner die Kastelle der Orsini und Caetani, hörst du es!«
Das ferne Donnern der Geschütze vor den Toren Roms drang unmißverständlich an unsere Ohren.
»Töten – oder schleppen sie in unsere Kerker!«
»Ich weiß, Vater.«
Er preßte seine Hände an die Schläfen. »Bin ich denn das Opfer der Besessenheit meiner eigenen Tochter geworden?«
Damit konnte er allerdings recht haben. Ja, ich war zur Besessenen geworden. Besessen davon, diese meine Hochzeit stattfinden zu lassen um jeden, wirklich jeden Preis! Und damit zugleich Francescos Ehre und Existenz zu retten. Gott sei mein Zeuge!
»Die Burgen der Orsini und Sermoneta, das Herzogtum der Caetani müssen etwa zweihunderttausend Goldscudi wert sein, ist es nicht so, Vater?«
Er war in seinem Sessel zusammengesunken. »Du und dein Bruder Cesare, ihr seid die gleiche Höllenbrut.«
»Das mag vielleicht sein, Vater, aber wir befreien dich dafür von deinen Feinden!«
»Die Caetani waren nie unsere Feinde.«
»Gut, Vater, aber ihr Untergang bedeutet mein Leben. Du hattest die Wahl, diese oder ich. Du hast dich für mich entschieden.«
»Ich habe davon nichts geahnt, dir blind vertraut.«
»Eure Heiligkeit, das Herzogtum Sermoneta ist in unserer Hand,

der alte Caetani im Verlies der Engelsburg!« Nach und nach trafen weitere Hauptleute ein und meldeten stolz, daß die Burgen der Orsini gebrochen waren, ihre Bewohner geflohen oder getötet.

Ganz Rom dankte dem Herrn für die Aufdeckung der Verschwörung und den großen Sieg für die Sache des Papstes. Nun war Eile geboten, es mußte schnell gehandelt werden, denn zu lange weilte Cesare schon auf dem Feldzug, irgendwann demnächst würde er zwangsläufig nach Rom zurückkehren müssen.

Wenn erst einmal die Hochzeitsabordnung aus Ferrara hier eintraf, ließ sich nichts mehr geheimhalten, zu groß wäre der Aufwand, um kein Aufsehen zu erregen. Erfuhr mein Bruder aber davon, konnte in letzter Stunde noch alles vergebens gewesen sein ...

Am Tage des heiligen Servulus kamen endlich die Abgesandten aus Ferrara. Ein beachtlicher Teil der Familie d'Este gab sich die Ehre, mich in meine neue Heimat zu geleiten: Kardinal Ippolite, Giulio, der Bastardbruder meines künftigen Gatten, sowie Sigismondo und Ferrante, die beiden jüngeren Brüder. Messer Giovanni Luca Tozzi wachte mit Argusaugen darüber, daß die vereinbarte Summe bis auf den letzten Scudo ausbezahlt wurde, zählte jedes Stück meiner Aussteuer und maß sogar die Leinenballen Braccia für Braccia nach.

Wir mußten darauf bedacht sein, daß meine neuen Verwandten unsere Eile nicht als mangelnde Höflichkeit auslegten; also schob ich Furcht vor dem Heer der Franzosen vor, das ja im Begriff war, von Mailand nach Neapel zu marschieren. Auch die Ferraresen wollten eine solche Begegnung vermeiden, und so fiel mein Drängen nicht weiter auf.

Endlich, am letzten Tag A. D. 1501, wurde die Ehe per procura geschlossen. Ich trug dazu jenes Prachtgewand, das Vater fünfzehntausend Goldscudi gekostet hatte. Es bestand aus Brokat und war steif und schwer von Goldfäden, Perlen und Diamanten.

In der Wintersonne blitzten und funkelten die vielen Edelsteine. Noch niemals war in San Pietro eine prächtigere Braut getraut worden.

Die Schleppe des dunkelroten, hermelingefütterten Mantels reichte fast dreißig Schritte weit. Als man mir den Umhang hinter dem Portal der Basilika abnahm, kamen darunter die stark gebauschten und geschlitzten Ärmel nach venezianischer Art so recht zur Geltung. Ein allgemeines Raunen ging durch die Menge.

Vor dem Altar legte mir Kardinal Ippolite feierlich eine Kette aus dem berühmten Juwelenschatz der Este um. Daran hingen ein Smaragd, ein Rubin und eine tropfenförmige graue Perle von solcher Größe, wie ich mir nie hätte vorstellen können. Vater saß auf seinem erhöhten Prunkthron mit Baldachin. Alle verfügbaren Kardinäle, Bischöfe und Prälaten mußten in den prachtvollsten Zeremonialgewändern an der Trauung teilnehmen.

An mir ging sie wie im Traum vorüber; meine und Prinz Ferrantes Worte, Segen und Ablaß, selbst die traurige, vom Abschiedsschmerz gezeichnete Miene meines Vaters. Denn mir saß Cesare im Nacken; ich dachte nur an eines: fort, so schnell wie möglich fort!

Die Reisevorbereitungen dauerten und dauerten. Dieses schreckliche Warten! Meine innere Unruhe wuchs von Tag zu Tag. Dann endlich war es soweit – und doch zu spät.

»Liebes Kind, ich habe eine unangenehme Nachricht für dich: Cesare steht drei Tagesreisen vor Rom!«

Also war der schlimmste Fall doch noch eingetreten. Er würde sich zu Recht hintergangen fühlen und furchtbare Rache nehmen. O Herr, steh mir bei! Ich schaute Vater flehentlich an, als hoffte ich, von ihm Rettung zu erlangen, doch seine Züge drückten nichts als Ratlosigkeit aus.

Mein nächster Gedanke war Flucht! Doch das war unmöglich.

Die zukünftige Herzogin von Ferrara flieht nicht, um ihrem unwürdigen Bruder zu entgehen.
Jetzt, so kurz vor dem Ziel – es durfte nicht sein! So viele Menschen geopfert, nur um die Mitgift und Aussteuer bezahlen zu können, sollte das alles umsonst gewesen sein?
Opfern! Genau das war es. Wir mußten noch jemanden opfern, um damit Cesare abzulenken, wenigstens für eine Woche.
»Vater, nennt mir irgendein Kastell, irgendeine Stadt, südlich von Rom, deren Herr sich in letzter Zeit unbotmäßig betragen hat, rasch, denkt nach!«
»Alle sind unterwürfig, dank Cesare, wir haben keinen Streit ...«
»Dann nennt mir irgendeinen Namen!«
»Was soll das, was hast du dir ausgedacht, Lucrezia!«
»Vater, einen Namen, sprecht!«
»Nun, Pontecorvo etwa, auf halbem Wege nach Neapel.«
»Das genügt. Bitte befehlt den Schreiber her.«
»Weshalb, ich verstehe nicht.«
»Schreiber!« Meine Stimme klang so hart, daß selbst Vater schwieg. »Schreibt!

Wir, Alexander, Stellvertreter Christi auf Erden, teilen Unserem geliebten Sohn, dem Herzog der Romagna und Valentinois, folgendes mit:
Uns ist zu Ohren gekommen, daß die Herren von Pontecorvo den schuldigen Lehnszins verweigern, die Nuntii des Heiligen Stuhls vertrieben und Unseren Namen auf schmähliche Weise beleidigt haben. Wir befehlen Euch, Gonfaloniere und Generalkapitän der Kirche, deshalb, diese Vorfälle aufs strengste zu ahnden und Uns nicht unter die Augen zu treten, bis diese Schmach getilgt ist.
        In Gnade, Euer liebender Vater
        Alexander Pontifex Maximus«

Es war eine letzte verzweifelte Möglichkeit, Cesare noch aufzuhalten. Die schroffe Form des Schriftstücks, so hoffte ich, würde meinen Bruder bewegen, sogleich nach Pontecorvo zu ziehen. Was dann geschah, mochte Gott, der Herr, entscheiden.
»Siegelt den Brief, Schreiber, und sendet ihn mit einem Boten sofort ab!«
Der Prälat sah verunsichert zu Vater hin, der winkte müde ab.
»Es ist gut, tut, was die Herzogin Euch befiehlt!«
Der Geistliche raffte eilig seine Papiere zusammen und verschwand nach draußen.
Dann lagen Vater und ich uns das letztemal in den Armen.
»Lucrezia.«
»Mein Vater.«
»Du gehst nun fort von mir, Colombella, und läßt mich allein.«
»Ich werde Euch immer die liebende und gehorsame Tochter bleiben.«
»Weit weg, in der Ferne«, seine Stimme zitterte, »und du wirst nie mehr zurückkehren ...«
Ich antwortete ihm nicht.
Noch am selben Tag brachen wir auf. Etwa hundert Maultiere mit einigen meiner persönlichen Sachen sollten nachkommen. Es ging, dem umfangreichen Zug entsprechend, mit all den Bewaffneten, Troßleuten, Dienern und Köchen nur sehr langsam vorwärts. Wir zogen nach Norden, und ich betete, Cesare möge nach Süden ziehen.
In Bologna schifften wir uns ein, und auf dem Kanal ging es schneller voran. Bald war Ferrara fast erreicht. Unser Lager in der weiten Ebene sah prächtig aus. Die bunten Zelte mit den großen Feuern davor, um vor der Januarkälte geschützt zu sein, meine prachtvoll gekleideten Begleiter, edle Pferde und Fahnen überall. Von Cesare war weit und breit nichts zu sehen. Ich konnte wohl getrost meinem Schöpfer danken. Der Allmächtige

hatte noch einmal seine Hand schützend über mich gehalten. Alles, alles würde gut werden ...
»Zu den Waffen! Das französische Heer!« Die Verwirrung war unbeschreiblich, jeder rannte zu seinen Pferden. Unsere Söldner sammelten sich um ihre Fahnen, Befehle schallten durch die Reihen der Zelte.
Und dann sahen wir sie. Über die weite Ebene zogen unzählige Reiter, ihre Lanzenspitzen hoben sich gegen den blutroten Abendhorizont deutlich ab. Und wir mit unseren gut hundertfünfzig Bewaffneten. Es gab unter diesen Umständen nicht einmal die Möglichkeit zum Rückzug! Zu nahe waren uns die fremden Reiter bereits.
Und wenn es doch mein Bruder wäre? Seine Kavallerie in Eilmärschen ...
Da löste sich ein einzelner Reiter aus den vordersten Reihen und sprengte direkt auf unser Lager zu. Mir stockte das Blut in den Adern, so tollkühn konnte nur Cesare sein! Die Söldner waren von der Attacke des Mannes so überrascht, daß sie vergaßen, ihre Lanzen und Hellebarden zu fällen. Schon galoppierte der Reiter durch die Zeltgasse; er trug eine silbrig schimmernde Rüstung mit vergoldeten Ornamenten, sein Helm war von altrömischer Art. Und ich wußte sofort, wer es war.
»Francesco!«
»Lucrezia!« Er sprang vom Pferd, nahm den Helm ab und verbeugte sich tief. »Heute nacht in deinem Zelt«, raunte er mir leise zu, um mich danach in blumigen Worten sehr gewählt auf ferraresischem Boden willkommen zu heißen.
Mittlerweile hatte meine neue Familie ebenfalls ihren Schwager erkannt und begrüßte ihn freudig. Um so mehr, weil es seine Truppen waren und nicht die Franzosen.
Mein Geliebter hier! Ich dankte dem Himmel für dieses Glück. Es wurde ein sehr heiterer Abend. Wir saßen im Zelt von Kardinal Ippolite, die Kohlebecken glühten und verbreiteten

wohlige Wärme. Der Wein dampfte in unseren Pokalen, ab und zu trafen sich Francescos und meine Blicke verstohlen. Ich entschuldigte mich nach angemessener Zeit; morgen würde ein anstrengender Tag sein. Der Einzug in Ferrara, Reden, Festlichkeiten, und das alles in dem schweren Brokatkleid.
Francesco mußte noch ein wenig länger bei den anderen bleiben, damit niemand Verdacht schöpfte. Während ich auf den Liebsten wartete, ergriff tiefe innere Unruhe von mir Besitz; würden wir uns in Ferrara wirklich so häufig sehen und lieben können, wie Francesco mir versichert hatte? Oder blieb das ein Wunschtraum? Gott der Herr allein wußte es, mochte er unserem Schicksal gewogen sein.
Der schwere Zeltstoff bewegte sich.
»Francesco?«
»Ja, Liebste, ich bin es!«
Dann lagen wir uns in den Armen.
»Lucrezia, ich habe eine Bitte.«
»Sie ist schon erfüllt.«
»Du sollst dein Hochzeitsgewand anlegen, heute nacht meine Braut sein.«
Und ich tat es. Wir hoben das schwere Goldbrokatkleid aus der Truhe, banden die Prunkärmel daran, und ich legte es mit Francescos Hilfe an. Dann stand ich da, mein blondes Haar sorgfältig in Wellen gelegt, in der ganzen schweren, steifen Pracht. Er musterte mich liebevoll.
»Nicht wie eine Braut, nein, wie die Göttin Aphrodite selbst erscheinst du mir. Kostbar, zerbrechlich, ein Kleinod.«
»Und ich liebe dich, Francesco.«
Dann führte er mich ernst und gemessen, als sei es unsere Hochzeitsnacht, zum Bett, und wir liebten uns mit zärtlicher Hingabe wie nie zuvor. Liebten uns innig, als wollten zwei Menschen wahrlich eins werden.
Noch nie sind sich Liebende so nahe gewesen wie wir in dieser

kalten Winternacht auf den weiten Feldern vor den Mauern Ferraras.
Dann graute der Morgen, und Francesco mußte von mir gehen.
Am späten Vormittag setzte sich unser prächtiger Zug wieder in Bewegung. Man konnte bereits die Türme der Stadt von fern erkennen.
Francesco ritt neben mir.
Ich mußte plötzlich an Cesare denken und daß ich ihm letztendlich doch entkommen war.
»Gewonnen!«
»Was meinst du, Liebste?«
»Ich sagte ›gewonnen‹, Francesco.«
Er sah mich ernst an. »Ja, Lucrezia, du hast gewonnen, einen Ehegatten, einen Herzoginnenthron ...«
»Und einen wahren Freund, jederzeit bereit, für mich zu kämpfen ...«
»Ich liebe dich so sehr, Lucrezia!«
Er reichte mir seine Hand, und ich ergriff sie. »Gott schütze dich, mein Geliebter!«
Dann öffneten sich die Tore von Ferrara, und der Hochzeitszug mit meinem Bräutigam kam mir entgegen.
Francesco aber hatte sein Pferd gewendet und war fortgeritten.